전쟁과 평화 Ⅲ

톨스토이

일신서적공사

전쟁과 평화 Ⅲ
차례

주요 등장 인물

니콜라이 볼콘스키이 노공작 러시아의 전형적인 귀족. 세상을 비꼬는 비굴한
　　사람.

안드레이 노공작의 맏아들. 냉철하고 비판적인 두뇌의 소유자인 미남 청년 장교.

리 자 안드레이의 아내.

마리야 노공작의 딸. 뒤에 니콜라이 로스토프의 아내가 된다.

일리야 로스토프 백작 중류 귀족. 온화한 성격의 인물.

나탈리야 백작의 아내.

니콜라이 백작의 맏아들. 청년 장교. 순박한 다혈질의 청년.

페 쨔 백작의 둘째 아들. 뒤에 견습사관이 되어 전사한다.

베 라 백작의 맏딸.

나타샤 백작의 둘째 딸. 발랄하고 아름다운 아가씨. 나중에 피예르 베주호프의
　　아내가 된다.

피예르 베주호프 부유한 귀족의 서자로 안드레이 공작의 친구. 아내 엘렌이 죽
　　은 후 나타샤와 결혼한다.

엘 렌 피예르의 아내. 바실리이 공작의 딸. 절세의 미인이나 무식하고 파렴치
　　한 여자.

바실리이 공작 당시 정계의 실력자.

이폴리트 공작의 맏아들. 외교관.

아나톨리 공작의 둘째 아들. 미남의 바람둥이.

쿠투조프 장군 러시아군의 총지휘관.

안나 파블로브나 황태후의 여관(女官).

제 3 장

1

 운동의 절대적인 연속이란 인간의 지혜로 이해될 수 있는 것이 아니다. 어떠한 운동이건 그 법칙이 인간에게 이해되는 것은 임의로 그 운동 하나하나의 단위를 붙들어 관찰할 때뿐이다. 그러나 그와 동시에 인간의 미망(迷妄)의 대부분은 이 연속적인 운동을 제멋대로 단편적인 단위로 분할하는 데에서 생기는 것이다.

 옛날 사람들의 이른바 궤변으로 유명한 것이 있다. 즉, 아킬레스는 거북보다 십 배의 속력으로 걷는데도 불구하고 앞에서 가는 거북을 절대로 앞지르지 못한다는 것이다. 말하자면 아킬레스가 자기와 거북을 격리시키고 있는 공간을 지나는 동안 거북은 이 공간의 십분의 일만큼 앞으로 나아간다. 아킬레스가 그 십분의 일을 걸었을 때는 또 거북은 백분의 일을 나아간다고 하는 식으로 끝없이 계속된다는 것이다. 이 문제는 옛날 사람들에게는 불가해한 것으로 생각되었다. 그러나 아킬레스가 절대로 거북을 앞지르지 못한다는 이 어리석은 명제는 아킬레스와 거북의 운동이 부단한 것임에도 운동의 단편적인 단위를 임의로 허용했기 때문에 생긴 일에 지나지 않는 것이다.

 운동의 단위를 아무리 차차 작게 줄여 가더라도 우리들은 그저 문제의 해결에 접근할 뿐 절대로 해결 그것을 얻을 수는 없다. 이것은 그저 무한히 작은 하나의 수(數)와 그것에서 생기는 급수(級數)를 십분의 일까지 허용하고, 이 기하 급수의 총화를 취하는 것에 의하여서만 비로소 문제의 해결에 도달할 수 있는 것이다. 수학의 새로운 분야는 무한소(無限小)란 수의 취급법을 발견하였기 때문에 지금에 와서는 운동에 관한 다른 보다 복잡한 여러 문제에 있어서도 종래에는 전혀 불가해하게 생각되고 있던 어려운 문제에까지 해답을 주고 있다.

 옛날 사람이 몰랐던 이 새로운 수학의 분야는 운동에 관한 문제를 연구할 때에 무한 소수, 즉 운동의 주요 조건인 절대적인 연속성을 허용하는 것에 의해서 여태까지 연속적인 운동을 보지 못하고 운동의 개개의 단위를 보고 있던 사람들에게 피할 수 없는 오류를 정정해 준다.

역사적인 운동의 법칙을 연구할 경우도 역시 마찬가지이다.

인류의 운동도 무수한 인간의 자유 의지에서 흘러나오면서 연속적으로 행해지는 것이다.

이 운동의 법칙을 연구하는 것이 역사의 목적이다. 그러나 인간의 자유 의지의 총화의 연속적인 운동의 법칙을 발견하기 위해서 인간의 지력은 제멋대로 단편적인 단위를 허용한다. 역사의 첫째의 연구법은 연속적인 사건을 임의로 몇인가로 채용하여 그것을 다른 사건과 떼어 관찰하는 것이다. 그러나 어떠한 사건이건 절대로 시작이라는 것은 없다, 또 있을 수도 없다. 언제나 하나의 사건은 다른 사건에서 줄곧 흘러나오는 것이다. 둘째의 연구법은 어느 일개인, 즉 제왕이라든가 장군이라든가 하는 사람의 행동을 사람들의 자유 의지의 총화로 관찰하는 것이다. 그러나 인간의 자유 의지의 총화는 절대로 일개 역사적인 인물의 행동에 표현되는 것이 아니다.

사학(史學)은 진보해 감에 따라서 연구 재료로서 더욱더 작은 단위를 찾고 그리하여 진리에 접근하려고 노력하고 있다. 그러나 역사가 채용하는 단위가 아무리 작더라도 다른 것에서 분리된 단위, 즉 어떤 현상(現象)의 근원을 허용하고 만인의 자유 의지는 어느 일개 역사적인 인물의 행동에 표현된다고 가정하는 것 그 자체가 잘못이라는 것을 우리들은 통감하지 않을 수 없는 것이다.

어떠한 역사상의 결론도 비평가가 자기의 관찰 대상으로서 대소의 차는 있지만 어떤 단편적인 단위로서 채용한 이상 그 이상의 각별한 노력을 치르지 않더라도 마치 먼지처럼 흔적도 없이 사라져 버리는 것이다. 역사가가 채용한 단위는 언제나 임의의 것이기 때문에 비평가는 언제나 그렇게 할 권리를 가지고 있는 것이다.

오직 관찰을 위해서 무한소의 단위——역사의 미분(微分)이라고도 할, 즉 한 종류에 속하는 인류의 기호(嗜好)——를 용인하고 적분법(積分法)(즉, 이러한 무한소들의 총화를 취하는 것)에 성공했을 때 비로소 우리들은 역사적인 법칙의 이해를 기대할 수 있는 것이다.

19세기 최초의 십 오 년간은 유럽에서는 몇 백만의 사람들이 미증유의 대이동을 행한 시대이다. 사람들은 일상의 일을 버리고 유럽의 한쪽 끝에서 다른 한쪽 끝으로 쇄도하여 약탈을 하고 서로 죽이고 승리를 자랑하기도 하고 절망하기도 하였다. 그리고 생활의 온갖 진행은 몇 년 동안에 일변하여 하나의 치열한 운동이 되고, 그 운동은 처음에는 차차 확대되었다가 이윽고 점점 쇠퇴해 갔다. 도대체 이 운동의 원인은 무엇이며 어떠한 법칙에 좇아 행해진 것인가? 이렇게 인간의 이성은 묻고 있다.

역사가들은 이 물음에 대한 답변으로서 파리시(市)의 어떤 건물 안에서 행해졌던 몇 십 명의 행동과 연설(이것을 이른바 혁명이라고 일컬으며)을 우리들 앞에 제시하고 이어 나폴레옹과 그에게 찬성 혹은 반대한 몇몇 인물의 상세한 전기를 제공하고, 이러한 인물들 가운데의 어떤 사람이 다른 사람에게 준 영향을 이야기하고, 이래서 이 운동은 일어난 것이고 이것이 그 법칙이라고 결론을 내린다.

그러나 인간의 이성은 이 설명을 거부할 뿐만 아니라 오히려 그 설명의 방법을 불확실하다고 단언한다. 왜냐하면 이 설명에 의하면 가장 약한 현상이 가장 강한 현상의 원인으로 잘못 간주되기 때문이다. 오직 인간의 자유 의지의 총화만이 혁명과 나폴레옹을 낳았고 그들 때문에 괴로와했고 그리고 그들을 멸망시켰던 것이다.

『그러나 정복이 있는 데에는 반드시 정복자가 있고, 나라에 변동이 생길 때에는 반드시 위인이 나타난다.』고 역사는 말한다. 아닌게 아니라 정복자가 나타난 때에는 반드시 전쟁이 있었다고 인간의 이성은 대답한다. 그러나 그것은 정복자가 전쟁의 원인이라거나 일개인의 개인적인 행동 속에서 전쟁의 법칙을 찾아낼 수 있다거나 하는 것을 증명하고 있지는 않다. 언제나 내가 내 시계를 바라보고 시침이 열 시에 가까와진 것을 볼 때에는 반드시 이웃 교회에서 기도를 알리는 종이 울리기 시작한다. 그러나 교회의 종이 울리기 시작할 때 시침이 반드시 열 시를 가리킨다는 사실에서 시침의 위치는 종의 운동의 원인이라고 결론지을 권리를 나는 지니고 있지 않는 것이다.

기관차의 운동을 관찰해 보아도 반드시 기적의 울림이 들리고 안전판이 열리며 차바퀴가 회전하는 것이 보인다. 그러나 나는 이 사실에서 기적과 차바퀴의 회전이 기관차의 운동의 원인이라고 결론지을 권리를 나는 지니고 있지 않는 것이다.

농부들은 늦봄이 되면 찬 바람이 부는 것은 말하자면 떡갈나무가 눈을 트기 때문이라고 말한다. 아닌게 아니라 해마다 봄이 되어 떡갈나무가 눈을 틀 무렵 틀림없이 찬 바람이 분다. 어째서 떡갈나무가 눈을 틀 무렵에 찬 바람이 부는지 그 까닭은 나도 모르지만 찬 바람의 원인을 떡갈나무가 눈을 트는 것으로 돌리는 농부의 말에는 도저히 동의할 수 없다. 왜냐하면 바람의 힘은 눈의 영향 밖에 있기 때문이다. 나는 그저 온갖 생활에서 현상에 내재하는 여러 조건의 병발을 볼 뿐이다. 시계 바늘과 기관차의 안전판과 차바퀴를 아무리 자세히 관찰해도 종과 기관차의 운동도, 봄바람의 원인도 알 수 없다는 것을 깨달을 뿐이다. 이것을 알기 위해서는 전혀 시각(視角)을 바꾸어 증기와 종과 바람의 운동 법칙을 연구할 필요가 있다. 역사도 역시 마찬가지가 아니면 안 된다. 더우기 이 시도는 이미 행해져 있다.

역사의 법칙을 연구하기 위해서는 전혀 관찰 대상을 바꾸지 않으면 안 된다. 즉, 황제와 대신과 장군은 도외시하고 대중을 지도하고 있는 무한히 작은 같은 종류의 요소를 연구해야 한다. 이 방법으로 인간이 얼마큼 사적(史的)인 법칙의 이해에 도달할 수 있는지는 어느 누구도 확언할 수는 없다. 그러나 오직 이 방법에 의하여서만 사적인 법칙을 붙잡을 수 있는 것은 명백하다. 또 과거에 있어서 역사가가 여러 황제와 장군과 대신의 활동을 기술하고 또한 이 같은 활동에 관해서 자기의 고찰을 표백하기 위해서 경주한 노력의 일백 만분의 일 정도도 이 방면에 경주되어 있지 않다는 것도 지극히 뚜렷한 사실이다.

2

유럽의 서로 다른 열 두 국민의 군세(軍勢)가 러시아에 돌입했다. 러시아의 군대와 주민은 충돌을 피하면서 스몰렌스크까지 퇴각하고, 스몰렌스크에서 다시 보로지노까지 퇴각했다. 프랑스군은 줄곧 빨라져 가는 가속도로 그 운동의 목적인 모스크바를 향해서 진격했다. 마치 낙하하는 물체가 지면에 가까와짐에 따라 속도를 증가하듯이 프랑스군의 돌진력은 목적에 가까와짐에 따라 증대했다. 후방에는 굶주린 몇 천 베르스타의 적지(敵地)가 있고, 전방에는 불과 몇 십 베르스타가 목적지를 격리시키고 있을 뿐이었다. 이것은 나폴레옹군의 병사가 한 사람의 예외도 없이 느낀 바였다. 이리하여 침입은 그저 돌진력 하나만으로 저절로 행해졌던 것이다.

러시아군의 내부에서는 퇴각함에 따라 적개심이 더욱더 치열히 불타오르고 차차 집중되어 팽창되어 갔다. 그럭저럭 하는 사이에 보로지노 부근에서 충돌이 일어났다. 양군 다 붕괴하지는 않았으나 마치 하나의 공이 보다 빠른 속력으로 달려온 다른 공에 부딪혔을 때 반드시 뒤로 튀어나듯이 러시아군은 프랑스군과의 충돌 때문에 온 힘을 잃으면서도 역시 필연적으로 약간의 거리를 굴러갔다.

러시아군은 백 이십 베르스타 저쪽, 모스크바의 후방으로 퇴각했다. 프랑스군은 모스크바까지 다다르자 거기에서 멈추었다. 그 뒤 오 주일 동안 한 번도 전투가 없었다. 프랑스군은 움직이지 않았다. 마치 치명상을 입은 야수가 출혈로 약해지면서 상처를 핥고 있는 것처럼 그들은 오 주일 동안 아무것도 새로운 이유도 없이 퇴각을 개시하고 칼루가 가도를 향하여 돌진했다(그것은 전승 뒤의 일이었다. 왜냐하면 말로야로슬라베스의 싸움에서 싸움터는 다시 프랑스군의 손에 넘겨졌기 때문이다). 그 뒤 한 차례도 결전을 하지 않고 더욱더 급히 스몰렌스크로 퇴각하고, 다시 스몰렌스크에서 빌리나, 베레지나로 퇴각했다.

8월 26일 저녁에는 쿠투조프도, 러시아군 전체도 보로지노 싸움은 승리했다고 믿고 있었다. 그래서 쿠투조프는 그대로 황제에게 보고했다. 그는 적을 완전히 격파하기 위해서 새로 전투 준비를 명령했다. 그것도 누구를 속이려는 생각에서가 아니라 전쟁에 참가한 전원과 마찬가지로 적의 패배를 믿고 있었기 때문이었다.

그러나 그 날 저녁부터 이튿날에 걸쳐 아방의 손해는 미증유의 것이었다. 군대는 절반이 상실되었다는 보도가 잇따라 도착하기 시작했다. 새로운 전투는 실제적으로 불가능하다는 것이 판명되었다.

아직 정보도 충분히 모이지 않고 부상자도 수용되지 않고 탄약도 보충되지 않고 전사자의 수도 명료하지 않고 전사한 각 대대장의 후임도 임명되지 않고 병사가 식사도 수면도 제대로 하지 않았는데 전투를 시작한다는 것은 불가능하였다. 동시에 전투가 끝난 바로 그 이튿날 아침 프랑스군은(그것은 거리의 제곱에 반비례하도록 가속된 운동의 타력에 의한 것이었다) 저절로 러시아군 쪽으로 몰려왔다. 쿠투조프는 이튿날 공격하려고 생각하고 있었고 또 전군도 그것을 바라고 있었다. 그러나 공격을 하기 위해서는 하려는 희망만으로는 불충분하고 그 가능성이 없으면 안 된다. 그런데 그 가능성이 없었던 것이다. 말하자면 한 행정(行程)을 퇴각하지 않을 수 없었다. 그리고 또 마찬가지로 제2, 제3의 행정도 퇴각하지 않을 수 없었다. 마침내 9월 1일이 되어 군대가 모스크바에 접근하였을 때 각 대대 내에 치열한 사기가 불타올랐음에도 불구하고 사태(事態)는 군대가 모스크바 후방으로 퇴각하기를 요구했다. 이리하여 군대는 다시 한 행정——마지막 한 행정을——퇴각하여 모스크바를 적의 수중에 맡겼던 것이다.

마치 우리들이 서재에서 지도를 놓고 앉아 이러저러한 전투에서 어떻게 군대를 지휘할 것인가 하고 생각하는 것과 마찬가지 방법으로 군대의 지휘관도 전쟁과 전투 계획을 작성하는 것이리라, 이런 식으로 생각하는 사람들에게는 다음과 같은 문제가 염두에 떠오를 것이다. 어째서 필리로 가기 전에 진지를 점령하지 않았을까, 어째서 모스크바를 철퇴한 뒤 이내 칼루가 가도로 퇴각하지 않았을까 등등. 이렇게 생각하는 버릇이 있는 사람은 언제나 모든 총사령관의 행동 배경이 되는 불가피한 실제의 상황을 잊고 있든가, 그렇지 않으면 그것을 모르든가이다.

군대 지휘관의 행동은 우리들이 한가하게 서재에 앉아 도면 위에서 어떤 전역
(戰役)을 연구하면서 양군의 병원(兵員)수와 위치를 자유로이 정하고 고찰의 출
발점을 어떤 일정한 순간에 갖다 놓으면서 상상하는 것과는 전혀 다른 것이다.
총사령관은 우리들이 어떤 사건을 연구할 경우 늘 가정하듯 〈어떤 사건은 여
기서부터 시작했다〉는 그런 조건 안에 놓이는 일은 절대로 없다. 총사령관은 언제
나 이동하는 일련의 사건의 한가운데에 서 있기 때문에 따라서 언제 어떠한 순간
에도 현재 행해지고 있는 사건의 의의 전체는 생각할 수 없는 위치에 놓여 있는
것이다. 사건은 눈에 띄지 않게 시시 각각으로 그 의의를 나타내기 때문에 이 연
속적으로 계속되는 부단한 의의 표현의 각 순간마다 총사령관은 음모와 배려와
속박과 권력과 계획과 충고와 위협과 기만 등, 복잡한 소용돌이의 중심에 서서
자기에게 제출된 언제나 서로 모순되는 무수한 문제에 대답하지 않으면 안 되는
지위에 놓여 있는 것이다.

　군사 전문가가 지극히 진지하게 우리들에게 이야기하고 있는 바에 의하면 쿠
투조프는 필리로 가기 훨씬 이전에 군대를 칼루가 가도로 전진시켰어야 했다고
한다. 더우기 누군가가 그러한 안(案)을 제출한 사람까지 있었다는 것이다. 그러
나 총사령관 앞에는 언제나, 특히 사태가 곤란한 경우 하나나 둘이 아니고 동시
에 몇 십의 안이 제출된다. 게다가 또 전략과 전술을 근거로 한 이러한 안들은
모두 서로 모순되고 있는 것이 예사이다. 총사령관은 이러한 제안들 가운데의 어
느 것인가 하나를 선택하면 그것으로 끝나는 것처럼 생각되지만, 그러나 그것조
차도 좀처럼 되지 않는 것이다. 사정과 때가 사람을 기다려 주지 않는다. 이를테
면 28일에 칼루가 가도로 이동해야 한다는 제안이 있었다고 가정하자. 그런데 이
때 밀로라도비치의 부관이 달려와 지금 곧 프랑스군과 전투를 시작해야 할 것인
가 그렇지 않으면 퇴각해야 할 것인가 하고 묻는다. 그는 즉각 명령을 내리지 않
으면 안 된다. 그러나 퇴각 명령은 아군의 칼루가 가도로 도는 계획을 방해한다.
부관에 이어 이번에는 병참 부장이 식량은 어디로 날라야 하느냐고 묻는가 하면
야전 병원장은 어디에다 부상병을 옮겨야 하느냐고 묻는다. 게다가 페쩨르부르그
에서는 특사가 황제의 친서를 가지고 와서 모스크바를 버리는 것이 허용하지 않
는다고 한다. 총사령관의 경쟁자, 즉 그의 발 밑에다 함정을 파고 있는 자는(그러
한 류의 인간은 언제 어떠한 데에도 있는 것으로, 그것도 한 사람이나 두 사람이
아니다) 또 칼루가 가도로 나가려는 계획과는 대각선적으로 정반대의 새로운 안
을 제출한다. 그런데 총사령관 자신의 체력은 수면과 보강을 요구한다. 포상(褒
賞)에서 빠진 명예 있는 장군은 불평을 늘어놓으려 찾아온다. 주민은 보호를 애
원한다. 지형 정찰에 파견되었던 장교는 돌아와서 전에 파견되었던 장교와 전혀

반대된 보고를 한다. 척후도 포로도 정찰을 하고 온 장군도, 모두 상이한 적정(敵情)을 전한다. 모든 총사령관의 행동에는 반드시 따르게 마련인 필연적인 사정을 언제나 이행하지 못하거나 혹은 잊기 쉬운 사람들은, 이를테면 필리에 있어서의 군대의 상황을 우리들에게 설명하는 것에 의해서 9월 1일에 모스크바를 버릴 것인가 방어할 것인가 하는 문제를 총사령관이 완전히 자유로이 결정할 수 있었던 것으로 가정하게 마련이다. 그러나 모스크바에서 오 베르스타 가량 떨어진 지점에서 퇴각한 러시아군의 위치로는 이 문제의 해결은 불가능한 것이었다. 그러면 문제는 언제 결정되었는가? 그것은 드리사에서도 스몰렌스크에서도 결정되었으나 유달리 뚜렷이 느껴진 것은 24일의 쉐바르지노, 또 26일의 보로지노의 싸움에서였다. 그리고 보로지노에서 필리까지 퇴각하는 동안 내내, 매일 매시 매분마다 결정되고 있었던 것이다.

3

러시아군은 보로지노에서 퇴각한 뒤 필리 부근에 주둔하고 있었다. 진지 시찰을 나갔던 예르몰로프가 원수에게로 돌아왔다.

「이 진지에서 싸우는 것은 좋지 않습니다.」그는 말했다. 쿠투조프는 깜짝 놀라 그의 얼굴을 쳐다보고 그에게 다시 한 번 되풀이하게 했다. 그가 되풀이하자 쿠투조프는 그에게 손을 내밀었다.

「어디 손을 좀 내 보게.」그는 말했다. 그리고 그의 손을 뒤집어 맥을 짚으면서 이렇게 말했다. 「자네는 건강이 좋지 않은 것 같군. 지금 자기가 말한 것을 한 번 생각해 보게.」

쿠투조프는 도로고밀로프스카야 문(門)에서 육 베르스타 떨어진 포클론나야의 언덕에서 마차를 내려 길섶의 벤치에 걸터앉았다. 많은 장군들이 주위에 모였다. 모스크바에서 온 라스토프친 백작도 그들 축에 끼었다. 이 빛나는 일단은 다시 몇 패로 갈라져 진지의 유리함과 불리함, 군대의 상황, 가지가지의 제안, 모스크바의 상태 등등, 요컨대 군사상의 여러 문제에 대해서 서로 의견을 교환했다. 모두는 비록 그런 목적으로 소집된 것이 아니고 또 그런 명의로 붙여지지 않았지만 그러나 실제에 있어서 이것은 군사 회의라고 느꼈던 것이다. 이야기는 모두 일반적인 문제의 범위에 한정되어 있었다. 누군가가 개인에 관한 소식을 전하고 묻고 하는 사람이 있어도 그것은 조그만 목소리로 수군거릴 뿐, 이내 또 공통의 문제로 돌아오곤 했다. 이러한 사람들 사이에서는 농담과 웃음 소리는커녕 미소마저도 보이지 않았다. 분명히 모두가 고조된 그 자리의 분위기에서 벗어나지 않으려고 애들을 쓰고 있는 것 같았다. 그리고 사람들은 모두 저마다 자기네끼리 이야기하면서도 될 수 있는 한 총사령관 옆(총사령관의 벤치는 이러한 그룹의 중심을 이루고 있었다)을 떨어지지 않으려고 애쓰고 총사령관에게 자기네의 말이 들리도록 했다. 총사령관은 그것을 들으면서 이따금 자기 주위에서 이야기되고 있는 것을 되물었다. 그러나 자기 자신은 이야기에 가담하지도 않고 또 아무런 의견도 표명하지 않았다. 그는 무엇인가의 이야기를 듣고 나면 대개 실망한 듯한 얼굴빛이 되었다. 그들이 이야기하고 있는 것들은 모두 자기가 알려고 생각하고 있는 것과는 다르다는 듯 얼굴을 돌려 버리는 것이었다. 어떤 자는 선정된 진지(陣地) 이야기를 하면서 진지 그것보다 도리어 그 진지를 선정한 사람의 지력을 비평하는 데 더 열을 내고 있었다. 어떤 자는 실책은 이미 이전에 저질러져 있었다, 결전은 사흘 전에 해야 했다고 역설했다. 또 어떤 자는 금방 에스파냐의 군복 차림으로 도착한 프랑스인 크로사르에게서 들은 살라만카의 전쟁담을 늘어놓고 있었다(이 프랑스인은 러시아군에 복무하고 있는 독일 제후의 한 사람과 함께 사라고사의 포위전을 분석하면서 그와 마찬가지로 모스크바도 방어할 수 있다고 주장하고 있었다). 또 어떤 자는 라스도프친 백작이 나는 언제라도 모스크바의 의용군을 이끌고 수도의 성 밑에서 죽을 각오이지만 그렇더라도 나의 지위가 모호한 것만은 슬퍼하지 않을 수 없다, 만약 이러한 사정을 미리부터 알고 있었다면 어떻게 다른 방법도 있었을 텐데…… 하고 말했다. 또 어떤 자는 제각기 자기네의 심원(深遠)한 전술 지식을 과시하면서 군대가 취해야 할 방침을 이야기했다. 또 어떤 자는 전혀 무의미한 이야기를 하고 있었다. 그러자 쿠투조프의 얼굴은 차차 불안과 비애의 빛을 나타내기 시작하였다. 그는 이와 같은 갖가지 이야기 가운데서 오직 하나의 사실, 즉 모스크바를 방어하는 데는 문자 그대로 실제적인 가능성이 전혀 없다는 것이었다. 설령 누군가 무분별한 총사령관이 결전 명령을 내렸다 하더라도 공연히 혼란만을 가져올 뿐 도저히 전투 같은 것은 할 수 없을 정도로 전투의 가능성이 결여되어 있다는 것이었다. 왜냐하면 고급 지휘관들의 거의 전부가 이 진지의 방위는 불가능하다고 인정하고 있을 뿐만 아니라, 이 진지를 포기한 뒤에 일어날 일에 대해서만 논의하고 있었기 때문이었다. 부적당하다고 알고 있는 싸움터로 어떻게 지휘관이 자기의 군대를 이끌고 갈 수 있겠는가? 하급 지휘관도, 다른 사람과 마찬가지로 판단력을 갖고 있는 병사들도 모두 진지의 부적당함을 알고 있는 이상, 패배를 확신하고 전투에 나갈 수는 없는 것이었다. 설사 베니그센이 아무리 이 진지의 방어를 역설하고, 또 다른 사람이 그것을 심의하더라도 이 문제는 이제 그 자신이 의의를 잃고 그저 논쟁과 음모의 구실로서 특수한 의미를 가지고 있는 것에 지나지 않았다. 쿠투조프는 그것을 깨닫고 있었다.

베니그센은 자기가 이 진지를 선정하였기 때문에 열심히 자기의 러시아적 애국심을 드러내 보이면서(쿠투조프는 얼굴을 찌푸리지 않고는 그것을 듣고 있을 수 없었다) 모스크바의 방어를 역설했다. 쿠투조프는 명약관화하게 베니그센의 뱃속을 꿰뚫어보고 있었다. 그것은 방어가 실패로 끝났을 경우에는 싸우지 않고 보로비에브이예 고르이까지 군대를 퇴각시킨 죄를 쿠투조프에게 전가시키고, 성공한 경우에는 그것을 자기의 공적으로 돌리며, 또 만약 자기 주장이 거부당하였을 경우에 모스크바 포기의 죄를 모면하겠다는 것이었다. 그러나 이러한 음모는 지금 노장군의 흥미를 끌지 못했다. 그의 마음을 가득 채우고 있는 것은 오직 하나의 무서운 문제였다. 그러나 이 문제에 대한 답변은 누구의 입에서도 들을 수 없었다. 지금 그를 괴롭히고 있는 문제는 다음과 같은 것이었다.『그래, 도대체 나폴레옹을 모스크바에 들여 놓은 것은 정말 나일까? 언제 나는 그런 짓을 하였던 것일까? 언제 그것이 결정되었던 것일까? 어제 내가 플라토프에게 퇴각 명령을 내렸을 때일까? 그렇지 않으면 그제 저녁 졸면서 베니그센에게 지휘를 명령한 때일까? 혹은 그보다도 더 이전일까?…… 정말 이러한 무서운 일이 도대체 언제 결정되었다는 것일까? 불가불 모스크바는 버리지 않으면 안 된다. 군대는 퇴각하지 않으면 안 된다. 그리고 이 명령은 꼭 내리지 않으면 안 되는 것이다.』이 무서운 명령을 내린다는 것은 쿠투조프에겐 군대의 지휘를 버리는 것과 마찬가지의 것으로 생각되었다. 그러나 그는 권력을 사랑하고 또한 그것에 길들어 있었을 뿐만 아니라(터키에 있을 때 자기의 상사 프로조프스키이 공작이 비상한 존경을 받고 있는 것을 보고 그는 얼마나 안타깝게 생각했던가) 자기는 러시아를 구출해야 할 사명을 띠고 있다. 그렇기 때문에 황제의 뜻을 거역해 가면서까지 민의를 좇아 총사령관으로 선출된 것이라고 굳게 믿고 있었다. 이 어려운 조건 밑에서 군대의 수뇌일 수 있는 사람은 오직 자기 한 사람뿐이다, 불사신의 나폴레옹을 적으로서 두려워하지 않는 자는 이 세상에 오직 자기 한 사람이 있을 뿐이라고 믿고 있었다. 그렇기 때문에 그는 이 명령을 내리지 않으면 안 된다고 생각하였을 때 등골이 오싹했다. 그러나 그는 어떻게든 결말을 짓고 너무 자유로운 분위기를 띠기 시작한 주위의 이야기를 중지시키지 않으면 안 되었다.

그는 나이 많은 장군들을 가까이 불렀다.

「내 머리가 좋건 나쁘건 이것에 의지하는 외에 다른 도리는 없으니까.」그는 벤치에서 일어서면서 이렇게 말하고, 마차를 기다리게 하고 있는 필리 쪽으로 말을 몰았다.

4

농부 안드레이 사보스찌야노프의 넓고 깨끗한 집에서는 두 시부터 회의가 열렸다. 이 농부네의 대가족—남자들과 아낙네들과 어린 아이들—은 현관 입구를 지난 골방 속에서 빽빽하게 비비대고 있었다. 오직 하나 안드레이의 손녀인 올해 여섯 살 난 말라샤라는 계집애만 원수에게 귀여움을 받아, 차 시간에 설탕 한 덩어리를 얻고는 그대로 큰 오두막집 벽난로 위에 남아 있었다. 말라샤는 잇따라서 차례차례로 들어와, 상단(上壇)의 성상 아래 놓여 있는 넓은 벤치에 앉는 장군들의 얼굴과 군복과 훈장 등을 두려운 듯, 그러면서도 기쁜 듯이 벽난로 위에서 쳐다보고 있었다. 할아버지(말라샤는 마음 속으로 쿠투조프를 이렇게 부르고 있었다)는 모두에게서부터 혼자 떨어져 벽난로 뒤 어두운 구석에 앉아 있었다. 그는 접는 의자에 깊이 몸을 파묻고 앉아서 줄곧 끙끙 소리를 내기도 하고 웃옷의 깃을 바로잡기도 했다. 웃옷의 단추는 끌러져 있었으나 그래도 목이 죄는 모양이었다. 잇따라 들어온 장군들은 원수에게로 다가갔다. 그러자 원수는 어떤 사람에게는 손을 쥐어 주기도 하고 어떤 사람에게는 고개를 끄덕여 보이기도 했다. 부관 카이사로프가 쿠투조프의 맞은편에 있는 창문의 커튼을 젖히려고 하자 쿠투조프는 거칠게 손을 흔들어 막았기 때문에 카이사로프는, 『각하는 얼굴을 보이고 싶어하시지 않는구나』 하고 생각했다.

지도며 작전 계획표며 연필과 서류 등이 놓여 있는 농부네의 것인 듯한 전나무 탁자 주위에는 상당히 많은 사람이 모여 있었기 때문에 종졸은 다시 벤치 하나를 가지고 와 탁자 옆에 놓았다. 이 벤치에는 금방 온 예르몰로프와 카이사로프와 톨리가 앉았다. 성상 바로 밑의 상좌에는 게오르기이 훈장을 목에 건 바르클라이드 톨리가 앉아 있었다. 넓은 이마는 대머리에 이어져 있었으며 그 얼굴은 핼쑥하고 병적인 빛을 띠고 있었다. 그는 벌써 이틀 동안이나 신열로 고통을 받았고 또한 지금도 오한과 두통으로 괴로와하고 있었다. 그 옆에 나란히 앉아 있는 우바로프는 모두와 마찬가지로 그리 크지 않은 목소리로 수선스러운 몸짓을 하면서 바르클라이에게 무엇인가를 이야기하고 있었다. 몸집이 작은 똥똥한 도흐투로프는 눈썹을 치켜올리고 두 손을 배 위에다 포갠 채 주의 깊게 귀를 기울이고 있었다. 다른 한쪽에서는 오스쩨르만 톨스토이 백작이 윤곽이 뚜렷한 얼굴에 눈을 반짝이면서 그 큼직한 머리를 한쪽 손에다 얹고 앉아 있었는데, 무엇인가 깊은 생각에 잠겨 있는 것 같았다. 라예프스키이는 안절부절 못하는 듯한 얼굴을 하고, 익숙한 손짓으로 양쪽 살쩍을 앞쪽으로 비비면서 쿠투조프의 얼굴과 입구의 문을 번갈아 바라보고 있었다. 코노브니스인의 야무지고 아름다운 선량한 얼굴은 부드러우면서도 온화한 미소로 빛나고 있었다. 그는 말라샤의 시선과 부딪치자 눈으로 윙크를 했다. 그것을 보고 소녀는 킥킥거리며 웃었다.

모두는 새로운 진지 시찰을 하러 간다는 구실로 자기 혼자만 맛있는 식사를 태연히 하고 있는 베니그센을 기다리고 있었다.

모두는 네 시에서 여섯 시까지 기다리면서 회의에는 들어가지 않고, 죽 나직한 목소리로 잡담을 하고 있었다.

그 베니그센이 방으로 들어오자 쿠투조프는 자기 자리에서 일어나 탁자로 다가갔는데, 그것도 탁자 위에 있는 촛불의 불빛이 자기의 얼굴에 비치지 않는 위치를 골랐다.

베니그센은 〈싸우지 않고 러시아의 거룩한 고도(古都)를 버려야 할 것인가, 혹은 방어해야 할 것인가〉하는 문제로 회의를 시작했다. 오랫동안 침묵이 계속되었다. 모두의 얼굴은 찌푸려져 있었고, 고요 속에 쿠투조프의 화가 나 있는 듯한 끙끙거리는 소리와 기침 소리가 들렸다. 모두의 눈은 그에게로 쏠렸다. 말라샤도 역시 할아버지를 찬찬히 지켜보고 있었다. 소녀는 원수에게 가장 가까이 있었으므로 그의 얼굴이 주름투성이가 되고 금방이라도 울음을 터뜨릴 것같이 된 것을 보았다. 그러나 그것은 오래 계속되지는 않았다.

「러시아의 거룩한 고도(古都)!」노기 등등한 목소리로 베니그센의 말을 되뇌이면서 돌연 입을 열었다. 그것은 이 말의 거짓된 어조를 지적하기 위해서인 것 같았다.「각하, 입바른 말 같지만 이 문제는 우리 러시아인에게는 아무런 의미도 없읍니다(그는 무거운 몸을 앞으로 내밀었다). 이것은 문제도 되지 않으며 또한 문제로 삼더라도 아무런 의미도 없는 것입니다. 내가 여러분들에게 모여 줄 것을 바라고 해결하고자 하였던 문제는 군사적인 문제입니다. 그 문제란 다름이 아닙니다. 〈러시아의 구출은 군대에 있다, 응전을 하여 그 군대와 모스크바를 잃는 것이 좋은가, 혹은 싸우지 않고 모스크바를 내주는 것이 좋은가?〉하는 문제인 것입니다. 나는 이 문제에 대하여 여러분의 의견을 듣고자 하는 바입니다.」하고 그는 또 몸을 뒤로 젖혀 안락의자에 등을 기댔다.

토론이 시작되었다. 베니그센은 아직 이 승부에 졌다고는 생각하고 있지 않았다. 필리의 방어전은 불가능하다는 바르클라이와 그 밖의 사람들의 의견을 시인하면서도 러시아적인 애국심과 모스크바에 대한 애정을 온몸에 나타내면서 군대를 밤중에 오른쪽에서 왼쪽으로 이동시켜 이튿날 프랑스군의 오른쪽을 공격할 것을 주장했다. 의견은 구구하게 갈려 베니그센 설(說)에 대한 찬반의 논쟁이 비등했다. 예르몰로프, 도흐투로프, 라예프스키이는 베니그센의 의견에 동의했다. 그들은 고도를 버리기 전에 무엇인가 희생을 치러야겠다는 감정에 지배되어 있는 것인지, 혹은 달리 개인적인 고려가 있는 것인지, 하여튼 이러한 장군들은 지금에 와서는 아무리 회의를 하여도 사태의 피하지 못할 진행을 바꿀 수 없다는 것과, 모스크바는 이미 포기되어 있는 것이나 다름 없다는 것을 이해하지 못하고 있는 것 같았다. 그 밖의 장군들은 그것을 깨닫고 있었으므로 모스크바 문제를 제쳐 놓고 퇴각의 경우에 군대가 취해야 할 방침을 이야기했다.

눈앞에서 벌어지고 있는 것을 한눈도 팔지 않고 찬찬히 지켜보고 있던 말라샤는 이 회의를 다른 의미로 해석하고 있었다. 즉, 그녀의 눈에는 〈할아버지〉와 〈옷자락이 긴 사람(그녀는 베니그센에게 이러한 이름을 붙였다)〉의 개인적인 논쟁처럼 생각되었던 것이다. 그녀는 둘이 날카로운 어조로 이야기하고 있는 것을 보고 마음 속으로 은근히 할아버지 편을 들었다. 그녀는 할아버지가 이야기 도중 힐끔 교활한 시선을 베니그센에게로 던지는 것을 보았다. 이윽고 그것에 이어 할아버지가 무엇이라고 말하여 옷자락이 긴 사람을 굴복시킨 것을 보자 소녀는 못견디게 기뻤다.

베니그센은 갑자기 얼굴을 새빨갛게 붉히고 화가 잔뜩 나 방안을 거닐기 시작했다. 베니그센에게 그처럼 격렬하게 작용한 말은, 쿠투조프가 가라앉은 조용한 목소리로 말한 베니그센의 제안, 즉 프랑스군의 오른쪽을 공격하기 위해서 야음을 타서 군대를 오른쪽에서 왼쪽으로 이동시키자는 제안의 거부에 관한 의견이었다.

「여러분, 나는.」 하고 쿠투조프는 말했다. 「백작의 계획에 찬동할 수 없읍니다. 적진 가까이에서 군대의 위치를 이동한다는 것이 얼마나 위험한가에 대해서는 전사(戰史)가 이를 증명하고 있읍니다. 즉, 이를테면……(쿠투조프는 적당한 예를 찾으면서 밝고 순박한 눈빛으로 베니그센을 쳐다보고 무엇인가 생각에 잠긴 듯한 몸짓을 했다) 그렇습니다, 바로 그 프리들란드의 싸움이 그렇습니다. 그 전투는 백작도 잘 알고 계시다시피…… 그리 성공한 것이라고는 생각지 않습니다. 그것은 아군이 너무 적과 가까운 거리에서 진형을 바꾸었기 때문입니다……」 한순간 침묵이 흘렀다. 그것은 모두에게는 몹시 길게 생각되었다.

토론은 다시 시작되었으나 몇 차례 끊겼다. 사람들은 이제 아무것도 말할 것이 없는 듯한 느낌이 들었다.

이렇게 토론이 끊긴 어느 순간, 쿠투조프는 무엇인가를 말하려는 듯 무거운 한숨을 토했다. 모두 그쪽을 돌아보았다.

「그건 그렇고, 여러분! 어차피 깨진 단지의 배상을 해야 할 사람은 바로 이 나라는 것을 알고 있읍니다.」 그는 말했다. 그리고 서서히 일어서면서 탁자로 다가갔다. 「여러분, 나는 여러분의 의견을 들었읍니다. 개중에는 찬성하지 않는 분도 있을 테지만 나는…….」 하고 그는 말을 끊었다. 「우리의 황제와 조국으로부터 맡겨진 권한에 의하여 퇴각을 명령합니다!」

그것에 이어 장군들은 마치 장례식 뒤처럼 장엄하고 조심스러운 태도로 묵묵히 흩어지기 시작했다.

두서너 장군은 회의 때와는 전혀 다른 조그만 목소리로 총사령관에게 무엇인가를 전하고 있었다.

아까부터 식사를 기다리고 있던 말라샤는 맨발로 발 끝을 벽난로의 튀어 나온 데를 딛고 조심스럽게 내려왔다. 그리고 장군들의 다리 사이를 누벼 문 밖으로 뛰어나갔다.

장군들을 돌려 보내고 나서도 쿠투조프는 오랫동안 탁자에다 팔꿈치를 짚고 앉은 채 언제까지나 그 무서운 문제를 생각하고 있었다.

『도대체 언제일까, 언제 모스크바의 포기가 마침내 결정된 것일까? 이 문제를 결정한 것이 도대체 언제 행해졌던 것일까? 도대체 이것은 누구의 책임일까?』

「이렇게 되리라고는, 이렇게 되리라고는 생각도 못 했어.」 밤이 꽤 이슥한 뒤 방으로 들어온 부관 슈나이데르에게·그는 이렇게 말했다. 「이렇게 되리라고는 예상하지 못했어! 설마 이렇게 되리라고는!」

「각하, 쉬지 않으시면 안 됩니다.」 슈나이데르는 말했다.

「아니, 안 되지, 안 되지, 이대로는! 지금이라도 놈들에게 말고기를 먹일 테니까.」 쿠투조프는 대답도 하지 않고 부풋한 주먹으로 탁자를 치면서 외쳤다. 「꼭 처먹여 주고 말 테다! 다만…….」

5

바로 그 무렵 군대가 싸우지 않고 퇴각하는 것보다도 더 중대한 사건——즉, 모스크바의 포기와 그 소각(燒却)에 대해서 이 사건의 지도자로 지목되었던 라스토프친은 쿠투조프와 전혀 반대의 활동을 하고 있었다.

이 사건은 마치 보로지노의 싸움 뒤 군대가 싸우지 않고 모스크바 동쪽으로 퇴각했던 것과 똑같이 역시 피할 수 없는 필연의 것이었다.

모든 러시아인은 추리의 힘에 의한 것이 아닌 우리들과 우리들의 선조들의 내부에 잠겨 있는 감정을 근거로 하여 이 사태를 예언할 수 있었을 것이다.

스몰렌스크를 비롯하여 러시아의 모든 촌락에서는 라스토프친 백작과 그 포고(布告)에 관계 없이 모스크바에서 일어났던 것과 똑같은 현상이 일어났다. 민중은 태연한 얼굴로 적을 기다리고 있었다. 폭동도 일어나지 않았고 동요하지도 않았고 또 누구를 학살하지도 않고, 가장 어려운 경우에 처하여 자기가 하여야 할 일을 발견할 수 있다는 자신을 가지고 조용히 자기의 운명을 기다리고 있었다. 그리고 적이 다가오자 부자는 재산을 버리고 떠나고 가난한 사람은 머물러 뒤에 남은 물자를 불사르고 부수었다.

이것은 마땅히 그러하여야 한다, 또 언제나 그렇지 않으면 안 된다는 의식이 당시 러시아인의 마음에는 있었다. 아니, 지금도 역시 있다. 1812년부터 모스크바 사회에 있었다. 벌써 칠월부터 팔월 초순에 걸쳐 모스크바를 뜨기 시작했던 사람들은 이것을 예상하고 있었던 것을 이 행위에 의하여 입증하고 있다. 집을 버리고 재산의 반을 버리고 가질 수 있는 한의 것만을 가지고 떠났던 그 사람들도 잠재적인 애국심에 의해 행동했던 것이다. 이러한 애국심은 호언 장담이라든지 조국을 구제하기 위해서 아이를 죽였다는 따위의 부자연스러운 행위로 나타난 것이 아니라 눈에 띄지 않게 소박하고 유기적으로 나타나는 것으로, 따라서 언제나 보다 강력한 결과를 나타나게 하는 것이었다.

「위험을 두려워하여 도망하는 것은 수치스러운 일이다. 오직 비겁자만이 모스크바에서 도망질치는 것이다.」라고 그들에게는 이야기되고 있었다. 라스토프친은 자기의 삐라로 모스크바에서 도망하는 것은 굴욕이라고 경고했다. 그들은 비겁자의 오명을 받는 것은 부끄러웠기 때문에 내빼기도 거북했다. 그러나 그래도 그들은 역시 도망쳤다. 그것은 그렇게 하는 외에 다른 방도가 없다는 것을 알고 있었기 때문이다.

왜 그들은 도망했는가? 그것은 라스토프친이 점령지에서 행하는 나폴레옹의 갖가지 무서운 행위를 들어 그들을 위협하였기 때문이라고는 상상할 수 없다. 먼저 채비를 하여 도망질친 것은 부유한 지식 계급의 사람들이었으니까, 빈이나 베를린이 조금도 파괴되지 않았던 것도, 또 이러한 도시들이 나폴레옹에게 점령당했을 때 시민은 매력 있는 프랑스인과 함께 즐겁게 시간을 보낸 것도 그들은 잘 알고 있었다. 더우기 당시 러시아인, 특히 부인들은 어지간히 프랑스인을 좋아하고 있었던 것이다.

그들이 떠난 것은 프랑스인의 지배를 받으면서 모스크바에서 사는 것이 좋은가 나쁜가 하는 문제는 러시아인에게는 존재할 수 없었기 때문이다. 프랑스인의 지배 밑에서는 도저히 살 수 없었다. 그것은 무엇보다도 싫은 일이었다. 그들은 보로지노 싸움 이전에도 이미 피난을 시작하고 있었고 보로지노 싸움 뒤에는 그것이 한층 빈번해졌다. 그들은 수도 방어의 격문에는 눈도 거들떠보지 않았고, 모스크바 총독이 이베리의 성모상을 앞세우고 출정하겠다는 소신 발표나 프랑스인을 반드시 무찌르겠다는 기구(氣球)나 혹은 라스토프친이 그 포고 속에 쓴 온갖 쓸데없는 말에는 귀도 기울이지 않았다. 싸워야 하는 것은 군대이다. 만약 군대에게 그 힘이 없다면, 그렇다면 아가씨와 머슴들을 데리고 나폴레옹과 싸우기 위해 트리 고르이로 갈 수도 없는 것이니까 아무리 자기의 재산을 버리는 것이 아깝더라도 결국 도망가지 않으면 안 된다는 것을 그들은 알고 있었다. 이리하여 주민에게 버림을 받은 부유한 대도회의 위대한 의의(意義)를 생각하지 않고 그들은 떠났다. 그런데 그것이 불태워질 것은 뻔한 일이었다(텅 빈 큰 목조의 도회는 마땅히 태워지지 않으면 안 되었던 것이다). 그들이 떠난 것은 저마다 자기를 위해서였으나 동시에 그들이 떠났기 때문에 비로소 러시아 국민의 최대의 영광으로서 영원히 기억될 위대한 사건은 수행되었던 것이다. 당시 자기는 나폴레옹의 하인이 아니라는 막연한 의식과 라스토프친 백작의 명령으로 발이 묶이지는 않을까 하는 두려움을 느끼면서 벌써 유월 무렵부터 흑인과 광대를 데리고 모스크바에서 사라토프의 시골로 피난한 귀부인은 이 행위로 해서 깨끗아 그리고 또한 거짓말 아닌 러시아 구제의 위대한 사업을 성취케 한 셈이 된다.

그런데 라스토프친 백작은 떠나는 자를 모욕하고, 여러 관청을 옮기고 쓸모 없는 오합지졸에게 도움도 되지 않는 무기를 주고 성상을 끌어내고 아브구스찐(모스크바 대주교—역주)에게 성인의 유해(遺骸)와 성상을 실어 내는 것을 금하고, 모스크바에 있는 개인 소유의 짐수레를 모조리 징발하여 백 서른 여섯 대의 짐수레로 레피히가 만든 기구를 운반하고, 모스크바의 소진(燒盡)을 넌지시 비치고 자기의 집을 불태운 것을 자랑하고, 프랑스인에게 선언서를 보내어 그들이 유아의 피난소를 파괴한 죄를 장중한 태도로 비난한 전말을 떠벌리고, 모스크바 소각의 명예를 스스로 넘겨 받고 또 그것을 부정하고, 간첩은 모조리 붙잡아 데리고 오라고 시민에게 명령하기도 하고, 그런가 하면 그것을 실행한 자를 견책하고 프랑스인을 모두 모스크바에서 내쫓으면서 모스크바 주재의 모든 프랑스인의 중심을 이루고 있는 오베르 쉬알리메를 그대로 시내에서 살게 하고, 세인에게 존경을 받고 있는 우체국장 클류챠레프 노인을 이렇다 할 죄도 없는데 포박하여 추방하고, 프랑스군과 싸우기 위해서 트리 고르이에 인민을 모으고, 그 민중에게서 도망질쳐 나오기 위해서 그들에게 살인 행위를 범하게 하고 당자인 자기는 뒷문으로 살짝 자취를 감추고, 자기는 모스크바의 불행을 참을 수 없다고 말하고, 자기가 이 사건에 관계한 것을 프랑스어의 시(나는 타타르인으로 태어났으나 로마인이 되고자 한다. 프랑스인은 나를 오랑캐라고 부를지라도 러시아인은 조르즈 당댕이라고 부른다—)로 지어 앨범에 쓰곤 했다

그러나 결국 그는 진행되고 있는 사건의 의의를 이해하지 못하고 그저 무엇인가를 하여 사람을 놀라게 해주고 싶고, 무엇인가 애국적이고 영웅적인 행위를 하고 싶다고 서두를 뿐이었다. 그리고 모스크바의 포기, 소각이라는 위대하고 필연적인 사건을 어린 아이처럼 가지고 놀면서 그 자신도 같이 밀려서 흘러가는 국민적인 대분류를 그 조그만 손으로 고무하기도 하고 제지하기도 하려고 버둥거리고 있었던 것이다.

6

엘렌은 조정(朝廷)의 대신들과 함께 빌리나에서 페쩨르부르그로 돌아와서 몹시 괴로운 입장에 놓여 있었다. 엘렌은 페쩨르부르그에서 국정의 자문에 참여하고 있는 한 대관의 유다른 후원을 받고 있었다. 그런데 빌리나에서 한 젊은 외국의 황족과 친하게 되었다. 그녀가 페쩨르부르그로 돌아와 보니 황족도 대관도 두 사람 다 이곳에 있으면서 서로 그 권리를 주장하는 것이었다. 그래서 엘렌은 어느 쪽에도 모욕을 주지 않고, 어느 쪽과도 친근한 관계를 유지하지 않으면 안 된다는 지금까지 경험한 적이 없는 새로운 난관에 봉착했다.

다른 부인이었다면 좀처럼 감당할 수 없을 만큼 어렵게 생각되는 일이라도 뛰어난 현부인이라는 명성을 누리고 있는 베주호프 백작 부인에게는 그리 깊이 생각할 정도의 것이 아니었다. 만약 그녀가 자기의 행위를 숨기면서 교활한 수단으

로 그 거북한 상태에서 빠져 나가려고 하였다면 오히려 자기의 죄를 의식하고 일을 망그러뜨려 버렸을 테지만, 엘렌은 그와는 전혀 반대로 무엇이건 하고 싶은 일을 할 수 있는 참다운 위인처럼 대뜸 자기를 정의의 위치에 올려 놓고(그녀는 진심으로 그것을 믿고 있었다) 다른 사람을 모두 부정의 위치로 떨어뜨렸던 것이다.

꼭 한 번 젊은 외국의 황족이 조심조심 엘렌의 죄를 나무랐을 때 그녀는 그 아름다운 고개를 오연(傲然)히 뒤로 젖히고 반쯤 상대방에게로 몸을 틀면서 야무지게 이렇게 말했다.

「그것이 남자의 이기주의자와 잔인성이라는 거예요! 저도 물론 그 이상은 기대하지도 않았지만 여자는 당신네의 희생이 되어 괴로와하고 있는데 겨우 이것이 그 보답이니 말씀이에요. 전하, 그래 당신은 저의 우의와 감정의 설명을 요구할 어떤 권리를 갖고 있다고 생각하십니까? 그분은 저에게는 아버지보다 귀중한 사람이에요.」

황족이 무엇이라고 말하려고 하였으나 엘렌은 그것을 가로막았다.

「네, 그래요!」 그녀는 말했다. 「그야 그분이 저에 대해서 품고 있는 감정은 꼭 아버지의 그것이라고만은 말할 수 없을는지 모르지만 그렇다고 그분의 방문을 물리칠 수도 없잖아요. 저는 남자처럼 배은 망덕한 짓은 할 수 없으니까 말이에요! 그렇지만 자신의 가슴 속 깊이 간직하고 있는 감정에 대해서는 저는 하느님과 양심에만 책임을 질 생각이에요. 그것을 알아 주시겠어요?」 그녀는 붕긋이 솟아오른 아름다운 가슴에다 한쪽 손을 대고 하늘을 바라보면서 이렇게 말을 맺었다.

「하지만 저어, 제 말도 좀 들어 주십쇼.」

「저하고 결혼해 주세요, 그러면 저는 당신의 노예가 되겠어요.」

「그러나 그것은 되지 않는 일입니다.」

「당신은 저하고 결혼하시는 것을 신분에 관계되는 일이라고 생각하고 계시는 거겠죠, 당신은……」 엘렌은 울면서 이렇게 말했다.

황족은 그녀를 달래려 들었다. 그러자 엘렌은 자기의 결혼을 방해하는 사람은 아무도 없다, 그러한 예는 세상에 흔하다(그 무렵 아직 그러한 예는 적었으나 그녀는 나폴레옹과 그 밖의 귀족의 이름을 들었다), 자기는 한 번도 지금의 남편의 아내였던 적은 없다, 그저 산 제물로 바쳐졌을 뿐이라고 눈물을 글썽거리면서(사려 분별을 잊은 듯한 모습으로) 주워댔다.

「하지만 법률이, 종교가……」 황족은 벌써 항복하면서 이렇게 말했다.

「법률, 종교……만약 법률과 종교에 그만한 힘이 없다면 도대체 무엇 때문에 그런 것들이 만들어졌는지 모르겠어요!」엘렌은 말했다.

황족은 이렇게도 간단한 분별이 머리에 떠오르지 않았던 것에 스스로 놀랐다. 그리고 자기와 밀접한 관계가 있는 예수회의 목사들에게 조언을 구했다.

그로부터 며칠 뒤, 엘렌이 카멘느이 오스트로프의 자기의 별장에서 베푼 호화로운 연회 석상에서 눈처럼 새하얀 머리와 반짝이는 까만 눈을 가진, 그리 젊지는 않지만 매력에 찬 무슈 드 조베르가 그녀에게 소개되었다. 이 사람은 〈짧은 옷을 입은 예수회의 목사〉였다. 그는 전기 장식의 불빛이 휘황하고 음악이 흐르는 뜰에서 신과 그리스도와 성모에 대한 사랑과 또 유일하고 거룩한 카톨릭교에 의하여 얻어지는 현세와 내세의 위안 등에 대해 오랫동안 엘렌과 이야기를 주고 받았다. 엘렌은 감동했다. 그녀의 눈에도 무슈 드 조베르의 눈에도 몇 번인가 눈물이 돌고 목소리가 떨렸다. 그러는 동안 한 남자가 춤의 상대자로서 엘렌을 부르러 왔기 때문에 그녀의 미래의 〈양심의 지도자〉와의 이야기는 방해를 받았다. 그러나 그 이튿날 저녁 무슈 드 조베르는 혼자서 엘렌을 찾아왔다. 그리고 이때부터 그는 자주 그녀의 집에 출입하게 되었다.

어느 날 그는 백작 부인을 카톨릭 교회로 안내했다. 그녀는 이끌리는 대로 제단 앞에 무릎을 꿇었다. 매력에 넘치는 프랑스인이 그녀의 머리에 두 손을 얹었다. 그때 그녀는(나중에 자기가 이야기한 바에 의하면) 무엇인가 산뜻한 바람 같은 것이 마음 속으로 불어 들어오는 것을 느꼈다. 그녀에게는 그것이 〈은총〉이라고 설명되었다.

이윽고 〈긴 옷을 입은〉 수도원장이 그녀에게로 안내되어 왔다. 그는 그녀의 고해 성사를 받고 그 죄를 용서했다. 이튿날 심부름꾼이 성체를 담은 상자를 가지고 와서 집에서 쓰도록 하라고 놓고 갔다. 며칠이 지난 뒤 엘렌은 자기가 이제 진실한 카톨릭교에 들어왔다는 것, 멀지 않아 교황도 그녀의 입교를 알고 무슨 서류를 보내 올 것이라는 것 등을 듣고 마음으로부터 만족해 했다.

이 동안에 그녀의 주위와 그 신상에 일어난 모든 것——많은 현명한 사람들에게서 기분 좋고 세련된 형식으로 표현된 관심과 지금 그녀를 싸고 있는 비둘기 같은 청초함(엘렌은 그 무렵 언제나 흰 리본을 단 흰 옷을 입고 있었다) 등은 모두 그녀에게 만족을 주었으나 이러한 만족 때문에 한순간이라도 목적을 게을리 한다든가 하는 일은 절대로 없었다.

교활한 일에 있어서는 어리석은 인간이 오히려 영리한 사람을 속여 넘기는 법이나 그녀도 이 같은 가지가지의 말과 배려가 주로 자기를 카톨릭교에 끌어들여 예수회를 위해서 돈을 짜내는 것을 목적으로 하고 있다는 것을 깨달았다(그녀는 이것에 대해서 암시를 받았던 것이다). 그래서 돈을 제공하기 전에 먼저 남편에게서 해방시켜 달라고 주장했다. 그녀의 생각에 의하면 모든 종교의 의의는 그저 어느 정도의 체면을 유지하면서 인간의 욕망을 만족시키는 것에 있었다. 그녀는 이 목적을 가지고 어느 날 자기의 고백 신부와 이야기를 하는 가운데 지금의 결혼이 얼마나 자기를 속박하고 있는가에 대해서 집요하게 해답을 요구했다.

두 사람은 객실의 창가에 앉아 있었다. 땅거미가 질 무렵이었다. 창문에서는 꽃의 향기가 흘러들어왔다. 엘렌은 가슴과 어깨께가 비치는 흰 옷을 입고 있었다. 미끈하게 면도질이 된 부릇한 살찐 턱과 굳게 다문 기분 좋은 입을 가진, 자못 영양이 좋은 신부는 흰 손을 얌전히 무릎 위에 깍지낀 채 엘렌의 가까이에 앉아 입술에 미묘한 미소를 띠우고 그녀의 아름다움에 홀린 듯, 그러면서도 평화로운 눈빛으로 이따금 상대방의 얼굴을 쳐다보았다. 그리고 두 사람의 마음을 차지하는 문제에 대해서 자기의 의견을 늘어놓았다. 엘렌은 불안스러운 미소를 띠우고 상대방의 곱슬곱슬한 머리와 미끈하게 면도질이 된 거무스름하고 피둥피둥한 볼을 쳐다보면서 이제나저제나 하고 이야기가 다른 방향으로 옮겨 가기를 기다리고 있었다. 그러나 고백 신부는 분명히 상대방의 미모를 향락하면서 동시에 자기 화술이 교묘함에 도취되어 있었다.

양심의 지도자의 논법은 다음과 같은 것이었다. 엘렌은 자기가 하려고 하는 행위의 의미를 모르면서 어느 사람에게 아내로서 영원한 정조를 맹세했다. 그런데 그 사람도 또 결혼의 종교적인 의의를 믿지 않고 결혼하여 종교 모독의 죄를 범하였던 것이다. 그래서 이 결혼은 마땅히 지녀야 할 이중의 의의를 가지고 있지 않다. 그럼에도 불구하고 그녀는 역시 자기의 맹세에 속박당하고 있다. 그런데 그녀는 그 맹세를 저버렸다. 이것은 과연 무엇을 의미하는 것인가? 〈용서될 죄인가, 그렇지 않으면 죽음에 상당한 죄인가?〉 물론 〈용서될 죄〉이다. 왜냐하면 그것은 악의 없이 행한 것이기 때문이다. 그래서 만약 그녀가 아이를 가질 목적을 가지고 새로 결혼한다면 그 죄는 용서될 것이다. 그러나 문제는 또 둘로 나뉘어진다. 그 첫째는…….

「그렇지만 저는 이렇게 생각해요.」 이제 싫증이 난 엘렌은 그 요염한 미소를 띠우고 갑자기 이렇게 말했다. 「저는 이제 진실한 종교에 들어갔으니까 거짓된 종교가 부과한 것 따위에 속박당할 필요는 없지 않아요?」

〈양심의 지도자〉는 너무나도 간단히 눈앞에 콜룸부스의 달걀이 튀어 나왔으므로 깜짝 놀라고 말았다. 그는 자기 제자의 진보가 의외로 빠른 것에 감탄했으나 자기가 고심하여 쌓아 올린 논증의 건물을 호락호락 단념할 수는 없었다.

「백작 부인, 서로 잘 생각해 보도록 합시다.」 그는 미소를 띠우고 이렇게 말하고, 고해자의 의견을 반박하기 시작했다.

7

엘렌은 종교적인 관점에서 보면 이 사건이 지극히 간단하고 수월하다는 것을 깨닫고 있었다. 그러나 그녀의 지도자들은 속세의 권력이 이 문제를 어떻게 보는가 하는 점을 걱정하고 있었으므로 여러 가지로 난색을 보이고 있었다.

그 결과 엘렌은 사교계에서도 이 문제에 대한 공작을 해두어야겠다고 결심했다. 그녀는 노대관(老大官)의 질투를 불러일으켜 최초의 애인에게 말했던 것과 똑같은 것을 그에게도 말했다. 즉, 그녀에 대한 권리를 획득하는 유일한 방법은 결혼하는 도리밖에 없다는 것이었다. 처음은 노대관도 젊은 황족과 마찬가지로 살아 있는 남편을 버리고 결혼하자느니 하는 그녀의 제의에 놀랐었다. 그러나 그것은 처녀의 결혼과 마찬가지로 단순하고 자연스러운 것이라는 엘렌의 확고 부동한 신념이 그를 움직였다. 만약 엘렌 그 사람에게서 조금이라도 동요와 수치와 비밀의 빛이 보였다면 분명히 일은 실패로 돌아갔을 테지만 그러한 비밀과 수치의 그림자가 보이지 않았을 뿐만 아니라 오히려 그녀는 단순하고 정직하고 순박한 태도로 자기의 벗들——말하자면 페쩨르부르그 전체——을 향해서 황족과 대관이 동시에 청혼을 했는데 자기는 두 사람을 똑같이 사랑하고 있으므로 어느 쪽을 슬프게 하는 것도 괴롭다는 이야기를 했다.

그러나 곧 온 페쩨르부르그에 퍼진 것은 엘렌이 남편과의 이혼을 꾀하고 있다는 소문이 아니라(만약 이런 소문이 퍼졌다면 많은 사람들은 이 불법적인 의도에 반대하였을 것이다) 모든 사람의 흥미의 대상이었던 그 불행한 엘렌이 두 사람 가운데의 어느 쪽과 결혼할까 하고 망설이고 있다는 소문이었다. 그것이 어느 정도로 가능한가 하는 것은 이젠 문제가 되지 않았다. 그저 어느 쪽과 결혼하는 것이 유리한가, 궁정에서는 이 일을 어떻게 보는가 하는 것이 중대 문제였다. 아닌게 아니라 개중에는 이 문제의 핵심을 이해하지 못하고 이 의도를 결혼의 신성에 대한 모독이라고 보는 편협한 자들도 있었다. 그러나 그러한 패들은 소수인데다가 대개 침묵을 지키고 있었다. 나머지 대다수의 사람들은 엘렌을 찾아든 행복이라는 문제에 흥미를 가지고 어느 쪽을 고르는 것이 유리할까 하는 점에만 오로지 관심을 쏟고 있었다. 그리고 살아있는 남편을 버리고 결혼을 하여도 좋은가 어떤가 하는 것에 대해서는 전혀 입을 열지 않았다. 왜냐하면 그들의 이른바 우리들 따위와는 다른 현명한 사람들에게는 이런 일은 분명히 오래 전에 해결된 문제로, 이 해결의 옳고 그름을 의심하는 것은 자기의 무지와 세상 물정에 어두운 것을 폭로할 위험이 있기 때문이다.

한 아들을 만나러 이번 여름 페쩨르부르그에 나온 마리야 드미트리예브나 아호로시모바만은 거리낌 없이 여론과 반대된 자기의 의견을 단적으로 표명했다. 어느 무도회에서 엘렌과 만났을 때 마리야 드미트리예브나는 그녀를 홀 가운데다 불러 세우고 모두들 숨을 죽이고 있는 속에서 타고난 거친 목소리로 말했다. 「당신들 사이에서는 요즈음 남편을 버리고 시집 가는 것이 유행하기 시작했다더군. 당신은 아마 무엇인가 이 새로운 수법을 생각해 낸 것은 자기라고 생각하고 있는 모양이지? 그런데 공교롭게도 선수를 빼앗겼어. 이미 오래 전에 안출된 것으로 어디에서나……그렇게들 하고 있으니까.」 마리야 드미트리예브나는 이렇게 말하면서 그 으르는 듯한 몸짓으로 넓은 옷 소매를 걷어 올리고, 그리고 엄중한 눈빛으로 사방을 둘러보면서 방을 나갔다.

페쩨르부르그 사람들은 내심 은근히 두려워하면서도 마리야 드미트리예브나를 마치 광대처럼 생각하고 있었다. 그렇기 때문에 그녀가 말한 것 가운데서 그저 난폭한 말에만 주의하고 그것에 대해 서로 수군거렸다. 그들은 이 말에만 이야기의 핵심이 담겨 있다고 생각했던 것이다.

요즈음 유달리 자기가 말한 것을 잘 잊고 똑같은 것을 백 번쯤 되풀이하게 된 바실리이 공작은 딸을 볼 때마다 반드시 이렇게 말하는 것이었다.

「엘렌, 네게 할 말이 좀 있다만.」 그는 딸을 한옆으로 데리고 가서 그 손을 아래로 잡아당기면서 말했다. 「나는 어떤 계획을 지나가는 말로 들었는데 말야…… 왜 그 너도 알고 있는 그 일, 애, 엘렌, 너도 알 거야. 나는 아버지로서 마음으로부터의 기뻐하고 있는 거야. 그 네가……너도 무척 애를 썼으니까 말이지…… 그러나, 엘렌……너는 네 양심이 명령하는 대로 하는 거야. 이것만이 내 충고다.」 이렇게 말하고, 그는 언제나 똑같은 흥분을 숨기면서 자기의 볼을 딸의 볼에다 대고는 그녀 옆에서 떨어지는 것이었다.

가장 총명한 사람이라는 명성을 잃지 않고 있는 빌리빈은 야심이 없는 엘렌의 벗이었다. 말하자면 화려한 부인 옆에 반드시 없어서는 안 될 벗, 절대로 애인의 역할로 옮길 수 없는 벗의 한 사람이었다. 어느 날 빌리빈은 조그마하고 다정한 친구끼리의 자리에서 벗인 엘렌에게 이번 사건에 대한 자기의 의견을 죽 펼쳐 놓았다.

「이거 봐요, 빌리빈.」 엘렌은 빌리빈 같은 벗을 언제나 성만으로 부르고 있었다. 이렇게 말하고 그녀는 반지로 반짝이는 하얀 손을 상대방 연미복 옷 소매에 살짝 댔다. 「이거 봐요, 빌리빈, 어떻게 해야 할까? 저를 누이라고 생각하고 가르쳐 주세요. 도대체 두 사람 가운데 어느 쪽으로 해야 하죠?」

빌리빈은 눈썹 위에 주름을 잡고 입가에 미소를 띄우면서 생각에 잠겼다.

「그것은 나에게 별반 기습이라고 할 것도 아니에요.」하고 그는 말했다. 「저는 마음으로부터의 벗으로서 당신의 문제를 오랫동안 생각해 보았읍니다. 아시겠읍니까. 만약 당신이 젊은 황족과 결혼하신다면 말입니다.」그는 손가락을 꼽았다. 「당신은 영원히 다른 또 한 분의 부인이 될 가능을 잃는 게 됩니다. 그뿐만 아니라 궁중에서도 불만스럽게 여기실 겁니다. 거기에는 친척 관계도 얽혀 있으니까 말씀이에요. 그런데 만약 노백작과 결혼하시면 그분의 만년을 행복하게 해주시게 될 거고, 게다가 또 나중에 황족과 결혼하시더라도 대관의 미망인으로라면 그리 어울리지 않는 것도 아니니까 말씀이에요.」그렇게 말하고 빌리빈은 이마의 주름을 폈다.

「당신은 정말 제 벗이에요!」엘렌은 온 얼굴이 밝게 빛나면서 다시 한 번 빌리빈의 옷 소매에 손을 대고 이렇게 말했다. 「그렇지만 저는 양쪽 다 사랑하고 있으니까 어느 쪽도 슬프게 하고 싶지 않아요. 저는 두 분을 행복하게 하기 위해서라면 목숨 같은 것은 언제라도 던지겠어요.」그녀는 말했다.

빌리빈은 어깨를 으쓱 움츠렸다. 그러한 슬픔은 자기로서도 어쩔 수 없다는 뜻이었다.

『대단한 여자도 다 있구나! 노골적인 질문이란 것은 이런 질문을 두고 하는 말이겠지. 이 여자 같으면 동시에 세 사나이의 아내가 되고도 남음이 있으리라.』빌리빈은 생각했다.

「그러나 말입니다, 주인께서는 이 사건을 어떻게 보실까요?」그는 말했다. 이런 유치한 질문을 꺼내도 완전히 고정된 자기의 명성을 잃는다든가 하는 일은 없으리라고 생각하고 계속 물었다. 「그분은 응낙하실까요?」

「어머나! 그분은 정말 저를 사랑하고 있는걸요!」엘렌은 대답했다. 그녀에게는 어째선지 피예르도 역시 자기를 사랑하고 있는 것처럼 생각되었던 것이다. 「그분은 저를 위해서라면 무슨 짓이라도 해주세요.」

빌리빈은 이제부터 경구(警句)가 나갑니다, 하고 예고하듯이 이마에 주름을 잡았다.

「이혼까지도 말씀이죠.」그는 말했다. 엘렌은 웃음을 터뜨렸다.

이 계획되고 있는 결혼의 합법성을 의심하고 있는 사람들 가운데는 엘렌의 어머니인 쿠라기나 공작 부인도 섞여 있었다. 그녀는 언제나 현재의 딸에 대한 질투로 괴로와하고 있었는데 이번에는 자기의 마음에 가장 가까운 존재가 질투의 대상이 되었기 때문에 그러한 생각을 도저히 인정할 수가 없었다. 그녀는 어느 러시아인 사제에게, 살아있는 남편과 헤어지고 다른 남자와 결혼한다는 것이 어느 정도까지 가능한가를 상의해 보았다. 사제는 그것은 불가능하다고 말하고, 복음서의 일절을 보여 그녀를 기쁘게 했다. 그것은 남편이 살아 있을 때 다른 사람과 결혼하는 것을 단연코 부정하는 것이었다.

좀처럼 반박할 수 있을 것 같지 않은 이 증명을 무기로 하여 공작 부인은 딸과 단 둘이서만 만날 생각으로 아침 일찍 그녀한테로 마차를 몰았다.

어머니의 반대를 듣고 나자 엘렌은 온화하나 냉소적인 미소를 띠웠다.

「하지만 여기 성서에 확실히 씌어 있지 않냐? 이혼한 여자를 얻는 자는…….」 노공작 부인은 말했다.

「아, 어머니, 그런 바보 같은 말씀은 하지 말아 주세요. 어머니는 아무것도 모르세요. 제 경우에는 여러 가지 의무가 있어요.」 엘렌은 러시아어에서 프랑스어로 바꾸면서 말하기 시작했다.」 그녀는 언제나 러시아어로 이야기를 하면 자기의 문제의 경우 그 어떤 불명료함 같은 것을 느꼈던 것이다.

「그렇지만, 애, 엘렌.」

「아이! 어머니도, 왜 이해를 못 하시는 거죠? 사면권을 가지고 계신 신부님께서도…….」 엘렌 집에 기식하고 있는 말벗인 부인이 이때 방으로 들어왔다. 그리고 전하가 홀에서 기다리면서 엘렌을 만나고 싶어한다는 말을 전했다.

「싫어요, 나는 그분을 만나고 싶지 않아요. 전하가 약속을 지키시지 않아 화를 내고 있다고 전해 줘요.」

「백작 부인, 어떤 죄에도 용서라는 것은 있는 법입니다.」 갸름한 얼굴에 긴 코를 지닌 금발의 젊은 남자가 들어오면서 이렇게 말했다.

노공작 부인은 공손히 일어나서 인사했다. 그러나 들어온 젊은 남자는 그런 것에는 전혀 주의를 돌리지 않았다.

공작 부인은 딸에게 가볍게 고개를 끄덕여 보이고 미끄러지듯 문 쪽으로 물러났다.

『그렇다, 정말 딸이 말한 대로다.』 노공작 부인은 생각했다. 전하의 출현과 함께 그녀의 신념은 완전히 무너져 버린 것이다.『정말 저 애가 말한 대로다. 우리들은 두 번 다시 돌아오지 않을 그 젊은 시절에 어찌 저런 것을 알아채지 못했던 것일까? 정말, 아무것도 아닌 일이지 않은가?』 노공작 부인은 마차를 타면서 이렇게 생각했다.

팔월 초순 엘렌의 사건은 완전히 결정되어 버렸다. 그녀는 자기의 남편(엘렌의 생각에 의하면 굉장히 그녀를 사랑하고 있는 남편)에게 편지를 써, 자기는 이번에 모모 씨와 결혼하려고 생각하고 있다는 것과, 유일하고 진실한 종교에 들어갔다는 것과, 이 편지의 전달자가 전하는 이혼에 필요한 모든 형식을 이행해 달라는 뜻을 통지했다.

〈그리고 당신께서 거룩하고 전능하신 하느님의 가호를 받으시기를 비옵니다. 당신의 벗 엘렌.〉

이 편지는 피예르가 보로지노의 싸움터에 있었을 때 그의 집에 전달되었다.

8

보로지노의 싸움도 이제 거의 끝날 무렵, 다시 라예프스키이 포대에서 뛰어내려온 피예르는 병사의 떼와 함께 골짜기를 따라 크냐지코보로 향하여 의무실까지 걸어왔다. 그러나 피를 보고 외침과 신음 소리를 듣자 또다시 병사의 떼에 말려들어 부랴부랴 앞으로 걷기 시작했다.

오직 하나, 지금의 피예르가 충심으로 바라고 있는 것은, 이 날 온종일 젖어 있던 무서운 인상에서 빠져 나와 일상의 생활 조건으로 돌아가 자기 방 침대 위에서 조용히 자고 싶다는 오직 그것뿐이었다. 일상의 생활 조건으로 들어가기만 하면 자기 자신도, 자기가 보고 또한 경험한 것도 모두 이행될 수 있으리라고 생각했다. 그러나 이 일상의 생활 상태는 이제 존재하지 않았다.

지금 그가 걷고 있는 한길에서는 비록 포탄과 총알이 날고 있지는 않았지만 사방의 광경은 괴로운 듯한 지친 얼굴(이따금 야릇하게 무관심한 얼굴도 있었다), 똑같은 피, 똑같은 군대 외투, 멀기는 하였지만 여전히 공포를 유발시키는 똑같은 포성, 게다가 찌는 듯한 더위와 먼지, 이러한 모든 것이 그 싸움터와 다를 바가 없었다.

모쥐아이스크 한길을 따라 삼 베르스타 가량 가자 피예르는 길섶에 퍽 주저앉고 말았다.

황혼은 땅 위에 내리덮이고 대포의 굉음도 잔잔해졌다. 피예르는 팔꿈치를 베고 누웠다. 그리고 어둠 속을 지나가는 검은 그림자의 행렬을 바라보면서 오랫동안 같은 자세로 가만히 누워 있었다. 포탄이 끊임없이 무섭게 빗발치는 소리를 내면서 자기 쪽으로 날아오는 것처럼 생각되었다. 그는 그때마다 부르르 몸을 떨면서 몸을 일으켰다. 그는 얼마 동안 거기에 있었는지 기억이 없었다. 밤중에 세 병사가 나뭇가지를 끌고 와 그의 옆에다 자리를 잡고 불을 지피기 시작했다.

한 병사는 곁눈질로 피예르를 힐끔거리면서 불을 때고 그 위에다 남비를 얹었다. 그리고 남비 속에다 잘게 부순 건빵과 기름을 넣었다. 먹음직스러운 기름진 음식의 달콤한 냄새가 연기 냄새에 섞였다. 피예르는 일어나 무거운 한숨을 내쉬었다. 병사들(그들은 셋이었다)은 피예르에게는 눈길도 주지 않고 먹고 이야기하고 있었다.

「어이, 자넨 어느 부대지?」 한 병사가 갑자기 피예르에게 말을 걸었다. 이 물음에는 분명히 피예르도 생각하고 있던 것, 즉 만약 먹고 싶다면 주겠지만 너는 정직한 사람인지 어떤지 먼저 그것부터 말해 보라는 뜻이 섞여 있었다.

「나, 나 말이오?」 피예르는 병사들에게 쉽게 접근하려면 될 수 있는 대로 자기의 사회적인 지위를 낮출 필요가 있다고 느꼈다. 「실은 난 민병 장교인데 부하가 없어. 참전하여 부하를 모두 잃고 말았어.」

다른 한 병사가 고개를 흔들었다.

「어때, 괜찮거든 이 잡식을 한 그릇 하지 그래!」 먼젓번 병사가 이렇게 말하고 나무 숟가락을 핥고 나서 그것을 피예르에게 건넸다.

피예르는 모닥불 가까이 앉아 남비에서 그 잡식을 퍼서 먹기 시작했다. 남비 속에 들어 있는 음식은 지금까지 먹은 어떠한 요리보다도 맛있는 것 같았다. 그가 남비 위에 엎드려 큼직한 나무 숟가락으로 떠서 한 숟가락 또 한 숟가락 게걸스럽게 먹고 있는 동안에 병사들은 모닥불에 비친 그 얼굴을 유심히 쳐다보고 있었다.

「자넨 어디로 가려고 하나?」 다른 한 사람이 물었다.

「모쥐아이스크로.」

「그럼 자넨 나리님들 패군그래!」

「음.」

「그럼 이름이 뭐지?」

「표트르 키릴로비치.」

「그래, 그럼 표트르 키릴로비치, 같이 갈까? 우리가 바래다 줄 테니까.」

병사들은 칠흑 같은 어둠 속을 피예르와 같이 모쥐아이스크를 향해 떠났다.

그들이 모쥐아이스크에 닿아 시가의 가파른 비탈길을 오르기 시작했을 때는 벌써 닭이 울고 있었다. 피예르는 자기의 숙소가 비탈길 아래 있다는 것도, 이미 그 앞을 지나왔다는 것도 잊고 병사들과 같이 걷고 있었다. 만일 비탈길 도중에서 자기의 조마사와 만나지 않았더라면 그는 그런 것을 생각해 내지도 못 했을 것이다(그는 그만큼 허탈 상태에 있었다). 조마사는 그를 찾아 온 시가를 돌아다닌 끝에 방금 숙소로 돌아가는 참이었다. 그는 어둠 속에서 하얗게 보이는 모자로 피예르를 알아보았던 것이다.

「아이고, 나리 마님 아니십니까!」그는 말했다.「우리는 이제 단념하고 있는 참이었읍니다. 어째서 또 도보로, 도대체 어디로 가시려고요? 자, 이리!」

「아, 그렇지!」피예르는 말했다.

병사들은 발을 멈추었다.

「뭐야, 부하를 발견했나?」한 병사가 말했다.

「그럼 잘 가게! 표트르 키릴로비치라고 했지? 안녕, 표트르 키릴로비치.」다른 병사들도 말했다.

「안녕.」피예르는 말하고 조마사와 같이 숙소 쪽으로 걷기 시작했다.

『저 사람들에게 사례를 하지 않으면 안 된다!』피예르는 호주머니에 손을 넣으면서 생각했다.『아니, 주지 않는 게 나을거야.』또 하나의 소리가 그에게 이렇게 말했다.

숙소는 빈 방이 없었다. 방은 모두 손님으로 차 있었다. 피예르는 마당으로 나와 외투를 머리에서부터 푹 둘러쓴 채 자기의 포장 마차에 누웠다.

9

피예르는 베개에다 머리를 얹자마자 방금 잠이 드는 것을 느꼈다. 그러자 갑자기 거의 현실과 마찬가지로 명료하게 쾅쾅 하고 울리는 포성이 들렸다. 그리고 사람들이 신음하고 외치고 하는 소리와 포탄이 부드러운 것에 퍽 하고 맞는 소리가 들리는가 하면, 또 피와 화약 냄새도 풍겼다. 죽음의 공포가 그를 덮쳤다. 그는 깜짝 놀라 눈을 뜨고 외투 밑에서 고개를 쳐들었다. 마당 안은 쥐죽은 듯 조용했다. 그저 문 옆을 종졸인 듯한 사내가 마당지기와 같이 이야기를 하면서 진창을 철벅거리며 걷고 있을 뿐이었다. 피예르의 머리 위 어둑한 판자 차양 뒤쪽에서 비둘기 몇 마리가 피예르가 몸을 일으키는 소리에 놀라 파다닥거렸다. 자못 여인숙다운 평화로운 냄새——건초와 비료와 타르 등의 냄새가 마당 전체에 짙게 감돌고 있었다. 그것이 이 경우 피예르에게는 무척 기뻤다. 두 검은 차양 사이로는 총총한 별들이 깔린 맑은 하늘이 내다보였다.

『아아, 아아, 이젠 두 번 다시 그런 일은 없겠지.』머리에서부터 외투를 다시 푹 둘러쓰며 피예르는 이렇게 생각했다.『오, 참으로 무서운 일이다. 그리고 어쩌면 나는 그처럼 창피하게 공포에 사로잡혔던 것일까? 그런데 그들은……그들은 최후까지 꼼짝도 하지 않고 침착했다…….』그는 생각했다.

피예르의 머리속의 그들이란 병사들이었다. 포대(砲臺)를 지키고 있던 자들이며 자기에게 먹을 것을 준 자들이며 성상에 기도를 드리고 있던 병사들이었다. 피예르가 지금까지 몰랐던 불가사의한 그들, 이 그들은 그의 마음 속에서 뚜렷이 다른 사람들과 구별되어 있었다.

『병사가 되는 것이다. 묵묵히 병사가 되는 것이다.』피예르는 잠이 들면서 생각했다. 『그 공동 생활에 온 몸 송두리째 뛰어|들어가 그들을 그러한 존재로 만든 어떤 것에 침투하지 않으면 안 된다. 하지만 어떻게 해야 이러한 모든 저주스러운 외적(外的)인 인간의 무거운 짐을 벗어 버릴 수 있을까? 한때는 나도 그러한 인간이 될 뻔했다. 나는 내가 바라는 대로 아버지 집에서 도망칠 수도 있었다. 그리고 돌로호프와의 결투 뒤만 하더라도 일개 병사가 될 수 있는 기회가 있었던 것이다.』그러자 돌로호프에게 결투를 신청했던 클럽의 만찬회와 토르쥐오크에서 만났던 은인의 모습이 피예르의 머리속에 퍼뜩 떠올랐다. 또 피예르의 눈에는 장엄한 메이슨의 회식(會食) 광경이 비쳤다. 이 회식은 영국 클럽에서 베푼 것이었다. 누군가 안면이 있는 정다운 귀한 사람이 식탁의 한쪽 가장자리에 앉아 있었다. 그렇다, 바로 그분이다! 그분은 나의 은인이다. 『그러나, 그분은 이미 죽지 않았는가?』피예르는 생각했다. 『그렇다, 죽었다. 그러나 나는 그분이 되살아 온 것을 몰랐다. 그분이 죽었다는 소리를 들었을 때는 참으로 유감스러웠다. 하지만 잘됐다. 그분은 되살아난 것이다!』식탁 한쪽에는 아나톨리와 돌로호프와 네스비스키이와 제니소프와 그 밖의 그와 비슷한 몇 사람이 앉아 있었다(피예르의 마음 속에서는 그가 그들이라고 일컫고 있는 사람들의 범주와 마찬가지로 이러한 사람들의 범주도 꿈속이기는 하지만 뚜렷이 구분되어 있었다). 그리고 이러한 사람들, 즉 아나톨리며 돌로호프 같은 사람들은 큰소리로 외치기도 하고 노래를 부르기도 했다. 그러나 그들의 외침 소리 뒤에는 줄곧 무엇인가를 이야기하고 있는 은인의 목소리가 들렸다. 그 이야기 소리는 싸움터의 포성과 똑같이 끊임없이 의미 심장하게 계속되고 있었는데 무척 기분 좋고 위안하는 듯한 울림을 지니고 있었다. 피예르는 은인이 말하고 있는 것을 이해하지 못했으나(사상의 종류도 역시 꿈속이기는 했지만 명료했다) 필시 선행의 이야기와 그들처럼 될 수도 있다는 이야기일 것이라는 것은 알고 있었다. 그들은 단순하고 선량하고 동요하지 않는 얼굴빛을 하고 사방에서 이 은인을 둘러싸고 있었다. 그러나 그들은 모두 선량하기는 하지만 피예르 쪽을 돌아보지도 않고 또 그의 존재를 알려고도 하지 않았다. 피예르는 그들의 주의를 자기 쪽으로 끌어 무엇인가를 말하고 싶었다. 그는 몸을 조금 일으켰다. 그러자 그 순간 두 다리가 차게 얼어 오는 것을 느꼈다. 다리가

노출되어 있었던 것이다.

그는 부끄러워져 한쪽 손으로 자기 다리를 가렸다. 아닌게 아니라 외투가 다리에서 떨어져 있었다. 피예르는 외투를 바로잡으면서 잠깐 눈을 떴다. 그러자 그 차양이며 기둥이며 마당이 다시 눈에 들어왔는데, 그것은 이제는 모두 푸른 빛을 띠고 이슬인지 서리에 덮여 반짝반짝 빛나고 있었다.

『날이 새고 있다.』피예르는 문득 생각했다.『그러나 그런 건 문제가 아니다. 나는 은인의 이야기를 끝까지 듣고 그 의미를 깨닫지 않으면 안 된다.』그는 외투를 둘러썼으나 이제는 식탁도 은인도 보이지 않았다. 그저 말로 똑똑히 표현된 사상이 있을 뿐이었다. 그것은 누군가 남이 말한 것이거나 그렇지 않으면 피예르 자신이 되풀이해 생각한 것이었다.

그 뒤 피예르는 이 사상을 상기할 때마다 그것이 그 날의 인상에 의하여 불러 일으켜진 것인 줄 알면서도 자기 이외의 누군가가 들려 준 것으로 굳게 믿고 있었다. 현실에서는 도저히 이렇게 사색하고 이렇게 그 사색을 표현할 수는 없으리라고 생각되었다.

『전쟁이란 인간의 자유를 신의 가르침에 복종시키는 무엇보다도 어려운 일이다.』하고 어떤 목소리가 말했다.『소박하다는 것은 하느님에 대해 공손한 것이다. 하느님의 가르침을 외면할 수는 없다. 그래서 그들은 소박한 것이다. 그들은 입으로는 말하지 않고 실행하고 있다. 입에서 나온 말은 은이지만 입에서 나오지 않은 말은 금이다. 인간은 죽음을 두려워하고 있는 동안은 아무것도 영유할 수가 없다. 그러나 죽음을 두려워하지 않는 자에게만 모든 것이 주어지는 것이다. 고통이라는 것이 없으면 인간은 자기의 한계를 알지 못 할 것이다. 자기 자신을 알지도 못할 것이다. 가장 어려운 것은(피예르는 역시 꿈속에서 이렇게 생각하고 있었다. 혹은 이러한 말을 듣고 있었다) 마음 속에서 온갖 것의 의의를 결합하는 것이다. 모든 것을 결합한다.』피예르는 자신에게 말했다.『아니, 통일하는 것이 아니다. 사상을 통일할 수는 없다. 말하자면 이러한 사상을 모두 붙들어맨다는 것이다. 이것이 필요한 것이다. 그렇다! 붙들어매지 않으면 안 된다, 붙들어매지 않으면 안 된다!』피예르는 이 말에 의해서만, 아니, 이 말 하나에 의해서만 자기가 말하고 싶은 것이 표현 되고 자기를 괴롭히고 있는 문제가 전부 해결되는 것이라고 느끼고 마음 속의 환희를 경험하면서 이렇게 되풀이했다.

「그렇다, 붙들어매지 않으면 안 된다. 이제 붙들어매지 않으면 안 될 때다.」

「나리 마님, 붙들어매지 않으면 안 됩니다, 이제 붙들어매지 않으면 안 될 때입니다! 나리 마님.」누군가의 목소리가 되풀이했다.「붙들어매지 않으면 안 됩니다, 붙들어매지 않으면 안 될 때입니다……..」

그것은 피예르를 깨우는 조마사의 목소리였다. 태양은 피예르의 얼굴 정면에서 비치고 있었다. 그는 여인숙의 지저분한 마당을 바라보았다. 그 한가운데에 있는 우물 옆에서 병사들이 야윈 말에게 물을 먹이고 있고, 문으로는 짐마차가 덜거덕 덜거덕 소리를 내며 나가고 있는 참이었다. 피예르는 혐오를 느끼면서 얼굴을 돌렸다. 그리고 눈을 감으며 얼른 다시 마차의 좌석에 몸을 던졌다. 『아니, 나는 저런 것은 싫다. 저런 건 보고 싶지도 않고 알고 싶지도 않다. 나는 그저 꿈속에서 계시받은 것을 깨닫고 싶을 뿐이다. 금방 나는 완전히 깨달을 참이었는데. 난 대체 이제부터 무엇을 해야 하는가? 붙들어맨다 하더라도 어떻게 모두 붙들어매야 하는가?』 꿈속에서 보고 생각한 모든 의미가 한꺼번에 무너져 버린 것을 느끼고 피예르는 부르르 몸을 떨었다.

조마사와 마부와 마당지기가 피예르에게 이야기한 바에 의하면 프랑스군이 모쥐아이스크에 닥쳐왔기 때문에 지금 아군은 퇴각하고 있는 중이라는 보고를 가지고 한 장교가 도착했다는 것이었다.

피예르는 일어났다. 그리고 마차 채비를 하고 뒤쫓아오라고 이르고 시가를 가로질러 도보로 걷기 시작했다. 군대는 만 명 가량의 부상병을 남겨 놓고 출발했다. 이 부상병들은 집집의 마당과 창문에도 보이고 한길에도 떼를 짓고 있었다. 한길에 놓인 부상병 운반용 짐마차 옆에서는 외치는 소리, 욕지거리 하는 소리, 치고 때리고 하는 소리들이 들렸다. 피예르는 뒤따라 쫓아온 자기의 포장 마차에 부상한 지기인 장군을 태우고 그 사람과 같이 모스크바까지 갔다. 도중에서 피예르는 자기의 처남과 안드레이 공작의 죽음을 알았다.

10

30일에 피예르는 모스크바로 돌아왔다. 거의 성문 가까이 갔을 때 라스토프친 백작의 부관과 만났다.

「우리는 사방으로 당신을 찾고 있었읍니다.」 부관이 말했다. 「백작께서 당신을 꼭 좀 뵙고 싶다고 말씀하고 계십니다. 굉장히 중대한 사건으로 지금 곧 좀 찾아와 주시기를 바라고 계십니다.」 피예르는 집에 들르지 않고 곧장 삯마차를 잡아타고 총독한테로 갔다.

라스토프친 백작은 이 날 아침 막 교외의 소콜리니키이 별장에서 시내로 돌아와 있었다. 백작의 저택은 현관방도 응접실도 불려 온 관리와 명령을 들으러 온 관리들로 꽉 차 있었다. 바실리치코프와 플라도프는 벌써 백작을 만나고 모스크바의 방어가 도저히 불가능하다는 것, 결국은 비워 주게 되리라는 것을 보고했다. 이 보고는 주민들에게는 숨기고 있었지만 각 관청의 관리와 장(長)은 라스토프친 백작과 마찬가지로 모스크바가 적의 수중으로 넘어가게 된다는 것을 이미 알고 있었다. 그리하여 그들은 자기의 책임을 벗어나기 위해서 각자가 맡고 있는 부서를 어떻게 처리해야 할지 총독에게 물으러 온 것이다.

피예르가 객실로 들어가려고 했을 때 싸움터에서 온 급사(急使)가 막 백작의 거실에서 나오고 있는 참이었다.

급사는 모두가 동시에 퍼붓는 물음에 대해 가망이 없다는 듯 한쪽 손을 흔들고는 그대로 홀을 가로질러 나가 버리고 말았다.

피예르는 객실에서 기다리고 있는 동안 피곤한 눈으로 방안을 둘러보았다. 늙은 사람이 있는가 하면 젊은 사람도 있고, 무관과 문관, 요직에 있는 사람, 별로 중요하지 않은 관리 등 가지 각색이었다. 누구나 불안과 불만을 느끼고 있는 것 같았다. 피예르는 아는 사람이 한 사람 섞여 있는 관리들의 그룹으로 다가갔다. 그들은 피예르와 인사를 하고 나자 여전히 자기네의 이야기를 계속했다.

「일단 발송했다가 다시 반려시켜도 별로 곤란할 건 없을 거야. 이러한 상태에서는 무슨 일이건 책임을 질 수는 없으니까 말이야.」

「하지만 이것 봐. 여기 이렇게 써 있지 않아.」 다른 하나가 손에 든 인쇄물을 가리키면서 말했다.

「그것은 별문제야. 민중에겐 그런 게 필요하니까.」 최초의 사나이가 말했다.

「그게 뭐요?」 피예르가 물었다.

「이거요? 새 포고요.」 피예르는 그것을 손에 들고 읽기 시작했다. 「〈원수 각하께서는 급히 행진중에 있는 군대와 조금이라도 빨리 합류하기 위해 모쥐아이스크를 통과하여 요해지(要害地)를 점령하였다. 여기는 적도 급격히 공격할 수 없다. 모스크바에서는 포탄과 함께 사십 팔 문의 대포가 보내지고, 각하께서는 마지막 피 한 방울 남을 때까지 모스크바를 방어하고 시가전도 불사할 각오라고 말씀하셨다. 시민 여러분, 여러 관청이 폐쇄되었다고 하여 걱정할 것은 없다. 일시적인 정리는 부득이 한 것이다. 그러나 우리들은 멀지 않아 그 악인을 심판하게 될 것이다! 유사시에는 용감한 시민과 촌민이 필요하게 된다. 그때에는 이틀쯤 전에 나는 여러분의 소집을 외칠 것이다. 그러나 지금은 그럴 필요가 없으니까 나도 이렇게 침묵을 지키고 있다. 도끼도 좋다, 엽창(獵槍)도 나쁘지 않다, 그러나 가장 좋은 것은 쇠스랑이다. 프랑스인은 호밀의 다발만큼도 무겁지 않을 것이다. 내일 오후 나는 이베리의 성모상을 받들고 예카쩨리나 병원의 부상병을 방문하여 거기에서 성수식(聖水式)을 올리겠다. 그러면 부상병들은 이내 완쾌될 것이다. 나도 지금은 건재하다. 전에는 한쪽 눈을 앓고 있었으나 지금은 양쪽 눈을 다 쓸 수 있다.〉」

「하지만 내가 군인들한테 들은 말로는.」피에르는 말했다.

「시내에서는 도저히 전쟁이 불가능하다고 하는데, 게다가 진지가…….」

「그래요. 우리들도 지금 그 말을 하고 있는 거예요.」최초의 관리가 대답했다.

「그런데 이건 또 뭡니까? 전에는 한쪽 눈을 앓고 있었는데 지금은 양쪽 눈을 다 쓸 수 있게 됐다는 말은?」피에르는 물었다.

「백작 눈에 다래끼가 났었죠.」부관이 빙그레 웃으며 말했다.「언젠가 민중들이 백작께서는 어떻게 되었느냐고 일부러 물으러 온 일이 있었는데 그때 내가 그것을 아뢰자 백작은 굉장히 걱정하셨읍니다. 그건 그렇고 백작.」부관은 갑자기 히죽 웃으면서 피에르를 보고 이렇게 말했다.「들은 바에 의하면 댁에서는 뭔가 가정 내의 분란이 있으신 모양이더군요. 백작 부인이, 아주머님이…….」

「나는 아무것도 듣지 못했는데요.」피에르는 무뚝뚝하게 대답했다.「무슨 말 들으셨읍니까?」

「아니, 뭐, 그, 흔히 있는 조작이겠죠. 나는 그저 들은 것을 그대로 이야기한 것뿐입니다.」

「그래 무슨 말을 들으셨어요?」

「실은 들리는 말에 의하면…….」또 그 엷은 웃음을 띠고 부관은 말했다.「뭐, 백작 부인이…… 아주머님이 외국에 갈 채비를 하고 있으신 모양이더군요. 아마 근거 없는 말일 테지만요…….」

「그럴는지도 모르죠.」피에르는 멍하니 주위를 둘러보면서 말했다.「그건 그렇고, 저 사람은 누구죠?」별로 키가 크지 않은 한 늙은이를 가리키면서 그는 물었다. 그는 산뜻한 푸른 웃옷을 입고 새하얀 턱수염과 똑같이 새하얀 눈썹을 가진 혈색 좋은 볼을 한 사나이였다.

「저 사람 말입니까? 저 사람은 상인이에요. 요리집 주인 베레쉬챠긴입니다. 아마 들으셨을 거예요. 왜, 그, 선전 삐라 사건.」

「아아, 그럼 저 사람이 바로 베레쉬챠긴입니까!」노상인의 야무지고 침착한 얼굴을 쳐다보면서 피에르는 거기에서 반역의 표정을 찾아내려고 애썼다.

「저 사람은 당자가 아니죠. 저 사람은 선전 삐라를 쓴 남자의 아버지입니다.」부관은 말했다.「아들은 감옥에 갇혔죠. 어차피 되게 혼이 날 겁니다.」

훈장을 단 늙은이와 목에 십자가를 늘인 독일인 관리가 한창 이야기하고 있는 그들에게로 다가왔다.

「그건 정말.」부관은 이야기를 시작했다.「정말 복잡한 샤건이에요. 그 선전 삐라가 나타난 것은 약 두 달 전의 일인데 백작께 보고가 올라가 백작께서는 잘 조사해 보라고 명령을 내리셨어요. 그래서 가브릴로 이바느이치가 조사한 결과 그 선전 삐라는 꼭 예순 세 사람의 손을 거쳤다는 것이 판명되었어요. 한 사람한테 가서 너는 누구에게서 입수했느냐고 물으면 누구 누구라고 대답합니다. 그래서 또 그자의 집으로 가서 너는 누구에게서 입수했느냐는 식으로 차차 더듬어가다 마침내 베레쉬챠긴까지 다다른 셈이죠⋯⋯. 학문도 별로 없는 상인의 아들로 말씀이에요, 그 흔히 있는 건방진 애송이죠.」부관은 웃으면서 말했다.「넌 그걸 누구에게서 입수했느냐고 우린 물었지만 그가 누구에게서 입수했는가 하는 것은 이미 다 알고 있었읍니다. 우체국장 외에는 아무도 줄 사람이 없으니까요. 그러나 그자들 사이에는 굳은 약속이 되어 있었는지 한결같이『누구에게서도 얻지 않았읍니다. 내가 직접 쓴 것입니다.』하는 대답이 아니겠어요? 그래서 위협해 보기도 하고 얼르기도 해 보았지만 끝까지 자기가 썼다고 우기는 거예요. 그래서 그대로 백작에게 보고했더니 백작께서는 직접 그자를 호출하셨죠.『너는 누구에게서 격문을 얻었나?』『제가 썼읍니다.』그런데 백작께서는 아시다시피 성질이 불꽃 같은 분이셔서 말예요.」부관은 자랑스러운 듯 즐거운 미소를 띄우고 말을 계속했다.「굉장히 분개하시고 말씀이에요⋯⋯글쎄, 좀 생각해 보세요, 그처럼 뻔뻔스럽고 거짓말만 하고 고집스러우니 말예요.」

「아하! 백작은 우체국장 클류챠레프가 했다고 말하게 하고 싶었던 게로군요, 알겠읍니다!」피예르는 말했다.

「아니, 그런 건 전혀 아닙니다!」부관은 깜짝 놀라 말했다.「그렇지 않아도 클류챠레프는 온갖 나쁜 짓을 한 증거가 있읍니다. 그 때문에 추방당하기도 했읍니다만, 그러나 그건 어쨌든 백작께서는 매우 분개하셨읍니다.『네가 어떻게 쓸 수 있다는 거야?』말씀하시면서 백작께서는 이 함부르크 신문을 탁자에서 들고 『자, 이거다! 넌 네가 직접 쓴 게 아니라 서투르게 번역한 거야. 가뜩이나 프랑스어도 제대로 알지 못하는 놈이니까.』그런데 그 대답이 어떤 줄 아시겠읍니까? 『아닙니다.』하고 나오지 않겠어요.『나는 신문 같은 건 전혀 읽지도 않습니다. 제가 쓴 것입니다.』『만약 그렇다면 너는 반역자야. 나는 너를 재판소에다 넘기겠다. 그러면 너는 교수형이야. 자, 말해, 누군한테서 얻었지?』『저는 신문 같은 건 전혀 읽지 않았읍니다. 저 자신이 쓴 것입니다.』끝끝내 우겨댔어요. 백작께서는 그의 아버지도 소환하셨읍니다만 역시 고집 불통이어서 결국 하는 수 없이 재판에 회부되어 아마 징역을 받았을 거예요. 그래 지금 그 아버지가 아들 때문에 청원을 하러 와 있는 거죠. 아뭏든 불량한 똘만이에요! 장사치의 아들에게 흔히 있는 멋장이이고 애송이이죠. 어딘가에서 무슨 강의라도 들으면 금방 안하 무인격이 되고. 참으로 이러지도 저러지도 못 하는 건방진 똘만이이죠. 저 노인은 카멘느이 모스트에서 요리집을 하고 있는데, 그 요리집에는 큼직한 하느님의 성상이 안치되어 있죠 한쪽 손에는 홀(笏)을 들고 다른 한쪽 손으로는 지구를 받치고 있는 그림입니다. 그런데 그녀석이 그 성상을 며칠 동안인가 집으로 가지고 가서 글쎄 어쩐 줄 아시겠어요! 넋빠진 환장이를 찾아내서……」

11

이 새로운 이야기 도중에 피예르는 총독에게로 불려 들어갔다.

피예르는 라스토프친 백작의 서재로 들어갔다. 피예르가 들어갔을 때 라스토프친은 얼굴을 찌푸리면서 한쪽 손으로 이마와 눈을 문지르고 있었다. 그리 키가 크지 않은 사내가 무엇인가를 이야기하고 있었으나 피예르가 들어서자마자 딱 입을 다물고 나갔다.

「오! 어서 오게, 위대한 용사.」 그 사나이가 나가자 이내 라스토프친은 이렇게 말했다. 「자네의 무용담에 관한 이야기는 들었어! 그러나 그것은 문제가 아니야. 여보게, 우리끼리 있으니까 하는 말이지만 자네는 메이슨 회원이지?」 라스토프친 백작은 엄격한 어조로 말했다. 그것은 마치 좋지 않은 일이라고 생각하지만 그래도 자기는 용서해 줄 생각이라는 것을 넌지시 비치고 있는 것 같았다. 피예르는 잠자코 있었다. 「이봐, 난 다 알고 있어, 그러나 동시에 메이슨에도 여러 가지가 있다는 것을. 물론 자네는 인류를 구제한다는 명목 아래 러시아를 멸망시키려 하고 있는 그러한 부류는 아니기를 바라네만.」

「그렇습니다, 저는 메이슨 회원입니다.」 피예르가 대답했다.

「그래, 그건 그렇고 말이야. 여보게, 그 스페란스키이와 마그니스키이 같은 패들이 마땅히 보내져야 할 곳으로 보내진 것을 자네도 설마 모르지야 않겠지? 클류차레프도 똑같은 운명에 빠졌고, 그 밖의 솔로몬의 신전을 건설한다는 구실 아래 조국의 전당을 파괴하려고 애썼던 패들도 역시 똑같은 화를 입었어. 거기에는 그럴 만한 여러 가지 원인이 있지. 만약 정말로 유해한 인물이라고 판명되지 않았다면 나도 당시의 우체국장을 추방한다든가 할 수는 없었을 거야. 그건 자네도 이해해 줄 걸세. 이번에 내가 들은 바로는 자네는 자네의 마차를 보내 그자를 시내에서 떠나게 하였을 뿐만 아니라 그자의 서류까지 받아서 보존하고 있는 모양이더군. 나는 자네를 사랑하고 있으니까 자네에게 나쁘게 하고 싶지는 않아. 또 자네는 나보다 절반이나 나이가 적으니까 나는 아버지처럼 충고하겠는데 말이야, 그런 종류의 인간과는 모든 관계를 끊고 자네 자신도 될 수 있는 대로 빨리 이곳에서 떠나 버리게.」

「그러나 백작님, 도대체 클류챠레프의 죄상이란 게 무엇입니까?」 피예르는 물었다.

「그것은 내가 알고 있어야 할 일이지, 자네가 나에게 물어야 할 일이 아니야.」 라스토프친은 거친 목소리로 대답했다.

「만약 그 사람의 죄가 나폴레옹의 격문을 유포했다는 것이라 해도 거기에는 확실한 증거가 없지 않습니까?」 피예르는 될수록 라스토프친의 얼굴을 보지 않으려고 하면서 이렇게 말했다. 「그리고 베레쉬챠긴도…….」

「바로 그거야.」 갑자기 얼굴을 찌푸리고 피예르의 말을 가로막으면서 전보다도 큰소리로 라스토프친은 외쳤다. 「베레쉬챠긴은 반역자이고 매국노야! 그러니까 상당한 형벌을 받는 것이 당연하지.」 일반적으로 사람이 모욕을 상기했을 때 나타나는 걷잡지 못할 증오를 표시하며 라스토프친은 말했다. 「그러나 오늘 자네를 부른 것은 내 일을 심의하기 위해서가 아니라 자네에게 충고―아니, 만약 자네가 바란다면―명령을 주기 위해설세. 제발 부탁이네, 클류챠레프 같은 패들과 관계를 끊고 여기서 떠나 주게. 나는 누가 뭐라든 모든 사람의 머리에서 어리석은 생각을 버리게 할 테니까.」 그리고 문득 아직 아무런 죄도 범하고 있지 않은 베주호프에게 호통을 친 것을 깨달은 듯 갑자기 정답게 피예르의 손을 잡으며 덧붙였다. 「우리는 지금 다같이 재난에 직면하고 있으니 말이야, 나도 볼일이 있어서 나를 찾아오는 사람에게 한결같이 상냥하게 해줄 겨를이 없네. 이따금 정말 정신이 아찔할 적도 있어. 그건 그렇고, 그래 자네는 어떻게 할 생각인가? 자네 개인적으로서 말이야.」

「뭐 별로 아무것도.」 피예르는 여전히 눈을 떨어뜨린 채 깊은 생각에 잠긴 듯 표정을 바꾸지 않고 대답했다.

백작은 눈살을 찌푸렸다.

「나는 자네에게 진심으로 충고하고 있는 거네. 한시라도 빨리 떠나게. 남의 말을 잘 듣는 자는 행복하다고 하잖은가, 그럼 안녕. 아, 참!」 하고 그는 문 안쪽에서 피예르에게 큰소리로 말했다. 「부인이 예수교의 목사 독수(毒手)에 떨어졌다는 건 정말인가?」

피예르는 어떻다고도 대답하지 않았다. 그리고 미간을 찌푸리고 화가 잔뜩 난 어두운 얼굴로 라스토프친의 서재에서 나왔다. 피예르가 이런 형상을 한 것은 아직 아무도 본 사람이 없었다.

그가 집으로 돌아왔을 때는 이미 땅거미가 지고 있었다. 이 날 저녁 그에게는 여러 종류의 사람들이 약 여덟 사람 가량 찾아왔다. 위원회의 비서관, 피예르가 잘 아는 대대의 대령과 집사, 그리고 지배인 등 갖가지 청원자들이었다. 모두 피예르에게 관계가 있는 문제를 가지고 있었으므로 일일이 그것을 해결해 주지 않으면 안 되었으나 피예르에게는 무엇이 무엇인지 전혀 이해가 가지 않았고 또 그런 문제에 흥미도 느껴지지 않았다. 그래서 그는 모든 문제에 대해서 그저 이러한 사람들에게서 자기를 해방시킬 수 있는 대답만을 주었을 뿐이었다. 겨우 자기 혼자가 되자 그는 아내의 편지를 뜯어서 읽어 보았다.

『그들──포대의 병사들……안드레이 공작이 전사했다……늙은이……소박이란 하느님에 대한 순종이다. 괴로와하지 않으면 안 된다……모든 것의 의의……붙잡아매지 않으면 안 된다……아내는 결혼을 하려고 하고 있다……잊지 않으면 안 된다. 그리고 이해하지 않으면…….』그는 침대 옆으로 가서 옷도 벗지 않고 몸을 내던지자 이내 잠이 들어 버렸다.

이튿날 아침 잠을 깼을 때, 집사가 와서 라스토프친 백작의 명령으로 베주호프 백작이 퇴거했는지 그렇지 않으면 퇴거 준비를 하고 있는지 조사하기 위해 경관 한 사람이 파견됐다고 보고했다. 피예르에게 볼일이 있는 사람 약 열 명이 객실에서 그를 기다리고 있었다. 피예르는 얼른 옷을 갈아입고 자기를 기다리고 있는 사람들 쪽으로 가지 않고 곧장 뒷문으로 해서 문 밖으로 나가 버렸다.

그때부터 모스크바의 파멸과 약탈이 끝날 때까지 베주호프네 사람들은 온갖 수단을 다하여 피예르를 찾았으나 누구 한 사람 그를 본 사람이 없고 그 거처를 아는 사람도 없었다.

12

로스토프네 사람들은 9월 1일, 즉 적이 모스크바에 침입하기 전날까지 시내에 머물러 있었다.

페쨔가 오볼렌스키이의 코삭 연대에 들어가기 위해서 바야흐로 이 연대를 편성중인 벨라야 세르코피로 출발한 뒤 백작 부인은 격렬한 공포에 사로잡혔다. 자기의 아들은 둘 다 싸움터에 나가 있다, 둘 다 자기의 품에서 떠나 버렸다, 그리고 오늘이나 내일 사이에라도 둘 가운데 어느 쪽인가가, 아니, 어쩌면 지기인 한 부인이 세 아들을 잃은 것처럼 둘이 다 동시에 전사할는지도 모른다는 생각이 이번 여름 처음으로 참혹할이 만큼 뚜렷이 그녀의 머리에 떠올랐던 것이다. 그녀는 니콜라이를 자기 옆으로 불러 오려고 서둘러 보기도 하고 자기가 가서 페쨔를 데리고 와 페쩨르부르그의 어딘가에서 근무하게 하려고 생각도 해 보았으나 어느 쪽도 불가능하다는 것을 알았다. 페쨔는 연대와 함께 있거나 또는 다른 야전 부대로 전속되는 방법 이외에는 귀환할 수 없었다. 니콜라이 쪽은 공작 영애 마리야와 만났던 일을 자세히 써 보낸 이후로는 전혀 소식이 없었고 어느 군중(軍中)에 있는지조차 몰랐다. 백작 부인은 잠도 제대로 자지 못했다. 겨우 잠이 들면 아들들이 전사한 꿈을 꾸는 것이었다. 백작은 여러 가지로 충고하고 상의한 나머지 마침내 백작 부인의 마음을 가라앉히는 방법을 생각해 냈다. 그는 페쨔를 오볼렌스키이 연대에서 바야흐로 모스크바에서 편성중인 베주호프 연대로 전임시켰다. 페쨔는 여전히 군적(軍籍)에 몸을 두고는 있었으나 백작 부인은 이 전임에 의하여 아뭏든 한 아들만이라도 가까이 둘 수 있다는 위안을 가지게 되었다. 그녀는 페쨔를 자기의 곁에서 놓지 않고 무슨 일이 있어도 전투에는 나가지 않도록 안전한 장소에 두려고 희망하고 있었다. 니콜라이 한 사람만이 위험 속에 놓여 있었을 동안은 그녀는 다른 어느 아이들보다도 맏아들이 가장 귀여운 것처럼 생각되었었다(그녀는 그 때문에 양심의 가책까지 느꼈을 정도였다). 그런데 이번에 개구장이이자 공부를 싫어하며 집의 것을 닥치는 대로 부수고 누구나가 진절머리를 내고 있던 막내동이 페쨔가——쾌활한 검은 눈을 하고 생기가 있고 핏기가 좋은, 겨우 볼에 솜털이 나기 시작한 납작코 페쨔가 그 무섭고 잔인한 어른들이 무엇인가 전쟁을 하면서 그것을 재미있어 하는 데로 들어갔을 때 모정으로서는 어느 누구보다도 이 아들이 가장 귀여운 것처럼 여겨졌다. 애타게 기다리고 있는 페쨔가 모스크바로 돌아올 때가 가까와짐에 따라 백작 부인의 불안은 점점 더해 갔다. 이 행복을 만나기 전에 자기는 죽어 버릴지도 모른다는 생각까지 드는 것이었다. 소냐뿐만이 아니라 귀염동이인 나타샤와 남편이 옆에 있는 것조차가 백작 부인을 안절부절 못 하게 하는 것이었다. 『저런 사람들에게는 조금도 볼일이 없다. 나는 페쨔 외에는 아무도 필요 없다!』고 그녀는 생각했다.

팔월도 다 간 어느 날 로스토프네의 니콜라이에게서 온 두 번째 편지가 배달됐다. 그것은 보로네쥐 현에서 온 것이었다. 니콜라이는 군마 징발 때문에 거기에 파견되어 있었던 것이다. 이 편지도 백작 부인을 안심시키지는 못 했다. 한 아들이 위험 구역 밖에 있는 것을 알자 그녀는 폐쨔 쪽이 걱정스러워지기 시작했다.

이미 8월 20일 쯤부터 로스토프네의 친지는 거의 전부가 모스크바에서 떠났다. 그리고 모두가 될 수 있는 대로 빨리 피난하도록 백작 부인에게 권했으나 그녀는 손 안의 구슬처럼 귀중한 폐쨔가 돌아올 때까지는 떠나라는 얘기에는 전혀 귀를 돌리려고도 하지 않았다. 8월 28일 마침내 폐쨔가 돌아왔다. 어머니는 병적인 정열을 가지고 그를 맞았으나 열 여섯 살의 장교에게는 그것이 마음에 들지 않았다. 이제 자기의 품에서 아들을 놓지 않아야겠다는 결심을 어머니는 당자에게 숨기고 있었으나 폐쨔는 그 속셈을 알아차리고, 어머니를 본능적으로 두려워하여(그는 그렇게 자기 혼자서 생각하고 있었다) 애써 쌀쌀한 태도를 나타내고 될 수 있는 대로 어머니를 피하려고 하였다. 그리고 모스크바에 머물러 있는 동안 그저 평소부터 어떤 특별한, 사랑이라 해도 좋을 정도의 우애의 정을 품고 있는 나타샤하고만 가까이 하고 있었다.

출발 준비는 백작의 그 태평한 천성 때문에 8월 28일이 되어도 아직 하나도 되어 있지 않았다. 랴자니와 모스크바의 시골에서 오기로 되어 있던 가재 운반용의 짐마차도 30일에야 겨우 도착하는 형편이었다.

8월 28일부터 31일에 걸쳐 모스크바 전체는 혼잡과 동란의 소용돌이 속에 있었다. 도로고밀로프스카야 문에서는 매일처럼 보로지노 싸움에 참전했던 몇 천의 부상병이 실려 들어와 모스크바 시중 전체에 흩어지는가 하면, 또 다른 한편에서는 몇 천의 주민과 가재를 실은 짐마차가 다른 문으로 나가고 있었다. 라스토프친이 온갖 포고를 뿌리고 있음에도 불구하고(혹은 그것과는 관계 없이 혹은 그 때문이라고 말하는 것이 더 옳을지 그 점은 잘 모르지만) 굉장히 모순된 기괴한 유언 비어가 온 시중에 파다하게 퍼졌다. 어떤 사람도 도망쳐서는 안 된다는 명령이라고 주장하는 자가 있는가 하면 그 반대로 성상은 모두 각 교회에서 실려내지고 전시민은 모두 강제적으로 추방당하고 있다고 이야기하는 자도 있었다. 어떤 자는 보로지노 전투 뒤에 또 새로 싸움이 있었는데 프랑스군이 격파되었다고 말하는 자가 있는가 하면, 그 반대로 어떤 자는 러시아군이 전멸했다고도 전했다. 어떤 자는 아브구스쩬(모스크바 대주교—역주)에게 금족령이 내렸다는 등 반역자가 붙들렸다는 등 농부들이 폭동을 일으켜 피난민의 재산을 약탈하고 있다는 등 수군거리는 자도 있었다. 그러나 이것은 그저 풍문일 뿐 기실 피난하는 자도 남아 있는 자도(그것은 아직 필리 회의 전이었으므로 모스크바 포기 문제는 결정되어 있지 않았다) 모두 비록 말을 하지는 않았지만 모스크바는 반드시 포기된다, 그러니까 될 수 있는 대로 빨리 도망쳐 자기의 재산을 건지지 않으면 안 된다고 느끼고 있었다. 모든 것이 불의에 폭발하고 변동할 것이라고 직감했던 것이다. 그러나 1일까지는 아직 전혀 변화가 보이지 않았다. 마치 형장으로 끌려가는 죄인이 이제 곧 죽지 않으면 안 된다는 걸 알면서도 역시 아직도 주위를 둘러보기도 하고 쓴 모자의 매무시를 바로잡기도 하는 것과 마찬가지로 모스크바도 지금까지 길들어온 제약적인 생활 관계가 모조리 파괴되고 멸망될 시기가 가까운 것을 알면서도 여전히 평소와 똑같은 생활을 타성적으로 계속하고 있었다.

모스크바가 점령당하기 전 이 사흘 동안, 로스토프네 사람들은 모두 저마다 일상 생활의 번잡한 일에 쫓기고 있었다. 가장(家長) 일리야 안드레이치 백작은 끊임없이 온 시중을 돌아다니면서 온갖 소문을 모으고 있었고, 집에 있을 때는 출발 준비에 대해서 지극히 표면적인, 퍽 여유 있는 지시만을 내리고 있었다.

백작 부인은 세간의 정리를 감독하고 있었으나 누구에게나 불만이었으며, 끊임없이 자기 옆에서 도망질치는 페쨔의 뒤를 쫓아다니고 있었다. 페쨔는 백작 부인이 질투를 느낄 만큼 줄곧 나타샤와 같이 시간을 보내고 있었다. 오직 소냐 한 사람만이 실제적인 짐꾸리기는일을 지시하고 있었다. 그러나 소냐도 요즈음 유달리 침울했고 말수가 적었다. 그것은 공작 영애 마리야에 대해서 쓴 니콜라이의 편지를 받았을 때, 백작 부인이 굉장히 기뻐하며 공작 영애 마리야의 해후는 하느님의 뜻이 틀림없다고 소냐 앞에서 말했기 때문이었다. 「나는 말이야.」 백작 부인은 말했다. 「볼콘스키이가 나타샤와 약혼했을 때는 조금도 기쁘지 않았었어. 그렇지만 니콜리니카와 공작 영애의 결혼은 평소부터 바라고도 있었고 또 그렇게 될 것 같은 예감도 들었지. 정말 그렇게 되면 얼마나 좋을까!」

소냐는 지극히 당연한 이야기라고 생각했다. 로스토프네의 가운을 만회하는 오직 하나의 방책은 부유한 집 아가씨와 결혼하는 외의 다른 길은 없는데, 거기에는 공작 영애가 더할 나위 없는 배필이라고 느꼈던 것이다. 그러나 그것은 그녀에게는 굉장히 쓰라린 일이었다. 이러한 슬픔에도 불구하고(혹은 이 슬픔 때문인지도 모르지만) 소냐는 세간의 정리와 짐꾸리기 등 힘이 드는 일을 모두 자기가 맡아 날마다 아침부터 밤까지 부지런히 했다. 백작도 백작 부인도 무엇인가 일러야 할 일이 있으면 곧장 소냐에게 부탁하곤 했다. 페쨔와 나타샤는 그 반대로 부모의 도움이 되기는커녕 대개의 경우 집안의 모든 사람을 귀찮게 굴거나 훼방놓을 뿐이었다. 거의 온종일 둘의 수선스럽게 뛰어돌아다니는 소리며 외침 소리, 까닭도 없이 깔깔거리는 웃음 소리가 온 집안에서 들렸다. 그들이 웃고 기뻐하는 것은 유달리 웃을 만한 이유가 있었기 때문이 아니고 마음 속이 기쁘고 즐거웠기 때문이었다. 그렇기 때문에 보는 것 듣는 것이 모두 기쁨과 웃음의 원인이 되었던 것이다. 페쨔가 즐거웠던 것은 집을 떠날 때는 어린 아이였던 자기가 이번에

(모든 사람이 말한 바에 의하면) 어엿한 장부가 되어 돌아왔기 때문이었다. 또 자기의 집에 있다는 것과, 조속히 전투에 참가하지 않아도 좋은 벨라야 세르코피를 떠나 이삼 일 안에 전투가 있을 모스크바로 왔다는 것도 그를 유쾌하게 한 원인이었다. 그러나 무엇보다도 페쨔를 들뜨게 한 것은 언제나 그의 기분을 지배하고 있던 나타샤가 무척이나 쾌활해진 것이었다. 나타샤가 쾌활해진 것은 너무나 오래 침울 속에 갇혀 있었기 때문이기도 하고 그 슬픔의 원인을 생각해 내게 하는 것이 지금은 조금도 없을 뿐만 아니라, 그녀 자신이 건강했기 때문이었다. 또 하나 그녀가 쾌활해진 이유는 자기를 찬미해 주는 자가 있었기 때문이며, 남의 찬미는 마치 차바퀴에 기름이 필요하듯 그녀의 기계를 자유로이 운전시키기 위해 필요 불가결한 것이었다. 즉, 페쨔가 그녀를 찬미하고 있었기 때문이다. 그러나 두 사람을 쾌활하게 한 가장 큰 원인은 모스크바에서 전쟁이 벌어진다는 것이었다. 정문 바로 옆에서 싸우고 모두에게 무기가 분배되고 모두 어디로 도망하고 한다는 것, 즉 어떤 이상한 사건이 일어난다는 것이며 이것은 모든 인간, 특히 젊은 사람에게는 언제나 기쁜 일이었다.

13

8월 31일 토요일, 로스토프네에서는 온 집안이 발칵 뒤집힐 것 같은 큰 소동이 벌어졌다. 문이란 문은 모두 활짝 열어 젖뜨려지고 가구는 모두 들어 내졌거나 놓인 장소가 바뀌어지고 거울과 액자들도 내려졌다. 방마다 트렁크가 놓여 있기도 하고 건초며 포장지며 새끼가 흩어져 있기도 했다. 짐을 나르는 농부와 하인들은 무거운 걸음걸이로 조각나무 세공이 된 마루 위를 왔다갔다했다. 바깥에는 농부용 짐마차가 빽빽하게 들어차 있었다. 벌써 짐을 산더미처럼 쌓고 밧줄을 건 것도 있고 아직 빈 채로 있는 것도 있었다.

북적거리는 하인들과 짐마차를 쫓아온 농부들의 이야기 소리와 발소리가 저택의 안에서도 밖에서도 와자지껄하게 들렸다. 백작은 아침부터 어딘가로 나가고 없었다. 분주함과 시끄러움으로 두통을 일으킨 백작 부인은 초(酢)를 적신 천을 머리에다 감고 새 소파가 있는 방에 누워 있었다. 페쨔는 집에 없었다. 그는 어떤 친구한테 민병에서 현역으로 옮기는 것을 상의를 하러 갔다. 소냐는 홀에서 유리 그릇과 사기 그릇을 꾸리고 있는 것을 지켜보고 있었다. 나타샤는 어지럽혀진 자기 방에서 마룻바닥 여기저기에 내던져진 옷이며 리본이며 숄들 사이에 앉아 낡은 야회복을 들고 마룻바닥을 무심히 내려다보고 있었다. 그것은 그녀가 처음으로 페쩨르부르그 무도회에 입고 갔던 이제는 유행에 뒤떨어진 옷이었다.

나타샤는 온 집안 식구가 그처럼 바쁘게 일하고 있는데 자기만이 아무것도 하지 않고 있는 것이 어쩐지 미안해서 아침부터 몇 차례나 일에 손을 대 보았으나 아무래도 마음이 내키지 않았다. 더구나 그녀는 전심 전력을 쏟는 일이 아니면 아무것도 할 수 없고 또 하지도 못하는 성미였다. 그녀는 사기 그릇을 꾸리고 있는 소냐 옆에 잠시 서서 거들어 주고 싶은 마음도 생겼으나 이내 그만두고 자기의 물건을 정리하러 방으로 돌아오고 말았다. 그러나 처음에는 옷과 리본 등을 하녀들에게 나누어 주는 것이 기뻤지만 결국 남은 물건을 정리하지 않으면 안 되게 되자 그것에도 진력이 나 버렸다.

「두냐샤, 너 이것 좀 치워 주겠니? 어때? 치워 주겠지?」

두냐샤가 기꺼이 무엇이나 하겠다고 일을 맡아 주었으므로 나타샤는 마루 위에 앉은 채 낡은 야회복을 들고 생각에 잠겼으나 그것도 지금의 경우 당연히 그녀의 마음에 떠올라야 할 일과는 전혀 동떨어진 것이었다. 그러는 동안 옆 하녀 방에서 갑자기 하녀들의 말소리가 들리고 급히 뒷문 쪽으로 달려가는 발소리가 들렸기 때문에 나타샤는 지금까지 잠겨 있던 명상에서 깨어났다. 나타샤는 일어나서 창밖을 내다보았다. 길에 부상자를 실은 마차가 줄을 지어 서 있었다.

하녀도 하인도 식모도 유모도 요리사도 마부도 조마사도 사동도 부상병을 보면서 문 옆에 서 있었다.

나타샤는 흰 손수건을 머리에다 쓰고 거리로 나갔다.

전에 식모였던 할멈 마브라 쿠지미니쉬나는 문 옆에 서 있는 사람들로부터 떨어져 거적 덮개를 한 어떤 조그만 짐마차로 다가가 그 속에 누워 있는 창백한 얼굴을 한 젊은 장교와 이야기를 하고 있었다. 나타샤는 대여섯 걸음 앞으로 가서 발을 멈추고 역시 손수건의 가장자리를 잡은 채 식모의 이야기에 귀를 기울였다.

「원 저런! 그래, 모스크바에는 아는 분이 한 사람도 없단 말예요?」 마브라 쿠지미니쉬나는 말했다. 「숙소를 잡으시면 편하실 텐데, 우리 집으로라도 들어오시면 어때요? 주인네는 이제 떠나실 테니까.」

「글쎄요, 허가가 내릴는지…….」 장교는 가냘픈 목소리로 대답했다. 「저 사람이 대장(隊長)이에요…… 어디 한 번 물어보아 주시겠어요?」 그는 이렇게 말하면서 짐마차 옆을 따라 거리로 되돌아오고 있는 뚱뚱한 소령을 가리켰다.

나타샤는 놀란 눈으로 부상한 장교를 쳐다보고는 곧장 소령 쪽으로 달려갔다.

「저어, 부상당한 분을 우리 집에 쉬게 해도 괜찮을까요?」 그녀는 물었다.

소령은 미소를 띄우며 모자 차양에 손을 댔다. 「누구를 머무르게 하시려고요, 아가씨?」 그는 눈을 가늘게 뜨고 빙글빙글 웃으며 말했다.

나타샤는 침착하게 되풀이해 물었는데, 그 얼굴이나 태도가 여전히 손수건의 양쪽 가장자리를 잡고 있었음에도 불구하고 자못 진지하게 보였으므로 소령은 빙글거리기를 그치고 처음 잠깐 어느 정도까지 허락해야 할지 생각하는 듯하더니 이윽고 승낙하는 대답을 했다.

「네, 뭐 상관 없읍니다. 괜찮고 말고요.」 그는 말했다.

나타샤는 가볍게 고개를 숙이고 급한 걸음으로 마브라 쿠지미니쉬나 옆으로 돌아왔다. 할멈은 장교의 얼굴을 들여다보면서 거의 울듯한 얼굴로 위로의 말을 해주고 있었다.

「괜찮대요, 저분이 괜찮다고 말하셨어요!」 나타샤는 속삭이듯 말했다.

장교를 태운 마차는 로스토프네 마당 안으로 들어갔다. 이윽고 부상자를 실은 몇 십 대의 짐마차가 시민들이 권하는 대로 포바르스카야 거리 이곳저곳의 집 마당 안으로 들어가 현관 옆 차도에 대기 시작했다. 나타샤는 언제나의 생활 환경으로부터 벗어나 새로운 사람과 접촉하는 것이 무척 마음에 든 것 같았다. 그녀는 쿠지미니쉬나와 함께 가능한 많은 부상자를 자기 집으로 들이려고 애썼다.

「하지만 역시 영감 마님께 여쭙기는 해야 하겠죠?」 쿠지미니쉬나는 말했다.

「괜찮아, 괜찮아, 어차피 마찬가지잖아! 우리는 하루쯤 객실로 옮기지 뭐, 우리 방을 모두 저분들에게 빌려 주어도 괜찮아.」

「어머나, 아가씨, 그런 말씀이 어디 있어요! 행랑채나 하인 방이나 유모 방에다 넣는 것도 일단 여쭈어 보지 않으면 안 돼요.」

「그럼, 내가 물어볼께.」

나타샤는 집 안으로 뛰어들어갔다. 그리고 방문이 반쯤 열린 소파가 있는 방으로 살짝 들어갔다. 안에서는 초와 호프만 액(液) 냄새가 코를 찔렀다.

「어머니, 주무세요?」

「아아, 꿈도 참 고약하다!」 막 잠이 들었던 백작 부인은 눈을 뜨면서 말했다.

「아이 미안해요, 어머니.」 나타샤는 어머니 앞에 무릎을 꿇고 얼굴을 들여다보듯이 하면서 말했다. 「잘못했군요. 미안해요. 이제 어머니를 깨우거나 하지 않을께요. 실은 저, 마브라 쿠지미니쉬나에게서 부탁을 받았는데요. 저기 부상한 장교들이 와 있는데 집에 들이기를 허락해 주시겠어요? 저분들은 아무 데도 갈 데가 없어요. 틀림없이 허락해 주시겠죠…….」 나타샤는 숨도 쉬지 않고 말했다.

「도대체 어떤 장교인데? 누구를 데리고 왔길래? 무엇이 어떻다는 건지 전혀 모르겠구나.」 백작 부인은 말했다.

나타샤는 웃기 시작했다. 백작 부인도 엷은 미소를 띠웠다. 「난 처음부터 허락해 주시리라고 믿고 있었어요.…… 그럼 그렇게 말하고 오겠어요.」

나타샤는 어머니에게 키스하고 일어나서 문 쪽으로 갔다. 그녀는 홀에서 아버지와 마주쳤다. 그는 좋지 않은 소식을 가지고 왔던 것이다.

「너무 주저앉았다. 맹랑하게 돼 버렸다!」백작은 자기도 모르게 화가 나는 듯 큰소리로 말했다. 「클럽도 닫히고 경찰도 다 떠나 버리고 말았다.」

「아버지, 부상한 사람들을 집에 들이려 하는데 괜찮을까요?」나타샤는 말했다.

「물론, 괜찮고말고.」백작은 건성으로 대답했다. 「그런 건 문제가 아니야. 이제 쓸데없는 일엔 참견하지 말고 빨리 짐을 꾸리는 일이나 거들어 주어라. 가야 해, 가야 해, 내일은 출발해야 해…….」

백작은 집사와 하인에게도 똑같은 명령을 내렸다. 한참 뒤에 들어온 페쨔는 오찬 때에 또 새로운 소문을 전했다.

그의 이야기에 의하면 오늘 시민은 크레믈린에서 무기를 검사했다고 한다. 라스토프친의 포고에는 결전 이틀 전에 소집하겠다고 씌어 있었는데, 내일은 시민 전부가 무기를 들고 트리 고르이로 가 거기서 대결전을 하라는 명령이 이미 내려졌다는 것이었다.

백작 부인은 페쨔가 이런 이야기를 하고 있는 동안 내내 아들의 유쾌한 듯 흥분한 얼굴을 초조하게 쳐다보고 있었다. 만약 이 전쟁에 나가지 말아 달라고 한 마디만 페쨔에게 부탁하는 날이면(페쨔가 눈앞에 닥쳐온 이 전투를 기뻐하고 있는 것은 뻔한 일이었다) 페쨔는 곧 남자의 의무라느니 명예라느니 조국이라느니 하는 그러한 의미도 없는 완고한 말을 꺼내어 좀처럼 막을 수 없을 뿐만 아니라 오히려 일을 그르쳐 버리게 되리라는 것을 그녀는 잘 알고 있었다. 그렇기 때문에 이 전쟁이 시작되기 전에 여기를 떠나 페쨔를 자기들의 보호자로서 같이 데리고 가기로 해야겠다고 생각하고 백작 부인은 페쨔에게 아무 말도 하지 않았다. 식후에 백작 부인은 백작을 불러 제발 조금이라도 빨리, 될 수 있으면 오늘 밤 안으로라도 피난을 가자고 눈물을 흘리며 애원했다. 그때까지 태연한 태도를 보이고 있던 백작 부인은 여자다운 무의식적인 사랑의 기교로, 만약 오늘 밤 떠나지 않으면 두려워 죽어 버릴 것이라고 하소연했다. 사실 그녀는 거짓말을 하는 것이 아니라 이제는 모든 것이 두렵기만 했다.

14

자기의 딸을 찾아보러 갔던 숏스부인이 마스니스카야의 어느 술집 앞에서 본 것을 이야기하여 백작 부인의 공포를 더 한층 돋우었다. 숏스 부인은 집으로 돌아오는 도중 술집 앞에서 취한의 무리가 날뛰고 있어 지나올 수가 없었다고 한다. 그래서 그녀는 삯마차를 잡아 타고 뒷골목을 돌아 집으로 돌아왔다는 것이다. 마부의 말로는 그것은 민중이 술집의 술통을 때려 부수고 있었던 것이고, 실제로 그러한 명령이 내렸다는 것이었다.

식후 로스토프네 사람들은 흥분된 초조한 기분으로 짐꾸리기와 출발 준비에 착수했다. 노백작은 갑자기 긴장하여 점심 뒤 줄곧 뜰에서 집으로 들어갔다 나왔다 하며 부산하게 일하고 있는 하인들을 무턱대고 호통쳐 더욱더 그들을 허둥거리게 만들었다. 페쨔는 뜰로 나와 지시를 하고 있었다. 소냐는 백작의 분부가 하나하나 모순되기 때문에 어떻게 해야 할지 모르고 완전히 어리둥절해 있었다. 하인들은 고함을 지르기도 하고 말다툼을 하기도 하고 와자그르하게 떠들어대기도 하면서 집안과 뜰을 뛰어 돌아다니고 있었다. 나타샤는 무슨 일에나 열중하기 쉬운 성격대로 갑자기 일을 시작했다. 처음 그녀의 간섭은 의혹의 눈으로 맞아졌다. 모두 장난이라고 생각하고 그 말을 들으려고 하지 않았으나 그녀는 집요하게 열심히 복종을 요구했다. 그리고 사람들이 자기가 말하는 것을 듣지 않자 화를 내고 거의 울음을 터뜨릴 것 같은 태도를 보여 마침내 모두에게 자신의 진지함을 믿게 해버렸다. 그녀가 비상한 노력을 기울여 자기의 권위를 인정케 한 최초의 공적은 융단을 꾸리는 일이었다. 백작의 집에서 값진 고블랭직(織)과 페르시아직 융단이 있었다. 나타샤가 일에 착수했을 때 홀에는 두 개의 상자가 뚜껑이 열린 채 놓여 있었다. 그 하나에는 거의 가득 사기 그릇이 쟁여져 있었고 또 하나에는 융단이 들어 있었다. 사기 그릇은 아직 여러 개의 탁자 위에 잔뜩 놓여 있는데다 광에서 또 하인들이 계속 나르는 중이었다. 그래 또 새 상자가 필요했기 때문에 하인들은 그 상자를 가지러 갔다.

「소냐, 잠깐, 모두 이 상자에 넣어 보지그래.」 나타샤는 말했다.

「안 돼요. 아가씨, 벌써 해 봤는걸요.」 식당 지배인이 대답했다.

「글쎄 괜찮으니까 잠깐만 기다려 봐.」 말하고 나타샤는 상자 속에서 종이에 싼 접시와 대접들을 잽싸게 꺼내기 시작했다.

「접시는 여기다, 이 융단 속에다 넣기로 해.」 그녀는 말했다.

「융단도 또, 저…… 세 상자에다 넣을 만큼 있어요.」 식당 지배인이 대답했다.

「글쎄, 괜찮다니까, 잠깐만 기다려 보라는데도, 부탁이야!」 나타샤는 재빨리 고르기 시작했다. 「이건 필요 없어.」 그녀는 끼예프제 대접을 제쳐 놓았다. 「아, 이건 필요해. 이건 융단 속에다 넣고.」 그녀는 색슨제 접시를 따로 놓았다.

「글쎄 내버려둬요, 나타샤. 자아, 이제 그만. 우리들이 넣겠어.」 소냐는 나무라듯이 말했다.

「참, 아가씨도, 안 된다니까요!」 집사도 말했다. 그러나 나타샤는 양보하지 않았다. 물건을 모조리 꺼내자 변변하지 못한 국산 융단과 불필요한 식기들은 모두 가지고 갈 필요가 없다고 단정하고 다시 날쌔게 넣기 시작했다. 모두 꺼냈다 다시 고쳐 넣기 시작했다. 아닌게 아니라 가지고 갈 값어치가 없는 값싼 물건을 거의 빼고 나자 값진 물건은 완전히 두 개의 상자에 꾸려졌다. 그저 융단을 넣은 상자의 뚜껑이 꽉 닫혀지지 않을 뿐이었다. 조금 더 무엇인가 내도 괜찮겠지만 나타샤는 끝까지 자기의 고집을 굽히지 않았다. 그녀는 죄기도 해 보고 또 바꾸어 넣어 보기도 하고 눌러 보기도 했다. 그리고 누이에게 이끌려 짐 꾸리기에 열중하기 시작한 페쨔와 식당 지배인에게 뚜껑을 누르게 하고 자기 자신도 필사의 노력을 기울였다.

「정말 이제 그만, 나타샤.」 소냐가 그녀에게 말했다. 「네 말이 옳은 건 이제 알았어. 하지만 맨 위의 것 하나만은 꺼내는 게 어떻겠니?」

「싫어.」 땀이 밴 얼굴에 흩어져 엉기는 머리칼을 한쪽 손으로 누르고 다른 한 손으로 융단을 누르면서 나타샤는 소리쳤다. 「자아, 눌러, 페찌카, 눌러! 바실리이치, 꽉 눌러요!」 그녀는 소리소리질렀다. 마침내 융단은 눌리고 꽉 닫혔다. 나타샤는 손뼉을 치면서 너무 기쁜 나머지 외마디 소리를 질렀다. 그 눈에서는 눈물이 주루룩 흘렀다. 그러나 그러한 상태도 잠시뿐이었다. 그녀는 이내 다른 일에 착수했다. 모두들 이제 그녀를 신용하게 되었다. 백작도 나탈리야 일리이니치나(나타샤)가 자기의 명령을 거역했다고 들어도 별로 화를 내지 않았다. 하인들도 짐마차에 밧줄을 걸어도 괜찮은가 어떤가, 이제 쌓는 것은 충분한가 하는 것 등 여러 가지로 나타샤한테로 와서 묻게 되었다. 나타샤의 지시 덕택으로 일은 재빨리 진척되었다. 불필요한 것은 남겨지고 가장 귀중한 것만 단단히 꾸려졌다.

그러나 모두가 아무리 악착같이 해도 밤이 깊어질 때까지 짐을 다 꾸릴 수는 없었다. 백작 부인은 자 버렸고 백작도 출발을 아침으로 미루고 침실로 들어갔다.

소냐와 나타샤는 옷 입은 채 소파가 있는 방에서 아무렇게나 누워 자 버렸다.
이 날 밤 새 부상자가 또 한 사람 포바르스카야 거리로 실려 왔다. 문 옆에서 있던 마브라 쿠지미니쉬나는 부상자를 로스토프네 집으로 끌어들였다. 이 부상자는 마브라 쿠지미니쉬나의 상상에 의하면 꽤 신분이 높은 사람인 것 같았다. 그가 실려 온 것은 사륜 마차로, 담요로 덮개를 한데다 앞엔 포장까지 쳐져 있었다. 마부석 위에는 마부와 나란히 품위 있는 늙은 하인이 앉아 있었다. 뒤의 짐마차에는 군의 한 사람과 두 병사가 타고 있었다.

「우리 집으로 들어오세요, 네? 주인네가 떠나기 때문에 빈 집이나 마찬가지예요.」할멈은 하인을 보고 말했다.

「글쎄?」하인은 한숨을 쉬면서 말했다.「좀처럼 닿을 것 같지도 않고 말이야! 우리는 모스크바에 집이 있지만 상당히 먼 데다 아무도 살고 있지 않아서…….」

「자아, 들어오세요. 우리 주인네한테는 무엇이든 충분히 있습니다. 자아, 들어오세요.」마브라 쿠지미니쉬나는 말했다.「저어, 뭐 아주 중태이신가요?」그녀는 덧붙여 말했다.

하인은 한쪽 손을 흔들었다.

「도저히 도착할 것 같지가 않아! 어디 의사에게 물어볼까?」하인은 마부석에서 내려 짐마차로 다가갔다.

「좋습니다.」군의는 대답했다.

하인은 다시 사륜 마차 쪽으로 가서 그 안을 들여다보고는 고개를 젓고 마차를 마당으로 넣으라고 마부에게 명령했다.

그리고 마브라 쿠지미니쉬나 옆에 다가섰다.

「아아, 주 예수 그리스도의 은총이 내리시기를!」그녀는 말했다.

「주인께서는 아무 말씀도 하시지 않습니다…….」그녀는 말했다. 그러나 층층대를 오르는 것을 피할 필요가 있었기 때문에 사람들은 부상자를 행랑 쪽으로 날라 숏스 부인이 있던 방에다 눕혔다. 이 부상자는 안드레이 볼콘스키이 공작 바로 그 사람이었다.

15

모스크바 최후의 날이 왔다. 맑게 갠 청명한 가을 날씨로 마침 일요일이었다. 언제나의 일요일과 마찬가지로 어느 교회에서나 미사를 알리는 종소리가 울렸다. 무엇이 모스크바를 기다리고 있는지 아무도 모르고 있는 것 같았다.

그저 사회 상태의 두 지침(指針), 민중, 즉 빈민 계급과 물가가 모스크바의 현상을 이야기하고 있을 뿐이었다. 직공, 하인, 농부, 관리, 신학생, 귀족, 이런 사람들이 떼를 지어 이 날 아침 일찍부터 트리 고르이로 나갔다. 그들은 잠시 거기에 서 있었으나 언제까지 기다려도 라스토프친이 모습을 보이지 않자 드디어 모스크바는 비워지게 되는 것으로 확신하고 군중은 모스크바의 술집과 요리집을 찾아 흩어졌다. 이 날의 물가도 역시 시중의 상태를 이야기하고 있었다. 무기, 금, 짐마차, 말들의 값은 마구 올라가는데 지폐나 도회 생활에 필요한 사치품의 가격은 자꾸 떨어질 뿐이었다. 이 날 정오쯤에는 값 비싼 나사 같은 물건을 짐마차 삯을 반반씩 나눈다는 약속으로 실어 내기도 하고, 농부의 말이 한 필에 오백 루블리나 가기도 하는 현상까지 일어났다. 의자, 탁자, 거울, 청동상 따위는 누구에게나 거저 제공되었다.

로스토프네와 같이 유서 깊은 구가(舊家)에서는 이러한 이전의 생활 조건의 붕괴도 지극히 미약하게밖에 나타나지 않았다. 고용인의 경우도 그 날 밤 많은 하인들 가운데 불과 세 사람이 도주했을 뿐 더구나 도난당한 것은 아무것도 없었다. 또 물가 쪽으로 말하더라도 시골에서 온 서른 대의 짐마차가 막대한 재산으로서 많은 사람에게 선망의 눈으로 맞아졌다. 개중에는 많은 돈을 내고 넘겨 달라고 부탁하는 사람도 있었다. 그뿐만 아니라 전날 저녁부터 9월 1일 이른 아침에 걸쳐서는 로스토프네 마당에는 부상한 장교의 종졸과 하인이 찾아오기도 하고 로스토프네와 그 이웃집에 수용되었던 부상자들이 직접 비틀거리고 나와서는 모스크바를 떠나는데 짐마차를 좀 양보해 달라고 하인들에게 애원하는 형편이었다. 이러한 부탁을 사방으로부터 받은 집사는 부상자를 불쌍하다고 생각했지만 그런 것은 백작에게 알릴 수조차 없다고 말하고 딱 잡아떼 버렸다. 뒤에 처지는 부상자가 아무리 가엾다고는 하지만 한 대 빌려 주기만 하는 날엔 또 한 대 빌려 주지 않을 수 없을 것이며, 그러다간 마침내는 모두 빌려 주어 버리고 결국 자기들의 마차까지도 빼앗겨 버리고 말 것이라는 것은 너무나 빤한 일이었다. 서른 대 정도의 마차로 부상자를 모두 구출한다는 것은 불가능하였고, 이러한 일반적인 재난의 경우 자기와 가족의 신상을 돌보지 않을 수 없었다. 집사는 주인을 위해서 이렇게 생각했던 것이다.

1일 아침 잠을 깬 일리야 안드레이치 백작은 새벽에야 겨우 잠든 부인의 잠을 깨우지 않도록 살짝 침실을 빠져 나와 라일락 비단 자리옷 바람으로 현관에 나왔다. 마당에는 밧줄을 건 짐마차가 즐비하게 늘어서 있었다. 현관에는 승용 마차가 있었다. 집사는 현관 앞 차도에 서서 한 늙은 종졸과 한쪽 손에 붕대를 감은 얼굴이 창백한 젊은 장교와 이야기를 하고 있었다. 집사는 백작을 보자 장교와 종졸에게 의미 심장하고 엄격한 얼굴로 저리 가라고 손짓했다.

「어떻게 준비가 완전히 끝났나, 바실리이치?」백작은 자기 대머리를 문지르면서 온후한 눈빛으로 장교와 종졸을 쳐다보고 고개를 끄덕이며 이렇게 말했다(백작은 처음으로 대하는 사람을 좋아했다).

「지금이라도 말을 태울 수 있읍니다, 나리 마님.」

「그래, 그럼 됐어. 마님께서 잠이 깨시는 대로 곧 출발한다! 여러분은 무슨 일이십니까?」그는 장교에게 말했다.「여기에서 묵으셨던가요?」

장교는 가까이 다가왔다. 그의 창백한 얼굴에는 확 붉은기가 돌았다.

「백작님, 참으로 죄송한 말씀입니다만…… 부탁입니다…… 댁의 마차 어딘가에 좀 태워 주실 수 없으실는지요. 저는 아무것도 가지고 있지 않으니까…… 짐마차라도 괜찮습니다…….」장교가 미처 다 이야기하기도 전에 종졸도 자기의 주인을 위해 똑같은 것을 부탁했다.

「아아, 그래요, 그래요.」백작은 선뜻 대답했다.「아, 좋소! 바실리이치, 자네가 좀 돌보아 드리게. 저기 있는 마차를 한 두어 대 비워서 말이야. 그리고 또 달리도…… 뭐야, 그…… 필요한 건…….」어물어물 모호한 말씨로 백작은 이렇게 명령했다.

그러나 그 순간 장교의 얼굴에 나타난 깊은 감사의 빛은 백작의 명령을 완전히 뒷받침했다. 백작은 주위를 둘러보았다. 그랬더니 마당에도 문 밑에도 행랑채 창문에도 부상자와 종졸의 모습이 보였다. 그들은 모두 백작을 보자 현관 입구로 몰려왔다.

「나리 마님, 화랑으로 잠깐 가주실까요? 거기 그림을 어떻게 해야 할는지?」집사가 말했다. 백작은 마차를 바라는 부상자들의 청을 거절하지 말라고 다시 한번 명령을 내리고 집사와 같이 집으로 들어갔다.

「자, 어쩔 수 없잖은가! 뭐 내려도 괜찮아.」그는 자기의 말을 누가 듣지 않을까 두려워하는 듯 극히 조용조용하고 나지막한 목소리로 말했다.

백작 부인은 아홉 시에 잠을 깼다. 그러자 옛날에는 이 사람의 하녀였고 지금은 그녀를 위해 헌병 대장의 역할을 맡고 있는 마트료나 찌모페예브나가 들어왔다. 그리고 마리야 카를로브나가 노발대발하고 있고, 게다가 아가씨의 여름옷을 남겨 놓고 갈 수는 없읍니다라고 옛날의 아가씨에게 보고했다. 어째서 숏스 부인이 화를 내고 있느냐고 백작 부인이 물어보자 숏스 부인의 트렁크가 마차에서 내려졌다는 것과, 짐마차 전부의 밧줄이 풀려 있다는 것과, 짐이 자꾸자꾸 내려지고 그 대신 부상자가 실리고 있다는 것이었다. 그것은 말하자면 백작이 자기의 단순한 마음씨에서 부상자를 같이 데리고 가도록 분부한 것이었다. 백작 부인은 남편에게 와 달라고 알렸다.

「어떻게 된 일이에요, 여보. 또 짐을 내리고 있다니?」

「그건 말이야, 이봐, 당신에게도 얘기하려고 생각하고 있었던 건데 말이야, 실은 이래…… 말하자면, 그 알겠어…… 나에게 한 장교가 와서 부상자에게 짐마차를 좀 빌어 달라고 사정하지 않겠어. 당신도 알다시피 그런 건 그저 구하려면 또 구할 수도 있는 문제지만 그 패들에겐 뒤에 처진다는 것이 얼마나 쓰라린 것인지 그 점을 살펴 주지 않으면 안 돼!…… 우리가 불러들여서 그렇긴 하지만 우리 집에는 지금 장병들이 수두룩하단 말야. 그래서 말이야, 그래서 나는 이렇게 생각했어. 정말이지 이봐…… 말하자면 그, 이봐…… 그 패들을 태워 주는 것이 나으리라고 말이지…… 별로 서두를 것도 없지 않아?」 백작은 언제나 금전 문제와 관계될 때 하는 버릇으로 머뭇머뭇 말했다. 백작 부인은 남편의 이러한 말투에 익숙해 있었다. 그것은 화랑과 온실의 건축이라든가 가정 극장과 음악단의 설치라든가 하는 아이들의 재산을 황폐케 하는 일을 시작할 경우, 언제나 정해 놓고 나오는 말투였던 것이다. 백작 부인은 이 말투에 익숙해 있었으므로 이 머뭇거리는 말투로 이야기되는 것에는 반드시 반대할 의무가 있다고 생각하고 있었다. 그녀는 그녀가 늘 잘 짓는 슬픔에 가득 찬 체념한 듯한 표정을 띠고 남편에게 말했다. 「글쎄 여보, 당신은 집을 거저 넘겨 주다시피하고 이번에는 또 우리들 아이들의 재산까지 모두 없애려고 하시는군요. 당신은 언제나 말씀하셨지 않아요. 집에는 십만 루블리의 가재(家財)가 있다고. 여보세요, 저는 불찬성이에요! 절대로 불찬성이에요. 당신이 뭐라고 말씀하셔도 저는 싫어요. 부상자를 위해서는 정부라는 것이 있어요. 그런 일은 그 사람들이 해야 할 일이에요. 보세요, 건너편의 로푸힌네 같은 집은 벌써 그저께 모두 깨끗이 가지고 가 버렸잖아요. 남들은 그렇게들 하고 있는데 우리들만이 이게 무슨 꼴이난 말이에요. 저 같은 것은 어떻게 되거나 괜찮지만 아이들만이라도 생각해 주어야 할 게 아네요.」

백작은 두 손을 내젓고는 아무 말도 하지 않고 방에서 나가 버렸다.

「아버지, 무슨 말씀을 하고 계셨죠?」 하고 나타샤가 말했다.

「아무것도 아냐! 네가 알 일이 아니다!」 백작은 화가 난 듯 말했다.

「싫어요. 전 다 듣고 있었어요.」 나타샤는 말했다. 「어째서 어머님은 찬성하지 않으시죠?」

「네가 알 일이 아니라는데도!」 백작은 버럭 소리쳤다. 나타샤는 창문 옆으로 가서 생각에 잠겼다. 「아버지, 베르그 씨가 왔어요.」 그녀는 창문 밖을 바라보면서 말했다.

16

　로스토프네의 사위 베르그는 이제 블라지미르 훈장과 안나 훈장을 목에 건 대령이 되어 여전히 제2군단 사령부 제1과 참모 차장이라는 지극히 한가하고 유쾌한 위치를 차지하고 있었다.
　그는 9월 1일 부대에서 모스크바로 왔다.
　모스크바에서는 아무것도 할 일이 없었다. 그러나 부대의 사람들이 모두 휴가를 얻어 모스크바로 돌아와서는 거기에서 무엇인가를 하고 있는 것을 알았기 때문에 그도 역시 가사를 위해서 휴가를 얻지 않으면 안 된다고 생각했던 것이다.
　베르그는 어떤 공작이 가지고 있던 것과 너무나도 똑같은 살찐 두 필의 구렁말을 채운 아담한 사륜 마차를 타고 장인의 집으로 찾아왔다. 그는 마당에 있는 많은 짐마차를 주의 깊게 바라본 뒤 입구의 충충대로 오르면서 깨끗한 손수건을 꺼내 매듭을 맸다(볼일을 잊지 않기 위한 표지—역주).
　베르그는 헤엄을 치듯이 성급한 걸음걸이로 현관에서 객실로 들어갔다. 그리고 백작을 부둥켜안고 나타샤와 소냐의 손에 입을 맞추자 장모의 건강을 서둘러 물었다.
　「이런 때에 건강이 다 뭐야? 자아, 어디 한 번 이야기해 봐!」백작은 말했다. 「군대의 사정은 어떤가? 퇴각하고 있나? 그렇지 않으면 또 전쟁이 있나?」
　「아버님, 오직 영원한 하느님만이.」베르그는 말했다. 「조국의 운명을 결정할 수 있을 것입니다. 군대는 영웅적인 정신에 불타고 있읍니다. 지금 수뇌자들이 회의를 열고 있는 참입니다. 앞으로 어떻게 될 것인지 그것은 아직 모릅니다. 그러나 아버님, 전체적으로 저는 이렇게 말할 수 있읍니다. 러시아군이 26일 싸움에서 보인, 아니 발휘한(하고 그는 고쳐 말했다) 영웅적인 정신, 그 옛날의 무사적인 정신은 어떠한 말로도 적절히 표현할 수 없읍니다……. 정말, 아버님(그는 자기가 있는 자리에서 그 이야기를 한 어느 장군의 흉내를 내어 가슴을 힘껏 쳤다. 그러나 그것은 조금 늦었었다. 말하자면 〈러시아 군〉이라고 말할 때에 치지 않으면 안 되었던 것이다), 털어놓고 여쭙겠읍니다만 우리 지휘관은 병사들을 몰아댈 필요가 없을 뿐만 아니라 오히려 그, 저…… 그렇습니다. 그 용감한 옛날의 무사적인 공명심을 간신히 억눌렀을 정도입니다.」그는 재빨리 말했다.
　「바르클라이 드 톨리 장군 같은 사람은 자기의 목숨을 아끼지 않고 어디에서나 군의 선두에 섭니다. 정말입니다. 우리 군단은 산의 경사면(傾斜面)에 배치되어 있었으니까요, 어떻습니까, 훌륭하죠?」여기에서 베르그는 그가 요사이 들은 가지가지의 이야기를 기억하고 있는 한 모두 이야기했다. 나타샤는 마치 베르그의 얼굴에서 어떤 문제의 해결을 찾고 있기라도 하듯 눈을 떼지 않고 찬찬히 쳐다보고 있었다. 그 시선은 그를 적지 않게 당황케 했다.

「정말 러시아군이 나타냈던 용기는 도저히 상상할 수도 없을 정도이고 참으로 칭찬할 만합니다!」베르그는 나타샤를 돌아보며 마치 비위를 맞추기라도 하듯 그 집요한 시선에 미소를 보내며 말했다. 「러시아는 모스크바에 있지 않고 그 민족의 마음 속에 있도다! 그렇지 않습니까, 아버님?」베르그는 말했다.

이때 소파가 있는 방에서 백작 부인이 지치고 부루퉁한 모습으로 들어왔다. 베르그는 얼른 뛰어나가서 백작 부인의 손에 입을 맞추고 건강을 묻고 고개를 끄덕이며 동정을 나타내면서 그녀 옆에 멈추어 섰다.

「그렇고말고요, 확실히 모든 러시아인에게 괴롭고 쓰라린 나날임엔 틀림이 없죠. 하지만 왜 그렇게 걱정하십니까? 아직도 피난하실 틈은 있는데요…….」

「모두 무엇들을 하고 있는지 도무지 모르겠어.」백작 부인은 남편을 보고 말했다. 「금방 듣자니까 아직 아무것도 준비가 되어 있지 않은 모양이더군요. 누군가가 앞에 서서 지시할 사람이 있어야 할 게 아녜요. 이렇게 되고 보니 정말 미찌니카가 아쉽군요. 이러다간 한이 없겠어요!」

백작이 무엇이라고 말하려고 했으나 꾹 눌러 참는 모양이었다. 그는 의자에서 일어나 문 쪽으로 다가갔다.

베르그는 이때 코라도 풀려는 듯 손수건을 꺼냈다. 그리고 그 매듭을 보면서 침울하게, 그리고 의미 있게 고개를 흔들고 생각에 잠겼다.

「그런데 저어, 아버님에게 특별한 청이 하나 있는데요.」그는 입을 열었다.

「음?」백작은 발을 멈추었다.

「금방 유수포프네 상점 앞을 지나오려니까.」베르그는 웃으며 말했다. 「전부터 아는 집사가 뛰어나와서 무엇인가 사주지 않겠느냐고 하지 않겠어요? 그래서 저는 호기심에 들어가 보았죠. 그랬더니 거기에 훌륭한 장롱과 화장대가 있지 않겠읍니까. 왜, 그 아실 테지만, 베로치카가 전부터 탐을 내어 곧잘 저하고 싸움질을 하던 바로 그거예요(베르그는 장롱과 화장대에 대해서 이야기하기 시작하자 갑자기 가정을 가진 사람다운 기쁜 어조로 바뀌었다). 참으로 훌륭한 거예요! 영국식 비밀 자물쇠가 달려 있고 말예요, 저절로 서랍이 나오게 되어 있죠, 아시죠? 베로치카가 오래 전부터 탐을 내고 있던 거니까 저는 뜻밖에 그것을 보내어 그녀를 깜짝 놀라게 해주고 싶습니다. 보니 저기 저 마당에 많은 농부가 있는 것 같던데, 한 사람만 좀 빌려 주시지 않겠읍니까? 삯은 아주 두둑히 줄 테니까요…….」

백작은 눈살을 찌푸리고 쿨룩쿨룩 기침을 하기 시작했다.

「자네 장모에게 부탁해 보게, 나는 지시를 하고 있지 않으니까.」

「뭐 곤란하시면 괜찮습니다.」베르그는 말했다.「그저 베로치카에게 꼭 사주고 싶어서 그러는 것뿐이에요.」

「아아, 모두들 아무 데라도 가 버리게, 아무 데라도 싹 없어져 버려!」노백작은 말했다.「아아, 머리가 지끈지끈 아프군.」말하고 그는 방에서 나가 버렸다. 백작 부인은 울기 시작했다.

「옳은 말씀입니다, 정말 괴로운 시대입니다.」베르그는 말했다.

나타샤는 아버지 뒤를 따라 방에서 나갔다. 그리고 골똘히 생각에 잠긴 채 한참 동안 아버지 뒤를 쫓다가 이윽고 아래로 뛰어내려갔다.

현관에는 페쨔가 서서 모스크바에서 나가는 하인들의 무장을 지시하고 있었다. 마당에는 여전히 짐을 실은 많은 마차가 서 있었다. 두 대의 마차는 이미 밧줄이 풀리고 그 중 한 대에는 한 장교가 종졸의 부축을 받으며 기어올라가고 있었다.

「누나, 도대체 무엇 때문인 줄 알아?」페쨔는 나타샤에게 물었다. 나타샤는 페쨔의 물음이 무엇 때문에 아버지와 어머니가 싸움을 했는가 하는 뜻이라는 것을 알고 있었으나 대답하지 않았다.

「그건 말이야, 아버지가 짐마차를 모두 부상병에게 빌려 주시려고 하시기 때문이야.」페쨔는 말했다.

「바실리이치에게서 들었어. 내 생각으로는…….」

「내 생각으론 말이야.」나타샤는 증오에 찬 얼굴로 페쨔 쪽으로 돌리며 갑자기 거의 외치듯 말했다.「내 생각으론 말이야, 이것은 정말 비열하고, 정말 더러운, 정말…… 뭐라고 말해야 할지 모를 만큼이야. 우리들은 독일인이나 뭐가 아니니까 말이지…….」그녀의 목구멍은 발작적인 흐느낌 때문에 떨기 시작했다. 그러자 마음이 약해져 가슴 속의 억눌렸던 울분을 내뱉게 되는 것이 두려운 듯 몸을 돌려 냅다 층층대를 뛰어올라갔다.

베르그는 백작 부인 옆에 앉아 자못 사위답게 공손한 얼굴빛으로 그녀를 위로하고 있고 백작은 손에 파이프를 들고 방안을 왔다갔다하고 있었다. 그때 갑자기 나타샤가 증오로 얼굴을 추하게 일그러뜨린 채 폭풍처럼 방안으로 뛰어들어 빠른 걸음으로 어머니 앞으로 다가갔다.「그것은 정말 비열한 짓이에요! 정말, 박정한 짓이에요!」하고 느닷없이 그녀는 외치기 시작했다.「그런 것을 어머님이 분부하시다니 도저히 생각할 수 없는 일이에요!」

베르그와 백작 부인은 깜짝 놀란 듯 멍하니 그녀를 쳐다보았다. 백작은 창 옆에 발을 멈추고 서서 귀를 기울였다.

「어머니, 그런 짓은 안 돼요, 저길 좀 보세요, 마당의 광경을!」그녀는 소리쳤다.「저 사람들은 뒤에 처지게 되잖아요!」

「너 도대체 왜 그러냐? 저 사람들이라니, 누구? 넌 어떡하자는 거냐?」

「누구냐고요? 부상병들 말예요! 그런 짓은 안 돼요! 어머니, 너무 심해요……아네요, 어머니, 정말 그런 법은 없어요. 용서하세요, 제발, 네…… 어머니, 도대체 우리들이 가지고 가는 물건 따위가 무엇이 그렇게 소중하다고 그러세요. 저기저 마당을 좀 보세요…… 어머니!…… 그런 일은 있을 수 없어요!」

백작은 창문 옆에 선 채 얼굴은 여전히 저쪽으로 돌리고 나타샤의 말을 듣고 있었다. 그러더니 갑자기 킁킁 하고 콧소리를 내며 얼굴을 바싹 문 가까이에다 댔다.

백작 부인은 딸을 쳐다보았다. 어머니 때문에 창피를 당한 듯한 그 얼굴과 흥분을 보고 어째서 남편이 지금 자기 쪽을 돌아보지 않고 있는가 하는 까닭을 알았다. 백작 부인은 당황한 얼굴로 주위를 둘러보았다.

「아, 아무렇게나 좋을 대로 하렴! 도대체 내가 누구의 훼방을 놓았단 말이냐!」아직도 얼른 굴복하려고 하지 않고 백작 부인은 말했다.

「어머님, 정말 용서하세요, 네!」

그러나 백작 부인은 딸을 밀어 내고 백작에게로 다가갔다.

「저 이봐요, 당신이 좋을 대로 지시하세요.…… 저는 이러한 일을 모르니까.」그녀는 겸연쩍은 듯 눈을 내리깔며 말했다.

「업은 아이에게…… 가르침을 받는 것 같은 격이야…….」백작은 행복한 눈물을 글썽거리며 이렇게 말하고 아내를 부둥켜안았다. 아내는 자기의 면목 없는 얼굴을 남편의 가슴에 감출 수 있는 것이 기뻤다.

「아버지, 어머니! 제가 지시해도 괜찮아요? 괜찮죠?」나타샤는 물었다.「그렇지만 꼭 없어서는 안 될 것은 역시 모두 가지고 가겠어요!……」나타샤는 말했다.

백작은 고개를 끄덕여 보였다. 나타샤는 마치 술래잡기 할 때처럼 날쌔게 홀로 뛰어 현관으로 나가 층층대를 거쳐 마당으로 뛰어내려갔다.

하인들이 나타샤의 주위에 모여들었다. 그리고 백작 자신이 아내 대신 짐마차를 모두 부상자에게 건네고 트렁크를 모두 광으로 도로 나르라는 명령을 뒷받침할 때까지 아무도 나타샤의 기괴한 분부를 믿으려 하지 않았다. 그러나 일단 이해가 가자 하인들은 기꺼이 부산하게 새로운 일에 착수했다. 이제 모든 사람들은 그것을 해괴하게 여기지 않을 뿐만 아니라 오히려 그렇게 하는 것이 당연한 것처럼 생각했다. 마치 십 오 분 전에 부상자를 남겨 놓고 짐을 가지고 가는 것이 해괴하게 느껴지지 않을 뿐만 아니라 그렇게 하는 것이 당연한 것처럼 생각했던 것과 마찬가지로.

온 집안 사람은 누구나가 처음부터 이렇게 하지 않았던 것이 죄가 되는 것처럼 부상자를 수레에다 싣는 새로운 일에 열심히 착수했다. 부상자들은 자기 방에서 기어나와 창백한 얼굴에 희색을 띠고 마차를 둘러쌌다. 마차가 있다는 풍문은 이웃집에까지 전해져 다른 집에서도 부상자가 로스토프네 마당으로 모여 왔다. 많은 부상자는 짐을 내리지 말고 그저 그 위에다 태워 주기만 해도 감지덕지하겠다고 말했다. 그러나 일단 짐을 내리기 시작한 일은 이제 그칠 수 없었다. 지금에 와서는 다 내리는 것도 반만 내리는 것도 똑같은 일이었다. 전날 밤 애써 꾸린 식기류와 청동제 세공물과 액자와 거울들이 든 트렁크가 치워지지도 않고 마당에 널려 있었으나 사람들은 아직도 이것저것 내릴 수 있는 대로 내려 조금이라도 많이 마차를 부상자에게 넘겨 주려고 노력했다.

「아직도 네 사람 가량 더 태울 수 있어.」 집사는 말했다. 「내 짐마차도 넘겨 줘 버려야겠다. 그렇게라도 하지 않으면 저 사람들을 어떻게 할 수 없으니까.」

「그럼 제 의상(衣裳) 마차도 줘요.」 백작 부인은 말했다. 「두냐샤는 나하고 같이 사륜 마차에 타면 되니까 괜찮아요.」

그래서 또 의상 마차도 비워 그것을 두 집 건너 이웃의 부상자에게 제공했다. 집안 사람도 하인도 모두 명랑해지고 활기에 넘쳤다. 나타샤는 오랫동안 경험한 일이 없는 생생한 행복감에 넘친 감동에 싸였다.

「이것을 어디에다 붙들어매야 되죠?」 사륜 마차 뒤 좁은 발판에다 트렁크를 하나 밀어 넣으려고 애를 쓰면서 하인이 말했다. 「단 한 대만이라도 짐마차를 남겨 두어야 할 텐데요.」

「대체 거긴 뭐가 들었어?」 나타샤가 물었다.

「나리 마님 책이오.」

「남겨 둬. 바실리이치가 치울 테니까. 그런 건 필요치 않아.」

승용 마차는 사람으로 가득 차서 페쨔가 탈 자리조차 없을 정도였다.

「마부석으로 가면 돼. 얘, 페쨔, 마부석이 좋지 않겠니?」 나타샤가 소리쳤다.

소냐도 역시 쉴 새 없이 일하고 있었으나 그녀가 염려하는 목적은 나타샤의 그것과는 정반대였다. 그녀는 남기지 않으면 안 될 물건을 치우기도 하고 백작 부인의 희망에 따라 그것을 적어 두기로 하면서 될 수 있는 대로 많이 가지고 가려고 애쓰고 있었다.

17

한 시가 지나자, 완전히 짐을 싣고 준비가 끝난 로스토프네 마차 네 대가 현관 앞 차도에 늘어섰다. 부상병을 실은 짐마차가 한 대 한 대 마당을 빠져 나갔다.

안드레이 공작을 태운 포장 마차가 현관 옆을 지나갈 때 소냐는 그것에 주의가 끌렸다. 그녀는 하녀와 둘이서 현관 앞 차도에 서 있는 큼직하고 높은 백작 부인 전용 사륜 마차 속에서 백작 부인을 위해 좌석을 만들고 있었다.

「저게 누구 마차지?」소냐는 사륜 마차 창문으로 몸을 내밀고 이렇게 물었다.

「어머나, 아가씨도! 아직 모르셨어요?」하녀는 대답했다. 「다치신 공작님이세요. 어젯밤 여기서 묵으시고 이제부터 우리하고 같이 출발하시는 거예요.」

「그래, 어느 분인데? 이름은 뭐라고 하지?」

「전에 이 댁의 약혼자셨던 분이에요. 볼콘스키이 공작!」하녀는 한숨을 쉬며 대답했다. 「위독하시다는 것 같아요.」

소냐는 마차에서 뛰어나와 백작 부인한테로 달려갔다. 벌써 숄을 걸치고 모자를 쓰고 여장을 갖춘 백작 부인은 자못 지친 듯 객실 안을 왔다갔다하고 있었다. 그녀는 문을 닫고 출발 전 기도를 올리기 위해 가족을 기다리고 있는 참이었다. 나타샤는 방에 없었다.

「어머니.」소냐는 말했다. 「안드레이 공작이 여기 계세요. 다쳐서 말예요, 위독 하시대요. 이제부터 우리하고 같이 출발할 거래요.」

백작 부인은 깜짝 놀라 눈을 크게 뜨고 소냐의 손을 덥석 잡으며 주위를 둘러 보았다.

「나타샤는?」그녀가 물었다.

소냐에게나 백작 부인에게나 이 소식은 최초의 한순간 오직 하나의 의미밖에 갖고 있지 않았다. 둘은 모두 나타샤의 성질을 알고 있었기 때문에 이 소식을 들었을 때 나타샤가 어떻게 나올까 하는 두려움이, 전에 사랑했던 안드레이 공작 에 대한 동정을 두 사람의 마음 속에서 지워 버렸다.

「나타샤는 아직 모르지만 그래도 아뭏든 그분께선 우리들하고 같이 출발하니 까 말예요.」소냐는 말했다.

「몹시 위독하다고?」

소냐는 고개를 끄덕였다.

백작 부인은 소냐를 끌어안고 울기 시작했다.

『주의 마음은 헤아릴 수 없다!』여태까지 사람들의 눈에 숨겨져 있던 전능(全

能)의 손이 지금 행해지고 있는 모든 사상(事象)에 나타나기 시작한 것을 느끼면서 백작 부인은 이렇게 생각했다.

「자, 어머니, 완전히 채비가 되었어요. 뭘 하고 계세요?」 나타샤가 생기 있는 얼굴로 방에 뛰어들어오며 말했다.

「아무것도 아냐.」 백작 부인은 말했다. 「채비가 다 되었으면 가자.」 백작 부인은 어지러워진 손가방을 들여다보며 대답했다. 소냐는 나타샤를 안고 키스했다.

나타샤는 의심쩍게 소냐를 쳐다보았다.

「왜 그래? 무슨 일이 있었어?」

「아무것도…… 아냐…….」

「뭐 나한테 아주 나쁜 일이야?…… 대체 뭐야?」 민감한 나타샤는 캐물었다.

소냐는 한숨을 내쉴 뿐 아무 대답도 하지 않았다. 백작과 페짜와 숏스 부인과 마브라 쿠지미니쉬나와 바실리이치가 객실로 들어왔다. 그리고 문을 닫고 모두들 무릎을 꿇고 서로 시선을 피한 채 한참 동안 가만히 앉아 있었다.

먼저 백작이 일어나 깊은 한숨을 쉬며 성상을 향해 성호를 그었다. 모두는 그것에 따랐다. 이어 백작은 모스크바에 남게 된 마브라 쿠지미니쉬나와 바실리이치를 끌어안았다. 그리고 두 사람이 주인의 손을 잡고 어깨에 얼굴을 대고 키스하자 백작은 무엇인가 잘 들리지 않는 목소리로 위안하듯 부드럽게 얘기하며 둘의 등을 가볍게 두드렸다. 백작 부인은 성상을 안치해 놓은 방으로 들어갔다. 소냐가 가 보니 그녀는 벽 위에 드문드문 남아 있는 성상 앞에 무릎을 꿇고 있었다. 가전(家傳)에 따라 가장 소중한 성상들은 모두 가져가기로 되어 있었다.

현관에서도 마당에서도 이제부터 경호로 따라가는 하인들이 페짜한테서 받은 단도와 칼을 허리에 차고, 바지 자락을 장화 속에 접어 넣고 혁대와 끈으로 허리를 단단히 죄며 헤어지는 사람들과 작별의 인사를 교환하고 있었다.

출발할 때면 언제나 그렇듯 잊은 것과 잘못 넣어진 것이 많았기 때문에 두 종자가 백작 부인을 부축하여 태우려고 열어젖뜨려진 마차 문과 발판 양쪽에 서서 상당히 오래 기다리는 동안에도 방석과 보자기를 든 하녀들이 집안에서 사륜 마차와 포장 마차와 이륜 마차 쪽으로 뛰어오기도 하고 또 반대로 거기에서 집 안으로 뛰어들어가기도 했다.

「너희들은 왜 그렇게 맨날 뭘 잊어버리기만 하느냐!」 백작 부인은 근엄하게 말했다. 「내가 그런 모양으로 앉을 수 없다는 건 너도 잘 알고 있지 않니!」 두냐샤는 실쭉해서 입술을 깨물고 대답도 하지 않은 채 불만의 빛을 얼굴에 노골적으로 나타내면서 좌석을 고치러 마차 안으로 뛰어들어갔다.

「아아, 정말 이런 놈들이라니!」 백작은 고개를 내저으며 말했다.

백작 부인이 마음놓고 몸을 맡길 수 있는 오직 한 사람의 마부 예핌 노인은 마부석 위에 높이 앉은 채 뒤에서 무슨 일이 일어나건 돌아보려고도 하지 않았다. 그는 삼십 년 동안의 경험으로 「자아, 부탁해요.」 하는 말이 떨어지기까지는 아직도 시간이 남아 있고, 또 설사 말이 떨어졌다고 하더라도 다시 두어 차례쯤 마차를 세워 잊은 것을 가지러 보내고, 그런 뒤에도 다시 한 번 세워지고, 이번에는 백작 부인이 몸소 창문으로 얼굴을 내밀고 내리받이길에 조심해 달라고 빌듯이 부탁해야 한다는 것을 너무나 잘 알고 있었다. 그것을 잘 알고 있었기 때문에 그는 말들보다 (특히 발을 차기도 하고 재갈을 지근지근 씹기도 하는 왼쪽의〈매〉라는 이름의 절따말보다도) 훨씬 참을성 있게 일이 진행되어 나가는 것을 지키고 있었다. 마침내 모두들 자리를 잡았다. 발판은 접혀 마차 안으로 치워지고 문도 닫혔다.

그리고 손궤도 가지러 보내어지고 백작 부인도 고개를 내밀고 언제나처럼 해야 할 말을 했다. 그때 예핌은 서서히 머리에서 모자를 벗고 성호를 긋기 시작했다. 예비 마부와 그 밖의 하인도 모두 그대로 따라 했다. 「자, 가자!」 예핌은 모자를 쓰고 소리쳤다. 「이럇!」 맨 앞의 예비 마부가 고삐를 당겼다. 오른쪽 말채가 멍에를 쭉 잡아당겼다. 높은 튀개가 삐걱거리고 차대가 흔들렸다. 한 하인이 움직이고 있는 마차의 마부석으로 뛰어올랐다. 마당에서 울퉁불퉁한 차도로 나올 때 마차가 덜커덩 하고 뛰어올랐다. 이리하여 긴 마차의 행렬은 한길로 올라섰다. 사륜 마차와 포장 마차와 이륜 마차에 타고 있는 사람들은 건너편 교회를 향하여 성호를 그었다. 모스크바에 남아 있는 사람들은 배웅을 하면서 마차의 양쪽을 따라 걸었다.

나타샤는 백작 부인과 나란히 이륜 마차에 앉아 서서히 옆을 스쳐가는 버려진 불안에 찬 모스크바의 집집의 벽을 바라보며 난생 처음 맛보는 형용할 수 없는 기쁨에 가슴을 두근거렸다. 그녀는 이따금 마차의 창문으로 고개를 내밀어 뒤쪽을 돌아보기도 하고 부상자를 실은 선두의 긴 마차 행렬을 바라보기도 했다. 앞부분에 포장을 친 안드레이 공작의 마차가 보였다. 그녀는 그 안에 누가 타고 있는지 몰랐으나 언제나 자기네 마차의 범위를 알려고 할 때는 이 마차를 찾아내곤 했다. 그녀는 그 마차가 맨 선두라는 것을 알고 있었다.

쿠드리나까지 나오자 니키트스카야 거리에서도 프레스냐에서도 포드 노빈스키이에서도 로스토프네의 것과 똑같은 마차의 행렬이 흘러 나와 사도바야 거리는 벌써 승용 마차가 두 줄로 쭉 늘어섰다. 수하레바 탑(塔) 옆을 지날 때 마차며 사람의 물결을 흥분된 눈으로 보고 있던 나타샤가 갑자기 기쁨과 놀라움이 섞인 목소리로 외쳤다.

「어머나! 어머니, 소냐, 저 봐요, 그분이에요!」

「누구, 누구?」

「저 봐요, 틀림없이 베주호프 그분이에요!」 나타샤는 마차 창문으로 얼굴을 내밀고 마부의 카프탄을 입은, 키가 훤칠하고 뚱뚱한 사내를 보며 말했다. 그 사나이는 거친 나사 외투를 걸친 누르스름한 턱수염이 없는 노인과 나란히 수하레바 탑의 아치 밑으로 다가오고 있었는데 그 걸음걸이와 의젓한 태도로 변장을 한 귀족이라는 것이 한눈에 드러났다.

「틀림없는 베주호프 씨예요. 카프탄을 입고 어린 아이 같은 늙은이와 같이 걷고 있군요. 틀림없어요.」 나타샤는 말했다. 「봐요, 보라니까요!」

「아냐, 그렇지 않아, 그분이 아냐. 그럴 리가 없어!」

「어머니.」 나타샤는 다시 소리쳤다. 「전 목을 걸어도 좋아요, 틀림없이 그분이에요, 틀림없어요, 세워, 세워 줘!」

그녀는 마부에게 외쳤다. 그러나 마부는 마차를 세울 수가 없었다. 왜냐하면 메쉬챤스카야 거리에서 또 짐마차와 승용 마차의 일대가 나와 로스토프네 마부에게 어물어물하다가 다른 마차를 세우지 않도록 하라고 외쳤기 때문이었다.

확실히 로스토프네 사람들은 아까보다 훨씬 떨어지긴 했으나 피예르거나 그렇지 않으면 피예르와 닮은 사람이 하인 같은 외양을 한, 턱수염이 없는, 몸집이 조그만 늙은이와 나란히 마부가 입은 카프탄을 입고 고개를 숙이고 정색을 하고 한 길을 걷고 있는 것을 알아보았다. 사륜 마차 속에서 자기 쪽을 향해 내민 얼굴을 알아챈 그 늙은이는 공손히 피예르의 팔꿈치에다 손을 대고 마차를 가리키며 뭐라고 말했다. 피예르는 오랫동안 늙은이가 하는 말을 이해하지 못하는 것 같았다. 그만큼 그는 골똘히 무엇인가 생각에 잠겨 있는 모양이었다. 마침내 상대방의 말에 이해가 갔는지 그는 가리켜진 방향을 바라보았다. 그리고 나타샤를 알아보는 순간 첫인상이 명령하는 대로 마차를 향해 급히 다가왔다. 그러나 열발짝 가량 걸었을 때 그는 무엇인가 생각해 낸 듯 갑자기 발길을 멈추었다.

마차에서 내민 나타샤의 얼굴에는 장난기가 가득한 미소가 넘치고 있었다.

「표트르 키릴르이치, 이리 오세요! 저희는 벌써부터 알아보았어요! 정말 깜짝 놀랐어요!」 그녀는 손을 내밀면서 소리쳤다. 「어떻게 된 거예요? 왜 그렇게 차리셨어요?」

피예르는 내민 손을 잡고 걸으며(마차가 여전히 움직이고 있었기 때문에) 거북하게 키스했다.

「어머나, 어떻게 된 거예요, 백작?」 백작 부인은 놀람과 동정에 찬 목소리로 말했다.

「네? 네? 어째서냐고요? 제발 그런 건 묻지 말아 주십시오.」 피예르는 말하고 나타샤 쪽을 돌아보았다. 그녀의 빛나는 기쁨에 넘친 시선은(그는 그녀를 보지 않고도 그것을 느꼈었다) 그 매력으로 그를 휩쌌다.

「그럼 당신 그냥 모스크바에 남을 생각이십니까?」

피예르는 한참 동안 멍한 표정을 지었다.

「모스크바에?」 그는 반문하듯 말했다. 「네, 모스크바. 그럼 실례하겠읍니다.」

「아, 나도 남자라면 얼마나 좋아. 그러면 틀림없이 당신과 같이 남았을 텐데요. 아아, 그러면 얼마나 좋겠어요!」 나타샤는 말했다. 「어머니, 괜찮겠죠? 저 여기에 남아도.」 피예르는 멍하니 나타샤를 쳐다보았다. 그리고 무엇인가 말하고 싶어하는 듯한 태도였으나 백작 부인은 그것을 가로막았다.

「당신 전쟁에 나가셨다고요? 소문으로 들었어요.」

「네, 갔었읍니다.」 피예르는 대답했다.

「내일 또 전투가 있읍니다…….」 하고 말하기 시작한 것을 나타샤가 얼른 가로막았다.

「하지만 어떻게 된 거예요? 왜 그런 이상한 모양을 하셨어요…….」

「아아, 묻지 말아 주십시오, 아무것도 묻지 말아 주십시오. 저도 아무것도 모르겠읍니다. 그럼 이만.」 그는 말했다. 「참으로 무서운 시대입니다.」 그는 마차에서 떨어져 인도 쪽으로 가 버렸다.

나타샤는 오랫동안 창밖으로 고개를 내밀고 상냥하고 얼마큼 놀리는 듯한, 기쁨에 넘친 미소로 피예르의 뒷모습을 지켜보았다.

18

피예르는 자기 집에서 모습을 감춘 이래 벌써 이틀째, 고인이 된 바즈제예프의 집을 지키고 있었다. 그 경위는 다음과 같다.

모스크바로 돌아와 라스토프친을 만난 이튿날 아침 잠을 깬 피예르는 자기가 지금 어디에 있는지, 사람들이 자기에게 무엇을 요구하고 있는지 한참 동안 이해할 수 없었다. 이윽고 하인이 객실에서 기다리고 있는 사람들의 이름을 부르면서 엘레나 바실리예브나 백작 부인의 편지를 가지고 온 한 프랑스인이 그를 기다리고 있다는 것을 알렸을 때 갑자기 그는 평소부터 버릇이 되어 있는 혼란과 절망에 휩싸였다.『이제 만사는 끝났다, 모든 것이 뒤범벅이 되고 엉망진창이 돼 버렸다, 그리고 정(正)도 부정도 없고 미래도 없다, 이 경우를 벗어 빠져 나갈 출구도 없다.』이런 생각이 갑자기 그의 머리에 떠올랐다. 그는 부자연스러운 미소를 띄우고 무엇이라고 중얼거리며 맥이 탁 풀린 모습으로 소파에 앉아 있는가 하면 일어나 문 옆으로 다가가 틈으로 객실 안을 들여다보고 다시 돌아와 책을 집어 들어 보기도 했다. 집사가 다시 들어와 백작 부인의 편지를 가지고 온 프랑스인이 그저 잠깐만이라도 꼭 백작을 만나고 싶다고 말하고, 또 이오시프 알렉세예비치 바즈제예프의 미망인한테서 심부름꾼이 와 미망인이 시골로 떠났으니까 장서(藏書)를 인수해 달라고 한다고 보고했다.

「아, 그래? 곧 가지. 아니, 잠깐 기다려…… 글쎄! 아니, 좋아. 지금 곧 간다고 일러 줘.」피예르는 집사에게 말했다.

그러나 집사가 나가자마자 피예르는 탁자에 놓여 있는 모자를 들고 서재에서 뒷문으로 빠져 나갔다. 복도에는 아무도 없었다. 피예르는 긴 복도를 지나 층층대까지 오자 눈살을 찌푸리고 두 손으로 이마를 문지르며 첫 층계참까지 내려갔다. 정면 입구 옆에는 현관지기가 서 있었다. 피예르가 내려간 층계참에서는 또 하나의 층층대가 뒷문으로 통하고 있었다. 피예르는 그것을 따라 뜰로 나갔다. 아무도 보고 있는 사람은 없었다. 그러나 그가 문을 나서자마자 저마다 자기 마차 옆에 서 있던 마부와 문지기가 주인을 발견하고 모자를 벗었다. 피예르는 모두의 시선이 자기에게 쏠리는 것을 느끼자 사람들의 눈에 띄지 않도록 덤불 속에 머리를 처박는 타조처럼 고개를 떨어뜨리고 걸음을 재촉하여 거리로 나갔다.

이 날 아침 피예르의 눈앞에 닥친 수많은 일 가운데 이오시프 알렉세예비치의 장서와 서류 정리가 그에게는 가장 중대한 것처럼 생각되었다.

그는 맨 처음에 만난 삯마차를 잡아타자 파트리아르쉬이예 프루드이의 바즈제예프 미망인의 집으로 가자고 명령했다.

모스크바를 떠나는 사람들의 마차가 사방 팔방에서 몰려오는 것을 쉴 새 없이 둘러보기도 하고 삐꺽삐꺽 흔들리는 낡은 마차에서 미끄러지지 않도록 뚱뚱한 몸을 고쳐 앉기도 하며, 피예르는 마치 학교에서 도망질쳐 나온 학생 같은 즐거운 기분으로 마부와 이것저것 이야기를 나누었다.

마부의 말로는 오늘 크레믈린에서 무기 검사가 행해졌고, 내일은 주민을 모두 트리 고르이 문 밖으로 내보낸 다음 거기서 대결전이 있으리라는 것이었다.

피예르는 파트리아르쉬이예 프루드이에 닿아 오랫동안 가지 않았던 바즈제예프의 집을 간신히 찾았다. 그는 협문으로 다가갔다. 문을 두드리는 소리를 알아듣고 게라심이 나왔다. 그는 오 년 전 피예르가 처음으로 토르쥐오크에서 이오시프 알렉세예비치를 보았을 때 같이 있던 얼굴이 누렇고 턱수염이 없는 노인이었다.

「계신가?」 피예르는 물었다.

「나리 마님, 세상 형편이 이래서 소피야 다닐로브나님은 아이들을 데리시고 토르쥐오크 쪽으로 떠나셨읍니다.」

「그래도 잠깐 들어가야겠는데, 책을 좀 정리해야 하니까.」 피예르는 말했다.

「아, 얼마든지 들어가십쇼. 돌아가신 나리, 천국에 계신 영혼이시여, 편안하소서! 나리 아우이신 마카르 알렉세예비치가 남아 계십니다. 아시다시피 완전히 병자라서요.」 노복은 대답했다.

마카르 알렉세예비치는 이오시프 알렉세예비치의 동생으로 폭주 때문에 반미치광이가 되어 있다는 것을 피예르도 벌써부터 알고 있었다.

「아, 아, 알고 있어. 자아, 들어가지…….」 말하고 피예르는 집 안으로 들어갔다. 키가 크고 머리가 벗어지고 코가 빨간 노인이 맨발에 덧신을 신고 자리옷 바람으로 현관방에 서 있었는데 피예르를 보자 화가 난 듯 뭐라고 중얼거리며 복도로 나가 버렸다.

「무척 똑똑한 어른이셨는데 지금은 보시다시피 저렇게 쇠약해지셔서.」 게라심은 말했다. 「서재로 가시겠읍니까?」 피예르는 고개를 끄덕였다. 「서재는 잠가 둔 채 있읍니다만 댁에서 책을 가지러 오시면 건네 드리라는 소피야 다닐로브나님의 분부가 있으셨읍니다.」

피예르는 아직 은인이 살아 있을 무렵 그토록 가슴을 울렁거리며 들어가곤 하던 그 음침한 서재로 들어갔다. 이 서재는 이오시프 알렉세예비치가 작고한 이래 아무도 손을 대지 않았기 때문에 먼지투성이가 되어 더 한층 음침하게 보였다.

게라심은 덧문을 활짝 열어 놓고 발 끝으로 방에서 나갔다. 피예르는 서재를 한 바퀴 돌아보고 원고가 들어 있는 책장 앞으로 다가가 전에 결사(結社)의 가장 중요한 성물(聖物)로 되어 있던 것을 그 속에서 한 권 꺼내 들었다. 그것은 은인이 주석과 설명을 단 스코틀랜드 조령(條令)의 원본이었다. 그는 먼지투성이 책상 머리에 앉아 자기 앞에다 원고를 놓고 폈다 덮었다 하다가 잠시 뒤 그것을 밀어 놓고 두 손으로 머리를 짚은 채 깊은 생각에 잠겼다.

게라심은 몇 차렌가 조심스럽게 서재를 들여다보았으나 피예르는 언제나 똑같은 자세로 앉아 있었다. 두 시간 이상 지났다. 게라심은 피예르의 주의를 끌기 위해 일부러 문에서 소리를 냈다. 그러나 그래도 피예르의 귀에는 들리지 않는 것 같았다.

「마부를 돌려 보내도 괜찮을까요?」

「아아, 참 그래.」피예르는 정신을 차리고 부랴부랴 일어나면서 이렇게 말했다. 「그런데 이봐, 부탁이 있는데.」그는 게라심의 웃옷 단추에 손을 대고 감동에 젖은 번쩍번쩍 빛나는 눈으로 노인을 보며 말했다. 「자네 내일 전투가 있는 걸 알고 있나?」

「네, 들었읍니다.」게라심은 대답했다.

「부탁이 있는데 내가 누구라는 것을 아무한테도 말하지 말아 주게. 그리고 지금부터 하는 말을 꼭 좀 실행해 주게.」

「알겠읍니다.」게라심은 대답했다. 「뭣 좀 드셔야지요?」

「아냐, 내가 필요한 건 다른 거야. 실은 농부의 옷과 권총이 필요하네.」피예르는 갑자기 얼굴을 붉히며 말했다.

「알겠읍니다.」잠깐 생각하고 게라심은 대답했다.

그 날 하루를 피예르는 은인의 서재에서 보냈다. 그가 무슨 말인지 혼자 중얼거리며 서재 안을 왔다갔다하는 소리를 게라심은 들었다. 그리고 그는 그대로 거기에 마련된 침상에서 밤을 새웠다.

게라심은 일생 동안 많은 기묘한 일들을 보아 왔기 때문에 피예르가 옮겨 온 것을 조금도 놀라지 않고, 도리어 섬겨야 할 주인이 생긴 것에 퍽 만족하고 있는 모양이었다. 그는 그 날 저녁에, 무엇 때문에 필요한가 하는 의혹마저도 일으키지 않고 농부의 카프탄과 모자를 피예르에게 건네고, 주문한 권총은 내일 입수하겠다고 약속했다. 마카르 알렉세예비치는 그날 밤 두 차례나 덧신을 질질 끌고 문으로 다가갔다. 그리고 가만히 발을 멈추고 비위를 맞추기라도 하듯 피예르의 얼굴을 들여다보았다. 그러나 피예르가 그쪽을 돌아보자마자 그는 겸연쩍은 듯 또 화가 난 듯 자리옷 앞자락을 여미고 부리나케 가 버렸다. 게라심이 입수하여 삶아서 빨기까지 해준 마부의 카프탄을 입고 이 노복과 함께 권총을 사려고 수하레바 탑 옆을 걷고 있을 때 피예르는 로스토프네의 사람들과 만났던 것이다.

19

9월 1일 밤, 모스크바를 통과하여 랴자니 가도로 퇴각하라는 쿠투조프의 명령이 떨어졌다.

선두의 부대는 밤중에 이동을 개시했다. 밤중에 행동한 부대는 당황하지도 서

두르지도 않고 유유히 퇴각하였으나 새벽에 행동하기 시작한 부대가 도로고밀로프스카야 다리에 이르렀을 때 많은 우군의 부대가 눈에 띄었다. 그들은 앞쪽 건너편 강가에서 떼를 지어 다리를 급히 건너고 있었고, 뒤쪽에서도 계속해서 밀려오고 있었다. 까닭 모를 불안과 초조가 부대를 엄습했다. 모든 것이 앞쪽 다리를 향하여 다리와 얕은 여울과 보트로 밀려왔다. 쿠투조프는 뒷길을 돌아 모스크바 시외로 향하도록 마부에게 명령했다.

9월 2일 오전 열 시 무렵, 넓은 도로고미로프 교외에 남아 있던 것은 오직 후위대(後衛隊)뿐이었다. 군세는 이미 모스크바 강을 넘어 시(市) 뒤쪽으로 나가 있었다.

바로 이때, 즉 9월 2일 오전 열 시, 나폴레옹은 포클론나야 언덕 위에 서서 눈 아래 펼쳐진 광경을 바라보고 있었다. 8월 26일에서 9월 2일, 즉 보로지노 싸움에서 프랑스군의 모스크바 입성까지의 이 소란스러운, 기념할 일 주일 동안 날씨는 계속 사람을 놀라게 할 만큼 맑게 갠 날씨였다. 낮게 뜬 태양은 봄보다도 뜨겁게 내리쬐고, 만상은 맑고 희박한 공기 속에서 사람의 눈을 부시게 할 정도로 빛나고 있었다. 이 향기 높은 가을 공기를 들이마시면 가슴이 상쾌하고 시원한 기분이 들었다. 밤도 따뜻한 때가 많았다. 그러한 어둡고 따뜻한 밤에는 줄곧 금빛의 별이 하늘에서 쏟아져 사람을 놀라게도 하고 기쁘게 하기도 했다.

9월 2일 오전 열 시도 그러한 날씨였다. 아침빛은 마법의 세계 같았다. 포클론나야 언덕에서 내려다보이는 모스크바는 질펀하게 눈앞에 펼쳐져 그 속에 강도 있고 많은 뜰도 있고 교회도 있었다. 그리고 햇빛 속에서 뾰족탑과 둥근 지붕을 별처럼 빛내며 모스크바시 자신이 자기의 삶을 영위하고 있는 것처럼 보였다.

나폴레옹은 눈에 익지 않은 형태의 이상한 건물이 들어선 불가사의한 도회를 보자, 흔히 사람이 자기에게 전혀 관계가 없는 다른 생활 양식을 보았을 때 느끼는, 얼마큼 부러움 비슷한 불안한 호기심을 느꼈다. 분명히 이 도회는 자기의 온 생명력을 기울여 살고 있는 모습이 있었다. 산 것과 죽은 것은 설사 멀리에서 보더라도 어떤 미묘한 특징에 의해 틀림없이 분간되는 법인데, 나폴레옹도 포클론나야 언덕에서 시중에 깔린 삶의 고통을 느꼈을 뿐만 아니라 이 거대하고 아름다운 것에서 육체의 호흡이라고 할 그런 것까지 느꼈던 것이다.

「무수한 교회를 가진 이 유명한 아시아적인 도회, 이 거룩한 모스크바는 마침내 내 눈앞에 나타났다! 벌써 오래 전에 이때가 왔어야 했던 것이다.」 나폴레옹은 말했다. 그리고 말에서 내리자 모스크바의 지도를 자기 앞에 펴게 하고 통역관 를로름 디드비유를 가까이 불렀다. 『적에게 점령당한 도회는 정조를 잃은 처녀와 같다.』고 그는 생각했다(그것은 그가 스몰렌스크에서 투치코프에게 했던 말이다). 이 관점에서 그는 자기 눈앞에 누워 있는 아직 본 적이 없는 동방의 미인을 바라보았다. 도저히 불가능하다고 여겨지던 숙원이 마침내 이루어진 것이 스스로도 이상하게 느껴졌다. 그는 밝은 아침빛을 받으며 시가와 지도를 번갈아 보며 시중의 상태를 자세히 점검했다. 점령했다는 확신은 그를 흥분케 하기도 했고 두렵게 하기도 했던 것이다.

『그러나 이렇게 될 수밖에 달리 길이 **없**지 않았는가!』그는 생각했다.『저것이 그 미녀다, 모스크바다! 저 도시는 지금 내 발 밑에 누워 자기의 운명을 기다리고 있다. 알렉산드르는 지금 어디에 있을까? 어디서 무엇을 생각하고 있을까? 요염하고 아름답고 장엄한 도시! 그리고 가장 매력 있고 장엄한 이 순간! 나는 그들의 눈에 대체 어떤 광채로 싸여 비칠까?』그는 자기의 군대를 생각해 보았다.『이것이 상(賞)이다! 저 수많은 이교도들에 대한 상이다.』그는 자기의 막료와 차례차례로 열을 지어 서는 군대를 보며 생각했다.『내 한 마디 말, 내 일거수 일투족으로 이 〈러시아 황제〉의 고도는 멸망해 버렸다. 그러나 내 자비심은 언제나 패배자에게 너그러우려 하고 있다. 나는 관대하지 않으면 안 된다. 참으로 위대하지 않으면 안 된다……아니, 그렇지 않다, 내가 지금 있는 데는 모스크바가 아니다 갑자기 이런 생각이 그의 머리에 떠올랐다). 그러나 역시 모스크바는 저처럼 저기에 있다. 내 발 밑에 누워 금빛 뾰족탑과 십자가를 햇빛에 반짝반짝 빛내고 있지 않은가. 그러나 나는 이 미녀를 용서해 주자. 야만과 압제의 고색 창연한 기념물에 정의와 자비의 위대한 말을 적어 주자.……알렉산드르에게는 이것이 무엇보다도 가장 쓰라리리라. 나는 성질을 잘 알고 있다(나폴레옹에게는 이 사건의 주된 의미가 자기와 알렉산드르와의 개인적인 싸움에 있는 것처럼 생각되었다). 크레믈린의 꼭대기에서——그렇다, 저것이 크레믈린이다. 그렇다——나는 그들에게 정의의 법도를 보여 주리라. 그들에게 참된 문명의 의의를 밝혀 주리라. 그리고 러시아의 자자 손손으로 하여금 그 정복자의 이름을 사랑을 가지고 부르게 하리라. 나는 러시아의 특사에게 전쟁 같은 것을 바라고 있지도 않았었고 지금도 바라고 있지 않다. 내가 전쟁을 한 것은 그저 그들 궁정의 거짓된 외교와 싸운 것에 지나지 않는다. 나는 알렉산드르를 경애하고 있으니까 자기와 자기의 국민을 욕되게 하지 않는 강화 조건을 모스크바에서 수수할 생각으로 있다, 이렇게 이야기해 주리라. 전첩(戰捷)을 이용하여 경애하는 황제에게 굴욕을 준다든가 할 생각은 없다. 귀족 여러분! 나는 그들에게 이렇게 말하리라. 나는 싸움을 바라는 자가 아니라 나의 신민 전체의 평화와 안녕을 바라는 자이다. 게다가 또 그들이 임석하고 있다는 것이 더욱더 나를 고무할 것이다. 그래서 언제나처럼 명료하고 장중하고 또한 위대한 태도로 그들에게 설유(說諭)할 수 있으리라. 그러나 나는 정말로 모스크바에 온 것일까? 그렇다. 저것이 모스크바다!」

「러시아의 귀족들을 데리고 와.」 그는 가까이 있는 사람에게 말했다. 화려한 수행원들을 거느린 한 장군이 이내 러시아 귀족을 부르러 달려갔다.

두 시간이 지났다. 나폴레옹은 조반을 마치고 또다시 포클론나야 언덕 위 먼저 위치에 서서 특사의 도착을 기다렸다. 러시아 귀족을 보고 해야 할 말은 이미 뚜렷이 그의 머리속에 짜여져 있었다. 그 말은 나폴레옹이 이해하는 한의 온갖 위엄과 위대함으로 차 있었다.

나폴레옹이 모스크바에서 보이려고 생각하고 있는 관대한 태도는 그 자신을 매혹시켜 버렸다. 그는 러시아의 고관과 프랑스 황제의 고관이 만날 이른바 〈러시아 황제 궁전에서 베푼 집회의 날짜까지를 머리속에서 정해 놓고 있었다. 그는 민심을 수습(收拾)할 수 있는 총독을 요모조모 마음 속으로 물색해 보았다. 그는 모스크바에 자선원(慈善院)이 많은 것을 알고 있었기 때문에 그러한 것에도 모두 은혜를 베풀어야겠다고 생각했다. 마치 아프리카에서 두건(頭巾)이 달린 외투를 입고 회교 사원에 앉아야 했던 것과 마찬가지로 모스크바에서는 러시아 황제처럼 자비롭게 하지 않으면 안 된다고 생각했다. 그리고 나의 그립고 다정하고 가엾은 어머니를 생각하지 않고는 도저히 감상적인 것을 상상할 수 없는 모든 프랑스인과 마찬가지로 그도 러시아인의 마음을 결정적으로 움직이기 위해 모든 자선원에다 큼직한 글자로 〈나의 어머니에게 바쳐진 자선원〉이라고 쓰게 해야겠다고 마음먹었다. 아니, 그저 〈나의 어머니의 집〉이라고만 써도 괜찮을 것 같았다.『그러나 나는 정말로 모스크바에 있는 것일까? 그렇다, 모스크바는 바로 저기, 내 눈앞에 있다. 그런데 시(市)의 특사는 어째서 이렇게 늦는 것일까?』 그는 생각했다.

그 무렵의 막료들 뒤에서는 장군과 원수들 사이에 수군수군 흥분에 찬 의논이 분분했다. 특사를 부르러 갔던 장군이 돌아와 모스크바는 텅텅 비어 있고 주민은 시가를 떠나 버렸다고 보고했던 것이다. 상의하고 있는 사람들의 얼굴은 창백해지고 흥분과 동요의 빛이 역력했다. 그들을 위협한 것은 모스크바가 주민에게 버림을 받은 것이 아니라(이 사건이 아무리 중대한 것이건) 이 사실을 어떻게 폐하에게 보고해야 좋을지, 즉 폐하를 〈우스꽝스러운〉 입장에 빠뜨리지 않고 이것을 황제에게 주상(奏商)할 수 있는가 하는 것이었다. 참으로 황제가 그처럼 오랫동안 러시아 귀족을 기다리고 있었음에도 불구하고 모스크바에는 취한의 무리 외에는 아무도 없다는 것을 어떻게 주상하랴. 어떤 자는 무엇이라도 괜찮으니까 아뭏든 어떤 특사라도 우선 모으지 않으면 안 된다고 말했다. 또 어떤 자는 이 의견을 반박하고 재치 있고 조심스럽게 황제에게 넌지시 비친 뒤 비로소 사실을 주상하지 않으면 안 된다고 말했다.

「어떻게 되었거나 폐하께 여쭙지 않으면 안 됩니다⋯⋯.」 막료들은 입을 모아 말했다. 「하지만 참 곤란하긴 한데요⋯⋯.」 황제가 자기가 보여야 할 너그러운 처지를 상상하면서 참을성 있게 지도 앞을 왔다갔다하며 이따금 이마에 손을 대고 모스크바로 통하는 도로를 바라보고 즐겁게 자랑스러운 듯 미소를 띠고 있었기 때문에 모두의 입장은 더욱더 괴로와지는 것이었다.

「곤란한데요⋯⋯정말 어려운 일입니다⋯⋯.」 목구멍까지 올라온 〈우스꽝스러운〉이란 말을 애써 누르며 어깨를 으쓱하고 막료들은 말했다.

한편 헛된 기대에 지친 황제는 장엄한 순간도 너무 오래 계속되자 그 장엄함을 잃기 시작한 것을 그의 배우 같은 민감성으로 직감하고 손을 들어 신호를 보냈다. 그러자 한 발의 호포(號砲)가 울려 퍼지며 사방에서 모스크바를 둘러싸고 있던 군대가 드디어 시중으로 진입하기 위해 트베리 문(門), 칼루가 문, 도로고밀로프 문을 향해 움직이기 시작했다. 군대는 서로 몰아 대면서 바쁜 달음박질과 속보로 차츰차츰 급히 진격해 갔다. 그들이 일으키는 먼지 구름은 그들 자신을 덮었고, 하나의 울림으로 합친 외침은 대기를 흔들었다.

나폴레옹도 진격에 휩싸여 군대와 같이 도로고밀로프 문까지 갔으나 거기서 다시 멈추고 말에서 내렸다. 그리고 특사를 기다리며 카메르 콜레쥐스키이 요새 옆을 오랫동안 왔다갔다했다.

20

그 무렵 모스크바는 빈 껍질이었다. 거기엔 아직 이전 인구의 오십분의 일쯤은 남아 있었으나 모스크바는 빈 껍질이나 마찬가지였다. 마치 여왕벌이 없는, 다 사그라져 가는 벌집이 비어 있듯이 모스크바는 빈 껍질이었던 것이다.

여왕벌을 잃은 벌집에는 이미 생활이 없었으나 밖으로 보기에는 다른 벌집과 마찬가지로 아직 생활이 영위되고 있는 것처럼 보이는 법이다.

여왕벌을 잃은 벌집 둘레에도 다른 살아 있는 벌집과 마찬가지로 꿀벌의 떼가 한낮의 뜨거운 햇살을 받으며 즐거운 듯 날아다니고 있고, 그 벌집 역시 멀리까지 꿀의 향기를 풍기며 그 속으로 꿀벌이 쉴 새 없이 들락거린다. 그러나 조금 주의해서 보고 있으면 그 벌집에는 이미 생명이 없다는 것을 알게 된다. 꿀벌이 날아다니는 모양도 살아 있는 벌집의 둘레와는 다르고 그 냄새 역시 산 벌집의 냄새와는 다르다. 날개 소리가 다른 것도 양봉가는 뚜렷이 들을 수 있다. 쇠망한 벌집을 양봉가가 밖에서 두드려 보아도 이전처럼 이내 몇 만의 벌의 일치된 날개 소리가 안에서 응답하지 않는다. 으르대듯이 꼬리를 구부리면서 날쌔게 날개를 파닥거리고 공기가 흐르는 듯한 생동하는 소리를 내지 않는다. 그저 텅 빈 벌집 여기저기에서 무디게 울리는 고르지 못한 날개 소리가 대답할 뿐이다. 벌집 입구에서도 이전처럼 알코올 성분을 머금은 향기로운 꿀과 독소의 냄새도 발산하지 않는가 하면, 또 벌과 꿀의 충만으로 생기는 온기도 넘쳐 나오지 않고 그저 꿀 냄새에 공허와 부패의 냄새를 섞은 냄새만이 풍길 뿐이다. 방어를 위해서 결사적인 각오로 꼬리를 곤두세우고 위급을 알리는 초병(哨兵)의 그림자도 출구에 없다. 이제 그 가지런하고 조용한 울림도, 물이 끓는 듯한 노도의 기세도 끊기고, 들리는 것이라곤 오직 고르지 못한 부조화한 혼란의 소음뿐이다. 온 몸뚱이가 꿀로 범벅이 된 검고 길쭉한 도둑벌이 쭈뼛쭈뼛 교활하게 벌집 속으로 날아 들어가기도 하고, 또 그 속에서 날아 나오고 있기도 하다. 그들은 쏘려고도 하지 않고 오히려 위험에서 도망치려고만 하고 있다. 전에는 벌은 먹이를 가지고 들어온 뒤 빈 손으로 나갔으나 지금은 거꾸로 먹이를 가지고 나간다. 양봉가가 바닥통을 열고 벌집의 아래쪽을 들여다보면 전에는 부지런한 노동으로 검게 살찐 벌들이 서로 발을 붙들고 마치 대나무 울타리 같은 벌집 밑에까지 내려가 쉴 새 없이 붕붕 소리를 내며 밀랍을 길어 올렸으나 지금은 졸린 듯한 여윈 벌이 벌집 밑바닥과 벽 여기저기를 기어다니고 있을 뿐이다. 이제까지는 아교가 칠해지고 날개로 깨끗이 쓸어졌던 바닥 위를 지금은 밀랍 찌꺼기와 간신히 발을 꿈지럭거리는 다 죽어 가는 벌의 똥과 버려진 벌의 시체만이 딩굴고 있다.

양봉가가 위 뚜껑을 열고 벌집의 상부를 들여다보면 전에는 봉방(蜂房)의 틈바구니마다 벌이 꽉 들어차 애벌레를 따뜻하게 해주고 있었으나 지금은 교묘하게 만들어진 복잡한 봉방의 조직이 보일 뿐이다. 더우기 그것마저도 이전의 깨끗한 처녀성을 지니고 있지 않다. 여기고 저기고 거칠어지고 더러워져 있다. 약탈자인 검은 벌이 슬금슬금 바쁘게 기어 돌아다니고 있다.

마치 노쇠한 것처럼 강마른, 동체가 짧아진 벌집 주인은 누구를 방해하지도 않고 아무런 희망도 없이 삶의 의식을 잃고 어슬렁거리고 있다. 수펄과 왕호박벌과 땅벌과 나비가 날아 돌아다니다가 의미도 없이 벌집 벽에 부딪친다. 죽은 애벌레와 꿀이 든 밀랍 여기저기에서 이따금 화가 난 듯한 날개 소리가 들린다. 또 어딘가에서는 두 마리의 꿀벌이 낡은 습관과 기억에 의하여 무엇 때문인지 자기 자신들도 모르면서 힘에 부치는 꿀벌과 땅벌의 시체를 열심히 날라 내며 벌집을 청소하려고 한다. 또 한쪽 구석에서는 어미벌 두 마리가 대견스럽게 싸움을 하기도 하고 서로 몸뚱이의 청소를 하기도 하고 먹여 주기도 한다. 더우기 그런 짓을 하는 것은 사이가 나쁘기 때문인지 그렇지 않으면 사이가 좋기 때문인지 자기 자신들도 전혀 모르고 있는 것이다. 또 다른 데서는 한 떼의 벌이 서로 밀치락달치락하면서 한 마리의 희생자에게 달려들어 내리치기도 하고 짓누르기도 한다. 그러자 쇠잔해진(혹은 살해당한) 벌은 솜털처럼 조용하고 가볍게 많은 시체의 산더미 위로 떨어져 간다. 이번에는 벌집 내부를 보기 위해 양봉가는 한가운데께 봉방을 한두엇쯤 벗겨 본다. 전에는 몇 천의 벌이 생식의 최고의 신비를 지키면서 서로 등을 가지런히 하고 새까맣게 밀집하고 있었는데 이제는 원기가 없어 반죽음 상태가 된 벌이 몇 백 마리인가 자고 있는 것이 보일 뿐이다. 그들은 자기네의 최후는 알지도 못 하고 지금까지 지키고 있던 성물——지금은 이미 없어지고 말았지만——위에 앉은 채 거의 모두 죽어 버리고, 그 몸뚱이에서는 부패와 주검의 악취(惡臭)를 풍기고 있다. 그저 그 가운데의 몇 마리인가가 겨우 꿈틀거리기도 하고 날아오르기도 하고 나른하게 날고 있기도 하지만, 그것마저 적의 손에 앉았다 하더라도 상대방을 쏘고 죽을 힘도 없는 것이다. 그 밖의 죽은 벌은 마치 물고기의 비늘처럼 가볍게 아래로 떨어져 흩어져 있다. 양봉가는 뚜껑을 닫고 분필로 상자에다 표시를 한 뒤에, 때를 골라 두드려 부수어 불태워 버린다.

나폴레옹이 피로와 불안 때문에 눈살을 찌푸리고 카메르 콜레쥐스키이 요새 옆을 이리저리 거닐면서 형식에 지나지 않지만 그의 생각에 의하면 꼭 지키지 않으면 안 되는 예절인 특사의 도착을 기다리고 있을 때 모스크바는 마치 이 벌집처럼 비어 있었던 것이다.

아직 모스크바 시의 구석구석에는 사람들이 아무런 의미도 없이 그저 오랜 습관으로 이리저리 움직이고 있었는데 무엇을 하고 있는 것인지는 그들 자신들도 알지 못했다.

모스크바가 텅 비었다고 가능한 한 신중하게 보고했을 때 나폴레옹은 화난 얼굴로 보고자를 흘겨 보았을 뿐 얼굴을 홱 돌리고 묵묵히 계속해 걸었다.

「마차를 대.」그는 말했다. 그는 당직 부관과 나란히 마차를 타고 시외를 향해서 떠났다.

「모스크바가 텅 비었다고? 이건 참 뜻밖의 일인데!」그는 혼잣말을 했다.

그는 시내로 들어가지 않고, 도로고밀로프 교외 여인숙에 머물렀다.

〈연극의 대단원은 실패로 끝난 것이다.〉

21

　러시아군의 각 부대는 밤 두 시부터 이튿날 오후 두 시까지 모스크바를 통과하고 그 뒤로는 피난민과 부상병의 마지막 마차가 줄을 지어 따랐다.

　군대가 이동하는 동안 가장 혼잡이 심했던 곳은 카멘느이, 모스크보레스키이, 야우즈스키이의 다리 위였다.

　크레믈린 부근에서 둘로 갈렸던 군대가 모스크보레스키이 다리에 모이자 많은 병사는 정지와 혼잡을 빙자하고 다리에서 뒷걸음질쳐, 몰래 슬금슬금 바실리이 블라젠느이 성당 옆을 지나 보로비스키예 문(門) 밑을 빠져 크라스나야 광장 쪽으로 비탈길을 올라갔다. 거기에서라면 힘을 들이지 않고 남의 물건을 얻을 수 있다고 본능적으로 직감했던 것이다. 이와 똑같은 생각을 가진 군중들이 마치 싸구려판에 모여드는 손님들처럼 시장 거리의 길이란 길, 뒷골목이란 뒷골목을 온통 메우고 있었다. 그러나 손님을 부르는 점원의 상냥한 부드러운 목소리는 들리지 않았다. 도부 장수도 없고 물건을 사러온 여자들의 얼룩덜룩한 떼도 보이지 않았다.　거기에 있는 것은 그저 총을 갖지 않은 병사의 군복과 외투뿐이었다. 모두 묵묵히 빈 손으로 들어갔다가는 짐을 가지고 나왔다. 장사치와 점원은 소수밖에 없었으나 어리둥절한 얼굴을 하고 병사들 사이를 어슬렁거리는 자도 있고, 자기의 가게를 여는 자도 있고, 또 닫는 자도 있었으며 점원들과 같이 상품을 어딘가로 메어 나르는 자도 있었다. 시장 옆 광장에는 고수(鼓手)들이 줄지어 서서 집합의 북을 치고 있었다. 그러나 그 북소리는 이전처럼 약탈병의 무리를 모이게 할 힘이 없을 뿐만 아니라 오히려 그들을 북에서 한층 더 멀리 떼어 놓을 뿐이었다. 병사들 사이에는 잿빛 카프탄을 입고 머리를 박박 깎은 사람(죄수―역주)이 가게 앞에서도 길에서도 보였다. 두 장교(한 사람은 군복 위에 견대를 두르고 짙은 잿빛 나는 바싹 야윈 말을 타고 있었고, 다른 한 사람은 외투를 입고 걷고 있었다)가 일리인카 모퉁이에 서서 무슨 이야기인가를 주고받고 있었다. 거기에 장교 한 사람이 말을 타고 달려왔다.

　「전원을 지금 곧 쫓아 버리라는 장군의 명령이시다. 대체 이게 무슨 추태야! 부대의 반수가 뺑소니를 치다니!」

　「야, 너희들 어디 가?……야, 기다려!……」 그는 세 보병에게 고함쳤다. 그들은 총도 가지지 않은 채 외투 자락을 걷어 올리고 장교 옆을 살짝 빠져 시장의 혼잡 속으로 들어가려고 했던 것이다. 「거기 멈춰, 나쁜 놈들 같으니라고!」

　「어디 자네 한 번 놈들을 모아 보게.」 다른 한 장교가 말했다. 「도저히 모을 수 없을 걸세. 그보다는 남아 있는 쟈나 도망가지 않도록 손을 쓰는 게 나을 거야.」

「어떻게 전진한다는 거야? 거기 다리 위에서 멈춰 비비대고 있을 뿐 좀처럼 움직이려고 하지 않잖아. 그렇지 않으면 초병을 빙 둘러 세워 남아 있는 자를 도망가지 못하도록 한다는 건가?」

「자아, 괜찮으니까 저리들 가 봐! 놈들을 내모는 거야!」고참 장교가 외쳤다.

견대를 두른 장교는 말에서 내려 고수를 불러 가지고 시장 안으로 들어갔다. 몇 명의 병사가 우르르 내뺐다. 코 양쪽과 볼에 빨간 여드름이 난 상인 한 사람이 기름기 도는 얼굴에 퍽 타산적이고 온화하면서도 고집 센 표정을 띠고 손을 흔들며 장교에게로 다가왔다.

「장교님!」그는 말했다.「부탁입니다, 제발 도와 주십쇼. 우리들도 작은 것이라면 이러니저러니하고 말씀드리지 않습니다. 그야 뭐 기꺼이 드립니다. 자, 오십시오. 당장 나사를 가지고 오겠읍니다. 훌륭한 분을 위해서라면 두 필이라도 아깝다고는 여기지 않습니다. 그야 뭐 기꺼이 드리고 말고요. 그렇지만 이것은 글쎄 도대체 무슨 꼴입니까? 정말 강도입니다! 자, 가십시다. 그리고 감시병이나 무엇을 두어 가게를 닫게만이라도 해주셨으면 좋겠읍니다……」

「여보쇼! 그런 우는 소리 백날 해 봐야 소용 없어요.」그 가운데 얼굴이 험상 궂고 강마른 한 사내가 말했다.「목이 잘렸는데 머리털이 아까와 우는 녀석이 어디 있어. 누구나 마음대로 마음에 드는 걸 실컷 가지고 가라고 해!」그는 힘있게 손을 흔들고 장교 쪽으로 얼굴을 돌렸다.

「이반 시도르이치, 그야 자넨 어떻게 부탁을 드렸건 괜찮을 테지만 말이야, 이쪽은 그렇지도 않다고.」먼젓번의 장사치가 화가 나 말했다.「자, 가십시다, 장교님.」

「이러니저러니 지껄여 댈 거 하나도 없어!」강마른 장사치가 말했다.「나는 세 채의 가게에 십만 루블리 상당의 물건을 가지고 있지만 군대가 없어져 버리는데 어떻게 지켜 낸다는 거야? 아, 정말 답답한 작자들이군! 하느님의 뜻은 인간의 손으로 어떻게도 할 수 없는 거야.」

「제발, 나리님!……」먼젓번의 장사치는 몇 번이나 허리를 굽히며 말했다. 장교는 망설이며 서 있었다. 그의 얼굴에는 주저의 빛이 역력했다.

「지금 그런 게 문제요?」그는 갑자기 이렇게 소리치고 빠른 걸음으로 시장 안을 향해 들어갔다. 그러자 어떤 열어젖뜨려진 가게 안에서 치고 욕지거리를 하는 소리가 들렸다. 장교가 마침 거기까지 갔을 때 회색 외투를 입은, 머리를 박박 깎은 사나이가 문 밖으로 딩굴어 나왔다.

그 사나이는 허리를 구부리고 장사치들과 장교 옆을 빠져 뛰어 달아났다. 장교는 가게 안에 있는 병사들에게 달려들었다. 그런데 그때 갑자기 군중의 무서운 외침이 모스크보레스키이 다리 위에서 들렸다. 장교는 광장으로 도로 뛰어 나왔다.

「뭐야? 무슨 일이야?」 그는 소리쳤다. 그러나 동료는 벌써 바실리이 블라쥐느이 성당 옆을 지나 소리가 나는 쪽을 향해서 뛰고 있었다. 장교는 말을 타고 그 뒤를 쫓았다. 그가 다리 옆으로 다가갔을 때 앞차에서 풀린 두 문의 포와 다리를 건너고 있는 보병대와 뒤집힌 몇 대의 짐마차와, 몇 사람의 놀란 듯한 얼굴과 병사들의 웃는 얼굴이 눈에 띄었다. 포 옆에는 두 필의 말을 채운 한 대의 짐마차가 서 있었다. 짐마차 뒤에는 목걸이를 건 네 마리의 사냥개가 수레바퀴 옆에 뭉쳐 있었다. 마차 위에는 짐이 산더미처럼 쌓여 있었으나 그 맨 위에는 한 아낙네가, 뒤집혀져있는 어린이 의자 옆에 앉아 외마디 소리를 내며 필사적으로 울부짖고 있었다. 동료들이 장교에게 들려 준 말로는 이 군중에 부딪친 예르몰로프 장군이, 병사들은 가게를 털러 다니고 있고 피난민의 무리는 다리를 막고 있는 것을 알고는, 전차에서 대포를 풀어 다리를 쏘는 시늉을 하도록 명령했기 때문에 군중의 외침과 아낙네의 외마디 소리가 일어난 것이라고 했다. 군중은 이것을 보고 미친 듯 소리치며 짐마차를 뒤집어 놓고 정신 없이 다리 위를 비웠기 때문에 마침내 군대는 전진을 시작하였다는 것이었다.

22

이 무렵부터 시내는 텅 비어 있었다. 거리에는 거의 인적이 없었다. 문이란 문, 가게란 가게는 모두 닫혀 있었고, 그저 군데군데 선술집에서 을씨년스러운 외침 소리와 취한의 노래가 들릴 뿐이었다. 거리에는 마차를 타고 지나가는 사람도 없고 이따금 통행인의 발소리가 들릴 뿐이었다. 포바르스카야 거리는 완전히 조용하고 텅 비어 있었다. 로스토프네집 널찍한 마당에는 말들이 먹다 남긴 건초와 많이 모였던 짐마차의 말똥물이 흩어져 있을 뿐 사람의 그림자 같은 것은 보이지 않았다. 가재 전부가 그대로 남겨진 로스토프네 집에는 두 하인이 큰 객실에 남아 있었다. 그것은 문지기 이그나트와 코삭 옷을 입은 바실리이치의 손자 미쉬카였다. 이 소년은 할아버지와 둘이서 모스크바에 남게 되었던 것이다. 미쉬카는 피아노 뚜껑을 열고 한 손가락으로 치고 있었다. 문지기는 두 손을 허리에다 짚고 기쁜 듯 싱글거리며 커다란 거울 앞에서 있었다.

「어때, 잘하지! 응? 이그나트 아저씨!」갑자기 두 손으로 건반을 두드리며 소년은 말했다.

「에잇! 이놈!」거울에 비친 자기 얼굴에 차차 웃음기가 도는 것을 신기한 듯 들여다보며 이그나트는 대답했다.

「파렴치한! 정말 파렴치한들이로군!」조용히 들어온 마브라 쿠지미니쉬나의 목소리가 그들 뒤에서 울렸다.「이 뚱뚱보, 이빨이나 헤헤 하고 드러내 놓고. 너희들은 그런 짓만 하고 있으니 이게 무슨 꼴이람! 저긴 아직 하나도 치워져 있지 않잖아. 바실리이치는 죽도록 일하고 있단 말이야. 어디 두고들 보자!」

이그나트는 허리띠를 고쳐 매고 싱글거리기를 그치자 얌전히 눈을 떨어뜨린 채 나갔다.

「아주머니, 저도 조금은 했어요.」소년은 말했다.

「뭐가 조금이야. 이 개구장이 새끼 같으니!」마브라 쿠지미니쉬나는 손을 번쩍 치켜올리며 소리쳤다.「저리 가서 할아버지한테 사모바르의 준비라도 해드려.」

마브라 쿠지미니쉬나는 먼지를 털고 피아노의 뚜껑을 닫자 무거운 한숨을 쉬며 객실에서 나와 문에다 자물쇠를 채웠다.

마브라 쿠지미니쉬나는 마당으로 나가면서 생각에 잠겼다. 이제부터 어디로 갈까, 행랑채의 바실리이치한테 가서 차라도 마실까, 그렇지 않으면 광으로 가서 아직 덜 치운 것을 마저 치울까 하고.

조용한 길에서 바쁘게 걸어오는 발소리가 들렸다. 발소리는 쪽문 옆에서 멈췄다. 그리고 문을 열려고 하는지 걸쇠를 달그락달그락 흔들었다.

마브라 쿠지미니쉬나는 쪽문으로 다가갔다.

「누굴 찾으십니까?」

「백작이오, 일리야 안드레이치 로스토프 백작이오.」

「그러는 당신은 누구요?」

「나는 장교입니다. 꼭 좀 뵈어야 할 일이 있읍니다.」

러시아인 특유의 기분 좋은, 점잖은 목소리가 대답했다.

마브라 쿠지미니쉬나는 쪽문을 열었다. 그러자 나이가 한 열 여덟쯤 되어 보이는 둥근 얼굴을 한 장교가 마당으로 들어왔다. 그 얼굴의 생김새는 로스토프 집안 사람들과 닮은 데가 있었다.

「벌써들 떠나셨는데요. 어젯 저녁에 떠나셨읍니다.」마브라 쿠지미니쉬나는 상냥하게 말했다.

젊은 장교는 들어갈까 말까 망설이는 듯 쪽문에 선 채 혀를 찼다.

「어이 참, 큰일났는데!」 그는 말했다. 「어제 왔어야 했는데……아, 정말 큰일 인걸!」

한편 마브라 쿠지미니쉬나는 그 동안 동정이 어린 눈으로 젊은이의 얼굴에 나타나 있는 친숙한 로스토프 일가의 용모와 그 몸에 걸치고 있는 다 해진 외투와 찌그러진 구두를 유심히 쳐다보고 있었다.

「백작께 무슨 볼일이 있었읍니까?」 그녀가 물었다.

「아, 뭐……할 수 없죠!」 장교는 자못 유감스러운 듯 말하며 나가려고 쪽문에 손을 댔으나 다시 망설이며 발길을 멈추었다.

「실은,」 그는 불쑥 말했다. 「나는 백작 친척인데 언제나 백작께서 친절히 해주셨죠. 그런데 지금 이처럼(그는 선량하고 쾌활한 미소를 띄우며 자기의 외투와 구두를 내려다보았다) 누더기가 되어 버렸고 돈도 한 푼도 없고 해서 백작께 부탁하려고…….」

마브라 쿠지미니쉬나는 끝까지 말을 시키지 않았다.

「잠깐만 기다려 주십시오, 곧 돌아올 테니까.」 그녀는 말했다. 그리고 장교가 쪽문에서 손을 떼는 것을 보자 마브라 쿠지미니쉬나는 곧 몸을 돌려 늙은이다우면서도 빠른 걸음으로 뒷마당 쪽 자기 행랑으로 갔다.

마브라 쿠지미니쉬나가 잰 걸음으로 사라지자 장교는 고개를 떨어뜨리고 자기의 찢어진 구두를 내려다보면서 가벼운 미소를 흘리며 마당을 여기저기 거닐었다. 『아저씨를 만나지 못해 정말 유감인데, 하지만 좋은 할멈이군! 어디로 뛰어간 것일까? 연대는 지금 로고쥐스카야께까지 가 있을 텐데 그것을 따라가자면 어떤 길로 가야 가장 가까울까?』 젊은 장교는 그 사이에 이런 생각을 하고 있었다. 마브라 쿠지미니쉬나는 약간 겁에 질린 듯한, 그러면서도 단호한 얼굴빛으로 격자무늬 손수건에 싼 것을 움켜쥐고 집 모퉁이를 돌아 나왔다. 그녀는 장교의 대여섯 발짝 앞에 오자 그 수건을 펴고 속에서 빠닥빠닥한 이십 오 루블리의 지폐를 꺼내서 얼른 장교에게 건넸다.

「나리 마님이 댁에 계셨더라면 그야말로 정말 친척으로서의 일을 하셨을 테지만, 그러나 아뭏든 이거라도……이러한 때니까…….」 마브라 쿠지미니쉬나는 더듬거리며 말을 잘 하지 못했다. 그러나 장교는 거절하지 않고 천천히 지폐를 받아 들고 마브라 쿠지미니쉬나에게 인사했다. 「정말 백작께서 댁에 계셨더라면.」 마브라 쿠지미니쉬나는 미안하다는 듯 다시 되풀이했다. 「부디 몸 조심하십시오, 아무쪼록 무사하시기를.」 마브라 쿠지미니쉬나는 허리를 굽히고 정중히 배웅하면서 말했다. 장교는 자기가 자기를 비웃기라도 하듯 미소를 짓기도 하고 고개를 흔들기도 하며 자기의 연대를 따라가려고 야우즈스키이 다리를 향해 텅 빈 거리를 빠른 걸음으로 뛰기 시작했다.

마브라 쿠지미니쉬나는 쪽문을 닫고 나서 걱정스러운 듯 머리를 흔들고 낯선 장교에 대한 어머니 같은 사랑과 연민이 느닷없이 솟구쳐오름을 느끼면서, 눈에 눈물을 글썽이며 하염 없이 서 있었다.

23

바르바르카 거리의 아직 준공되지 않은 어느 집 아래층 선술집에서는 취한들의 외침 소리와 노랫 소리가 들리고 있었다. 조그맣고 더러운 방에 놓인 몇 개의 탁자를 앞에 하고 열 사람 가량의 직공이 벤치에 앉아 있었다. 곤드레만드레 취하고 땀투성이가 된 이 패들은 흐릿한 눈을 하고 어깨를 바싹 붙이고 앉아 입을 크게 벌리고 열심히 무슨 노래를 부르고 있었다. 그들은 억지로 악을 쓰면서 제멋대로 부르고 있었는데, 그것은 분명히 부르고 싶어서 부르는 것이 아니라 그저 자기들이 만취되어 떠들고 있다는 것을 보이고 싶어서 부르는 것 같았다. 그 가운데 한 사람으로 산뜻한 푸른 외투를 입은 훤칠한 키에 금발을 한 젊은이가 떡 버티고 서서 모두를 내려다보고 있었다. 콧날이 날카롭고 곧은 그의 얼굴은 줄곧 움직이는 꼭 다문 얄팍한 입술과 험상궂게 움푹 꺼진 흐릿한 눈만 아니었다면 무척 잘생긴 얼굴이었을 것이다. 그는 노래를 부르고 있는 패들을 내려다보고 서서 마음 속으로 뭔가 궁리하고 있는 듯 더러운 손가락을 억지로 펴고 팔꿈치까지 소매를 걷어 올린 흰 한쪽 팔을 노래를 부르고 있는 사람들 머리 위에 멋없이 거친 동작으로 내두르고 있었다. 외투의 소매는 자꾸 흘러내렸다. 그러면 젊은이는 내두르고 있는 희고 힘줄이 툭툭 불거진 손이 언제나 드러나 있다는 것에 무엇인가 유다른 의미라도 숨겨져 있는 것처럼 또다시 왼손으로 오른쪽의 옷 소매를 열심히 걷어 올리는 것이었다. 노래의 중간쯤부르는데 입구 쪽에서 외치고 실랑이를 하고 치고 받고 하는 소리가 들렸다. 훤칠한 키의 젊은이는 손을 홱 저었다.

「그만둬, 그만둬!」 그는 명령조로 소리쳤다. 「싸움이다, 해치워라!」 그러고는 계속 소매를 걷어 올리며 입구 쪽으로 나갔다.

직공들이 그 뒤를 따라 우르르 나갔다. 키가 훤칠한 젊은이의 지휘로 이 날 아침부터 술집에서 마시고 있던 직공들은 공장에서 가지고 온 가죽을 선술집 주인에게 주고 그 대신 술을 마셨던 것이다. 그런데 이웃 대장간의 직공들은 선술집의 소란을 듣고 틀림없이 선술집을 박살내는 것이라고 생각하고 자기들도 마찬가지로 힘으로 밀어닥치려고 했던 것이다. 이리하여 입구 층층대에선 싸움이 시작되었다.

주인은 문간에서 한 대장장이와 격투를 하고 있었는데, 마침 직공들이 나왔을 때 대장장이는 주인에게 받혀 길바닥에 쓰러지고 말았다.

그러자 다른 대장장이가 가슴을 내밀고 주인에게 대들면서 문 안으로 밀고 들어오려고 했다.

소매를 걷어 올린 젊은이는 뛰어가 안으로 밀고 들어오려고 하는 대장장이의 머리를 힘껏 후려갈기고 거칠게 외쳤다.

「어이! 우리 패가 맞고 있다!」

이때 먼젓번의 대장장이가 땅바닥에서 비틀비틀 일어나 다친 얼굴의 피를 훑어내면서 우는 소리로 외쳤다.

「사람 살려! 살인이다!……살인이다! 어이!……」

「큰일났다, 살인이다. 사람을 죽였다!」 이웃집 문에서 뛰어나온 노파가 째지는 소리로 외쳤다. 구경꾼들이 피투성이가 된 대장장이를 빙 둘러쌌다.

「사람들한테서 돈을 있는 대로 긁어내더니…….」 누군가가 주인을 보고 말했다. 「뭐야, 이번엔 또 살인이야? 이 강도놈 같으니라고!」

키가 큰 젊은이는 입구 층층대에 버티고 서서 흐릿한 눈으로 주인과 대장장이를 번갈아 쳐다보며, 이번엔 누구를 상대로 싸움을 해야 하나 망설이고 있는 것 같았다.

「살인자!」 별안간 그는 주인을 향해 소리쳤다. 「모두들 저놈을 묶어!」

「어째서 나 혼자만 묶어!」 달려드는 사람들을 뿌리치며 선술집 주인은 이렇게 외치고 자기의 모자를 벗어 땅바닥에 내동댕이쳤다. 이 동작이 무엇인가 이상야릇한 위협의 의미라도 가지고 있는 것처럼 생각되어 주인을 둘러쌌던 직공들은 멈칫 발길을 멈추었다.

「이봐, 난 법이라는 걸 잘 알고 있어. 지서(支署)에 쫓아갈 테다. 그래 내가 못 갈 줄 아나? 이런 때라고 누구나 강도질을 해도 괜찮다는 법은 없단 말이야!」 주인은 모자를 주워 올리며 소리쳤다.

「자, 가자! 뭐야, 네까짓 놈이! 자, 가자……뭐야, 네까짓 놈이!」 키큰 젊은이와 주인은 서로 이렇게 소리치며 한길로 걸어갔다. 피투성이가 된 대장장이도 그들과 나란히 걸어갔다. 직공과 구경꾼들은 와글와글 떠들며 그 뒤를 따랐다.

마로세이카 길모퉁이까지 오자 양화점 간판을 건 덧문이 닫힌 큰 집 건너편에 바싹 마르고, 지칠 대로 지친 스무 명 가량의 화공(靴工)이 자리옷과 해진 외투를 걸치고 음울하게 서 있었다.

「개새끼, 치러야 할 건 치르란 말야!」 턱수염이 듬성듬성 나고 강마른 직공이 험상궂게 눈살을 찌푸리며 말했다. 「남의 피를 착취할 대로 착취하고 나서 줄행랑을 치다니! 꼬박 일 주일 동안이나 사방으로 끌고 다닌 끝에 겨우 사람을 이런 구렁텅이에다 떨어뜨리고 나더니, 지금에 와선 자기만 도망가 버렸지 않느냐 말이야.」

많은 군중과 피투성이의 사내를 보자 지껄이고 있던 직공은 입을 다물었다. 화공들은 성급한 호기심의 빛을 띠고 왁자지껄하면서 걸어가는 군중 속으로 몰려 들어갔다.

「모두들 어딜 가는 거야?」

「어디냐고? 빤하지 않아, 경찰한테 가는 거야.」

「그런데 러시아군이 졌다는 건 정말이야?」

「아니, 그걸 여태 몰랐어! 이봐, 남이 하는 말을 좀 잘 들어 둬.」

이렇게 주고받는 소리가 들렸다. 선술집 주인은 사람이 많아진 것을 이용하여 군중들 틈에서 빠져 나와 자기 가게로 돌아가 버렸다.

키큰 젊은이는 자기의 적인 선술집 주인이 도망가 버린 것도 모르고 걷어 올린 팔을 휘두르며 줄곧 지껄여 대어 모두의 주의를 끌었다. 모두들 자기들의 마음을 차지하고 있는 의문의 해결이 이 사내에게서 얻어지려나 하고 그의 옆으로 몰려들었다.

「개새끼! 그 법이라는걸 보여 다오, 법이라는 걸 말야. 그 때문에 경찰이란 게 있는 게 아뇨! 여러분, 그렇잖소?」 키큰 젊은이는 야릇한 미소를 띄우며 말했다.

「개새끼, 경찰이라는 게 없다고 생각하고 있는가? 그래 경찰이 없으면 어떻게 돼? 그렇지 않으면 그놈의 가게도 텅텅 비어 버릴 거야.」

「무슨 쓸데없는 소리를 지껄이고 있는 거야!」 이러한 목소리가 군중 속에서 들렸다. 「어때, 모스크바가 쉽사리 이대로 버려질 것 같아? 우리들은 네가 그렇게 말하는 것이 웃음거리가 되고 있다는 것도 모르고 그저 믿어 버리고 말았단 말야. 이쪽에도 군대는 아직 잔뜩 있어. 어디 적이 들어올 테면 와 보라지. 그 때문에 있는 경찰이 아니야! 어디 한 번 세상 사람들이 말하는 것을 들어 보렴.」

키 큰 젊은이를 가리키면서 사람들은 이렇게 말했다.

카타이 고로드(중국인 거리—역주) 성벽 옆에서는 다른 조그만 군중이 모여 허름한 나사 외투를 입고 손에 종잇 조각을 든 한 사내를 둘러싸고 있었다.

「포고다, 포고를 읽고 있는 거야! 포고다!」 하는 목소리가 군중 속에서 들리자 그들은 우르르 글 읽는 사람 쪽으로 몰려갔다.

허름한 나사 외투를 입은 사내는 8월 31일자 삐라를 읽고 있다. 군중이 사방에서 둘러싸자 그는 약간 당황한 듯했으나 군중을 비집고 옆으로 다가온 키큰 젊은이의 요구로 가볍게 떨리는 목소리로 처음부터 삐라를 다시 고쳐 읽었다.

「〈나는 내일 아침 일찍 공작 각하한테 가서.〉」그는 읽었다.「각하한테!」키큰 젊은이는 빙긋 웃고 눈살을 찌푸리며 거만하게 되뇌었다.「〈각하와 협의하여 행동을 함께 하고 또한 군대를 도와 악당들을 섬멸하겠노라. 우리들은 적의 숨통을 ……．〉」사람은 여기까지 단숨에 읽자 잠깐 쉬고 돌렸다.「어때?」젊은이는 우쭐거리듯이 외쳤다.「그분께서 모든 것을 완전히 해결해 주신단 말이야…….」그는 다시 읽기 시작했다.「〈적의 숨통을 끊어 그 반갑지 않은 손님들을 악마한테로 쫓아 버릴 테다. 그리고 나는 점심 때까지 돌아와 일을 착수하겠노라. 우리들은 무찌르자, 철저하게 무찌르자, 악당들을 무찌르자!〉」

읽는 사람이 마지막 귀절을 읽고 있을 때 주위는 완전히 조용했다. 키큰 젊은이는 슬픈 듯 고개를 떨어뜨리고 있었다. 분명히 이 마지막 말은 아무에게도 이해가 가지 않았던 모양이었다. 특히 〈나는 점심 때까지 돌아온다.〉는 말은 읽는 사람도 듣는 사람도 함께 실망케 한 것처럼 느껴졌다. 모두의 이해력은 고도로 준비되어 있었으나 이러한 말들은 너무 단순하고 어리석을 만큼 졸렬했다. 이런 말은 누구나 말할 수 있는 것이니까, 따라서 최고의 권력으로부터 나온 포고라고는 도저히 받아들여질 수 없는 것이었다.

모두들은 음울한 침묵 속에 서 있었다. 키큰 젊은이는 입술을 움직이고 몸뚱이를 흔들었다.

「어디 저분에게 물어보자!……저분이 총독 아냐?……어이, 어떻게 된 거야, 부탁하란 말이야!……그렇게 하는 도리밖에 없어……아마 저분 같으면 가르쳐 줄 거야!……」갑자기 군중 뒤쪽에서 이러한 목소리가 들렸다. 모두의 주의는 마침 광장에 들어선 시경국장(市警局長)의 마차로 돌려졌다. 마차는 두 명의 용기병에게 호위되고 있었다.

시경국장은 이 날 아침 라스토프친 백작의 명령으로 바라크를 태우러 왔다가 그 명령 덕분에 많은 돈을 손에 넣었는데, 이때 마침 그것을 호주머니 속에 가지고 있었다. 그는 자기 쪽으로 몰려오는 군중을 보자 마차를 세우라고 마부에게 명령했다.

「이 군중은 도대체 어떻게 된 거야?」삼삼 오오 떼를 지어 쭈뼛쭈뼛 마차로 다가오는 사람들을 향해 그는 이렇게 소리쳤다.「도대체 뭐야? 아까부터 묻고 있지 않아?」

시경국장은 대답을 얻지 못했기 때문에 다시 되풀이했다.

「각하, 이 사람들은……」 허름한 나사 외투를 입은 한 관리가 대답했다. 「이 사람들은 모두 백작 각하의 포고에 좇아 목숨을 아끼지 않고 이바지하려고 생각하고 있는 자들로서 결코 백작 각하께서 말씀하신 것 같은 그런 폭도들은 아닙니다…….」

「백작은 아직 출발하시지 않았어, 여기 계셔. 너희들에 대해서는 무엇인가 명령이 내릴 거야.」 시경국장은 말했다. 「가!」 그는 마부에게 명령했다.

군중은 시경국장의 말을 들은 패들의 옆으로 몰리며 멀어져 가는 마차를 찬찬히 바라보았다.

시경국장은 이때 겁이 난 얼굴로 돌아보고는 마부에게 무어라고 말했다. 그러자 한층 속력을 내어 달리기 시작했다.

「속았다, 어이, 여러분! 곧장 저놈을 쫓아가자!」 키큰 젊은이가 외쳤다. 「놓치지 마라. 어이! 무슨 말을 했나 들어 봐야 해! 붙잡아라!」 사람들이 악을 썼다. 군중은 마차를 향해서 뛰어갔다.

「뭐야, 귀족이랑 장사치들은 전부 도망치고 우리보고 대신 죽으란 말이야? 우린 뭐야, 개란 말야!」 이런 소리가 군중 속에서 점점 높아졌다.

24

9월 1일 저녁 라스토프친 백작은 쿠투조프와의 회견 하고 나서 실망과 동시에 모욕당한 듯한 기분으로 모스크바로 돌아왔다. 그가 그런 기분이 된 원인은 군사 회의에 초대되지 않았던 것과, 또 하나는 수도의 방어에 참가하겠다는 그의 진언에 쿠투조프가 일고의 주의도 주지 않았기 때문이었다. 그뿐만 아니라 라스토프친 백작은 진중(陣中)에서 전혀 다른 견해를 발견하고 놀랐던 것이다. 여기에서는 수도의 안녕과 그 애국적인 감정 따위는 제이의적(第二義的)이라기 보다 도리어 전혀 불필요하고 쓸데없는 문제로 치고 있었다. 이러한 사정에 의하여 그는 소심한 의기로 모욕과 놀라움을 느끼면서 모스크바로 돌아왔던 것이다. 백작은 저녁을 마치자 옷도 갈아입지 않고 소파 위에 누웠다. 열 두 시가 지났을 무렵 쿠투조프의 편지를 가져온 급사 때문에 잠을 깼다. 그것은 군대가 모스크바 시외 랴자니 가도로 퇴각하니 시가 통과의 안내를 위해 경관을 파견해 줄 수 없겠느냐는 문면(文面)이었다.

이 통고는 라스토프친에게 별반 새로운 것도 아니었다. 라스토프친 백작은 모스크바가 포기되리라는 것을 이미 알고 있었다. 더우기 그것은 어제 쿠투조프와 포클론나야 언덕에서 회견한 뒤의 일이 아니고 보로지노의 싸움이 끝났을 때 이래의 일이었다. 벌써 그 무렵부터 모스크바에 온 장군들은 도저히 결전을 시도할 수는 없다고 입을 모아 말하고 있었고, 또 관유 재산도 백작의 허가를 얻어 밤마다 반출되었고, 주민의 태반이 피난하고 있었기 때문이다. 그러나 그럼에도 불구하고 간단히 쿠투조프의 명령이라는 형식으로서, 더우기 겨우 막 잠든 한밤중에 닿은 이 통고는 백작을 놀라게 하고 또한 안절부절 못 하게 했던 것이다.

후일 당시의 행동을 설명하기 위해 라스토프친 백작은 수기 속에, 그때 자기는 두 가지 주된 목적을 가지고 있었다. 〈그것은 모스크바의 안녕을 유지한다는 것과 주민을 피난시킨다는 것이다.〉 이렇게 몇 번이고 되풀이하여 적었다. 만약 이 이중의 목적을 시인한다면 라스토프친의 온갖 행동은 하나도 나무랄 데가 없는 것이 된다. 어째서 모스크바의 성물, 무기, 탄환, 화약, 양식은 반출되지 않았는가? 어째서 몇 천의 주민은 모스크바를 포기하지 않는다는 말에 속아 곤궁에 빠졌는가? 다름이 아니라 그것은 수도의 안녕을 유지하기 위해서였다. 이렇게 라스토프친 백작의 설명은 대답할 것이리라. 어째서 무용한 여러 관청의 서류가 산더미처럼 반출되었는가? 어째서 레피히의 기구와 그 외의 가지가지 물건이 반출되었는가? 다름이 아니라 그것은 시가를 비우기 위해서였다. 이렇게 라스토프친 백작의 설명은 대답할 것이리라. 그저 어떤 사태가 국민의 안녕을 위협했다는 것만 승인하면 모든 행위는 정당한 것이 되어 버린다.

공포 시대의 참화(慘禍)는 그저 인민의 안녕을 생각한 나머지 생긴 것뿐이다.

하지만 라스토프친 백작이 1812년 모스크바의 민심의 안녕을 위해서 품은 공포는 도대체 무엇을 근거로 한 것일까? 시중에 폭동의 경향이 있다든가 하는 것은 어떠한 데에서 상상한 것일까? 주민은 피난하고 퇴각중인 군대는 모스크바에 가득 차 있었다. 이러한 상태 때문에 민중이 폭동을 일으킬 것이라고 단정할 이유가 어디에 있었을까?

그저 모스크바뿐만 아니라 러시아 전국에도 적의 침입 때 폭동 같은 징후는 조금도 보이지 않았다. 9월 1일과 2일에는 아직 만 명 이상의 사람이 모스크바에 남아 있었다. 그러나 총독 자신에게 소집되어 그 집에 모였던 군중들의 일 외에는 모스크바에는 아무런 일도 일어나지 않았다. 만약 보로지노의 싸움 뒤 모스크바의 포기가 확실해졌을 때, 혹은 적어도 확실한 것처럼 되었을 때, 라스토프친이 무기와 삐라를 배부하여 민중을 동요시키는 대신 모든 성물과 화약과 탄환과 화폐들의 반출 방법을 강구하고 그리고 모스크바를 포기한다고 정직하게 공포했다면 민심의 동요를 걱정할 필요는 한층 적어졌을 것이다.

항상 고위층의 관료 사회와 교제하여 온 격정적이고 다혈질적인 라스토프친은 비록 애국적인 감정을 가지고 있었다고는 하지만 자기가 통치하려고 생각하고 있는 국민에 대해서는 조금의 이해도 갖고 있지 않았다. 적이 스몰렌스크에 침입한 당초부터 라스토프친은 러시아의 심장에 있어서, 민심의 지도라는 역할을 자기의 마음 속에서 만들고 있었다. 그는 모스크바 시민의 표면상의 행위를 지배하고 있는 듯한 느낌이 들었을 뿐만 아니라(어떤 행정관이건 이렇게 생각하고 있다) 자기의 격문과 삐라들로써 시민의 감정도 지도하고 있는 듯한 느낌이 들었다. 그런데 그 삐라는 인민의 마음 속에서 경멸되고 있는 천한 말로 씌어 있었으므로 인민은 그러한 말이 상부에서 내려졌을 경우 무엇인지 이해가 가지 않게 되어 버리는 것이었다. 국민적인 감정의 지도자라는 아름다운 역할이 굉장히 라스토프친의 마음에 들어 그것에 완전히 길들어 버렸기 때문에 이 역할을 버리지 않으면 안 된다, 이렇다 할 영웅적인 효과도 없이 모스크바를 버리지 않으면 안 된다는 것은 그에게는 바로 청천 벽력이었다. 그는 갑자기 자기의 발 밑의 지반을 잃고 완전히 어떻게 해야 할지를 몰랐다. 전부터 어렴풋이 느끼고는 있었으나 막다른 순간까지 모스크바의 포기를 마음으로부터 믿지 않았으므로 이 목적에 대해서는 아무것도 준비가 되어 있지 않았다. 주민의 퇴거는 그의 희망에 반해서 행해진 것이고, 여러 관청의 이전은 관리의 요구에 의하여 마지못해 동의한 일이었던 것이다. 이리하여 그 자신은 자기가 만든 역할에만 골몰하고 있었다. 민활한 상상력을 가진 사람에게는 흔히 있는 일이지만 모스크바가 조만간 포기된다는 것은 그도 훨씬 전부터 알고 있었으나 그것은 그저 이지(理智)에 의해서일 뿐 마음의 깊이에서는 도저히 믿어지지 않았으므로 그의 상상은 이 새로운 상태로 옮기려고 하지 않았다.

그의 열성적이고 정력적인 활동 전부는(그것이 얼마큼 유익하고 또 어떠한 영향을 민중에게 미쳤는가 하는 것은 별문제지만) 그 자신이 경험했던 감정, 즉 프랑스인에 대한 애국적인 증오와 자기의 힘에 대한 신뢰를 민중의 마음 속에 불러일으키는 일에만 돌려졌다.

그러나 사건이 본래의 역사적인 형태를 띨 때, 프랑스인에 대한 증오를 말로 나타내는 것으로는 불충분함을 알았을 때, 또 이 증오를 전투로 나타내는 것마저 불가능해졌을 때, 적어도 모스크바만의 문제에 대해서는 자기의 힘에 대한 신뢰도 무익함을 알았을 때, 주민 전부가 마치 입을 모은 듯 자기의 재산을 버리고 모스크바에서 철거하면서 이 부정적인 행위로써 국민적인 감정의 힘을 유감없이 표시했을 때——그때 비로소 라스토프친이 선택한 역할의 무의미함이 홀연 명백해졌던 것이다. 그는 갑자기 자기라는 인간이 발 밑에 지반을 가지지 않은, 고독하고 미약하여 우스꽝스러운 존재처럼 느껴졌다.

잠에서 깨어 싸늘하고 명령적인 쿠투조프의 편지를 받은 라스토프친은 자기가 자기의 죄를 생각하면 생각할수록 더욱더 안절부절 못 함을 느끼지 않을 수 없었다. 그에게 위탁된 것으로 꼭 반출하지 않으면 안될 관유품(官有品)이 아직 완전히 모스크바에 남아 있었다. 그러나 전부다 반출한다는 것은 도저히 불가능했다.

『도대체 이것은 누가 나쁜 것인가? 이런 사태로 이끈 것은 누군가?』 그는 생각했다. 『물론 나는 아니다, 나한테는 완전히 준비가 돼 있었다. 나는 그처럼 모스크바를 지키고 있었던 것이다! 사태를 이렇게까지 만들어 버린 것도 모두 그놈들의 소행이다! 악당, 반역자!』 그는 생각했다. 그러면서도 누가 악당이고 반역자인지 자기 자신도 잘 몰랐다. 그러나 그것이 누구건 끝내 자기를 이 같은 거짓된 우스꽝스러운 입장에 빠뜨린 반역자를 붙들어 그것에 온갖 증오를 퍼붓지 않으면 안 된다고 느꼈던 것이다.

그 날 밤은 아침까지 모스크바의 각 방면에서 라스토프친에게로 지시를 받으러 왔기 때문에 그는 밤새도록 명령을 내리기에 바빴다. 이 날 밤처럼 백작이 음울하고 노기 등등한 것을 주위의 사람들은 지금까지 한 번도 본 적이 없었다.

「각하, 소유지 관리국에서 사람이 왔읍니다. 국장으로부터 심부름꾼이 왔읍니다.…… 종무원에서, 원로원에서, 대학교에서, 보육원에서 심부름꾼이 왔읍니다. 대주교님의 심부름꾼이 와서 무엇인가를 물어봐야겠다고 말하고 있읍니다. 소방대에 대해서는 어떡하실까요? 교도소장이 왔읍니다. 정신 병원 원장이 왔읍니다.」 하는 등등의 전갈이 밤새도록 끊이지 않고 계속됐다.

이러한 가지가지의 질문에 대해서 백작은 화가 난 듯한 간단한 대답을 주었다. 그것은 이제 자기의 명령 따위는 불필요하다, 자기가 애써 준비한 것도 지금은 이미 누군가 때문에 파괴돼 버렸다, 앞으로 일어날 모든 사건에 대해서는 그 누군가가 모든 책임을 지지 않으면 안된다는 의미를 나타내는 듯한 어조였다.

「흥, 그 바보한테 일러.」 소유지 관리국의 질문에 대해서 그는 이렇게 대답했다. 「남아서 자기 서류를 감시하라고. 그건 그렇고, 소방대 같은 것에 대해 어째 그런 쓸데없는 것을 묻는 거지? 말이 있으면 블라지미르로 가라고 해. 프랑스 군한테 남겨 주어서는 안 돼.」

「각하, 정신 병원장이 왔는데 뭐라고 말할까요?」

「뭐라고 말하느냐고? 모두들 멋대로 떠나게 해, 그것뿐이야.…… 미치광이들은 시중에 풀어 놓아도 괜찮아. 미치광이가 군대를 지휘하고 있는 세상이니까. 그렇게 하는 것도 하느님의 뜻이겠지.」

　감옥의 죄수를 어떻게 할 것이냐는 질문에 대해 백작은 버럭 화를 내며 교도소
장에게 호통쳤다.
「뭐, 호위대를 이 개 대대나 달라고? 그럴 거 없어. 모두 놔 주게 해. 그것뿐이
야!」
「각하, 국사범이 있읍니다, 메쉬코프며 베레쉬챠긴이며…….」
「베레쉬챠긴! 그녀석이 아직 목을 옭히지 않고 있나?」 라스토프친은 외쳤다.
「이리 끌고 와.」

<h2 style="text-align:center">25</h2>

　군대가 이미 모스크바를 통과해 버린 아침 아홉 시 가까이에는 이제 아무도 백
작의 명령을 물으려 하는 사람이 없었다. 도망갈 수 있는 자는 모두 저마다 도망
가 버리고 뒤에 남아 있는 자는 저마다 자기가 취해야 할 방법을 자기 혼자서 정
했다.
　백작은 소콜리니키로 갈 생각으로 마차 채비를 명령한 뒤 노란 얼굴을 찌푸리
고 팔짱을 낀 채 묵연히 서재에 앉아 있었다.
　행정관이란 누구나 파도가 일지 않는 태평한 시대에는 모두 오직 자기의 노력
에 의해서만 비로소 치하(治下)의 온 민중이 움직이고 있는 것 같은 느낌이 들어
자기는 필요 불가결한 존재라는 의식 속에서 자기의 노고와 노력에 대한 커다란
보람을 느끼는 것이다. 과연 역사의 바다가 잠잠한 동안은 자기가 타고 있는 배
가 아무리 낡아 빠진 조각배일지라도 노(櫓)의 끝을 국민이라는 커다란 배에 걸
치고 자기도 움직이고 있기 때문에, 자기가 기대고 있는 큰 배가 움직이는 것은
자기의 노력 때문인 것처럼 생각하는 것도 무리는 아니다. 그러나 한 번 폭풍이
일어 바다가 광란하여 마침내 큰 배 자체가 움직이기 시작하면 그때는 이미 그러
한 오해는 불가능하게 된다. 큰 배는 큰 배 자체의 거대하고 독립된 걸음으로 진
행된다. 그리고 이 진행하는 큰 배에 노가 닿지 않게 되자 마자 홀연 위정자는
힘의 근원인 통치자의 지위에서 비참하고 가냘프고 아무런 쓸모도 없는 인간으
로 전락해 버리는 것이다.
　라스토프친도 지금 이것을 느꼈기 때문에 말하자면 그래서 안절부절 못 하고
있는 것이다.

　군중에게 저지당했던 시경국장이 마차 채비가 된 것을 알리러 온 부관과 함께 백작의 방으로 들어왔다. 두 사람 다 파리한 얼굴을 하고 있었다. 시경국장은 임무 수행에 관한 보고를 마치자, 백작네 마당 안에 많은 군중이 모여 그를 만나고 싶어한다는 것을 알렸다.

　라스토프친은 그 말에는 한 마디도 대꾸하지 않고 일어나 바쁜 걸음으로 화사하고 밝은 객실로 들어갔다. 그리고 발코니 문으로 다가가 손잡이를 잡았으나 생각을 고친 듯 그것을 놓고 다시 창문 옆으로 갔다. 그곳에서는 군중 전체가 한눈에 내려다보였다. 키큰 예의 그 젊은이가 줄 맨앞에 서서 험상궂은 얼굴을 하고 한쪽 손을 휘두르며 한창 무엇인가 지껄이고 있었다. 피투성이가 된 대장장이는 의기 소침한 태도로 그 옆에 서 있었다. 닫힌 창문을 통해 군중의 외침이 들렸다.

　「마차 채비는 되었나?」 창문 곁을 떠나며 라스토프친은 말했다.

　「네. 되어 있읍니다, 각하.」 부관이 대답했다.

　라스토프친은 다시 발코니 문으로 다가갔다.

　「저자들은 대체 무얼 어떡하자는 건가?」 그는 시경국장에게 물었다.

　「각하, 저들은 각하의 명령에 좇아 프랑스군과 싸우러 가기 위해 모였다고 말하고 있읍니다만 속았다느니, 어떻다느니 하고 외치고 있읍니다. 그러니까 각하, 요컨대 폭도입니다. 저도 가까스로 도망쳐 온 형편입니다. 죄송합니다만 제 생각 같아서는 각하……」

　「아니, 저리 가주게. 나는 자네의 지혜를 빌지 않더라도 내가 해야 할 일쯤 알고 있으니까.」 라스토프친은 화가 나 소리쳤다.

　그는 발코니 문 옆에 서서 군중을 내려다보았다. 『저놈들이 러시아를 이런 꼴이 되게 해버린 것이다! 저놈들이 나를 이 지경이 되게 해버린 것이다!』 사태의 책임을 전가할 수 있는 누군가에 대한 억누를 수 없는 분노가 마음 속에서 솟구쳐 오르는 것을 느끼면서 라스토프친은 이렇게 생각했다. 격정가(激情家)에게 흔히 있는 일이지만 그는 이미 분노에 지배되어 있으면서 그러나 역시 그 대상을 찾고 있었던 것이다. 『저것들이야말로 천민(賤民)이란 것이다, 사회의 찌꺼기다.』 그는 군중을 바라보며 생각했다. 『자신의 무지 때문에 선동된 천민이다. 저들에게는 희생이 필요하다.』 손을 내두르고 있는 키큰 젊은이를 바라보고 있는 동안 문득 이런 생각이 그의 머리에 떠올랐다. 그가 이렇게 생각해 낸 것은 그 자신에게도 이 희생, 즉 분노의 대상이 필요했기 때문이다.

　「마차 채비는 되었나?」 그는 다시 한 번 물었다.

　「네. 각하, 되어 있읍니다. 그런데 베레쉬챠긴은 어떡하실까요? 현관에서 기다리고 있읍니다만.」 부관은 대답했다.

「아!」무엇인가 의외의 상념에 충동을 받은 듯 라스토프친은 외쳤다.

그는 문을 홱 열고 결연한 걸음걸이로 발코니로 나갔다. 이야기 소리가 갑자기 딱 그치고 사람들의 머리에서 일제히 모자가 벗겨지며 시선이 한꺼번에 밖으로 나온 백작 쪽으로 쏠렸다.

「여러분!」백작은 큰소리로 빠르게 말했다.「잘 와 주었소, 고맙소. 나는 지금 곧 그리 나가겠는데, 그러나 그 전에 우리들은 악한을 처치하지 않으면 안 되오. 모스크바를 멸망시킨 악한을 처치하지 않으면 안 되오. 잠깐 기다려 주시오!」백작은 세차게 문을 닫고 전과 똑같은 빠른 걸음으로 안으로 들어갔다.

고무적인 만족의 속삭임이 군중 사이를 흘러갔다.「저분은 말하자면 악인들을 처치하시려는 거야! 그런데 아까 자넨 저분을 프랑스의 개니 어쩌니 하지 않았나…… 저분이 우리들의 쌓인 울분을 한꺼번에 풀어 주실 거야.」군중은 서로 자기의 의혹을 나무라듯 이렇게 말했다.

몇 분이 지나자 정면 현관문이 열리고 한 장교가 허둥지둥 나와 무엇인가 명령을 내리자 용기병들이 일제히 차렷 자세를 취했다. 군중은 테라스 쪽에서 현관 쪽으로 호기심에 찬 눈을 빛내며 몰려갔다. 라스토프친은 노기 등등한 빠른 걸음으로 현관 층층대로 나오자 누구를 찾기라도 하듯 주위를 급히 둘러보았다.

「그녀석은 어디에 있나?」백작은 말했다. 이렇게 말한 순간 두 용기병에게 앞뒤로 호위를 받으며 집 모퉁이에서 나오는 한 청년이 그의 눈에 띄었다. 목은 가늘고 길었으며 머리는 절반은 깎이고 절반은 더부룩하게 자라 있었다. 전에는 말쑥했던 모양이나 지금은 완전히 해진 푸른 나사 거죽에 여우 가죽을 안에 댄 외투를 입고 더럽혀진 대마 죄수용 바지를 전혀 닦지 않은 다 닳아 떨어진 구두 속에다 밀어 넣고 있었다. 가느다란 여윈 두 다리는 족쇄가 무겁게 늘어져 있어, 청년의 허둥거리는 걸음을 한층 곤란하게 했다.

「옳지!」라스토프친은 여우 가죽 외투를 입은 젊은이에게서 얼른 시선을 돌리고 현관 맨 아래 층층대를 가리키며 말했다.「그녀석을 여기 세워!」

청년은 족쇄를 철거덕거리며 지정된 단에 괴롭게 발을 올려 놓고 갑갑한 듯 외투 깃을 손가락으로 잡아당기면서 두어 차례 그 기다란 목을 좌우로 흔들었다. 그리고 훅 숨을 내쉬고는 가느다랗고 화사한 두 손을 얌전하게 배 앞에 포갰다.

청년이 단 위에 안정할 때까지의 몇 초 동안 침묵이 계속되었다. 다만 좁은 뒤쪽에 몰려 있는 사람들의 신음 소리와 서로 밀치는 소리와 발을 바꿔 딛는 소리가 들릴 뿐이었다.

라스토프친은 청년이 지정된 장소에 서기를 기다리는 동안 눈살을 찌푸리고 한쪽 손으로 얼굴을 문지르고 있었다.

「여러분!」라스토프친은 쨍쨍한 목소리로 말했다.「이 베레쉬챠긴이라고 하는 자야말로 모스크바를 멸망시킨 장본인인 악당이오!」

여우 가죽 외투를 입은 청년은 두 손목을 배 앞에 포갠 채 약간 고개를 숙인 묘한 자세로 서 있었다. 머리를 반만 깎였기 때문에 추하게 보이는 초췌하고 절망적인 젊은 얼굴은 아래로 축 늘어져 있었다. 백작의 최초의 말을 듣자 그는 천천히 고개를 쳐들고 힐끔 백작을 바라보았다. 그것은 마치 백작에게 무엇인가를 말하려고 하는 것 같기도 하고 또 다만 백작의 시선만이라도 붙들려고 하는 것 같기도 했다. 그러나 라스토프친은 그쪽을 보지 않았다. 청년의 가늘고 긴 목께에서 한 가닥의 푸른 혈관이 새끼처럼 부풀었는가 하면 그 얼굴은 갑자기 빨갛게 달아올랐다. 모두의 시선은 그의 쪽으로 쏠렸다. 그는 군중을 힐끔 쳐다보고는 사람들의 얼굴에 나타난 표정에 일루의 희망을 걸기라도 하듯 서글프고 겁먹은 미소를 띠웠다. 그리고 또 고개를 떨어뜨리고 단 위에서 다리의 위치를 바꾸었다.

「이놈은 황제와 조국을 배반하고 보나파르트와 내통한 자요. 많은 러시아인 가운데서 러시아의 이름을 더럽힌 자는 오직 이놈 하나뿐이오. 이놈 때문에 모스크바는 멸망에 임박하고 있는 것이오!」라스토프친은 유창하고 날카로운 목소리로 말했다. 그리고 흘긋 눈을 떨어뜨리고 여전히 얌전한 자세로 서 있는 베레쉬챠긴을 쳐다보았다. 그러자 이 일별이 그의 마음을 파열시키기라도 한 듯 그는 한쪽 손을 번쩍 치켜들고 군중을 향해 거의 부르짖듯이 말했다.

「당신네들은 이놈을 마음대로 심판하시오! 나는 당신네들에게 이놈을 맡기겠소!」

군중은 잠자코 서로 바싹바싹 다가서며 점점 더 굳게 뭉칠 뿐이었다. 바싹 서로 몸을 붙이고 쉰 냄새나는 뜨거운 열기에 숨을 헐떡이며 꼼짝달싹 못 하고 뭔가 알 수 없는 무섭고 막연한 것을 기다리고 있는 것이 군중들은 견딜 수 없었다. 앞줄에 서서 자기 눈앞에서 벌어지는 것을 하나도 놓치지 않고 보고 듣고 한 사람들은 모두 놀란 듯 눈을 크게 뜨고 입을 멍하니 벌린 채 온 몸의 힘을 긴장시켜 뒤에서 밀어붙이는 사람의 압박을 자기의 등으로 버티고 있었다.

「이놈을 때려 죽여라!…… 반역자는 죽여야 해. 다시는 러시아의 이름을 더럽히지 않게.」라스토프친은 소리쳤다.「베어라, 내가 명령한다!」라스토프친의 말이라기 보다 하나의 불 같은 노성(怒聲)을 듣자 군중은 으르렁거리며 와 몰려나오기 시작했으나 곧 또다시 멈추고 말았다.

「백작!……」다시 찾아온 순간적인 정적을 깨뜨리고 베레쉬챠긴의 겁에 질린 듯한, 그러나 다소 연극적인 어조가 울렸다.「백작, 우리 머리 위에 있는 하느님은 한 분뿐입니다…….」베레쉬챠긴은 고개를 쳐들고 말했다. 그러자 그의 가느다란 목에는 다시 굵은 혈관이 부풀었다. 그리고 얼굴에 붉은 빛이 쫙 퍼지는가 하자 다시 싹 걷혔다. 그는 하려던 말을 다 할 수가 없었다.

「이놈을 베라! 내 명령이다!」라스토프친은 갑자기 베레쉬챠긴과 똑같이 하얗게 질리며 고함쳤다.

「빼어 칼!」장교는 자기 자신도 칼을 뽑으며 용기병을 향해 소리쳤다.

한층 커다란 물결이 군중 사이에 소용돌이치더니 이 물결이 앞줄로 밀려닥치자 앞에 서 있는 사람들을 움직여 현관 바로 옆까지 흘려 보냈다. 키큰 젊은이는 화석 같은 표정으로 한쪽 손을 가만히 치켜든 채 베레쉬챠긴과 나란히 섰다.

「베어!」장교는 용기병을 향해 거의 속삭이듯 말했다. 그러자 한 병사가 증오로 얼굴을 일그러뜨리며 베레쉬챠긴의 머리를 향해 무딘 칼을 힘껏 내리쳤다.

「아!」베레쉬챠긴은 짧고 놀라운 외마디 소리를 지르면서 왜 이런 꼴을 당하는지 모르겠다는 듯 주위를 한 번 둘러보았다. 그와 똑같은 놀라움과 두려움의 신음 소리가 군중 사이를 달음질쳐 갔다.

「오오, 하느님!」누군가의 비통한 외침이 들렸다.

그러나 놀라움의 외침에 이어 베레쉬챠긴은 놀란 외마디 소리를 지른 다음에 이어 애끓는 고통의 비명을 질렀다. 이 외침이 그의 마지막 숨을 거두게 만들었다. 지금까지 간신히 군중을 억누르고 있던 극도로 긴장된 인간적인 감정의 둑은 이 순간 터져 버렸다. 한 번 시작된 범죄는 마지막까지 밀고 나가지 않으면 안된다. 호소하는 듯한 비난의 소리는 군중의 천둥 같은 분노의 포효에 짓뭉개져 버렸다. 배를 부수는 마지막 일곱 번째의 노도처럼 도저히 막을 수 없는 큰 물결이 인파(人波) 뒤쪽에서 일어 앞쪽으로 밀려오면서 사람을 밀어 넘어뜨리고 마침내 모든 것을 삼켜 버리고 말았다. 칼을 내려치려고 하자 베레쉬챠긴은 두려움의 고함을 지르며 두 손으로 머리를 싸매고 군중 속으로 뛰어들다 키큰 젊은이와 맞부딪쳤다. 키큰 젊은이는 베레쉬챠긴의 가는 목을 두 손으로 잡고 짐승 같은 소리를 내며 미친 듯 사납게 쏟아지는 군중의 발 밑으로 함께 나딩굴었다. 어떤 자는 베레쉬챠긴을, 어떤 자는 키큰 젊은이를 치고 쥐어 뜯고 했다. 짓눌린 사람과 키큰 젊은이를 구출하려는 사람들의 외침 소리는 그저 군중의 광분을 돋울 뿐이었다. 용기병도 반죽음이 되도록 짓밟힌 피투성이 직공을 쉽게 구출하지는 못 했다. 이리하여 군중은 열병에 걸린 듯 성급하게 시작된 일을 철저하게 해치우려고 했음에도 불구하고 베레쉬챠긴을 치고 쥐어 뜯고 조르고 하는 사람들은 용이하게 숨을 멈추게 하지는 못했다. 군중은 사방에서 그들을 압박했다. 그리고 그들을 한가운데 두고 하나의 덩어리가 되어 이쪽저쪽으로 흔들리면서 베레쉬챠긴을 죽일 수도, 그렇다고 그대로 놓아 둘 수도 없게 하였다.

「도끼로 내리쳐라! 짓밟아 버려! 반역자, 매국노가!…… 살아 있다니…… 뻔뻔한 놈 같으니. 도둑놈, 그 정도의 고통은 당연해. 빗장으로 조겨! 아직도 살아 있나?」

가련한 희생이 이제 저항하지 않게 되고 그 외침이 일정한 간격을 지닌 길고 목쉰 신음 소리로 바뀌었을 때 군중은 비로소 피투성이가 되어 넘어져 있는 시체 옆을 허겁지겁 비켜나기 시작했다. 옆으로 다가가 현장을 본 사람은 누구나 공포와 비난과 놀라움의 빛을 띠면서 뒷걸음질을 쳤다.

「오오, 하느님! 민중이란 짐승과 같군. 이런 놈들 사이에서 어떻게 산단 말인가!」 하는 목소리가 군중 속에서 들렸다. 「이렇게 젊은 남자를…… 틀림없이 장사치일 거야. 참 어쩔 수 없는 사람들이군……뭐라고? 이 사람이 아니라고…… 이 사람이 아니라고……오오, 하느님!……사람이 틀렸어. 죄도 없는 사람을 죽여 버리다니……정말 짐승들이군……고스란히 벌을 받을 거야.」 얼굴은 피와 먼지로 범벅이 되어 창백해지고, 가늘고 긴 목이 갈가리 찢긴 시체를 보고 아까와 똑같은 사람들이 이번에는 병적인 연민의 정을 나타내며 입을 모아 이렇게 말하고 있었다.

직무에 충실한 한 경관이 백작 저택 마당에 시체가 뒹굴고 있는 것은 온당치 못하다고 생각하여 용기병에게 거리로 끌어내라고 일렀다. 두 용기병은 성한 데가 없을 만큼 다친 두 다리를 붙잡고 시체를 끌어내기 시작했다. 온통 피투성이가 된 데다가 먼지에 범벅이 되어 있는 절반만 깎인 죽은 머리가 긴 목에 매달린 채 질질 땅바닥에 끌려갔다. 주변에 몰려든 군중은 시체를 피하면서 서로 모여들었다.

베레쉬챠긴이 쓰러지고 군중이 야수처럼 포효하면서 그 위에 몰려들었을 때 라스토프친은 갑자기 얼굴이 창백해졌다. 그리고 마차가 기다리고 있는 뒤 현관 쪽으로 가는 대신 어디로 무엇을 하러 가는 것인지 자기도 모르면서 고개를 떨어뜨린 채 아래층 방으로 통하는 복도를 빠른 걸음으로 걷기 시작했다. 백작의 얼굴은 파랗게 질리고, 열병에 걸린 것처럼 달달 떨리는 아래턱은 아무리 해도 멈출 수가 없었다.

「각하, 이쪽입니다……어디로 가시려고요?…… 자, 이쪽으로 오십시오.」 뒤에서 겁에 질린 떨리는 목소리가 말했다. 라스토프친 백작은 그것에 대답할 힘이 없었기 때문에 고분고분 돌아서서 가리켜진 쪽으로 걷기 시작했다. 뒤 현관 옆에는 포장 마차가 서 있었다. 포효하는 군중의 함성이 거기까지 들려 왔다. 라스토프친 백작은 허둥지둥 마차에 오르자 교외에 있는 소콜리니키 별장으로 가라고 명령했다. 마스니스카야가까지 나와 이제 군중의 외침이 들리지 않게 되자 백작은 차차 뉘우치기 시작했다. 그는 이제 와서야 자기가 부하 앞에서 보였던 흥분과 경악을 불만을 갖고 상기했다. 『민중이란 무섭다, 참으로 혐오(嫌惡)스러운 것이다.』 그는 프랑스어로 생각했다. 『흡사 이리 떼 같다. 놈들을 만족시키는 것은 고기 외에는 아무것도 없다.』 『백작! 우리 머리 위에 있는 하느님은 한 분뿐입니다!』 문득 베레쉬챠긴의 말이 생각났다. 그러자 불쾌한 오한이 라스토프친 백작의 등허리를 확 스치고 지나갔다. 그러나 이 느낌은 퍽 순간적인 것이었기 때문에 라스토프친 백작은 스스로 자기를 경멸하듯 픽 웃었다. 『나에게는 다른 의무가 있었다.』 그는 생각했다. 『그것은 민중의 마음을 가라앉히는 일이었다. 사회 전체의 행복을 위해서는 더욱 많은 희생이 지불되고 또 앞으로도 지불될 것이다.』 그는 자기의 가족과 자기의(그에게 맡겨진) 수도에 대해 짊어진 사회적인 의무며, 자기 자신에 대해——그렇다고는 해도 표도르 바실리예비치 라스토프친으로서가 아니라(표도르 바실리예비치 라스토프친은 사회 복지의 희생이 되고 있다고 그는 생각하고 있었다) 모스크바 총독, 즉 황제에게서 전권을 위임받은 권력의 대표자로서의 자기 자신에 대해 생각하기 시작했다. 『만약 내가 단순한 표도르 바실리예비치였다면 내 진로는 전혀 다른 것이 되어 있었을 것이다. 그러나 나는 마땅히 총독으로서 생명도 위엄도 유지하지 않으면 안 되었던 것이다.』

마차의 푹신한 스프링에 기분 좋게 흔들리고 군중의 무서운 외침도 들리지 않게 되자 라스토프친의 마음은 생리적으로 가라앉기 시작했다. 흔히 있는 일이지만 생리적인 안정과 동시에 이성은 그를 위해 정신적인 안정의 이유도 만들어냈다. 라스토프친을 안심시킨 사상은 별로 새로운 것은 아니었다. 세상이 시작된 이래 인간이 서로 살육하기 시작하면서부터 지금에 이르기까지 동포에 대해서 죄악을 범하였을 때 이 사상에 의해 자기를 변호하지 않는 자는 한 사람도 없다. 이 사상이라는 것은 다름이 아닌 가상적인 타인의 복지(福祉), 즉 〈공익〉인 것이다.

격정(激情)에 몰려 본 사람이 아니고선 이 복지는 절대로 모르는 것이다. 그러나 범죄를 범하는 사람은 이 복지가 어디에 있는가를 잘 알고 있다. 지금의 라스토프친도 그것을 알고 있는 것이다.

그는 자기가 행한 행위를 자기 이성으로 나무라지 않을 뿐만 아니라 〈호기〉를 교묘하게 이용한, 즉 범인을 처형한 것과 동시에 군중을 진압했다는 것에 자기 만족의 이유를 찾아냈던 것이다.

『베레쉬챠긴은 재판 결과 사형을 선고받은 자이다.』 하고 라스토프친은 생각했다(사실은 베레쉬챠긴은 원로원에서 징역형을 선고받았을 뿐이었지만). 『그는 밀고자이고 배신자였으니까 나로서는 그를 처벌하지 않을 수 없지 않았는가. 그러니까 내가 한 일은 일거 양득이었다. 민중을 진압하기 위해 희생을 주고 동시에 악인을 처벌한 것이니까.』

소콜리니키 별장에 도착하여 집안 정리에 들어가자 백작의 마음은 완전히 가라앉았다.

삼십 분 뒤에는 백작은 이미 아까의 사건은 까마득히 잊고 그저 눈앞의 일만을 생각하며 마차를 몰아 소콜리니키 들판을 달리고 있었다. 그는 지금 쿠투조프가 있다는 야우즈스키이 다리로 가고 있는 것이었다. 라스토프친 백작은 쿠투조프를 만나면 대놓고 그 기만을 나무라 줄 속셈으로 격렬한 비난의 말을 마음 속에 준비하고 있었다. 그는 수도의 포기와 러시아의 멸망(이렇게 라스토프친은 생각하고 있었다)에서 생길 모든 불행에 대한 책임이 노망한 늙어 빠진 머리 하나에 걸려 있는 것을 그 궁중(宮中)의 늙은 여우에게 알게 해주어야겠다고 생각했다. 쿠투조프에게 말하여야 할 것을 이것저것 생각하면서 라스토프친은 마차 속에서 분노에 몸을 떨고 분통이 터지는 듯 주위를 흘겨 보았다.

소콜리니키 들판은 황량했다. 다만 건너편 끝에 있는 자선 병원과 정신 병원 근처에 흰 옷을 입은 사람이 몰려서 있는 것과, 무언가를 외치고 손을 내두르고 하면서 쓸쓸히 들을 걷고 있는 똑같은 흰 옷을 입은 몇 사람이 보일 뿐이었다.

그 가운데 한 사람이 라스토프친 백작의 가는 길을 가로지르듯이 하며 뛰어왔다. 라스토프친 백작도 마부도 용기병들도 모두 이처럼 놓여난 미치광이들을, 특히 그들 쪽으로 뛰어오는 한 사람을 막연한 두려움과 호기심을 가지고 바라보았다.

이 미치광이는 긴 다리를 비틀비틀하고 바람에 옷을 펄럭이며 라스토프친을 노려보며 곧장 뛰어왔다. 그리고 쉰 목소리로 뭐라고 소리치기도 하고, 서라고 손을 흔들며 미친 듯 날뛰었다. 고르지 않은 턱수염, 음울하고 험상궂은 미치광이의 얼굴은 앙상하고 핏기가 하나도 없었다. 번쩍번쩍 빛나는 그의 검은 동자가 움푹 꺼진 누런 흰자위 위에서 불안정하게 흔들리고 있었다.

「기다려! 명령이다!」째지는 듯한 소리로 외쳤다. 그리고 헉헉하고 숨을 헐떡이며 위압적인 어조와 몸짓으로 또다시 뭐라고 외쳤다. 그는 마차 옆까지 오자 나란히 뛰기 시작했다.

「나는 세 차례 죽임을 당하고 세 차례 살아났어. 놈들은 나를 돌로 치고 나를 십자가에 못박았어…… 그래도 난 살아났어…… 살아났단 말이야…… 살아났단 말이야! 내 몸뚱이는 갈기갈기 찢겼었어. 하느님의 나라는 무너질 거야.…… 세 차례 부수고 세 차례 세울 거야!」그는 차차 목소리를 높이며 외쳤다. 군중이 베레쉬챠긴에게 달려들었던 때처럼 라스토프친 백작은 갑자기 창백해졌다. 그는 얼

굴을 돌렸다. 그리고는「빨……빨리 몰아!」하고 떨리는 소리로 마부에게 소리
쳤다.

마차는 전속력으로 달리기 시작했다. 그러나 라스토프친 백작은 자기 뒤로 멀
어져 가는 광인의 필사적인 외침 소리가 오랫동안 들리는 듯했다. 그리고 눈앞에
는 모피 외투를 입은 반역자의 깜짝 놀란 듯한 피투성이 얼굴만이 어른거렸다.

이 기억은 아직 생생한 것인데도 자기의 심장 깊이 피 속에까지 파고들어와 있
다는 것을 라스토프친은 지금 통감했다. 그는 이 피비린내나는 기억의 흔적은 절
대로 사라지지 않을 뿐만 아니라 오히려 때가 지남에 따라 더욱더 심술궂게, 더
욱더 집요하게, 한평생 자기의 마음 속에 살아 있으리라는 것을 지금 뚜렷이 실
감했다.『이놈을 베어 버렷! 너는 죽음으로 내 책임을 맡아라!』하고 말한 자기
의 말이 지금 귀에 쟁쟁히 들리는 듯했다.『어째서 나는 그런 말을 했을까! 나도
모르게 불쑥 입에서 튀어 나왔다.…… 그런 말은 하지 않아도 좋은 건데.』그는
생각했다.『그러면 아무런 일도 일어나지 않았으련만.』그는 최초의 일격을 가한
용기병의 얼굴——처음에는 깜짝 놀란 듯한 표정을, 이어 갑자기 잔학한 표정을
띠었던 얼굴이며 여우 가죽 외투를 입은 그 청년이 자기에게 던졌던 겁에 질린
말없는 질책의 눈동자가 눈앞에 떠올랐다.『그러나 나는 나를 위해서 그런 짓을
한 건 아니다. 그렇게 하지 않으면 안 되었던 것이다. 서민, 반역자, 사회 전체의
행복……』그는 생각했다.

야우스스키이 다리 옆에서는 여전히 군대가 붐비고 있었다. 무더웠다. 쿠투조
프는 잔뜩 찌푸린 침울한 얼굴로 다리 옆 벤치에 피곤한 듯 주저앉아 채찍으로
모래를 파헤쳤다. 그때 한 대의 포장 마차가 소음을 내며 달려왔다. 장군의 제복
을 입고 깃을 단 모자를 쓴 사람이 성을 내고 있는 것도 아니고 놀라고 있는 것
도 아닌 눈망울을 날쌔게 굴리며, 쿠투조프에게로 다가오더니 무엇인가를 프랑스
어로 말하기 시작했다. 그것은 라스토프친 백작이었다. 그는 쿠투조프를 보고 자
기가 여기에 온 것은 이제 모스크바도 수도도 없어지고 그저 군대밖에 남아 있지
않기 때문이라고 말했다.

「각하가 만약 싸우지 않고는 절대로 모스크바를 버리지 않겠다는 말을 하시지
만 않았던들 이러한 결과는 되지 않았을 겁니다!」하고 라스토프친 백작은 말하
였다.

쿠투조프는 라스토프친을 쳐다보았다. 그리고 그 말의 의미가 잘 이해되지 않
는 듯 상대방의 얼굴에 씌어 있는 뭔지 특수한 말을 읽으려는 듯 이윽히 쏘아보
았다. 라스토프친은 당황하여 입을 다물었다. 쿠투조프는 가볍게 고개를 흔들고
라스토프친의 얼굴에서 탐색하는 듯 눈을 떼지 않은 채 나직한 목소리로 말했다.

「그래, 나는 싸우지 않고는 모스크바를 넘기지 않아.」

쿠투조프는 전혀 딴 것을 생각하면서 이렇게 말한 것인지, 아니면 이 말의 무의미한 것을 알면서도 일부러 말한 것인지, 그것은 잘 알 수 없으나 아뭏든 라스토프친은 한 마디도 대답하지 못하고 급히 쿠투조프의 옆에서 멀어졌다. 그리고 참으로 기묘한 일이었다! 오만한 모스크바 총독 라스토프친 백작은 손수 손에 채찍을 들고 다리로 다가가 거기에서 혼잡을 이루고 있는 짐마차를 호통치며 사방으로 내몰기 시작했다.

26

오후 세 시가 지나서 뮈라의 군대는 모스크바로 들어갔다. 선두는 비르템베르크 경기대(輕騎隊)가 맡고 그 뒤는 많은 막료를 거느린 나폴리 왕 자신이 말을 타고 전진했다.

아르바트 거리 한복판 니콜라 야블렌느이 성당 가까이까지 오자 뮈라는 말을 세우고 시(市)의 요새『〈르 끄레믈랭〉』(프랑스군의 그릇된 정보를 작자가 비꼰 것. 크레믈린은 당시는 요새가 아니었다—역주)의 상황에 대한 전방 부대로부터의 보고가 오기를 기다렸다.

뮈라의 주위에는 모스크바에 남은 소수의 주민이 삥 둘러섰다. 모두 겁에 질린 듯 의심 가득한 눈으로 깃과 금으로 장식한 긴 머리를 늘인 야릇한 사령관을 바라보았다.

「뭐야, 이 사람이 저쪽의 임금님인가? 그럼 뭐 조금도 다른 게 없잖아!」 사람들의 나직한 목소리가 들렸다.

통역관이 군중 옆으로 다가갔다.

「모자를 벗어……모자를.」 군중 속에서 서로 이렇게 말하는 소리가 들렸다. 통역관은 한 늙은 문지기를 보고 크레믈린까지는 아직 멀었느냐고 물었다. 문지기는 귀에 선 폴란드풍 악센트에 의심쩍은 태도로 귀를 기울였으나 그 말을 러시아어로 생각지 않았기 때문에 무엇을 물었는지 모르고 다른 사람 뒤에 숨었다.

뮈라는 통역관 옆으로 다가가 러시아군이 어디에 있는지 물어보라고 명령했다. 두서너 러시아인은 물음의 뜻을 깨닫고 같이 왁자자하게 통역관에게 대답하기 시작했다. 프랑스의 한 장교가 전방의 부대에서 와 뮈라에게 다가가 크레믈린의

문은 장애물로 차단돼 있고 아무래도 복병이 있는 것 같다고 보고했다.

「좋아.」 뮈라는 대답했다. 그리고 막료 한 사람에게 경포(輕砲) 사 문(四門)을 전진시켜 문을 포격하라고 일렀다.

뮈라의 뒤를 따르고 있던 종대(縱隊) 가운데서 일대(一隊)의 포병대가 뛰어나와 아르바트 광장으로 전진했다. 브즈드비젠카 거리 끝까지 내려가자 포병대는 정지하여 광장에 포열(砲列)을 폈다. 프랑스 장교 몇 사람이 포의 배치를 지휘하기도 하고 망원경으로 크레믈린을 살피기도 했다.

크레믈린에서 저녁 기도를 알리는 종소리가 울려 퍼졌다. 이 종소리는 프랑스인을 당황하게 했다. 그들은 이것을 전투 준비의 경종(警鐘)이라고 생각했던 것이다. 보병 몇이 쿠타피야 문(門) 쪽으로 뛰어갔다. 문에는 통나무와 널빤지의 방패들이 쌓여 있었다. 한 장교가 부하를 이끌고 문 옆으로 뛰어가려고 하자 문 안에서 두 발의 총소리가 울렸다. 포 옆에서 있던 장군이 장교에게 후퇴하라고 소리쳤다. 장교는 병사와 같이 뛰어 돌아왔다.

문 안에서 다시 세 발의 총소리가 들렸다.

한 발의 총알이 프랑스의 한 병사의 다리를 스치고 지나갔다. 그러자 방패 뒤에서 몇 사람의 야릇한 환성이 들렸다. 프랑스 장군을 비롯해서 장교와 병사들의 얼굴은, 마치 구령이라도 내린 듯 일시에 이전의 쾌활하고 침착한 표정에서 싸움과 고통을 각오한 딱딱하고 긴장된 표정으로 바뀌었다. 원수를 비롯해 마지막 한 병사에 이르기까지 모든 프랑스인에게, 이곳은 브즈드비젠카도 모호바야도 아니고, 쿠타피야도 트로이스키야 문(門)도 아닌 새로운 싸움터(어쩌면 엄청난 피를 흘리지 않으면 안 될 싸움터)였던 것이다. 그래서 고원은 이 싸움에 대한 마음의 준비를 갖추었다. 문 안의 외침은 조용해졌다. 대포가 앞으로 나아갔다. 포수가 타고 있는 화승간(火繩杆)을 불었다. 장교가 「쏘앗!」하고 구령을 했다. 철판이 바람을 가르는 듯한 울림이 계속해서 두 번 울렸다. 산탄은 성문의 돌과 통나무와 방패에 맞아 튀었다. 그리고 두 줄기의 포연이 구름처럼 광장 위로 흘렀다.

크레믈린 석벽에 대한 모든 포격이 그치고 몇 초 지나자 야릇한 울림이 프랑스군의 머리 위에서 들렸다. 그것은 갈가마귀 떼가 성벽에서 날아올라 몇 천의 날개 소리를 내기도 하고 까악까악 우짖기도 하면서 공중에서 빙빙 맴돌기 시작한 것이다. 이 소리와 함께 문 안에서 사람의 얏 하는 외마디 외침이 일어나기가 무섭게 모자도 쓰지 않고 카프탄을 걸친 사람의 모습이 연기 속에서 나타났다. 사나이는 총을 들고 프랑스인을 겨누었다. 「쏘앗!」 포병 장교는 소리쳤다. 그러자 한 발의 총소리와 두 발의 포성이 동시에 울려 퍼지고 연기는 또다시 문을 가렸다.

방패 뒤에서는 이제 아무것도 움직이지 않았다. 그래서 프랑스 보병은 장교와 함께 문으로 다가갔다. 문 안에는 세 사람의 부상자와 네 사람의 전사자가 쓰러져 있었다. 카프탄을 입은 두 사나이가 성벽을 따라 즈나멘카 쪽으로 도망치고 있었다.

「이걸 치워.」 통나무와 시체를 가리키며 장교가 말했다. 프랑스병은 아직 숨이 끊어지지 않은 부상자를 죽이고 그 시체를 담 밖으로 내던졌다. 그들이 누구인지 아무도 아는 사람은 없었다. 『이걸 치워.』라는 이 한 마디로 그들은 밖으로 내던져졌고 그 뒤에 냄새가 나지 않도록 치워졌을 뿐이었다. 티에르 한 사람만은 그들을 기념하기 위해 다음과 같은 웅변적인 몇 귀절을 바쳤다. 『〈이들 가엾은 사람들이 신성한 성에 잠입하여 병기창에서 총을 꺼내 들고 프랑스병을 향해 사격한 것이다. 아군은 그들 몇 사람을 쏘아 죽여 크레믈린을 일소한 것이다.〉』

나머지 적군이 모두 소탕되었다는 것이 뮈라에게 보고되었다. 프랑스군은 문 안으로 들어가 원로원 광장에 포진하기 시작했다. 병사들은 원로원 창문으로 의자를 던져 내어 그것으로 모닥불을 지폈다.

또 다른 부대는 크레믈린을 지나 마로세이카, 루뱐카, 포크로프카 등에서 숙영했다. 그리고 또 다른 부대는 브즈드비렌카, 즈나멘카, 니콜리스카야, 트베르스카야 등에 배치되었다. 어디를 가나 주인을 만나지 못했기 때문에 프랑스군은 시중 민가에 숙영하고 있는 것이 아니라 시중에 쳐진 진영에 있는 것 같았다.

프랑스병은 다 해진 옷을 걸치고 게다가 주리고 지쳐 있으며, 더우기 그 병력도 이전의 삼분의 일로 줄어 있었으나 그래도 아직 정연히 모스크바로 들어왔다. 그것은 극도로 지쳐 있기는 했으나 아직 여전히 투지에 불타는 무서운 군대였다. 그러나 정말로 군대로서의 실질(實質)을 지니고 있었던 것은 각자가 민가로 흩어지기 전까지의 동안이었다. 각 연대의 병사가 텅 빈 부유한 집들로 흩어지기 시작하자 군대는 영원히 소멸돼 버리고, 시민도 아닌가 하면 병사도 아닌 약탈병이라고 일컬어지는 중간적인 존재로 일변해 버렸다. 오 주일 지나 이러한 사람들이 모스크바에서 나갈 때에는 그들은 이제 군대를 형성하고 있지 않았다. 그것은 이제 약탈자의 무리에 지나지 않았다. 한 사람 한 사람이 각자 귀중하고 필요하다고 생각하는 것을 수레에다 산더미처럼 쌓고 있기도 했고 어깨에다 메고 있기도 했다. 이러한 사람들이 모스크바를 나갈 때의 목적은 전처럼 정복이라는 것이 아니고 그저 어떻게 해서든지 획득물을 잃지 않아야겠다는 생각뿐이었다. 마치 주둥이가 작은 병 속에다 손을 쑤셔 넣어 한줌의 호도를 쥔 채, 그것을 잃는 것이 아까와 주먹을 펴려고 하지 않아, 그 때문에 자멸을 가져온 원숭이처럼, 프랑스병도 모스크바를 나갈 때 약탈한 물건 때문에 멸망하지 않으면 안되었다. 원숭이가 호도를 쥔 손을 펼 수가 없었던 것처럼 그들도 그 약탈품을 버릴 수 없었던 것이다. 프랑스의 여러 연대가 모스크바 각 구(區)로 침입하여 한 십 분 가량 지났을 때에는 이미 병사와 장교는 한 사람도 남아 있지 않았다. 집집의 창문에는 외투를 입고 각반을 찬 사람들이 웃으며 방방을 돌아다니고 있는 모습이 보였다. 움과 지하실에서는 그러한 사람들이 식료품을 마음대로 만지고 있었다. 마당에서도 역시 그러한 사람들이 광과 마구간의 문을 열고 부수고 했다. 부엌에서는 불을 피우기도 하고 옷 소매를 걷어 붙이고 빵을 굽기도 하고 반죽을 하기도 하고 끓이기도 하고 여자와 아이들을 으르대기도 하고 웃기기도 하고 애교를 부리기도 했다. 그러한 사람들이 어느 가게, 어느 집 할 것 없이 도처에서 우글거리고 있었다. 그러나 군대는 이제 그림자도 나타나지 않았다.

그 날 바로 프랑스군의 상관들은 잇따라 명령을 내려 군대가 시중에 분산하는 것을 금지하고, 또한 특히 시민에 대해 폭력을 쓰고 약탈을 자행하는 것을 엄금하고, 그 날 밤 안으로 전군의 점호를 행한다는 것을 엄달했다. 그러나 어떠한 방법을 강구해도 전에 군대를 형성하고 있던 사람들은 의식주가 풍부하게 충만한 있는 텅 빈 시중으로 흘러들어갔다. 마치 한 덩어리가 되어 황야를 헤매고 있는 굶주린 가축의 무리가 풍요한 목장을 만나자마자 사방으로 흩어져 도저히 제지할 수 없는 것과 마찬가지로 군대는 억누를 수 없는 힘을 가지고 물자가 풍부한 시중으로 넘쳐 들어갔던 것이다.

모스크바에는 주민이 없었다. 그래서 병사는 모래 위에 엎질러진 물처럼 순식간에 그 속으로 빨려들어갔다. 그리고 무엇을 가지고도 제지할 수 없는 기세로 맨 먼저 발을 들여 놓았던 크레믈린에서 방사상(放射狀)을 이루고 사방으로 번져 들어갔다. 기병은 재산 전부를 남기고 떠나 버려진 상가(商家)로 들어가 자기네의 말에 충분할 뿐만 아니라 아직도 얼마큼 여유가 있을 정도의 계마장(繫馬場)을 발견하였으나 거기에다가 더 좋을 것 같은 집을 점령하러 나갔다. 대개의 사람은 동시에 몇 채씩 점령하고 누구누구 점령이라고 분필로 써 놓는가 하면 다른 부대의 사람과 말다툼을 하기도 하고 격투까지 하는 형편이었다. 병사들은 아직 충분히 안정하기 전부터 벌써 시가를 구경하기 위해서 한길로 뛰어나갔다.

그리고 모두 버려져 있다는 소문을 듣자 거저 귀중한 것을 얻을 것 같은 데로 달려갔다. 상관은 병사들을 제지하기 위해서 순회하고 있었으나 부지 불식간에 똑같은 행위로 말려들었다. 카레트느이 랴드에는 승용 마차가 진열되어 있는 가게가 많이 있었다. 장군들은 거기에 모여 승용으로 할 포장 마차를 골랐다. 남은 주민은 자기의 집으로 상관들을 초대하고 그것에 의하여 약탈을 모면하려고 했다. 부(富)는 무진장하고 헤아릴 수 없을 정도였다. 어디를 가나 프랑스병의 점령지 부근에 아직 아무도 모르는, 아무도 손을 대지 않은 장소가 있고, 거기에는 더욱더 많은 부가 있을 것처럼 생각되었다. 이리하여 모스크바는 더욱더 프랑스인을 빨아들였다. 마치 물이 마른 땅바닥에 엎질러지면 물도 마른 땅바닥도 함께 없어져 버리는 것처럼 굶주린 군대가 부유하고 공허한 시가로 들어갔기 때문에 군대도 없어지고 부유한 시가도 없어져 버렸다. 그리고 진흙구덩이가 나타나고 화재(火災)와 약탈의 수라장이 전개되었다.

프랑스인은 모스크바 화재의 원인을 〈라스토프친의 야만적인 애국심〉으로 돌리고, 러시아인은 프랑스군의 폭행으로 돌렸다. 그러나 실제에 있어서 이 화재의 원인을 어느 한 개인 혹은 몇 사람의 책임으로 돌릴 수 있는 그러한 의미의 원인이란 사실이란 있지도 않았고 또 있을 수도 없었다. 모스크바가 탄 것은, 목조인 이상, 어떤 시가라도 타지 않을 수 없는 상황에 놓였기 때문이고, 백 삼십 대의 빈약한 소방 펌프가 있다든가 없다든가 하는 것은 전혀 문제가 되지 않는 것이다. 모스크바가 타지 않으면 안 되었던 것은 그 속에서 주민이 나가 버렸기 때문이며, 그것은 마치 대팻밥 더미에 며칠이고 계속해서 불똥이 떨어지면 타지 않을 수 없는 것과 마찬가지로 피할 수 없는 일이었다. 가주(家主)인 주민이 있고 게다가 경찰이 있어도 거의 날마다 화재가 끊이지 않는 목조 건물의 시가가, 주민을 잃어버린 데다가 파이프를 피우고 원로원 광장에서 원로원 의자를 태우기도 하고 하루에 두 차례씩이나 먹을 것을 끓이고 하는 군대에 점령당했을 경우 타지 않을 리가 없는 것이다. 평시에도 지방의 촌락에 군대가 숙영하면 그 지방의 화재 건수가 현저히 증가하는 법이다. 하물며 공허한 목조 건물만 늘어선 시가에 다른 나라의 군대가 들어왔을 경우 화재의 가능성이 얼마큼 증가하리라는 것은 상상하기에 어렵지 않다. 라스토프친의 야만적인 애국심도 프랑스인의 폭행도 이 경우 조금도 관계 없는 것이다. 모스크바가 탄 것은 파이프와 주방과 모닥불과 적병이라는, 집 주인 아닌 거주인의 게으름 때문이었다. 또 설령 방화(放火)가 있었다고 하더라도(이것은 지극히 의심스럽다. 왜냐하면 아무도 방화해야 할 이유가 없고 게다가 하여튼 귀찮고 위험한 일이니까) 그 방화는 화재의 원인으로 볼 수가 없다. 그런 일이 없더라도 역시 똑같은 결과가 일어났을 것이기 때문이다.

프랑스인에게 라스토프친의 만행을 나무라는 것이 아무리 기분 좋게 느껴진다고 하더라도, 또 러시아인에게 악한 보나파르트를 나무라고, 혹은 용감한 횃불을 자국민의 손에 들리고 하는 것이 아무리 유쾌하다고 하더라도 그러한 화재의 직접적인 원인이 존재할 수 없다는 것은 시인하지 않을 수 없다. 어떤 마을이건 공장이건 혹은 인가이건, 주인이 떠나고 대신 남을 들여 놓아 그 안에서 마음대로

놀아나게 하고 죽을 쑤게 했다면 도저히 타지 않고는 배겨나지 못하는 것과 마찬
가지로 모스크바도 타지 않고는 배겨내지 못했을 것이다. 모스크바는 주민에 의
해 태워졌다. 그것은 사실이다. 그러나 거기에 남은 주민에 의해 태워진 것이 아
니라 거기에서 나간 주민에 의해 태워진 것이다. 적에게 점령당한 모스크바가 베
를린, 빈, 그 밖의 도시처럼 무사히 보존되지 않은 것은 다름이 아니라 오직 모스
크바 주민이 프랑스인에게 빵과 소금과 열쇠(환영의 뜻–역주)를 바치지 않고 떠나
버렸기 때문이다.

27

　프랑스인은 방사상(放射狀)으로 퍼져 온 모스크바로 빨려들어갔고, 9월 2일
저녁에는 그 흡수 작용이 피예르가 현재 살고 있는 구역까지 미쳤다.
　피예르는 최근 이틀 동안을 고독하고 이상한 상황 밑에서 지냈기 때문에 거의
광기에 가까운 심경에 빠져 있었다. 오직 하나의 상념이 한시도 떠나지 않고 전
폭적으로 그를 지배하고 있었다. 이 상념이 언제 어떻게 그를 그렇게 사로잡았는
가 하는 것은 그 자신도 몰랐으나 이 때문에 그는 지금 과거의 일도 전혀 기억하
고 있지 못했고 현재의 일도 하나도 모르게 되어 버렸다. 그리고 보고 듣고 하는
모든 것이 꿈처럼 여겨졌다.
　피예르가 자기 집에서 도망쳐 나온 것은 자기를 사로잡고 있는 실생활의 온갖
요구가 극도로 뒤얽혀 버린 분규에서 벗어나기 위해서였으며, 당시의 상태로서는
도저히 그 매듭을 풀 힘이 그에게는 없었던 것이다. 그가 고인의 서적과 서류를
정리한다는 것을 구실로 이오시프 알렉세예비치 집으로 갔던 것도, 실은 생활의
번거로움에서 벗어나 안정을 찾고 싶었기 때문이었지만 아닌게 아니라 이오시프
알렉세예비치에 관한 추억은, 그의 마음 속에서 지금 자기를 빨아들이려고 하고
있는 불안에 찬 혼란의 경지와는 정반대의 세계, 즉 영원하고도 조용한, 그리고
장중한 사상의 세계와 굳게 맺어 주었다. 그는 조용한 피난처를 찾았었는데 실제
로 이오시프 알렉세예비치의 서재 안에서 그것을 찾아낸 것이다. 죽음 같은 서재
의 정적 속에서 먼지투성이가 된 고인의 책상에 팔꿈치를 짚고 앉아 있으면 그의
뇌리에는 최근 며칠 동안의 기억이 조용히 의미 깊게 꼬리를 물고 떠올랐다. 특
히 생각난 것은 보로지노 싸움과 그들이라는 명칭 밑에 마음에 새겨진 계급의 정

리, 소박, 힘에 비해서 극도로 자기가 무력하고 또한 허위에 차 있다는 사실의, 도저히 극복할 수 없는 실감이었다. 게라심이 그의 명상을 깨뜨렸을 때, 당시 예상되고 있던 모스크바의 거국적인 방어(그는 그것을 알고 있었다)에 자기도 참가하려는 생각이 문득 그의 마음에 일어났다. 그는 이 목적을 가지고 곧 게라심에게 카프탄과 권총을 입수해 달라고 부탁하고 이대로 남아 있는다는 뜻을 게라심에게 알렸던 것이다. 고독과 무위 속에서 지낸 첫날(피예르는 몇 차례 메이슨의 사본에 주의를 돌리려고 했으나 그 노력도 허사였다) 그는 자기의 이름이 보나파르트의 이름과 관련되어 밀교적(密敎的)인 의의를 가지고 있다는, 전부터 마음에 걸려 있던 상념을 몇 차례 막연하게 생각해 냈다. 그러나 〈러시아인 베주호프인 그가〉 야수의 권력에 종말을 주어야 할 사명을 가지고 있다는 관념은 아무런 까닭도 없이 상상 속을 스쳐갈 뿐 흔적도 남기지 않는 하나의 공상으로 그의 머리에 떠오르는 것에 지나지 않았다.

피예르는 카프탄을 산 뒤(그것은 그저 모스크바의 거국적인 방어에 참가하려는 목적뿐이었다) 로스토프 집안 사람들을 만나고 나타샤의『당신께선 남아 계시겠어요? 어머, 정말 좋겠어요!』하는 말을 들었을 때 그의 뇌리에 하나의 암시가 번득였다. 설사 모스크바가 점령당하더라도 여기에 남아 운명에 예정된 일을 시정한다면 얼마나 유쾌할 것인가!

그 이튿날이 되자 그는 자기의 일신을 돌보지 않고 만사에 있어서 그들에게 뒤떨어지지 않아야겠다는 일념과 함께 트리 고르이의 관문 밖으로 나가 보았다. 그러나 모스크바의 방어선은 없다고 확신하고 집으로 돌아오자 전에는 그저 가능하다고만 생각하고 있던 일이 지금은 필연적으로 또한 불가피한 것이 된 것을 돌연 강하게 느꼈던 것이다. 그는 이름을 감추고 모스크바에 남아 나폴레옹을 만나서 죽이지 않으면 안 된다. 그 결과는 온 유럽의 불행을 근절하든지(피예르는 이 불행을 나폴레옹 한 사람에게서 나온 것으로 생각하고 있었다) 그렇잖으면 자기가 쓰러지든가 둘 가운데의 하나였다.

피예르는 독일의 한 대학생이 1809년 빈에서 보나파르트를 암살하려고 했던 전말을 자세히 알고 있었다. 그리고 그 대학생이 총살당한 것도 알고 있었다. 그래서 계획을 실행하는 데 있어 자기의 생명을 위협하는 위험을 수반하고 있다는 것은 더 한층 그를 흥분시켰다.

똑같이 강한 힘을 가진 두 개의 감정이 불가항력적으로 피예르를 그 계획으로 끌고 갔다. 하나는 사회적인 불행을 의식한 끝에 희생과 고통을 요구하는 감정이었다. 그는 이 감정 때문에 25일에는 모쥐아이스크로 가서 전쟁의 와중으로 뛰어들었고, 이번에는 자기 집에서 뛰쳐나와 오랜 세월을 두고 길든 생활의 사치와 안이를 버리고 옷도 벗지 않은 채 단단한 소파 위에서 자고 게라심과 똑같은 요리를 먹곤 했던 것이다. 또 하나는 러시아인에게 특유하고도 막연한 감정인 대다수의 사람이 이 세상의 최대의 행복으로 하고 있는 조건적이고 인위적이고 인간적인 모든 것에 대한 모멸의 감정이었다. 처음으로 그가 야릇한 고혹적인 느낌을 맛보았던 것은 슬로보드스키이 궁전에서였다. 부(富)도 권력도 생명도——모두 인간이 비상한 노력을 치러 쌓아 올리고 또한 보호하고 있는 것——이러한 것이 만약 무엇인가의 값어치를 가지고 있다면 그것은 그저 이 같은 모든 것을 내던질 때의 쾌감을 기대하기 때문이다. 이러한 것을 그때 그는 홀연 느꼈던 것이다.

그것은 지원병에게 마지막 일 코페이카를 마셔 버리게 하는 감정이며, 취한이 지갑의 밑바닥을 깨끗이 털어 버리는 것이 된다는 것을 알면서도, 이렇다고 할 만한 아무런 이유도 없이 거울과 유리를 때려 부술 때와 같은 감정이기도 했다. 그것은 사람이(비속한 의미에 있어서의) 무분별한 짓을 하면서, 이 인생에 대해서는 인간적인 여러 가지 조건을 초월한 최고의 심판이 있다고 공언하고, 자기의 개인적인 권위와 힘을 시험하려고 할 때의 감정이었다.

슬로보드스키이 궁전에서 처음으로 이 느낌을 맛보았던 날부터 피예르는 끊임없이 그 지배를 받고 있었으나, 이제야 그것에 대한 충분한 만족을 발견할 수 있었던 것이다. 그뿐만 아니라 그 노상에서 그가 이어 실천한 것은 지금 그에게 그 계획을 고집시키고, 중지의 가능성을 빼앗아 버렸다. 만약 그가 이제 새삼스럽게 다른 사람과 마찬가지로 모스크바를 떠난다면, 가출도 카프탄도 권총도 그리고 모스크바에 남겠다고 로스토프네의 사람들에게 공언했던 것도 모두 의미를 잃을 뿐만 아니라 모두가 멸시당할 이유가 되고 우스갯짓으로 되어 버리는 것이다(피예르는 이 점에 관해서 민감했다).

피예르의 육체적인 상태는 언제나처럼 정신적인 상태와 일치하고 있었다. 익숙치 않은 험한 음식과 연일 계속해 마신 보드카, 포도주와 담배의 결핍, 갈아 입을 옷도 없는 더럽혀진 속옷, 이불도 없는 짧은 소파 위에서 거의 잠을 잘 수 없었던 밤. 이러한 것들이 한데 얽혀 피예르를 발광에 가까운 홍분 상태로 빠뜨렸던 것이다.

벌써 오후 한 시가 지나 있었다. 프랑스군은 이미 모스크바에 입성해 버렸다. 피예르는 그것을 알고 있었으나 행동을 개시하는 대신 그저 앞으로의 세세한 점까지 생각하면서 자기의 계획만 생각하고 있었다. 피예르는 나폴레옹에게 타격을 가하는 경과도, 나폴레옹의 죽음도 똑똑히 상상해 보는 일 없이 오직 자기의 파멸과 영웅적인 행위만을 아주 선명하게 그리며 서글픈 감상 속에 잠겨 있었다.

『그렇다, 만인을 대신해서 나 혼자 해치우든가, 그렇지 않으면 깨끗이 죽어 버리는 거다!』그는 생각했다.『그렇다, 옆으로 다가가서……그리고 불시에…… 권총으로 할 것인가, 그렇지 않으면 단검이 좋을까?』피예르는 생각했다.『그러나 그런 것은 어느 쪽이건 상관 없다. 너를 처벌하는 것은 내가 아니고 하느님의 손인 것이다…… 이렇게 나는 말해 주리라.』피예르는 나폴레옹을 살해할 때에 할 말을 생각했다.『자아, 무엇을 하고 있는 거냐, 나를 붙잡아서 처벌하라.』피예르는 고개를 떨어뜨리면서 서글픈, 그러나 굳은 결심의 빛을 얼굴에 띠고 이렇게 혼잣말을 계속했다.

피예르가 방 한가운데 우뚝 서서 혼자 이렇게 생각에 잠겨 있을 때 갑자기 서재의 문이 열리고, 전에는 언제나 머뭇거리던 마카르 알렉세예비치의 완전히 변한 모습이 문지방 위에 쑥 나타났다. 그는 자리옷 앞가슴을 벌린 채 새빨갛고 추한 얼굴을 하고 있었다. 분명 취해 있는 모양이었다. 피예르를 보자 그는 약간 당황했으나 피예르의 얼굴에도 당황의 빛이 떠오른 것을 보자 이내 용기가 난 듯 가느다란 다리를 휘청거리며 방 한가운데로 들어왔다.

「놈들은 잔뜩 겁을 집어먹었어.」그는 쉰 목소리로 어려워하지 않고 말했다. 「나는 항복하지 않아, 한 번 않는다면 안 한단 말이야.……그렇지 않아, 응? 여보게.」그는 생각에 잠겼다. 이윽고 돌연 탁자 위의 권총이 눈에 띄자 냅다 그것을 들고 복도로 뛰어나갔다.

뒤를 쫓아간 게라심과 문지기는 현관에서 마카르 알렉세예비치를 붙들고 권총을 빼앗으려 들었다 피예르는 복도를 나와 연민과 혐오가 엇갈린 기분으로 이 반 미치광이 노인을 바라보고 있었다. 마카르 알렉세예비치는 필사적인 노력으로 얼굴을 찌푸리면서 굳게 권총을 쥐고 있었다. 그리고 무엇인가 장중한 사건이라도 상상하고 있는 것처럼 쉰 목소리로 외치는 것이다.

「무기를 들어! 육탄전이야! 이 개새끼, 빼앗길 줄 알고!」그는 외쳤다.

「이제 그만 하십시오, 정말, 자아, 부탁입니다. 자, 놓으십쇼. 제발, 나리…….」살짝 조심스럽게 마카르 알렉세예비치의 두 팔꿈치를 붙잡고 문 쪽으로 도로 돌리려고 하면서 게라심은 말했다.

「너는 누구야? 보나파르트로군!……」하고 마카르 알렉세예비치는 외쳤다.

「그런 짓을 하셔서는 안 됩니다, 나리. 방으로 들어가서 쉬십쇼. 자, 권총을 이리 주세요.」

「저리 물러가, 이 더러운 노예! 손 대지 마 ! 알겠나?」마카르 알렉세예비치는 권총을 움직이면서 외쳤다.「자아, 육탄전이다!」

「붙들어!」하고 게라심은 문지기에게 속삭였다.

　　두 사람은 마카르 알렉세예비치의 두 손을 붙들고 문 쪽으로 끌고 갔다. 현관은 난폭한 실랑이 소리와 헉헉 하고 헐떡거리는 취한의 목쉰 소리의 울림으로 가득 찼다.

　　별안간 찢어지는 듯한 여자의 외침 소리가 다시 입구의 층층대에서 울려 퍼졌다. 그리고 찬모(饌母)가 헐레벌떡거리면서 현관으로 뛰어들어갔다.

　　「놈들이에요! 여러분!……정말 놈들이에요. 네 놈이 한 패가 되어 마차를 타고!……」하고 그녀는 외쳤다.

　　게라심과 문지기는 마카르 알렉세예비치의 손을 놓았다. 조용해진 복도에는 몇 명인가의 손으로 문을 두드리는 소리가 똑똑히 들렸다.

28

　　피예르는 자기의 계획을 결행할 때까지 자기의 신분도, 프랑스어를 안다는 것도 남에게 알리지 않는 것이 좋겠다고 생각하고 있었으므로 프랑스인이 들어오면 이내 몸을 숨길 작정으로 문을 반쯤 열어 놓은 채 서 있었다. 그러나 프랑스인이 들어오는데도 피예르는 역시 문 옆에서 떠나지 않았다. 억누를 수 없는 호기심이 그를 붙들었던 것이다.

　　프랑스인은 두 사람이었다. 한 사람은 훤칠한 키에 활발하고 맵시 있는 장교였으나 또 한 사람은 보기에 기대고 조금 절 뚝거리면서 앞장서 들어왔다. 몇 발짝인가를 들어와 보더니 이집으로 좋다고 마음 속으로 결정한 듯 발을 멈추었다. 그리고 문간에 서 있는 병사들 쪽을 돌아보고 상관다운 큰소리로 말을 넣으라고 명령했다. 이 일이 끝나자 장교는 민첩한 동작으로 팔꿈치를 높이 치켜 올리면서 콧수염을 쓰다듬고 그 손을 살짝 모자의 차양에 댔다.

　　「안녕하세요, 여러분!」싱글싱글 주위를 둘러보면서 그는 쾌활하게 말했다.

　　「당신이 주인입니까?」하고 장교는 게라심에게 말했다. 게라심은 깜짝 놀라서 의아한 듯이 쳐다보았다.

　　「숙사 말아야, 숙사 말이야, 숙사.」장교는 호인다운 대범한 미소를 띄우고 키가 작은 늙은이를 내려다보면서 이렇게 말했다.「프랑스인은 명랑한 사람들이오. 못 알아 듣는 사내군! 무뚝뚝한걸! 아아, 좋아, 싸움은 하지 맙시다, 할아버지」놀라서 말도 못 하고 있는 게라심의 어깨를 툭툭 치면서 그는 덧붙였다.

「어때! 도대체 여기에는 프랑스어를 할 줄 아는 사람이 하나도 없나?」그는 주위를 둘러보다가 피예르와 눈이 마주치자 이렇게 덧붙였다. 피예르는 문에서 몸을 비켰다.

장교는 또 게라심에게로 얼굴을 돌렸다. 그는 게라심에게 방을 보이라고 요구했다.

「주인 없어……몰라……난 당신의…….」하고 게라심은 일부러 불규칙하게 말을 하여 자기의 말을 알기 쉽게 하려고 애썼다.

프랑스 장교는 히죽거리면서 게라심의 코 앞에서 두 손을 벌리고, 이쪽도 네가 말하는 것이 이해가 가지 않는다는 의미를 깨닫게 하려고 했다. 그러고는 절뚝거리면서 피예르가 서 있는 문으로 다가갔다. 피예르는 거기를 떠나 몸을 숨기려고 하였으나, 바로 이때 반쯤 열린 부엌문 안에서 마카르 알렉세예비치가 손에 권총을 들고 얼굴을 쑥 내미는 것이 눈에 들어왔다. 마카르 알렉세예비치는 미치광이 특유의 교활한 웃음을 웃으면서 노려보더니 권총을 들어 올려 겨누었다.

「자, 돌격이다!……」주정꾼은 방아쇠를 손가락으로 걸면서 외쳤다. 프랑스의 장교는 외침 소리가 들린 쪽을 홱 돌아보았다. 그 순간 피예르는 주정꾼에게 달려들었다. 피예르가 권총을 붙잡고 치켜든 찰라 마카르 알렉세예비치의 손가락은 드디어 방아쇠를 세게 잡아당겼다. 귀가 멀 것 같은 총소리가 울려 퍼지고 화약 연기가 주위를 둘러쌌다. 프랑스 장교는 파랗게 질려 문 쪽으로 훌쩍 뛰어 물러났다.

프랑스어를 안다는 것을 밝히지 않으려 했던 결심도 잊고 피예르는 권총을 빼앗아 내던지고 장교 옆으로 달려가 프랑스어로 말하기 시작했다.

「다치지 않으셨읍니까?」그는 말했다.

「아니, 아무렇지도 않은 것 같습니다.」장교는 자기의 몸을 만져 보면서 이렇게 대답했다.「그러나 아뭏든 위험했읍니다.」그는 떨어진 벽의 총알 자리를 가리키면서 이렇게 덧붙였다.「도대체 저자는 누굽니까?」장교는 엄중하게 피예르를 노려보면서 물었다.

「나는 이 불상사를 충심으로 유감스럽게 생각합니다.」완전히 자기의 사명을 잊고 피예르는 빠른 말로 말했다.「저자는 불행한 미치광이입니다. 자기가 한 짓도 자신이 모르는 겁니다.」

장교는 마카르 알렉세예비치에게로 다가가 그의 멱살을 움켜쥐었다.

마카르 알렉세예비치는 입술을 벌린 채 마치 자고 있는 것처럼 벽에 기대어 흔들흔들 몸을 흔들고 있었다.

「악당 같으니라고! 어디 두고 보자.」장교는 손을 떼면서 말했다.「우리들은 승리한 뒤니까 관대함을 모토로 하고 있지마는 그러나 배신자를 용서할 수는 없어.」얼굴에 어두운 위엄을 띠고 멋진 정력적인 몸짓을 하면서 그는 이렇게 덧붙였다.

피예르는 계속해서 프랑스어로 장교에게 이 취한 미치광이를 벌하지 말아 달라고 타일렀다. 프랑스 장교는 어두운 표정을 바꾸지 않고 말없이 가만히 듣고 있다가 갑자기 싱글거리면서 피예르에게로 얼굴을 돌렸다. 그는 몇 초 동안인가 묵묵히 피예르를 쳐다보고 있었다. 그의 아름다운 얼굴이 비극적이고 부드러운 표정을 띠기 시작했다. 그는 손을 내밀어 악수를 청했다.

「당신은 내 목숨을 건져 주었읍니다! 당신은 틀림없이 프랑스인입니다.」하고 그는 말했다. 프랑스인에게 있어 이 결론은 의심할 나위 없는 것이었다. 위대한 행위를 할 수 있는 자는 프랑스인밖에 없고, 더우기 그, 즉 〈제13 경기병 연대 소속 대위인 무슈 랑발〉의 목숨을 구했다는 것은 의심할 나위도 없이 가장 위대한 행위였다.

그러나 이 결론과 이것을 근거로 한 장교의 신념이 아무리 의심할 나위 없는 것이었다고 하더라도 피예르는 장교를 실망시킬 것이 필요하다고 생각했다.

「나는 러시아인입니다.」하고 피예르는 재빨리 말했다.

「에헤, 그런 말씀일랑 다른 사람에게 하십쇼.」프랑스인은 자기의 코 끝에서 손가락을 흔들면서 미소를 띠우고 말했다. 「자아, 나에게 모조리 이야기해 주시지 않겠소?」그는 말했다. 「동포를 만나 참으로 기쁩니다. 그런데 이 사내를 어떻게 처치해야 되겠소?」이제는 자기의 형제나 되는 듯한 어조로 그는 피예르를 보고 덧붙였다. 설사 피예르가 프랑스인이 아니더라도 한 번 이 세상의 최상의 명칭을 받은 이상 그것을 물리칠 수는 없을 것이라는 기분이 프랑스 장교의 표정에도 어조에도 나타나 있었다. 마지막 물음에 대해서 피예르는 다시 한 번 마카르 알렉세예비치가 어떤 사람인가를 설명하고, 바로 그들이 오기 조금 전에 이 취한 미치광이가 장전된 권총을 훔쳐 가지고 달아나서 미처 그것을 빼앗을 겨를이 없었다고 말하고, 그의 행위를 눈감아 달라고 부탁했다.

프랑스 장교는 가슴을 쑥 내밀고 황제라도 된 듯이 과장된 손짓을 했다.

「당신은 내 목숨을 건져 주셨소. 당신은 프랑스인이오. 그런 당신이 저 사나이를 용서해 주라는 말씀이시죠? 알겠읍니다. 용서하죠. 이자를 데리고 가.」자기의 목숨을 구출한 공로에 의하여 프랑스인으로 승격시킨 피예르의 팔을 끼면서 프랑스 장교는 재빠른 말로 힘있게 말했다. 그리고 같이 방 쪽으로 걸어갔다.

마당에 있던 병사들은 총소리를 듣고 현관으로 들어와 제각기 무슨 일이냐고 물으면서 언제라도 범인을 처벌해 보이겠다는 뜻을 보였다. 그러나 장교는 엄격하게 모두를 제지했다.

「일이 있을 때에는 너희들을 부르겠다.」 하고 그는 말했다. 병사들은 나갔다. 그 사이에 부엌을 들여다본 종졸은 이때 장교에게 보고했다.

「대위님, 이곳 부엌에는 수프와 염소의 불고기가 있읍니다.」 그는 말했다. 「가져올까요?」

「음, 그리고 술도.」 대위는 대답했다.

29

프랑스 장교와 함께 방으로 들어왔을 때 피예르는, 잠자코 있는 것은 좋지 않은 일이라고 생각하고, 자기가 프랑스인이 아니라는 것을 다시 한 번 대위에게 납득시키고 방을 나가려고 했다. 그러나 프랑스 장교는 그런 말에는 귀도 기울이려 하지 않았다. 그는 너무나도 정중하고 친절하고 호인답고, 게다가 자기의 생명을 구해 준 것을 진심으로 감사하고 있었기 때문에 피예르도 마침내 물리치지 못하고 둘이 맨 처음에 들어갔던 방인 홀로 들어가서 의자에 앉아 버렸다. 자기는 프랑스인이 아니라는 피예르의 단호한 말에, 대위는 어째서 이처럼 명예로운 호칭을 물리치는 것인지 이해가 가지 않는 듯 어깨를 움츠리고는 굳이 러시아인으로 통하고 싶다면 그것도 좋겠지만, 그러나 자기로서는 역시 생명의 은인이라는 감사한 마음으로 영원히 당신과 맺어져 있을 것이라고 말했다.

만약 이 장교가 조금이라도 남의 감정을 이해할 능력을 가지고 있고, 피예르의 가슴 속을 살필 수 있었더라면 피예르는 아마도 그 옆에서 떠날 수 있었을 것이다. 그러나 자기 이외의 것은 아무것도 보이지 않는 이 사나이의 순진한 무관심에는 피예르도 지고 말았던 것이다.

「프랑스인이 안 좋으시다면 신분을 감춘 러시아의 공작님이라고 해둡시다.」 더럽혀지긴 했으나 화사한 피예르의 웃옷과 그 손에 낀 반지를 쳐다보면서 프랑스인은 말했다. 「아뭏든 당신은 내 생명의 은인이니까 나는 우정을 바치겠소. 프랑스인은 은혜도 모욕도 절대로 잊지는 않으니까요. 어쨌든 당신에게 우정을 바치겠소. 이것이 내가 말할 수 있는 전부요.」

이 장교의 음성에도 얼굴의 표정에도 동작에도 선량함과 고아한 기품이(프랑스적인 의미에 있어서) 넘쳐 흐르고 있었으므로, 피예르는 부지중에 똑같은 미소로 상대방의 미소에 답하면서 내민 손을 잡았다.

「나는 7일의 전투로 레지옹 도뇌르장(章)을 받은 제13 경기병 연대의 랑발 대위요.」 그는 억누를 수 없는 만족의 미소를 띠우면서 이렇게 자기 소개를 했다. 그의 입술은 이 미소로 수염 밑에서 일그러졌다. 「자아, 이번엔 당신의 이름을 들을 수 있는 영광을 얻고 싶소. 이 미치광이의 총알을 몸에 맞고 의무실로 실려갈 뻔했는데 이처럼 유쾌하게 이야기할 수 있는 영광을 어떤 분과 나누고 있는지 말이오.」

피예르는 자기의 신분을 밝힐 수는 없다고 대답했다. 그리고 적당한 이름을 생각해 내려고 서두르면서 얼굴을 붉히고 이름을 밝힐 수 없는 까닭을 이야기하려 하자 프랑스인은 급히 그것을 가로막았다.

「아니, 좋습니다.」 하고 그는 말했다. 「그 까닭을 알았소. 당신은 틀림없이 장교시겠죠……어쩌면 영관급이실는지도 모릅니다. 당신은 아군에 대해서 무기를 들었었겠죠. 그러나 그런 일은 내가 관계할 일이 아니오. 당신은 나의 생명의 은인입니다. 나는 그것만으로도 충분하오. 나는 당신의 친구요, 당신을 위해서라면 무엇이든지 하겠소. 당신은 귀족이시죠?」 하고 그는 의심을 품은 어조로 덧붙였다. 피예르는 고개를 숙였다. 「자아, 부탁입니다, 이름을 들려 주시오. 이제 그 이상은 아무것도 묻지 않겠소. 피예르 씨라고 했죠? 감사합니다. 내가 알고 싶은 건 그것으로 충분합니다.」

염소 불고기와 오믈렛과 사모바르와 보드카와 그리고 프랑스인들이 러시아인의 움에서 꺼내온 포도주 등이 나오자 랑발은 피예르에게 이 회식을 같이하자고 권했다. 그리고 자못 배고픈 건장한 사람처럼 이내 급하게 먹기 시작했다. 그는 튼튼한 이로 날쌔게 씹으면서 줄곧 쩝쩝 하고 입맛을 다시고는 「맛있군, 참 훌륭한데!」를 연발했다. 그 얼굴은 빨갛게 상기되어 온통 땀으로 젖었다. 피예르도 배가 고팠으므로 기꺼이 식사를 함께 했다. 종졸 모렐은 뜨거운 물이 든 스튜냄비를 가지고 와 그 속에다 적(赤) 포도주의 병을 담갔다. 그 밖에 크바스도 한 병 가지고 왔다. 그것은 부엌에서 독이 있는가를 조사하고 가지고 온 것이었다. 이 음료는 이미 프랑스인 사이에 알려져 이름까지 얻고 있었다. 그들은 크바스를 〈돼지의 레몬수〉라고 부르고 있었다. 모렐은 부엌에서 발견한 〈돼지의 레몬수〉를 훌륭한 술이라고 칭찬했다. 그러나 대위는 모스크바를 통과할 때 빼앗아온 포도주를 가지고 있었으므로 크바스는 모렐에게 맡겨 버리고 보르도의 병을 들었다. 그는 병을 목께까지 냅킨으로 싸고 자기에게도 따르고 피예르에게도 따라 주었다. 포식과 술로 대위는 더욱더 활기를 띠기 시작했다. 그는 식사를 하는 동안 내내 끊임없이 지껄여 댔다.

「그렇습니다, 친애하는 피예르 씨, 나는 그 미치광이의 흉탄으로부터 구출해 주신 보답으로 감사의 촛불을 당신을 위해 밝히지 않으면 안 되겠소. 난 말요, 사실상 지금 이 몸 속에 박힌 탄환만으로도 충분하오. 한 발은 여기에.(그는 옆구리를 가리켰다), 이것은 바그람, 또 하나는 스몰렌스크에서 얻었읍니다.」 그는 볼 위에 흉터를 보였다. 「그리고 보시다시피 이 다리는 자유롭지 못합니다. 이것은 7일에 모스크바 부근의 대전투(그들은 보로지노 전투를 이렇게 부르고 있다)의 선물이죠. 정말 그건 처절했죠! 그것은 한 번 구경할 만한 값어치가 있지요. 정말 맹렬한 불의 홍수였거든요. 러시아군에게 호되게 얻어맞았읍니다. 러시아도 자랑할 만한 전투였어요. 정말! 나는 그때 부상을 입기는 했읍니다만 그래도 처음부터 다시 한 번 해 보고 싶을 정도예요. 그것을 구경하지 못한 사람은 참으로 불쌍하다고 생각해요.」

「나도 그 전투에 있었읍니다.」

「허어, 정말인가요? 아니, 그렇다면 더욱 좋습니다!」 프랑스인은 계속 말했다. 「아뭏든 러시아는 용감한 적입니다. 이것은 인정하지 않을 수 없소. 대각면보(大角面堡)는 참으로 훌륭히 지켰읍니다. 정말이지 적이지만 훌륭했어요. 러시아는 아군에게 큰 희생을 치르게 했었죠. 나는 거기에 세 차례나 돌입했었소. 그것은 지금 당신이 나를 보고 계시는 거나 마찬가지로 분명한 사실이오. 우리들은 세 차례나 포 위에 올라갔다가는 세 차례 다 종이로 만든 군대처럼 굴러 떨어졌죠. 무슈 피예르, 정말 훌륭했어요! 당신네의 척탄병은 정말 훌륭했었읍니다. 나는 말씀입니다, 그들이 여섯 차례나 대열을 가다듬어 열병식처럼 당당히 진격해 오는 것을 보았어요. 참으로 훌륭한 민족이더군요! 전쟁 속에서 태어난 것 같은 우리 나폴리 왕도 그들의 진격을 보고『훌륭하다!』고 외쳤었으니까요. 하, 하, 참으로 우리 군사들과 좋은 적수더군요!」 그는 잠시 동안 쉬었다가 미소를 띄우면서 이렇게 말했다. 「아니, 오히려 그편이 좋습니다, 무슈 피예르. 싸움터에서 용감한 사람은……미인에게…….」 그는 벙글벙글 웃으면서 눈짓을 했다. 「미인에게는 부드럽다던가요, 그것이 프랑스인이란 거죠. 무슈 피예르, 그렇지 않소?」

대위가 너무나도 소박하고 솔직하고 쾌활하고 순수해서 완전히 자기에게 만족하고 있었기 때문에 피예르도 유쾌한 기분으로 그 얼굴을 쳐다보면서 하마터면 자기도 똑같이 찡긋 하고 눈짓을 할 뻔했다. 『부드럽다』는 말은 대위에게 모스크바의 현상을 생각나게 한 모양이었다.

「아 참, 이것을 묻고 싶었소. 그, 부녀자들이 모두 모스크바에서 떠났다는 것은 정말입니까? 이상한 일이군요! 도대체 무엇을 두려워했을까요!」

「그럼 말입니다, 만일 러시아인이 파리에 침입한다면 프랑스의 부녀자들은 거기를 떠나지 않을까요?」피예르는 말했다.

「하, 하, 하……」대위는 피예르의 어깨를 치면서 쾌활하게 다혈질인 사내답게 껄껄 웃었다.「야아! 한 대 얻어맞았는데요?」그는 말했다.「파리……아니, 그 파리는 말입니다……파리는…….」

「파리는 세계의 수도죠…….」피예르는 상대방의 이야기를 매듭지으려는 듯 말했다.

대위는 피예르를 쳐다보았다. 그는 이야기 중도에 말을 끊고 웃음을 머금은 상냥한 눈길로 찬찬히 쳐다보는 버릇이 있었다.

「정말 만약 당신이 자기가 러시아인이라고 나에게 말씀하지 않았다면 나는 당신이 파리 사람이라는 것에 내기라도 걸었을 겁니다만. 당신에게는 무엇인가, 그…….」그는 이렇게 추켜올려 놓고는 또다시 묵묵히 피예르를 쳐다보았다.

「나는 파리에 있었던 적이 있읍니다. 거기에서 여러 해 살았었죠.」피예르는 대답했다.

「아, 그러셨을 겁니다. 곧 알 수 있어요. 파리!……파리를 모르는 녀석은 야만 인입니다. 파리 사람은 이 마일 앞에서도 분간이 되니까요. 파리! 그것은 탈마(나 폴레옹의 총애를 받았던 프랑스인 여배우—역주)입니다, 뒤쉐누아(18세기 프랑스의 탁월 한 비극 여배우—역주)입니다, 가로수길입니다.」마지막 끝맺는 말이 앞의 그것만큼 강하지 않은 것을 알아채고 그는 얼른 또 덧붙였다.「온 세계에 오직 하나 파리 가 있을 뿐입니다. 당신은 파리에서 사신 적이 있는데도 여전히 러시아인이라고 하시니! 그러나 그것도 좋겠죠. 그렇더라도 당신에 대한 나의 존경하는 마음은 변함이 없을 겁니다.」

피예르는 어두운 상념을 품은 채 외로운 며칠인가를 지냈던 뒤끝에 포도주를 마셨기 때문에 이 쾌활하고 선량한 사나이와 이야기하는 것이 자기도 모르는 사 이에 유쾌해졌다.

「그런데 이야기가 또 귀국의 부인들에게로 되돌아갑니다만, 러시아의 부인들 은 참으로 미인이 많은 모양이더군요. 프랑스군이 모스크바에 들어오니까 광야로 도망쳐 숨어 버렸다니 얼마나 어리석은 일입니까! 그들은 더 없이 좋은 기회를 아깝게도 놓친 셈입니다. 귀국의 농부들이야 어쩔 수 없다고 하더라도 당신네 같 은 교양이 있는 사람들은 좀더 우리들을 잘 알고 있을 겁니다. 우리들은 빈, 베를 린, 마드리드, 나폴리, 로마, 바르샤바 등등 온 세계의 도시를 점령해 왔소. 그래 서 물론 모두 우리들을 두려워도 하지만 또 사랑해 주기도 합니다. 우리들은 더 잘 알아 둔다는 것은 결코 손해가 되지 않아요. 거기다 황제도…….」하고 그는 말하려 했으나 피예르는 그것을 가로막았다.

「황제가…….」하고 피예르는 앵무새처럼 되받았다. 그의 얼굴에는 갑자기 쓸쓸한 당황의 빛이 떠올랐다.「황제가 도대체 어쨌다는…….」

「황제 말입니까? 그야 관대, 자애, 정의, 질서, 천재, 바로 이것이 우리의 황제입니다! 이것은 나, 랑발이 당신에게 말하고 있는 겁니다. 실은 이렇게 말하고 있는 나도 팔 년 전까지는 황제의 적이었소. 나의 아버님은 망명한 백작이셨으니까요. 그러나 그에게, 그 인물에게 나는 졌소. 그는 내 마음을 점령해 버렸읍니다. 프랑스를 휘덮은 그 위덕(偉德)과 영광 앞에 나는 마침내 항거할 수가 없었던 것입니다. 나는 그가 무엇을 바라는가를 알았을 때, 그가 우리들을 위해서 영광된 자리를 준비하고 있는 것을 깨달았을 때 나는 이야말로 참된 황제라고 외치고 일신을 그에게 바쳤던 거요. 그리고 지금 보시다시피 이대로입니다! 그렇소, 정말 우리 황제는 과거와 현재를 통해서 가장 위대한 인물이오.」

「그럼 황제는 지금 모스크바에 계십니까?」피예르는 어물거리면서 자못 겸연쩍은 듯한 얼굴로 말했다.

프랑스 장교는 피예르의 불안한 듯한 얼굴을 보고 빙그레 웃었다.

「아니, 황제의 입성은 내일이오.」대답하고 그는 자기의 이야기를 계속했다.

두 사람의 이야기는 문 앞에서 일어난 몇 사람인가의 외침 소리와 모렐이 뛰어들어옴으로써 끊겼다. 그것은 비르템베르크의 경기병이 와서 대위의 말이 매여 있는 마당에다 자기네의 말을 매려고 하고 있다는 것을 보고하러 온 것이었다. 시비는 요컨대 경기병들이 무슨 말을 하는지 알아 듣지 못한데서 발단된 것이다.

대위는 경기병 가운데의 가장 고참 하사관을 불러 어느 연대에 속하고 있는가, 대장은 누군가, 어째서 남이 들어 있는 숙사에 끼여 들려고 하는가 하고 엄중한 목소리로 심문했다. 처음의 두 질문에 대해서는 프랑스어를 잘 알지 못하는 독일인도 자기의 연대와 상관의 이름을 댔으나, 마지막 질문에 대해서는 대위의 말이 이해가 가지 않았기 때문에 그는 독일어 사이에 엉터리 프랑스어를 삽입하면서, 자기는 연대의 숙영계(宿營係)인데 집이란 집은 모조리 점령하라는 명령을 상관으로부터 받았다고 대답했다. 피예르는 독일어를 알고 있었으므로 독일인이 말하는 것을 대위에게 통역하고, 대위의 대답을 독일어로 비르템베르크의 경기병에게 통역해 주었다. 상대방이 말하는 것에 납득이 가자 독일인도 알아 듣고는 부하 병사를 거느리고 떠났다. 대위는 현관으로 나가 큰소리로 무엇인가를 명령하고 있었다.

대위가 방으로 돌아왔을 때 피예르는 여전히 똑같은 자리에서 머리를 수그리고 두 손으로 머리를 괴고 앉아 있었다. 그의 얼굴에는 고민의 빛이 나타나 있었다. 아닌게 아니라 그는 이때 괴로와하고 있었던 것이다. 대위가 나가고 혼자 남게 되자 그는 돌연 제 정신을 차리고 자기가 놓여 있는 위치를 의식한 것이었다. 모스크바가 점령당한 것도, 이 행복한 승리자가 모스크바를 자기 것인 양 거들먹거리고 있는 것도, 자기에게 보호자연한 태도를 보이고 있는 것도 물론 피예르에게는 괴로운 것이었다. 그러나 이 순간 그를 괴롭혔던 것은 그러한 일이 아니었다. 그를 괴롭혔던 것은 자기의 무력에 관한 의식이었다. 아까 들이켠 몇 잔인가의 술과 그 호인과의 이야기로, 요 며칠 동안 그의 생활을 채우고 있었던 어두운 정신 상태를 날려 버리고 말았다. 피예르는 이런 정신 상태 속에 살아 왔고, 그것을 수행하기 위해서는 이것이 필요했던 것이다. 권총과 비수와 농부의 외투도 준비되었고 나폴레옹이 내일 들어온다는 것도 알았다. 피예르는 지금도 여전히 악인을 죽이는 것은 유익하고 훌륭한 일이라고 생각하고 있었으나, 지금은 그런 일을 자기는 결행하지 않겠다고 하는 느낌이 들었던 것이다. 어째서일까? 그것은 그도 몰랐으나, 아뭏든 자기는 그 계획을 실행할 수 없다는 예감이 들었던 것이다. 그는 자신의 무력한 의식과 싸웠으나 좀처럼 그것을 이겨낼 것 같지 않다는 것을, 그리고 복수니 살인이니 자기 희생이니 하는 이제까지의 어두운 일련의 상념이 최초의 한 인간과 접촉한 것으로 연기처럼 흩어져 날아가 버렸다. 이러한 것이 어렴풋이 느껴지는 것이었다.

대위는 약간 절뚝거리고 무엇인가 휘파람을 불면서 방으로 들어왔다.

지금까지 피예르를 흥겹게 하던 프랑스인의 수다도 이제는 염증이 났다. 휘파람으로 불고 있는 노래도, 걸음걸이도, 콧수염을 비트는 손짓도, 이 모든 것이 지금의 피예르에게는 화가 치미는 것으로 생각되었다.

『곧 떠나 버리자. 이제 이자와는 한 마디도 말을 하지 말아야겠다.』 피예르는 생각했다. 그는 이렇게 생각하면서도 여전히 그 자리에 가만히 눌러 앉아 있었다. 그 어떤 야릇한 허탈감이 그를 그 자리에다 못박아 놓고 있는 것이었다. 그는 일어서서 밖으로 나가려고 생각하면서도 그것이 그대로 되지 않았다.

대위는 그와는 반대로 무척이나 유쾌한 모양이었다. 그는 두어 차례 방안을 왔다갔다했다. 그 눈은 반짝반짝 빛나고 수염은 가볍게 떨고 있었다. 그것은 무언가 우스꽝스러운, 자기가 자기의 즐거운 상념에 혼자서 킬킬 웃고 있는 것 같았다.

「굉장한데!」 하고 그는 느닷없이 말했다. 「그 비르템베르크군(軍)의 연대장 놈은! 그자는 독일인이지만 그래도 참으로 훌륭한 좋은 남자던걸. 하지만 독일 사람이란……」

그는 피예르를 마주 보고 앉았다.

「아 참 그렇군, 당신은 독일어도 알고 계시더군요?」

피예르는 묵묵히 그를 쳐다보았다.

「독일어로 피난처를 뭐라고 합니까?」

「피난처?」 피예르는 되풀이했다. 「피난처는 독일어로 운테르쿤프트입니다.」

「운테르쿤프트.」 피예르는 되풀이했다.

「옹테르콩프.」 대위는 이렇게 말하고 몇 초 동안인가 웃음을 띤 눈으로 피예르를 찬찬히 쳐다보고 있었다. 「독일인이란 놈은 아주 바보예요. 그렇지 않소, 무슈 피예르?」 하고 그는 말을 맺었다.

「그럼 이 모스크바의 보르도를 한 병 더 합시다, 어떻소? 모렐에게 한 병 더 데워 오라 할까요? 모렐!」 하고 대위는 쾌활하게 외쳤다.

모렐은 서너 자루의 초와 포도주 한 병을 가지고 왔다. 대위는 촛불의 불빛으로 피예르를 보고 상대방의 어두운 안색에 놀란 눈치였다. 랑발은 마음으로부터 슬픔과 동정의 빛을 띠면서 피예르에게 다가가 그 얼굴을 들여다보는 것처럼 허리를 구부렸다.

「어떻게 된 겁니까, 침울하시군요.」 그는 피예르의 손을 만지면서 말했다. 「내가 뭐 당신의 기분을 상하게 한 거나 아닌가요? 아니, 참으로 나에게 무엇인가 화를 내고 계신 것은 아닙니까?」 그는 거듭 물었다. 「그렇지 않으시면 시국에 관계된 일인가요?」

피예르는 아무런 대답도 하지 않았으나 상냥하게 프랑스 장교의 눈을 들여다보았다. 이 거짓 없는 동정의 말이 그에게는 기분 좋았던 것이다.

「정말인즉 은혜를 입은 것은 그만두고라도 나는 당신에게 우정을 느끼고 있읍니다. 무엇인가 당신을 위해서 해드릴 일은 없을까요? 무엇이건 서슴 없이 시켜 주시오. 하늘을 두고 맹세하겠소. 나는 가슴에다 손을 얹고 말하고 있는 것입니다.」 그는 자기의 가슴을 두드리면서 말했다.

「고맙습니다.」 하고 피예르는 말했다. 대위는 피난처라는 말을 독일어로 뭐라고 하는가를 물었을 때와 마찬가지로 피예르를 유심히 쳐다보았다. 그러다 그의 얼굴이 갑자기 환해졌다.

「아아, 참! 그럼 두 사람의 우정을 위해서 건배를 듭시다!」 그는 즐거운 듯이 외치고 두 개의 컵에다 포도주를 따랐다. 피예르는 술이 따라진 컵을 들고 쭉 들이켰다. 랑발은 자기의 컵을 비우자 다시 한번 피예르의 손을 쥐었다. 그리고 생각에 잠긴 듯한 차분한 자세로 탁자에 팔꿈치를 짚었다.

「알 수 없군요. 이것이 정말 운명의 장난이오.」 하고 대위가 입을 열었다. 「내가 보나파르트를 섬기는 용기병 대위가 되리라고는 감히 어느 누가 상상이라도 했겠소. 정말이지 보나파르트라고 부르고 있었던 시대가 있었으니까 말이에요. 그런데 지금 나는 이처럼 그 황제와 같이 모스크바에 와 있지 않으냐 말이오. 실은 말입니다, 솔직이 말씀드리자면 말입니다.」 그는 이제부터 긴 이야기를 시작하려는 사람처럼 서글픈, 그러나 부드러운 목소리로 이었다. 「내 집은 프랑스에서도 아주 오래 된 명문의 하나이죠.」

대위는 프랑스인다운 경쾌하고 소박하고 허심 탄회한 어조로, 자기 집 선조의 역사, 자기의 유년 시절, 소년 시절, 청년 시절의 일이며 친척, 재산, 가정, 이러한 것을 모조리 피예르에게 들려 주었다. 〈나의 가엾은 어머니〉가 이 이야기의 중요한 역할을 한 것은 물론이었다.

「그러나 이런 것은 모두 인생의 무대 장치에 지나지 않아요. 그 본질은, 말하자면 사랑! 사랑입니다! 그렇지 않습니까, 무슈 피예르?」 하고 그는 눈을 맞내면서 말했다. 「자, 한잔 더!」

피예르는 또 들이켜고 자기 컵에다 석 잔째를 따랐다.

「오오, 여자, 여성이여!」 대위는 음란하게 빛나는 눈으로 피예르를 쳐다보면서 사랑과 자기의 여러 가지 사랑의 편력(遍歷)에 대해서 이야기하기 시작했다. 그러한 사랑의 이야기가 많았다는 것은 그의 자신 만만한 잘생긴 얼굴과 그가 여자 이야기를 할 때의, 마치 물고기가 물을 얻은 것처럼 기뻐 어찌 할 바를 모르는 활기 있는 태도를 보면 얼른 알아차릴 수가 있었다. 랑발의 연애담은 어느 거나 그 추잡한 성질을 띠고 있었음에도 불구하고(프랑스인은 오직 그 속에서 만 사랑의 매력과 정서를 찾아내고 있는 것이다) 대위는 이야기 솜씨가 자못 사랑의 온갖 아름다움을 자기만이 경험하고 알고 있다는 듯한 확신에 차 있었고, 여성의 묘사가 지극히 선정적이었기 때문에 피예르도 호기심이 발동하여 자기도 모르게 대위의 이야기에 귀를 기울이고 있었다.

프랑스인이 그처럼 집착하고 있는 〈사랑〉은 피예르가 일찌기 아내에 대해서 느끼고 있었던 것 같은 저열하고 단순한 사랑도 아니고, 지금 나타샤에 대해서 느낀, 그 자기 혼자서 멋대로 열을 올리는 로맨틱한 사랑도 아니라는 것은 분명했다(랑발은 이 두 종류의 사랑을 똑같이 경멸하고 있었다. 전자는 〈마부의 사랑〉이고 후자는 〈바보의 사랑〉이라고 했다). 프랑스인이 예찬하고 있는 사랑은 주로 부자연스러운 여성에 대한 관계와 감각에 주요한 매력을 주는 여러 가지 변칙적(變則的)인, 괴기(怪奇)한 것의 배합이 그 조건이었다.

그래서 랑발 대위는 언젠가 어느 요염한 서른 다섯 살의 후작 부인과, 그 요염한 후작 부인의 딸로 아름답고 순박한 열 일곱 살의 처녀를 동시에 사랑했던 감명 깊은 비극적인 사랑 이야기를 들려 주었다. 결국 어머니가 자기를 희생하고 딸을 자기 연인의 아내로 권하여 모녀 사이에 일어났던 관용의 경쟁은 종말을 지었다. 이 이야기는 벌써 오래 전의 추억이었으나 지금도 대위의 가슴에 감동을 불러일으켰다. 다음 그는 남편이 정부의 역할을 하고 그(정부)가 남편의 역할을 했다는 이야기와, 그 밖의 몇몇 우스운 이야기를 들려 주었다. 그것은 〈피난처〉를 운테르쿤프트(Unterkunft)라고 하기도 하며 〈남편이 양배추의 수프를 먹기도〉하고 〈젊은 처녀의 머리가 너무 밝기〉도 했다는 독일에 관한 회상이었다.

마지막 이야기는 아직도 대위의 기억에 새로운 폴란드에서의 일이었다. 대위는 수선스러운 몸짓을 하면서 달아오른 얼굴빛으로 그 이야기를 하기 시작했다. 그는 한 폴란드인을 구출해 주었는데(대체로 대위의 이야기에는 남의 목숨을 구해 주었다는 이야기가 자주 나오는 것이었다) 이 폴란드인은 〈파리 여자의 마음을 가진〉 아름다운 아내를 대위에게 맡기고 자신은 프랑스 군대에 입대했다. 대위는 행복하였다. 아름다운 폴란드 여자는 같이 달아나자고 말했다. 그러나 언제나 관용의 정신을 가지고 행동하고 있는 대위는 남편의 손에 아내를 돌려 보냈다. 그 때 그는 남편에게 『나는 당신의 목숨을 건져 주었는데 이번에는 당신의 명예도 살려 주는 겁니다!』하고 말했다는 것이다. 이 말을 되풀이한 뒤 대위는 눈을 비비고 이 감동적인 추억과 더불어 일어나는 흥분을 쫓아내기라도 하듯 머리를 저었다.

밤이 깊거나 술이 취했을 때에는 흔히 있는 일이지만 피예르는 대위의 이야기를 들으면서 그 말을 주의 깊게 쫓아가 완전히 이해하고 기억에 담는 것과 동시에, 어째서인지 갑자기 뇌리에 떠오른 자기 자신의 여러 가지 추억을 쫓고 있었다. 이러한 연애담을 듣고 있는 사이에 나타샤에 대한 자기의 사랑이 문득 생각났던 것이다. 그는 상상 속에서 이 사랑의 가지가지의 장면을 더듬으면서 마음 속으로 랑발의 이야기와 비교해 보고 있었던 것이다. 의무와 사랑의 싸움에 대해서 들으면서 피예르는 수하레바 탑 옆에서 자기의 사랑의 대상과 마지막 만났을 때의 광경을 지극히 세세한 점까지 하나도 빼지 않고 눈앞에 그렸다. 그때 이 해후는 그렇게까지 그에게 영향을 주지 않았고, 그 뒤로 한 번도 이 일을 생각해 낸 일도 없었으나 지금은 이 해후가 무엇인가 몹시 의미 심장한 시적인 것처럼 생각되는 것이었다.

『표트르 키릴르이치, 이리 오세요! 그렇지만 이제 알아 버렸는걸요!』이렇게 말했던 그녀의 목소리가 새삼스럽게 귀에 쟁쟁했다. 그녀의 눈과 미소와 여행 모자와, 그 밑으로 빠져 나와 있는 한 가닥의 머리카락들이 눈에 선했다.……이러한 모든 것 속에 무엇인가 마음을 흔드는 감동적인 그 무엇인가가 잠겨 있음을 느꼈다.

대위는 아름다운 폴란드 여자의 이야기를 마치자, 피예르에게 얼굴을 돌리고 정당한 남편에 대한 질투와 사랑 때문에 자기 희생을 한 경험이 있느냐고 그에게 물었다.

피예르는 이 물음에 말려들어 고개를 쳐들었다. 그는 자기의 마음을 사로잡고 있는 상념을 토로하지 않고는 배겨내지 못할 것처럼 느끼고, 자기의 연애관은 조금 다르다는 것을 설명하기 시작했다. 자기는 평생토록 오직 한 여자만을 사랑해 왔고 지금도 그 사랑을 계속하고 있는데 절대로 그 여자를 자기의 것으로 예속(隷屬)해서는 안 된다고, 그는 이렇게 이야기했다.

「아하, 그렇군요!」 대위는 말했다.

피예르는 말을 이어 자기는 아주 어렸을 적부터 그 여자를 사랑하고 있었으나 상대방이 너무 어린 데다가 자기가 이름도 없는 사생아였기 때문에 그녀에 대해서는 감히 생각하지도 못 하고 있었다고 설명했다. 그 뒤 이름과 재산을 얻었을 때에도 그녀를 너무 사랑하고 또한 온 세계의 무엇보다도——따라서 자기 자신보다 훨씬 더 높은 것으로서 우러러보고 있었기 때문에 역시 감히 그녀에 대해서 생각할 용기마저도 없었던 것이라고 설명했다. 이야기가 여기까지 오자 피예르는 대위에게로 얼굴을 돌리고 이 심정이 이해가 가느냐고 물었다.

대위는 비록 이해되지는 않더라도 좋으니 어쨌든 이야기는 계속해 달라고 하는 몸짓을 했다.

「플라토닉 러브다, 환상이야!」 하고 그는 중얼거렸다.

거나하게 취했기 때문인지, 흉금을 털어놓고 싶다는 욕구 탓인지, 상대방이 자기의 이야기 가운데의 인물을 전혀 모르고 있기도 하고 또 알 리도 없다고 생각했기 때문인지, 그렇지 않으면 그러한 여러 가지의 원인이 한데 겹쳤기 때문인지, 아뭏든 피예르는 말을 털어놓았다. 그는 취기가 돈 부드러운 눈으로 어딘지 먼 곳을 바라다보면서 혀꼬부라진 소리로, 자기의 로맨스를 완전히 이야기해 버렸다. 자기의 결혼, 둘도 없는 벗에 대한 나타샤의 사랑, 그녀의 배신, 그 밖의 그녀와 자기 사이에 맺어진 담담한 교제를 모두 털어놓았던 것이다. 게다가 랑발이 묻는 대로 그는 처음에 숨기고 있던 것까지 지껄여 버렸다. 사회에 있어서의 지위뿐만 아니라 자기의 이름까지도.

피예르의 이야기 가운데서 무엇보다도 가장 대위를 놀라게 한 것은 피예르가 상당한 재벌로 모스크바에 대 저택을 두 채나 가지고 있다는 것과, 그가 그것을 모두 내던지고 이름과 신분을 숨기면서 모스크바를 떠나지 않고 시중에 머물러 있다는 것이었다.

벌써 밤이 이슥하여 두 사람은 함께 밖으로 나갔다. 따뜻하고 밝은 밤이었다. 이 사변 때문에 모스크바에서 처음 발생한 화재가 집의 왼쪽께의 페트로프카 방면에서 벌겋게 하늘을 물들이고 있었다. 오른편 쪽에는 가느다란 낫 같은 초승달이 높이 걸려 있었다. 달의 반대쪽에는 피예르가 마음 속으로 자기의 사랑과 결부시키고 있는 그 혜성이 반짝이고 있었다. 문 옆에는 게라심과 참모와 그리고 두 프랑스병이 서 있었다. 그들의 웃음 소리와 서로 통하지 않는 말로 주고받는 이야기 소리가 들렸다. 그들은 거리 쪽에 보이는 화재의 놀을 바라보고 있는 것이었다.

대도회에 일어난 먼 데의 작은 화재는 별로 무서울 것도 없었다.

드높은 별이 총총한 하늘과 초승달과 혜성과 화재의 놀 등을 바라보면서 피예르는 희열에 찬 감격을 느꼈다.

『아아, 참으로 기분이 좋다. 이 위에 또 무엇이 필요하랴?』하고 그는 생각했다. 그러나 문득 자기의 계획을 생각했을 때 갑자기 눈앞이 캄캄하고 기분이 나빠졌으므로 그는 쓰러지지 않으려고 담에 기댔다.

새 친구에게 인사도 하지 않고 피예르는 휘청거리는 걸음걸이로 문을 떠나왔다. 그리고 자기 방으로 돌아와 그대로 소파에 눕자 이내 잠들어 버렸다.

30

9월 2일에 처음으로 일어난 화재의 놀을 도보와 마차로 피난해 가는 주민과 퇴각중인 군대들이 곳곳의 길에서 여러가지의 느낌을 품고 바라보고 있었다.

이 날 밤 로스토프네의 마차대는 모스크바에서 이십 베르스타 떨어진 므이찌쉬치 마을에 묵고 있었다. 이들의 9월 1일의 출발은 워낙 늦은 데다가 마차와 군대로 길이 막히기도 하고, 여러 가지 잊은 것을 차례로 생각해 내고 가지러 보내기도 했기 때문에 그 날 밤은 모스크바에서 오 베르스타 떨어진 데서 밤을 새우게 되었다. 이튿날 아침도 모두 늦게 잠을 깼다. 게다가 또다시 전날처럼 길이 혼잡해서 노상 멈춰 서 있었기 때문에 대(大)므이찌쉬치 마을까지에도 가까스로 닿았다. 밤 열 시에 로스토프네의 주인네와 그리고 같이 온 부상자들이 이 큰 마을의 농가와 저택에서 모두 흩어져 자리를 잡았다. 로스토프네의 하인과 마부와 부상자와 종졸들은 저마다 자기 주인의 시중을 들고 나서 야식을 들고 말에게 먹이를 주기도 한 뒤 입구의 층층대로 나왔다.

이웃 농가에는 손목을 다친 라예프스키이의 부관이 누워 있었는데 그는 심한 아픔에 시달려서 줄곧 가련한 소리를 내며 신음해서 그 신음 소리가 어두운 가을

밤에 무섭도록 크게 울리는 것이었다. 첫날밤 이 부관은 로스토프네의 일행이 묵었던 저택에서 같이 묵었었는데 백작 부인은 이 신음 소리 때문에 온 밤을 한잠도 이룰 수 없었다고 하여 대 므이찌쉬치에서는 다만 이 부상자에게서 조금이라도 멀리 떨어지기 위해서 백작 부인은 자진해서 초라한 농가로 옮겼던 것이다.

밤의 어둠 속에 있던 한 하인은 현관 앞에 매어놓은 높은 사륜 마차 뒤에서 또 하나의 조그만 화재의 놀을 발견했다. 다른 또 하나의 놀은 벌써 오래 전부터 보이고 있었다. 그것은 소(小)므이찌쉬치 마을을 마모노프 부대의 코삭병이 태우고 있는 것이라고 모두들 말하고 있었다.

「어이, 여보게, 또 불이 났어!」 한 종졸이 말했다. 모두들 불빛 쪽으로 주의를 돌렸다.

「하지만 소(小)므이찌쉬치 마을을 마모노프의 코삭병이 태웠다는 이야기잖아. ……저것이! 아니야, 저건 므이찌쉬치가 아니야, 저것은 더 먼 데야.……보라고, 분명히 모스크바 같은데!」 하인 가운데의 두 사람이 입구의 층층대를 내려 사륜 마차 뒤로 돌아 발판에 앉았다. 「저것은 더 왼쪽이야! 소 므이찌쉬치는 저 방향이 아니야. 저것은 전혀 방향이 달라.」 몇 사람인가가 거기에 끼어 들었다. 「보라고, 많이 타는데.」 한 하인이 말했다. 「어이, 여보게들, 저것은 모스크바의 화재야. 수쉬체프스카야거나 로고쥐스카야 그 근처야.」 아무도 이 말에 대답하지 않았다. 모두는 상당히 오랫동안 멀리 타오르는 새로운 화재의 불길을 묵묵히 바라보고 있었다.

백작의 몸종(모두 이렇게 부르고 있었다.) 다닐로 쩨렌찌이치 노인이 군중에게로 다가가 큰소리로 미쉬카를 불렀다.

「넌 무엇이 그리 신기하냐, 이 망할 녀석아!……영감 마님께서 부르시는데도 아무도 없잖아. 얼른 가서 옷을 치워 드려.」

「난 지금 막 물을 길러 달려왔는걸요.」 하고 미쉬카는 말했다.

「그런데 말이에요, 다닐로 쩨렌찌이치, 당신은 어떻게 생각하세요? 저 불은 아무래도 모스크바일 것 같지 않아요?」 한 하인이 말했다.

다닐로 쩨렌찌이치는 어떻다고도 대답하지 않았다. 모두는 또 오랫동안 잠자코 있었다. 불빛은 차츰차츰 흔들거리면서 크게 퍼져 갔다.

「이거 큰일났군!……바람이 있는 데다가 바짝 건조해 있으니…….」 또 누군가의 목소리가 이렇게 말했다.

「저거 보게, 저 퍼지는 것을! 아아, 정말 이거 야단났군! 저거 봐, 갈가마귀가 날고 있는 것까지 보이는군. 아, 하느님! 죄 많은 우리들을 용서해 주시옵소서!」

「이제 곧 꺼버리겠지.」

「끄긴 누가 꺼?」 그때까지 잠자코 있던 다닐로 쩨렌찌이치의 목소리가 들렸다 (차분히 가라앉은 유연한 목소리였다). 「역시 모스크바야, 맞았어.」 하고 그는 말했다. 「우리들의 어머니인 수도 모스크바……」 그의 목소리는 뚝 끊겼다. 그러자 갑자기 늙은이 같은 흐느껴 우는 소리가 들렸다. 마치 모두는 지금 보고 있는 불빛의 의미를 깨닫기 위해서 그저 이것만을 기다리고 있었던 것 같았다. 탄식과 기도와 늙은 백작의 몸종의 흐느낌들이 주위를 가득 채웠다.

31

몸종은 안으로 돌아오자 모스크바가 타고 있다는 것을 백작에게 알렸다. 백작은 자리옷을 입고 보러 나갔다. 아직 옷을 벗지 않았던 소냐와 숏스 부인도 백작의 뒤를 따랐다. 나타샤와 백작 부인만 방에 남아 있었다(페쨔는 이제 가족과 같이 있지 않았다. 그는 자기의 연대와 함께 토로이사로 갔던 것이다).

모스크바가 타고 있다는 소식을 듣자 백작 부인은 울기 시작했다. 나타샤는 파랗게 질린 얼굴로 눈을 한 곳에 박은 채 성상 밑의 벤치에 앉아 있었으나(도착 이래 그녀는 쭉 여기에 앉은 채였다) 아버지의 말에도 전혀 귀를 기울이려 하지 않았다. 그녀는 세 집 건너의 저쪽에서 들려 오는 부관의 신음 소리에 귀를 기울이고 있는 것이었다.

「아아, 정말 무서운 일이다!」 추위에 떨면서 바깥에서 돌아온 소냐가 놀란 듯이 말했다. 「틀림없이 모스크바가 온통 타고 있는 거야. 하늘이 아주 시뻘건걸! 나타샤, 한 번 봐, 이제 여기에서도 이 창문에서도 보여.」 어떻게든지 나타샤의 기분을 전환시키려는 듯이 그녀는 종매에게 말했다. 그러나 나타샤는 자기에게 무엇을 물었는지 이해가 가지 않는 모양으로 힐끔 소냐의 얼굴을 쳐다보고는 또다시 난로 구석에다 눈을 못박았다. 이 날 아침 소냐는 무엇 때문인지 자신도 모르지만 안드레이 공작이 다쳐 로스토프네의 마차대에 끼여 있다는 것을 나타샤에게 밝히지 않으면 안 될 것 같은 느낌이 들어 그만 불쑥 입을 놀려 버렸기 때문에 백작 부인의 놀라움과 분노는 이만저만하지 않았다. 그때부터 나타샤는 이처럼 돌처럼 굳어 버린 것이었다. 소냐는 울면서 용서를 빌었다. 그런 뒤는 자기의 죄를 메우려고 하는 것처럼 줄곧 종매의 비위를 맞추는 것이었다. 「보라니까, 나타샤, 정말 여간 무섭게 타고 있지 않아!」 소냐는 말했다.

「무엇이 타고 있어?」하고 나타샤는 물었다.「아, 참, 모스크바라고 했지!」열 통적게 거절하여 소냐에게 모욕을 느끼게 하지 않도록 적당히 얼버무려 두려고 생각한 양, 분명히 아무것도 볼 수 없을 만큼 살짝 건성으로 고개를 창문까지 가져 갔다가는 이내 그녀는 먼저의 자리에 도로 앉아 버렸다.

「그렇게 해선 잘 보이지 않잖아?」

「아냐, 보였어, 정말이야.」제발 좀 가만두어 달라고 애원하는 듯한 목소리로 나타샤는 말했다.

설령 모스크바가 화재로 타건 말건 지금의 나타샤에게는 전혀 문제가 되지 않는다는 것을 백작 부인도 소냐도 알고 있었다.

백작은 또 간막이 뒤로 가 잠자리에 들었다. 백작 부인은 나타샤에게로 다가와 언제나 딸이 병을 앓을 때에 하던 버릇으로 손바닥을 뒤집어 딸의 머리를 짚어 보고, 그리고 열이 있는지 어떤지 시험하듯이 이마에다가 살짝 입술을 대어 보았다.

「너 추운 모양이구나? 온 몸을 이렇게 떨고 있잖아. 자리에 들어가 눕도록 해라.」그녀는 말했다.

「자요? 네, 자겠어요. 나 곧 자겠어요.」하고 나타샤는 대답했다.

그 날 아침 안드레이 공작이 중상을 입고 자기네와 같이 가고 있다고 들었을 때 나타샤는 처음 잠시 동안, 공작은 어디로 가 있는가, 어떤 상태인가, 상처는 위중한가, 만날 수가 있는가 하고 이것저것 물었으나 만나서는 안 된다, 상처는 위중하지만 생명에는 관계가 없다느니 하는 대답을 들었을 때 그녀는 그것이 믿어지지 않았다. 그러나 아무리 물어봐도 똑같은 대답을 들을 뿐이라고 확신했기 때문에 더 묻기도, 말을 하기도 싫어졌다. 나타샤는 도중 내내 눈을 크게 뜨고 꼼짝도 않고 사륜 마차의 구석에 앉아 있었는데, 지금도 역시 똑같은 눈빛을 하고 처음 앉았던 걸상에 가만히 앉아 있었다. 백작 부인은 이 눈빛을 잘 알고 있었으므로 은근히 그 표정을 두려워하고 있었다. 그녀가 무엇을 꾀하고 있고 무엇인가를 결심하려 한다, 아니 이미 마음 속으로 무엇인가를 결심해 버린 것을 백작 부인도 알고 있었으나, 그것이 무엇인가는 알지 못했다. 이 점이 그녀를 두렵게 하기도 하고 괴롭히기도 하는 것이었다.

「나타샤, 옷을 벗고 내 침대에서 자렴.」하고 백작 부인이 말했다. 백작 부인 한 사람에게만 침대 위에 잠자리가 마련되었을 뿐이고, 숏스 부인과 두 딸은 마루에 깐 건초 위에서 자지 않으면 안 되었다.

「아녜요, 어머니, 저는 마루 위에서 자겠어요.」나타샤는 골이 난 것처럼 말하고는 창가로 다가가 창문을 열었다. 부관의 신음 소리는 열린 창문으로는 한층 더 또렷이 들려 왔다. 그녀는 눅눅한 밤의 대기 속으로 머리를 내밀었다. 나타샤의 가느다란 목이 어떤 흐느낌 때문에 떨리면서 창틀을 흔들고 있는 것을 백작 부인은 보았다. 신음 소리의 주인이 안드레이 공작이 아니라는 것은 나타샤도 알고 있었다. 안드레이 공작이 자기네와 한 지붕으로 이어진 현관 하나를 사이에 둔 다른 집에 뉘어 있다는 것도 역시 알고 있었다. 그러나 이 끊일 사이 없는 무서운 신음 소리는 그녀를 통곡하게 했던 것이다. 백작 부인은 소냐와 눈을 마주쳤다.

「자, 자렴. 응? 착하지, 나타샤.」 한쪽 손으로 나타샤의 어깨를 가볍게 만지면서 백작 부인이 말했다.

「자아, 자라니까.」

「아아, 그렇군요……저 곧, 지금 자겠어요.」 나타샤는 홀홀 옷을 벗고 스커트의 끈을 잡아떼다시피하여 끄르면서 말했다. 그녀는 옷을 벗어 던지고 코프타를 입자 마루 위에 깔린 잠자리 위에 무릎을 꿇고 앉았다. 그리고 그리 길지 않은 가느다란 머리를 어깨 너머 앞쪽으로 늘이고 그것을 다시 고쳐 땋기 시작했다. 머리땋기에 익숙한 가늘고 긴 손가락으로 재빠르고 교묘하게 머리를 가르기도 하고 땋기도 하고 묶기도 했다. 나타샤의 머리는 언제나의 버릇처럼 번갈아가면서 이쪽저쪽으로 돌려지고 있었으나 그 눈만은 열병에 걸린 것처럼 크게 뜨여 정면에 가만히 멈춰 있었다. 잘 준비가 끝나자 나타샤는 문 가까이의 건초 위에 깔린 이부자리 위에 가만히 누웠다.

「나타샤, 가운데 와서 자.」 소냐가 말했다.

「여기도 괜찮아.」 하고 나타샤는 말했다. 「어서 너도 자렴.」 하고 그녀는 역정을 내듯 말하고는 얼굴을 베개에 파묻어 버렸다.

백작 부인도 숏스 부인도 소냐도 급히 옷을 갈아입고 자리에 들었다. 방안에는 성체등이 하나 남아 있었을 뿐이었으나 바깥은 이 베르스타 떨어진 소 므이찌쉬치 마을의 화재로 밝았다. 마모노프의 코삭병들이 파괴한 선술집이며 풀밭이며 거리에서는 많은 사람의 외침 소리가 야음을 타고 울려 퍼지고 부관의 끊임없는 신음 소리도 여전히 들리고 있었다.

나타샤는 방 안팎에서 들리는 가지가지의 소리에 오랫동안 가만히 귀를 기울이면서 꼼짝도 하지 않고 엎드려 있었다. 그녀는 처음엔 어머니의 기도며 한숨이며 침대가 삐걱거리는 소리며 귀에 익은 숏스 부인의 휘파람을 부는 듯 코를 고는 소리며 소냐의 조용한 숨소리 등을 들었다. 이윽고 백작 부인은 나타샤를 불렀다. 나타샤는 대답을 하지 않았다.

「잠이 들었나 봐요, 어머니.」 하고 소냐가 가만히 대답했다. 백작 부인은 잠시 잠자코 있다가 다시 한 번 불렀으나 이번에는 아무도 대답하지 않았다.

그런 뒤 이내 나타샤는 어머니의 조용한 숨소리를 들었다. 나타샤는 자기의 조그만 맨발이 담요 아래로 삐져나와 널빤지의 마루 위에 닿을 듯하며 얼어 가고 있는데도 불구하고 꼼짝도 하지 않았다.

귀뚜라미가 온 누리를 정복한 승리의 노래를 부르듯 어딘가의 틈바구니에서 울며 때를 알리자 가까운 데의 닭이 그것을 받았다. 선술집의 소요가 잠잠해지고 부관의 신음 소리만이 들릴 뿐이었다. 나타샤는 반쯤 몸을 일으켰다.

「소냐, 자? 어머니?」하고 그녀는 속삭였다. 아무도 대답이 없었다. 나타샤는 조심스럽게 살그머니 일어나 성호를 긋고는 화사하고 부드럽게 드러난 맨발로 먼지투성이의 차디찬 마루 위에 조용히 내려섰다. 마루 판자가 삐걱하고 소리를 냈다. 그녀는 고양이 새끼처럼 날쌔게 빠른 걸음으로 대여섯 발짝 뛰어 문의 차가운 손잡이를 잡았다.

그녀에게는 무엇인가 무거운 것이 쿵쿵 하고 고르게 온 집의 벽을 두드리고 있는 듯한 느낌이 들었다. 그것은 공포와 전율과 사랑으로 금방 터질 것만 같은 그녀의 심장의 고동소리였다.

그녀는 문을 열고 문지방을 넘어 복도의 축축하고 찬 흙을 디뎠다. 사방에서 몰려오는 한기가 나타샤의 기분을 산뜻하게 했다. 그녀는 거기에서 자고 있는 사람을 맨발로 더듬어서 그 몸을 타고 넘어 안드레이 공작이 눕혀져 있는 오두막집의 문을 열었다. 오두막 안은 어두웠다. 한쪽 구석에 있는 침대 위에 무엇인가가 누워 있었다. 그 벤치 위에는 커다란 버섯 같은 촛농 속에서 초가 한 자루 꺼져 가고 있었다.

나타샤는 부상당한 안드레이 공작이 자기들과 같이 있다는 것을 아침에 들었을 때부터 꼭 만나지 않으면 안 되겠다고 결심하고 있었다. 왜 그럴 필요가 있는지 그것은 그녀도 몰랐다. 그녀는 그것이 괴로운 대면이 되리라는 것도 알고 있었으나 그렇기 때문에 더욱더 그 필요를 확신했던 것이다.

그녀는 그 날 하루 온종일 밤이 되면 그 사람을 만날 수 있으리라는 기대만으로 지냈다. 그러나 그 순간이 온 지금 그녀는 돌연 어떤 모습을 발견할 것인가 하는 두려움을 느끼지 않을 수 없었다. 그이는 어떤 비참한 모습이 돼 있을까? 이전의 면모가 얼마만큼 남아 있을까? 저 끊임없이 신음하고 있는 부관과 똑같이 돼 있는 것일까? 그렇다, 완전히 그렇게 돼 있을 것이다. 그녀의 상상 속에서 그는 그 무서운 신음 소리가 구상화(具象畵)되어 있었다. 그녀는 한쪽 구석에 희미한 덩어리를 보고 담요 밑에 세워져 있는 무릎을 어깨로 잘못 알았을 때, 무언가 무서운 육체를 상상하고 겁이 난 나머지 멈칫하고 발을 멈추었다. 그러나 거

역할 수 없는 힘이 그녀를 앞쪽으로 끌어당겼다. 그녀는 한 발짝 조심스럽게 걸음을 옮기면서, 너절하게 물건이 쌓여 있는 조그마한 방의 한가운데까지 갔다. 성상 밑의 벤치에는 누군가가 또 한 사람 누워 있었다(이자는 찌모힌이었다). 마루 위에는 또 누군가가 두 사람 자고 있었다(이들은 군의와 시종이었다).

시종은 몸을 일으키고 무엇이라고 중얼거렸다. 찌모힌은 부상한 다리의 아픔으로 해서 못 자고 있었기 때문에 눈을 크게 뜨고 흰 옷 속에 코프타를 걸치고 나이트 캡을 쓴 처녀의 이상한 출현을 지켜보고 있었다.

「무슨 볼일이십니까? 무엇하러 오셨읍니까?」 하는 시종의 깜짝 놀란, 졸린 듯한 목소리는 그저 더 한층 나타샤를 서두르게 하여 무엇인가가 누워 있는 한쪽 구석으로 빨리 다가가게 할 뿐이었다. 그 육체가 아무리 인간다움을 잃도록 무섭게 변해 있더라도 꼭 그것을 보지 않고는 배겨내지 못할 것 같았다. 그녀는 시종의 옆을 빠져 나갔다. 타다 남은 촛불의 심지가 떨어지면서 두 손을 힘없이 담요 위에다 내놓고 누워 있는, 항상 눈에 익었던 안드레이 공작의 모습이 똑똑히 보였다.

그는 조금도 전과 다름 없었다. 그저 불그레하게 열에 뜬 얼굴빛과 환희로 빛나면서 이쪽을 찬찬히 응시하고 있는 눈과, 특히 벌려진 셔츠의 깃에서 빠져 나와 있는 부드럽고 어린 아이 같은 목은 그에게 천진 난만하고 갓난애 같은 모습을 보여 주고 있었다. 그녀는 지금까지 이러한 표정을 안드레이 공작의 얼굴에서 본 적이 없었다. 나타샤는 옆으로 다가가자 활기 있고 부드러운 동작으로 날쌔게 무릎을 꿇었다.

그는 빙그레 웃고 그녀에게 손을 내밀었다.

32

안드레이 공작이 보로지노의 의무실에서 의식을 회복하였을 때로부터 벌써 이레가 지나 있었다. 그 동안 그는 거의 쭉 혼수 상태에 있었다. 다친 장(腸)의 염증과 타는 듯한 고열은 동행한 군의의 의견에 의하면 그의 목숨을 빼앗으리라는 것이었다. 그러나 이레째에 그는 한 조각의 빵과 차를 자못 만족한 듯이 먹었다. 그리고 대체로 열이 내린 것을 군의도 인정했다. 안드레이 공작은 이 날 아침에 의식을 회복했던 것이다. 모스크바를 출발한 첫밤은 아주 따뜻하였으므로 안드레이 공작은 포장 마차 안에서 하룻밤을 지냈으나 므이쩌쉬치에서는 수레에서 내려 차를 마시게 해 달라고 환자 자신이 요구하였다. 그러나 오두막집으로 운반될 때 상처의 아픔 때문에 안드레이 공작은 큰소리로 신음하면서 또다시 의식을 잃어버렸다. 행군용 침대에 눕혀져서도 그는 가만히 눈을 감은 채 오랫동안 꼼짝도 하지 않고 누워 있었다. 그러더니 얼마 있다가 눈을 뜨고 조그만 목소리로 「차는 어떻게 됐지?」 하고 속삭이듯이 물었다. 이 같은 조그만 일에 대한 공작의 기억은 군의를 놀라게 했다. 그는 맥을 짚어 보았다. 훨씬 좋아진 것을 보고는 놀라기도 하고 한편 불만이기도 했다. 군의가 불만을 느꼈던 것은 다름이 아니라, 종래의 경험으로 미루어 안드레이 공작의 목숨은 도저히 구출될 수 없다, 설사 지금 죽지 않는다고 하더라도 얼마 뒤에는 더욱 괴로와하면서 죽을 것이라고 확신하고 있었기 때문이었다. 안드레이 공작 연대의 빨간 코의 찌모힌 소령도 모스크바에서 일행에 끼여 안드레이 공작과 같이 실려 가고 있었다. 그도 역시 보로지노의 싸움에서 다리에 부상을 당했던 것이다. 한 사람의 군의와 공작의 하인과 마부, 그리고 두 사람의 종졸이 그들에게 딸려 있었다.

차가 나왔다. 안드레이 공작은 무엇인가를 이해하고 생각해 내려고 노력하기라도 하듯이 한쪽 문을 열병 환자 같은 눈으로 바라보면서 꿀꺽꿀꺽 마시는 것이었다.

「이제 싫어. 찌모힌은 거기에 있나?」 하고 그는 물었다. 찌모힌은 벤치 위를 기어 그에게로 다가갔다.

「대장님, 여기에 있읍니다.」

「상처는 어떤가?」

「저 말씀입니까? 대단치는 않습니다. 그보다도 대장님이야말로?」 안드레이 공작은 무엇인가를 생각해 내려고 하는 것처럼 또다시 생각에 잠겼다.

「책을 구할 수는 없을까?」 그는 말했다.

「무슨 책 말씀입니까?」

「성서 말이야! 나한테 없어서 말이야.」 군의는 구해다 드리겠다고 약속하고 기분은 어떠냐고 공작에게 물었다. 안드레이 공작은 내키지 않았으나 군의의 물음에 일일이 분별 있는 대답을 하고, 그리고 몸 밑에다 무엇인가 쿠션을 넣어 달라, 그렇게라도 하지 않으면 닿아서 아파 견딜 수가 없다고 말했다. 군의는 하인과 둘이서 공작이 걸치고 있는 외투를 들어 올리고 상처에서 발산하는 불쾌한 썩은 고름 냄새에 얼굴을 찌푸리면서 이 무서운 데를 살피기 시작했다. 군의는 어째선지 몹시 불만인 듯 무엇인가 보통때와는 다르게 취급하여 난폭하게 환자를 돌려 눕혔기 때문에 공작은 또다시 신음 소리를 내고, 돌려 눕힐 때의 격통 때문에 다시 의식을 잃고 헛소리를 하기 시작했다. 그는 얼른 그 책을 가져다가 몸 밑에다 넣어 달라고 거듭 말했다.

「그 정도의 일은 아무것도 아니잖아!」하고 그는 말했다.「나한테는 책이 없으니까, 좀 가져와 줘, 잠깐 동안이라도 좋으니 몸 밑에다 넣어 주어.」하고 그는 가련한 목소리로 말했다.

군의는 손을 씻으러 복도로 나갔다.

「에잇, 몰인정한 놈들이로군, 정말!」손에다 물을 끼얹고 있는 시종에게 군의는 이렇게 말했다.「내가 조금만 보지 않고 있으면 금방 이 모양이니 말이야. 그 아픔은 이만저만한 것이 아니야. 그 꾹 참고 계시는 것에 내가 놀라고 있을 정도란 말야.」

「등 밑에다 넣었을 겁니다. 아아, 예수 그리스도께 맹세코…….」하고 시종은 말했다.

안드레이 공작은 그때 비로소 자기가 어디에 있고 자기에게 무슨 일이 있는가를 깨달았다. 그리고 자기가 다친 것도 포장 마차가 므이찌쉬치에 멈췄을 때에 집 안으로 들어가게 해 달라고 청했던 것도 생각해 냈다. 아픔 때문에 또 의식이 흐려진 뒤 다시 정신을 차린 것은 집 안에서 차를 마셨을 때였다. 그때 다시 한 번 기억 속에서 자기의 신상에 일어난 일을 일일이 되풀이해 보고 문득 그 의무실에서의 한순간, 자기가 미워하고 있는 사나이의 괴로움을 목격하고 있는 사이에 돌연 새로운 상념이 떠올라 그에게 미래의 행복을 보증했던 한순간이 무엇보다도 눈앞에 생생하게 떠올랐던 것이다. 이 상념은 막연하고 모호한 것이었으나 지금 또다시 새롭게 그의 마음을 차지했다. 자기는 이번에 새로운 행복을 얻었다는 것을, 이 행복은 무엇인가 복음 성서와 연결되어 있다는 것을 생각해냈기 때문에 그는 복음 성서를 부탁했던 것이다. 그러나 상처의 위치가 나빴던 것과 새로 돌려 눕혀졌을 때의 아픔으로 그의 의식은 또다시 혼란에 빠졌다. 이리하여 그가 세 번째 의식을 돌이켰을 때는 벌써 주위가 모두 잠들어 버린 괴괴한 밤중이었다. 주위의 사람들은 모두 잠들어 있었고, 그저 귀뚜라미만이 복도의 건너편에서 울고 있을 뿐이었다. 한길에서는 누군가가 고래고래 소리를 지르며 노래를 부르고 있었다. 바퀴벌레가 탁자와 성상과 벽 위를 부스럭거리면서 기어다니고 있었다. 커다란 파리가 한 마리 베개맡과 커다란 심지가 다 타들어 가고 있는 촛불 주위를 윙윙 날고 있었다.

그의 마음은 정상적인 상태는 아니었다. 보통 건강한 사람은 많은 사물을 동시에 생각하고 느끼고 생각해 내고 하면서도 어떤 일련의 사상이나 현상을 골라 그것에 주의를 집중하는 정신력과 체력을 가지고 있다. 그리고 깊은 명상에 잠겨 있을 때라도 한때 그 명상에서 떠나, 들어온 사람에게 상냥한 말을 건넨 뒤 또다시 자기의 상념으로 돌아올 수 있는 것이다. 그런 점으로 보아 안드레이 공작의 마음은 정상은 아니었다. 그의 온갖 정신력은 그 어느 때보다도 더 왕성하게 활동하고 또한 명석했으나, 그 활동은 그의 의지의 권외에서 활동하고 있었던 것이다. 때때로 그의 사상은 건강했을 때에는 도저히 기대할 수도 없었을 만큼 강력하고 명료하고 심각하게 활동했다. 그러나 그 사상은 갑자기 중도에서 뚝 끊겨 무엇인가 전혀 예기치 않은 다른 영상으로 바뀌어 버리고, 다시는 먼저의 상념으로 돌아갈 힘이 없는 것이 됐다.

『그렇다, 나는 결코 빼앗기는 일이 없는 새로운 행복을 계시받은 것이다.』 어스름하고 조용한 농부의 집 안에 누워서 열병 환자처럼 크게 뜬, 가만히 움직이지 않는 눈으로 앞쪽을 쳐다보면서 그는 생각했다.『물질적인 힘을 초월한 행복이다, 인간에게 미치는 외부의 물질적인 영향을 초월한 행복이다, 영혼만의 행복이다, 사랑의 행복이다! 누구나 그것을 이해할 수는 있지만 그것을 의식하고 그것을 명령할 수 있는 것은 오직 하느님 한 분뿐이다. 그러나 하느님은 어떻게 이 법칙을 명령한 것일까? 어째서 사람은 하느님의 아들일까?……』 그러자 갑자기 이 사상의 흐름은 뚝 끊기고 안드레이 공작은 무엇인가의 조용한 속삭임을 들었다(그는 꿈인지 생시인지 몰랐다). 그것은 줄곧 박자를 맞추어 「이 삐찌 삐찌 삐찌.」 하고 「이 삐찌 삐찌 삐찌.」 하고 바뀌었다가는 또 「이 찌 찌.」를 되풀이하는 것이었다. 이 음악의 속삭임을 들으면서 그와 동시에 안드레이 공작은 가느다란 소나무잎이나 나무 조각 같은 것으로 된 무엇인가가 야릇한 공중 누각(空中樓閣)이 얼굴 바로 위에 쌓아 올려지는 것을 느꼈다. 그는 무척 괴로왔으나 이 건물이 무너지지 않도록 열심히 균형을 잡고 있지 않으면 안 될 것 같은 느낌이 들었다. 그러나 그래도 건물은 마침내 무너졌다. 그리고 또다시 규칙 바른 음악의 속삭임에 맞추어 천천히 쌓아 올려지는 것이었다. 「늘어난다! 늘어난다! 잔뜩 늘어난다, 자꾸자꾸 늘어난다!」 하고 안드레이 공작은 혼잣말을 했다. 이 속삭임에 귀를 기울이고, 이 늘어나고 높아져 가는 솔잎의 누각을 느끼는 것과 동시에 안드레이 공작은 때때로 촛불의 불꽃을 둘러싸고 있는 빨간 테두리를 보기도 하고 바퀴벌레가 부스럭거리며 기는 소리와, 베개와 얼굴에 부딪치는 파리의날개 소리를 듣기도 했다. 그리고 파리가 얼굴에 닿을 때마다 그는 찌르는 듯한 통증을 느꼈다. 그러나 또 그와 동시에 얼굴 위에 쌓아 올려져 있는 건물에 정면으로 부딪치면서도 파리가 그 건물을 부수지 않는 것에 놀랐다. 그러나 그 밖에 또 하나 중대한 것이 있었다. 그것은 문의 흰 것이었다. 마치 스핑크스 상(像) 같은 것으로 이것도 역시 그를 압박하는 것이었다.『그러나 저것은 탁자 위에 있는 내 셔츠인지도 모른다.」하고 안드레이 공작은 생각했다. 「이것은 내 발이고 저것은 문이다. 그러나 어째서 언제까지고 늘어나고 높아지는 것일까? 이 삐찌 삐찌 삐찌 이 찌 찌, 이 삐지 삐찌 삐찌……. 아아, 이젠 그만 그쳐. 제발 그치라니까.」안드레이 공작은 괴로운 듯이 누군가에게 이렇게 애원했다. 그러자 갑자기 또 사상과 감정이 굉장한 힘으로 또렷이 떠올랐다.

『그렇다, 사랑이다!』하고 그는 지극히 명료하게 생각했다. 『그러나 그 사랑은 무엇인가를 얻기 위해서도 아니고 무엇인가의 목적 때문에도 아니고, 무엇인가 이유로 사랑하는 그런 사랑이 아니다. 그것은 내가 그때 비로소 경험했던 사랑이다. 나는 빈사의 순간에 나의 원수를 보았으나 역시 그 사나이에 대해서도 사랑을 느꼈다. 나는 마음의 본질인 사랑의 감정을 경험했던 것이다. 그 사랑에는 대상 따위는 필요하지 않다. 나는 지금도 이 행복감을 맛보고 있다. 동포를 사랑하고 적을 사랑하는 것이다. 모든 것을 사랑하는 것이다. 온갖 형상을 빌어서 나타나는 하느님을 사랑하는 것이다. 좋아하는 사람을 사랑하는 것은 인간의 사랑으로도 되지만 적을 사랑할 수 있는 것은 오직 하느님의 사랑뿐이다. 내가 그 사나이를 사랑하고 있다고 느꼈을 때에 그런 기쁨을 맛보았던 것은 말하자면 이 때문이다. 그 사나이는 어떻게 되었을까? 아직 살아 있을까?……인간의 사랑으로 사랑할 때는 자칫하면 사랑에서 미움으로 옮길 우려가 있지만 하느님의 사랑은 절대로 변하지 않는 것이다. 어떠한 것도, 죽음까지도 이 사랑을 파괴할 수는 없다. 그것은 영혼의 본질인 것이다. 나는 지금까지 얼마나 많은 사람을 미워했던가. 그러나 나는 모든 사람들 가운데서 그 여자처럼 격렬하게 사랑하고 미워한 사람은 없다.』그는 나타샤를 생생하게 머리에 그렸다. 그러나 그것은 지금까지처럼 그녀의 매력만을 가진, 자기에게 기쁜 아름다움만을 가져다 준 존재로서가 아닌, 처음으로 그녀의 넋을 생각해 보았던 것이다. 그녀의 감정, 고통, 수치, 회한을 이해했던 것이다. 그는 지금 비로소 자기의 거절의 잔혹함을 뚜렷이 깨달을 수 있었고, 그녀와의 절연의 냉혹함을 알았다. 『아아, 그저 한 번만이라도 그 여자를 만날 수 있다면. 꼭 한 마디 그 눈을 들여다보면서 말해 줄 수가 있다면…….』

「이 삐찌 삐찌 이 찌 찌 이 삐찌 삐찌.」윙 하고 파리가 부딪쳤다. 그러나 그의 주위는 갑자기 꿈과 생시의 별세계로 옮겨졌다. 거기에서는 무엇인가 특별한 것이 행해지고 있었다. 이 세계에서도 여전히 그 건물이 무너지지 않고 쌓이고 있고, 여전히 무엇인가가 늘어나면서 넓어지고 있고, 여전히 빨간 테두리에 둘러싸인 촛불이 타고 있고 여전히 셔츠의 스핑크스가 문 옆에 누워 있었다. 그러나 이러한 것 외에 무엇인가 삐걱 하고 소리를 내고 시원한 바람이 휙 불었다. 그리고 하나의 흰 입상(立像)의 스핑크스가 문에 나타났다. 이 스핑크스의 목에는 방금 생각하고 있었던 나타샤의 파리한 얼굴과 빛나는 눈이 달려 있는 것이었다.

『아아, 이 같은 끝없는 환각은 딱 질색이다!』 자기의 상상 속에서 이 얼굴을 몰아 내려고 하면서 안드레이 공작은 이렇게 생각했다. 그러나 이 얼굴은 그의 앞에 현실의 힘을 가지고 서 있을 뿐만 아니라 오히려 차츰차츰 그에게로 다가왔다. 안드레이 공작은 이전의 순수한 사상의 세계로 돌아가려고 해도 되지 않았다. 악몽은 더욱더 깊이 그를 자기의 영역으로 끌어들이는 것이었다. 나직하고 속삭이는 듯한 목소리는 규칙 바른 중얼거림을 계속하고 있고 무엇인가 정체 불명의 것이 여전히 압박하면서 넓어지고 있었다. 그리고 야릇한 얼굴은 그의 앞에 가만히 서 있었다. 안드레이 공작은 전신의 힘을 집중하여 제 정신을 차리려고 꿈틀거렸다. 그러자 갑자기 귀가 울리고 눈이 흐려졌다. 그는 물 속으로 가라앉는 사람처럼 의식을 잃어버렸다. 그 새로운 신(神)처럼 순결한 사랑을 가지고, 온 세계의 누구보다도 가장 더 사랑하고 싶은 그 산 나타샤가 눈앞에 무릎을 꿇고 있었던 것이다. 이것은 정말의 산 나타샤라고 깨달았으나 그는 별로 놀라지도 않고 오히려 조용한 기쁨을 느꼈다. 나타샤는 무릎을 꿇은 채 놀란 듯하기는 했으나 못박인 눈빛으로(그녀는 움직일 수 없었다) 흐느낌을 억누르면서 그를 지켜보고 있었다. 그 얼굴은 파랗게 질려 있었고 가면처럼 움직이지 않았으나 그저 그 턱 근처가 떨고 있는 것 같았다.

안드레이 공작은 마음을 놓은 것처럼 한숨을 쉬고 빙그레 웃으면서 손을 내밀었다.

「당신이시군요?」 그는 말했다. 「아, 참으로 행복하다!」

나타샤는 재빠른, 그러나 조심스러운 동작으로 무릎을 꿇은 채 그에게로 바싹 다가왔다. 그리고 조심스럽게 손을 잡더니 그 위로 얼굴을 구부리면서 가볍게 입술을 대고 키스했다.

「용서해 주세요!」 그녀는 고개를 들고 상대방의 얼굴을 쳐다보면서 속삭이는 듯한 목소리로 말했다. 「저를 용서해 주세요!」

「나는 당신을 사랑하고 있읍니다.」 하고 안드레이 공작은 말했다.

「용서해 주세요……」

「무엇을 용서하라는 겁니까?」 하고 안드레이 공작은 물었다.

「제가……한 짓을 용서해 주세요.」 나타샤는 간신히 들릴 만큼의 목소리로 띄엄띄엄 속삭이듯이 말했다. 그리고 한층 더 자주 가볍게 입술을 대면서 그의 손에 키스하기 시작했다.

「나는 전보다도 더 깊이, 더 순수하게 당신을 사랑하고 있읍니다.」 상대방의 눈이 보이도록 한쪽 손으로 그녀의 얼굴을 쳐들면서 안드레이 공작은 말했다.

그 눈은 행복의 눈물로 넘치고 사랑의 기쁨과 동정의 빛을 띠고 겁먹은 듯이 그를 찬찬히 지켜보고 있었다. 울 것 같이 입술이 부풀었다. 나타샤의 야위고 창백한 얼굴은 추하다기 보다도 도리어 무서울 정도였다. 그러나 안드레이 공작은 이 얼굴을 보지 않고 반짝반짝 아름다운 눈을 보고 있을 뿐이었다. 그 눈은 아름다왔다. 그때 뒤쪽에서 이야기 소리가 들렸다.

이제야 완전히 잠을 깬 시종 표트르가 군의를 깨웠던 것이다. 다리의 아픔 때문에 조금도 자지 않고 있던 찌모힌은 벌써 오래 전부터 일의 자초 지종을 보고 있었다. 그리고 자기의 드러난 몸을 시트로 감추려고 몹시 애를 쓰면서 벤치 위에 웅크리고 있었다.

「도대체 어찌 된 일입니까?」 군의는 잠자리에서 반쯤 몸을 일으키면서 말했다. 「자아, 돌아가 주십쇼, 아가씨.」

바로 그때 하녀가 문을 두드렸다. 딸이 없어진 것을 알아챈 백작 부인이 데리러 보냈던 것이다.

나타샤는 꿈을 꾸다가 깨워진 몽유병자처럼 방에서 나갔다. 그리고 자기의 오두막집으로 돌아오자 울음을 터뜨리면서 잠자리 위에 쓰러졌다.

이 날 이래로 내내 로스토프네의 사람들이 여행을 계속하고 있는 동안, 모든 휴게소와 숙소에서 나타샤는 부상한 볼콘스키이의 옆을 한 발짝도 떨어지지 않았다. 이 젊은 처녀가 이렇게 굳은 의지를 가지고 있을 뿐만 아니라 이렇게까지 부상자에 대한 간호술을 터득하고 있으리라곤 군의도 예상하지 못했다고 혀를 내둘렀다.

백작 부인은 안드레이 공작이 여행을 하는 동안 나타샤의 팔에 안겨 죽을지도 모른다(군의의 말에 의하면 그것은 다분히 있을 수 있는 일이었다)고 생각하자 등골이 오싹할이 만큼 무서웠으나 그래도 나타샤에게 반대할 수는 없었다. 다친 안드레이 공작이 완전히 나을 경우에는 약혼 관계가 부활되리라고 모두들 생각하고 있었으나 아무도 그것을 입 밖에 내는 사람은 없었다(나타샤와 안드레이 공작은 더욱더 그랬다). 그것은 볼콘스키이의 생사에 관한 문제뿐만 아니라 러시아 전체에 관한 생사에 관계되는 절박한 해결의 문제가 그 밖의 온갖 예상을 가로막고 있었기 때문이었다.

33

　피예르는 9월 3일 아침 늦게야 잠에서 깼다. 머리가 지끈지끈 쑤시고, 입은 채 그대로 잔 옷이 몸을 죄는 듯한 느낌이 들었다. 게다가 무엇인가 전날 밤에 저지른 매우 수치스러운 행위의 의식이 어렴풋이나마 마음 속에 도사리고 있어서 불쾌했다.

　이 수치스러운 행위라는 것은 어젯밤 랑발 대위와 교환한 이야기였다.

　시계는 열 한 시를 가리키고 있었으나 바깥은 유달리 음산하게 흐려 있는 것처럼 생각되었다. 피예르는 일어나 눈을 비빈 순간 게라심이 책상에다 얹어놓은, 손잡이에 조각이 된 권총이 눈에 띄었다. 그러자 자기가 지금 어디에 있는가 하는 것과 오늘 결행하지 않으면 안 될 일을 한꺼번에 생각해 냈다.

　『벌써 늦은 것은 아닐까?』 하고 피예르는 생각했다. 『아니, 그놈은 설마 열 두 시 전에 모스크바에 들어오지는 않을 거야!』

　피예르는 눈앞에 닥쳐온 일을 충분히 생각할 여유를 자기에게 주려고 하지 않고 얼른 행동에 옮기려고 서둘렀다.

　피예르는 입고 있는 옷 매무새를 바로잡자 권총을 들고 나가려고 했다. 그러나 그때 비로소 이 무기를 손에 든 채 거리를 걸을 수 없다는 것을 깨닫고는 어떻게 이 무기를 휴대하느냐에 대한 생각에 골몰했다.

　큼직한 권총은 헐렁하게 큰 카프탄인데도 다 숨길 수 없었다. 허리띠 사이에 끼워도, 겨드랑이 밑에다 넣어도 눈에 띄지 않게 할 수는 없었다. 게다가 총알을 이미 다 써 버렸기 때문에 장전하는 데 시간을 허비할 수도 없었다. 「어차피 한 가지다, 단도로 하자.」 하고 피예르는 혼잣말을 했다. 그러면서도 그는 자기의 계획 실행을 검토할 때마다 1809년에 어느 대학생의 실패의 주된 원인이 나폴레옹을 단검으로 죽이려고 한 점에 있다고 단정하고 있는 것이었다. 그러나 그의 주도니 목적은 계획의 수행이 아니고 그저 자기는 자기의 계획을 버리지 않고 그것을 실행하기 위해서 온갖 방법을 강구하고 있다는 것을 자기 자신에게 나타내기만 하면 되는 모양이었다. 그래서 피예르는 수하레바 탑 옆에서 권총과 함께 구입한 녹색의 칼집에 든 무디고 날이 빠진 단도를 얼른 꺼내어 조끼 밑에다 감추었다.

　카프탄 위에다 허리띠를 매고 모자를 푹 눌러쓰자 피예르는 발소리를 죽여 대위를 만나지 않도록 애쓰면서 복도를 빠져 나와 거리로 나왔다.

　그가 전날 밤 예사로이 보고 있던 화재는 하룻밤 사이에 크게 번졌다. 모스크바는 벌써 사방에서 타고 있었다. 카레트느이 랴드, 자모스크보레치예, 고스찌느이 드보르, 포바르스카야, 모스크바 강 위의 거룻배〔繫留船〕, 도로고밀로프스키이 다리 부근의 장작 시장 등이 동시에 모두 타고 있었다.

피예르가 가야 할 길은 몇 갠가의 뒷골목을 거쳐 포바르스카야가로 나가 거기에서 아르바트 광장의 니콜라 야블렌느이 성당으로 빠지는 것이었다. 그는 그곳을 계획 실행의 장소로 오래 전부터 머리 속에서 결정하고 있었다. 대개의 집은 문과 덧문이 닫혀 있었다. 한길도 뒷골목도 인기척이 없었고, 공중에는 탄 내와 연기 냄새가 가득 차 있었다. 이따금 불안스럽게 겁먹은 듯한 얼굴빛의 러시아인이며 시골 사람인 듯한 차림으로 한길 한가운데를 걷고 있는 프랑스병들을 만났으나 누구나가 다 깜짝 놀란 것처럼 피예르를 쳐다보았다. 러시아인이 피예르를 주시하였던 것은 큰 키에 뚱뚱한 몸과 음울하게 마음을 한 군데에 집중시켜 고민하고 있는 야릇한 얼굴과 모습 이외에도 이 인간이 어떤 계급에 속하고 있는지 짐작이 가지 않았기 때문이다. 프랑스병이 놀라운 눈으로 그를 쳐다보았던 주된 이유는 다른 러시아인이 놀란 듯한 신기한 눈빛으로 프랑스병을 보는 것과는 달리 피예르가 조금도 그들에게 주의를 돌리지 않았기 때문이었다. 어느 집의 문 앞에서 말이 통하지 않는 러시아인들에게 무엇인가 설명하고 있던 세 프랑스병이 피예르를 붙들고 프랑스어를 모르느냐고 물었다.

피예르는 고개를 가로젓고 그대로 지나가 버리고 말았다. 또 어느 뒷골목에서 녹색의 탄약함 옆에 서 있는 보초가 피예르에게 꽥 소리를 질렀다. 보초가 재차 무서운 목소리로 누구냐고 고함을 외치면서 총을 재는 소리를 들었을 때에야 비로소 피예르는 한길의 건너쪽을 우회하지 않으면 안 되었던 것을 깨달았다. 주위의 어떠한 것도 귀에 들어오지 않았고 또 아무것도 눈에 보이지 않았다. 그는 자기의 그 계획을 마치 무엇인가 그 무서운, 자기와는 관련이 없는 것처럼 마음에 품은 채, 전날 밤의 경험으로 질려 있었으므로 자칫하면 이 계획을 잃지는 않을까 하고 조급함과 공포의 생각에 쫓기면서 걷고 있었다. 그러나 피예르는 자기의 계획을 무사히 예정된 장소까지 가지고 갈 수 없는 운명을 지니고 있었다. 그뿐만 아니라, 설사 도중에서 아무런 장애와도 부딪치지 않았다고 하더라도 그의 계획은 이제 실행될 수 없는 것이었다. 왜냐하면 나폴레옹은 벌써 네 시간 이상이나 전에 도로고밀로프의 교외에서 아르바트 광장을 거쳐 크레믈린으로 가 더할 나위 없는 음울한 기분으로, 크레믈린 궁전 황제의 거실에 앉아서 소화(消火), 약탈의 방지, 민심의 무마 등등, 긴급히 실행을 요하는 처리에 대해서 상세한 명령을 내리고 있었기 때문이었다. 그러나 피예르는 그것을 몰랐다. 완전히 눈앞의 일에 골몰하고 있던 그는 억지로 불가능한 일을 꾀한 사람이 맛보아야 하는 그런 괴로움을 맛보고 있었다. 그것은 일이 곤란하기 때문이라기 보다는 도리어 그 일이 자기의 천성과 합치되지 않기 때문에 빚어진 괴로움이었다. 그는 결정적인 순간에 자기의 마음이 약해져 그 때문에 자존심을 잃게 되지나 않을까 하는 불안에 시달리고 있었던 것이다.

그는 주위의 것을 아무것도 보지도 않고 듣지도 않았으나 그래도 본능적으로 길을 판별하여 포바르스카야가로 나가는 뒷골목을 틀리지 않고 더듬어갔다.

피예르가 포바르스카야가로 다가감에 따라 연기는 더욱더 짙어지고 화재의 불길도 공기가 화끈할 정도였다. 이따금 지붕 밑에서 불길이 치솟고 한길에서 만나는 사람의 수가 차차 불어나고 그러한 사람의 불안도 차차 짙어졌다. 그러나 피예르는 자기의 주위에 무엇인가 예사롭지 않은 사건이 일어나고 있음을 느꼈으나 불이 난 곳으로 다가가고 있다는 것은 잘 알지 못했다. 한쪽은 포바르스카야가에 잇닿고 한쪽은 그루진스키이 공작 저택의 정원 사이에 잇닿은 넓은 공지를 꿰뚫고 있는 길을 지나려고 했을 때 갑자기 피예르는 자기 바로 옆에서 필사적인 여자의 울부짖는 소리를 들었다. 그는 꿈에서 깨어난 것처럼 발을 멈추고 고개를 들었다.

먼지투성이가 된 길섶의 마른 풀 위에는 보료, 사모바르, 성상, 트렁크 등등의 세간이 뒤죽박죽 쌓여 있었다. 트렁크 옆의 땅바닥에는 그리 젊지 않은 야윈 여자가 한 사람 앉아 있었다. 위의 앞니가 길게 뻗어나온 여자로, 검은 외투에 실내모를 쓰고 있었다. 여자는 몸을 흔들기도 하고 무엇이라고 중얼거리기도 하면서 심히 흐느껴 울고 있었다. 더러워진 짧은 옷에 외투를 입은 열 살이나 열 두 살 가량의 계집아이들이 파랗게 질린 놀란 얼굴에 의심쩍은 빛을 띠면서 어머니를 찬찬히 쳐다보고 있었다. 외투를 입고 커다란 남의 모자를 쓴 한 일곱 살 가량의 막내동이인 듯한 사내아이는 늙은 유모의 손에 안겨 울고 있었다. 꾀죄죄한 맨발의 하녀는 트렁크에 앉아서 희끄무레한 편발을 풀어 냄새를 맡으면서 탄 머리카락을 잡아뜯고 있었다. 차바퀴 모양의 빈약한 구레나룻을 기른, 키가 그리 크지 않은 구부정한 허리의 남편은 제복 차림에 제모를 반듯이 쓰고 있었고, 그 밑으로 미끈하게 빗어 붙인 귀밑머리를 내보이고 있었다. 그는 화석이 된 듯한 얼굴빛을 하고 차곡차곡 쟁여져 있는 트렁크를 바꾸어 놓으면서 그 밑에서 의류 같은 것을 끄집어내고 있었다.

여자는 피예르를 보자 거의 매달리듯이 그 발 밑에 몸을 던졌다.

「아저씨, 정교(正敎)의 그리스도 교도님, 좀 살려 주세요, 도와 주세요, 네? 부탁이에요!……아아, 어느 분이신지 좀 도와 주세요.」하고 그녀는 흐느끼면서 말했다. 「조그만 아이가!……딸이!……내 조그만 막내딸이 남아 있어요!……타 죽어 버릴 거예요! 오, 오, 이런 꼴을 당하려고 길렀던 것일까……오, 오!」

「이제 그만둬, 마리야 니콜라예브나.」하고 남편은 작은 목소리로 아내에게 말했으나, 그것은 그저 남 앞에서 체모를 차리기 위해서임에 지나지 않는 모양이었다. 「누이가 데리고 갔을 거야. 그렇지 않고서야 어디 갔겠어!」하고 그는 덧붙였다.

「못난이, 악당!」그녀는 갑자기 울음을 그치고 앙칼스럽게 외쳤다. 「당신에겐 인정이란 게 없단 말이야. 제 아이가 가엾지 않은 거야. 다른 사람 같으면 불 속으로 뛰어들어가서라도 살려 냈을 거야. 그런데 당신은 말뚝처럼 서 있기만 한단 말이야. 당신은 바보야, 인간이 아니야, 아비가 아니야! 저 보세요, 당신은 지체가 높으신 분이시겠죠?」그녀는 흐느껴 울면서 피예르에게 빠른 말로 말했다. 「이웃이 타기 시작하여 우리 집 쪽으로 옮은 거예요. 하녀가 『불이야!』하고 외쳤기 때문에 모두 허둥지둥 세간을 꺼내려 달려들었죠. 그러나 모두 입은 채로 뛰어나와……끄집어낸 것이라고는 겨우 이것뿐이에요. 하느님의 성상과 시집올 때의 이부자리뿐이고 나머지는 모두 잃어버린 거죠. 아이들을 끌어안고 와 보니까 카쩨치카가 보이지 않지 뭐예요. 오, 오, 오! 오, 오, 하느님!……」그녀는 또 다시 흐느껴 울기 시작했다. 「귀여운 어린 것이 타 죽을 거예요! 타 죽어 버릴 거예요!」

「그래, 그 아이는 어디에, 어디에 있읍니까?」하고 피예르가 말했다. 그녀는 그의 활기를 띤 얼굴빛을 보고, 이 사람은 자기를 도와 줄는지도 모른다고 생각했다.

「나리님! 하느님!」그녀는 그의 다리에 매달려 외쳤다. 「자비로우신 나리님, 제발 내 마음만이라도 가라앉혀 주세요.……아니스카, 이 빌어먹을 것아, 빨리 안내해 드려, 우물거리지 말고!」노여운 듯이 입을 벌리고 그녀는 하녀에게 호통쳤다. 이 동작에 의하여 더욱더 자기의 길고 삐뚜름한 이를 드러내면서.

「안내하렴, 자, 빨리. 내가……내가……내가 해 보지.」하고 피예르는 헐떡거리는 듯한 목소리로 황급히 말했다.

찌죄죄한 하녀는 트렁크 뒤에서 나와 편발을 묶으면서 한숨을 쉬더니 어슬렁거리면서 맨발로 좁은 길을 따라 걷기 시작했다. 피예르는 깊은 혼수 상태에서 돌연 의식을 회복한 듯한 느낌이었다. 그는 고개를 높이 쳐들었다. 눈은 삶의 빛으로 빛나기 시작했다. 그는 빠른 걸음으로 소녀의 뒤를 따랐으나 이윽고 하녀를 앞질러 포바르스카야가로 나갔다. 거리는 온통 검은 연기로 싸이고, 군데군데 그 틈바구니에서 불길의 혀가 날름거리듯이 솟아올랐다. 많은 군중이 불 앞에서 비비대고 있었다. 한길 한가운데에 한 프랑스군 장군이 버티고 서서 주위 사람들에게 무엇이라고 지시하고 있었다. 소녀를 데리고 피예르는 장군이 서 있는 데로 다가가려고 했으나 프랑스의 병사들이 그를 제지했다.

「그리고 가면 안 돼!」하는 고함 소리가 들렸다.

「아저씨, 이쪽이에요!」하녀가 외쳤다.「뒷골목으로 해서 니쿨린네의 뜰로 빠져요.」

피예르는 도로 뒤로 돌아왔다. 그리고 이따금 껑충거리듯이 하고 소녀의 뒤를 쫓으면서 걸어갔다. 하녀는 한길을 뛰어서 건너 왼쪽의 뒷골목으로 돌아 두서너 채 지나가자 오른쪽의 문 안으로 들어갔다.

「바로 저기예요.」하고 하녀는 말했다. 마당을 건너질러 하녀는 판자로 된 샛문을 열고 발을 멈추어 새빨갛게 타고 있는 조그만 목조의 거느림채를 가리켰다. 한쪽은 벌써 타고 내려 앉고 다른 한쪽이 타고 있는 참이었다. 불길이 창문 틈바구니와 지붕 밑에서 한창 내뿜고 있었다.

샛문을 들어서자 열기가 화끈 하고 피예르에게 불어왔다. 그는 멈칫했다.

「어느 거야, 어느 집이야!」그는 외쳤다.

「오, 오, 오!」하고 소녀는 거느림채를 가리키면서 울음을 터뜨렸다.「바로 저기예요, 저게 바로 우리 집이었어요. 아아, 우리 귀중한 어린애가 타 죽어 버렸어요. 카쩨치카, 내 귀여운 아가씨, 오, 오!」아니스카는 화재 현장을 눈앞에 보고 자기의 감정도 나타내지 않으면 안 된다고 느꼈는지 이렇게 말하면서 울기 시작했다.

피예르는 거느림채 쪽으로 다가갔으나 열기가 너무 심하기 때문에 부지중에 활 모양을 그리면서 거느림채를 한 바퀴 빙 돌아 지붕 한쪽이 이제 막 타기 시작한 큰 집 옆으로 왔다. 그 언저리에는 프랑스병이 우글우글 모여 웅성거리고 있었다. 피예르는 처음 이 프랑스병들이 무엇을 하고 있는지 깨닫지 못했으나, 바로 눈앞에서 한 프랑스병이 무딘 단검으로 농부를 때리면서 입고 있는 여우 가죽의 외투를 벗기고 있는 것을 보았을 때 이것은 약탈이로구나 하고 어렴풋이 느꼈다. 그러나 그는 이런 것을 생각하고 있을 겨를이 없었다.

우지끈 뚝딱 하고 무너져 내려 앉는 벽과 천장의 소리, 윙윙하고 으르렁거리는 맹렬한 기세의 불길, 사람들의 활기를 띤 외침 소리, 때로는 검게 뭉게뭉게 치솟기도 하고, 때로는 환하게 불꽃을 튀기면서 소용돌이치고 흔들거리는 구름과 같은 연기, 큼직한 붉은 짚뭇처럼 타오르기도 하고 황금의 비늘처럼 벽을 기어오르는 불길, 게다가 열과 연기와 신속한 움직임. 이러한 모든 것이 사람을 흥분케 하는 불타는 곳 특유의 활기가 피예르에게 선동적인 자극을 주었던 것이다. 더우기 피예르는 이 화재를 목격하자마자 지금까지 자기의 무거운 짐이 되어 있던 상념에서 갑자기 풀린 듯한 느낌이 들었다. 그는 자기가 쾌활하고 민첩하고 용감한 사람같이 느껴졌다. 그는 큰 집 옆에서 거느림채를 돌아 아직 타 내려 앉지 않은 쪽으로 뛰어들어가려고 했다. 그러자 그 순간 머리 바로 위에서 몇 사람인가의 외치는 소리가 들리자마자 이어 무엇인가 쉿소리가 나는 무거운 것이 옆에 떨어지는 소리가 들렸다.

돌아다보니 큰 집의 창구에 한 떼의 프랑스병이 있고, 무엇인가 금속품을 가득 넣은 장롱의 서랍을 내던졌던 것이다. 아래에 서 있던 다른 프랑스병의 무리가 서랍으로 달려들었다.

「이새끼, 무얼 어정거리는 거야?」 한 프랑스병이 피예르에게 외쳤다.

「이 집 안에 어린애가 있을 텐데, 보지 못했읍니까?」 하고 피예르는 프랑스어로 말했다.

「뭐라고, 무슨 잠꼬대야? 저리 가라고!」 하는 몇 사람인가의 목소리가 들렸다. 한 병사는 서랍에 들어 있는 은 그릇과 청동을 피예르가 빼앗지나 않을까 걱정되는 듯, 위협하듯이 피예르에게로 바싹 다가들었다.

「어린애라고?」 하고 한 프랑스병이 외쳤다. 「나는 뜰에서 무언지 삐삐 울고 있는 것을 들었는데. 오라, 아마 그게 어린애였는지도 모르겠군. 그렇지, 인정이란 게 소중하지. 모두 같은 인간이니까……」

「그게 어디요? 어디에요?」 하고 피예르는 외쳤다.

「이쪽이야! 이쪽!」 집 뒤의 뜰을 가리키면서 창문 안의 프랑스병은 소리쳤다. 「잠깐 기다려, 내가 지금 곧 내려갈 테니까.」 한 일이 분 지나자 볼에 무엇인가 얼룩 같은 것이 있는 검은 눈의 젊은이가 셔츠 바람으로 아래층의 창문에서 뛰어나왔다. 그리고 피예르의 어깨를 툭 치고 같이 뜰 쪽으로 뛰었다. 「어이, 모두 빨리들 해!」 하고 그는 동료에게 외쳤다. 「차차 불이 뜨거워지기 시작하니까.」

집 뒤쪽의 자갈을 깐 길로 뛰어나오자 프랑스병은 피예르의 손을 잡아당기면서 둥그런 광장을 가리켰다. 벤치 밑에 장미빛 옷을 입은 세 살 가량의 계집애가 쓰러져 있었다.

「저 봐, 저기에 네 아이가 있어. 아니, 계집애로군, 그것 참 잘됐군.」 하고 프랑스병은 말했다. 「그럼 잘 가요, 뚱뚱보, 그렇고말고, 인정은 베풀고 볼 일이야. 우리들은 모두 같은 인간들이니까 말이지.」 볼에 얼룩이 있는 프랑스병은 이렇게 말하고 동료 쪽으로 다시 뛰어갔다.

피예르는 기쁨에 헐떡거리면서 계집애 옆으로 뛰어가 안아 올리려고 했다. 그러나 어머니를 닮은 선병질(腺病質)적인, 조금도 예쁘지 않은 계집애는 낯선 사람의 모습을 보자 「으앙!」 하고 울면서 도망가려고 했다. 피예르는 그래도 어쨌

든 붙들어서 안아 올렸다. 계집애는 필사적인 심술사나운 목소리로 울부짖으면서
조그만 손으로 피예르의 손을 잡아 뿌리치려고 몸부림치면서 침을 흘린 입으로
피예르의 손을 물어뜯었다. 피예르는 무언가 작은 짐승을 만졌을 때에 느끼는 듯
한 공포와 혐오의 정에 휩싸였다. 그러나 그래도 어린애를 내동댕이 치지 않도록
자제하면서 안채를 향해 도로 뛰어왔다. 그러나 이미 아까 왔던 길을 되돌아갈
수는 없었다. 소녀 아니스카의 모습도 이미 보이지 않았다. 피예르는 연민과 혐오
가 뒤얽힌 기분으로, 자못 슬프게 흐느껴 우는 흠뻑 젖은 계집애를 될 수 있는
대로 부드럽게 껴안으면서 다른 출구를 찾아 뜰을 가로질러 뛰었다.

34

  피예르는 뜻하지 않은 짐을 안은 채 여기저기의 마당과 뒷골목을 뛰어 돌아다
닌 끝에 겨우 포바르스카야가의 한쪽 모퉁이에 있는 그루진스키이 공작의 집 뜰
로 돌아왔으나 처음 어린애를 찾으러 나갔던 장소를 금방 분간할 수가 없었다.
그것은 집에서 들어낸 짐과 군중으로 가득 들어차 있었기 때문이었다. 여기에는
세간을 가지고 화재를 피하고 있는 러시아인의 가족 이외에 가지가지의 옷차림
을 한 프랑스병도 몇 명 서성거리고 있었다. 그러나 피예르는 그들은 쳐다보지도
않았다. 그는 관리의 가족을 찾아내어 조금이라도 빨리 어머니에게 딸을 건네고
또 누군가 다른 사람을 구출하러 가고 싶었던 것이다. 아직도 무언가 급히 하지
않으면 안 될 일이 많이 있는 것 같아서 우물거릴 수가 없었다. 화재의 열기와
뛰어다닌 덕택으로 몸이 불덩이처럼 달아오른 피예르는 아까 어린애를 구출하러
뛰어갔을 때에 그를 사로잡았던 젊음과 활기와 용기를 한층 더 강하게 느끼고 있
었다. 계집애는 이제 울음을 그치고 조그만 두 손으로 피예르의 카프탄을 꼭 움
켜잡으면서 그 팔에 안긴 채 짐승의 새끼처럼 주위를 둘러 보고 있었다. 피예르
는 이따금 그 얼굴을 보고 가볍게 미소짓는 것이었다. 그는 이 놀란 듯한 병적인
미운 얼굴 속에서 눈물겨울 만큼 순진한 무엇인가를 발견한 듯한 느낌이었다.
  먼저의 장소에는 이미 관리의 모습도 그 아내의 모습도 없었다. 피예르는 마주
치는 모든 사람의 얼굴을 들여다보면서 빠른 걸음으로 군중 사이를 누비고 돌아
다녔다. 부지중에 그 속에서 그루지아인이 아니면 아르메니아인인 듯한 한 가족
에게 피예르의 눈이 멈췄다. 그들은 새 모피의 안을 댄 외투를 입고 새 장화를

신은 동양 사람 같은 잘생긴 나이든 남자와, 똑같은 타이프의 노파와, 그리고 젊은 여자의 가족이었다. 초승달 모양으로 선명하게 그린 검은 눈썹과 드물게 보는 부드럽고 불그스름한 아름다운, 그러나 전혀 무표정하고 갸름한 얼굴의, 아직도 젊은 이 여자는 피예르의 눈엔 동양미의 극치처럼 느껴졌다. 값진 사탱의 외투를 입고 산뜻한 보랏빛의 머릿수건으로 머리를 싼 채 난잡하게 내동댕이쳐진 짐과 많은 군중에게 둘러싸여 있는 모습은 눈 속에 버려진 부드러운 온실의 식물을 연상케 했다. 그녀는 노파의 조금 뒤에 놓인 짐꾸러미에 앉아 속눈썹이 길고 검은, 큼직하고 눈꼬리가 긴 눈으로 땅바닥을 찬찬히 내려다보고 있었다. 그녀는 자기가 아름다운 것을 알고 있기 때문에 그것을 두려워하고 있는 모양이었다. 이 얼굴은 피예르를 감동케 했다. 그는 허둥지둥 담장을 따라 지나가면서 몇 차례인가 그쪽을 돌아보았다. 담장가까지 와도 역시 찾는 사람이 발견되지 않아 피예르는 주위를 두리번거리면서 발을 멈추었다.

어린애를 안은 피예르의 모습은 전보다 한층 더 사람의 눈을 끌게 됐다. 그래서 그 둘레에는 러시아인 남자와 여자가 몇 사람인가 모였다.

「저, 여보세요. 누군가를 잃으신 게 아녜요? 당신은 신분이 높으신 분이지요? 그건 누구의 어린애예요?」하고 사람들은 그에게 물었다.

피예르는 모두에게 이 어린애는 아이들을 데리고 여기에 앉아 있던 검은 외투를 입은 여자의 아이라고 대답하고, 그 여자가 어디로 갔는지 아느냐고 물었다.

「이 애는 안페로프의 아이가 틀림없어.」한 늙은 부제가 곰보 노파를 돌아보고 말했다. 「주여, 가여워해 주시옵소서! 주여, 불쌍히 여기옵소서!」그는 버릇이 돼 있는 굵은 목소리로 덧붙였다.

「안페로프네가 어디로 갔느냐고요?」하고 아낙네는 말했다. 「안페로프는 벌써 아침 나절에 떠났어요. 이것은 마리야 니콜라예브나이거나 그렇지 않으면 이바노브나 씨의 아이예요.」

「이분은 그저 여자라고 말씀하시지 않아. 마리야 니콜라예브나는 마님이야.」하고 하인인 듯한 남자가 말했다.

「그럼 그 여자를 알고 있소? 뻐드렁니의 야윈 여자요.」하고 피예르는 말했다.

「역시 그 마리야 니콜라예브나야. 이 이리들이 몰려오자 그 사람들은 곧 공원 쪽으로 가 버렸어요.」아낙네는 프랑스의 병사들을 턱으로 가리키면서 말했다.

「오오, 주여, 불쌍히 여기옵소서!」하고 부제는 또 덧붙였다.

「저리 가 보세요. 그 사람들은 거기에 있을 거예요. 그 여자가 틀림없어요. 아주 낙담하고 줄곧 울고 있었으니까요.」노파가 말했다. 「아마 그 사람들이 틀림없을 거예요, 바로 이쪽이에요.」

그러나 피예르는 노파가 말하는 것을 듣고 있지 않았다. 그는 벌써 조금 전부터 눈도 깜빡이지 않고 대여섯 발짝 떨어진 데서 일어나고 있는 일을 지켜보고 있었다. 그는 아르메니아인의 가족과 그 옆으로 다가가는 두 프랑스병을 보고 있었던 것이다. 그 가운데의 한 사람은 몸집이 작은 박정스러운 사내로 푸른 외투에다 새끼 허리띠를 두르고 있었다. 머리에는 뾰족한 머릿수건을 쓰고 있었으나 발은 맨발이었다. 그러나 특히 피예르에게 충격을 준 것은 다른 한 사람 쪽이었다. 그는 허리가 구부정하고 허연 빛깔의 머리의 멀쑥한 키에 야윈 사내로, 거동이 굼뜨고 얼굴은 등신 같은 표정을 하고 있었다. 이 사내는 조잡한 나사의 여자 외투에 푸른 바지를 입고 큼직한 해진 구두를 신고 있었다. 구두를 신고 있지 않은 푸른 외투의 몸집이 작은 프랑스병은 아르메니아인에게로 다가가 무엇이라고 말하더니 느닷없이 늙은이의 발을 붙들었다. 그러자 늙은이는 무척 당황해서 구두를 벗기 시작했다. 조잡한 나사의 외투를 입은 또 한 사람 쪽은 아르메니아 미인 앞에 버티고 서서 두 손을 호주머니에 처넣은 채 잠자코 그 얼굴을 찬찬히 쏘아보고 있었다.

「좀 받아 줘, 이 애를 좀 받아 줘.」 피예르는 계집애를 아낙네에게로 내밀면서 명령하듯이 허둥지둥 이렇게 말했다. 「그 사람들에게 좀 데려다 주오, 자아!」 울음보를 터뜨린 애를 땅바닥에 앉히면서 거의 호통을 치듯이 이렇게 말하고 그는 다시 프랑스병과 아르메니아인의 가족을 돌아보았다. 늙은이는 한쪽이 맨발이 되어 앉아 있었다.

몸집이 작은 프랑스인은 늙은이에게서 또 한쪽의 장화를 잡아 빼어 두 짝의 구두를 소리가 나게 마주쳤다. 늙은이는 흐느껴 울면서 무엇이라고 중얼거렸다. 그러나 피예르는 그것에는 그저 힐끔 일별을 던졌을 뿐 온 주의를 외투 차림의 프랑스인에게로 돌리고 있었다. 그는 이때 느릿느릿 몸뚱이를 흔들면서 젊은 여자 옆으로 다가가더니 호주머니에서 두 손을 빼고 그녀의 멱살을 움켜쥐었다.

아르메니아 미인은 긴 속눈썹을 아래로 내리덮은 채 먼저의 자세대로 가만히 앉아 병사가 자기에 대해서 하는 것을 보지도 않고 느끼지도 않는 것 같았다.

피예르가 프랑스병한테까지 대여섯 발짝의 거리를 달려가는 사이에 벌써 외투 차림의 멀쑥한 키의 약탈자는 아르메니아 미인의 목걸이를 잡아 떼내고 있었다. 젊은 여자는 두 손으로 목을 누르면서 절망적인 목소리로 외마디 소리를 질렀다.

「그 여자를 놔!」 머쓱한, 등이 굽은 병사의 어깨를 움켜잡아 내동댕이치면서 피예르는 목쉰 소리로 미치광이처럼 외쳤다. 병사는 나동그라졌으나 이내 몸을 일으켜 도망쳤다. 그러나 또 하나의 동료는 구두를 내던지고 단검을 빼들고 피예르에게로 달려들었다.

「어이, 어리석은 짓일랑 그만두는 게 좋아!」하고 외쳤다.

피예르는 분노의 도취라고도 할 상태에 빠져 있었다. 이렇게 되면 이제 앞뒤도 잊게 되고 힘은 평소의 십 배가 되는 것이었다. 그는 맨발의 프랑스인에게 달려 들어 상대방이 단검을 빼려는 찰나 벌써 발을 걸어 거꾸러뜨리고 주먹을 불끈 쥐 어 마구 후려쳤다. 둘레에서 군중의 함성이 들렸다. 바로 그때 프랑스 창기병의 기마 순찰대가 길모퉁이에서 나타났다. 창기병은 피예르와 프랑스인 쪽으로 말을 몰고 달려와 그들을 빙 둘러쌌다. 피예르는 그 뒤의 일을 조금도 기억하지 못했 다. 그저 기억하고 있는 것은 이쪽에서 치기도 하고 이쪽에서 맞기도 하였으나 결국 두 손을 묶이고 사방으로 프랑스병에게 둘러싸여 신체 검사를 당한 일뿐이 었다.

「중위님, 이놈은 단도를 지니고 있읍니다.」이것이 피예르가 알아 들은 최초의 말이었다.

「흠, 흉기군!」장교는 이렇게 말하고, 피예르와 같이 붙들린 맨발의 병사를 돌 아보았다.

「좋아, 너는 이 일을 모조리 군법 회의에서 진술하는 거야.」장교는 다시 이렇 게 말하고 피예르에게로 돌아섰다.「프랑스어를 할 줄 아나?」

피예르는 충혈된 눈으로 주위를 둘러볼 뿐 어떻다고도 대꾸하지 않았다. 아마 그의 얼굴이 굉장히 무섭게 보였던 모양으로 장교가 무엇이라고 나직하게 말하 자 다시 또 네 명의 창기병이 대열에서 떨어져 피예르의 양쪽에 섰다.

「프랑스어를 할 줄 아나?」피예르에게서 간격을 둔 채 장교는 거듭 물었다. 「통역을 데리고 와.」러시아 문관복을 입은 몸집이 작은 남자가 열 중에서 나왔 다. 피예르는 그 옷차림과 어조로 보아 이것은 모스크바의 어느 가게에서 일하고 있는 프랑스인이라는 것을 이내 알아챘다.

「이자는 평민이 아닌 것 같습니다.」통역은 피예르를 보고 말했다.

「흠, 그렇군, 이녀석은 방화범임에 틀림없어.」하고 장교는 말했다.「무엇 하는 놈인지 물어 봐.」하고 그는 덧붙였다.

「너 무엇 하는 사람인가?」통역은 물었다.「대장에게 대답해야 해.」그는 말을 덧붙였다.

「내가 무엇을 하는 사람인가 하는 것은 너희들에게 말하지 못해. 나는 너희들 의 포로야. 자, 데리고 가렴.」피예르는 갑자기 프랑스어로 말했다.

「흠, 그런가!」장교는 얼굴을 찌푸리고 말했다.「가자!」

창기병 주위에는 군중이 운집했다. 누구보다도 피예르의 가장 가까이에 서 있 던 것은 계집애를 안은 얽은 얼굴의 노파였는데, 순찰대가 움직이기 시작하자 앞쪽으로 나아갔다.

「아니, 이거 봐요, 도대체 어디로 끌고 가는 거예요?」하고 그녀는 말했다. 「만약 그 사람들의 애가 아니면 이 애를, 정말 이 계집애를 어디다 어떡하라는 거예요!」하고 노파는 덧붙여 말했다.

「어떡하라는 거야, 이 여자는?」하고 장교는 물었다.

피예르는 마치 취해 있는 것 같았다. 자기가 구출한 계집애를 보자 이 도취 상태는 더욱더 격렬해졌다.

「이 여자가 뭐라고 하느냐고?」하고 그는 물었다.

「이 여자는 내가 금방 불길 속에서 구출한 내 딸을 데리고 온 거야.」하고 피예르가 말했다.「그럼 안녕!」어떻게 이 같은 무의미한 거짓말이 입에서 튀어 나왔는지 자기 자신도 몰랐으나 그는 결연하고 우쭐거리는 듯한 걸음걸이로 프랑스병 사이에 끼여 걷기 시작했다.

이 프랑스병의 일대는 뒤로넬의 명령을 받고 모스크바의 시가를 순회하면서 약탈을 제지하기 위하여, 특히 방화자(이것은 그 날 프랑스군의 최고 간부 사이에 생긴 의견에 의하면 이번 화재의 원인이었던 것이다)를 체포하기 위하여 파견된 몇인가의 순찰대의 하나였다. 그들은 두서너 번 시가를 순회하여 다섯 사람의 수상한 러시아인—소매상 한 사람, 신학생 두 사람, 농부와 머슴 한 사람씩—과 몇 사람의 약탈자를 잡았다. 그러나 모든 혐의자 가운데서 가장 혐의가 짙게 여겨졌던 것은 피예르였다. 이번에 영창이 된 주보프 성벽 위의 어느 큼직한 집으로 하룻밤을 지내기 위해서 끌려갔을 때도 피예르는 딴 사람과는 다른 방에 수감되어 엄중한 감시를 받기에 이르렀던 것이다.

제 4 부

제 1 장

1

그 무렵 페쩨르부르그의 상류 사회에서는 루만세프파(派)와 프랑스파와 마리야 페오도로브나(황태후-역주)파와 황태자파 등의 사이에 복잡한 투쟁이 전과 다름 없이 궁중을 둘러싸고 있는 자들의 잡음에 둘러싸이면서도 전보다 더욱 격렬하게 행해지고 있었다. 그러나 다만 생활의 환영(幻影)과 반영(反映)에만 노심(勞心)하고 있는 평화롭고 호화로운 페쩨르부르그의 생활은 여전히 옛날처럼 흐르고 있었다. 이와 같은 생활의 흐름 속에서 그 무렵 조국의 위기와 러시아 민족이 놓여 있는 난국을 인식하기는 그렇게 쉬운 일이 아니었다. 한결같은 황제의 알현도, 무도회, 프랑스 극장도 여전했고, 또한 한결같은 궁중의 이해 관계도 근무상의 음모에 얽힌 관심 모두가 예나 다름 없었다. 다만 최상층의 사회만은 현재의 곤경을 자각케 하려는 듯이 여러 모로 애를 쓰고 있었다. 그러나 이와 같은 곤경에 놓여 있으면서도 역시 황후와 황태자후는 서로 적대시하고 있다는 소문도 오갔다. 황태후 마리야 페오도로브나는 자기가 통할하고 있는 지혜원과 교육 시설의 안전을 꾀한 끝에 모든 시설을 카자니로 옮기도록 명령하고 이러한 여러 시설의 비품은 이미 꾸려져 있었다. 그런데 황후 예리자베타 알렉세예브나는 어떠한 분부를 내리시겠느냐는 물음에 대하여 타고난 러시아적인 애국심을 나타내면서, 국가의 시설에 대해서 명령할 권리를 가지고 있지 않다, 그것은 폐하 자신에 관한 일이기 때문이라고 대답했다. 또한 황후 자신의 문제에 대해서는 자기는 누구보다도 가장 뒤에 페쩨르부르그를 떠날 작정이라고 말했다는 것이었다.

8월 26일, 즉 보로지노 전역의 당일 안나 파블로브나 쉐레르 저택에서 야회가 열렸다. 그 날 밤 광고된 것은 성(聖)세르기이의 상(像)에 곁들여 황제께 바쳐진 대주교(大主教)의 서한 낭독이었다. 이 서한은 종교적인 애국심을 나타낸 웅변의 모범으로 취급되고도 있었기 때문이다. 낭독자가 된 것은 낭독의 묘기(妙技)로 명성이 있는 바실리이 공작 그 사람이었다. 그는 언제나 황후의 어전에서 낭독을 하고 있었던 것이다. 낭독의 묘기라는 것은 다른 게 아니라 절망적인 외침과 부드러운 속삭임 사이사이에 뜻과는 관계 없이 큰소리로 노래하듯 말을 흘려 보내는 일이라고 생각되었기 때문에 어떤 말에 외침이 해당되고 또 어떤 말에는 속삭임이 해당되는가는 그때의 상황에 달려 있는 것이었다. 이 낭독은 안나 파블로브나의 야회가 언제나 그렇듯이 정략적인 뜻을 지니고 있었다. 이 야회는 몇 사람인가의 명사와 고관(高官)을 초대할 예정이고, 그들의 프랑스 극장 출입을 비난한 뒤 애국심을 환기시키기로 되어 있었던 것이다. 벌써 상당한 사람이 모여 있었으나 안나 파블로브나는 객실 안에 꼭 있어 주었으면 하는 사람이 전부 모여 있지 않은 것을 보고는 아직 낭독을 시작하지 않은 채 시정(市井) 이야기로 자리를 잇고 있었다.

페쩨르부르그에서의 이 날의 뉴스는 베주호프 백작 부인의 병이었다. 백작 부인은 대엿새 전에 갑자기 병이 나 자기가 주인공으로 되어 있는 몇 개의 모임에도 빠지고 있었다. 풍문에 의하면 그녀는 아무도 만나지 않을 뿐만 아니라 또 지정된 페쩨르부르그의 명의(名醫)의 진찰도 받지 않고 어떤 이탈리아인 의사를 신용하고 그 사람에게서 무언가 야릇한 새로운 치료를 받고 있다는 것이었다. 아름다운 백작 부인이 앓는 원인은, 한꺼번에 두 남자와 결혼할 수 없기 때문이라는 것은 모두 잘 알고 있었다. 또 이탈리아인의 치료가 이 불편을 더는 것을 목적으로 하고 있는 것도 모두 알고 있었다. 그러나 안나 파블로브나 앞에서는 어느 누구도 그와 같은 것을 생각하기는커녕 꿈에도 모르는 것처럼 지혜롭게 처신하고 있었다.

「백작 부인은 가엾게도 병세가 심한 모양이죠? 의사의 말에 의하면 협심증(狹心症)이라던가 하는 모양이에요.」

「하지만 이 협심증의 덕분으로 두 경쟁자는 화해를 했다던가 하잖아요…….」 〈협심증〉이라는 말이 몹시 재미있는 양 몇 번인가 되풀이되었다.

「노백작은 아주 보기에도 딱할 지경인가 봐요. 의사가 중태라고 말했을 때는 어린 아이처럼 우셨다는군요.」

「아니, 만약의 일이 있다든가 하면 굉장한 손실이에요. 정말 아름다운 분이시니까요.」

「그 가엾은 백작 부인의 이야긴가요?」 안나 파블로브나는 다가서면서 말했다. 「내가 그분 병세를 알려고 사람을 보냈는데 꽤 좋아진 모양이에요. 정말 그분은 세상에서 가장 매력이 있는 분이에요.」 자기 감동을 비웃듯이 미소를 띄우면서 안나 파블로브나는 말했다. 「우리들은 서로 파가 다르지만 그런 것은 조금도 그분의 공적을 존경하는 것을 방해하지 않아요. 그분은 정말 불쌍해요.」하고 안나 파블로브나는 덧붙였다.

안나 파블로브나가 이렇게 말한 것은 백작 부인의 병에 관계된 비밀의 막을 살짝 들치고 보인 것이라고 생각하고, 한 경솔한 젊은이는 백작 부인이 명의를 맞아들이지 않고 위험한 처방을 투여할 위험이 있는 돌팔이 의사의 치료를 받고 있는 일에 대해 대담하게도 놀라움의 뜻을 나타냈다.

「그야 당신이 나 같은 것보다는 더 잘 아실지도 모르죠.」갑자기 안나 파블로브나는 처세에 서투른 젊은이에게 심술궂게 쏘아붙였다. 「그러나 믿을 만한 데서 들었읍니다만 그분은 대단히 학문이 있는 노련한 명의인 모양이에요. 그래봬도 스페인 여왕의 시의(侍醫)였던 모양이니까요.」이렇게 젊은이를 한 대 먹이고 나서 안나 파블로브나는 빌리빈에게로 얼굴을 돌렸다. 그는 다른 그룹에 자리를 잡고 있었으나 그의 경구(警句)를 지껄이기 위해서 이마에 잡힌 주름을 펴려고 애를 쓰면서 한창 오스트리아인의 이야기를 하고 있었다.

「저는 아주 걸작이었다고 생각합니다!」하고 그는 말했다. 그것은 페트로폴의 영웅(페째르부르그에서는 이렇게 부르고 있었다) 비트겐슈타인이 빼앗은 오스트리아의 군기(軍旗)와 함께 빈으로 보내어진 외교 문서에 관해서였다.

「어머, 그건 어떻다는 거죠?」자기는 이미 잘 알고 있는 경구를 다른 사람에게 들려 주려고 모두의 침묵을 재촉하면서 안나 파블로브나는 그에게 말했다.

그래서 빌리빈은 자기가 쓴 외교 문서 가운데의 한 귀절을 원문 그대로 되풀이했다. 그것은 다음과 같은 것이었다.

「황제는 오스트리아의 군기가 길을 잃고 헤매는 것을.」하고 빌리빈은 계속했다. 「정도(正道)의 권외에서 발견하였으므로 이것을 귀제(貴帝)께 송환코자 하는 바입니다.」하고 말을 맺고 빌리빈은 이마의 주름을 폈다.

「걸작이다, 참으로 훌륭하다.」하고 바실리이 공작은 말했다.

「그것은 아마 바르샤바로 가는 길이었을 거예요.」뜻밖에 이폴리트 공작이 큰 소리로 말했다. 어떤 생각으로 이런 말을 꺼낸 것인지 몰라서 모두들 이상스러운 듯이 그를 돌아보았다. 이폴리트 공작도 역시 즐거운 듯한 놀라움을 띠고 주위를 둘러보았다. 그도 다른 사람들과 마찬가지로 자기가 한 말에 어떠한 뜻이 있는지 잘 몰랐다. 그는 외교관으로 근무하고 있는 사이에 여러 차례 이처럼 불쑥 꺼낸 말이 굉장히 재치 있는 것으로 통용되는 것에 의식이 갔으므로 문득 머리에 떠오른 말을 아무렇게나 뱉아 버린 것이었다. 『어떻게 잘 되겠지.』하고 그는 생각했다. 『만약 어떻게 잘 되지 않는다고 하더라도 남이 알맞게 맞추어 대겠지.』아니나다를까, 거북한 침묵이 흐른 순간 안나 파블로브나가 개심시켜 주려고 잔뜩 벼르고 있던 그 애국심이 부족한 사람이 들어왔다. 그녀는 방긋 웃으면서 이폴리트를 손가락으로 위협하는 시늉을 하고 나더니 바실리이 공작을 탁자 옆으로 불러 그 앞에 두 자루의 초를 세우고 원고를 가지고 어서 낭독을 시작하도록 부탁했다. 모두는 침을 꿀꺽 삼켰다.

「〈자비로우신 황제 폐하이시여!〉」 바실리이 공작은 엄숙한 목소리로 읽기 시작하면서 이에 대하여 누군가 이의가 있느냐고 묻기라도 하는 듯이 청중을 둘러보았다. 그러나 어느 누구도 아무런 말이 없었다. 「〈새로운 예루살렘인 수도 모스크바는 그 아이들을 껴안은 어머니처럼 자기의 그리스도를 맞아.〉」 그는 자기의라는 말에 갑자기 힘을 주었다. 「〈샘솟는 짙은 안개를 통해 황국(皇國)의 눈부신 영광을 바라면서 환희가운데 노래하노라! 호산나, 미래에 축복 있으라!〉」 바실리이 공작은 감격해서 울먹이는 듯한 목소리로 이 마지막 한 귀절을 낭독했다.

빌리빈은 자기의 손톱을 찬찬히 들여다보고 있었다. 많은 사람들은 도대체 자기들은 무슨 나쁜 짓을 한 것일까 하고 묻기라도 하는 것처럼 겁을 먹은 태도였다. 안나 파블로브나는 미사 때에 기도를 중얼거리는 노파처럼 「설사 포만(暴慢) 무례한 골리앗(구약에 나오는 소년 다윗에게 살해당한 블레셋의 거인-역주)이…….」 하고 벌써 앞의 한 귀절을 조그만 소리로 되풀이하고 있었다.

바실리이 공작은 낭독을 계속했다.

「〈설사 포만 무례한 골리앗이 프랑스 국경으로부터 러시아의 땅에 죽음의 공포를 가지고 올지라도 겸양한 신앙, 즉 러시아의 다윗 투석기(投石器)는 이내 피에 굶주린 오만한 자의 머리를 쳐부셔 버리리라. 그 옛날 우리 조국의 복지에 열중했던 성(聖)세르기이의 상을 황제 폐하의 어전에 바치고자 한다. 저는 노쇠(老衰)로 말미암아 용안을 뵈올 수 없음을 슬퍼하는 사람이지만 열렬한 기도를 하늘에 바치고 있노라. 전능하신 하느님이시여! 원컨대 올바른 자들은 예찬하실 그대의 성려(聖慮)를 착한 자 가운데서 구현하시옵기를.」

「참으로 힘이 있다! 당당한 명문이다!」 낭독자와 작자에 대한 찬사가 들렸다.

이 낭독으로 감동을 받은 안나 파블로브나의 손님들은 오랫동안 조국의 현상을 서로 이야기하기도 하고 멀지 않아 행하여질 결전의 결과에 대하여 여러 가지 제 나름대로의 추측을 했다.

「이제 두고 보세요.」 하고 안나 파블로브나는 말했다. 「내일의 폐하 탄신일(誕辰日)에는 틀림없이 무슨 기쁜 소식이 있을 거예요. 난 그런 예감이 들어요, 무슨 좋은 일이 있을 것 같은.」

2

안나 파블로브나의 예감은 과연 적중하였다. 다음 날 폐하의 탄신을 축하하는 미사가 궁중에서 올려지고 있을 때 볼콘스키이 공작은 성당에서 호출되어 쿠투조프 공작으로부터의 봉서를 받았다. 이것은 쿠투조프가 전투 당일 타타리노바에서 써 보낸 보고였다. 거기에는 러시아군이 한 걸음도 물러서지 않았다는 것과, 프랑스군 쪽이 아군보다도 훨씬 많은 병사를 잃었다는 것을 알린 뒤 아직 마지막 정보를 모은 것은 아니지만 우선 싸움터에 상주한다고 적혀 있었다. 결국 이것은 승리의 보고였다. 그래서 이내 성당에서 나가지 않고 하느님의 원조와 승리를 감사하는 기도가 올려졌다.

이리하여 안나 파블로브나의 예감은 적중하고 시가는 오전중 기쁜 축제일 같은 기분으로 가득 차 있었다. 모두 이 승리를 틀림없는 것이라고 믿었다. 개중에는 벌써 나폴레옹이 포로가 되었다느니, 또는 제위(帝位)에서 쫓겨나고 프랑스를 위해서 새로운 군주가 뽑혔다느니 하는 소문을 떠들어 대는 사람조차 있었다.

세상에서 멀리 떨어진 궁중 생활의 여러 가지 조건 밑에서는 완전한 모습과 힘을 가지고 여러 사건이 반영된다는 것은 지극히 어려운 일이다. 그럴 생각은 없더라도 사건의 전모는 어느 새 어떠한 부분적인 경우에는 집중되어 버리는 것이다. 그래서 이때도 궁중의 주된 기쁨은 이 전승의 보고가 바로 황제 탄신일에 도착했다는 것이었다. 이 점이 아군의 승리와 같을 정도로 중시(重視)되었다. 이것은 아닌게 아니라 교묘하게 만들어진 불의의 선물이었다. 쿠투조프의 보고에는 러시아군의 손해에 관해서도 씌어 있었다. 그 속에는 투츠코프, 바그라찌온, 쿠타이소프 등의 이름도 열거되어 있었다. 그러나 사건의 슬픈 일면도 이 페쩨르부르그의 사교계에서는 역시 어느 새 하나의 사건——쿠타이소프의 죽음——에 집중되어 있다. 그는 모든 사람에게 알려져 있었고 황제의 총애도 받고 있었다. 그는 젊고 잘생긴 귀공자였다. 이 날 누구나 만나는 사람들은 이렇게 말하는 것이었다.

「정말 놀랐어요! 바로 미사가 한창일 때 도착하다니! 그건 그렇고, 정말 쿠타이소프를 잃은 것은 큰 손실이에요! 아아, 정말 아까운 일이에요!」

「네, 내가 쿠투조프에 대해서 뭐라고 말했는지 기억하시나요?」 바실리이 공작은 이제야 선견지명을 자랑하면서 이렇게 말했다. 「나는 나폴레옹을 이길 수 있는 것은 오직 그 한 사람뿐이라고 늘 말해 오지 않았읍니까?」

그러나 그 다음 날은 싸움터에서 보고가 오지 않았다. 여론은 불안을 띠기 시작했다. 정신(廷臣)들은 황제가 상황을 알지 못해서 초조해 하는 것을 보고 가슴

아파했다.

「폐하의 심중은 어떠하실까!」하고 정신들은 말했다. 그리하여 벌써 전날에는 그토록 칭찬했던 쿠투조프를 도리어 황제의 불안의 원인을 만든 사람이라고 하여 그를 비난했다. 바실리이 공작도 이 날은 이미 자기의 피보호자인 쿠투조프를 자랑하려 하지 않고 총사령관의 이야기가 나오면 침묵을 지키고 있었다. 그뿐만 아니라 이 날 저녁 무렵에는 페쩨르부르그의 주민을 공포와 불안에 빠뜨리기 위해서 온갖 것이 겹쳐진 것처럼 다시 또 하나의 무서운 참사(慘事)가 전해진 것이었다. 그것은 다름 아닌 백작 부인 엘레나 베주호프가 그처럼 모두 흥미를 갖고 화제에 올리고 있던 그 무서운 병 때문에 급사했다는 것이다. 상류의 사교계에서는 겉으로 베주호프 백작 부인은 협심증의 무서운 발작으로 죽었다고 말하고 있었으나 지극히 친밀한 그룹에서는 자세한 내용이 이야기되고 있었다. 그것은 〈스페인 여왕의 시의(侍醫)〉가 그녀의 병태에 어떠한 작용을 주기 위해서 어떤 약품을 조금씩 엘렌에게 주고 있었는데 엘렌은 노백작에게서 의혹을 받은 것과, 남편(그 불쌍한 방탕자 피예르)에게 편지를 보냈지만 답장이 오지 않는 것을 괴로와한 끝에, 발작적으로 정량 이상의 많은 약을 마시고 손을 쓸 사이도 없이 고민하다가 죽었다고 사실인 것처럼 수군거리는 것이었다. 풍문에 의하면 바실리이 공작과 노백작은 이탈리아인 의사를 문책하려고 했으나 이탈리아인이 남에게 알려서는 안 될 편지를 꺼내 보였으므로 두 사람은 이내 그를 방면(放免)하지 않을 수 없었다는 것이다.

항간의 화제는 세 가지의 슬픈 사건, 즉 황제의 근심과 쿠타이소프의 전사와 엘렌의 변사에 집중되었다.

쿠투조프의 보고가 있은 뒤 사흘 만에 한 지주가 모스크바에서 페쩨르부르그로 찾아왔다. 그리하여 모스크바는 프랑스군의 손에 넘어갔다는 소식이 순식간에 시내에 번졌다. 이것은 무서운 일이었다! 황제의 마음은 어떠했겠는가! 쿠투조프는 반역자였다. 바실리이 공작은 딸의 죽음을 애도하여 조문객이 찾아왔을 때 손님들에게 전에 칭찬하였던 쿠투조프에 대하여(슬픔에 잠겨 있을 때라 전에 말한 것을 잊어버리는 것도 결코 무리는 아니었지만) 그 애꾸눈인 방탕한 영감에게서 기대했던 것은 고작 이런 것이었다고 극구 비난했다.

「왜 그런 사람에게 러시아의 운명을 맡겼는지 나는 놀라지 않을 수 없어.」

그러나 이 정보가 아직 공적인 것이 아니었을 때에는 어느 정도 의심할 여지도 있었으나 그 다음 날 라스토프친 백작에게서 다음과 같은 보고문이 도착했다.

〈쿠투조프 공작의 부관이 소신에게 한 통의 편지를 가지고 왔사옵니다. 이것은 군대를 랴자니 가도로 이끌기 위해서 경관대를 파견할 것을 요구하는 내용의 것이었읍니다. 그는 유감스럽지만 모스크바를 포기한다고 언명하고 있사옵니다. 폐하이시여! 쿠투조프의 행위는 폐하의 수도와 제국의 운명을 결정짓는 것이옵니다. 러시아의 위엄이 결집되고 황조(皇祖)의 유해가 모셔져 있는 수도가 포기된 것을 알게 되면 온 러시아는 그 때문에 통곡할 것이옵니다. 소신은 군대의 뒤를 쫓을 생각이옵니다. 모든 것을 다 바친 지금은 다만 조국의 운명에 눈물을 쏟을 일만이 남아 있을 뿐이옵니다.〉

　이 상주문을 받아 본 황제는 볼콘스키이 공작에게 다음의 칙서(勅書)를 들려 쿠투조프에게 파견했다.

　〈공작 미하일 일라리오노비치! 나는 8월 29일 이래 경의 보고에 접하지 못했노라. 그런데도 경과 그리고 군대가 모스크바 포기를 결정했다는 모스크바 총독의 슬픈 보고가 야로슬라블리를 경유하여 9월 1일자로 도착했노라. 이 보고가 나에게 어떤 충격을 주었는지 경 자신이 상상하지 못할 리가 없을 것인즉 그럼에도 불구하고 경의 침묵은 나의 놀라움을 더욱더 깊게 하는 것이로다. 내가 시종 무관 볼콘스키이 공작으로 하여금 이 편지를 휴대(携帶)케 하여 보내는 것은 아군의 상태와 경으로 하여금 이와 같은 슬픈 결정을 내리게 한 원인을 직접 듣고자 함이로다.〉

3

　모스크바를 포기한 뒤 아흐레 만에 쿠투조프의 사자(使者)가 모스크바 포기의 정식 보고를 가지고 페쩨르부르그에 도착했다. 그것은 프랑스인 미쉬오였다. 이 사나이는 러시아어를 몰랐으나 그 자신의 말에 의하면 〈외국인일망정 마음과 넋은 러시아인〉이라고 했다.

　황제는 곧 이 사자를 카멘느이 오스트로프(돌의 섬이란 뜻—역주) 궁전의 집무실로 불러들였다. 이번 전쟁까지 한 번도 모스크바를 본 적이 없고 또한 러시아어를 모르는 미쉬오도 맹렬한 불길이 길을 비추었던 모스크바 연소(燃燒)의 보고를 가지고 지극히 자애로우신 군주 앞에 나왔을 때는 진정으로 가슴이 찡해 오는 것을 느꼈다(이렇게 그는 나중에 썼다).

　미쉬오의 〈슬픔〉의 원인은 러시아인의 슬픔의 원인과는 다른 것이었으나 그래도 미쉬오는 황제의 거실로 안내되었을 때 뭐라고 말할 수 없는 서글픈 듯한 얼굴을 하고 있었으므로 황제는 곧 그를 보고 이렇게 물었다.

「대령, 그대는 슬픈 보고를 가지고 온 모양이군그래?」

「참으로 슬픈 보고이옵니다, 폐하!」한숨과 함께 눈을 내리깔면서 미쉬오는 대답했다.「모스크바를 포기한 보고이옵니다.」

「설마 나의 고도(古都)를 일전(一戰)도 하지 않고 넘겨 준 것은 아니겠지?」황제는 갑자기 얼굴이 빨갛게 되어 빠른 말로 말했다.

미쉬오는 쿠투조프한테서 명령받은 것을 공손히 상주하였다. 즉, 모스크바 부근에서 싸운다는 것은 전혀 불가능한 일이었고 군대와 모스크바를 함께 잃느냐, 혹은 모스크바만을 잃느냐, 둘 중의 하나를 택하는 길밖에 별수가 없었기 때문에 원수는 후자를 선택하지 않을 수 없었다는 것이었다.

황제는 미쉬오를 쳐다보지 않고 묵묵히 듣고 있었다.

「적은 시내로 들어왔나?」하고 황제는 물었다.

「그렇습니다, 폐하, 그리고 시가도 이제는 잿더미로 화하고 말았읍니다. 소신이 출발할 때는 온통 화염의 바다를 이루고 있었읍니다.」하고 미쉬오는 결연히 말했으나 황제의 얼굴을 일별하자 미쉬오는 자기가 한 짓에 놀라움을 느꼈다. 황제의 숨결은 가빠지고 또한 그 아랫입술은 파르르 떨렸으며 아름다운 푸른 눈은 대번에 눈물로 젖었다.

그러나 이것은 한순간이었다. 황제는 자기 자신의 마음 약함을 꾸짖듯이 갑자기 눈살을 찌푸렸다. 그리고 똑바로 고개를 들고 명확한 목소리로 미쉬오에게 말을 건넸다.

「대령, 지금 일어나고 있는 모든 일을 보건대 이는 천의(天意)가 우리들에게 커다란 희생을 바라고 계신 것 같소…….」하고 그는 말했다.「나는 모든 것을 하느님 뜻에 따를 생각이오. 그러나 미쉬오, 한 번도 싸우지 않고 유서 깊은 나의 고도를 그대로 버린 군대는 그대가 출발할 때 어떠한 상태였는지, 그것을 좀 들려 주지 않겠소? 군대 사기가 떨어질 기미는 보이지 않던가?……」

미쉬오는 자기의 〈지극히 자애로우신 군주〉가 침착해진 것을 보고 자기도 역시 침착해졌으나 솔직한 대답을 구하는 황제의 솔직하고도 핵심을 찌른 물음에 대해서는 아직 대답을 준비할 겨를이 없었다.

「폐하, 충성된 군인에 어울리는 노골적인 말씀을 허용해 주시겠읍니까?」그는 시간의 여유를 만들기 위해서 이렇게 말했다.

「대령, 나는 언제나 그것을 요구하고 있소.」하고 황제가 말했다.「하나도 숨김 없이 말을 해주오. 나는 모든 것을 사실대로 알고 싶은 거요.」

「폐하!」경묘한, 그리고 공손한 말장난을 하는 형태로 답변을 생각해 낼 수 있었으므로 겨우 눈에 띌 만큼의 미묘한 미소를 입가에 띄우면서 미쉬오는 말했다. 「폐하! 소신이 출발하였을 때는 위는 지휘관으로부터 아래는 일개 병사에 이르기까지 전군 모두 극도의 공포에 사로잡혀 있었읍니다.」

「뭐라고?」 황제는 엄중하게 얼굴을 찌푸리고 가로막았다. 「우리의 러시아 군대가 실패 때문에 사기가 떨어질 리가 있는가…… 절대로 그런 일은 없어!」

미쉬오는 자기의 말장난을 삽입하기 위해서 그저 이 말만을 기다리고 있었던 것이다.

「폐하!」 그는 지나치게 정중한 그러면서도 장난스러운 표정을 띠면서 말했다. 「그들이 두려워하고 있는 것은 폐하께서 그 어지신 마음으로 해서 강화를 체결할 결심을 하시지나 않을까 하는 것뿐이옵니다. 그들은 싸워서 일신을 희생하고.」 이렇게 러시아 국민의 대표자는 말했다. 「그리하여 얼마큼 폐하께 충성하고 있는가를 사실대로 증명하고 싶다는 열망에 불타고 있읍니다.」

「오오!」 황제는 마음을 놓은 듯이 눈에 상냥한 빛을 띠고 가볍게 미쉬오의 어깨를 두드리면서 말했다. 「대령, 그대는 나의 마음을 편안하게 해주었소.」

황제는 고개를 떨어뜨리고 잠시 말이 없었다.

「그러면 그대는 부대로 돌아가서.」 그는 허리를 쭉 펴고 부드럽게, 그러나 위엄 있는 태도로 미쉬오에게로 얼굴을 돌리면서 말했다. 「나의 용사들에게 이렇게 전해 주오. 만약 병사의 마지막 한 사람까지 쓰러지면 그때야말로 나는 분발하여 사랑하는 귀족과 착한 농민을 직접 이끌고 나라의 자력(資力)이 다할 때까지 싸울 결심이오. 부디 이 말을 가는 곳곳마다 나의 착한 국민에게 모두 전하여 주오. 러시아의 자력은 적이 예상하고 있는 것보다 훨씬 많은 것이니까.」 하고 황제는 차차 흥분하면서 말했다. 「그러나 만약 하느님의 뜻에 의해.」 그 아름답고 침착한 감격으로 빛나는 눈을 하늘로 향하고 그는 말했다. 「황조(皇祖) 이래 연면(連綿)히 이어진 우리 조정이 왕좌에 앉아 치국(治國)을 하는 책무를 팽개쳐야 할 운명을 지고 있다면 나는 수중에 있는 모든 재력을 다 써버리고 턱수염을 여기까지 기르고(황제는 가슴께를 손으로 가리켰다) 백성의 마지막 한 사람과 감자 한 알을 나눠 먹을지언정 우리 조국과 그 희생을 극히 존중하는 우리 국민의 모욕이 될 만한 강화에는 절대로 서명하지 않겠소!」

흥분된 목소리로 이렇게 말을 맺자 황제는 눈에 괴는 눈물을 미쉬오에게 숨기려는 듯이 갑자기 몸을 돌려 거실로 들어갔다. 그는 거기에 잠깐 서 있었으나 이윽고 큰 걸음걸이로 미쉬오에게로 되돌아와 힘있는 몸짓으로 팔꿈치보다 약간 아래께를 꽉 쥐었다. 황제의 부드럽고 잘생긴 얼굴은 빨갛게 상기되고, 눈은 결단과 분노의 불꽃으로 타올랐다.

「미쉬오 대령, 내가 여기서 말한 것을 잊지 말아 주오. 언젠가 즐겁게 이 일을 회상할 때가 올는지도 몰라.…… 나폴레옹이거나 그렇잖으면 나거나.」황제는 가슴에다 손을 대며 말했다.「우리들은 이제 함께 제위(帝位)에 앉아 있을 수는 없어. 이제야 나는 그라는 인물을 안 거야. 그도 이 이상 나를 속일 수는 없을 거야 …….」황제는 눈살을 찌푸리고 입을 다물었다. 미쉬오는 이러한 말을 듣고 황제의 눈 속에서 굳은 결심의 빛을 보자 〈외국인일망정 러시아인의 마음과 넋을 가진〉 미쉬오는 이 엄숙한 순간에——나중에 그가 말한 바에 의하면——〈자기가 들은 모든 것에 깊이 감동〉해서 몸이 화끈함을 느끼고 그는 자기 자신의 감정과 자기 자신을 전권자라고 자인하고 있는 러시아 국민의 감정을 다음과 같은 말로 표현했던 것이다.

「폐하!」하고 그는 말했다.「폐하께선 지금 이 순간에 국민의 영예와 유럽의 구원(救援)에 서명하신 것입니다!」

황제는 가볍게 고개를 끄덕이고 나서 미쉬오를 물러가게 하였다.

4

러시아가 이미 절반이나 정복당하고 모스크바의 주민들이 멀리 떨어진 여러 현(縣)으로 피난하고 조국의 방어를 위해서 민병이 잇따라 궐기했을 때 모든 러시아인은 노소의 구별 없이 한결같이 자기를 희생하는 것과 조국의 위급을 구하는 것과 조국의 비운을 한탄하고 눈물 흘렸을 것이라고, 당시에 살아 있지 않았던 우리들이 생각하는 것은 당연하다. 당시를 전하는 이야기와 기사(記事)들도 전부 예외 없이 러시아 국민의 자기 희생과 조국애와 절망과 비애와 영웅적인 행위만을 이야기하고 있다. 그러나 실제는 그렇지가 않았던 것이다. 우리들이 그렇게밖에 생각하지 못하는 것은 과거의 사건 속에서 다만 당시의 일반적인 역사적 관심만을 보고 모든 사람이 지니고 있던 개인적이고 인간적인 관심을 보지 않기 때문이다. 그런데 실제에 있어서는 현재의 모든 개인적인 관심이라는 것은 일반적인 관심보다 훨씬 중대한 의의를 가지고 있는 것이어서 그 때문에 일반적인 관심은 조금도 느껴지지 못할 정도이다(아니, 전혀 눈에 띄지 않는다고 해도 좋을 정도이다). 당시 대다수의 사람들은 사태의 전반적인 추이(推移) 따위엔 주의를 쏟지 않고, 다만 눈앞의 개인적인 관심에 의해서만 움직여지고 있었던 것이다. 더군다나 그러한 사람들이 당시에 있어서의 가장 유익한 동력(動力)이었던 것이다.

사태의 전반적인 추이를 알려고 시도하거나 자기 희생 정신과 영웅적 행위에 의해서 시국에 참여하려 했던 사람들은 당시의 사회에 있어서 가장 무익한 분자였었다. 그들은 온갖 것을 뒤집어 보고 있었다. 그들이 나라를 위해서라는 생각으로 한 짓은 모조리 무익한 망동이라는 결과로 끝났다. 이를테면 피예르나 마모노프가 기부한 연대는 결국 러시아의 마을들을 약탈하고 돌아다닌 데 지나지 않았으며, 또 모처럼 귀부인들의 손으로 만들어졌으면서도 한 번도 부상자에게 닿지 않았던 린트 천 같은 것이 그것이었다. 영리한 체하거나 비분 강개(悲憤慷慨)를 좋아하고 러시아의 현상을 말하기를 일삼던 사람들까지도 부지 불식간에 말에 겉치레와 허위를 동반하고 혹은 누구의 죄도 아닌 것에 대한 책임이 지워진 사람들에 대한 무익한 비난과 증오의 미묘한 감정을 띠고 있었던 것이었다. 모든 역사적인 사건에 있어서 무엇보다도 가장 분명한 교훈은 선악과를 따먹지 말라는 것이다. 열매를 맺게 하는 것은 다만 무자각한 활동뿐이며, 역사적인 사건에 있어서 무엇인가의 역할을 하는 사람도 절대로 사건의 의의를 이해하고 있는 것은 아니었다. 설사 그 의의를 알려고 했다고 하더라도 결국 그 무익함에 놀랐을 뿐인 것이다.

당시 러시아에서 일어났던 사건의 의의도 사건 가까이 참가했던 사람들은 더 그 의의를 몰랐었던 것이었다. 페쩨르부르그를 비롯하여 모스크바에서 떨어진 모든 지방에서는 상류의 부인들이나 의용병의 군복을 입은 남자들이 러시아와 그 수도의 비운에 눈물을 흘리고 자기 희생이라는 것을 운운하고 있었으나, 모스크바 뒤쪽으로 퇴각한 군대 중에서는 거의 한 사람도 모스크바에 대해서 말하거나 생각하는 자도 없고 맹렬히 타오르는 모습을 보아도 누구 한 사람 프랑스 군에게 복수를 해야겠다고 맹세하는 자도 없었다. 도리어 모두가 다음의 넉 달치의 봉급이라든가, 다음의 숙영지와 주보의 처녀 마트료쉬카의 일이나, 그와 같은 류의 하찮은 일을 생각하는 것이 고작이었다.

니콜라이 로스토프도 자기 희생이라는 따위의 목적은 하나도 없고 다만 군대에 복무중 전쟁이 일어났기 때문에 우연히 조국 방어에 직접 오랫동안 관계했을 따름이었다. 그러므로 그는 절망하지도 않았을 뿐더러 비관적인 결론도 내리지 않고 당시 러시아에서 일어나고 있던 사건을 태연히 바라보고 있었다. 만약 러시아의 현상을 어떻게 생각하고 있느냐고 물었다면, 그는 그것에 대하여 그러한 것은 자기가 생각할 문제가 아니고 그걸 위해서 쿠투조프 같은 사람이 있는 것이다, 그러나 들은 바에 의하면 각 연대는 병력의 보충을 하고 있는 모양이니까 전쟁은 더 길게 계속될 것 같다, 지금 같은 상태로 밀고 나아가면 한 이 년 뒤에는 자기도 일 개 연대를 맡는 것쯤은 그다지 어려운 일이 아닐 것 같다고 이렇게 대답했을 것이다.

사태를 이처럼 보고 있었기 때문에 그는 사단의 마필(馬匹) 보충을 위해서 보로네쥐로 출장을 명령받았을 때 최근의 전투에 참가할 기회를 잃은 것을 슬퍼하지 않았을 뿐만 아니라 도리어 크게 기뻐했다. 그리하여 그 자신도 그 기쁨을 숨기려 하지 않았고 동료들도 그 기쁨의 원인을 충분히 이해하고 있었다.

보로지노 회전이 있기 수일 전에 니콜라이는 조달비와 필요한 서류를 받아 들고 부하 병사를 먼저 보낸 뒤 자기는 역마차로 보로네쥐를 향해서 출발했다.

니콜라이가 징발대, 병참부, 야전 병원, 이러한 모든 것을 포함한 군대의 활동 지역에서 밖으로 나왔을 때에 맛본 기쁨이란, 그것은 자기가 직접 경험했던 자 즉, 몇 달 동안 줄곧 싸움터에서 군대 생활의 살벌한 분위기에 젖어 있던 사람이 아니고는 도저히 느낄 수 없는 것이었다. 병사도 짐차도 그 밖에 군대가 야영한 더러운 흔적도 보이지 않게 될 남녀 농민이 일하고 있는 농촌 풍경이며 지주의 저택과 가축이 풀을 뜯고 있는 들과 역장이 졸고 있는 역참들을 보았을 때 그가 깊이 맛본 기쁨은 말할 수도 없었다. 특히 오랫동안 그를 놀라게 하고 또한 기쁘게 한 것은 보기에도 건강한 젊은 여자들이었다. 그녀들 주위에는 한 여자를 두고 열 명 가량의 장교들이 치근덕거리며 쫓아다니지도 않았고, 오히려 어느 여자도 지나가는 장교에게 희롱당하는 것을 도리어 깔깔거리며 기뻐하고 있는 것이었다.

니콜라이는 더할 나위 없이 즐거운 기분으로 그 날 밤늦게 보로네쥐의 호텔에 닿자 군대에서 오랫동안 볼 수 없었던 것을 모조리 있는 대로 주문했다. 이튿날 말끔히 수염을 밀고 오랫동안 입지 않았던 예복을 갈아입고 사령부로 갔다. 민병 사령관은 문관 출신의 나이 많은 장군으로 분명히 새로 얻은 군인의 칭호와 계급에 만족하고 있는 모양이었다. 그는 노여운 듯한 얼굴로(그러한 점에 군인의 특징이 있는 것이라고 생각하고) 니콜라이에게 퍼붓는 것이었다. 니콜라이는 어제부터 못 견디게 들떠 있었으므로 이 사령관의 태도가 그저 흥미롭기만 했다.

그는 민병 사령관한테서 현지사에게로 갔다. 현지사는 몸집이 작은 발랄하고 지극히 상냥하고 소탈한 사람이었다. 말을 사들일 만한 양마장을 몇 군데 가르쳐 주기도 하고, 좋은 말을 가지고 있는 읍의 말장수와, 읍에서 이십 베르스타 밖에서 살고 있는 지주를 소개하기도 하면서 온갖 가능한 한의 협력을 약속했다.

「당신은 일리야 안드레예비치 백작의 자제이십니까? 집사람은 당신의 어머니와 굉장히 다정한 사이였읍니다. 저의 집에서는 매주 목요일에 모임이 있읍니다만 때마침 오늘이 바로 그 목요일이니까 아무쪼록 어려워하지 마시고 와 주십시오.」니콜라이와 헤어질 때 현지사는 이렇게 말했다.

니콜라이는 지사한테서 나오자 곧장 교체하는 역마차를 얻어 하사와 함께 타고 이십 베르스타 떨어진 지주의 양마장으로 말을 몰았다. 그는 보로네쥐에 온 처음의 잠시 동안은 모든 것이 즐겁고 용이하게 일이 되어 나갔다. 더우기 기분이 좋을 때는 으례 그렇듯이 만사가 척척 잘 진척되었다. 니콜라이가 방문한 지주는 독신인 늙은 기병 출신으로 말에 대해서는 자세히 알고 사냥을 즐기고, 게다가 융단 공장과 백 년 이상 묵은 자페칸카 향료가 든 보드카와 헝가리의 묵은 술과 기막히게 좋은 말을 가지고 있었다.

니콜라이는 즉석에서 이번의 군마를 보충할 견본으로서(그는 이렇게 말했던 것이다) 특히 우수한 암말 열 일곱 마리를 육천 루블리에 사들였다. 점심을 대접받아 오래 묵은 헝가리 술을 약간 지나치게 마신 뒤 로스토프는 벌써 너나들이하는 사이가 된 지주와 이별의 키스를 하고 지사의 야회에 늦지 않도록 끊임없이 마부를 재촉하면서 몹시 울퉁불퉁한 길을 콧노래가 나올 것 같은 기분으로 돌아왔다.

옷을 갈아입고 향수를 흠씬 뿌리고 찬물로 머리를 식히고 나서 니콜라이는 약간 늦었으나 〈늦어도 숫제 가지 않느니 보다는 낫다〉는 문귀를 좇아서 현지사의 저택을 방문했다.

그것은 무도회도 아니었고 또 춤을 추리라고 예고되지도 않았는데 모두는 이미 카쩨리나 페트로브나가 피아노로 왈츠와 스코틀랜드 곡을 연주하여 춤이 시작되리라는 것을 알고 있었으므로 모두 그럴 작정을 하고 무도회의 차림으로 모였다.

1812년의 그 지방에서의 생활은 언제나와 거의 다름이 없었다. 다만 달라진 것이 있다면 모스크바에서 많은 부유한 가족이 잇따라 피난해 왔기 때문에 시내가 평소보다 활기를 띠고 있다는 것과, 당시 러시아의 온갖 현상에서 볼 수 있었던 공통된 것인데 지방 생활에도 세상 일 따위를 알 게 뭔가, 아무것도 겁날 것 없다는, 무언가 자포 자기적인 분망한 데가 있었던 인간 상호의 교제에서 빼놓을 수 없는, 전에는 날씨며 공통된 지기들의 소문 등을 화제로 삼고 있었던 것과는 달리 이제 와서는 모스크바라느니 군대라느니 나폴레옹 등으로 바뀐 정도의 것이었다.

현지사의 집에 모인 사람들은 보로네쥐에서도 상류의 사회인들이었다.

부인들도 꽤 많이 있었으나, 그 중에는 니콜라이가 모스크바에 알았던 지기들도 몇인가 있었다. 그러나 남자들 가운데에는 게오르기이의 훈장을 단 기사이기도 하고 군마(軍馬) 구입 조달관인 경기병 장교이기도 하며 동시에 선량하고 가

문 좋은 백작이기도 한 로스토프와 조금이라도 어깨를 견줄 만한 자는 한 사람도 없었다. 그 가운데에 프랑스군에 근무하고 있었던 포로인 이탈리아 장교가 있었다. 니콜라이는 이 포로가 있기 때문에 러시아 용사인 자기의 가치가 한층 높아지는 것을 느꼈다. 이것은 흡사 전리품(戰利品) 같은 것이었다. 니콜라이 자신도 그것을 느꼈을 뿐만 아니라 또 다른 사람들도 이탈리아인을 그렇게 보고 있을 것이라고 생각하였으므로 그는 품위와 겸허한 태도로 부드럽게 이 이탈리아인을 위로했다.

경기병의 정복을 입은 니콜라이가 주위에 향수와 술 냄새를 풍기면서 방으로 들어가 〈늦어도 숫제 오지 않느니보다는 낫다〉는 그 말을 자기도 말하고 남한테서도 몇 차례 들었다고 생각하자 그는 어느 틈에 사방에서 둘러싸이고 말았다. 그리고 모든 시선은 그에게로 쏠렸다. 그는 이내 자기가 지방에 왔을 때 당연히 차지해야 할 사교계의 총아라는 지위를 획득한 것을 직감했다. 이러한 지위는 어느 때든지 즐거운 것이지만 오랫동안 떨어져 견디어 온 지금의 니콜라이에겐 만족감에 도취하게 하는 것이었다. 역참이며 여인숙이며 지주의 융단 공장의 여자 종업원들만 그의 마음을 끌게 하는 것이 아니었다. 이 현지사 댁의 야회에도 헤아릴 수 없을 만큼 많은 젊은 부인과 아름다운 아가씨들이 있었는데(니콜라이에겐 그렇게 생각되었다) 모두 한결같이 니콜라이가 주의를 돌려 주기를 애타게 기다리고 있었다. 귀부인과 아가씨들은 그에게 추파를 던졌다. 늙은이들도 처음으로 만난 날부터 벌써 이 젊은 혈기 왕성한 경기병 장교를 잘 길들여서 결혼시켜야겠다고 애를 쓰기 시작했다. 그런 생각을 가진 사람들 가운데에는 현지사 부인도 섞여 있었는데 그녀는 로스토프를 아주 가까운 친척처럼 대우하고 〈니콜라스〉라느니 〈당신〉이라느니 하며 다정하게 부르는 것이었다.

카쩨리나 페트로브나는 기대한 대로 왈츠와 스코틀랜드 곡을 연주하기 시작했다. 그리고 춤이 시작되었다. 니콜라이는 더구나 멋진 춤 솜씨로 지방의 사교계를 매혹시켰다. 그는 그 어떤 유다른 가뿐한 춤을 추어 모두를 놀라게 했다. 당자인 니콜라이 자신도 이 날 밤의 춤 솜씨에 얼마큼 놀랐을 정도였다. 그는 지금까지 모스크바에서 이렇게 춤을 춘 일도 없었으며 첫째 지나치게 가뿐한 춤 솜씨는 예의에 벗어난 〈악취미〉라고 생각했던 것이다. 그러나 그는 이때 수도에선 보통이지만 지방에는 아직 알려져 있지 않다고 생각될 무엇인가 그 유다른 짓을 해보여 모두들 얼떨떨하게 만들지 않고는 견디지 못할 것 같은 욕구를 느끼고 있었다.

니콜라이는 그 날 밤 줄곧 어떤 현청 관리의 아내인 눈이 파랗고 서늘한 오동포동한 금발 미인에게 가장 관심을 돌리고 있었다. 남의 아내도 자기를 위해서 만들어진 것이라는, 신명이 난 젊은 사나이에게 있기 쉬운 순진한 신념을 가지고 로스토프는 그 부인의 옆을 떨어지지 않았다. 그리고 그 남편에 대해서는 두 사람은 다정한 듯한, 그러면서도 무엇인가 약속이라도 한 듯한 은밀한 태도를 취하고 있었다. 마치 그것은 비록 입 밖에 내지는 않았지만 그들, 즉 니콜라이와 이 사람의 아내가 참으로 잘 어울리는 한 쌍이라는 것을 서로 다 알고 있기라도 한 듯한 그런 것이었다. 그러나 남편은 이러한 신념에는 찬성할 수 없는 듯해서 로스토프에 대해서 되도록 음울한 태도를 취하려고 애를 썼다. 그러나 니콜라이의 태도가 어디까지나 솔직하고 천진하였으므로 어쩌다 남편도 부지중에 니콜라이의 쾌활한 기분에 말려드는 일이 있었다. 그러나 야회가 끝날 무렵 아내의 얼굴은 차차 우울해지고 차차 굳어지는 것이었다. 그것은 마치 활기의 분량이 두 사람의 공통 소유가 되어 있어 아내 쪽이 불어나면 남편 쪽이 줄기라도 하는 듯한 형태였다.

5

니콜라이는 지워질 것 같지도 않은 미소를 띠우고 약간 앞으로 구부정하게 팔걸이 의자에 앉아 금발의 미인에게 바싹 얼굴을 대면서 한창 신화 같은 말로 치켜 세우고 있었다.

다정하게 승마 바지를 입은 두 다리의 위치를 잽싸게 바꾸기도 하고 향수 냄새를 주위에 풍기기도 하고, 상대방인 부인에게도, 자기 자신에게도 팽팽한 바지에 싸인 자기 다리의 미끈한 모습을 넋을 잃고 바라보면서 니콜라이는 금발의 미인에게, 자기는 이 보로네쥐에서 한 부인을 약탈해 갈 작정이라고 말했다.

「어머 어떤 부인이에요?」

「매력적이고 기품 있는 사람입니다. 그 사람의 눈은……」 하고 니콜라이는 상대방의 눈을 주시했다. 「파랗고 입술은 산호와도 같고 살결은 눈처럼 희고……」 그는 여자의 어깨를 보았다. 「모습은 달의 여신처럼 생겼읍니다……」

남편이 두 사람의 옆으로 다가왔다. 그는 침울한 어조로 무슨 이야기를 하고 있느냐고 아내한테 물었다.

「아아! 니키타 이바느이치.」 니콜라이는 정중하게 일어서면서 말했다. 그리고 니키타 이바느이치를 자기의 익살스러운 장난에 끌어들이려는 것처럼 그는 이 사람한테까지 금발 미인의 약탈 계획을 이야기하기 시작했다.

남편은 굳은 표정으로, 아내는 명랑하게 웃었다. 선량한 현지사 부인이 장난이 좀 지나치지 않느냐고 말하고 싶은 듯한 표정을 지으면서 그들의 옆으로 천천히 다가왔다.

「니콜라스, 안나 이그나찌예브나가 당신을 만나고 싶어하고 계세요.」하고 그녀는 말했다. 그녀가 안나 이그나찌예브나라고 말했을 때의 어조로 보아 이 안나 이그나찌예브나는 굉장히 지체가 높은 부인이라는 것을 로스토프는 이내 직감하였다.

「가요, 니콜라스, 저, 당신을 이렇게 불러도 괜찮겠죠?」

「좋습니다, 아주머니. 도대체 그분은 누구예요?」

「안나 이그나찌예브나 말리빈세바예요. 당신이 그분의 조카딸을 구출했다는 것을 조카딸로부터 들으셨대요……. 짐작이 가겠죠?」

「제가 구출한 사람은 얼마든지 있는걸요!」하고 니콜라이는 말했다.

「그분의 조카따님, 공작 영애 볼콘스키야예요. 아가씨는 지금 보로네쮜의 이모 한테 와 있어요. 어머, 얼굴을 붉히시는 것 좀 봐! 왜 무슨 일이 있었군요…….」

「천만에요. 그런 말씀은 그만두십시오, 아주머니.」

「어머 좋아요, 용서하죠…… 정말! 어쩜 그렇게 도련님 같을까!」

현지사 부인은 그를 안내하고 굉장히 살찐, 키가 큰 하늘빛의 모자를 쓴 노부인 옆으로 갔다. 노부인은 그곳 일류의 명사들과 카드놀이 승부를 막 끝낸 참이었다. 이 사람이 공작 영애 마리야의 이모 말리빈세바로 보로네쮜에 살고 있는, 자식이 없는 부유한 미망인이었다. 로스토프가 옆으로 다가갔을 때 그녀는 엄격하고 거드름을 피우는 표정으로 눈을 찡그리면서 니콜라이를 쳐다보고는 그대로 자기를 지게 한 장군을 줄곧 욕하고 있었다.

「만나뵈어 정말 반갑군요.」그녀는 니콜라이에게 손을 내밀면서 이렇게 말했다. 「꼭 집에도 놀러 오세요.」

공작 영애 마리야와 그녀의 죽은 아버지(말리빈세바는 그를 좋아하지 않았던 모양이었다)의 이야기를 조금 하고 마찬가지로 그녀가 그다지 좋아하지 않는 듯한 안드레이 공작에 대해서 묻기도 한 뒤 이 거만한 노부인은 니콜라이를 놓아 주면서 다시 한 번 집에 놀러 오라고 되풀이했다.

방문할 것을 약속하고 말리빈세바에게 고개를 숙였을 때 니콜라이는 또 얼굴을 붉혔다. 공작 영애 마리야의 말이 튀어 나오면 그는 자기 자신도 알 수 없는 부끄러움과 두려움을 느끼는 것이었다.

말리빈세바 앞을 떠난 로스토프는 또 춤 쪽으로 돌아가려고 했으나 몸집이 작은 현지사 부인은 오동포동한 손을 니콜라이의 소매 위에 얹고 얘기해 둬야 할 일이 있다고 하면서 그를 소파가 있는 방으로 데리고 갔다. 거기에 있던 사람들은 현지사 부인에게 방해가 되지 않으려고 곧 그 장소를 물러나 버렸다.

「저어, 이봐요.」선량하고 조그만 얼굴에 진지한 표정을 띠면서 현지사 부인은 말했다. 「이것은 정말 당신에게 어울리는 인연이에요. 뭣하면 내가 말을 건네어 드릴까요?」

「누구 말입니까, 아주머니?」하고 니콜라이는 물었다.

「공작 따님 말이에요. 카쩨리나 페트로브나는 릴리가 좋다고 말씀하고 계시지만 나는 그것보다는 공작 따님 쪽이 좋다고 생각해요. 어때요? 그러면 어머님께서도 고맙게 생각하실 거예요. 정말 훌륭한 아가씨예요, 얌전하고. 게다가 그녀는 절대로 그렇게 밉상도 아니고요.」

「밉상이라뇨!」하고 니콜라이는 모욕을 느낀 듯이 말했다. 「아주머니, 저는 군인의 본분으로서 치근치근 조르지도 않고 또 뭐 사양하지도 않습니다.」로스토프는 자기가 지금 무엇을 말하고 있는가 생각할 겨를도 없이 불쑥 이렇게 말하고 말았다.

「지금 한 말을 잊지 말아요, 이것은 농담이 아니니까요.」

「농담이라뇨, 별말씀을!」

「그렇겠죠, 그렇겠죠.」현지사 부인은 혼잣말처럼 말했다. 「그렇지만 말이에요, 당신은 그 여자에게, 그 금발의 부인에게 너무 지나치게 친절해요. 그녀의 남편이 가엾을 정도로 말이에요, 정말…….」

「뭘요, 천만에! 우리들은 친구 사이입니다.」니콜라이는 아무렇지도 않다는 듯 말했다. 자기에게 이처럼 즐거운 일이 설사 그게 누가 되었건 남에게 불쾌하게 느껴질지도 모른다는 생각은 꿈에도 그의 머리에 떠오르지 않았던 것이다.

『그러나 나는 현지사 부인에게 그 무슨 어리석은 소리를 지껄였단 말인가!』문득 야식 때에 니콜라이는 아까의 일을 생각했다. 『그 부인은 틀림없이 중매를 들기 시작할 것이다. 그럼 소냐는?……』헤어질 무렵에 현지사 부인이 방글방글 웃으면서 다시 한 번「그럼 잘 기억해 두어요.」하고 말했을 때 그는 부인을 한 옆으로 데리고 갔다.

「그러나 말씀이에요, 아주머니, 사실을 말씀드리면…….」

「아니 도대체 무슨 이야긴데 그래요? 그럼 저기 좀 앉아요.」

갑자기 니콜라이는 거의 남과 다름 없는 이 여자에게 자기의 마음 속 깊이 간직하고 있는, 어머니에게도 누이한테도 친구에게도 고백한 일이 없는 생각을 깨끗이 털어놔 버리고 싶은 충동과 필요를 느꼈다. 이것은 니콜라이 자신에게 매우 중대한 결과를 가져오게 되었는데, 고백에 대해 생각할 때마다 어째서 그와 같은 고백욕의 발작이 일어났었는지 설명을 할 수 없어 그저 어리석은 꿈 같은 기분에 사로잡혔던 것이라고 생각했으나(이러한 경우 사람은 언제나 이처럼 생각하게 마련이다) 이 고백욕의 충동은 다른 자질구레한 사건과 얽혀서 그와 그 가족 전체에게 특히 중대한 결과를 가져오게 했던 것이다.

「실은 말씀이에요, 아주머니, 어머님은 오래 전부터 부유한 아가씨한테 저를 장가들이고 싶어하십니다. 그러나 저는 그런 것을 생각하기만 해도 싫습니다. 돈 때문에 결혼을 한다는 것은…….」

「그야 그렇죠, 그건 정말 그래요.」 하고 현지사 부인은 말했다.

「그러나 볼콘스키이 공작 따님만은 예외입니다. 바른대로 말씀드리자면 저는 첫째 그 사람이 매우 마음에 듭니다. 어쩐지 마음에 흡족한 사람입니다. 게다가 그 사람과 그러한 상태에서 그같이 이상야릇하게 만난 뒤 이것은 운명이라는 것이다, 하고 생각하게 됐읍니다. 그리고 한 번 생각해 보세요. 어머니는 일찍부터 그 일을 생각하고 계셨읍니다만 그때까지 그 사람을 만날 기회가 없었읍니다. 어떻게 된 영문인지 만나지 못했었읍니다. 거기에다 누이인 나타샤가 그 사람의 오라버니와 약혼하고 있었을 때에는 제가 그 사람과 결혼한다는 것은 생각할 수도 없지 않았읍니까. 그러니까 나타샤의 약혼이 깨졌을 때에야 제가 그 사람을 만날 수 있는 운명이 되어 있었던 겁니다. 전 누구에게도 이런 이야기를 한 적이 없었고 또 앞으로도 하지 않으렵니다. 그저 아주머님뿐입니다.」

현지사 부인은 감사하다는 듯 그의 팔꿈치를 쥐었다.

「아주머님은 종매(從妹)인 소피를 아십니까? 전 그녀를 사랑하고 있읍니다. 그녀와 결혼 약속을 했읍니다. 그리고 그것을 실행할 작정입니다…… 그러니까 이제 새삼스럽게 이런 말씀을 드려도 어쩔 수 없죠.」 니콜라이는 얼굴을 붉히면서 이치에 닿지 않는 말을 했다.

「어머, 이거 봐요, 무슨 말을 하는 거예요? 글쎄, 소피는 무일푼이잖아요. 게다가 지금 당신의 말에 의하면 당신 아버님의 경영 상태가 아주 어려우신 모양인 것 같고, 거기에다 어머니는 또 어떻고? 그러한 것은 어머니를 죽이는 것이나 다름 없어요. 또 소피를 말하더라도 만약 그 여자가 생각이 있는 처녀라면 결혼 뒤의 생활이 어떠할 것인가 하는 것쯤은 알 것 아녜요? 어머니는 실망하시게 되고 재정은 파산할 거고…… 아녜요, 안 돼요. 당신이나 소피나 잘 생각하지 않으면 안 돼요.」

니콜라이는 잠자코 있었다. 그는 이와 같은 결론을 듣는 것이 기뻤다.

「그렇지만 아주머니, 그것은 역시 안 됩니다.」 그는 잠시 말없이 있다가 한숨을 쉬면서 말했다. 「그리고 공작 따님께서 저 같은 사람에게 오겠읍니까? 그뿐만 아니라 그 사람은 지금 상중(喪中)이지 않습니까? 그런 것을 생각할 겨를이 있겠어요!」

「도대체 내가 지금 곧 결혼을 시키기라도 하는 것처럼 생각하는 거예요? 무슨 일에나 모두 방법과 순서라는 것이 있는 거예요.」하고 현지사 부인이 말했다.

「당신은 중매 솜씨가 대단하군요, 아주머니…….」그녀의 손에 키스하면서 니콜라이는 말했다.

6

공작 영애 마리야는 로스토프와의 해후 뒤 모스크바에 도착하자 거기서 자기 조카와 가정교사를 만나고 안드레이 공작의 편지를 받았다. 그 편지에는 보로네쥐의 이모 말리빈세바한테로 소개(疏開)하라고 그 노정(路程)까지 명기하고 있었다. 소개에 대한 근심과, 오빠를 염려하는 불안과, 새로운 집에서 생활을 영위할 일과, 새로운 사람들과 조카의 교육, 이러한 여러 가지가 공작 영애 마리야를 괴롭히고 있었던, 그 유혹과도 흡사한 감정을 만들고 있었다. 이 감정은 아버지의 환후 때부터 그 사후(死後), 특히 로스토프와의 해후 뒤 더욱더 그녀를 괴롭히게 되었던 것이다. 그녀는 침울했다. 아버지의 마지막 인상은 러시아의 멸망과 결부되고, 그 뒤 평화로운 생활 조건 밑에서 한 달을 지낸 지금에 와서 차츰차츰 강하게 그녀의 마음 속에 느껴지는 것이었다. 그녀는 불안에 떨었다. 가까운 육친 가운데서 오직 한 사람 살아 남은 오빠가 위험 앞에 놓여 있다는 상념은 끊임없이 그녀를 괴롭히는 것이었다. 또 그녀는 조카의 교육에 애를 태우고 있었고 자기는 도저히 이 일에 적합하지 않은 인간이라고 늘 생각하고 있었다. 그러나 그녀의 마음의 밑바닥에는 그 어떤 자기 조화가 있었다. 그것은 로스토프의 출현과 관련하여 그녀의 내부에 일어났던 개인적인 동경과 희망을 자기 손으로 비벼 꺼버렸다는 자각에서 생기는 일종의 자기 조화가 있었던 것이다.

현지사 부인은 자택에서 야회를 베푼 이튿날 말리빈세바한테 가서 자기의 계획을 그녀에게 이야기했다. 그러나 지금 같은 사정으로는 정식 혼담 같은 것은 생각할 계제가 못 되지만 젊은 두 사람을 접근시켜서 서로의 인품을 알게 하는 것은 상관 없다는 조건부에서였다. 그리고 그녀의 찬성을 얻은 뒤 공작 영애 마리야 앞에서 로스토프의 말을 꺼내고 칭찬하면서 그가 아가씨의 이름을 듣고 얼굴을 붉혔다는 것들을 이야기했다. 그때 공작 영애 마리야는 기쁘다기보다는 차라리 고통을 느꼈다. 그녀의 마음 밑바닥에 있던 자기 자신의 승낙은 이미 사라져 버리고 또다시 의욕과 자책과 기대가 고개를 들었던 것이다.

이 소식을 듣고 나서 로스토프가 방문할 때까지 이틀 동안을 공작 영애 마리야는 로스토프에 대해서 어떠한 태도를 취해야 할까를 줄곧 생각하고 있었다. 로스토프가 이모를 찾아오면 객실에는 나가지 않도록 하리라, 상중에 손님을 맞는 것은 예의에 벗어나는 것이라고 결심해 보기도 하고, 로스토프에게 그런 은혜를 입었으면서 그렇게 하는 것은 실례라고 고쳐 생각하기도 하고, 또 이번에는 이모와 현지사 부인이 자기와 로스토프에 대한 그 어떤 계획을 하고 있는 것처럼 생각되기도 하고(두 사람의 시선과 말이 이따금 이 상상을 뒷받침하는 것처럼 느껴졌다), 그런가 하면 두 사람에 대해서 이렇게 생각하는 것은 자기의 마음이 죄가 많기 때문에 그렇게 보였을 뿐이고 아직 상장(喪章)도 떼지 않은 자기에게 그런 혼담을 꺼내는 것은 자기뿐만 아니라, 아버지의 기억까지 욕되게 하는 것이라는 정도는 두 사람 역시 모를 리가 없다고 혼잣말을 하기도 했다. 로스토프 앞에 인사차 나갈 경우를 상상하면서 공작 영애 마리야는 상대방이 자기에게 말하리라고 생각되는 말과 자기가 상대방에게 해야 할 말을 궁리해 보았다. 그러자 그 말들은 너무 차가운 것으로 생각되어지기도 하고 지나치게 큰 뜻을 갖는 것처럼 생각되기도 했다. 그녀가 로스토프와 만날 때 가장 두려워하고 있던 것은 로스토프를 보자마자 이내 당황하여 볼꼴 사나운 꼴을 보이지 않을까 하는 일이었다. 그러나 일요일의 미사 뒤 하인이 객실로 와서 로스토프 백작의 내방을 알렸을 때 공작 영애는 당황한 기세를 보이지 않았다. 그저 볼에 가볍게 홍조가 나타나고 눈동자가 새로운 빛에 빛났을 뿐이었다.

「이모님, 그분을 만나보셨어요?」하고 공작 영애 마리야는 침착한 목소리로 말하면서, 어떻게 겉으로만 이렇듯 자연스럽게, 그리고 침착할 수 있을까 하고 자기 자신도 이상할 정도였다.

로스토프가 방으로 들어왔을 때 이모와 인사를 할 여유를 손님에게 주려는 듯이 공작 영애는 잠깐 동안 고개를 떨어뜨렸다. 그리고 때마침 니콜라이가 자기 쪽으로 얼굴을 돌렸을 때에 고개를 들고 빛나는 눈빛으로 그의 시선을 맞았다. 그녀는 품위가 넘치는 우아한 몸짓으로 즐거운 듯한 미소를 띠우면서 반쯤 몸을 일으켜 가늘고 화사한 손을 내밀면서 가슴 밑바닥에서 나오는 것 같은 여자다운 목소리로 이야기하기 시작했다. 객실에 와 있던 브리엔느 양은 의아하고 매우 놀란 눈으로 공작 영애 마리야의 얼굴을 응시했다. 교태를 보이는 데 있어 더할 나위 없이 능숙한 그 여자조차도 자기한테 반해 주기를 바라는 남자와 만났을 때,

이 이상 더 능란한 기교를 부릴 수 있을까 하고 생각할 정도였다.

『검은 것이 저 여자에게 저토록 어울리는 것일까! 그렇지 않으면 정말 저렇게 아름다와진 것을 내가 알아채지 못했던 것일까! 어쨌든 저 침착한 응대 솜씨와 저 우아함은 그만이다!』하고 브리엔느 양은 생각했다.

만약 공작 영애 마리야가 이 순간 딴 것을 생각할 여유를 가지고 있었다면 그녀는 브리엔느 양보다도 더 자기의 마음 속에 일어난 변화에 놀랐을 것이다. 그의 그립고 부드러운 얼굴을 본 순간부터 일종의 새로운 생명력이 그녀를 사로잡고 그녀의 의지와는 별도로 이야기하게도 하고 행동하게도 했다. 로스토프가 들어왔을 때부터 그녀의 얼굴은 갑자기 일변했다. 마치 색칠을 하기도 하고 조각을 하기도 한 등롱(燈籠)이 일단 그 안에 점화되면, 전에는 보잘것없는 시꺼먼 무의미한 것이라고 생각되었던 둘레에 복잡 정교한 예술적인 도안이 홀연 선명한 아름다움을 띠면서 나타나는 것과 마찬가지로 공작 영애 마리야의 얼굴도 갑자기 일변했던 것이다. 지금까지 그녀의 삶의 본체(本體)였던 내부의 순결한 정신적인 활동이 비로소 남김 없이 표면으로 나타난 것이다. 일찌기 만족한 적이 없었던 여러 가지 마음의 작업인 고민, 선에 대한 노력, 순종, 사랑, 자기 희생, 이와 같은 것이 지금 이 빛나는 눈과 고상한 미소와 아름다운 얼굴의 윤곽 하나하나에 빛났던 것이다.

로스토프는 그녀의 모든 생활을 알고 있었던 것처럼 이 같은 모든 것을 똑똑히 보았다. 그는 자기 앞에 있는 것이 지금까지 만난 모든 사람과 비교하여 볼 때 전혀 다르고 뛰어난 존재이며, 특히 무엇보다도 중요한 것은 자기보다도 훨씬 뛰어난 존재라는 것을 느꼈던 것이다.

이야기한 것은 지극히 단순하고 평범한 것이었다. 그들은 전쟁 이야기를 하고 있었는데 그때의 모든 사람들이 그랬던 것처럼 부지중 자기의 슬픔을 과장하는 것이었다. 두 사람은 최근에 해후했을 때의 이야기를 했는데 니콜라이는 다른 데로 화제를 돌리려고 애썼다. 선량한 현지사 부인의 이야기와 니콜라이와 공작 영애 마리야의 친척 이야기도 나왔다.

이모가 안드레이에 대해서 이야기하기 시작하자마자 공작 영애 마리야는 곧 화제를 돌리고 오라버니에 대해서는 한 마디도 하지 않았다. 러시아의 불행에 대해서는 수월하게 이야기를 할 수도 있었으나 육친인 오라버니는 너무 자기 마음에 가까왔으므로 가볍게 그런 이야기를 하고 싶지가 않고 또 할 수도 없었던 것이다. 니콜라이는 그것을 눈치챘다. 그것만을 눈치챈 것이 아니라 대체로 그는 그녀의 성격의 온갖 음영(뉘앙스)을 평소의 그답지 않은 투철한 통찰력으로 꿰뚫어보았는데, 그것은 모두 그녀가 유달리 비상한 여자라는 신념을 뒷받침하는 것뿐이었다. 니콜라이는 마리야와 마찬가지로 전에는 그녀의 말을 들어도 아니, 그녀에 대해서 생각하기만 해도 얼굴을 붉히기도 하고 당황하기도 했지만 막상 그녀 앞에 나서자 아주 자유로와진 것을 느꼈다. 그리고 준비하여 온 것과는 전혀 다른, 그 순간마다 머리에 떠오르는 것을 이야기했는데 그것이 언제나 알맞게 되어 나가는 것이었다.

니콜라이는 어린 아이가 있는 데서는 누구나가 하는 것처럼 곧 안드레이 공작의 어린 아들에게로 달려가 부드럽게 머리를 어루만지기도 하고 경기병이 되고 싶지 않느냐고 묻기도 했다. 그는 어린 아이를 안아 올리고 즐겁게 빙빙 돌면서 공작 영애 마리야를 돌아보았다. 그러자 그녀의 기쁜 듯한 행복스러운, 그러면서도 조마조마한 눈길이 사랑하는 사람의 손에 안기어 있는 사랑하는 어린 아이를 좇고 있었다. 니콜라이는 이 시선을 알아채고 그 의미를 깨닫기라도 한 것처럼 만족에 겨워 얼굴을 붉혔다. 그리고 자못 선량하고 즐거운 태도로 어린 아이에게 키스하기 시작했다.

공작 영애 마리야는 상중이라서 아무 데도 나가지 않았다. 니콜라이도 이 집에 드나드는 것을 예의에 어긋나는 짓이라고 생각하고 삼갔다. 그러나 그대로 현지사 부인은 여전히 중매 일을 계속하면서 니콜라이를 보고는 그에 대한 공작 영애 마리야가 칭찬한 말을 전하기도 하고 공작 영애 마리야한테 가서는 그 반대의 전달을 하기도 했다. 그리고 빨리 자기의 의중을 공작 영애 마리야에게 고백하라고 니콜라이에게 끈질기게 권하는 것이었다. 그녀는 이 때문에 젊은 두 사람을 미사 전에 주임 신부의 집에서 만나게 하도록 꾀했다.

로스토프는 현지사 부인과 공작 영애에게 아무런 고백도 할 게 없다고 말했으나 그래도 주임 신부의 집에 갈 약속을 했다.

로스토프는 전에 찔리지트에서도 여러 사람이 좋다고 인정하는 것에 대해서는 그 선악을 의심하려 하지 않았으나 이번에도 이성(理性)에 의해 자기의 생활을 구축해야 할 것인가, 고분고분 주위의 상황에 복종할 것인가, 짧긴 했으나 진지한 고민을 경험한 뒤 마침내 후자를 선택하고 말았다. 그리고 불가항력으로 자기를 어딘가로 이끌고 가는(그는 그렇게 느꼈다) 힘에 몸을 맡겼던 것이다. 일단 소냐에게 약속을 고백하는 것은 그가 항상 비열한 행위라고 했던 것이라는 것을 그도 잘 알고 있었다. 또 절대로 자기가 그와 같은 비열한 행위를 하지 않는다는 것도 굳게 믿고 있었다. 그러나 그와 동시에 자기를 지도하는 감정과 인간의 위력에 몸을 맡겼다고 해서 그가 무슨 나쁜 짓을 한 것이 아닐 뿐더러 오히려 무엇인가 아주 중요한, 그가 지금까지의 인생에서 아직 한 번도 없었을 만큼 중요한 일을 수행하는 것이라는 것도 그는 알고 있었다(그것은 이지로 안 것이 아니고 마음 속으로 깊이 느끼고 있었던 것이다).

공작 영애 마리야를 만난 뒤 니콜라이의 생활 상태는 외면적으로는 여전히 전과 다름 없었으나, 전에 그에게 만족을 주고 있던 것은 모두 매력을 잃어버리고 말았다. 그는 끊임없이 공작 영애에 대해서 생각하게 되었다. 그러나 그가 공작 영애 마리야에 대해서 생각하는 것은 지금까지 사교계의 처녀를 만났을 때 언제나 예외 없이 생각했던 것과는 뜻을 달리하고 있었다. 또 전에 오랫동안 가슴을 설레게 하면서 소냐에 대해서 생각했던 것과도 달랐다. 지금까지 그는 어떠한 처녀에 대해서 생각하여도 거의 모든 정직한 젊은이와 마찬가지로 그 사람을 미래의 아내로서 상상하는 것이었다. 그리고 결혼 생활의 여러 가지 조건——하얀 부인복, 사모바르 앞에 앉은 아내, 아내의 사륜 마차, 어린애, 〈엄마〉와 〈아빠〉, 아내에 대한 부모들의 태도 등등——을 상상 가운데서 상대방 처녀에게 맞추어 보고 이와 같은 장래에 대한 상상에 만족을 느끼고 있었던 것이다. 그런데 이번에 혼담이 오고간 공작 영애에 대해서 생각했을 때 미래의 결혼 생활에 대해서는 전혀 아무것도 상상할 수 없었다. 설사 상상하려고 노력해도 전혀 갈피를 잡을 수 없는 공허한 것이 되었다. 그리고 다만 기분이 울적해질 뿐이었다.

7

보로지노 회전과 아군의 사상자에 관한 무서운 보도와, 모스크바의 포기라는 더욱 무서운 보도는 구월 중순쯤 보로네쥐에 닿았다. 공작 영애 마리야는 다만 신문에서 오라버니의 부상을 알았을 뿐 확실한 보도는 전혀 얻을 수 없었으므로 안드레이 공작을 찾으러 갈 것을 결심했다(니콜라이는 그녀를 만나지 못했으므로 그것도 다만 풍문을 통해 들었을 뿐이었다).

보로지노 회전과 모스크바 포기의 보도를 받았을 때 로스토프는 절망이라든가 복수라든가 하는 그런 종류의 감정을 느끼지는 않았으나 다만 보로네쥐에 있는 것이 지리하고 싫증이 나기 시작하고 온갖 것이 기묘하게도 답답하고 거북스럽게 생각되었다. 그리고 귀에 들어오는 이야기가 온통 꾸며진 얘기처럼 느껴졌다. 그는 그와 같은 일을 뭐라고 판단해야 좋을지 모르고 다만 연대로 돌아가기만 하면 모든 것이 또 분명하게 될 것 같은 생각이 들었다. 그는 빨리 군마를 사들이는 일을 끝내려고 초조하기 때문에 늘 졸병과 하사에 대하여 이유 없는 화를 내게 되었다.

로스토프가 출발하기 수일 전에 러시아군의 전승에 대한 감사의 미사가 중앙 성당에서 거행되었으므로 니콜라이도 미사에 참석했다. 그는 현지사의 약간 뒤에 서서 여러 가지 문제를 깊이 생각하면서 자못 단정하고 엄숙한 태도로 기도가 끝날 때까지 꼼짝도 하지 않고 서 있었다. 미사가 끝났을 때 현지사 부인은 니콜라이를 옆으로 불렀다.

「공작 영애를 만나셨어요?」 성가대석 뒤에 서 있는 검은 상복의 부인을 턱으로 가리키면서 그녀는 말했다.

니콜라이는 모자 밑으로 보이는 옆얼굴보다도 오히려 갑자기 자기의 마음을 엄습한 경계와 공포와 연민의 감정에 의해서, 곧 공작 영애라는 것을 알았다. 무엇인가 생각에 잠긴 듯한 공작 영애 마리야는 성당에서 나가기 전의 마지막 성호를 긋고 있는 참이었다.

니콜라이는 놀라운 눈으로 그녀의 얼굴을 보았다. 그것은 전에 보아 왔던 것과 똑같은 얼굴이었고, 여전히 미묘한 종교적 내부 활동을 말하는 일반적 표정은 변하지 않았으나 지금은 그 얼굴이 전혀 다른 빛으로 빛나고 있는 것이었다. 그것은 사람을 움직이게 하는 비애와 기도와 희망과의 감동적인 표정이었다. 니콜라이는 언제나 공작 영애 마리야 앞에서 하듯이 옆으로 가라는 현지사 부인의 권고도 기다리지 않았을 뿐만 아니라 이러한 성당 안에서 말을 건네는 것이 좋은가 나쁜가 하는 것도 일체 생각하지 않은 채 거리낌 없이 그녀에게 다가갔다. 그리고 그녀의 슬픔을 듣고 충심으로 동정한다고 말했다. 니콜라이의 말을 듣자마자 공작 영애 마리야의 얼굴에는 갑자기 싱싱한 빛이 불타올라 그녀의 슬픔과 기쁨을 동시에 비추어 주기 시작하였다.

「아가씨, 나는 꼭 한 마디 당신에게 말씀드리고 싶었읍니다.」 하고 로스토프는 말했다. 「다름이 아닙니다, 만약 안드레이 니콜라예비치 공작이 살아 계시지 않는다면, 적어도 연대장이시니까 꼭 신문에 그 사실이 발표되었을 것이라는 겁니다.」

공작 영애는 그의 말뜻을 이해하지 못하면서도, 니콜라이의 얼굴에 나타나 있는 동정의 빛을 기쁘게 생각하며 그 얼굴을 쳐다보고 있었다.

「게다가 나도 여러 가지 많은 실례(實例)를 알고 있읍니다만, 탄환의 파편으로 입은 상처는(신문에는 유탄(榴彈)이라고 적혀 있었다), 만약 즉사가 아니라면 그 반대로 극히 경상으로 끝나는 것입니다.」 하고 니콜라이는 「그렇다면 좋은 쪽의 경우를 상상하지 않으면 안 됩니다. 나의 확신에 의하면……」

공작 영애 마리야는 그것을 가로막았다.

「아아, 정말 무서운……」하고 그녀는 말을 꺼냈으나 목소리가 떨려서 끝까지 다 말을 맺지 못하고 우아한 몸짓으로 고개를 숙이고(그녀가 니콜라이 앞에서 보이는 동작은 모조리 우아했듯이) 감사한 듯이 상대방을 쳐다본 뒤 이모의 뒤를 따라가 버렸다.

그 날 밤 니콜라이는 아무 데도 방문을 하지 않고 말장수들과의 여러 가지 계산을 해치우기 위해서 숙사에 남아 있었다. 용무가 끝났을 때는 어딘가로 나가 보기에는 이미 늦었으나 그렇다고 잠을 자기에는 너무 일렀으므로 니콜라이는 오랫동안 방안을 서성거리면서 그로서는 희한할 만큼 자기 생활의 이것저것을 생각하고 있었다.

공작 영애 마리야가 그에게 호감을 준 것은 스몰렌스크 근교에서였다. 그때 그러한 특별한 상황에서 그녀와 만났다는 것과 어머니가 언젠가 부유한 배우자로서 그녀를 지정했던 것이 그에게 특별한 주의를 끌게 하는 원인이었다. 보로네쥐에서 그가 방문했을 때 그가 공작 영애한테서 받은 인상은 그저 유쾌했을 뿐만 아니라 굉장히 강렬한 것이었다. 니콜라이는 이때 그녀 속에서 특별한 정신적인 아름다움을 발견하고 깊이 감동했다. 그러나 그는 조만간 출발할 마음으로 있었고 보로네쥐를 떠나 버리면 공작 영애와 만날 기회를 잃어버리게 되지만 그것을 서운하게 생각하는 마음이 그의 머리에 떠오르지 않았다. 그러나 오늘 성당에서 공작 영애 마리야와 만난 것은 그의 마음 속에 예상하고 있었던 것보다도 훨씬 깊고 그의 마음의 평안을 위해서 바라고 있는 것보다 훨씬 더 깊게 마음 속에 뿌리를 내렸다(니콜라이는 그것을 느꼈던 것이다). 그 창백하고 우아한 몸짓, 특히 그녀의 몸 전체에 나타나 있는 뭐라고 말할 수 없는 깊이가 있는 부드러운 비애는 그의 가슴을 떨게 했고 그의 동정의 관여를 요구하는 것이었다. 로스토프는 남성들 가운데에서 이러한 높은 정신 생활의 표현을 보는 것이 몹시 싫었으며 (즉 그 때문에 그는 안드레이 공작을 좋아하지 않았던 것이다), 그러한 것을 한 마디로 철학 냄새를 풍긴다느니 공상이라느니 하고 경멸하고 있었다. 그러나 공작 영애 마리야에 관해서는 자기에게 인연이 먼 정신적인 세계의 깊이를 유감 없이 나타내고 있는 이 비애 속에서 그는 부정하기 어려운 매혹을 느꼈던 것이다.

「훌륭한 처녀임에 틀림없다! 이야말로 천사란 것일 게다!」하고 그는 혼잣말을 했다. 『왜 나는 자유로운 몸이 아닐까, 무엇 때문에 소냐한테 성급한 말을 했을까?』그러자 어느 틈에 두 여성의 성품의 비교가 머리에 떠올랐다. 니콜라이가 자기가 자기고 있지 않기 때문에 크게 존중하고 있는 종교적인 성품으로 보면 한쪽은 가난하고 한쪽은 풍부했다. 그는 만약 자기가 자유로운 몸이었다면 어떻게 할 것인가 하고 상상해 보았다. 어떻게 공작 영애에게 청혼을 하고 어떻게 그녀가 자기의 청혼을 받아들일까? 그것을 상상할 수가 없었다. 그는 가슴이 답답해졌다. 게다가 명확한 형상은 전혀 떠오르지 않았다. 그는 소냐와의 미래의 생활을 벌써 오래 전부터 상상하고 있었을 뿐만 아니라 또한 그것이 단순하고 명료했다. 왜냐하면 그것은 모두 생각해 낸 것인 데다가, 소냐가 가지고 있는 것을 모두 알고 있었기 때문이다. 그러나 공작 영애 마리야의 경우로 옮기면 미래의 경우를 상상할 수가 없었다. 그것은 그가 상대방을 이해하지 못하고 그저 사랑하고만 있었기 때문이었다.

소냐를 둘러싼 공상에는 무언가 명랑한 소꿉장난 같은 것이 있었다. 그러나 공작 영애 마리야에 대해서 생각하는 것은 항상 힘이 들었고 또 얼마큼은 두렵기도 했다.

『그녀의 기도하는 품은 어떠하였던가!』하고 그는 생각했다.

『그녀의 넋을 온통 기도에 쏟고 있는 것 같았다. 그렇다, 그거야말로 산이라도 움직일 기도다. 나는 그녀의 기도가 실현될 것을 확신한다. 그러나 왜 나는 자신에게 필요한 것을 빌지 않는 것일까?』하고 그는 생각했다.

『도대체 나에게 필요한 것이란 무엇일까? 자유다, 소냐와의 절교(絶交)다. 정말 지사 부인이 말한 것은 진실이다.』그는 현지사 부인의 말을 회상했다.『그녀와 결혼하면 불행밖에 아무것도 얻는 것이 없다고 했는데 그건 사실이다. 혼란, 어머니의 슬픔…… 파산…… 분규(紛糾), 무서운 혼란이다! 게다가 나는 그녀를 사랑하고 있지 않는 것이 아닌가? 올바르게 사랑하고 있지 않다. 아아, 하느님! 나를 이 무서운 출구 없는 상태에서 구원하여 주시옵소서!』하고 그는 별안간 기도하기 시작했다.『그렇다, 기도는 산까지 움직인다는데 그것만은 믿어야 한다. 기도하지 않으면 안 된다. 그러나 언젠가 나타샤와 둘이서 눈이 설탕이 되게 하소서 하고 빌고 나서 정말 눈이 설탕으로 변했는지를 확인하려고 뜰로 뛰어 갔던 것처럼, 그렇게 기도하여서는 안 된다. 그렇고 말고, 하지만 나는 지금 쓸데 없는 것을 기도한 것은 아닐까?』그는 파이프를 한쪽 구석에다 놓고 두 손을 합장하고 성상 앞에 서면서 이렇게 생각했다. 공작 영애 마리야의 추억으로 마음이 깨끗해지면서 그는 열심히 기도하기 시작했다. 그가 이만큼 열심히 기도한 것은 오랫동안 없었던 일이었다. 감격의 눈물이 넘치고 목구멍에 치솟았을 때 라브루쉬카가 무언가 편지 비슷한 것을 들고 방으로 들어왔다.

「이 바보야! 부르지도 않았는데 들어오는 놈이 어디 있어!」니콜라이는 당황해서 자세를 바꾸며 말했다.

「현지사한테서예요.」하고 라브루쉬카는 졸린 듯한 목소리로 말했다.「급사(急使)가 왔읍니다. 편지를 가지고 말씀이에요.」

「그래, 좋아, 고마와, 가도 좋아!」

니콜라이는 두 통의 편지를 받았다. 한 통은 어머니의 편지고 또 한 통은 소냐한테서 온 것이었다. 그는 필적으로 그것을 알았던 것이다. 그는 먼저 소냐의 편지를 뜯었다. 채 몇 줄 읽기도 전에 그의 얼굴은 파리해지고 눈은 놀라움과 기쁨 때문에 휘둥그래졌다.

「아니, 이런 일이 있을 리가 없다!」 그는 소리를 내어 말했다.

가만히 한 곳에 앉아 있을 수가 없었으므로 그는 편지를 손에 들고 읽으면서 방안을 걷기 시작했다. 그는 우선 편지를 훑어보고 난 뒤에 다시 한 번, 그리고 또 한 번 연거푸 읽었다. 그리고 어깨를 움츠리고 두 손을 좌우로 벌리면서 입을 벌리고 눈동자를 모은 채 방 한가운데에 멈췄다. 마침내 방금 하느님도 자기의 소원을 들어 주리라는 신념을 안고 기도했던 일이 실현되었던 것이다. 그러나 니콜라이는 이것이 마치 무엇인가 심상치 않은 사건이고 전혀 예기치 않았던 일이기라도 한 것처럼 어리둥절했다. 게다가 이토록 빨리 희망이 실현되었다는 것으로 미루어 이것은 자기가 기도를 드린 하느님의 의지가 아니고 흔히 있는 우연에 불과함을 증명하고 있는 것같이도 생각되었다.

로스토프의 자유를 속박하고 도저히 풀 길이 없을 것같이 생각되었던 매듭은 이 뜻밖의(이렇게 니콜라이에게는 생각되었다) 소냐의 의사에 의한 편지에 의해서 풀렸다. 그 편지에는 최근의 불행한 사건과 모스크바에 있는 로스토프네의 재산이 거의 전부 상실되었다는 것과, 백작 부인이 니콜라이를 볼콘스키이 공작 영애와 결혼시키고 싶다고 늘 입버릇처럼 말하고 있다는 것과, 최근 니콜라이가 아무런 소식도 들려 주지 않고 냉담한 태도를 취하게 되었다는 것 등 이와 같은 여러 가지 사정 때문에 자기는 지난 날의 약속을 단념하고 그를 완전히 자유로운 몸으로 하려고 결심했다, 이렇게 씌어 있었다.

〈내가 은혜를 입은 가정의 슬픔과 불화의 원인이 될는지도 모른다고 생각하니 나는 못 견디게 괴롭습니다. 게다가 나의 사랑의 목적은 다만 내가 사랑하는 분들의 행복 외의 다른 것은 없읍니다. 그러니까 니콜라스, 부탁이에요, 부디 자기 자신을 자유로운 몸이라고 생각해 주세요. 그리고 어떠한 일이 있을지라도 당신의 소냐만큼 열렬하게 당신을 사랑할 수 있는 사람은 또 없다는 것을 기억해 주세요.〉

편지는 두 통 다 트로이사에서 부친 것이었다. 또 한 통의 편지는 백작 부인한테서 온 것이었다. 이 편지에는 모스크바에 있어서의 최근의 사건, 출발, 화재, 전 재산의 소실 등이 적혀 있었다. 그러한 보고 가운데 가족과 함께 떠난 부상병속에 안드레이 공작도 끼여 있다는 것을 백작 부인은 이 편지에 알리고 있었다. 공작의 병태는 한때 매우 위험했었으나 이제는 많이 나아졌다고 의사도 말하고 있다. 그리고 소냐와 나타샤는 마치 간호부처럼 안드레이의 뒷바라지를 하고 있다는 것이었다.

이튿날 니콜라이는 이 편지를 가지고 공작 영애 마리야한테로 갔다. 니콜라이도, 공작 영애 마리야도 〈나타샤가 안드레이의 뒷바라지를 하고 있다.〉는 말이 무엇을 의미하고 있느냐고 하는 것은 한 마디도 하지 않았다. 그러나 이 편지의 덕분으로 갑자기 니콜라이와 공작 영애 사이에는 거의 친척 관계에까지 접근하게 되었다.

이튿날 로스토프는 공작 영애 마리야를 야로슬라블리까지 바래다 주었다. 그리고 수일 뒤에 그도 연대로 돌아갔다.

8

니콜라이의 기도를 실현시킨 소냐의 편지는 트로이사에서 쓴 것이었으나 그 동기는 다음과 같은 사정에 의해서였다. 니콜라이를 부유한 아가씨와 결혼시키려는 생각은 차차 강하게 노백작 부인의 마음을 차지해 갔다. 그러려면 소냐가 주된 방해자라는 것은 백작 부인도 잘 알고 있었다. 백작 집에서의 소냐의 생활은 최근, 특히 보구챠로보에서 공작 영애 마리야를 만났다는 것을 알린 니콜라이의 편지가 닿은 이래 차츰차츰 괴로와졌다. 백작 부인은 사사 건건 소냐에게 혹은 모욕적인 혹은 참혹한 암시를 주기를 게을리하지 않았다.

그러나 모스크바를 출발하기 수일 전 여러 가지 사건에 마음이 어지러워지고 흥분된 백작 부인은 소냐를 불러 꾸짖고 나무라는 대신 눈물을 흘리면서 애원하기 시작했다. 제발 자신을 희생해서 지금까지 여러 가지로 돌봐 준 보은(報恩)으로 니콜라이와의 관계를 해소해 주기를 바란다고 빌듯이 말했다. 「네가 이 일을 약속해 주지 않는 동안은 나는 안심할 수가 없으니까.」

소냐는 매우 심하게 흐느껴 울면서 자기는 언제든지 어떠한 것도 할 각오가 되어 있다고 목메어 대답했으나 분명하게 약속을 하지는 않았다. 그것은 백작 부인의 요구대로 하리라는 결심이 서지 않았기 때문이다. 그녀를 키우고 교육시킨 가족의 행복을 위해서 자기를 희생시킨다는 것은 소냐에겐 습관처럼 되어 있었다. 로스토프네에서의 처지로 말하더라도 그녀는 다만 희생에 의하여 자기의 가치를 표현할 수밖에 없는 사람이었다. 그래서 그녀는 자기를 희생시키는 것에 익숙해졌고 또한 그것을 자랑하고 있었다. 그러나 전에는 그러한 자기 희생의 행위를 할 때마다 자기는 자기 희생이라는 방법에 의해서 자타의 눈에 비치는 자기의 가치를 높이고 온 세계에서 무엇보다도 사랑하고 있는 니콜라스의 아내로서 더욱 더 어울리는 여자가 된다는 기쁜 의식을 느끼고 있었으나 이번에 요구당하고 있는 희생은 보상과 생활의 온갖 희망을 단념하는 일이었던 것이다. 그녀는 난생 처음으로 나중에 자기를 한층 더 괴롭히기 위해서 자기에게 은혜를 베푼 사람들에 대해 환멸을 느꼈다. 이와 같은 괴로움을 전혀 경험한 일도 없을 뿐더러 일찌기 한 번도 희생을 요구당하지도 않았고, 언제나 자기를 위해서 다른 사람을 희생시키면서 더우기 모든 사람한테 사랑을 받는 나타샤를 그녀는 부러워했다. 소냐는 이번에 처음으로 니콜라스에 대한 조용하고 순결한 사랑이 갑자기 율법도 종교도 온갖 것을 초월한 열렬한 감정으로 성장해 가는 것을 느꼈다. 이 감정에 영향받아 소냐는 타인 본위의 그늘의 생활에 길들어 온 몸이면서도 백작 부인에게 막연하고 애매한 대답을 하고 되도록 백작 부인과 이야기하는 것을 피하면서 니콜라이와 만나는 날을 기다리려고 결심했다. 그리고 그것은 그를 자유롭게 하기는커녕 오히려 영원히 자기의 운명에 결부시켜야겠다고 결심했던 것이다. 로스토프네가 모스크바에서 지낸 최후의 수일간의 번거로움과 공포는 소냐를 괴롭히고 있던 어두운 생각을 지워 버렸다. 그녀는 기꺼이 실제적인 활동 속에서 구원을 발견했다. 그러나 로스토프네에 안드레이 공작이 와 있는 것을 알자 소냐는 공작과 나타샤에게 충심으로 애련의 정을 느꼈으나 그와 동시에 하느님은 자기와 니콜라스의 이별을 바라지 않는다는 기쁜 미신적인 감정의 포로가 되었던 것이다. 여태까지 나타샤는 안드레이 공작 한 사람을 사랑하고 있었다. 또 지금도 역시 변함 없이 사랑하고 있다. 그것을 그녀는 잘 알고 있었다. 그리고 지금 이러한 서글픈 사정 밑에서 맺어진 두 사람은 또 서로 사랑하기 시작하리라, 그렇게 되면 두 집 사이에 생기는 친척 관계 때문에 니콜라이는 공작 영애 마리야와 결혼할 수 없게 된다, 그것도 그녀는 잘 알고 있었다. 모스크바에 있어서의 최후의 수일간과 소개의 시초에 일어난 여러 가지 무서운 사건에도 불구하고 이 느낌, 자기의 일신상의 일에 전능하신 하느님이 간섭해 주신다는 이 의식은 소냐의 마음을 기쁘게 했던 것이다.

　로스토프네 일행은 트로이사의 수도원에서 이 소개 여행을 시작하고 처음 하루의 휴양을 가졌다.

　수도원 숙소에서는 세 개의 커다란 방이 로스토프네를 위해서 할당되었고 안드레이 공작은 그 하나를 차지하게 되었다. 그는 이 날 매우 병태가 좋았다. 나타샤도 그의 옆에 붙어 있었다. 옆방에서는 백작과 백작 부인이 공손히 수도원장과 이야기하고 있었다. 원장은 전부터의 지기이기도 하고 후원자이기도 한 로스토프 네의 사람을 찾아온 것이었다. 소냐도 거기에 앉아 있었으나 안드레이 공작과 나 타샤는 어떠한 이야기를 하고 있는 것일까 하는 호기심에 괴로움을 받고 있는 것이었다. 그러자 안드레이 공작의 방문이 열렸다. 나타샤가 흥분한 얼굴로 거기서 나오더니 자기를 맞기 위해서 일어나 오른손의 넓은 옷 소매를 잡은 수도원장도 보지 못하고 소냐 옆으로 다가와 그 손을 잡았다.

「어떻게 된 거니, 나타샤? 이리 오렴.」하고 백작 부인이 말했다.

나타샤가 축복을 받으러 다가가자 원장은 성부와 성자의 도움에 의지하도록 권했다.

원장이 돌아가자 나타샤는 곧 벗의 손을 잡고 아무도 없는 방으로 들어갔다.

「저어, 소냐, 저인 살아나겠지?」하고 그녀는 말하였다.「소냐, 난, 정말, 행복해. 하지만 또 정말 불행해! 저어 소냐, 모든 것이 그전대로야…… 그저 저이가 살아만 주신다면 말이야. 저이가 죽어서는 안 돼…… 왜냐면…… 저어…….」나타샤는 울음을 터뜨리고 말았다.

「그래! 나도 전부터 알고 있었어, 고맙게도!」하고 소냐는 말했다.「틀림없이 살아나셔!」

소냐는 자기 자신의 두려움과 슬픔 그리고 아직 아무에게도 말하지 않은 자기 혼자의 생각 때문에 친구에 못지않을 만큼 흥분하고 있었다. 그녀는 훌쩍이면서 나타샤에게 키스하기도 하고 위로하기도 했다.『그저 저분만 살아나신다면!』하고 그녀는 생각했다. 한참 동안 울고 나서 이야기한 뒤 둘은 눈물을 닦고 안드레이 공작의 방 문으로 다가갔다. 나타샤는 가만히 문을 열고 들여다보았다. 소냐는 나타샤와 나란히 반쯤 열린 문 옆에 서 있었다.

안드레이 공작은 세 개나 베개를 포갠 그 위에 높이 누워 있었다. 창백한 얼굴은 평온한 표정을 짓고 눈은 감겨 있었다. 그리고 고르게 호흡하고 있는 것도 보였다.

「아, 나타샤!」소냐는 갑자기 종매의 손을 쥐고 문에서 물러나면서 거의 부르짖듯이 말했다.

「왜 그래? 왜 그래?」하고 나타샤는 물었다.

「저거야, 저거야, 바로…….」하고 소냐는 창백한 얼굴을 하고 입술을 떨면서 말했다.

나타샤는 조용히 문을 닫고는 소냐가 무슨 말을 했는지 아직도 잘 모르는 채 소냐와 함께 창문 쪽으로 떨어졌다.

「너, 기억하고 있겠지?」 소냐는 질겁해서 굳어 버린 표정을 지으면서 말했다. 「내가…… 나타샤 대신 거울을 보았었잖아…… 오트라드노예에서 크리스마스 때 …… 그때 내가 무엇을 보았었는지 기억하겠어?」

「그래, 그래.」 나타샤는 눈을 크게 뜨면서 이렇게 말했다. 그때 소냐가 안드레이 공작이 자는 모습을 보았다고 말했던 것을 어슴푸레하게 상기했다.

「기억하겠어?」 하고 소냐는 이야기를 계속했다. 「난 그때 보았던 것을 너에게도 두냐샤에게도 여러 사람한테 얘기했었잖아. 난 저분이 침대 속에서 주무시고 계시는 것을 봤었어.」 하고 하나하나 자상한 사실을 열거할 때마다 손가락을 하나 세우고 몸짓을 하면서 그녀는 말했다. 「저어 그렇게 말했었지, 저분은 눈을 감고 계셨고 그리고 분명히 장미빛 이불을 덮고 두 손을 깍지끼고 계셨다고.」 자기가 금방 본 자상한 사실을 늘어놓을수록 그때도 이것과 똑같은 것을 보았었다는 신념이 더욱더 강해졌다. 사실 그때 그녀는 아무것도 보지 못했었고, 다만 자기의 머리에 떠올랐던 것을 보았다고 말했을 따름이었다. 그러나 그때 그녀가 생각해 낸 것은 모두 그 밖의 기억과 마찬가지로 확실한 사실처럼 생각되었다. 그때 그녀가 또 그 밖에 안드레이가 자기 쪽을 돌아보고 벙글 웃었었다든가, 무엇인가 빨간 것에 싸여 있었다든가 하고 말했던 것을 기억하고 있었을 뿐만 아니라 그때 안드레이가 장미빛의, 분명히 장미빛 담요에 싸여 있었던 것과 눈을 감고 있었던 것들을 보기도 하고 이야기도 했던 것이라고 굳게 믿고 있었다.

「그래, 그래, 정말 장미빛 담요였어.」 하고 나타샤는 말했다. 그녀도 역시 장미빛이라고 들었던 것을 아직도 분명히 기억하고 있는 것처럼 느꼈다. 그리고 이 점에서 예언의 기괴함과 신비스러움을 보았던 것이다.

「하지만 그것은 무엇을 뜻하는 걸까?」 하고 나타샤는 생각에 잠긴 듯 말했다.

「아아, 그것은 나도 모르겠어. 너무 이상한걸!」 소냐는 두 손으로 머리를 움켜쥐면서 말하였다.

몇 분 뒤에 안드레이 공작이 벨을 울렸다. 나타샤는 그 방으로 들어갔다. 소냐는 그녀로서는 좀처럼 느껴본 일이 없는 흥분과 감격을 느끼면서 이 사건의 심상치 않은 뜻을 이것저것 생각하면서 가만히 창가에 서 있었다.

바로 이 날, 군대에 편지를 띄울 기회가 있었으므로 백작 부인은 아들한테 편지를 썼다.

「소냐.」 조카딸이 옆을 지나갈 때 백작 부인은 편지에서 눈을 떼고 고개를 들면서 이렇게 말했다. 「소냐, 너도 니콜리니카에게 편지를 쓰지 않겠니?」 백작 부인은 작고 떨리는 목소리로 말했다. 안경 너머로 자기 쪽에 쏠린 백작 부인의 지친 눈 속에서 소냐는 지금 한 말에 담긴 뜻을 남김 없이 읽어 버렸다. 이 눈길에는 비는 듯한 애원과 거짓을 염려하는 공포와 애원하지 않으면 안 되는 부끄러움과, 만약 거절했을 때에 철저하게 증오하리라는 결의, 모든 것이 담겨져 있었다. 소냐는 백작 부인의 옆으로 가서 무릎을 꿇고 그 손에 키스했다.

「쓰겠어요, 어머니!」 하고 그녀는 말했다.

소냐는 이 날의 여러 가지 사건──특히 방금 본 신비로운 점(占)의 실현으로 마음이 누그러져 홍분과 감격에 사로잡혀 있었다. 게다가 이번에 나타샤와 안드레이 공작의 관계가 부활되었기 때문에 니콜라이와 공작 영애 마리야의 결혼이 불가능하게 된 것을 알았으므로 소냐는 자기가 즐겨하는, 그리고 평소부터 길들어 있는 자기 희생의 생활 기분이 되살아나는 것을 느끼고 그것을 기쁘게 생각했다. 그녀는 눈물을 글썽거리면서, 위대한 행위를 실행하고 있다는 즐거운 의식을 가지고 우단 같은 까만 눈을 흐리게 하는 눈물에 몇 번이나 펜을 멈추면서 그처럼 니콜라이를 놀라게 했던 감명 깊은 편지를 썼던 것이다.

9

피예르를 연행한 장교와 병사들은 영창의 독방 안에서 적의와 존경을 가지고 그를 다루었다. 그리고 피예르를 대하는 그들의 태도에서 도대체 이 사나이는 어떤 자일까, 의외로 신분이 높은 사람이 아닐까, 하는 의혹과 아직 기억에 새로운 그 격투에서 생긴 적의가 느껴지는 것이었다.

그러나 하룻밤이 지나고 파수병이 교체됐을 때 피예르는 자기가 새로운 파수병에 있어서는──장교에 대해서도 병사에 대해서도──자기를 포박했던 사람들이 갖고 있던 뜻은 이제 가지고 있지 않다는 것을 직감했다. 또 사실 이튿날의 위병들은 농부의 카프탄을 걸친 이 뚱뚱보가 약탈자와 호위병들과 그렇게 필사의 격투를 하기도 하고, 어린 아이를 구조했다고 가슴을 내밀고 말을 내뱉던 그 활기에 넘치는 인간이라는 것을 몰랐다. 피예르는 그들에게는 어째서인지는 모르지만 상관의 명령으로 구금되어 있는 러시아 포로 열 일곱 명 중의 하나라는 것에 불과했다. 만약 피예르에게 무엇인가 특별한 점이 있었다고 한다면 그것은 다만 마음을 집중시켜 무엇인가의 생각에 잠겨 있는 듯한 겁을 내지 않는 태도와 프랑스인도 놀랄만큼 자유로운 프랑스어로 이야기를 한다는 것이었다. 그럼에도 불구하고 그 날 피예르는 다른 혐의자와 한데 있었다. 그것은 피예르가 차지하고 있던 독방이 장교를 위해서 필요하게 되었기 때문이다.

피예르와 함께 구금당한 러시아인은 모두 아주 낮은 계급의 사람들이었다. 그들은 피예르가 귀족이라는 것을 안 데다가 그가 프랑스어를 사용했기 때문에 더욱더 그를 피하게 되었다. 피예르는 사람들의 비웃음을 쓸쓸한 기분으로 듣고 있었다.

이튿날 밤 피예르는 거기에 구금돼 있는 사람이 모두(그도 그 중의 한 사람이지만) 방화범으로 재판을 받게 되어 있는 것을 알았다. 사흘째에 피예르는 다른 사람들과 함께 어떤 건물 안으로 끌려갔다. 거기에는 하얀 콧수염을 기른 프랑스의 장군과 두 사람의 대령과 그 밖에 팔에 완장을 두른 프랑스인들이 앉아 있었다. 그들은 피예르에 대해서도 다른 사람들을 대할 때와 똑같은 태도로, 즉 항상 피고인을 신문(訊問)할 때에 취하는, 잘못을 저지르기 쉬운 인간의 약점을 초월한 것처럼 보이도록 엄격하고 정확한 어조로, 이름은? 어디에 있었는가? 어떠한 목적이었는가? 하는 등등의 질문을 던지는 것이었다.

이러한 질문은 재판소에서 행하여지고 있는 모든 신문과 마찬가지로 사건의 본질을 무시하고 그 본질의 발전을 불가능하게 하면서 다만 하나의 목적을 좇고 있음에 불과했다. 그것은 곧 하나의 홈통을 미리 만들어 놓고 피고의 답변이 그 홈통을 따라 흐르도록 하면서 피고를 소기의 목적, 즉 유죄로 이끌려는 것이었다. 피고가 무엇인가 이 목적에 따르지 않는 말을 꺼내기 시작하면 재판관은 곧 이 홈통을 가지고 와서 생각한 대로의 방향으로 물을 흐르게 하는 것이다. 그뿐만 아니라 피예르는 모든 재판소에서 모든 피고가 느끼는 것과 똑같은 것을 느꼈다. 다름이 아닌, 무엇 때문에 이런 신문을 하는 것일까 하는 의혹이었다. 이러한 홈통의 잔재주는 결국 재판관의 겸손이나 예의상의 표현에 불과하다고 피예르는 생각하고 있었다. 그는 자기가 사람들의 손아귀 속에 쥐어져 있다는 것을 깨달았다. 자기를 여기 데리고 온 것은 다만 권력뿐이고 오직 이 권력만이 신문에 대하여 답변을 요구할 권리를 재판관들에게 부여하고 있는 것이다. 그리고 이 모임의 유일한 목적은 자기를 유죄로 만드는 것뿐이다. 따라서 권력이 있고 유죄로 만들려는 희망이 있는 이상 신문의 잔재주도 재판도 쓸데없는 짓이란 것을 알고 있던 것이다. 모든 답변이 범죄를 증명하지 않으면 안 된다는 것은 분명했다. 포박되었을 때 무엇을 하고 있었느냐는 신문에 대하여 피예르는 얼마큼 비극적인 어조로 화염 속에서 구출한 어린 아이를 부모한테 데리고 가는 길이었다고 대답했다. 무엇 때문에 약탈자와 격투를 했느냐는 물음에 대해서 그는 부인을 보호한 것이다, 부인을 보호한다는 것은 모든 사나이의 의무이다, 게다가…… 하고 말하려고 했으나 재판관은 그의 말을 가로막았다. 그와 같은 일은 이런 경우엔 아무런 의미도 없는 것이었다. 불탄 집의 뜰에 있는 것을 본 사람이 있는데 그것은 무슨 이유냐고 물음을 받았을 때 그는 모스크바가 어떻게 돼 있는가 보고 다녔던 것이라고 대답했다. 그러자 재판관은 다시 그를 가로막고 어디로 가고 있느냐고 묻는 것이냐고 말했다. 너는 어떠한 자인가 하는 최초의 물음이 되풀이되었다. 맨 처음 때도 그는 답변하고 싶지 않다고 말했으나 이번에도 또 그것을 말할 수 없다고 대답했다.

「적어 두어. 그건 좋지 않아. 정말 좋지 않아.」하얀 콧수염에 빨간 볼을 한 장군이 그를 보고 엄숙하게 이렇게 말하였다.

나흘째에는 화재가 주보프스키이 성루(城壘)에서 발생되었다.

피예르는 열 세 사람과 함께 크르임스키이 브로드에 있는 한 상가의 마차 곳간으로 옮겨졌다. 한길을 걷고 있을 때 피예르는 연기로 숨이 막힐 것만 같았다. 연기는 온 시내의 하늘을 뒤덮고 있는 것처럼 생각되었다. 어느 곳을 보아도 불바다였다. 피예르는 그때 아직 모스크바 화재의 의의를 알지 못하고 두려움을 느끼면서 이 화재를 바라보았다.

크르임스키이 브로드의 한 상가의 마차 이야기에 의하면 거기에 감금되어 있는 자 모두는 어느 원수의 판결이 내릴 것을 매일같이 기다리고 있다는 것을 알았다. 원수가 누구인지 그것은 병사의 이야기로는 알 수가 없었다. 분명히 원수라는 것은 병사들에게는 권력의 가장 높은, 그리고 얼마큼 신비로운 존재인 것 같았다.

9월 8일, 즉 모든 포로 전부가 두 번째의 신문에 끌려나갈 때까지의 며칠은 피예르에게는 가장 괴로운 기간이었다.

10

9월 8일 포로가 수용되어 있는 마차 곳간에 한 장교가 들어왔다. 파수병들이 공손한 태도를 취하고 있는 것으로 보아 꽤 신분이 높은 사람인 듯했다. 이 장교는 참모부 소속인 것 같았으나 명부를 손에 들고 러시아인 모두의 이름을 불렀다. 피예르에 대해서는 〈자기의 이름을 말하지 않는 자〉라고 말했다. 무관심하고 귀찮은 듯한 표정으로 포로 모두를 훑어보자 그는 위병 장교에게 원수 앞에 데리고 가기 전에 옷차림을 가다듬게 하고 모든 것을 정돈하도록 명령했다. 한 시간쯤 뒤 일 개 중대의 병사가 오고 다른 열 세 사람과 함께 피예르를 제비치예 들판(처녀의 들판이란 뜻)으로 끌고 갔다. 비가 걷힌 뒤의 햇빛이 눈부신 쾌청한 날로 대기는 희한할 만큼 깨끗했다. 주보프스키이 성루의 영창에서 옮겨진 그 날처럼 연기가 낮게 땅 위를 기어다니지 않고 맑은 하늘로 곧바로 오르고 있었다. 화재의 불길은 아무 데도 보이지 않았으나 어느 쪽을 돌아보아도 연기 기둥이 오르고 있었다. 피예르의 눈이 미치는 한의 모스크바는 온통 불탄 벌판이었다. 도처에 난로와 굴뚝만을 남긴 텅 빈 불탄 흔적이 보였다. 때로는 돌집의 타다 남은 벽도 눈에 띄었다. 피예르는 불탄 자리를 바라보았으나 친숙한 시가들의 모습을 발견할 수가 없었다. 여기저기에 재액을 면한 성당이 보였다. 파괴되지 않은 크레믈린에는 많은 탑과 이반 대제(大帝) 성당이 저 멀리 하얗게 치솟아 있는 가까이에는 노보제비치이 수도원의 둥근 지붕이 즐거운 듯이 빛나고 있으며, 거기에서 미사를 알리는 종소리가 유달리 높이 울려 퍼지고 있었다. 이 종소리는 오늘이 일요일이고 동시에 성모 성탄 축일임을 피예르에게 상기시켰다. 그러나 이 축일을 축하하는 사람은 아무도 없을 성싶었다. 어디를 보아도 황량한 불탄 자리이고 이따금 마주치는 러시아인도 누더기를 걸친 겁먹은 사람들뿐이었고, 프랑스인을 보면 슬금슬금 숨어 버리는 것이었다.

러시아의 보금자리가 파괴되고 멸망돼 버렸음은 뚜렷했다. 그러나 러시아인의 생활 질서가 파괴된 뒤 그 폐허 위에 독자적이고 전혀 별개의, 그러나 굉장히 견실한 프랑스식의 생활 질서가 건설된 것을 피예르는 무의식중에도 직감했던 것이다. 그것은 대오 정연하게 그를 다른 범죄자와 함께 호송하고 있는 병사들의 기운차고 즐거운 모습에서도 느꼈다. 두 필이 끄는 포장 마차를 타고 한 사람의 높은 프랑스의 고관이 지나가는 것을 보고도, 그리고 벌판의 왼쪽에서 들려 오는 군악대의 명랑한 음향에서도 느꼈다. 그러나 그가 유난히 뚜렷하게 그것을 느끼고 또한 깨달은 것은 오늘 아침에 왔던 프랑스의 장교가 포로의 점호를 할 때 사용했던 명부에서였다. 피예르는 어떤 병사에게 포박되어 몇 십 명의 포로와 함께 여기저기로 끌려 다녔으므로 그들은 이제 자기에 대해서는 잊어버리고 다른 사람과 혼동하고 있을 것같이 생각되었으나 사실은 그렇지가 않았다. 맨 처음의 신문에서 그가 시도한 답변은 〈이름을 말하지 않는 자〉라는 호칭이 붙어 그에게로 돌아왔던 것이다. 피예르를 겁나게 한 이 명칭 아래 그는 지금 어딘가로 끌려 가는 것이었다. 호송병들의 얼굴에는 피예르도 다른 모든 포로와 마찬가지로 분명히 범인이 틀림없을 테니까 그 죄에 상당한 장소로 데리고 가는 거라는 천진한 확신이 역력히 나타나 있었다. 피예르는 조직을 잘 모르는, 그러나 규칙 바르게 움직이고 있는 기계의 톱니바퀴에 걸린 나뭇잎처럼 자기 자신을 지극히 보잘것

없는 것으로 느꼈다.

피예르는 다른 범인들과 함께 제비치예 들판의 오른쪽에 있는 커다란 흰 칠이 된 집 옆으로 끌려갔다. 수도원에서 그다지 멀지 않은 커다란 뜰을 끼고 있었다. 이것은 쉬체르바토프 공작의 저택인데 전에 피예르는 자주 이 집의 주인을 방문한 적이 있었다. 그러나 지금은 병사들의 이야기에 의하면 원수 에크뮐 공(公)의 숙사로 되어 있다는 것이었다.

일행은 입구의 층층대로 끌려가 한 사람씩 집 안으로 안내되었다. 피예르는 여섯 번째로 끌려갔다. 그는 눈에 익은 유리 지붕의 낭하에서 현관 응접실을 지나 길고 천장이 낮은 서재로 인도되었다. 그 문 옆에는 부관이 한 사람 서 있었다.

다부는 코 끝에 안경을 얹고 방의 구석에 놓여 있는 탁자 위에 웅크리고 앉아 있었다. 피예르는 그 옆으로 가까이 다가갔다. 다부는 자기 옆에 놓여 있는 어떤 서류를 정리하고 있는 듯 눈을 들려고도 하지 않았다. 그는 눈을 들지 않고 「너는 어떤 자냐?」하고 나직한 소리로 물었다.

피예르는 한 마디로 말할 수 없었으므로 잠자코 있었다. 피예르에게는 다부는 그저 프랑스의 장군만으로 비쳐진 것이 아니었다. 피예르에겐 다부는 잔인하다고 알려진 인물이었다. 마치 엄격한 교사처럼 참고 대답을 기다리고 있다는 듯한 다부의 싸늘한 얼굴을 쳐다보면서 피예르는 자기가 주저하고 있는 동안의 일 분 일분이 생명에까지 관계될지도 모른다고 느꼈다. 그러나 그는 무엇이라고 말해야 할지 몰랐다. 최초의 신문 때와 똑같은 것을 말할 결심은 생기지 않았다. 그러나 자기의 신분과 지위를 고백하는 것은 위험하기도 했고 부끄럽기도 했다. 피예르는 잠자코 있었다. 그러나 피예르가 미처 무엇인가를 결심하기도 전에 다부는 고개를 들고 안경을 이마 위로 치켜 올리더니 눈을 찡그리면서 피예르를 찬찬히 쳐다보았다.

「나는 이 사나이를 알고 있어!」분명히 피예르를 놀라게 할 생각이 생긴 듯 그는 정확하고 싸늘한 목소리로 말했다. 찬물을 쭉 끼얹은 듯한 오한이 먼저 피예르의 등골을 흐르고 다음에 마치 죔틀처럼 그의 머리를 죄었다.

「장군, 당신이 저를 아실 까닭이 없읍니다. 저는 한 번도 아직 뵈온 적이 없읍니다……」

「이 사람은 러시아 간첩이야.」다부는 피예르의 말을 가로막고 방안에 있던 또한 사람의 장군을 보고 말했다. 피예르는 그 장군을 미처 알아채지 못했던 것이다. 다부는 얼굴을 돌렸다. 피예르는 갑자기 부르짖는 듯한 목소리로 재빨리 말하기 시작했다.

「전하, 그렇지 않습니다.」문득 다부가 대공(大公)이라는 것을 생각해 내고 그는 이렇게 말했다.「전하, 그렇지 않습니다. 당신이 저를 아실 까닭이 없습니다. 저는 민병 장교로서 최후까지 모스크바를 떠나지 않았던 것입니다.」

「너의 이름은?」하고 다부는 되풀이했다.

「베주호프입니다.」

「네 말이 거짓말이 아님을 증명할 사람이 있는가?」

「전하!」하고 피예르는 외쳤으나 그의 목소리는 볼멘 소리라기보다는 애원하는 듯한 어조였다.

다부는 눈을 들고 피예르를 찬찬히 쳐다보았다. 몇 초 동안인가 두 사람은 서로 쳐다보고 있었으나 이 응시가 피예르를 구조했던 것이다. 이처럼 응시를 하는 동안 전쟁이라든가 재판이라든가 하는 모든 조건을 초월한 인간으로서의 관계가 두 사람 사이에 맺어졌다. 이 순간 그들은 다 어렴풋이 무수한 사물을 느꼈다. 그리고 자기들의 둘이 다 인류의 아들이자 동포라는 것을 깨달았다.

인간의 행위와 목숨을 번호로 부르고 있는 명부에서 고개를 쳐들었던 다부가 최초의 눈길을 던졌을 때 피예르는 그저 한낱의 상황에 불과하였다. 그렇기 때문에 그다지 나쁜 짓을 했다는 양심의 가책을 느끼지 않고 다부는 피예르를 총살할 수 있었던 것이다. 그러나 이제 그는 피예르의 속에서 일개의 인간을 보았던 것이다. 그는 잠깐 생각에 잠겼다.

「네 말이 틀림없다는 것을 어떻게 나에게 증명해 보이려나?」하고 다부는 냉정하게 말했다.

피예르는 랑발을 상기했으므로 그의 연대와 성명을 대고, 그가 살고 있는 시가와 집을 들었다.

「너는 네가 말하고 있는 것과 같은 사람이 아니야.」다시 한번 다부는 이렇게 말했다.

피예르는 더듬거리면서 떨리는 목소리로 자기 말의 올바름을 증명하는 증거를 들기 시작했다.

그러나 그때 부관이 들어와서 다부에게 무엇인가를 상신하였다.

다부는 부관의 보고를 듣자마자 갑자기 밝게 빛나는 표정이 되어 곧 제복의 단추를 잠그기 시작했다. 피예르 따위는 완전히 잊어버린 모양이었다.

부관이 포로에 대해서 주의하자 다부는 얼굴을 찌푸리고 피예르 쪽을 턱으로 가리키면서 저 사나이를 데리고 가라고 말했다. 그러나 어디로 자기를 데리고 가라는 것인지 피예르는 몰랐다. 먼저의 광 속일까, 아니면 제비치예들을 지날 때 동료가 가르쳐 주어 알고 있는 완전히 준비가 되어 있는 형장일까?

그는 돌아보았다. 그러자 부관이 무엇인가 묻고 있는 것이 눈에 띄었다.

「음, 물론이지!」 하고 다부는 말했다. 그러나 피예르는 이 〈음〉이 무엇을 뜻하는 것인지 알 수 없었다.

피예르는 어디로 어떻게 몇 시간이나 걸었는지 기억이 없었다. 그는 완전히 아무것도 모르는 천치 같은 상태로 주위의 것에는 조금도 눈을 두지 않고 다른 사람과 함께 발을 움직이고 있었다. 이윽고 모두가 걸음을 멈췄으므로 그도 또 멈췄다. 한 가지 생각이 그의 머리에서 떠나지 않았다. 그것은 누가——도대체 누가 결국 그에게 사형을 선고한 것일까, 라는 것이었다. 예심 때에 신문한 사람들은 아니라는 것을 알고 있었다. 그들은 누구도 그런 것을 바라고 있지 않았고 또 피예르를 쳐다보던 다부도 아니다. 만약 일 분만 더 여유가 있었던들 다부도 자기들의 행위가 좋지 않다는 것을 깨달았을 것이다. 그런데 그 순간에 부관이 들어와서 방해를 놓았던 것이다. 그러나 분명히 그 부관 역시 악의가 있었던 것은 아닐 것이고 마침 그 순간에 들어오지 않아도 되었을 것이다. 그러면 도대체 누가 피예르에게 판결을 내려 그를 죽이려는 것일까, 도대체 누가 피예르의 목숨을 온갖 추억과 노력과 희망과 사상과 더불어 빼앗아 가려고 하는 것일까, 도대체 누가 그 짓을 했을까? 피예르는 그것이 아무도 아니라는 것을 느꼈다.

그것은 질서였다. 여러 가지 상황의 중첩이었다.

그 어떠한 질서가, 피예르를 죽이고 생명과 그의 모든 것을 빼앗아 그의 존재를 지워 버리는 것이다.

11

포로들은 쉬체르바토프 공작의 저택에서 제비치예 수도원의 왼쪽을 지나 곧장 제비치예 들을 내려가서 기둥이 한 개 서 있는 채소밭으로 끌려갔다. 기둥 저쪽에 커다란 구덩이가 패여 있고, 그 언저리에는 막 파낸 흙이 쌓여 있고, 구덩이와 기둥 옆엔 많은 군중이 반원형(半圓形)으로 서 있었다. 군중은 러시아인은 얼마 안 되고 대부분이 나폴레옹군의 후방군인 갖가지 군복을 입은 독일인과 이탈리아인과 프랑스인들이었다. 기둥의 좌우에는 푸른 군복에 빨간 견장을 달고 각반을 차고 뾰족한 모자를 쓴 프랑스병이 열을 지어 늘어서 있었다.

죄인은 명부에 기록되어 있는 일정한 순서에 따라 세워지고(피예르는 여섯 번째였다) 기둥 옆으로 끌려갔다. 갑자기 양쪽에서 몇 개의 북이 울리기 시작했다.

피예르는 이 북소리와 함께 자기 넋의 한 부분이 찢겨 나간 듯한 느낌이 들었다. 그는 사고의 힘을 잃어버렸다. 이젠 보는 것과 듣는 것이 가능할 뿐이었다. 오직 하나의 희망, 어차피 일어나지 않으면 안 될 어떤 무서운 일이 조금이라도 빨리 끝나 버리면 좋겠다는 희망이 남아 있을 뿐이었다. 피예르는 자기네 패거리를 둘러보고 자세히 관찰했다.

끝에 있는 두 사람은 머리를 깎인 죄수였다. 한 사람은 야위고 키가 큰 남자였고 또 한 사람은 건장하고 가무잡잡한 텁석부리로 코가 납작한 사나이였다. 세 번째는 마흔 대여섯 살쯤 된 하인으로 머리에 희끗희끗한 것이 섞이고 영양이 좋은지 투실투실하게 살이 쪄 있었다. 네 번째는 농사꾼으로 볼에서 턱에 걸쳐 누런 수염이 탐스럽고 눈이 까만 무척 잘생긴 사나이였다. 다섯 번째는 열 일곱 살쯤 된 노란 얼굴을 한 야위고 몸집이 작은 직공으로 몸에는 작업복을 걸치고 있었다.

피예르는 프랑스인들이 한 사람씩 쏠까, 두 사람씩으로 할까 하고 의논하는 것을 들었다. 「두 사람씩.」 하고 고참 장교가 냉정한 어조로 서슴 없이 대답했다. 병사들의 행렬에 이동이 생겼다. 모두는 분명히 서두르고 있었다. 그것도 모두가 납득이 가는 일을 하기 위해 서두르는 것이 아니고 하기는 해야 되지만 불쾌하기도 하고 납득이 안 가는 일을 빨리 해치워 버리기 위해 서두른다고 하는 그런 성질인 것이었다.

완장을 두른 한 프랑스 관리가 죄인들이 서 있는 오른편으로 다가와 러시아어와 프랑스어로 판결문을 읽었다.

이윽고 두 사람씩 짝을 지은 프랑스병 두 쌍이 죄인에게로 다가가 장교의 지시에 따라 끝에 서 있던 두 죄수의 팔을 잡았다. 두 죄수는 기둥 앞까지 가자 멈추어 서서 프랑스병이 자루를 가지고 오는 동안 잠자코 주위를 둘러보았다. 그것은 마치 상처를 입은 야수가 다가오는 사냥꾼을 노려보는 것과 같은 눈빛이었다. 한 사람은 끊임없이 성호를 긋고 있었으나 또 한 사람은 등을 긁으면서 웃고 있는 듯이 보이려고 입을 움직이고 있었다. 병사들은 성급하게 손을 움직여서 죄수의 눈을 가리고 자루를 씌워서 기둥에다 묶었다.

총을 가진 열 두 명의 사격병은 씩씩하고 정확한 보조로 열에서 나와 기둥에서 여덟 발짝 떨어진 곳에 멈추었다. 피예르는 그 앞을 보지 않으려고 얼굴을 돌렸다. 그러자 갑자기 폭발하는 듯한 총소리가 들렸다. 이 총소리는 피예르에게 백 개의 벼락 소리보다 더 무섭게 느껴졌다. 그는 돌아보았다. 연기가 피어오르고, 창백한 얼굴을 한 프랑스병들이 떨리는 손으로 구덩이 옆에서 무엇인가를 하고 있었다. 또 다음 두 사람이 끌려갔다. 이 두 사람도 역시 마찬가지로 똑같은 눈빛을 하고 모두를 둘러보았다. 그리고 말없이 눈만으로 헛되이 구원을 찾고 있었다. 분명히 이제부터 행하여지려는 일을 이해할 수도 믿을 수도 없는 모양이었다. 정말 그들은 그것을 믿을 수 없었다. 왜냐하면 그들에게 있어 생명이 어떤 것인지 알고 있는 것은 그들 자신뿐이었기 때문이다. 따라서 그 목숨을 **빼앗을** 수 있으리라곤 이해할 수도 믿을 수도 없었던 것이다.

피예르는 보지 않으려고 다시 얼굴을 돌렸다. 그러나 또 무서운 폭음이 그의 귀를 쨍하게 했다. 그리고 이 폭음과 동시에 그는 연기와 누군가의 피와 프랑스인들의 겁에 질린 듯한 창백한 얼굴을 보았다. 그들은 또다시 손을 떨면서 서로 밀치락달치락하면서 기둥 옆에서 무엇인가를 하고 있었다. 피예르는 괴롭게 숨을 쉬면서 이것은 도대체 무슨 일이야 하고 묻는 듯한 눈빛으로 주위를 둘러보았다. 피예르의 시선과 부딪친 눈에도 역시 같은 의문이 나타나 있었다.

피예르는 러시아인의 얼굴에서도 프랑스의 병사와 장교의 얼굴에서도 한 사람의 예외도 없이 자기의 마음 속에 있는 것과 같은 전율과 공포와 상극을 읽었다. 『도대체 누가 이런 짓을 하는 것일까? 저패들도 나와 똑같이 괴로와하고 있다. 도대체 누구일까, 누구일까?』 이와 같은 생각이 한순간 피예르의 마음 속에 번득였다.

「제86연대 사격병 전진!」 하고 누군가가 외쳤다. 피예르와 나란히 서 있던 다섯 번째의 사나이 한 사람이 끌려갔다. 피예르는 자기가 산 것을 몰랐었다. 남아 있는 다른 패와 함께 자기가 여기에 끌려 나온 것은 다만 사형에 입회하기 위한 것에 불과하다는 것을 깨닫지 못했던 것이다. 그는 차츰차츰 늘어 가는 공포를 느끼면서 기쁨도 안도도 느끼지 못한 채 눈앞의 사건을 바라보고 있었다. 다섯 번째는 작업복을 입은 그 직공이었다. 프랑스병의 손이 살짝 닿자마자 그는 소스라치면서 펄쩍 물러나 냅다 피예르에게 달라붙었다(피예르는 으쓱하고 몸을 떨면서 뿌리쳤다). 직공은 걸을 수 없었다. 병사들한테 겨드랑이 밑을 안겨 끌려가자 무엇이라고 한참 부르짖고 있었다. 기둥 옆으로 끌려가자 그는 갑자기 입을 다물어 버렸다. 홀연 무엇을 깨달은 것이 있는 듯했다. 아무리 고함을 질러도 소용 없음을 깨달았는지 혹은 사람이 자기를 죽일 리가 없다고 생각했는지 어쨌든 남과 같이 눈이 가리워진 것으로 생각하고 그것을 기다리듯이 다른 사람과 함께 기둥 옆에 섰다. 그리고 마치 상처입은 짐승처럼 번들번들 빛나는 눈으로 주위를 둘러보는 것이었다.

피예르는 이제 얼굴을 돌릴 수도 눈을 감을 수도 없었다. 피예르를 비롯하여 온 군중의 호기심과 흥분은 이 다섯 번째 사나이의 처형으로 절정에 이르렀다. 앞에 죽음을 당한 사람들과 마찬가지로 이 다섯 번째의 사나이도 마음이 가라앉아 있는 듯이 보였다. 그는 작업복 앞을 여미기도 하고 맨발을 비벼 대며 긁기도 했다.

그는 눈이 가리워지자 거북스러운 목 뒤의 매듭을 손수 바로잡았다. 그리고 피로 더러워진 기둥에 밀어 붙여지자 뒤로 무겁게 몸을 젖혔으나 그대로의 자세로는 거북했으므로 자세를 바로잡고 두 발을 가지런히 하여 조용히 기둥에 기댔다. 피예르는 조그만 동작도 놓치지 않으려고 가만히 눈을 떼지 않고 있었다.

호령이 들렸을 것이다. 호령 뒤에 여덟 발의 총소리가 울려 퍼졌을 것이다. 그러나 피예르는 나중에 아무리 상기하려고 노력해도 극히 희미한 총소리조차 들렸던 것 같지가 않았다. 다만 어째선지 새끼에 매달린 직공의 몸이 축 처진 것과 두 군데에만 피가 번져 나온 것과 늘어진 몸뚱이의 무게로 새끼가 풀리고 직공이 부자연스럽게 고개를 떨어뜨리고 한쪽 발을 옆으로 꺾으며 주저앉은 것을 보았을 뿐이었다. 피예르는 기둥 옆으로 달려갔다. 아무도 그를 말리지 않았다. 겁에 질린 창백한 얼굴을 한 사람이 직공의 주위에서 무엇인가를 하고 있었다. 콧수염을 기른 나이 먹은 프랑스병이 새끼를 풀면서 아래턱을 덜덜 떨고 있었다. 시체는 내려졌다. 병사들은 거북스럽게 허둥지둥 시체를 기둥 저쪽으로 끌고 가서 구덩이 속에 처넣으려고 했다.

자기들은 모두가 범죄자며 범행의 흔적을 빨리 감추어 버리지 않으면 안 된다는 것을 분명히 알고 있는 모양이었다.

피예르는 구덩이 속을 들여다봤다. 직공은 두 무릎을 머리께까지 처들고 한쪽 어깨는 꿈틀꿈틀하며 규칙 바르게 들썩이고 있었다. 그러나 벌써 삽의 흙이 온 몸뚱이 위에 떨어지고 있었다. 한 병사가 화를 내며 심술궂고 병적인 소리로 자기 자리에 서 있으라고 피예르한테 호통을 쳤다. 그러나 피예르는 그 뜻을 몰랐으므로 여전히 기둥 옆에 서 있었으나 아무도 쫓아내는 자는 없었다.

구덩이가 완전히 묻혔을 때 호령 소리가 들리고 피예르는 제자리로 끌려 왔다. 기둥 양쪽에 정렬하고 있던 프랑스병은 반쯤 방향을 돌려 보조를 맞추면서 기둥 옆을 빠져 나가기 시작했다. 총을 다 쏘고 원을 지은 한가운데 서 있던 스물 네 명의 사격병은 중대가 옆으로 지나갈 때 각자가 자기의 위치로 뛰어가서 끼어 들었다.

피예르는 이제 멍청한 눈으로 두 사람씩 둥근 원 속에서 뛰어나오는 사수들을 바라보고 있었다. 한 사람만 빼고 전원이 중대로 합류했다. 젊은 그 병사는 죽은 사람처럼 창백한 얼굴을 하고 군모(軍帽)를 뒤로 젖혀 쓰고 총을 밑으로 내린 채 아까 사격했던 그 자리에 구멍 쪽을 향해 한참 동안 그대로 서 있었다. 그는 주정꾼처럼 비틀거리면서 몇 발짝인가 앞으로 나가기도 하고 뒤로 물러서기도 하면서 금시 쓰러질 것만 같은 몸을 가까스로 지탱하고 있었다. 한 늙은 준위가 열 중에서 뛰어나와 젊은 병사의 어깨를 움켜쥐고 중대로 끌어들였다. 러시아인과 프랑스인의 떼는 흩어지기 시작했다. 모두 묵묵히 고개를 숙이고 걸었다.

「방화를 하면 어떤 꼴을 당하는지 놈들은 이제 알았을 거야……」하고 한 프랑스병이 말했다. 피예르는 이렇게 말한 자를 돌아보았다. 그것은 지금의 사건 속에서 무엇인가 마음의 위안이 될 것 같은 것을 발견하려 하는 한 병사였으나, 잘 되지 않았던 모양으로 말하기 시작했던 것을 중도에서 그치고 한 손을 흔들고는 그대로 앞으로 가 버렸다.

12

처형이 끝난 뒤 피예르는 다른 피고들에게서 따로 떨어져 거칠어지고 더럽혀진 성당 안에 혼자 남게 되었다. 해가 지기 전애 위병 하사관이 두 병사를 데리고 성당으로 와서 피예르를 보고, 너는 이제 사형은 모면되었으나 이번에는 포로를 수용하는 바라크로 가게 된다고 말해 주었다. 그가 뭐라고 말했는지 모르는 채 피예르는 일어나서 병사들과 함께 걷기 시작했다. 들의 위쪽에 탄 널빤지며 탄 통나무며 판자 등으로 몇 채인가의 바라크가 세워져 있었다. 그는 그 중의 하나로 들어갔다. 어둠 속에서 잡다한 사람들이 스무 명 가량 피예르를 둘러쌌다. 피예르는 그 사람들을 바라보았으나 도대체 어디서, 누구인지, 무엇 때문에 왔는지, 무엇을 자기에게 바라고 있는지 그러한 것을 전혀 몰랐다. 그는 자기에게 건네지는 말을 들었으나 그 말에서는 아무런 결론도 설명도 발견할 수 없었다. 말의 의미를 알 수 없었던 것이다.

그는 묻는 말에 대답은 했으나 듣는 사람이 어떠한 사람이고 자기의 대답이 어떻게 해석될 것인가 하는 것은 생각해 보지도 않았다. 그는 사람들의 얼굴과 모습을 쳐다보고 있었으나 그것이 모두 한결같이 무의미한 것으로 생각되었다.

스스로 바라지 않는 사람들에 의해서 수행된 그 끔찍한 살인을 본 순간부터 피예르의 마음 속에서 모든 것을 받치고 있었고 거기다 생명을 부여하고 있던 용수철이 갑자기 빠져 나가서 모든 것이 무의미한 쓰레기 더미가 되어 버린 것 같았다. 그 자신이 분명하게 의식하지는 못 했지만 마음 속에서 이 세계의 아름다운 질서, 인간, 자기의 혼, 하느님——이와 같은 것에 대한 신앙이 소멸되고 말았던 것이다. 이러한 상태는 전에도 경험한 적이 있지만 지금처럼 강하게 느낀 적은 없었다. 전에 이러한 종류의 의혹에 사로잡혔을 때 이 의혹의 원천을 이루고 있었던 것은 그 자신의 죄였다. 그러한 경우 그는 그 절망과 의혹의 구원이 자기 자신의 내부에 있는 것을 마음 속 깊이 느끼고 있었다. 그러나 지금은 세계가 눈앞에서 붕괴되고 다만 무의미한 폐허가 남아 있으며, 그리고 그 원인은 자기의 죄가 아니라고 느꼈다. 그리고 이젠 삶에 대한 신앙을 돌이키는 것은 자기의 힘이 미치는 바가 아니라고 느끼고 있었다.

주위의 희끄무레한 어둠 속에 사람들이 서 있었다. 분명히 그들은 피예르에게 무엇인가 굉장히 흥미를 느끼고 있는 것 같았다. 그들은 이야기를 건네기도 하고 무엇을 묻기도 한 끝에 그를 어딘가로 데리고 갔다. 이리하여 그는 마침내 바라크의 한쪽 구석에서, 사방에서 말을 건네기도 하고 웃기도 하는 많은 사람과 나란히 서 있는 자기 자신을 발견했다.

「그런데 그게 말이야……저, 전하였다는 말이야, 바로 그…….」 바라크의 저쪽 구석에서 누군가가 바로 〈그〉라는 말에 유달리 힘을 주면서 말했다.

피예르는 벽에 가까운 짚 위에 말없이 가만히 앉은 채로 눈을 떴다 감았다 하고 있었다. 그러나 그가 눈을 감자마자 그 무서운, 특히 그 우직한 표정 때문에 더 무섭게 생각되는 직공의 얼굴과, 그리고 그 불안한 빛 때문에 더욱더 무서운 타의에 의한 살인자들의 얼굴이 눈앞에 떠오르는 것이었다. 그는 다시 눈을뜨고 어둠을 통하여 무의미하게 주위를 둘러보았다.

그의 바로 옆에 몸집이 작은 한 사나이가 허리를 구부리고 앉아 있었다. 그가 몸을 움직일 때마다 발산하는 짙은 땀 냄새로 피예르는 처음부터 그 사나이의 존재를 알아채고 있었다. 이 사나이는 어둠 속에서 자기 발에다 무엇인가를 하고 있었다.

피예르는 얼굴을 보지 않았으나 그 사나이가 줄곧 자기를 살펴보고 있는 것 같은 느낌이 들었다. 어둠 속을 자세히 쳐다보고 있는 사이에 피예르는 사나이가 신을 벗고 있는 것을 알아챘다. 이윽고 그는 그 사나이가 하는 짓에 흥미를 갖기 시작했다. 사나이는 한쪽 발을 묶은 끈을 풀더니 그 끈을 찬찬히 감고 흘긋흘긋 피예르를 쳐다보면서 곧 다른 한쪽 발을 풀기 시작했다. 아직 한쪽 손은 푼 끈을 걸고 있는데 다른 한쪽 손은 벌써 다른 발의 끈을 풀기 시작하는 것이었다. 이리하여 지체 없이 계속되는 운동으로 얌전하게 구두를 벗어 버리자 머리 위쪽에 박혀 있는 나무못에 구두를 걸고 이번에는 주머니칼을 꺼내어 무엇인가를 자른 뒤 다시 주머니 칼을 접어 베개 밑에 넣었다. 그리고 앉음앉음을 고치더니 세운 무릎을 두 손으로 안으면서 피예르를 정면으로 찬찬히 쳐다보았다. 이 요령 있는 동작에서도, 한쪽 구석에 챙겨 놓은 그의 일상용품에서도, 또 그 사나이의 체취에서까지 무엇인가 기분 좋고 마음이 누그러지게 하는 어떤 부드러움이 느껴져서 그는 눈을 떼지 않고 그 사나이를 관찰하고 있었다.

「나리도 꽤 부자유스러운 꼴을 당하셨구료, 그렇지 않소?」 느닷없이 몸집이 작은 사나이가 말했다. 그 노래하는 듯한 목소리 속에는 어떻다고 말할 수 없는 부드러움과 순박함이 넘치고 있었으므로 피예르는 대답하려고 했으나 턱이 떨리고 눈물이 솟아오르는 것을 느꼈다. 몸집이 작은 사나이는 그 순간 피예르가 당황해할 여유를 주지 않고 여전히 기분 좋은 목소리로 말하기 시작했다.

「하지만, 나리, 걱정할 건 없읍니다요.」 러시아의 노파들에게서 흔히 들을 수 있는 그 부드러운, 마치 노래하는 듯한 목소리로 그는 말했다.

「낙심할 건 없읍니다요, 나리. 고생은 한때, 인생은 백 년이라고 하지 않소. 그러니까 나리, 까짓거 여기서 이렇게 살고 있긴 하지만 조금도 기분 나쁜 일은 없으니까요. 그들도 같은 사람이니까 좋은 사람도 있고 나쁜 사람도 있다고요.」 하고 그는 말했다. 그리고 계속 중얼거리면서 부드러운 동작으로 무릎 위로 몸을 구부리면서 일어서더니 기침을 하면서 어디론가 나갔다.

「어, 이자식 또 왔군!」 바라크 저쪽 가에서 그 부드러운 목소리로 이렇게 말하는 것이 피예르의 귀에 들렸다. 「잘 왔군, 이새끼 잘도 기억하는데! 좋아, 좋아, 이제 그만.」 병사는 달려드는 강아지를 밀치면서 다시 자기 장소로 돌아와 앉았다. 손에는 무엇인가 누더기에 싼 것을 들고 있었다.

「자, 나리, 어디 하나 들어 보세요.」 그는 또 이전의 공손한 말투로 돌아가면서 싼 것을 끌러 몇 개의 군 감자를 피예르에게 내밀었다. 「낮에는 국물이 있었지만 이 감자도 썩 훌륭하답니다.」

피예르는 온 종일 아무것도 먹지 않았으므로 감자 냄새가 유난히 군침을 돌게 했다. 그는 병사에게 사례하고 먹기 시작했다.

「어때요, 맛이 있죠?」 병사는 싱긋거리면서 이렇게 말하더니 감자를 하나 집어 들었다. 「이거 봐요, 이렇게 하는 거예요.」 그는 다시 주머니칼을 꺼내어 손바닥 위에서 감자를 둘로 자르고는 헝겊에 싼 소금을 뿌려서 피예르에게 권했다.

「감자가 제일이라고.」 하고 그는 되풀이했다. 「자아, 이렇게 해서 잡수세요.」

피예르는 지금까지 이만큼 맛있는 것을 먹어 본 적이 없는 것 같았다.

「아니, 난 어떻게 되어도 상관 없지만.」 하고 피예르는 말했다. 「하지만 무엇 때문에 그 불쌍한 사람들을 사살한 것일까!……맨 마지막 것은 아직 스무 살 안 팎이었어.」

「쯧……쯧…….」 하고 몸집이 작은 사나이는 혀끝을 찼다. 「재난이야, 재난이라는 거예요…….」 그는 재빨리 덧붙였다. 그것은 마치 말이 언제나 입 안에서 기다리고 있다가 불쑥 튀어 나오는 것과 같은 어조였다. 「어째서 당신은 모스크바에 남아 있었던가요?」

「놈들이 이렇게 빨리 오리라곤 생각지도 않았기 때문이지. 나는 우연히 남게 된 거야.」 피예르는 말했다.

「그런데 나리, 어떻게 붙잡혔죠, 집에선가요?」

「아냐, 불구경하러 갔다가 거기서 붙잡힌 거지. 그리고 방화 혐의로 재판을 받은 거야.」

「재판이 있는 곳에는 부정이 있는 법이지.」 하고 몸집이 작은 사나이가 말을 가로챘다.

「그래, 너는 오래 전부터 여기 있었나?」 마지막 감자를 다 먹고 나서 피예르가 물었다.

「저 말입니까? 지난 일요일에 모스크바의 병원에서 붙잡혔죠.」

「넌 무엇 하는 사람이야, 병정인가?」

「아프쉐론 연대의 병사지요. 열병으로 다 죽어 가고 있었다고요. 아무런 이야기도 없어서 전혀 몰랐죠. 모두 한 스무 명 가량 누워 있었죠. 정말, 정말로 아닌 밤중에 홍두깨지요.」

「어때, 이런 데 있는 게 쓸쓸하지 않아?」 하고 피예르는 물었다.

「그야 쓸쓸하지 않고요. 제 이름은 플라톤이라 하고 성은 카라타예프라고 하죠.」 하고 그는 덧붙였다. 그것은 피예르가 자기를 부를 때 편리하게 해주려는 생각인 듯싶었다. 「부대에서는 독수리, 독수리라는 별명이었죠. 나리, 어찌 쓸쓸하지 않겠어요! 모스크바는 러시아의 모든 도시의 어머니인데 이런 꼴을 보니 그야 쓸쓸해지고 말고요. 배추 벌레는 양배추를 갉아먹지만 자기가 먼저 죽는다고 노인들은 말하고 있어요.」 하고 그는 빠른 말로 덧붙였다.

「뭐, 뭐라고 말했지?」 피예르는 물었다.

「내가 말이에요?」 하고 카라타예프는 물었다. 「인간의 지혜로가 아니고요, 하느님의 심판으로 결정된다고 말했죠.」 아까 말한 것을 반복하고 있는 듯이 그는 이렇게 말했다. 그리고 곧 이야기를 계속했다. 「어때요, 나리에게는 땅이 있죠? 저택도 있죠? 그렇다면 가득 부은 술잔이군요! 부인도 있으신가요? 부모님도 건강한가요?」 하고 그는 물었다.

이렇게 물었을 때 피예르는 어두워서 잘 보이지는 않았으나 병사의 억눌렸던 입술이 미소로 방긋이 열리는 것처럼 느껴졌다. 그는 피예르가 양친, 특히 어머니를 갖지 않은 것에 낙담한 모양이었다.

「여편네는 의논 상대자, 장모는 이야기 상대자라고 하지만 친어머니만큼 좋은 것은 없지요!」 하고 그는 말했다. 「그럼 어린애는?」 그는 계속 물었다. 없다고 하는 피예르의 대답은 한 번 더 그를 낙담케 한 것 같았으나 그는 재빨리 덧붙였다. 「그야 뭐 젊은 몸이니까 하느님이 내려 주실 거예요. 다만 사이 좋게 지내기만 한다면…….」

「그러나 이제 와선 어떻게 되었거나 마찬가지야.」 피예르는 저도 모르게 이렇게 말했다.

「아니, 무슨 말을 하는 거예요?」 플라톤은 반문했다. 「비렁뱅이 쪽박하고 감옥은 절대로 거절하는 게 아니라고 하잖아요.」 그는 자세를 좀더 편히 바로잡고 긴 이야기라도 하려는 듯이 기침을 했다. 「나도 말이에요, 여보세요, 집에선 편히 지내고 있었죠.」 그는 말하기 시작했다. 「지주님은 부자인데다 토지도 많이 가지고 있었기 때문에 농부들도 모두 잘 살고 덕분에 우리 집도 조금도 궁색한 것이 없었읍니다. 아버지는 아직도 손수 우리들과 함께 풀베기를 하러 나갈 정도이고. 어쨌든 잘 살고 있어요. 모두 진짜 그리스도 신자였죠. 그런데…….」 그리고 플라톤 카리타예프는 남의 숲으로 나무를 베러 갔다가 산지기한테 붙들려서 두들겨 맞은 일에서 재판을 받은 끝에 입대당한 자초 지종의 긴 이야기를 했다. 「그런데, 나리!」 미소 띠운 목소리로 이렇게 말했다. 「처음엔 그것을 재난이라고 생각하고 있었는데 그것이 도리어 전화 위복이 되었지요! 만약 내가 나쁜 짓을 하지 않았더라면 아우가 가지 않으면 안 되었으니까 말이에요. 그런데 아우에게는 어린 것이 다섯이나 딸렸지만 나는 여편네 하나밖에 없으니까요. 계집아이가 하나 있었지만 내가 입대하기 전에 하느님의 곁으로 불려갔죠. 한 번 휴가로 집에 돌아간 적이 있었는데 말이에요, 글쎄, 집에선 전보다도 더 편히 살고 있지 뭐예요. 마당은 짐승들로 가득 차 있고 집에는 여자들이 있고 두 형제는 벌이를 나가고 있지 않겠어요. 집에 있는 것이라곤 막내인 미하일로뿐이었는데 아버지의 말씀인즉 나에겐 어느 자식이나 다 똑같다, 어느 손가락을 물려도 다 아프다, 만약 그때 플라톤이 징병을 당하지 않았더라도 미하일로가 가지 않으면 안 되었을 것이라는 거예요. 그리고 우리를 모두 불러 놓고선 말이에요. 아니, 어떻게 했는 줄 아세요? 고상 앞에 세우지 않겠어요. 그리고 말씀하기를 말예요, 『미하일로, 이리 와서 발 밑에 절을 하렴. 며늘아기야, 너도 절을 하고, 손자들도 절을 해야지. 알았나?』 이러시더군요. 말하자면 이렇지요. 운명의 하느님은 벌을 받을 사람을 찾아 주시는 거죠. 그런데도 인간은 저것이 나쁘다느니 이것이 이상하다느니 하고 잔소리만 늘어놓고 있으니 말이에요. 인간의 운이라는 것은 이봐요, 그물 속의 물 같은 것으로, 당기고 있을 땐 부풀지만 끌어올려 버리면 아무것도 없어요. 말하자면 이런 거예요.」 플라톤은 짚 위에서 고쳐 앉았다.

　잠시 잠자코 있다가 플라톤은 일어섰다.

　「어때 이제 졸립죠?」 하고 그는 말했다. 그리고 급히 성호를 그으면서 기도문을 외기 시작했다.

　「주 예수 그리스도, 성 니콜라, 프롤라, 라브라! 주 예수 그리스도, 성 니콜라, 프롤라, 라브라! 주 예수 그리스도여, 우리를 불쌍히 여기시고 우리를 구해 주읍소서!」 하고 말을 맺고는 땅바닥에 머리가 닿을 만큼 절을 하였다. 그리고 일어서서 크게 숨을 몰아쉬면서 짚 위에 앉았다. 「자, 이것으로 됐어. 하느님, 돌처럼 자게 하고 둥근 빵처럼 일으켜 주시옵소서.」 하고 누우면서 그는 외투를 뒤집어썼다.

　「지금 네가 왼 기도는 뭐야?」 하고 피예르는 물었다.

　「네?」 하고 플라톤은 말했다(그는 벌써 잠이 들기 시작했던 모양이었다). 「무엇을 외었느냐고요? 하느님께 기도를 한 거예요. 당신은 기도를 하지 않나요?」

　「아냐, 나도 기도를 하긴 하는데 말이야.」 하고 피예르는 말했다. 「너 뭐라고 했지? 프롤라니, 라브라니 하는 그것은 무슨 뜻이지?」

　「모르세요?」 하고 플라톤은 빠른 말로 대답하였다. 「말의 축일(프롤라, 라브라는 농부들 사이에서 말의 수호신으로 받들어지고 있음―역주)이에요. 짐승들도 귀여워해 주지 않으면 안 되니까요.」 하고 카라타예프는 말했다. 「이런 꼬마 자식, 뜨뜻하게 잘 자는군, 귀여운 새끼.」 하며 발치에서 자고 있는 개를 쓰다듬으며 중얼거리더니, 돌아누워 그는 이내 잠이 들고 말았다.

　밖에서는 어딘지 멀리서 울부짖는 소리가 들렸다. 바라크 틈바구니로 타오르는 불빛이 보이고 있었다. 그러나 안은 조용하고 어두웠다. 피예르는 오랫동안 잠을 청하지 못하고 옆에서 자고 있는 플라톤의 조용한 코고는 소리에 귀를 기울이면서 어둠 속에서 눈을 뜬 채 여전히 자기 자리에 누워 있었다. 그리고 일단 마음속에서 파괴되었던 세계가 지금 또다시 새로운 아름다움에 싸여서 이제까지와는 다른 확고한 기초 위에 세워져 가는 것을 느끼고 있었다.

13

피예르는 바라크에 들어간 뒤 그 속에서 사 주일을 살았다. 거기에는 스물 세 명의 병사와 세 사람의 장교와 두 사람의 관리가 포로가 되어 수용되고 있었다.

뒷날 이 사람들은 피예르의 상상 속에서 모두 안개라도 낀 것처럼 느껴졌으나 플라톤 카라타예프만은 언제나 피예르의 마음 속에 가장 강렬하고도 가장 귀중한 추억으로서, 또한 러시아적인 선량하고 원만한 구상화(具象化)로서 남아 있었다. 이튿날 이른 아침에 피예르가 자기 옆에 있는 사람을 보았을 때 어쩐지 둥근 것처럼 느껴졌던 첫인상은 완전히 확인되었던 것이다. 프랑스 외투 위로 새끼 띠를 동이고 군모를 쓰고 짚신을 신은 플라톤의 모습은 전체적으로 둥글둥글했다. 머리는 정말로 둥그렇게 생겼다. 등도 가슴도 어깨도, 언제나 무엇인가를 끌어안기라도 하려는 듯한 팔까지도 둥글었다. 상냥한 미소도, 커다란 갈색의 다정스러운 눈도 둥그스름했다.

플라톤 카라타예프는 아주 오래 전에 병사로서 참가했다는 갖가지 원정담으로 미루어 보아 벌써 쉰 고개를 넘고 있는 듯했다. 그 자신조차 자기가 몇 살인지를 몰랐었고 대략 짐작할 수도 없었다. 웃을 때(그는 곧잘 웃었다) 상하로 두 개의 반원을 그리며 나타나는 희고 단단한 이빨은 튼튼하고 모두 성했다. 턱수염과 머리털에도 흰 것은 한 가닥도 없고 몸 전체는 탄력이 있고 튼튼해서 인내력이 있어 보였다.

얼굴은 둥근 잔주름은 있었으나 악의 없고 싱싱한 표정을 띠고 있었고 목소리에는 노래하는 듯한 유쾌한 억양을 띠고 있었다. 그러나 그의 이야기의 주된 특징은 솔직하고 막히지 않는 점이었다. 자기가 말한 것이나 말하려는 것을 절대로 생각한 적은 없는 모양이었다. 그 때문에 그의 재빠르고 정확한 어조에는 독특한, 거부하기 어려운 설복력이 있었다.

그는 체력이 남달리 뛰어나고, 게다가 민활했으므로 포로 생활의 맨 처음 동안은 피로와 질병이 어떠한 것인지 전혀 모르는 것 같았다. 그는 매일같이 조석으로 누울 때마다 『하느님, 돌처럼 자게 하고 둥근 빵처럼 일으켜 주시옵소서.』하고 말하고, 아침에 일어나면 언제나 마찬가지로 어깨를 움츠리면서 〈잠들면 웅크리고 일어나면 쭉 펴고〉 하는 것이었다. 또 사실 그는 눕기만 하면 곧 돌처럼 잠들 수 있었고, 또 몸을 쭉 펴기만 하면 조금도 지체하지 않고 곧 무엇인가 일에 착수할 수 있었다. 그것은 마치 어린 아이가 일어나자마자 장난감을 손에 쥐는 것과 다름이 없었다. 그는 무엇이든지 할 수 있었다. 그다지 능숙하지는 않지만 그렇다고 해서 서투르지도 않았다. 빵도 굽고 반찬도 만들고 바느질도 하고 대패질도 하고 구두도 꿰매고 하면서 언제나 무엇인가 일을 하고 있어서 밤에만 즐겨하는 이야기를 하거나 노래도 불렀다. 그는 듣는 사람을 염두에 두는 가수와는 달리 참새처럼 부르는 것이었다. 걸어다니고 기지개도 켜고 하는 것이 필요한 것과 마찬가지로 그는 그와 같은 소리를 낼 필요가 있기 때문인 듯했다.

그 목소리는 언제나 가늘고 부드럽고 거의 여자 같은 애조(哀調)를 띠고 있었다. 그리고 노력하고 있을 때의 그의 얼굴은 매우 진지했다.

포로가 되어 턱수염이 자라자 그는 거죽뿐인 자기와 인연이 먼 병정 티를 내동댕이쳐 버리고 어느 새 옛날의 농부다운 서민적인 기분으로 돌아간 듯했다.

「휴가중인 병정은 바지로 지은 셔츠 같은 거야.」 하고 그는 곧잘 말했다. 그는 별로 군대 생활에 대해서 불평하지 않았고 군대에 있을 동안 한 번도 얻어맞지 않았던 것을 자랑스러운 듯이 되풀이하고 있었으나 그래도 군대 시절의 이야기는 그리 좋아하지 않는 눈치였다. 이야기를 시작하면 그는 대개 크레스찌야닌(농부-역주)(그는 이 말을 흐리스찌야닌(그리스도교도-역주)이라 발음하고 있었다) 시절의 생활에서 그에게는 그리운 것인 듯한 옛 추억들을 이야기하는 것이었다. 그의 이야기에는 잘 나오는 속담, 병사들이 흔히 쓰는 외설하고 뻔뻔스러운 것이 아니라, 따로따로 떼어 놓고 보면 대단한 것이 아닌 것 같지만 꼭 들어맞게 사용하면 의외에도 깊은 뜻을 갖는, 그런 민간에 내려오는 금언(金言)이었다.

그는 곧잘 앞서 말한 것과 정반대의 말을 했으나 묘하게도 그것이 둘 다 이치에 들어맞았다. 그는 지껄이기를 좋아하고 또 부드러운 표현과 듣는 사람인 피예르에게는, 그 자신이 생각해 낸 것처럼 생각되는 그런 속담으로 자기 이야기를 수식하면서 교묘하게 지껄였다. 그러나 그의 이야기의 최대의 매력은 지극히 평범한 것이라도, 때로는 피예르가 눈으로 보면서도 그냥 지나치고 만 그런 일까지도 한 번 그의 입에 오르기만 하면 장엄한 미덕의 성질을 띠게 된다는 것이었다. 그는 한 병사가 밤마다 들려 주는 옛이야기(그것은 언제나 천편일률적이었다)를 듣는 것을 좋아했으나 그가 무엇보다 좋아한 것은 현재의 생활에 대한 이야기였다. 그는 기쁜 듯이 미소를 띠우고 그러한 질문을 하기도 했는데, 그것은 이야기되고 있는 미덕을 뚜렷이 깨닫기 위해서인 것 같았다. 피예르가 보기에 카라타예프는 집착과 우의(友誼)와 사랑을 전혀 가지고 있지 않았으나 운명이 접근시켜 준 사람을 사랑했고, 그러한 사람들과 화목하게 지내고 있었다. 그것도 어떤 일정한 사람뿐만이 아니라 눈앞에 있는 모든 사람에게 대해서 그러했다. 그는 자기의 삽살개를 사랑했고 동료와 프랑스인을 사랑했고 자기 옆에 있는 피예르를 사랑했다. 그러나 피예르는 카라타예프가 자기에 대해서 그처럼 다정스러우면서도(그는 이 애정에 의해서 부지중에 피예르의 정신 생활에 경의를 나타내고 있었던 것이다) 언제 자기와 헤어져도 절대로 슬퍼하지는 않으리라는 것을 직감했다. 그래서 피예르도 카라타에프에 대해서 역시 그와 같은 감정을 품기 시작했다.

플라톤 카라타에프도 다른 모든 포로들에겐 지극히 평범한 일개 병사에 불과했다. 모두 그를 독수리니 플라토샤니 하고 부르고 장난삼아 놀리기도 하고 심부름을 보내기도 했다. 그러나 피예르에게는 그는 최초의 밤에 인상을 받은 그대로 순박과 진실과의 영원하고도 불가사의한, 그리고 원만한 구상화로서 언제까지나 그의 마음에 남았다.

플라톤 카라타에프는 기도 이외에는 아무것도 외고 있지 않았다. 그는 이야기를 시작하면서 그것을 어떻게 끝맺어야 할지 스스로도 모르는 모양이었다.

이따금 피예르가 그의 이야기의 의미에 경탄하고 그 말을 되풀이해 달라고 부탁해도 플라톤은 방금 자기가 말한 것을 생각해 내지 못했는데 그래서 그는 자기가 좋아하는 노래의 문구를 피예르에게 가르쳐 줄 수 없었다. 〈그리운 자작나무여〉라느니 〈애닲은 내 마음〉이라느니 하는 말이 있었는데 말로 하면 아무런 의미도 나오지 않았다. 그는 이야기에서 분리된 낱말의 뜻은 몰랐고 또 이해할 수도 없었다. 그의 말과 동작은 하나하나 그가 모르는 어떤 활동의 표현이었고, 그 활동이 그의 생활이었던 것이다. 그러나 그의 생활은 그 자신이 그렇게 생각하고 있었듯이 개별적인 생활로서는 아무런 의미도 없었다. 그것은 그가 언제나 느끼고 있는 전체의 한 부분으로 볼 때에 의미를 띠게 되는 것이다. 그의 말과 동작은 마치 꽃에서 향기가 풍겨 나오듯이 규칙 바르게 필연적이고 또한 직접적으로 그 전체에서 흘러나오는 것이었다. 그래서 그는 따로따로 분리된 행위 또한 말에 어떠한 가치도, 의의도 인정할 수 없었던 것이었다.

14

공작 영애 마리야는 오빠가 로스토프네 사람들과 함께 야로슬라블리에 있다는 소식을 니콜라이한테서 듣자 이모가 말리는 것도 듣지 않고 곧 출발 준비를 갖추었다. 그것도 자기 혼자만의 여행이 아니라 조카도 함께 데리고 가기로 했다. 힘이 들지 수월할지, 될지 안 될지 그녀에겐 전혀 문제가 되지 않았다. 그런 일은 생각해 보지도 않았다. 그녀의 의무는 빈사(瀕死)의(이것도 있을 수 있는 일이었

다) 오라버니 곁에 달려간다는 것과 오라버니한테 그의 아들을 데리고 가기 위해서 가능한 한 노력을 다 하는 것이었다. 그래서 그녀는 출발을 결심했던 것이다. 안드레이 공작이 직접 소식을 보내지 않은 것은 너무 쇠약해서 편지를 쓰지 못했거나 아니면 이 긴 여행이 누이와 아들에게 너무 곤란하고 위험하다고 생각했기 때문이리라 하고 이렇게 그녀는 해석했다.

며칠 동안에 공작 영애 마리야는 여행 준비를 갖추었다. 이 여행에 이용할 수레는 그녀가 보로네쥐로 타고 왔던 공작의 커다란 사륜 마차와 몇 대의 이륜 마차와 짐마차였다. 브리엔느, 니콜루쉬카와 그 가정교사, 나이 먹은 유모, 세 명의 하녀, 찌혼, 젊은 하인, 이모가 딸려 보내는 하인, 이 사람들이 공작 영애 마리야와 함께 가기로 되었다.

여느 때와 같은 길로 해서 모스크바로 간다는 것은 생각할 수도 없는 일이었으므로 길을 돌아 리페스크, 랴자니, 블라지미르, 슈야를 거쳐서 가지 않으면 안되었으나 길이 너무 멀었을 뿐만 아니라 어느 역참에도 바꾸어 탈 말이 없었으므로 지극히 곤란한데다 랴자니 부근에는 프랑스군이 출몰하고 있다는 풍문도 있어 위험성까지 띠고 있었다.

이 어려운 여행을 하는 동안 브리엔느도 데살도, 공작 영애 마리야의 하인도 그녀의 견고한 정신력과 행동력에 혀를 내둘렀다. 그녀는 누구보다도 늦게 자고 누구보다도 일찍 일어났으며 어떠한 장애도 그녀를 멈추게 할 수는 없었다. 그녀의 활동과 불굴의 투지에 의해 일행은 이 주일째의 끝 무렵에야 야로슬라블리로 다가갔다.

공작 영애 마리야는 보로네쥐에 머물고 있던 마지막 시기에 생애 최대의 행복한 날을 보낼 수 있었다. 로스토프에 대한 사랑은 이미 그녀를 괴롭히지도 않았고 동요시키지도 않았다. 이 사랑은 그녀의 영혼을 완전히 차지하여 이젠 분리시킬 수 없는 그녀의 한 부분이 되어 있었으므로 그녀는 이제 거기에 반항하려고도 하지 않았던 것이다. 요즈음 그녀는 뚜렷이 말로 표현하진 않았지만 자기가 사랑을 받고 있고 또 사랑을 하고 있다는 것을 확신했다. 그녀가 이러한 신념을 품게 된 것은 요즈음 니콜라이가 찾아와 오라버니가 로스토프네 사람들과 함께 있다는 것을 알려 주었을 때였다. 니콜라이는 이번에, 즉 안드레이 공작이 완쾌될 경우 공작과 나타샤 사이에 이전의 관계가 부활될지도 모른다는 말을 한 마디도 비치지 않았으나 그녀는 그가 그것을 알고 있으며 또 생각하고도 있다는 것을 니콜라이의 얼굴에서 짐작했다. 그리고 그럼에도 불구하고 그녀에 대한 주의 깊고 부드러운, 그리고 애정에 찬 니콜라이의 태도는 조금도 변함이 없었을 뿐 아니라 오히려 그는 이번에 새로 자기와 공작 영애 마리야 사이에 맺어질 친척 관계 때문에 더 한층 자유롭게 자기의 우의적인 애정(그것은 공작 영애 마리야가 이따금 생각하는 말이었다)을 고백할 수 있는 것을 도리어 기뻐하고 있는 눈치였다.

공작 영애 마리야는 일생에 처음이자 마지막인 사랑을 하고 있는 것을 자각하고 있었고, 또 자기가 사랑받고 있다는 것도 느끼고 있었기 때문에 이 점에서는 마음이 가라앉아 행복했었다.

그러나 이와 같은 마음의 한쪽의 행복은 그녀가 오라버니의 몸을 슬퍼하는 데 방해가 되지 않았을 뿐 아니라 오히려 어느 점에 있어서는 이 내심의 평안이 오라버니를 생각하는 감정에 몰두할 수 있는 보다 많은 가능성을 주었다. 이 감정은 보로네쥐를 출발할 당시 너무나도 강렬했으므로 동행자들은 그녀의 초췌하고 절망적인 얼굴을 보고 틀림없이 중도에 병을 앓게 되리라고 생각했을 정도였다. 그러나 그녀가 굉장한 행동력을 발휘해서 착수한 여행의 곤란과 심로가 그녀를 슬픔에서 구출하고 그녀에게 힘을 주었던 것이었다.

여행 때에는 흔히 있는 일이지만 공작 영애 마리야도 그 여행의 목적이 무엇이었던가를 잊고 그저 여행 그 자체에 대해서만 생각하고 있었다. 그러나 야로슬라블리가 가까와져서 이젠 며칠 뒤가 아니라, 오늘 저녁에 직면하게 될 정경이 그녀 앞에 전개되자 그녀의 불안은 극도에 이르렀다.

로스토프네 사람들이 어디 묵고 있으며 또 안드레이 공작의 병태는 어떤가 알아보기 위해 먼저 야로슬라블리로 보냈던 하인이 시의 관문(關門) 저쪽에서 들어오는 대형 마차를 맞았을 때 창문으로 내밀고 있는 공작 영애의 무서울이 만큼 창백한 얼굴을 보고 그는 흠칫했다.

「아가씨, 전부 알아보았읍니다. 로스토프네 분들은 광장 곁에 있는 브론니코프라는 장사치의 집에 머무르고 계십니다. 여기서 멀지 않은 볼가 강가입니다.」 하고 하인은 말했다.

공작 영애 마리야는 오라버니는 어떠냐는 가장 주요한 물음에 왜 하인이 대답하지 않는지 이해할 수 없어서 겁에 질려 묻는 듯한 눈으로 그의 얼굴을 쳐다보았다. 그러자 브리엔느 양은 공작 영애를 대신해서 그것을 물었다.

「공작께선 어떠하시지?」

「어르신께서는 함께 같은 집에 묵고 계십니다.」

『그럼 아직 살아 계시는 거로군.』 이렇게 생각하고 공작 영애는 나직한 소리로 물었다.

「어떠하시다고?」

「사람들의 말로는 다름 없으신 용태시라더군요.」

〈다름 없는 용태〉라는 말이 어떤 의미인지 공작 영애는 물으려고 하지 않았다.

다만 자기 앞에 앉아 시내에 들어온 것을 기뻐하고 있는 올해 일곱 살 난 니콜루쉬카를 흘긋 훔쳐 보았을 뿐 고개를 떨어뜨렸다. 그리고 무거운 사륜 마차가 덜거덕덜거덕 소리를 내며 흔들리다가 어딘가에서 설 때까지 고개를 들지 않았다. 요란한 소리와 함께 발판이 내려졌다.

　문이 열렸다. 왼쪽은 큰 강이고 오른쪽에 현관이 있었다. 현관 계단 위에 하인과 하녀들, 그리고 숱이 많은 검은 머리를 길게 땋은 장미빛 볼을 한 처녀가 있었다. 공작 영애 마리야는 그 처녀가 띄우고 있는 미소가 어색한 것처럼 생각되었다. 그것은 소냐였다. 공작 영애가 층층대를 뛰어오르자 어색한 미소를 띄운 처녀가 「이쪽으로 오세요!」 하고 말했다. 공작 영애가 현관방에 들어서자 동양적인 얼굴의 노부인이 동정을 잔뜩 나타내면서 기다렸다는 듯이 그녀를 맞았다. 이것은 노백작 부인이었다. 노백작 부인은 공작 영애 마리야를 껴안고 키스하기 시작했다.

　「잘오셨읍니다!」 하고 노백작 부인은 입을 열었다. 「나는 당신을 사랑하고 있어요. 말씀 많이 듣고 있었죠.」

　공작 영애 마리야는 몹시 흥분하고 있었으나 그래도 이것은 백작 부인이고, 무엇인가 말하지 않으면 안 된다고 깨달았다. 그녀는 정신 없이 상대방의 말에 장단을 맞추면서 프랑스어로 무엇인가 인사말을 늘어놓은 뒤 「오라버니는 어떠세요?」 하고 물었다.

　「의사는 위험은 없다고 말하고 있어요.」 하고 백작 부인은 말했으나 이렇게 말하면서 한숨을 짓고 눈을 위로 돌렸다. 이 동작 속에는 그 말과 모순되는 표정이 떠 있었다.

　「오라버닌 어디에 계세요? 만나뵈어도 괜찮을까요, 괜찮겠죠?」 하고 그녀는 물었다.

　「곧 만나실 수 있읍니다, 아가씨. 지금 곧. 아니 앤 아드님인가요?」 데살과 함께 들어온 니콜루쉬카 쪽으로 얼굴을 돌리면서 백작 부인은 말했다. 「모두 같이 있기로 해요, 집은 넓으니까. 어머, 어쩌면 이렇게 귀엽담!」

　백작 부인은 공작 영애를 객실로 안내했다. 소냐는 브리엔느 양과 얘기를 시작했다. 백작 부인은 니콜루쉬카를 애무하고 있었다. 거기에 노백작이 들어와서 공작 영애에게 인사를 했다. 노백작은 공작 영애가 마지막 만났을 때보다 몹시 변해 있었다. 전에는 활발하고 명랑하고 자부심이 강한 노인이었는데, 지금은 넋 나간 사람처럼 서글프게 보였다. 그는 공작 영애와 이야기를 하고 있는 동안에도 자기가 말하고 있는 것에 잘못은 없느냐고 모두에게 묻기라도 하듯이 끊임없이 좌우를 돌아보는 것이었다. 모스크바와 함께 자기의 재산이 재로 변해 버린 이래 그는 길든 생활의 궤도에서 떨어져 나와 자기의 존재 가치에 대한 의식을 잃고 이젠 이 세상에 몸둘 곳도 없는 것처럼 느끼고 있는 모양이었다.

공작 영애는 빨리 오라버니를 만나고 싶다는 일념 단지 그것밖에 머리에 없는, 단 일 초도 아까운 이때 거추장스러운 인사가 오가고 일부러 조카를 치켜 세우고 하는 것이 못 견디게 안타까왔으나 그래도 역시 주위에서 행해지고 있는 일을 모두 눈여겨 보고 자기가 발을 들여 놓은 이 새로운 환경에 일단은 따르지 않으면 안 된다는 것을 느끼고 있었다. 그녀는 그것이 필요한 일이라는 것을 알고 있었으므로 괴로운 일이긴 했으나 그들을 못마땅하게 생각하지는 않았다.

「이 애는 내 조카딸이에요.」 백작은 소냐를 소개하면서 말했다. 「아직 만나신 적이 없으시죠, 아가씨?」 공작 영애는 소냐 쪽을 돌아다보고, 마음 속에 치밀어 오르는 이 처녀에 대한 적의를 억제하려고 애쓰면서 그녀에게 키스했다. 그러나 주위 사람들의 기분이 자기의 기분과는 너무나 동떨어져 있었기 때문에 공작 영애는 차차 괴로와졌다.

「오라버니는 어디에 계시죠?」 그녀는 여러 사람의 얼굴을 둘러보면서 다시 물었다.

「아래에 계십니다, 나타샤가 간호하고 있어요.」 소냐는 얼굴을 붉히면서 대답했다. 「방금 보러 갔읍니다. 퍽 고단하시죠, 아가씨?」

영애의 눈에는 분노의 눈물이 솟았다. 그녀는 얼굴을 돌리고 오라버니한테 가려면 어디로 가면 되느냐고 백작 부인에게 물으려고 했다. 바로 그때 문 밖에서 가볍게 달려오는 매우 즐거운 듯한 말소리가 들렸다. 돌아본 공작 영애의 눈에 거의 뛰다시피하면서 들어오는 나타샤의 모습이 비쳤다. 그것은 언젠가 모스크바에서 만났던 그때처럼 아주 불쾌하게 생각되는 나타샤였다.

그러나 공작 영애는 이 나타샤의 얼굴을 잘 보기도 전에 이 사람이야말로 자기의 슬픔을 같이 나눌 수 있는 성실한 친구이며 따라서 자기의 참된 벗이라는 것을 깨달았다. 그녀는 나타샤에게 달려들듯이 부둥켜안으면서 그 어깨에 얼굴을 파묻고 울기 시작했다.

안드레이 공작의 베개맡에 앉아 있던 나타샤는 공작 영애 마리야의 도착을 알자마자 살짝 병실을 나와 공작 영애 마리야에겐 즐거운 것처럼 들린 독특한 가벼운 걸음걸이로 달려온 것이었다. 나타샤가 객실로 뛰어들어왔을 때 그녀의 흥분된 얼굴에는 오직 하나의 표정밖에 없었다. 그것은 사랑의 표정, 그에게 대한, 그녀에게 대한, 사랑하는 사람에게 가까운 모든 것에 대한 끝없는 사랑과 연민과 남에게 대한 동정과 그 원조를 위해서 자기의 온 몸을 바치고 싶어하는 열렬한 소망, 바로 이러한 표정이었다. 분명히 그 순간에는 그와 자기의 관계에 자기 자신에 대한 상념은 나타샤의 마음에 조금도 없었다.

민감한 공작 영애 마리야는 나타샤의 얼굴을 보자마자 그 모든 것을 깨닫고 가슴 속의 슬픔이 달콤하게 녹는 것을 느끼면서, 그녀의 어깨에 얼굴을 파묻고 울었던 것이다.

「가십시다. 마리, 그분한테로 가십시다.」공작 영애 마리야를 다른 방으로 이끌면서 나타샤는 말했다.

공작 영애 마리야는 얼굴을 들고 눈물을 닦고 나서 나타샤를 돌아보았다. 나타샤에게 물으면 모든 것을 알 수 있을 것만 같았다.

「어때요…….」하고 물으려다가 그녀는 갑자기 입을 다물었다. 말로써는 물을 수도 대답할 수도 없다고 그녀는 느꼈던 것이다. 나타샤의 얼굴과 눈이 더 뚜렷이, 더 심각하게 모든 것을 말해 줄 것이다.

나타샤는 그녀를 찬찬히 쳐다보고 있었으나 자기가 알고 있는 것을 모두 이야기해야 할지, 말아야 할지 두려워하며 망설이고 있는 듯이 보였다. 그러나 그의 마음 깊이까지 꿰뚫어보는 듯한 공작 영애 마리야의 빛나는 눈을 보자 본 그대로를 정직하게 모두 말하지 않을 수 없다고 느낀 것 같았다. 나타샤의 입술이 갑자기 파르르 떨리고 입 언저리에 보기 흉한 주름이 잡히더니 흐느껴 울면서 두 손으로 얼굴을 가렸다.

공작 영애 마리야는 모든 것을 깨달았다.

그녀는 그래도 역시 일루의 희망을 걸고, 스스로도 믿고 있지 않은 듯한 말로 물었다.

「그래 오라버니의 상처는 어떻게 됐어요? 대체로 어떤 용태죠?」

「당신이, 당신이 보시면 아세요.」나타샤는 간신히 이것만을 말했다.

두 사람은 눈물을 멈추고 온화한 얼굴로 그의 병실에 들어가기 위해 잠시 동안 아래층에 있는 안드레이 공작의 병실 밖에 앉아 있었다.

「병의 경과는 어떻던가요? 오래 전부터 나빴던가요? 언제 그렇게 되었죠?」하고 공작 영애 마리야는 물었다.

나타샤는 자상하게 이야기했다. 처음에는 열과 통증 때문에 위험했으나 트로이사 근처에서 무사히 고비를 넘기고 의사는 탈저증(脫疽症)만을 두려워하고 있었다는 것이었다. 그러나 그 위험도 지나가 버렸다. 야로슬라블리에 도착한 뒤에 상처가 곪기 시작했으나 나타샤는 화농(化濃)과 그 밖의 증세에 대해 상세히 알고 있었다. 의사는 그 화농도 순조롭게 경과될지 모른다고 말했다. 잇따라 오한(惡寒)이 일어났다. 의사의 말에 의하면 그 열도 그다지 위험한 것은 아니라는 것이었다.

「그런데 이틀 전에.」하고 나타샤는 말하기 시작했다. 「갑자기 그것이 일어났어요……」그녀는 북받치는 울음을 참았다. 「어째선지 전 모르겠어요. 그분이 어떻게 되셨는지 이제 보시면 알게 될 거예요.」

「쇠약해지셨는가요? 야위셨는가요?」하고 공작 영애는 물었다.

「아녜요, 그런 게 아녜요, 하지만 더 나빠요. 이제 곧 알게 될 거예요. 아아! 마리, 그분은 너무도 좋은 분이에요. 그래서 희망이 없어요, 살아 계실 수 없어요. 그건……」

15

나타샤가 익숙한 동작으로 안드레이 공작의 병실 문을 열고 공작 영애를 들여보냈을 때 공작 영애 마리야는 벌써 목구멍까지 오열이 치밀어 오르는 것을 느꼈다. 아무리 마음을 가라앉히려고 애를 써도 눈물 없이는 오라버니를 볼 수 없으리라는 것을 잘 알고 있었다.

이틀 전에 그것이 일어났다는 나타샤의 말이 무엇을 의미하고 있는지 공작 영애 마리야는 알고 있었다. 그것은 안드레이 공작이 갑자기 누그러진 것을 뜻하고 있었다. 이렇게 부드러워지고 평온해진 것은 곧 죽음의 전조라는 것을 그녀는 알고 있었던 것이다. 그녀는 문 곁에 다가섰을 때 이미 어릴 적부터 알고 있던, 좀처럼 그런 얼굴을 하지 않기 때문에 언제나 강한 감동을 받곤 했던 저 온화하고 다정하고 부드러운 안드류샤의 얼굴을 상상 속에 그려 보고 있었다. 오라버니는 아버지가 임종 때 자기한테 말했던 것과 같은 조용하고 부드러운 말을 해주리라는 것을, 그러면 자기는 참지 못하고 오라버니 위에 엎드려 통곡하게 되리라는 것을 그녀는 알고 있었다. 「그러나 그것은 어차피 일어나야 할 일이다.」그렇게 생각하고 그녀는 방으로 들어갔다. 그녀는 근시의 눈으로 차차 뚜렷이 안드레이의 모습을 알아보고 그의 윤곽을 찾아냄에 따라 오열은 더욱더 가까이 그녀의 목구멍에 치밀어 올랐다. 마침내 그녀는 오라버니의 얼굴을 똑바로 알아보았으며, 눈과 눈이 마주쳤다.

그는 쿠션에 파묻히듯이 다람쥐 털로 된 자리옷에 싸인 채 소파 위에 누워 있었다. 수척하고 핼쑥한 얼굴을 하고 있었다. 투명할 만큼 하얀, 바싹 여윈 한쪽 손에 손수건을 쥐고 다른 한쪽 손으로 조용히 손가락을 움직이면서 자란 콧수염을 만지작거리고 있었다. 그의 눈은 들어오는 사람들을 쳐다보고 있었다.

공작 영애 마리야는 오라버니의 얼굴을 보고 눈과 눈이 마주치자 갑자기 걸음을 멈추었다. 그리고 갑자기 눈물이 마르고 오열이 멈추는 것을 느꼈다. 오라버니의 안색과 눈빛을 보자 그녀는 갑자기 겁이 나고 어쩐지 자기가 나쁜 짓이라도 하고 있는 것처럼 생각되었다.

『하지만 내가 어떤 나쁜 짓을 했을까?』하고 그녀는 스스로 물어보았다.『그것은 네가 살아 있고 살아 있는 사람에 대해서 생각하고 있기 때문이다. 그런데 나는!……』하고 안드레이의 매섭고 싸늘한 눈이 대답하고 있었다.

그가 천천히 누이와 나타샤를 쳐다보았을 때 안에서 밖을 보는 것이 아니라 자기 내부를 응시하고 있는 것 같은 깊은 눈 속에는 거의 적의에 가까운 그 무엇이 있었다.

그들은 습관대로 서로 손에 키스했다.

「잘 있었나, 마리, 잘 와 주었어.」그 눈빛과 마찬가지로 조용하고 쌀쌀한 목소리로 그는 말했다. 만약 그가 큰소리로 외쳤던들 이 조용한 목소리만큼 공작 영애 마리야를 오싹하게 하지는 않았을 것이다.

「니콜루쉬카도 데리고 왔군그래?」그는 여전히 침착하고 조용한 어조로, 이것을 생각해 내는 것조차 힘이 드는 듯이 말했다.

「좀 어떠세요?」스스로 자기의 말에 놀라면서 공작 영애 마리야는 말했다.

「그건, 애, 의사한테 물어봐야지.」하고 그는 말했으나 될 수 있는 대로 상냥하게 하려고 애쓰는 듯(그는 자기가 말하는 것을 조금도 생각하고 있지 않은 것 같았다)했다.

「고맙다, 와 주어서.」

공작 영애 마리야는 그 손을 굳게 잡았다. 그는 누이의 악수 때문에 약간 얼굴을 찌푸렸다. 그가 잠자코 있어서 그녀는 뭐라고 해야 할지 몰랐다. 그녀는 요 이틀 동안 오라버니의 몸에 일어난 일을 눈치챘다. 그의 말에서도, 말의 억양에서도, 특히 그 눈빛에서도—싸늘하고 거의 적의를 품고 있는 듯한 눈빛에서도—살아 있는 인간을 오싹하게 하는 세상의 온갖 것으로부터의 절연(絶緣)을 느낄 수 있었다. 그는 살아 있는 모든 것을 이해하기가 힘드는 것 같았다. 그와 동시에 그가 생명이 있는 것을 이해하지 못하는 것은 이해력을 잃었기 때문이 아니고, 살아 있는 사람들이 이해하고 있지도 않고 또 이해할 수도 없는 그 어떤 것을 이해하고, 그것에 온통 점유당해 버렸기 때문이라는 것이 느껴졌다.

「정말 야릇한 운명의 장난이야!」침묵을 깨뜨리고 나타샤를 가리키면서 그는 말했다.「이분이 줄곧 내 병구완을 해주었지.」

공작 영애 마리야는 안드레이의 이 같은 말을 들으면서, 그가 하는 말을 도무지 이해할 수 없었다. 민감하고 다정한 안드레이 공작이 서로 사랑하고 있는 여자 앞에서 어떻게 이런 말을 할 수 있을까! 만약 그가 산다고 생각했다면 이렇게 차가운 모멸적인 어조로 말하지는 않았을 것이다. 만약 자기가 죽어 가고 있다는 것을 모른다면 어떻게 그녀를 가엾게 생각할 수 있었으랴. 어떻게 그녀 앞에서 이런 말을 할 수가 있었을까! 여기엔 오직 한 가지 설명밖에 없다. 즉, 그에겐 그런 것은 어찌 되었든 상관 없었던 것이다. 그리고 아무래도 좋았던 것은 달리 더 중대한 어떤 것을 발견했기 때문인 것이다.

이야기는 냉랭하고 겉돌아서 끊기기 일쑤였다.

「마리는 랴자니를 거쳐서 오셨어요.」하고 나타샤는 말했다. 안드레이 공작은 나타샤가 자기 누이를 마리라고 부른 것을 알아채지 못했다. 그러나 나타샤는 안드레이 앞에서 공작 영애 마리야를 이렇게 부르고 나서야 비로소 자기도 그것을 깨달았던 것이다.

「그래서 어떻게 됐어요?」하고 그는 말했다.

「모스크바가 불타 버렸다는 말을 들었다는 거예요. 완전히, 모든 것이…….」

나타샤는 입을 다물었다. 말할 수 없었던 것이다. 그는 들으려고 애를 쓴 모양이었으나 역시 들을 수 없었다.

「참, 불타 버린 모양이더군.」하고 그는 말했다. 「정말 유감스러운 일이야.」그는 이렇게 말하고 멍하니 손가락으로 입수염을 비비 꼬면서 앞쪽을 응시하기 시작했다.

「그런데 마리, 너는 니콜라이 백작을 만났다면서?」안드레이 공작은 느닷없이 이렇게 말했다. 상대방의 기분을 돋워 주기 위해서인 것 같았다. 「그 사람이 이리 편지를 부쳤는데 네가 아주 마음에 든 모양이야.」하고 그는 예사로운 침착한 어조로 말을 계속했다. 살아 있는 인간에게 자기의 말이 얼마만큼 복잡한 의미를 가지고 있는지 그것이 충분히 이해되지 않는 모양이었다. 「만약 너도 똑같이 그 사람을 사랑하고 있다면……좋겠는데 말이야……결혼하면…….」그는 오랫동안 찾고 있던 말을 마침내 찾아낸 것을 기뻐하는 듯이 약간 빨리 이렇게 덧붙였다. 공작 영애 마리야는 그의 말을 듣고 있었으나 그 말은 그가 지금 모든 생명 있는 것으로부터 끝없이 멀리 떨어져 있다는 것을 증명하는 외에는 아무런 의미도 가지지 않았다.

「제게 대해서 말씀하실 건 없어요!」그녀는 침착하게 말했다. 그리고 흘끗 나타샤를 돌아보았다. 나타샤는 그 시선을 느끼면서 그녀 쪽은 보지 않았다. 모두들 또 잠시 말이 없었다.

「안드레, 오빠는 저…….」공작 영애 마리야는 갑자기 떨리는 목소리로 말했다. 「니콜루쉬카를 만나고 싶지 않으세요? 그 애는 줄곧 오빠 말씀만 하고 있는데요.」

안드레이 공작은 비로소 희미한 미소를 띄웠으나 그의 표정을 알고 있는 공작 영애 마리야는 그것이 기쁨의 미소도 아니고 자기의 아들에 대한 사랑의 미소도 아니고 자기가 오라버니의 감정을 불러일으키는 최후의 방법이라고 믿고, 니콜루쉬카를 들먹거린 데 대한 조용하고 부드러운 비웃음이라는 것을 깨닫고 오싹해졌다.

「그래, 나도 참 기쁘다. 니콜루쉬카는 건강하냐?」

니콜루쉬카는 안드레이 공작한테로 안내되어 오자 놀란 듯이 아버지를 보았으나 아무도 울고 있지 않았기 때문에 그래도 울진 않았다. 안드레이 공작은 니콜루쉬카한테 키스했다. 그는 아들에게 무엇이라고 말해야 할지 몰랐던 모양이었다.

니콜루쉬카를 데리고 나가자 공작 영애 마리야는 다시 한 번 오라버니에게로 다가가서 키스했다. 그러자 더 참지 못하고 울기 시작했다.

그는 찬찬히 누이를 쳐다보았다.

「너는 니콜루쉬카 때문에 울고 있는 거냐?」그는 물었다.

공작 영애 마리야는 울면서 고개를 끄덕였다.

「마리, 너는 알고 있겠지, 성서…….」하고 그는 말하기 시작하더니 갑자기 입을 다물었다.

「뭐라고 말씀하셨죠?」

「아무것도 아냐, 여기서 울면 안 돼.」역시 그 싸늘한 눈빛으로 누이를 보면서 그는 이렇게 말했다.

공작 영애 마리야가 울기 시작했을 때 그는 그녀가 우는 것을 니콜루쉬카가 아버지 없는 아이가 되기 때문이라는 것을 깨달았다. 그는 혼신의 힘을 다해 삶으로 돌아가려고 애썼다. 그리하여 간신히 다른 사람들의 견지로 옮아갈 수 있었다.

『그렇다, 이 사람들에게는 슬프게 생각될 거야!』하고 그는 생각했다. 『그러나 이것은 정말 단순한 일인데! 하늘을 나는 새는 씨 뿌리지도 않고 거두지도 않는데 너희들의 아버지는 그들을 먹여 주시거늘.』그는 마음 속으로 이렇게 말하고 그것을 누이한테도 말하려고 했다. 『아니, 그만두자, 둘이 다 이것을 자기 나름대로 해석하겠지, 이 사람들은 이해하지 못할 것이다. 이 사람들은 도저히 알 수가 없다! 이 사람들이 높이 평가하고 있는 이러한 가지가지 감정은 그저 우리들 인간의 것에 불과하다. 그리고 이 사람들에게 굉장히 중대하게 여겨지는 여러 가지 사상은 전혀 불필요한 것이다. 그것이 이 두 여자에겐 이해되지 않는 것이다. 우리들은 서로 이해할 수 없다.』 이렇게 생각하고 그는 입을 다물었다.

안드레이 공작의 어린 아들은 일곱 살이었다. 그 애는 간신히 책을 읽을 정도고 아직 아무것도 몰랐다. 그 애는 그 날 이후 지식과 관찰과 경험들을 얻고 많은 것을 체험했으나 설령 그 애가 그 당시 이러한 가지가지 후천적인 능력을 가지고 있었다 하더라도 아버지와 공작 영애 마리야와 나타샤 사이에 나타난 광경의 의미를 그때보다도 더 깊이 이해할 수는 없었을 것이다. 그리고 울지 않고 방을 나오자 뒤쫓아 나온 나타샤 옆에 묵묵히 다가가면서 생각에 잠긴 듯한 아름다운 눈으로 수줍은 듯이 나타샤를 쳐다보았다. 약간 추켜 들린 새빨간 윗입술이 파르르 떨렸다. 그 애는 나타샤에게 머리를 기대면서 울기 시작했다.

이 날부터 그 애는 데살을 피하게 되었다. 또 자기를 귀여워해 주는 노백작 부인조차도 피하기 시작했다. 그리고 그저 혼자서 가만히 앉아 있든가 그렇지 않으면 공작 영애 마리야 옆이나 고모보다도 더 좋아한 듯한 나타샤 옆에 조심조심 다가가 수줍은 듯이 조용히 어리광을 부리는 것이었다.

공작 영애 마리야는 안드레이 공작의 방에서 나오자 나타샤의 얼굴이 자기에게 말한 것을 모두 깨달았다. 그녀는 이제 오라버니가 살아났으면 하는 이야기를 나타샤에게 하지 않게 되었다. 그녀는 나타샤는 번갈아 가면서 안드레이의 소파에 붙어 앉아 그 이상 울지는 않았으나 빈사의 병자에게는 이제 그 존재가 뚜렷이 느껴지는, 영원히 불가사의한 하느님에게 마음 속으로 끊임없이 기도를 드리는 것이었다.

<h1 style="text-align:center">16</h1>

안드레이 공작은 자기가 죽을 것이라는 것을 알고 있었을 뿐 아니라 자기는 지금 죽어 가고 있다, 아니 벌써 반은 죽어 버렸다고 느끼고 있었다. 그는 모든 지상의 것에 대한 소외감과, 기쁘고도 불가사의한 존재의 안이함을 의식하고 있었다. 그는 당황하지도 걱정하지도 않고 눈앞에 닥쳐올 것을 기다리고 있었다. 그가 일생을 통하여 끊임없이 느끼고 있던 무섭고 영원히 헤아릴 수 없는 머나먼 어떤 것이 이제는 그에게 가까운 것이 되었을 뿐 아니라, 그가 의식하고 있는 불가사의한 생존의 안이함에 의해서 거의 이해하고 감각할 수 있는 것이 되었다.

전에는 그는 마지막 순간을 두려워하고 있었다. 그는 두 차례나 이 무섭고 괴로운 죽음, 마지막에 대한 공포를 느꼈으나 이제는 벌써 그런 느낌은 이해할 수조차 없었다.

처음으로 그가 이 공포를 느낀 것은 유탄이 그의 앞에서 팽이처럼 돌고 있을 때, 추수 뒤의 밭이며 관목이며 하늘을 보고 자기 앞에 죽음이 가로막혀 있는 것을 알았을 때였다. 그가 부상한 뒤 의식이 회복되고 그때까지 자기를 압박하고 있던 삶의 압박에서 해방되기라도 한 것처럼 이 인생에 좌우되지 않는 영원하고 자유로운 사랑의 꽃이 마음 속에 피었을 때에, 그는 이미 죽음을 두려워하지도 않았고 생각하지도 않았다.

그는 부상한 뒤 괴로운 고독과 가위에 눌린 듯한 상태에서 새로 발견한 영원한 사랑의 근원을 생각함에 따라 자기도 의식하지 못한 사이에 차차 지상의 생활을 거부하게 되었다. 모든 것, 모든 사람을 사랑하고 언제나 자기 스스로를 사랑을 위해 희생한다는 것은 곧 아무도 사랑하지 않는다는 것이고, 이 지상의 생활을 누리지 않는다는 것이었다. 그리하여 그가 이 사랑의 근원에 투철하면 할수록 더욱더 실생활을 부정하는 것이 되어, 삶과 죽음 사이에 가로막혀 있는 무서운 장벽을 더욱더 완전히 없애 버리는 것이었다. 처음 얼마 동안 그는 자기가 죽지 않으면 안 된다는 것을 생각해 내고는 「아냐, 어쩔 수 없다, 오히려 그것이 낫다.」하고 혼잣말을 하는 것이었다.

그러나 므이찌쉬치에서 오락가락하는 정신 상태 속에서 일찌기 자기가 바랐던 여자를 보고 그 손을 자기의 입술에다 대고 조용하고 기쁜 눈물을 흘리면서 울음을 터뜨렸던 그 날 밤부터 한 여자에 대한 사랑이 어느 새 그의 마음 속에 숨어 들어와서 그를 다시 삶에다 결부시켰던 것이다. 그리고 기쁘고도 불안스러운 상념이 그를 찾아들기 시작했다. 의무실에서 쿠라긴을 만났을 때를 상기해도 지금은 그때와 같은 느낌으로 돌아갈 수 없다, 그 사나이가 살아 있을까라는 의문이 또다시 그를 괴롭히기 시작했다. 그러나 그것을 물어볼 용기조차 나지 않았던 것이다.

그의 병상은 순조로운 생리적 경과를 더듬고 있었으나 나타샤가 그것이 시작되었다고 말한 것은 공작 영애 마리야의 도착 이틀 전에 생겼다. 그것은 죽음과 삶 사이에 일어난 마지막 정신적인 투쟁에서 결국 죽음 쪽이 승리를 차지했던 것이다. 이것은 나타샤에 대한 사랑 속에 구상(具象)된 생활을 자기가 아직도 존중하고 있다는 뜻밖의 의식이며, 마침내는 정복되고 마는 미지의 것에 대한 공포의 마지막 발작이었다.

그것은 초저녁이었다. 언제나 식후의 버릇으로 그는 가벼운 발열 상태(發熱狀

態)에 있었고 그의 사상은 아주 또렷또렷했었다. 소냐는 탁자 앞에 앉아 있었다. 그는 꾸벅꾸벅 졸기 시작했다. 그러나 갑자기 행복감이 그를 붙잡았다.

『아아, 그녀가 들어왔군!』하고 그는 생각했다.

아닌게 아니라 소냐가 있었던 곳에는 금방 살금살금 들어온 나타샤가 앉아 있었다.

나타샤가 간호하기 시작한 뒤로 그는 언제나 그녀가 곁에 있다는 육체적 감각을 느끼고 있었다. 나타샤는 자기 몸으로 그에게서 촛불을 가리면서 안락의자에 옆으로 앉아 양말을 뜨고 있었다(그녀가 양말뜨기를 배운 것은 그때 안드레이 공작이 그녀에게 양말을 뜨고 있는 늙은 유모만큼 병간호를 잘 하는 사람은 없다, 대체로 뜨개질에는 무엇인가 사람의 마음을 가라앉게 하는 무엇이 있다고 말한 뒤의 일이었다). 그녀의 가느다란 손가락은 이따금 서로 부딪치는 뜨개질 바늘을 날쌔게 퉁겼다. 생각에 잠긴 듯한 숙이고 있는 그 옆얼굴은 그의 눈에 뚜렷이 비쳤다. 그녀가 조금 몸을 움직이자 실뭉치가 무릎에서 굴러 떨어졌다. 나타샤는 깜짝 놀라 그를 쳐다보려고 한쪽 손으로 촛불을 가리면서 조심스럽고 부드럽게, 그리고 정확히 허리를 구부려서 실을 줍고는 전과 똑같은 위치에 앉았다.

그는 꼼짝도 하지 않고 쳐다보고 있었다. 그리고 그녀가 몸을 움직이고 나서 가슴 가득히 숨을 들이쉬고 싶은 욕구를 느끼면서도 그렇게 하기를 삼가고 조심스럽게 숨을 쉬고 있는 것을 깨달았다.

트로이사 수도원에서 두 사람은 과거를 이야기했었다. 그때 그는 만약에 자기가 살아 있다면 다시 그녀를 만나게 해준 이 부상에 대해서 영원히 하느님께 감사할 것이라고 말했다. 그러나 그때 이후 두 사람은 한 번도 장래에 대해 이야기하지 않았었다.

『이것이 과연 있을 수 있는 일인가, 아닌가?』그녀의 얼굴을 쳐다보고 뜨개질 바늘의 가벼운 쇳소리에 귀를 기울이면서 그는 생각하고 있었다.『운명의 신은 그저 나를 죽게 하기 위해서 이와 같이 두 사람을 만나게 한 것일까? 아니면 나를 허위 속에서 살게 하기 위해 인생의 진리를 계시했던 것일까? 나는 이 세상의 무엇보다도 그녀를 사랑하고 있다. 그러나 정말로 저 여자를 사랑하고 있다면 나는 도대체 어떻게 해야 하는 것일까?』하고 그는 생각했다. 그러나 병중에 든 습관으로 그는 갑자기 자기도 모르게 신음 소리를 냈다.

이 소리를 듣자 나타샤는 양말을 내려놓고 그한테로 가까이 몸을 굽혔으나 문득 그 눈이 빛나고 있음을 보자, 가벼운 걸음걸이로 그의 옆으로 다가가서 들여다보았다.

「주무시지 않으셨어요?」

「아니, 나는 아까부터 당신을 보고 있었읍니다. 당신이 들어왔을 때 느꼈읍니다. 이렇게 부드러운 고요와……이런 빛을 주는 사람은 당신 외엔 없읍니다. 나는 기뻐 울고만 싶어집니다.」

나타샤는 더 가까이 그에게로 다가갔다. 그녀의 얼굴은 환희로 빛나고 있었다.

「나타샤, 나는 너무도 당신을 사랑하고 있어. 이 세상의 무엇보다.」

「그럼, 저는?」 그녀는 살짝 얼굴을 돌렸다. 「어째서 너무도라고 하시죠?」 하고 그녀는 말했다.

「왜 너무도냐고요?……그럼, 당신은 어떻게 생각하십니까? 진정으로 마음 속으로부터 내가 살아나리라고 느끼고 있읍니까? 당신에겐 어떻게 보입니까?」

「전 믿고 있어요!」 나타샤는 진정 어린 몸짓으로 그의 두 손을 잡고 거의 외치듯이 말했다.

그는 잠시 말이 없었다.

「만약 그렇게 된다면 얼마나 좋겠읍니까!」 하면서 그는 그녀의 손을 잡고 거기에 입을 맞추었다.

나타샤는 행복하여 가슴이 울렁이는 것을 느꼈으나 이내 이래서는 안 된다, 병자에게는 안정이 필요하다는 것을 상기했다.

「하지만 당신은 주무셔야 하니까…….」 자기의 기쁨을 억누르면서 그녀는 말했다. 「될 수 있는 대로 주무시도록 하세요. 네……부탁이에요.」

그는 여자의 손을 힘껏 쥐었다가 놓았다. 그녀는 촛불 쪽으로 가서 또 전과 똑같은 자세로 앉았다. 두어 차례 돌아보았으나 그때마다 그의 빛나는 눈과 마주쳤다. 그래서 그녀는 뜨개질할 곳을 정해 놓고 그것이 끝날 때까지는 돌아보지 않으려고 결심했다.

아니나다를까 이내 그는 정말 눈을 감고 잠이 들었다. 그러나 잠이 든 것은 잠시 동안이고 이윽고 식은땀으로 온 몸을 흥건하게 적시고 불안스러운 듯이 갑자기 잠에서 깼다.

그는 잠이 들면서도 요즈음 끊임없이 생각하고 있는 삶과 죽음을 여전히 생각하고 있었다. 그것도 어느 쪽이냐 하면 죽음 쪽이 많았다. 그는 자기가 죽음 쪽에 보다 많이 접근하고 있는 것을 느꼈다.

『사랑? 도대체 사랑이란 무엇일까?』 하고 그는 생각했다. 『사랑은 죽음을 방해한다. 사랑은 생명이다. 모든 것, 내가 이해하고 있는 모든 것은 오직 사랑하고 있기 때문에 이해되는 것이다. 모든 것이 있고 모든 것이 존재하는 것도 다만 내가 사랑하고 있기 때문인 것이다. 모든 것은 다만 이 사랑으로 맺어져 있다. 하느님은 사랑이다. 따라서 죽음은 자기라는 사랑의 한 미분자(微分子)가 보편적이고 영원한 근원으로 돌아가는 것이다.』 이러한 생각은 그에게 위안이 되는 것처럼 생각되었다. 그러나 그것은 다만 사상에 불과했다. 거기에는 무엇인가 부족한 것이 있었고 무엇인가 너무 일방적이고 개인적이고 이지적이어서 분명치 않은 점이 있었다. 여전히 불안과 애매한 점이 남아 있었다. 그는 잠이 들었다.

그는 꿈속에서 자기가 현재 자고 있는 이 방에서 자고 있는 것을, 그러나 부상하지 않고 건강한 몸인 것을 보았다. 갖가지 쓸데없고 무관심한 사람이 안드레이 공작 앞에 나타났다. 그는 이 패들을 상대로 이야기도 하고 무엇인가 필요치도 않은 것에 대해 토론도 했다. 그들은 어디론가 갈 채비를 하고 있었다. 안드레이 공작은 이런 것은 모두 쓸데없는 것이고 자기에게는 더 중대한 일이 따로 있다는 것을 막연히 상기하고 있었으나 역시 무엇인가 허황한 익살을 늘어놓아 모두를 놀라게 하고 있었다. 이윽고 이 사람들은 모두 어느 새 점점 사라져 가고 모든 것이 밀폐된 문에 관한 문제 하나로 변했다. 그는 일어나서 빗장을 걸고 문을 잠그기 위해서 문 쪽으로 가려고 했다. 문을 잠글 수 있느냐 어떠냐에 모든 것이 달려 있었다. 그는 서둘러 가려고 하였으나 발이 말을 듣지 않았다. 그는 도저히 잠글 수 없다는 것을 알고 있었으나 역시 병적으로 온 몸의 힘을 긴장시키고 있었다. 괴로운 공포가 그를 붙잡았다. 이 공포야말로 죽음의 공포였다.

문 밖에는 그가 서 있었다. 그러나 그가 힘없는 보기 흉한 모습을 하고 겨우 문 옆으로 기어갔을 때 이 무서운 무엇인가는 벌써 반대편에서 세차게 밀면서 문 안으로 침입하려고 했다. 비인간적인 어떤 것——죽음——이 문으로 침입하려고 하고 있다. 저지하지 않으면 안 된다. 그래서 그는 문을 잡고 마지막 힘을 다했다. 잠글 수는 없을지언정 하다못해 밀어 붙이기라도 하지 않으면 안 되었다. 그러나 그는 힘이 약하고 서툴렀다. 문은 무서운 것에 밀리어 빠끔히 열렸으나 또 닫혔다.

다시 한 번 그는 밖에서 밀어 댔다. 최후의 초자연적인 노력도 효과가 없었다. 문은 소리도 없이 좌우로 열렸다. 그는 들어왔다. 그게 죽음이었다. 이리하여 안드레이 공작은 죽었다.

그러자 그가 죽은 그 순간, 안드레이 공작은 자기가 자고 있는 것을 상기했다. 그는 죽음과 동시에 그 순간 굉장한 노력을 기울여 잠을 깼다.

『그렇다, 그것이 죽음이었다. 나는 죽어서 잠을 깬 것이다. 그렇다. 죽음은 잠을 깨는 것이다.』 그의 마음 속은 홀연히 밝아졌다. 그때까지 불가해한 것을 숨기고 있던 장막은 그의 심안(心眼) 앞에서 걷어 올려졌다. 그는 이제 전에는 자기 내부에서 묶여 있던 어떤 힘의 해방이라고도 할 수 있는 것을 느끼고 그때부터 그에게서 떠나지 않는 이상한 가벼움을 느꼈던 것이다.

그가 식은땀을 흘리고 잠을 깨어 소파 위에서 몸을 움직였을 때에 나타샤는 그 옆으로 다가와서 왜 그러느냐고 물었다. 그는 대답은 하지 않고 상대방의 말을 이해하지 못해서 이상하다는 눈빛을 하고 그 얼굴을 쳐다보고 있었다.

이것이 공작 영애 마리야의 도착 이틀 전의 사건이었다. 의사의 말에 의하면 이 날부터 쇠약성의 열이 나쁜 징후를 나타내기 시작했다. 그러나 나타샤는 의사의 말엔 조금도 흥미를 가지지 않았다. 그녀는 자기의 눈으로 보아 보다 정확한 이 무서운 정신적인 징후를 보고 있었던 것이다.

이 날부터 안드레이 공작은 꿈에서 깨어남과 동시에 삶에서 깨어나기 시작했다. 그는 꿈에서 깨어난 것이 꿈의 길이에 비교한 것보다 삶에서 깨어난 것이 삶의 길이에 비교하여 별로 늦다고는 생각하지 않았다. 이 비교적 완만한 각성 속에는 별로 무서운 것도 날카로운 것도 없었다.

안드레이 공작의 최후의 나날과 시간은 평범하고도 단조롭게 지나갔다. 그의 곁을 떠나지 않던 공작 영애 마리야와 나타샤도 그것을 느끼고 있었다. 두 사람은 울지도 않고 떨지도 않고 임종이 닥쳤을 때 스스로 그것을 느끼면서 이젠 그가 아닌(그는 이미 없었다. 그는 두 사람의 옆을 떠나 버렸다) 그에 관한 가장 가까운 추억인 그의 육체의 시중을 들었다. 두 사람의 이 느낌이 너무도 강했으므로 죽음의 표면적인 끔찍한 일면도 두 여인에게 별 영향을 미치지 않았고 또 둘 다 자기들의 슬픔을 부채질할 필요도 느끼지 않았다. 두 여인은 그의 옆에서도, 그가 없는 데서도 절대로 울지 않았다. 그리고 서로간에 그의 이야기는 전혀 하지 않았다. 두 사람 다 자기들이 깨닫고 있는 것을 말로는 표현할 수 없다는 것을 알고 있었기 때문이다.

두 여인은 그가 서서히 자기들의 옆을 떠나 차츰차츰 깊숙이 그 어떤 곳으로 가라앉는 것을 보고 있었다. 그리고 이것은 그렇지 않으면 안 된다, 이것으로 좋은 것이라고 깨달았다.

그는 고해 성사를 받고 영성체를 했다. 온 집안이 마지막 고별을 하러 그한테로 갔다. 아들을 옆으로 데리고 갔을 때 그는 아들의 이마에 입을 맞추고 얼굴을 돌렸다. 그것은 아들이 가여워서 보고 있기가 괴로왔기 때문이 아니라(공작 영애 마리야와 나타샤는 그것을 알고 있었다) 다만 그렇게 하기를 바라고 있으니까, 라고 그는 생각했을 뿐이다. 그래도 아들에게 축복해 주라는 말을 들었을 때 그는 요구대로 실행한 뒤 또 무엇인가 할 일이 있느냐고 묻기라도 하듯이 주위를 둘러보는 것이었다.

영혼이 육체를 떠나는 임종의 경련이 왔을 때 공작 영애 마리야와 나타샤는 그 자리에 있었다.

「돌아가셨군요!」 가만히 그들의 눈앞에 누운 채 그의 몸이 차차 식기 시작한 지 이삼 분 지나 공작 영애 마리야는 말했다. 나타샤는 다가가서 생명이 없어진 눈을 힐끔 쳐다본 뒤 급히 그 눈을 감겨 주었다. 그녀는 눈을 감겨 준 뒤 그 눈에는 키스하지 않고 그에 대해서 가장 소중한 추억이었던 것에 입술을 대었다.

『어디로 가셨을까? 지금쯤 어디에 계실까?』

깨끗이 씻기고 수의에 싸인 유해(遺骸)가 입관되어 탁자 위에 안치되자 온 집안이 고별을 하러 와서 흐느낌이 방안에 가득 찼다.

니콜루쉬카는 그 조그마한 마음을 갈가리 잡아 찢는 괴로운 의혹 때문에 울었다. 백작 부인과 소냐는 나타샤에 대한 동정과 그가 이제 없다는 슬픔 때문에 울었다. 노백작이 운 것은 자기도 멀지 않아 이 무서운 걸음을 내딛게 된다는 것을 느꼈기 때문이었다.

나타샤도 공작 영애 마리야도 지금은 똑같이 울었다. 그러나 그들이 운 것은 자기 자신의 슬픔 때문은 아니었다. 두 여인은 눈앞에서 일어난 단순하고도 엄숙한 죽음의 비밀을 눈으로 직접 보고 느끼고 경건한 감격에 가슴이 메어서 울었던 것이다.

제 2 장

1

온갖 현상의 원인을 종합한다는 것은 인간의 지력(知力)으로는 불가능하다. 그러나 인간의 마음에는 원인을 탐구하고 싶다는 요구가 있다. 그래서 인간의 지력은 그 하나하나가 단독으로 원인이라고 생각되는 현상의 무수한 조건의 복잡하기 짝이 없는 연관성은 캐려 하지 않고 가까이에 있는, 가장 알기 쉬운 것을 붙들고 이것이야말로 원인이라고 말한다. 인간의 행동을 관찰의 대상으로 하는 사적인 사건에 있어서 가장 원시적인 원인이라고 생각되는 것은 신(神)들의 의지이고, 그 다음으로는 역사상 가장 현저한 위치에 서는 사람들, 즉 역사상의 위인의 의지이다. 그러나 어떠한 역사적인 사건일지라도 그 본질, 즉 사건에 관여한 인간 전체의 행동을 통찰해 보던 역사상의 위인의 의지가 대중의 행동을 지도하고 있지 않을 뿐 아니라 오히려 언제나 끌려다니고 있다는 것을 알게 될 것이다. 사상의 사건의 의의(意義)같은 것은 어떻게 해석하든지 결국은 마찬가지라고 생각될지 모른다. 그러나 서방(西方)의 여러 민족이 동(東)을 향해서 원정한 것은 나폴레옹이 그것을 바랐기 때문이라고 말하는 사람과, 그것은 마땅히 그렇게 될 필연성이 있었기 때문이라고 말하는 사람과의 사이에는, 지구 자체는 확고 부동의 자세로 서 있으면서 다만 여러 유성이 그 둘레를 회전하고 있다고 주장하는 사람과, 지구가 무엇에 의해서 받쳐져 있는지 그것은 모르지만 지구와 그 밖의 유성의 운행을 지배하는 법칙의 존재는 알고 있다고 말하는 사람들 사이에 존재하는 것과 같은 정도의 차이가 있는 것이다. 역사적인 사건에는 온갖 원인을 통일하는 유일한 원인 이외에는 하등의 원인도 없을 뿐만 아니라 또 있을 수도 없다. 그러나 개개의 사건을 지배하는 법칙은 있다. 그 법칙의 일부분은 우리에겐 알 수 없지만 어떤 부분은 감지할 수 있다. 이 법칙의 발견은 한 사람의 인간의 의지 가운데에서 원인을 구하는 것을 완전히 버렸을 때만 가능해진다. 그것은 꼭

유성 운행의 법칙 발견이, 사람들이 지구 부동설(地球不動說)을 버렸을 때 비로소 가능했던 것과 마찬가지이다.

　보로지노의 전역과 적군의 모스크바 점령, 그리고 그 소실(燒失) 뒤 1812년 전쟁 최대의 삽화로서 역사가들이 인정하고 있는 것은 러시아군이 랴자니 가도에서 칼루가 가도로 나가고, 그리고 타루찌노 진지로 나아간 사실——소위 크라스나야 파흐라의 후방에서의 측면 행진이었다. 수많은 역사가는 자기 나름으로 이 천재적인 공훈의 명예를 여러 인물한테로 돌리고 원래 그것이 누구의 계획에 의한 것인가 하고 논쟁을 벌이고 있다. 외국의 역사가, 특히 프랑스의 역사가까지지도 측면 행진을 기술할 경우 러시아군 지휘관의 재능을 인정하고 있다. 그러나 어째서 군사 평론가를 비롯한 모든 사람들은 이 측면 행진이 어느 한 사람의 깊은 생각에서 나온 것으로, 러시아를 구하고 나폴레옹을 멸망시킨 작전이라고 생각하는지 심히 이해하기 힘든 일이다. 첫째로 이해하기 어려운 것은 이동의 깊은 생각이라든가 위대성이라는 것이 어디에 있느냐 하는 문제이다. 왜냐하면 군으로서 최상의 위치는(공격을 받지 않고 있는 경우) 식량이 풍부한 곳이라는 것을 깨닫기 위해서는 그다지 머리를 짜낼 필요가 없기 때문이다. 1912년 모스크바 퇴각 뒤 군대에게 가장 유리한 위치가 칼루가 가도에 있다는 것은 쉽게 알 수 있을 것이다.

　그러므로 첫째로 이해하기 어려운 것은 역사가들이 어떠한 추론에 의해서, 이 행동 속에 깊은 생각이 있었다는 것을 인정했느냐 하는 것이다.

　둘째로 더욱 야릇한 것은 역사가들이 이 행동을 지적하여 러시아를 위해서는 구원이었고 프랑스를 위해서는 멸망이었다고 믿는 이유이다. 왜냐하면 이 측면 행진도 거기 앞서고 수반하고 계속된 다른 여러 가지 사정 여하에 따라서는 오히려 러시아군에게 멸망을 초래하고 프랑스군에겐 구원이 되었을지도 모르기 때문이다. 가령 이 운동 이래 러시아군의 상태가 차차 회복되었다 하더라도 단지 그것만으로 우리는 이 운동이 러시아 회복의 원인이 되었다고는 도저히 단언할 수가 없다.

　거기에 다른 여러 사정이 겹치지 않았더라면 이 측면 행진은 아무런 이익조차도 초래하지 않았을 뿐 아니라 러시아군을 멸망시켰을지도 모른다. 만약 모스크바가 불타지 않았다면 어떻게 되었을까? 뮈라가 러시아군을 놓치지 않았다면 어떻게 되었을까? 또 나폴레옹이 무위한 날을 보내지 않았다면 어떻게 되었을까? 만약 러시아군이 베니그센이나 바르클라이의 권유에 따라 크라스나야 파흐라에서 도전하였다면 어떻게 되었을까? 러시아군이 파흐라의 후방으로 후퇴했을 때 만약 프랑스군이 공격을 가했더라면 어떻게 되었을까? 만약 후에 나폴레옹이 타루찌노로 다가갔을 때 스몰렌스크에서 보인 십분의 일의 정력이라도 가지고 러시아군을 공격했다면 어떻게 되었을까? 만약 프랑스군이 페쩨르부르그로 향했다면 과연 어떻게 되었을까? 이와 같은 여러 가지 사정이 실현되었다면 측면 행진의 구원은 멸망으로 바뀌었을지도 모르는 것이었다.

세째로 가장 이해하기 힘든 것은 역사를 연구하는 사람들이 고의적으로 다음 사실을 인정하려고 하지 않는 다는 점이다. 즉, 이 측면 행진을 어느 한 사람의 계획으로 돌리는 것은 부당한 일이고, 사실은 아무도 그러한 것을 예견하고 있지 않았던 것이다. 이 행동은 마치 필리의 퇴각과 마찬가지로 그 당시 누구 한 사람 전면적인 예상을 할 수 있었던 사람은 없었다. 한 걸음 또 한 걸음, 시시 각각 사건은 사건으로 꼬리를 물고 연결되면서 다양하고 무한한 조건에서 흘러나온 것이었고, 그것이 실현되어 과거의 것이 되었을 때 비로소 전체로서 떠오른 것에 지나지 않는 것이다.

필리의 작전 회의에서 러시아군 수뇌의 지배적인 구상은 당연히 직선 코스로, 즉 니쥐니이 노브고로드 가도를 따라 퇴각한다는 것이었다. 회의 석상에서 대다수가 이 의견을 주장하고 있었던 것과, 특히 회의 뒤에 교환된 총사령관과 병참 부장 란스코이와의 유명한 이야기가 이 사실을 증언하고 있다. 란스코이는 총사령관에게 군의 식량은 주로 오카 강(江) 연안——툴라 현(縣)과 칼루가 현에 모여 있으므로 니쥐니이 노브고로드로 퇴각하면 식량은 대하(大河) 오카로 말미암아 군에서 격리되고 또한 초겨울의 날씨에는 도강이 불가능하다고 보고했다. 이것이 전에 가장 자연스럽다고 생각되었던 니쥐니이 노브고로드로의 직행 코스 계획을 회피하지 않으면 안 되게 되었던 첫째의 징후였던 것이었다. 이리하여 군은 랴자니 가도를 따라 약간 남으로 나아가 차차 식량에 접근해 갔다. 그후 러시아군을 놓쳐버린 프랑스군의 태만과 툴라의 포병 공창을 수비하지 않으면 안 되었던 배려와, 특히 식량에 접근하는 이익 등이 러시아군을 몰아 더욱더 남을 향해 툴라 가도를 남하(南下)시켰던 것이다. 파흐라의 후방에서 필사적인 노력을 시도하여 툴라 가도를 이동한 뒤, 러시아의 군 지휘관들은 포돌리스크에 머물겠다는 생각만 하고 타루찌노 진지에 대해서는 조금도 생각하고 있지 않았다. 그런데 무수한 사정과 전에 러시아군을 놓쳤던 프랑스군의 재출현과 전투 계획과 특히 칼루가의 풍부한 식량이 아군으로 하여금 더욱더 남쪽으로 향하게 했고, 툴라 가도에서 칼루가 가도로, 타루찌노로, 즉 보급로의 중심으로 진출시켰던 것이다. 언제 모스크바가 포기되었느냐 하는 물음에 대답할 수 없는 것과 마찬가지로 언제 누가 타루찌노로 이동하도록 결정했느냐 하는 물음에도 역시 대답할 수는 없다. 다만 군대가 무수한 미분적인 힘에 지배되어 타루찌노에 도착했을 때에야 비로소 사람들은 이것이야말로 벌써부터 바라고 있었던 일이다, 자기들은 벌써부터 그것을 예견하고 있었던 것이다, 하고 스스로를 설득하기 시작했던 것이다.

2

이 유명한 측면 행진이란 도대체 무엇이냐 하면, 결국은 진격시와 반대 방향을 똑바로 퇴각하고 있던 러시아군이 프랑스군의 공격이 멎은 뒤에 처음 취하고 있던 직선적인 방향에서 벗어나 적의 추격이 없는 것을 기화로 풍부한 식량이 이끄는 방향으로 자연스럽게 나아갔다는 데 불과하다.

가령 러시아군의 수뇌부에 천재적인 장군이 있었다고 생각하지 말고 지휘관이 없는 일개 군대를 상상해 보더라도 그 군대는 식량이 풍부한 지방에서 반원을 그리면서 모스크바로 되돌아오는 것 이외엔 어쩔 수가 없다는 것을 알 수 있을 것이다.

니쥐니이 노브고로드 가도에서 랴자니 가도, 툴라 가도에서 칼루가 가도로 이동한 이 이동은 지극히 자연스러웠고, 러시아군의 약탈병도 이와 같은 방향으로 도주했으며, 페쩨르부르그에서도 쿠투조프에 대해서 이와 같은 방향으로 군대를 움직이도록 요구했을 정도이다. 쿠투조프는 군대를 랴자니 가도로 이끌어들였다고 하여 거의 견책에 가까운 황제의 친서(親書)를 타루찌노에서 받았다. 그 속에는 칼루가로 향하여 진지를 구축하라는 지령도 있었지만 그때 그는 이미 거기에 포진하고 있었던 것이다.

이제까지의 모든 전투와 보로지노의 회전으로 주어진 충동에 의해 이 방향으로 굴러 돌아온 러시아군이라는 공〔球〕은 그 충동의 힘이 다한 뒤 다시 새로운 충동을 받지 않았으므로 자기로서는 자연적인 위치를 차지했던 것이다.

쿠투조프의 공훈은 이른바 천재적인 작전 행동에 있었던 게 아니라 다만 그 한 사람만이 사건의 의미를 이해하고 있었다는 점에 있다. 그 당시에 벌써 프랑스군이 활동하고 있지 않는 뜻을 이해하고 있었던 사람은 그 한 사람뿐이었다. 보로지노의 싸움은 승리라고 어디까지나 주장했던 사람도 그 한 사람뿐이었다. 총사령관이라는 위치에서 보더라도 공세로 나오지 않으면 안 될 처지였으면서도 러시아군으로 하여금 무익한 전쟁을 하지 않도록 온 힘을 경주한 것도 또한 그 한 사람뿐이었다.

보로지노에서 부상한 야수는, 달아나 버린 사냥꾼이 내버린 바로 그 자리에 쓰러져 있었다. 그러나 살아 있는 것인지, 또 아직 힘이 있는지, 잠시 숨어 있는 것인지 사냥꾼에겐 알 길이 없었다. 그러자 갑자기 이 야수의 신음 소리가 들렸다. 이 상처를 입은 야수라고도 할 수 있는 프랑스군의 신음 소리, 즉 그 멸망을 폭로한 최초의 징조는 로리스통이 강화를 청하러 쿠투조프의 진지로 파견되었을 때 나타났다.

정당한 것이 정당한 것이 아니라, 다만 자기의 머리에 떠오른 것이 정당하다는 예의 그 신념을 가지고 나폴레옹은 최초에 생각해 냈던 아무런 의미도 없는 말을 쿠투조프에게 써서 보냈다.

〈무슈 르 프랭스 쿠투조프, 나는 많은 중대한 문제에 관해 서로의 의견을 교환하게 하기 위해서 시종 무관 한 사람을 귀하에게로 파견코자 하오. 원컨대 그가 말하는 모든 것을 믿어 주기 바라오. 특히 여러 해 동안 내가 귀하에 대해서 품어 온 존경과 심심한 경의를 피력할 때에 더욱 그러하오. 마지막으로 귀하가 거룩한 하느님의 날개 밑에 보호될 것을 바라는 바이오.

1812년 10월 30일, 모스크바에서.

나폴레옹〉

〈나는 어떠한 일이든지 협정의 주장자로 간주된다면 자자손손의 저주를 받게 될 것이오. 이것은 우리 국민의 의지이기 때문입니다.〉 하고 대답하고 쿠투조프는 날뛰는 군의 공세를 억누르기에 온 힘을 쏟고 있었다.

프랑스군이 모스크바에서 약탈을 자행하고 러시아군이 타루찌노 부근에서 평온하게 주둔하고 있었던 이 일 개월 동안에 양군의 세력(사기와 병력) 관계에 변화가 생기고 그 결과 러시아군 쪽이 우세하게 되었다. 프랑스군의 상황 및 병력은 러시아 측에 알려져 있지 않았음에도 불구하고 형세가 역전되자마자 공격의 필요성이 무수한 징후 속에 나타났다. 이 징후라는 것은 다름 아닌 로리스통의 파견, 타루찌노에 식량이 풍부하다는 것, 프랑스군의 침체와 무질서에 관해 여러 방면에서 모이는 정보, 아군의 각 연대가 신병의 보충을 얻은 것, 좋은 날씨, 러시아군 장병의 오랜 휴양, 휴양 결과 반드시 군대 안에 일어나게 마련인 소집 목적을 수행하고 싶다는 초조, 벌써 오랫동안 보이지 않는 프랑스군이 어떻게 되었을까 하는 호기심, 러시아의 전초(前哨)가 타루찌노에 주둔하고 있는 프랑스군의 주위에 출몰한 대담한 행동, 농민과 유격대가 힘들이지 않고 프랑스병에게 승리를 거두었다는 보도, 이러한 풍문에 불러일으켜진 부러움, 프랑스군이 모스크바에 머무르고 있는 동안 각자의 마음에 잠재해 있던 복수심, 그리고(특히 무엇보다도 중대한 것은) 아직 명료하지는 않으나 모든 사람의 마음에 용솟음친 의식, 즉, 힘의 관계가 일변하여 우월권은 아군 쪽으로 옮았다는 의식이었다. 본질적인 힘의 관계는 바뀌었다. 따라서 공격은 이제는 필연적인 것이 되었다. 마치 시계의 바늘이 완전히 한 바퀴 돌면 그 속의 악기가 찰칵 하고 연주를 시작하는 것과 마찬가지로 힘의 본질적인 변화에 따라 최고 간부 사이에도 바로 음악 시계의 강화된 움직임과 끼익 하는 삐걱거림과 주악에 비할 수 있는 것이 반영되었던 것이다.

3

러시아군은 막료를 거느린 쿠투조프와 페쩨르부르그에서 지령을 내리고 있는 황제에 의해서 통수되고 있었다. 페쩨르부르그에서는 아직 모스크바 포기의 보도를 받기도 전에 이미 전반적인 작전 계획이 작성되어 작전 지도 요령으로서 쿠투조프에게 보내졌다. 이 계획은 모스크바가 아군의 손에 있다는 전제 아래 작성된 것이었음에도 불구하고 참모부에서는 거기 찬동하고 실행에 옮겨지게 되었다. 쿠투조프는 다만 간단히 원거리로부터의 조종은 언제나 실행이 어렵다고만 써 보냈다. 그리하여 봉착하는 난관에 대처하기 위해 새로운 명령이 송달되기도 하고 또한 쿠투조프의 행동을 감시하고 보고할 임무를 띤 인물이 파견되기도 했다.

그 밖에 지금은 러시아군의 참모부가 근본적으로 개편되었다. 전사한 바그라찌온과 화를 내고 물러난 바르클라이의 자리도 보충되었다. 특히 신중한 태도로 논의되었던 것은 A를 B의 위치에 두고 B를 D의 위치로 옮기는 것이 좋은가, 그렇지 않으면 반대로 D를 A의 위치로 옮기는 것이 좋은가 하는 등등의 문제였다. 그것은 마치 이러한 것이 A나 B의 개인적 만족 이외에 무엇인가 중대한 일이라도 되는 듯이 진지하게 논의되고 있었다.

군의 참모부에서는 쿠투조프와 참모장 베니그센의 반목이며, 황제의 특사의 감시며, 이와 같은 위치의 이동 등으로 말미암아 언제보다도 복잡한 당파 싸움이 벌어졌다. A는 B 아래에 함정을, B는 S를 모함하는 따위의 일이 온갖 변동과 배치 밑에서 행해지는 것이었다. 이와 같은 온갖 모함과 함께 음모의 목적이 되는 것은 대개 자기들이 지휘하고 싶다고 노리고 있는 전국에 관한 일이었다. 그러나 이 전국은 그들의 의지와는 아무런 관계도 없이 다만 나아가야 할 방향을 향해서 나아갔던 것이다. 즉, 인간이 생각해 낸 것과는 절대로 일치되는 일 없이 대세(大勢)의 본질적인 상호 관계에 좌우되면서 진전하고 있었다. 이러한 모든 계획은 얽히고 꼬이면서, 당연히 일어나야 할 사태의 반영을 그대로 최고 간부들 사이에서 보이고 있을 뿐이었다.

타루찌노 전투 뒤 도착한 10월 10일자의 친서(親書)에는 이렇게 씌어 있었다. 〈공작 미하일 일라리오노비치! 9월 2일 이래 모스크바는 적 수중에 있소. 그런데도 최근 경(卿)이 띄운 보고는 20일자이오. 그간 우리의 고도(古都)를 적의 손에서 탈환하기 위해서 적에 대하여 아무것도 획책하는 바가 없을 뿐 아니라 최근의 경의 보고에 의하면 경은 다시 또 퇴각을 계속했다고 하였소. 세르푸호프는 이미 적의 분견대에 점령되었고 툴라도 군을 위해서 필요 불가결한 유명한 공장과 더불어 위험에 직면하고 있소. 나는 또한 빈쎙게로데 장군의 보고에 의하여 일만의 적의 군단이 페쩨르부르그 가도로 나아가고 있는 것을 알고 있소. 또한 몇 천의 병력으로 편성된 다른 한 군단은 드미트로프에 육박하고 있고, 제3군은 블라지미르 가도를 전진하고 있으며, 상당히 유력한 일군은 루자, 모쥐아이스크 사이에 있소. 나폴레옹 자신도 25일까지 모스크바에 체재하고 있소. 이러한 여러 정보로 볼 때 적이 그 병력을 우세한 몇 개 지대로 분할하고 나폴레옹 자신이 그 근위와 더불어 모스크바에 아직도 있다고 한다면 경의 눈앞에 있는 적군이 너무도 우세하여 경으로 하여금 공격을 허용하지 않는다고는 말할 수 없지 않겠소? 아니, 사실은 이와 반대로 도리어 나폴레옹은 몇 개의 지대, 혹은 한 군단, 적어도 경에게 맡겨진 군보다 훨씬 열세한 병력으로 경을 추격하고 있는 것으로 추측할 수 있소. 이왕 같은 상황을 이용하여, 경은 자기보다 열세한 적군을 유리하게 공격하여 전멸을 시키든가, 혹은 적어도 이것을 격퇴하여 현재 적이 점령하고 있는 여러 현의 중요 부분을 우리의 수중에 넣고, 그리하여 툴라나 그 밖의 내지(內地)의 여러 도시에서 위험을 제거할 수 있었을 것으로 나는 생각했던 바이오. 만약 다수의 군대를 잔류시킬 수 없는 페쩨르부르그를 위협하기 위해서 적이 강력한 군단을 이 수도로 파견한다면 그것은 바로 경의 책임이 아닐 수 없소. 왜냐하면 단호한 행동으로 나아가 이 새로운 불행을 피해야 할 온갖 방법은 군을 맡고 있는 경의 수중에 있기 때문이오. 또한 경은 모스크바의 상실로 더럽혀진 조국에 책임을 지고 있다는 것을 기억하기 바라오. 내가 경의 포상에 있어서 인색하지 아니함은 경도 다년간의 경험에 의해 익히 알고 있을 것이오. 경을 포상하려는 생각은 전과 다를 게 없고 추호도 변함이 없소. 그러나 짐과 우리 러시아는 성공과 노력과 견인(堅忍)을 경에게 요구할 권리를 가지고 있소. 이 모든 것은 경의 지력(智力)과 군사적인 재능과 경이 통솔하는 군대의 용기만이 보증할 것

이오.〉

그러한 힘의 본질적인 관계가 이미 페쩨르부르그까지 반영한 것을 뒷받침하는 듯한 이 친서가 아직 도중에 있었을 무렵 쿠투조프는 자기가 지휘하는 군대의 공세를 이제 이 이상 더 억누를 수 없었다. 전투는 이미 벌어지고 있었던 것이다.

10월 2일, 샤포발로프라는 코삭병이 정찰 도중에 한 마리의 토끼를 쏘아 죽이고 또 한 마리에게 상처를 입혔다. 샤포발로프는 다친 토끼 뒤를 쫓으면서 숲 속 깊이 들어갔다가 길을 잃고, 무경계 상태로 포진하고 있는 뮈라군의 좌익에 부딪쳤다. 코삭병은 웃으면서 하마터면 프랑스군에게 붙잡힐 뻔했을 때의 광경을 동료에게 이야기했다. 한 소위가 이 이야기를 듣고 그것을 대장에게 전했다.

이 코삭병은 호출되어 신문을 받았다. 코삭군의 대장들은 이 기회를 틈타서 말을 빼앗으려고 생각했었다. 그런데 군의 수뇌부에 지기를 가진 한 대장이 이 사실을 어떤 참모에게 알렸다. 그 무렵 군참모부의 공기는 극도로 긴장돼 있었다. 예르몰로프는 바로 그 사흘 전 베니그센을 찾아가서 총사령관에게 대한 그 세력을 이용하여 공격을 개시하도록 설득해 달라고 간청했다.

「내가 자네라는 사람을 몰랐다면 자네가 말과는 다른 것을 바라고 있다고 생각했을는지도 몰라. 왜냐하면 내가 무엇인가 진언(進言)하면 원수는 반드시 그 반대의 일을 하니까 말야.」하고 베니그센은 대답했다.

코삭이 가져 온 정보는 정찰대의 파견에 의해서 확인되고 드디어 전기가 무르익었다는 것을 증명했다. 팽팽하게 당겨 있던 현(絃)은 끊어지고 시계가 찌익하고 울리기 시작하더니 음악 상자가 노래를 부르기 시작한 것이다. 쿠투조프는 그 이름뿐인 권력과 예지와 전쟁 경험과 병정들의 심리에 대한 통찰에도 불구하고 직접 황제께 상주문을 보낸 베니그센의 서한과 모든 장군들이 표명하는 똑같은 희망과 그 자신이 예상하고 있던 황제의 희망과 코삭의 정보들을 고려한 끝에 이미 무익하다고 믿고 있던 것에 대해 명령을 내렸다. 이미 움직이기 시작한 사실을 축복했던 것이다.

4

공격의 필요를 주장한 베니그센의 서한과 프랑스군의 좌익에 엄호가 없다는 코삭의 정보는 공격 명령을 내려야 할 필연성의 최후의 징후에 불과하였다. 이리하여 공격은 10월 5일로 정해졌다.

4일 아침 쿠투조프는 작전 명령서에 서명했다. 톨리는 이 작전 명령을 예르몰로프에게 낭독해 주고 나서 앞으로의 지휘를 맡아 달라고 제의했다.

「좋습니다, 좋아요. 나는 지금 바쁩니다.」 하고 말하고 예르몰로프는 농가에서 나갔다.

톨리가 작성한 작전 명령은 굉장히 훌륭한 것이었다. 비록 독일어는 아니었지만 아우스테를리츠 전역의 작전 명령과 똑같이 씌어져 있었다.

〈제1종대는 어디 어디로, 어디 어디로 제2종대는 진출한다.〉는 등등이었다. 그리고 이러한 모든 종대들은 종이 위에서만은 소정의 시각에 자기 자리에 도착하여 적을 격파하도록 되어 있었다. 모든 작전 명령이 그러하듯이 전부가 훌륭하게 고안되어 있었다. 그러나 온갖 작전 명령에 의해서 행동했을 경우와 마찬가지로 단 일개 종대도 지정된 시각에 지정된 장소에 도착한 것은 없었다.

필요한 부수만큼 작전 명령이 준비되자 한 장교가 호출되어 작전 실시를 위한 그 명령서를 건네 주기 위해 예르몰로프한테 파견되었다. 쿠투조프의 전령인 젊은 근위 기병 장교는 주어진 임무의 중대함에 만족을 느끼면서 예르몰로프의 숙사로 갔다.

「나가셨읍니다.」 하고 예르몰로프의 종졸은 대답했다. 기병 장교는 예르몰로프가 잘 가는 장군한테로 가 보았다.

「안 계십니다, 장군께서도 부재중이십니다.」

근위 기병 장교는 말을 타고 다른 장군한테로 갔다.

『이것으로 늦은 책임이 내게 지워진다면 야단인데! 제기랄!』 하고 장교는 생각했다. 그는 진지 전체를 돌아다녔다. 어떤 자는 예르몰로프가 다른 장군들과 함께 어딘가로 가는 것을 보았다고 말하고, 어떤 자는 아마 지금 숙사로 돌아가 계실 거라고 말했다. 장교는 식사도 하지 않고 저녁 여섯 시까지 찾았다. 그러나 예르몰로프는 아무 데도 없었고 또 어디에 있는지 알고 있는 자도 없었다. 장교는 동료한테서 부리나케 간단한 식사를 끝내자 다시 밀로라도비치를 찾아가기 위해 다시 전위 본부로 말을 몰았다. 밀로라도비치도 역시 숙소에 없었으며, 밀로라도비치는 키킨 장군의 무도회에 가 있으니까 예르몰로프도 아마 거기에 가 있을 거라고 가르쳐 주었다.

「거기가 도대체 어딥니까?」

「바로 저기에 보이는 예치킨의 저택입니다.」 코삭의 장교는 멀리 지주의 저택을 가리키면서 말했다.

「아니, 어떻게 저런 초병선 밖에서!」

「이 개 연대가 전초선으로 파견되었어요. 지금쯤은 부어라 마셔라 하고 야단일 거예요. 말도 아닙니다. 악대가 두 개에, 합창대가 세 개나 동원되었다고요.」

장교는 전초선을 넘어 예치킨으로 갔다. 지주의 저택으로 다가감에 따라 멀리 서부터 그는 소리 맞춰 노래부르는 병사의 무도가(舞蹈歌)의 명랑한 소리를 들었다.

「들판에서……들판에서!……」 하는 귀절이 이따금씩 많은 사람의 외침 소리에 지워지면서 휘파람이며 사현금(四絃琴) 소리와 함께 장교의 귀에 들렸다. 이 소리를 듣고 그의 마음도 들뜨기 시작했으나 그와 동시에 주어진 중대한 명령을 이렇게 늦게까지 전하지 못한 실책을 생각하고 두려워지기도 했다. 벌써 아홉 시가 가까왔다. 그는 말에서 내리자 커다란 지주의 저택 현관으로 들어갔다. 식당과 현관방에서는 술과 먹을 것을 나르는 하인들이 분주하게 뛰어다니고 있었다. 창문 밑에는 합창대가 서 있었다. 장교는 문 안으로 안내되자 뜻밖에 군의 수뇌인 장교들이 한꺼번에 눈에 들어왔다. 그 가운데는 예르몰로프의 유난히 눈에 띄는 커다란 모습도 섞여 있었다. 장군들은 모두 웃옷의 단추를 끄르고 활기에 찬 새빨간 얼굴을 하고 반원형으로 나란히 서서 큰소리로 웃고 있었다. 홀 한가운데는 그리 키가 크지 않은 맵시 있는 장군이 빨간 얼굴을 하고 날쌔게 트레파크라고 일컫는 박자가 빠른 농민 춤을 추고 있었다.

「핫, 핫, 핫! 야, 니콜라이 이바노비치! 핫, 핫, 핫!……」

장교는 이런 때에 중요한 명령을 가지고 들어왔기 때문에 자기의 죄가 이중으로 무거워진 듯한 생각이 들어 잠시 기다리기로 했다. 그러나 한 장군이 그를 발견했다. 그리고 무슨 볼일로 왔는지 알자 그것을 예르몰로프한테 전했다. 예르몰로프는 얼굴을 찌푸리면서 장교 옆으로 와 용건을 듣고 나더니 아무 말없이 서류를 받아들였다.

「자네는 그 사람이 우연히 외출했었는 줄 아나?」 그 날 밤 사령부 소속의 동료가 기병 장교에게 예르몰로프에 관해서 이렇게 말했다. 「연극이야! 일부러 한 짓이라고. 코노브니스인을 골탕먹이려고 한 거지. 두고 보게, 내일 어떤 난리가 일어나나!」

5

이튿날 아침 일찍 노쇠한 쿠투조프는 잠자리에서 나오자 하느님께 기도를 드리고 옷을 갈아입은 뒤, 마음이 내키지 않는 전쟁을 지휘하지 않으면 안 된다는 우울한 기분으로 포장 마차에 올라 공격군이 집합하기로 되어 있는 지점을 향해서 타루찌노의 후방 오 베르스타에 위치한 레타쉐프카를 출발했다. 쿠투조프는 마차 속에서 꾸벅꾸벅 졸다가 깨었다가 하면서 오른쪽에서 포성이 들리지는 않는가, 싸움이 시작되지는 않았는가 하고 귀를 기울여 보았다. 그러나 주위는 여전히 고요했다. 습기 차고 흐릿한 가을날이 막 새기 시작하는 참이었다. 타루찌노 근처까지 왔을 때 길을 가로지르고 말에게 물을 먹이러 가는 근위 기병들의 모습이 쿠투조프의 눈에 들어왔다. 쿠투조프는 그것을 찬찬히 보고 있다가 이윽고 마차를 세우고 어느 연대의 병사냐고 물었다. 그들은 벌써 오래 전에 훨씬 앞쪽의 복병 지점에 잠복하고 있었어야 할 부대에 속하고 있는 자들이었다. 『착오가 생겼군.』 하고 노지휘관은 생각했다. 그러나 다시 쿠투조프가 앞으로 나아갔을 때 어떤 연대의 보병이 걸어총을 한 채 속바지 바람으로 죽을 쑤기도 하고 장작을 나르고 하는 것이 보였다. 그는 장교를 불렀다. 장교는 공격 명령 같은 것은 전혀 받고 있지 않다고 대답했다.

「뭣이?」 하고 쿠투조프는 말하려 했으나 이내 입을 다물고 장교를 부르도록 명령했다. 그는 포장 마차에서 내리자 고개를 떨어뜨리고 괴롭게 숨을 쉬면서 상대방이 나타나기를 기다리며 여기저기를 거닐고 있었다. 부름을 받은 참모 본부 소속의 장교 아이헨이 오자 쿠투조프의 얼굴은 노기 등등해졌으나 그것은 이 장교에게 과실이 있었기 때문이 아니라 울분을 터뜨리기에 적당한 상대였기 때문이었다. 노장군은 몸을 부들부들 떨고 숨을 헐떡거리면서 격노하여 땅 위를 뒹굴 때가 아니면 보이지 않는 그러한 광분 상태에 빠져 양손을 휘두르고 야비한 욕지거리를 하면서 아이헨에게 달려들었다. 마침 거기 와 있던 아무 죄도 없는 브로진 대위까지 같은 꼴을 당했다.

「이녀석은 또 뭘하는 악당이야? 총살해 버려! 불한당들 같으니라고!」 두 손을 내두르기도 하고 비틀거리기도 하면서 그는 목쉰 소리로 이렇게 부르짖었다. 그는 육체적인 고통을 느꼈다. 몸은 총사령관이고 공작 각하라고 불리고, 일찌기 러시아에서 이만큼 권력을 쥔 사람은 없다고 일컬어지고 있는 그가 이러한 궁지에 빠져 전군의 웃음거리가 되었던 것이다. 『속은 줄도 모르고 그렇게 오늘의 성공을 빌었는데 모두 수포로 돌아갔다!』 하고 그는 자기 자신에 대해서 생각했다.

『내가 풋나기 하급 장교였을 때에도 이렇게까지 나를 우롱하는 자는 없었다……. 그런데 지금은!』 그는 체형이라도 받았을 때 같은 육체적인 고통을 느꼈다. 그리고 노여움에 가득 찬 괴로운 외침 소리로 이 고통을 내뿜지 않을 수 없었다. 그러나 이내 그의 힘은 쇠약해졌다. 그는 주위를 둘러보면서 너무 좋지 않은 말을 내뱉었다고 느끼고 포장 마차에 오르자 묵묵히 도로 돌아갔다.

쏟아 버리고 난 분노는 이제 돌아오지 않았다. 쿠투조프는 눈을 껌벅이면서 베니그센과 코노브니스인과 톨리의 변명과 해명(解明)과(예르몰로프는 이튿날까지 그한테로 오지 않았다) 오늘 성공하지 못하고 만 작전을 내일로 연기하자는 주장 등을 듣고 있었다. 그리고 쿠투조프는 다시 그것에 동의하지 않으면 안 되었다.

6

이튿날 군대는 저녁부터 지정된 장소에 집합하고 야음을 타 전진을 개시했다. 보랏빛을 띤 먹장구름에 뒤덮인 가을밤이었으나 비는 내리지 않고 있었다. 땅은 축축하였으나 진창이 아니었기 때문에 군은 조용히 소리도 없이 전진했다. 다만 이따금 포차가 덜컥거리는 소리가 들릴 뿐이었다. 커다란 소리로 이야기하고 담배를 피우고 부시를 치고 하는 것은 금지되고 있었다. 말도 울지 못하도록 재갈이 물려 있었다. 적의 허를 찌른다는 것이 그 흥미를 돋우었다. 병사들은 유쾌하게 전진했다. 몇몇 부대는 이제 목적지에 닿은 줄 알고 진군을 멈추고 걸어총을 하고 찬 땅 위에 누웠다. 또 어떤 부대(대다수)는 밤새도록 행군을 계속하고 있었으나 분명히 목적과 다른 데로 간 모양이었다.

코삭병(전군에서 가장 미약한 부대였다)을 거느린 오를로프 제니소프 백작만이 지정된 시각에 지정된 장소에 도착했다. 이 부대는 스트로밀로바 마을에서 드미트로프스코예로 통하는 숲 가에 있는 길에 매복했다.

잠이 들려고 하던 오를로프 백작은 샐녘에 깨우는 소리에 눈을 떴다. 프랑스군의 탈주병이 끌려 왔던 것이다. 그자는 포냐토프스키이 군단에 속하는 폴란드인인 하사관이었다. 이 하사관은 폴란드어로 다음과 같이 진술했다. 자기가 투항한 것은 근무에 있어서 모욕을 당했기 때문이며 벌써 오래 전에 장교가 되었어야 할 터인데 아직도 여전히 하사관으로 있다, 자기는 누구보다도 가장 용감한데 그것을 인정해 주지 않는다, 상관들이 하는 짓이 얄미워서 그놈들에게 복수해 주려고 도망했다는 것이었다. 그는 여기서 일 베르스타 떨어진 곳에 뮈라가 야영을 하고 있으므로 만약 자기에게 백 명의 호위를 딸려 주면 뮈라를 생포해 보이겠다고 말했다. 오를로프 제니소프 백작은 동료와 상의했다. 하사관의 제의는 거절하기에는 너무나도 강한 유혹이었다. 모두 다투어 자기가 가겠다고 나섰다. 모두 진위(眞僞)를 시험할 것을 권했다. 많은 논쟁과 고려 끝에 그레코프 소장이 코삭의 이 개 연대를 거느리고 폴란드의 하사관과 함께 가 보기로 되었다.

「알겠나, 기억해 둬.」 오를로프 제니소프 백작은 하사관을 놓아 주며 말했다. 「만약 거짓마디면 너는 개처럼 교수형이다. 그더나 정마디면, 백 체르보네스(10루블리 금화―역주)야.」

하사관은 결심의 빛을 띠면서 이 말에는 대답하지 않고 말에 올라타더니 급히 준비를 갖춘 그레코프와 함께 출발했다. 그들은 숲 속에 숨었다. 오를로프 백작은 동이 트기 시작한 아침의 상쾌한 냉기에 몸을 옹크리고 자기가 책임을 지고 권한 일에 흥분하면서 그레코프를 앞서 보내고 숲 밖으로 나왔다. 그리고 밝기 시작한 아침의 빛과 꺼지려는 모닥불 빛 속에서 이제는 어른어른 보이는 적의 진영을 둘러보기 시작했다. 오를로프 제니소프 백작의 오른손 쪽의 탁 트인 경사에는 아군의 대부대가 바라보였어야 했다. 오를로프 백작은 그쪽을 보았다. 그러나 멀리서도 보여야만 했던 그의 부대가 보이지 않았다. 프랑스 진영에서는 어떤 움직임이 시작되고 있었다. 오를로프 백작에게도 그런 기미가 느껴졌고 눈이 밝은 부관도 그것을 인정했다.

「왜 이더케 늦어.」 오를로프 백작은 적진을 노려보며 말했다. 신뢰하던 사람이 달아나고 난 다음에야 깨닫게 되는 수가 많지만 그 하사관이 협잡꾼이라는 것이 그의 눈에 갑자기 분명해졌다. 그 사나이는 터무니 없는 말을 하여 자기의 이 개 연대를 빼돌려 어딘가 엉뚱한 데로 데리고 가 공격의 계획을 망가뜨리려는 속셈일 것이다. 저런 대군(大軍) 속에서 총사령관을 생포할 수 있다니!

「틀림없이 거짓마딜 게다, 악당 같으니다고.」 하고 백작은 말했다.

「되돌아오게 할까요?」 막료의 한 사람이 말했다. 그 사나이도 적진을 바라보았을 때 오를로프 제니소프 백작과 마찬가지로 이 계획에 대하여 의혹을 품었던 것이다.

「음? 글쎄……자네는 어떻게 생각하나? 그대도 둘까? 아니면?」

「되돌아오도록 할까요?」

「음, 되도다오게 해!」 오를로프 백작은 시계를 보면서 단호하게 말했다. 「때를 놓치면 안 돼. 완전히 밝아지고 마닸어.」

부관은 그레코프의 뒤를 쫓아 숲으로 말을 달렸다. 그레코프가 되돌아왔을 때

이 계획 변경과 기다려도 보이지 않는 보병 부대를 헛되이 기다리는 초조나 또 적진의 근접으로 흥분된 오를로프 제니소프 백작은(그 지대의 장병은 모두 같은 것을 느끼고 있었다) 마침내 공격하기로 결심했다.

그는 자그마한 소리로 호령을 내렸다.「승마!」모두들 부서로 돌아가 성호를 그었다.

「진격!」

「만세!」하는 함성이 온 숲을 진동시켰다. 포대 속에서 쏟아져 나오듯이 코삭의 군사가 잇따라 숲에서 튀어 나와 창을 겨누고 개울을 넘어 유쾌한 듯이 적진을 향해 달려갔다.

맨 먼저 코삭을 발견한 한 프랑스병이 혼비 백산하여 절망적인 비명을 지르자, 진영 안에 있던 모두가 옷도 입지 않고 대포도 소총도 말도 버린 채 뿔뿔이 도망을 쳤다.

만약에 코삭이 자기들의 후방과 주위에 남겨진 것에 눈을 주지 않고 프랑스 군을 추격했더라면 그들은 뮈라를 위시해서 그 진지 안에 있던 전원을 잡을 수 있었을 것이다. 지휘관들도 그것을 바라고 있었다. 그러나 일단 노획품과 포로를 잡았을 때 코삭을 거기에서 움직이게 할 수는 없었다. 아무도 명령에 따르는 자는 없었다. 삽시간에 천 오백 명의 포로와 서른 여덟 문의 대포와 군기와 특히 코삭에겐 소중한 말과 안장과 담요와 그 밖의 가지가지 물건이 노획되었다. 이러한 것들을 모두 어떻게 하지 않으면 안 되었다. 포로와 대포를 정리하고 노획품을 분배하고 서로 악다구니로 싸움까지 하지 않으면 안 되었다. 코삭은 이러한 일에 열중해 버렸다.

프랑스병은 추격이 없으므로 차츰 정신을 차리고 각 부대별로 집합하여 사격을 개시했다. 오를로프 제니소프는 여전히 부대를 기다리고 그 이상 진격하지 않았다.

한편 베니그센 통솔 밑에 톨리가 지휘하고 있던 총 공격에 늦은 보병 연대는 〈제1 종대는 이러저러한 지점〉 운운의 작전 명령에 따라서 소정의 시각에 출발하여 어딘가에 도착했으나, 흔히 있는 일이지만 그것은 지정된 장소는 아니었다. 언제나 그러했듯이 처음에는 즐거운 듯이 출발한 병사는 이내 정지하기 시작했다. 불만의 소리가 들리고 혼란이 의식되기 시작하고 어디로 되돌아가려는 움직임이 일어났다. 부관과 장군들은 덮어놓고 말을 달리면서 고함을 치기도 하고 화를 내기도 하고 언쟁을 하기도 하면서 전혀 다른 데로 와 늦어 버렸다고 고함을 지르고 욕을 퍼붓고 했으나 나중에는 모두 체념했다는 듯이 손을 흔들고 어디든 도착하게 되겠지 하고 행진을 계속했다.「아뭏든 어디든 나오겠지!」과연 어딘가에 도착하기는 했으나 그것은 엉뚱한 데였다. 몇몇 부대는 그럭저럭 지정된 장소에 도착했으나 이미 행차 뒤의 나팔로 아무런 도움도 되지 않고 그저 적의 사격을 받기 위해 걸어온 거나 다름 없었다. 이 전투에서 아우스테를리츠에서의 바이로테르의 역할을 하게 된 톨리는 열심히 여기저기 뛰어돌아다녔으나 어딜 가나 눈에 띄는 것은 실수뿐이었다. 이리하여 그는 이미 날이 완전히 밝아서야 어떤 숲 속에서 바고부트의 군단에 부딪쳤던 것인데 이 군단은 벌써 오래 전에 앞쪽에서 오를로프 제니소프와 합류되어 있지 않으면 안 되었던 것이다. 실패 때문에 절망하고 흥분한 톨리는 이것은 누구의 악질적인 방해일 것이라고 생각했으므로 군단장한테로 달려가 엄중한 견책을 주고 이 죄는 마땅히 총살되어야 할 만하다고 말했다. 싸움터에서 단련된 침착한 노장군 바고부트 역시 거듭되는 정지와 혼란과 모순 당착에 지쳐 있었으므로 전혀 그 성격에 어울리지 않은 광분(狂憤)에 빠져 마구 톨리에게 비위를 거스르게 하는 말을 퍼부어 모두를 놀라게 했다.

「나는 누구한테서도 설교를 듣는다든가 하는 건 딱 질색입니다. 이래봬도 부하 병사와 죽음을 함께 하는 것은 누구에게도 못지않습니다.」하고 말하고 그는 일개 사단의 병사를 거느리고 전진했다.

프랑스군의 포화가 쏟아지는 싸움터로 나오자, 잔뜩 흥분한 데다 용감한 바고부트는 전투로 들어가는 것이 유리하냐 불리하냐 하는 따위는 전혀 생각지 않고 바야흐로 포화의 빗속으로 곧장 돌진하고 있었다. 위험, 포탄, 총탄이야말로 분격한 그의 마음에 필요한 것이었다. 맨 처음에 날아온 총탄의 하나가 그를 쓰러뜨리고 잇따라 퍼붓는 총탄이 많은 병사를 죽였다. 이리하여 그의 사단은 한동안 아무런 이익도 없이 포화의 표적이 되고 있었다.

7

한편 정면으로부터 다른 또 하나의 부대가 프랑스군을 공격할 예정으로 있었는데 이 부대에는 쿠투조프가 참가하고 있었다. 그는 자기 의지에 반해서 시작된 이 전투가 혼란 이외의 아무것도 가져오지 않으리라는 것을 잘 알고 있었다. 그래서 그는 자기의 힘이 미치는 한, 군을 제지하고 있었다. 그는 움직이지 않았다.

쿠투조프는 돌격하자는 말에 못마땅한 듯이 대답하고 나서 자기 애마인 얼룩말 등에 앉아 묵묵히 전진했다.

「자네들은 걸핏하면 돌격이라는 말을 쓰지만 여기서는 고급 작전을 쓸 수 없다는 걸 모르겠는가?」 전진을 간원하는 밀로라도비치에게 그는 이렇게 말했다.

「오늘 아침에 뮈라를 생포하기는 고사하고 예정된 시간에 지정한 장소에 도착하지도 못 했지 않았나? 이렇게 되면 어떻게 할 수도 없어!」 하고 그는 다른 장군에게 대답했다.

코삭의 보고에 의하면 전에는 아무도 안 보이던 프랑스군의 배면에 지금은 프랑스군의 이 개 대대가 나타났다는 보고를 들었을 때 쿠투조프는 뒤에 있던 예르몰로프를 곁눈질로 흘긋 보았다. (그는 어제부터 말을 하지 않고 있었다.

「모두가 공격을 주장하고 갖가지 작전을 들고 나오지만 막상 일을 시작하면 아무런 준비도 되어 있지 않아. 그 사이에 적은 뻔히 알고 재빨리 조치를 취하고 있지.」

이 말을 듣자 예르몰로프는 눈을 가늘게 뜨고 씨익 웃었다. 폭풍은 자기의 머리 위를 지나갔다. 쿠투조프의 투정도 이것으로 그칠 것이라고 깨달았던 것이다.

「저것은 나를 비꼬아서 화풀이를 하고 있는 거야.」 자기 옆에 서 있는 라예프스키이를 무릎으로 찌르면서 예르몰로프는 나직이 말했다.

그리고 이내 예르몰로프는 쿠투조프 앞으로 나아가 공손한 태도로 말했다.

「각하, 아직 기회를 놓친 것은 아닙니다. 적은 아직 퇴각해 버린 것이 아니니까, 공격 명령을 내리시려면 때는 지금입니다. 그렇지 않으면 근위병은 초연 하나 보지 못하고 끝내 버리고 말 것입니다.」

쿠투조프는 아무런 말도 하지 않았다. 그러나 뮈라군이 퇴각하고 있다는 보고를 받자 마침내 공격을 명령했다. 그러나 백 보 전진할 때마다 사오십 분이나 쉬곤 하는 것이었다.

요컨대 오를로프 제니소프의 코삭대가 한 일만이 이 전투의 전부였다. 그 밖의 군대는 헛되이 수백의 장병을 잃었을 뿐이었다.

이 전투의 결과 쿠투조프는 다이아몬드장(章)을 탔고, 베니그센도 마찬가지로 다이아몬드장과 십만 루블리의 하사금을 탔으며 다른 사람들도 관등(官等)에 따라 역시 풍부한 많은 포상을 탔다. 그리고 이 전투 뒤 참모부에서는 다시 새로운 경질이 단행되었다.

「아군이 하는 짓이란 언제나 이 모양이야, 모든 것이 뒤죽박죽이야!」 타루찌노의 싸움이 끝난 뒤에 러시아 장교와 장병들은 이렇게 말했다. 그와 마찬가지로 현재도 역시 사람들은 여차여차한 사람이 그런 실수를 했지만 우리 같으면 그런 짓은 하지 않았을 텐데 하고 말한다. 그리고 이런 말을 하는 자는 자기가 이야기하고 있는 사건의 진상을 모르고 있거나 혹은 고의로 자기를 속이고 있거나 둘

중의 하나이다. 모든 전투는 타루찌노의 전투이건 보로지노 전투이건 아우스테를리츠의 전투이건 어느거나 지휘관의 예상대로는 이루어지지 않는다. 이것이 본질적인 조건인 것이다.

무수한 자유로운 힘이(왜냐하면 문제가 생사에 관계된 전시(戰時)처럼 인간이 자유로운 때는 없기 때문이다) 전쟁의 방향을 좌우하고 있고 그리고 이 방향은 절대로 미리 알 수 있는 것이 아니며 또 절대로 어떤 하나의 힘의 방향과 합치되는 것도 아니다.

만약 가지가지 방향을 향한 많은 힘이 어떤 물체에 동시에 작용한다고 하면 이 물체의 운동의 방향은 그 많은 힘의 어느 것과 일치되는 일이 없다. 그런 경우는 언제나 중간의 가장 짧은 방향을 취하는 것이며 그것을 역학에서는 힘의 평행사변형(平行四邊形)의 대각선으로서 표시한다.

역사가(歷史家), 특히 프랑스의 역사가의 기술 속에서 전쟁도 전투도 예정된 계획대로 행하여진다는 설을 발견하는 수가 있지만 이 말에서 추출(抽出)할 수 있는 유일한 결론은 오직 이 기술이 잘못되어 있다고 하는 것이다.

타루찌노의 싸움에서는 분명히 톨리가 품고 있던 목적, 즉 작전 명령에 의해서 질서 정연하게 군대를 출동시키려는 목적도, 어쩌면 가능했을지도 모르는 뮈라를 생포하겠다는 오를로프 백작의 목적도, 베니그센과 그 밖의 사람들이 품고 있었던 전 군단을 한순간에 섬멸하려던 포부도, 혹은 실전에 참가하여 공훈을 세우기를 바랐던 장교의 목적도 좀더 많은 노획품을 원했던 코삭의 목적도 모두 이루어지지 않았다. 그러나 만약 실제로 행하여진 것이 그들의 목적이고 당시의 모든 러시아인의 한결같이 바라고 있던(프랑스인을 러시아에서 내몰고 그 군대를 전멸시키는) 것이 목적이었다면 타루찌노의 싸움이야말로 그 그르친 결과 때문에 오히려 전쟁의 그 시기에 꼭 필요했던 일전이었음이 자명해지는 셈이다. 이 전투가 실제로 초래한 결과보다도 더 목적에 부응한 결과를 생각해 내는 것은 어렵기도 하고 또 불가능하기도 하다. 가장 작은 긴장과 가장 커다란 혼란과 가장 적은 손실을 치렀을 뿐으로 전 전역 중 가장 큰 결과가 얻어졌다. 즉 퇴각에서 공세로 옮기는 전기(轉機)가 되었으며 프랑스군의 약점이 폭로되고 나폴레옹군 패주의 개시를 위해 다만 그 계기만을 기다리고 있던 바로 그 일격이 가해졌던 것이다.

8

　나폴레옹은 〈모스크바 강〉의 눈부신 승리 뒤 모스크바로 들어갔다. 싸움터가 프랑스군의 손에 들어왔으니 승리는 의심할 여지도 없었다. 러시아군은 퇴각하고 수도를 넘겨 주었다. 식량과 무기와 포탄과 무진장한 재화(財貨)로 가득 차 있던 모스크바는 나폴레옹이 장악하는 바가 되었다. 프랑스군에 비해 절반의 병력밖에 없는 러시아군은 이 한 달 동안에 한 번도 공격을 시도하지 않았다. 나폴레옹의 위치는 더할 나위 없이 눈부신 것이었다. 갑절의 병력을 갖고 러시아의 잔류군 (殘留軍)을 공격하여 이것을 전멸시키고 유리한 강화 조약을 제안하든가, 만약에 거절당할 경우에는 페쩨르부르그를 위협하는 행동으로 나오거나 만일 그것이 실패로 돌아갔다고 해도 스몰렌스크나 빌리나로 퇴각하거나 혹은 모스크바에 남거나, 요컨대 당시 프랑스군이 차지하고 있던 지위를 보전하기 위해서는 특별한 천재 따위는 필요하지 않았던 것으로 생각된다. 그러기 위해서 필요한 것은 다만 군대에 약탈을 허용하지 말 것, 모스크바에서 충분히 마련할 수 있던 군 전체의 동복(冬服)을 준비할 것, 그리고 반 년 이상이나(프랑스의 역사가는 그렇게 말하고 있다) 전군에 공급할 수 있을 만큼 많이 있던 모스크바의 식량을 확고하게 장악한다는 것이었다. 그러나 역사가의 말에 의하면 천재 중의 천재이며 군대를 통솔할 힘을 쥐고 있던 나폴레옹이 이와 같은 일을 전혀 하지 않았던 것이다.

　그는 그러한 것을 조금도 하지 않았을 뿐만 아니라 오히려 자기 눈앞에 나타난 모든 수단 중에서 가장 어리석은 파멸적인 길을 선택하는 데 자기 권력을 행사했던 것이다. 당시 나폴레옹이 취할 수 있었던 모든 방법—즉 모스크바에서 월동하든가 페쩨르부르그를 공격하든가 니쥐니이 노브고로드로 가든가 조금 더 북쪽이나 남쪽께로(그 뒤 쿠투조프가 취한 길을) 퇴각하든가, 그 밖의 어느 것을 생각해 내어도 나폴레옹이 택한 길만큼 어리석고 파멸적인 것은 없다. 즉 시내를 군대의 약탈에 맡긴 채 시월까지 빈둥빈둥 모스크바에 머물고 있다가 마지못해 수비병을 남기고 모스크바를 나오자 쿠투조프에게 접근하여 전투도 하지 않고 오른쪽으로 돌아 말로 야로슬라베스까지 나아갔으나 그 동안에도 적선 돌파의 기회를 시험해 보지도 않고 쿠투조프가 지나간 길이 아닌 황폐해 버린 스몰렌스크 가도를 따라 모쥐아이스크로 내려갔다. 이보다 어리석고 위험한 길은 결과가 보여 준 것처럼 도저히 생각할 수조차 없다. 가령 가장 노련한 전술가로 하여금 —나폴레옹의 목적이 우군의 전멸에 있었다는 가정 밑에—나폴레옹과 마찬가지로 확신을 가지고 러시아군이 무엇을 하건 전혀 아랑곳하지 않고 프랑스 군을 그토록 완전히 전멸케 할 수 있는 다른 행동 방법을 고안해 내게 해 보면 어떨까.

천재 나폴레옹이 그것을 했던 것이다. 그러나 나폴레옹이 자기 군대를 파멸시킨 것은 그가 그것을 바라고 있었기 때문이라든가 혹은 그가 아주 어리석었기 때문이라든가 하고 말하는 것은 마치 나폴레옹이 자기의 군대를 모스크바까지 데리고 온 것은 그가 그것을 바랐기 때문이라든가 혹은 그가 아주 총명한 천재였기 때문이라고 말하는 것과 마찬가지로 잘못이다.

어찌 되었든 간에 일개 병사의 개인적인 행동 이상으로 뛰어난 힘을 지도한 여러 법칙과 일치한 데 지나지 않는다.

역사가들은 나폴레옹의 힘이 모스크바에서 쇠퇴한 것처럼 전하고 있으나 그것은 전혀 오해이다(결과적으로 보아 나폴레옹의 행동이 타당하지 않았다고 해서). 그는 그 이전이나 또는 그 뒤, 이를테면 1831년과 마찬가지로 자기 및 자기 군대를 위해 최선을 다하기 위해 자기의 재능과 정력의 전부를 경주했던 것이다. 이 동안의 나폴레옹의 행동은 경탄할 만한 것으로 이집트, 이탈리아, 오스트리아, 프러시아 등에서의 행동과 비교하여 손색이 없는 것이었다. 사천 년의 역사가 그의 위대함을 응시해 온 이집트에서의 나폴레옹의 천재가 어느 정도로 진실이었던지는 정확히 알 수 없다. 왜냐하면 이러한 위대한 공적은 모두 프랑스의 역사가들의 손에 의해서 씌어진 것이기 때문이다. 또한 우리는 오스트리아와 프러시아에서의 그의 천재에 대해서도 정확한 판단을 내릴 수 없다. 왜냐하면 이러한 나라들에서의 그의 행동은 프랑스나 독일의 사가(史家)로부터 자료를 빌지 않으면 안 되기 때문이다. 싸우지도 않고 몇 개 군단이 포로가 되고 포위를 당하지도 않았는데 많은 요새가 항복했다는 불가해한 사실이 독일에서 행해진 전쟁에 관한 유일한 설명으로써 독일인으로 하여금 나폴레옹의 천재를 승인시킨 것이리라. 그러나 우리들의 경우에는 다행히도 자기의 수치를 감추기 위해서 나폴레옹의 천재를 승인해야 할 이유를 갖지 않는다. 우리들은 사건을 단순하고 솔직하게 볼 권리를 얻기 위해서 값비싼 희생을 치렀으며 이 권리를 양보할 수는 없다.

모스크바에서의 나폴레옹의 행동은 그가 도처에서 보인 행동과 마찬가지로 경탄해야 할 천재적인 것이었다. 모스크바 입성에서 그 포기 때까지 그는 잇따라 명령을 내리고 계획을 세워 발표했다. 시민이나 사절단이 없다는 것도 모스크바의 화재 그 자체도 그를 당혹하게 하지는 않았다. 그는 자기 군대의 안녕도 적의 행동도 러시아 국민의 행복도 파리의 여러 사건의 처리도 눈앞에 닥친 강화 조건에 대한 외교적인 배려도 절대로 게을리하고 있지는 않았던 것이다.

9

군사면은 어떤가 하면 나폴레옹은 모스크바로 들어서자 때를 놓치지 않고 세 바스찌아니 장군에게 러시아군의 행동의 감시를 엄명하기도 하고 여러 도로로 군대를 파견하기도 하고 쿠투조프를 찾아내라고 뮈라에게 명령하기도 했다. 이어 그는 열심히 크레믈린 요새의 강화(強化)에 대해서 신경을 쓰고 그리고 전러시 아의 지도에 의해 앞으로의 전투에 대해서 천재적인 작전을 작성하고 있었다.

외교면에서 말하자면 약탈을 당해 누더기를 걸치고 모스크바를 빠져 나가지 못해 어물어물하고 있는 야코블레프 대위를 불러서 자기의 정책과 관대함을 자 세히 설명하고 알렉산드르 대제에게 편지를 써서 모스크바에 대한 처치가 나빴 던 라스토프친의 행동을 친구이기도 하고 형제이기도 한 황제에게 알리는 것을 의무로 생각한다고 말하고, 그것을 야코블레프한테 들려 페쩨르부르그로 보내고 있다. 그는 또 투톨민에게도 자기의 견해와 인자함을 자세히 말하고, 이 노인까지 도 페쩨르부르그로 교섭차 파견하고 있었다.

사법면에서는 그는 화재 직후에 범인의 체포와 그들의 처벌 명령을 내렸다. 악 한 라스토프친을 처벌하기 위해서는 그의 저택을 불태워 버리라는 명령이 내려 졌다.

행정면에 있어서는 모스크바에 헌법이 발포되고 자치시제(自治時制)가 시행되 고 다음과 같은 포고령이 내렸다.

〈모스크바의 주민 여러분!

여러분의 불행은 비참한 것이다. 그러나 황제이시자 왕이신 폐하께서는 이런 상태가 끝나기를 바라고 계신다. 폐하께서 어떻게 위법과 범죄를 처벌하고 계신 지는 무서운 실례에 의해 여러분이 알고 있는 바이다. 무질서를 없애고 공공의 안녕을 회복하기 위해 엄중한 방법을 취하고 있다. 여러분 자신 가운데서 선출된 행정 대표자는 곧 여러분의 사회와 시정 당국을 구성하게 될 것이다. 그리고 이 것이 여러분의 생활과 여러분의 요구와 이해를 위해 진력할 것이다. 시회 의원은 어깨에 붉은 수장(綬章)을 두르고 시장은 그 위에 흰 띠를 두를 것이며 단 직무 외의 시간에는 붉은 완장을 왼팔에 두르기로 한다.

시의 경찰은 종전대로 조직되고 그 활동에 의해서 이미 훌륭한 질서가 회복되 어 가고 있다. 정부는 두 명의 위원장, 즉 시경찰국장과 이십 명의 위원, 즉 구 (區) 경찰서장을 임명하고 후자를 시의 여러 구(區)에 배치했다. 그 왼팔에 두른 흰 휘장에 의하여 그들을 식별할 수 있을 것이다. 각 종파의 여러 교회가 열리고 아무런 지장 없이 예배를 보고 있다. 또 여러분의 동포도 연달아 자기 집으로 돌아오고 있다. 이재민에 대해서는 원조와 보호가 주어지도록 이에 관한 법령은 이미 공포되어 있다. 이상은 시내의 질서를 회복하고 여러분의 처지를 안이하게 하기 위해 정부가 취한 방책이다. 그러나 이러한 목적을 달성하기 위해서는 여러분의 노력이 이러한 방책과 일치해야 되겠다. 여러분은 되도록 자기가 입은 불행을 잊고 운명은 그처럼 잔인하지 않다는 희망을 안고 여러분의 생명과 조금 남은 재산을 빼앗으려는 자에게는 반드시 수치스러운 죽음의 응보가 있다는 것을 믿어 주기 바란다. 끝으로 이것이 세계에서 가장 위대하시고 공평하신 군주의 의지임을 명심하고 생명과 재산의 안전을 조금도 의심하지 말기 바란다. 국적(國籍)의 여하를 불문하고 병사 및 주민 여러분은 국가의 행복의 원천인 사회적인 신뢰를 회복하고 동포처럼 생활하고 서로 돕고 서로 보호하고 간도(奸徒)의 흉계를 타도하기 위해 단결하라. 시당국 및 군에 복종하라. 그러면 여러분의 눈물도 멀지 않아 멈추게 될 것이다.〉

급량면에서는 나폴레옹은 전군대에 명령하여 번갈아 모스크바 시중으로 〈약탈하러〉 가게 했다. 이 방법으로서 금후의 식량을 확보하려는 생각에서였다.

종교면에서는 나폴레옹은 〈사제를 불러〉 성당 안의 전례(典禮)를 부활시키도록 명령했다.

상업면에서는 군의 급량을 위한 목적도 있어서 각처에 다음과 같은 포고가 붙여졌다.

포   고

〈재액으로 말미암아 시가를 떠난 온순한 모스크바의 주민, 직공, 노동자 그리고 이유 없는 공포로 전전긍긍하면서 아직도 논과 밭에 머물러 있는 농부들에게 고한다! 안정은 이 수도로 돌아오고 질서는 회복되고 있다. 그대들의 동포는 안전이 보장되어 있는 것을 알고 용약하여 그 피난처에서 돌아오고 있는 중이다. 그들의 생명과 재산에 가해지는 일체의 폭행은 즉각 처벌된다. 위대한 황제이시고 국왕이신 폐하께서는 그들을 보호하시며 명령을 어기는 자를 제외하고는 그대들의 어떠한 사람도 적대시하시지 않는다. 폐하께서는 여러분의 재액을 단절하고 그대들을 그 주거와 가정으로 복귀시키기를 바라고 계신다. 그대들은 모두 폐하의 어지신 뜻을 받들어 일체의 불안을 버리고 우리들한테로 오라. 주민이여, 마음을 놓고 각자의 주거로 돌아오라! 그대들은 즉시 곤궁을 만족시켜 주는 방법을 발견할 것이다! 기술자 및 근면한 직공 여러분! 각자의 생업으로 돌아오라!

가옥과 점포와 보안 초병(保安哨兵)이 그대들을 기다리고 있다. 그리고 그대들은 그 노동에 대하여 당연한 보수를 받을 것이다! 그리고 농민 여러분, 공포 때문에 숨어 있는 숲을 나와 보호받는다는 것을 확신하고 두려워 말고 각자의 집으로 돌아오라. 농민 여러분이 잉여 저장품과 농작물을 팔 수 있는 시장이 개설되고 있다. 정부는 다음과 같은 방법으로 농민의 자유 판매를 보장하고 있다.

(1) 오늘부터 농민, 농장주 및 모스크바 부근의 거주자는 종류의 여하를 불문하고 그 저장품을 아무런 위험 없이 시내의 두 곳, 즉 모호바야 거리, 오호트느이 거리에 설정한 곡창으로 반입할 수 있다.

(2) 그 물품은 매매 쌍방이 동의한 가격으로 거래된다. 단, 그 요구하는 정당한 가격으로 판매할 수 없을 경우 판매자는 그 물품을 자유로이 마을로 가지고 갈 수 있으며 누구를 막론하고 어떠한 이유이건 이것을 방해할 수 없다.

(3) 매주 일요일과 수요일을 대정기시(大定期市)로 정하고 이를 위해 매주 화요일과 토요일에는 상당한 군대를 각 거리에 배치하여 짐수레의 통행을 보호케 할 것이다.

(4) 차량과 마필을 끌고 귀로에 오른 농민이 아무런 위해도 받지 않게 하기 위해서 전항과 같은 처치가 강구될 것이다.

(5) 일상의 상업 거래의 부흥에 대해서도 신속히 상당한 방법을 강구할 것이다. 시민, 노동자 그리고 직공이여! 국적 여하를 불문하고 위대하신 황제이신 동시에 국왕이신 폐하의 너그러운 뜻을 받들어 폐하와 더불어 공공의 복지 달성을 위해 진력하라. 존경과 신뢰를 폐하의 발 아래 바치고 주저 없이 우리에게 협력할지어다!〉

군의 사기와 민심의 앙양을 위해서는 부단히 열병식이 거행되고 행상(行賞)이 베풀어졌다. 황제는 기마로 거리거리를 순시하여 주민을 위무하기도 하고 국사 다난한 때임에도 불구하고 스스로 명하여 열게 한 여러 극장을 방문하기도 했다.

승리자의 최고의 덕행인 자선 사업을 위해서도 나폴레옹은 가능한 한의 방도를 강구했다. 그는 여러 자선 시설에 〈어머니의 집〉이라는 표찰을 걸게 하고 그 행위에 의해서 아들로서의 부드러운 감정과 군주로서의 위대한 덕행을 결합시켰다. 그는 양육원도 방문하여 자기가 구해 준 고아들에게 하얀 손을 내밀어 키스하게 하고 투툴민에게 인자한 말을 건넸다. 그리고 티에르의 미문조의 서술에 의하면 그는 군대에 자기가 만든 러시아의 위조 지폐로 급료를 지급하라고 명령했다. 〈나폴레옹은 자기 및 프랑스군에 어울린 행위에 의하여 이와 같은 방책의 적용을 확대하면서 화재의 이재민도 구조하라고 명령했다. 그러나 식료품은 대부분이 적의를 품고 있는 이국의 국민에게 분여하기에는 너무도 귀중한 것이었으므로 나폴레옹은 그들에게 돈을 주어 그들 자신으로 하여금 양식을 획득케 하는 것이 좋겠다고 생각했다. 그리하여 그는 루블리 지폐를 그들에게 분배할 것을 명령했던 것이다.〉

군의 규율에 관해서는 군무에 태만한 자를 엄중히 처벌하고 약탈을 근절시키라는 명령이 계속 내려졌다.

10

그러나 이상하게도 이러한 모든 명령과 배려와 계획들은 모두 이러한 경우에 발표되는 똑같은 종류의 것과 비교하여 결코 못지않았음에도 불구하고 사태의 핵심을 찌르지 못하고 기계에서 분리된 시계의 문자판의 바늘이 톱니바퀴와 맞지 않고 목적도 없이 멋대로 돌고 있는 것이나 다름이 없었다.

군사면에 있어서는 티에르가 『그의 천재가 이 이상 심원하고 이 이상 교묘하고 이 이상 경탄할 만한 것을 발명한 적은 일찌기 없었다.』고 격찬했던 전전역에 대한 천재적인 계획이 있다. 티에르는 펜과 논전했을 때 이 천재적인 계획이 작성된 것은 10월 4일이 아니라 15일이 틀림없다고 증명하고 있다. 그러나 이 계획은 마침내 실행되지 않았고 또 실행될 수도 없었다. 현실에 가까운 데가 조금도 없었기 때문이다. 크레믈린의 방비도 전혀 무익하다는 것을 알게 되었다(이 방비를 위해서 일부러 〈회교 사원〉——나폴레옹은 성(聖)바실리이 성당을 그렇게 부르고 있었다——까지 무너뜨렸던 것이다). 크레믈린 밑에 지뢰를 부설한 것은 다만 모스크바를 퇴거할 때 이것을 폭파하고 싶다는 황제의 희망에 좇았을 따름인 것이며, 마치 어린 아이가 넘어지고는 마룻바닥을 때리는 것과 같은 것이었다. 나폴레옹의 마음을 그처럼 썩인 러시아군의 추격은 전대 미문의 현상을 드러냈다. 프랑스의 여러 장군은 육만의 러시아군이 어디에 있는지 놓쳐 버리고 티에르의 말에 의하면 뮈라의 숙련(그뿐 아니라 분명히 천재라는 말을 쓰고 있었던 것 같다)에 의해 겨우 마치 잃었던 바늘이라도 찾아내듯이 이 육만의 러시아군을 찾아냈던 것이다.

외교면에 있어서는 나폴레옹이 투톨민을 비롯하여, 외투와 마차의 징발에만 부심하고 있던 야코브레프에 대해서 자기의 관대함과 공정성을 증명한 것도 결국

234

아무런 도움도 되지 않았다. 알렉산드르는 이 사자(使者)들을 접견하지 않았을 뿐만 아니라 그들이 지참한 서한에 대해 대답조차 하지 않았기 때문이다.

사법면에 있어서는, 가공의 방화범이 처형된 뒤에, 모스크바의 남은 절반이 타 버렸다.

행정면에 있어서는, 사회의 설립도 약탈을 억압하지 못하고, 다만 이 사회에 관계한 어떤 일부의 사람들에게 이익을 가져온 데 불과했다. 그들은 질서 유지라 는 구실 아래 모스크바를 약탈하고 혹은 자기의 소유물이 약탈되는 것을 막았을 뿐이었다.

종교면에 있어서는, 이집트에서 회교 사원을 방문하는 것만으로 수월스럽게 해 결되었던 일이 여기서는 아무런 결과도 가져오지 못했다. 모스크바에서 발견한 두서너 사제는 나폴레옹의 의도하는 바를 실행하려고 시도했으나 그 가운데 한 사람은 미사 때 어떤 프랑스병에게 뺨을 맞았다. 또 한 사람에 대해서는 프랑스 의 한 관리가 다음과 같은 보고를 하고 있다. 〈본관은 한 사제를 찾아내어 미사 를 올리기 위해서 그를 초치하였던 바 이 사제는 군중을 해산시키고 성당을 폐쇄 하였음. 그 날 밤 군중은 다시 내습하여 문과 자물쇠를 부수고 서적을 찢고 그 밖의 온갖 폭행을 자행하였음.〉

상업면에 있어서는, 근면한 수공업 직공이나 모든 농민에게 주어진 포고는 아 무런 반향도 불러일으키지 못했다. 근면한 직공은 눈에 띄지 않았으며, 농부들은 이 선언문을 지니고 너무 먼 곳까지 들어간 위원을 붙들어 살해하곤 했다.

연극으로 인민과 군대를 즐겁게 하려던 계획도 역시 마찬가지로 성공을 보지 못했다. 크레믈린과 포즈냐코프의 집에 가설되었던 극장은 이내 다시 폐쇄되어 버렸다. 그것은 여배우와 남배우가 납치되었기 때문이다.

자선 사업, 이것도 역시 바랐던 소기의 결과를 가져오지 못했다. 위조 지폐와 진짜 지폐가 모스크바 안에 범람하여 전혀 가치를 잃어버렸다. 노획물을 수집하 는 프랑스인에게 필요한 것은 그저 금뿐이었다. 나폴레옹이 관대하게도 사람들에 게 분여한 위조 지폐뿐만 아니라, 그 값의 등귀로 은(銀)의 가치까지 떨어지고 말았던 것이다.

그러나 당시의 최고 관헌의 명령이 무력했다는 것을 나타내는 가장 놀라운 형 상은 약탈을 저지하고 군기(軍紀)를 쇄신코자 쏟은 나폴레옹의 노력이었다.

군대의 장성들은 다음과 같이 보고하고 있다.

〈약탈을 일소시키라는 상명에도 불구하고 시중에서는 여전히 이러한 류(類)의 행위가 계속되고 있음. 질서는 아직도 회복되지 못하고 있고 정상적인 형식으로 영업을 하는 상인은 한 사람도 없음. 다만 주보만은 예사로이 영업을 계속하고

있으나 그 상품도 전부 약탈물뿐임.〉

〈소관(小官)의 관할 구역의 일부는 여전히 제3군단 병사의 약탈에 맡겨지고 있음. 그들은 지하실에 감추어 둔 불행한 주민의 가난한 재산을 약탈하는 것만으로는 만족하지 않고 참혹하게도 주민을 칼로 살상하고 있음. 이상은 소관이 누차 목격한 바임.〉

〈이상 없음. 다만 병사들이 약탈을 감행하고 도둑질을 할 뿐임, 10월 9일.〉

〈절도와 약탈은 계속되고 있음. 본군(本郡)에는 도둑의 일대가 횡행하고 있음. 우세한 군대의 힘으로 이것을 방지해야 할 것임. 10월 11일.〉

〈약탈을 엄금하는 명령이 내렸음에도 불구하고 크레믈린으로 돌아오는 근위의 약탈대 이외에는 거의 눈에 띄는 것이 없는 현상에 황제께서는 극도의 불만을 느끼고 계심. 옛 근위대의 무질서와 약탈은 간밤부터 오늘에 걸쳐 종전에 그 유례를 볼 수 없었을 만큼의 맹위를 가지고 속행되었음. 친위(親衛)의 사명을 띠고 충성의 귀범이어야 할 정선된 병사가 군대를 위해서 마련된 저장고 그리고 상점을 파괴할 만큼 배명(拜命)을 자행하는 꼴을 뵈고 황제께서는 심히 유감스럽게 여기고 계심. 그 밖의 모든 병사에 이르러서는 초병과 그 장교의 명령에 복종하지 않고 욕설을 하고 구타까지 감행할 정도로 타락했음.〉

〈의전 장관(儀典長官)은〉 하고 모스크바 총독은 쓰고 있다. 〈온갖 방법을 다하여 금지시켰음에도 불구하고 병사들이 위병 근무중 궁성 안 각처를 배회하고 있고 심지어는 황제의 창문 밑까지도 꺼리지 않고 있음을 번번이 불평하고 있음.〉

이 군대는 마치 내놓인 가축처럼 자기를 아사(餓死)에서 구출할 수 있었을지도 모르는 먹이를 짓밟으면서 모스크바에 무익한 체재를 계속하고 있는 동안 날로 붕괴되고 멸망으로 다가가는 것이었다. 그러나 그 군대는 움직이려고 하지 않았다.

그저 스몰렌스크 가도에서 치중차를 빼앗긴 것과 타루찌노의 싸움에 져서 갑자기 대공황에 사로잡혔을 때에야 비로소 이 군대는 도망쳤던 것이다. 타루찌노의 싸움에 관한 이 보고를 뜻밖에 열병중에 받은 나폴레옹은 티에르의 말에 의하면 러시아인을 응징하려는 희망을 일으켜 적군이 요구하고 있는 진격 명령을 내렸다고 한다.

이 군대의 장병은 모스크바에서 도망쳐 나갈 때 자기들이 약탈한 물품을 모두 휴대했던 것이다. 나폴레옹도 역시 자기 자신의 〈보물〉을 가지고 떠났다. 군의 행동을 느리게 하고 있는 산더미 같은 짐을 보았을 때 나폴레옹은(티에르의 말에 의하면) 소스라쳤다고 한다. 그러나 그처럼 전쟁에 경험을 쌓고 있는 그가 전에 모스크바에 접근했을 때 원수의 짐마차를 처분했던 것처럼 모든 불필요한 짐마차를 태워 버리라는 명령을 내리지는 않았던 것이다. 그는 병사들이 타고 있는 포장 마차와 사륜 마차를 보고 이건 오히려 좋은 일이다, 이러한 마차는 식량과 부상병을 위해서 도움이 될 것이라고 말했다.

전군의 상태는 마치 자기의 멸망을 느끼면서 자기가 무엇을 하고 있는지 모르는 부상당한 짐승을 닮고 있었다. 이 군대가 모스크바로 들어가서 멸망할 때까지의 나폴레옹과 그의 군대의 교묘한 행동과 목적을 연구하는 것과 같다. 부상당한 짐승은 바스락거리는 소리만 들어도 사냥꾼의 총성이 들리는 쪽으로 뛰어나가 앞뒤로 날뛰면서 스스로 그 사기(死期)를 재촉하는 것이 보통이다. 나폴레옹도 적국의 압박에 따라 이 짐승과 똑같은 짓을 했다. 타루찌노의 싸움의 희미한 소리에 놀란 야수는 총소리가 나는 쪽으로 뛰어나가 사냥꾼 옆까지 달려가자 다시 또 되돌아왔다. 그리고 마침내 모든 야수가 그러하듯이 가장 불리하고 위험한 길이긴 하나 눈에 익은 묵은 발자국을 밟고 되돌아왔던 것이다.

이러한 모든 행동의 지도자로 여겨지고 있는 나폴레옹은(야만인이 뱃머리에 새겨져 있는 것의 형상을 보고 배를 인도하는 힘처럼 생각하는 것같이) 이 기간의 활동중에 마차의 내부에 매어져 있는 끈을 붙들고 있는 어린 아이가 자기야말로 마차를 몰고 있는 것이라고 상상하는 것과 비슷했다.

11

10월 6일 아침 일찍 피에르는 바라크에서 나갔다가 돌아오자 문에서 발을 멈추고 재롱을 부리는 허리가 길고 구부정한 다리가 짧은 보랏빛 강아지와 놀았다. 이 강아지는 그들의 바라크에서 살았고 밤에는 카라타예프와 함께 자고 있었으나 때로는 어딘가 시내 쪽으로 갔다가는 다시 돌아오곤 했다. 이 개는 원래부터 주인이 없는 듯했으며 지금도 누구의 것도 아니고 이름조차 붙어 있지 않았다. 프랑스인은 아조르라고 부르고 있었고 옛날 얘기를 좋아하는 병사는 펨갈카라고 부르고 카라타예프며 그 밖의 사람들은 세르이(회색이란 뜻—역주)라고 부르고 때로는 버슬르이(늘어진 귀란 뜻—역주)라고 부르고 있었다. 그러나 임자와 이름이 없어도 종류와 털빛까지 분명치 않아도 이 보랏빛 강아지는 별로 곤란하지 않은 모양이었다. 부얼부얼한 꼬리는 깃 장식처럼 꼿꼿이 둥그렇게 말려 올라가 있고 휘어진 다리도 충분히 쓸모가 있어 네 다리를 다 쓰는 것을 경멸하기라도 하는 듯

뒷다리를 하나 멋지게 치켜 들고 세 다리로 교묘하게 질주할 적도 있었다. 이 강아지에겐 모든 것이 만족의 대상이었다. 때로는 기쁜 듯이 깽깽거리면서 벌렁 드러누워 뒹굴기도 하고 때로는 생각에 잠긴 듯한 의미 있는 표정으로 양지 쪽에서 볕을 쬐기도 하고, 때로는 나무 부스러기와 짚을 장난감으로 하여 뛰어 돌아다니기도 했다.

요즘 피예르의 옷차림이라고 하면 그의 옷 가운데서 오직 하나 남은 더러운 셔츠와 카라타예프의 충고를 듣고 보온(保溫)을 위해 복숭아뼈 위를 새끼로 묶은 군대 바지와 카프탄과 농부의 모자뿐이었다. 요즈음 피예르는 육체적으로도 완전히 변해 있었다. 그는 아직도 조상으로부터 물려받은 건강하고 의젓한 풍모를 하고는 있었으나 이제 별로 살쪄 있는 것 같지는 않았다. 수염이 얼굴의 아래 부분을 온통 덮고 있었고, 제멋대로 자라 뒤엉키고 이투성이가 된 머리털은 지금에 와서는 모자라도 쓴 것처럼 굽슬거렸다. 눈은 전에 없이 침착하고 어떤 일에도 각오가 돼 있는 듯한 생기가 넘쳐 전에는 그의 눈에서 흔히 볼 수 있었던 저 방심의 표정이 이제는 정력적이고 즉각 행동으로 옮길 수 있는 빈틈 없는 표정으로 바뀌어 있었다. 발은 맨발이었다.

피예르는 오늘 아침은 짐마차며 기마대의 움직임이 심해진 것을 내다보기도 하고 아득한 강 저편을 바라보기도 하고, 정말로 물어 뜯을 듯한 시늉을 해 보이는 강아지를 보기도 하고 자기의 맨발을 보면서 정말 만족한 듯이 더럽고 커다란 굵은 발가락을 움직거리고 있었다. 그 맨발을 볼 때마다 그의 얼굴에는 생기와 만족의 미소가 떠올랐다. 맨발을 보면 그는 최근에 경험하고 이해한 것을 남김없이 생각하게 되고 이 생각이 그에게 유쾌했던 것이다.

요 며칠 동안 엷은 서리가 내리는 청명하고 조용한 날씨로, 이른바 초가을 날씨가 계속되고 있었다. 바깥도 양지 쪽은 따사로왔다. 이 따사로움은 몸을 죄는 듯한 아침의 상쾌한 냉기와 융합되어 특히 유쾌한 것이었다.

멀고 가까운 모든것은 가을의 이 계절에만 볼 수 있는 매혹적인 수정 같은 번뜩임이 깔려 있었다. 저 멀리 보로비에브이예 고르이(참새의 언덕이란 뜻—역주)가 마을과 성당과 커다란 흰 집들과함께 보였다. 앙상한 나무들도 모래도 돌도 집들의 지붕도 성당의 녹색 뾰족탑도 멀리 보이는 하얀 집의 모퉁이들도, 이러한 것들이 모두 부자연스러울 만큼 산뜻하게 섬세한 선으로 하여 투명한 공기 속에 부각되어 있었다. 가까이에는 프랑스군에 점령되어 있는 타다 남은 눈익은 지주 저택의 폐허와 아직 짙은 녹색을 간직하고 있는 담장가의 라일락 나무들이 보였다. 흐린 날에는 그 추함으로 눈길을 피하게 하는 반이나 탄 더러운 이 집도 지금은 흔들리지 않는 찬연한 빛을 받고 무엇인가 마음을 가라앉게 하는 아름다운 것으로 보이는 것이었다.

마치 자기 집에 있기라도 하듯 웃옷의 단추를 끄르고 실내모를 쓰고 입에 짧은 파이프를 문 프랑스의 하사가 바라크의 모퉁이에서 나타나 자못 정답게 눈짓을 하면서 피예르 옆으로 다가왔다.

「참으로 좋은 날씬데, 키릴 군.」 프랑스인은 모두 피예르를 이렇게 부르고 있었다. 「영락없는 봄이야.」 하고 하사는 문에 기대면서 피예르에게 파이프를 권했다. 그는 언제나 피예르에게 파이프를 권했고 피예르는 언제나 그것을 거절하는 것이었다.

「이런 날씨에 행군하면 정말로 좋을 거야…….」 하고 하사는 말하기 시작했다.

피예르는 무슨 진격에 대한 이야기라도 있느냐고 물어보았다. 하사는 그것에 대하여 전군이 거의 진출하기로 되어 있으며 포로에 대해서도 오늘 명령이 내릴 것이라고 이야기를 했다. 피예르와 같은 바라크에 있는 병사의 한 사람인 소콜로프라는 병사가 중병에 걸려 있었으므로 피예르는 하사에게 이 병사를 어떻게 해주지 않으면 안 된다고 말했다. 하사는 걱정하지 않아도 괜찮다, 이러한 환자를 위해서는 야전 병원도 상설 병원도 있으니까 환자에 대해서도 무엇인가 명령이 내릴 것이다, 게다가 또 대개 어떠한 일이 일어나더라도 당국은 충분한 준비를 하고 있다고 대답했다.

「그리고 말이야, 키릴 군. 자네는 그저 한 마디만 대위님에게 이야기하면 돼. 그분은……그……무엇이든지 잊지 않는 사람이니까. 대위님이 순회차 오거든 애기해 보게. 그분은 자네를 위해서라면 무슨 일이든지 해줄 거야…….」

하사가 말하는 대위란 자주 피예르를 상대로 긴 이야기를 하고 가는 사람으로서 여러 가지로 친절을 베풀어 주고 있었다.

「그분은 일전에도 나에게 이렇게 말했어. 『어이, 쌩 토마, 그 키릴은 프랑스어를 할 줄 아는 교육을 받은 사람이야. 그는 러시아의 귀족이고 불행한 꼴을 당하고 있을망정 훌륭한 사람이야. 얘기가 통해……만약 그에게 필요한 것이 있어서 부탁하거든 거절하지는 말아. 다소나마 학문을 배운 사람은 자네도 알겠지만 문명과 교양이 있는 사람을 좋아하는 법이지.』 하고 말이오. 이건 당신 얘기예요, 무슈 키릴. 지난 번만 해도 당신이 없었더라면 어떻게 되었을지 모르지.」

그리고 또 좀더 지껄이고 나서 하사는 떠났다(하사가 말한 일전의 일이라는 것은 포로와 프랑스인 사이에 일어났던 싸움으로 그때 피예르는 성공적으로 동료들을 가라앉혔던 것이다). 수명의 포로가 피예르와 하사의 이야기를 듣고 있다가 즉시 하사가 무슨 이야기를 했느냐고 묻기 시작했다. 피예르가 동료들에게 하사가 말한 행군의 이야기를 하고 있었을 때 야위고 노란 얼굴을 한 너절한 옷을 입은 한 프랑스병이 바라크의 문으로 다가왔다. 그는 소심하고 성급한 동작으로 재빨리 손가락을 이마에 올려 인사의 표시를 하고는 피예르에게 얼굴을 돌리고 자기가 셔츠를 지어 달라고 준 플라토쉬라는 병사가 이 바라크 안에 있느냐고 물었다.

한 일 주일쯤 전에 프랑스 병사들은 구두 재료와 천들을 배급받았으므로 포로들에게 구두며 셔츠를 만들게 했던 것이다.

「되어 있읍니다. 되어 있읍니다, 나리!」 얌전히 갠 셔츠를 들고 나오면서 카라타예프는 말했다.

카라타예프는 날씨도 따뜻했고 일하는 데 편리했으므로 흙색으로 더러워진 누덕누덕한 셔츠와 바지 바람이었다. 머리칼은 흔히 직공이 하듯이 보리수의 껍질로 동여매고 있었기 때문에 그의 둥근 얼굴은 더욱더 둥글고 더욱더 귀엽게 보이는 것이었다.

「약속은 일의 형제라고 하니까요. 금요일까지라고 말했으니까 그대로 했읍죠.」 플라톤은 웃는 얼굴로 자기가 만든 셔츠를 펼치면서 이렇게 말했다.

프랑스병은 불안스러운 듯이 주위를 둘러보았으나 겨우 결심한 듯이 급히 군복을 벗어 던지고 셔츠를 집어 들었다. 군복 밑에는 셔츠를 입지 않고 노르께하고 깡마른 알몸 위에 때로 찌든 꽃무늬의 긴 비단 조끼를 입고 있었다. 프랑스병은 자기를 바라보고 있는 포로들이 웃지나 않을까 하고 두려워하는 양 급히 머리를 셔츠 속으로 처넣었다. 포로들은 누구 하나 입을 열지 않았다. 「아주 딱 맞는군요!」 플라톤은 셔츠를 잡아당기면서 말했다. 프랑스병은 머리와 손을 끼고 나자 눈을 위로 들지 않고 자기가 입고 있는 셔츠를 바라보기도 하고 솔기를 살피기도 했다.

「어쩔 수 없어요, 나리. 여긴 재봉소가 아닐 뿐더러 기계도 제대로 없으니까 말이에요. 연장이 없으면 이도 죽이지 못한다는 말이 있잖아요?」 플라톤은 모가 없는 미소를 띠우면서 스스로 자기 솜씨에 만족한 듯이 말했다.

「좋아, 좋아, 고마와. 그런데 남은 천은?」 하고 프랑스병은 말했다.

「알몸 위에 입으면 더 잘 맞을 겁니다.」 자기 작품에 대해 기쁨을 참을 수 없는 양으로 카라타예프는 말했다. 「그러면 기분 좋고 편할 겁니다……」

「고마와, 영감, 고마와. 그런데 나머지 천은?……」 프랑스병은 상냥하게 웃으면서 말했다. 그리고 지폐를 꺼내 카라타예프에게 주었다. 「나머지 천을……」

프랑스병이 말하는 것을 모른 체하려는 플라톤의 기분을 알아챘으므로 피예르는 말참견을 하지 않고 두 사람을 쳐다보고 있었다. 플라톤은 돈에 대해서 사례하고 언제까지도 자기의 작품에 감탄하고 있었다. 프랑스인은 자꾸 나머지 천을 요구하고 피예르에게 자기가 말한 것을 통역해 달라고 부탁했다.

「제깐놈이 나머지 천은 뭘 하겠다는 거야?」하고 카라타예프는 말했다.「우리에겐 훌륭한 각반이 될 텐데. 그러나 하는 수 없지 뭐.」카라타예프는 갑자기 침울한 얼굴이 되어 호주머니에서 뭉친 헝겊 조각을 꺼내어 프랑스병을 보지도 않고 내밀었다.「자, 가져가!」하고 내뱉듯이 말하고 카라타예프는 돌아갔다. 프랑스병은 나머지 헝겊을 보고 생각에 잠겼다가 의논하듯 피예르를 쳐다보았다. 그러자 피예르의 눈이 그에게 무엇이라고 말한 것 같았다.

「플라토쉬, 어이, 플라토쉬.」프랑스병은 갑자기 얼굴을 붉히고 날카로운 소리로 이렇게 말했다.「이걸, 가져!」이렇게 말하고 그는 헝겊 조각을 주면서, 그대로 돌아서서 가 버렸다.

「것 보라고.」카라타예프는 머리를 흔들면서 이렇게 말했다.「기독교 신자가 아니라고들 말하지만 역시 영혼은 있지 뭐야. 땀이 밴 손은 따뜻하지만 마른 손은 차갑다고, 노인들이 말하는 건 이걸 두고 하는 말이라고. 자기도 알몸이면서 이처럼 주질 않았느냐 말이다.」카라타예프는 감격한 듯이 미소를 짓고 헝겊 조각을 쳐다보면서 한동안 잠자코 있었다.「이건 훌륭한 각반이 될걸.」하면서 그는 바라크 안으로 돌아갔다.

12

피예르가 포로가 된 지 사 주일이 지났다. 프랑스인은 그에게 병사의 바라크에서 장교 쪽으로 옮기라고 권했으나 그는 첫날 들어갔던 것과 똑같은 바라크에 남아 있었다.

황폐하고 불에 타버린 모스크바에서 피예르는 거의 인간이 견디어 낼 수 있는 극도의 궁핍을 경험했다. 그러나 이제까지 자각하지 못했던 그 건장한 체질과 건강의 덕분으로—특히 이러한 궁핍이 언제부터 시작되었는지 모를 만큼 눈에 띄지 않게 다가온 덕분으로 그는 수월하기 보다 오히려 기꺼이 자기 환경을 감수할 수가 있었다. 그리고 바로 이 동안에 전부터 갈망하면서도 얻을 수 없었던 침착과 자기 만족을 얻을 수 있었던 것이다. 그는 지금까지의 생애에서도 오랜 세월 동안 온갖 방면으로 이 침착과 자기 조화—보로지노 싸움 때 병사들 속에서 발견하고 그토록 경탄했던 것을 찾고 있었던 것이다. 그는 자선에서 비밀 공제 조합에서 사교 생활의 교제에서 술에서 영웅적인 자기 희생과 나타샤에 대한 낭만적인 사랑에서 그것을 모색하고 있었다. 그는 이것을 사색에 의하여 찾아보기도 했으나, 온갖 모색과 시험은 모조리 그를 속였다. 그리고 자기도 그것을 의식하지 못한 가운데 죽음의 공포와 궁핍과 카라타예프한테서 체득한 것에 의하여 비로소 이 침착과 자기 조화를 얻었던 것이다. 그가 처형장(處刑場)에서 경험한 그 공포의 몇 분 동안은 그때까지 중대한 것으로 여겨졌던 사상과 감정을 영원히 그의 상상과 추억 속에서 씻어가 버린 것만 같았다. 러시아에 관한 것도 전쟁도 정치도 나폴레옹에 대해서도 그의 머리에는 떠오르지 않았다. 그러한 것은 모두 자기에겐 관계가 없고 자기의 사명도 그러한 데에 없으며, 따라서 그런 것을 비판하는 것은 불가능하다는 것을 그는 분명히 깨달았다. 『러시아와 여름은 인연이 멀다.』라는 카라타예프의 말을 그는 되풀이해 보았다. 그러자 이 말은 야릇하게도 그의 마음을 가라앉게 해주는 것이었다. 나폴레옹을 죽이려 했던 계획이며 밀교적인 수(數)와 묵시록의 짐승에 관한 그 계산들은 지금에 와선 그의 눈으로 볼 때 불가해할 뿐만 아니라 우스꽝스러운 것으로만 생각되었다. 아내에 대한 증오며 자기의 이름을 더럽히지 않으려 했던 불안 따위는 지금의 그에겐 하찮다기 보다는 도리어 통쾌하게 느껴졌다. 그 여자가 어디서 자기 멋대로의 생활을 하든 그것이 자기에게는 무슨 상관일까? 이 한 포로의 이름이 베주호프 백작이라는 것을 프랑스인이 알건 모르건 그게 어쨌다는 건가?

요즈음 피예르는 곧잘 안드레이 공작과의 이야기를 상기하고 전적으로 그의 의견에 동의했다. 다만 지금은 안드레이 공작의 사상을 약간 달리 해석하고 있었다. 안드레이 공작은 소극적인 행복이 있을 뿐이라고 생각하고 그렇게 말하고 있었으나, 이렇게 말하는 그의 어조에는 쓰라림과 자학적인 그늘이 지고 있었다. 즉 우리들 속에 있는 적극적인 행복에의 요구는 우리들을 만족케 하는 일이 없고 다만 우리를 괴롭히기 위해서만 있는 것이라고 말하는 것만 같았다. 그러나 피예르는 아무런 저의(底意) 없이 안드레이 공작의 말의 정당함을 인정하고 있었다. 괴로움이 없다는 것, 요구가 충족된다는 것, 그리고 그 결과로서 직업, 즉 생활 양식의 선택이 자유로이 된다는 것, 그것이 지금의 피예르에게는 의심할 나위 없는 인간의 최상의 행복처럼 생각되었다. 피예르는 이번에 이러한 데에 오고 나서, 먹고 싶을 때에 먹고, 마시고 싶을 때에 마시고, 자고 싶을 때에 자고, 추울 때 덥게 하고, 말을 하고 싶을 때 하고, 사람의 목소리를 듣고 싶을 때 사람과 이야기하는 것의 고마움을 뼈저리게 느꼈다. 가지가지 욕구의 만족, 즉 맛있는 음식, 청결, 자유 등의 이러한 모든 것을 잃고 있는 지금의 경우에 피예르에겐 완전히 행복처럼 생각되었고 직업의 선택, 즉 생활의 선택이 극도로 제한되고 있는 지금에 와서 보면 무엇보다도 용이한 일처럼 생각되어 그 때문에 온갖 생활의 편의가 욕구 만족의 행복감을 소멸시키고 직업 선택의 자유, 즉 그에게 교육과 부(富)와 사회적인 지위를 주었던 그 자유가, 오히려 직업 선택을 극도로 곤란케 하고, 직업의 필요며 가능성 자체까지를 소멸시키고 말았다는 것을 그는 잊어버릴 정도였다.

피예르의 모든 공상은 지금 자기가 자유의 몸이 되었을 때의 일에만 집중되고 있었다. 그리고 그 뒤 일생 동안, 그는 이 한 달 동안의 포로 생활과 두 번 다시 되풀이할 수 없는 강력하고 기쁨에 넘친 감명과 특히 이 시기에만 경험한 완전한 마음의 안정이며 내심의 절대적인 자유 등을 가슴을 두근거리면서 이야기하기도 하고 생각하기도 했던 것이다.

그는 첫날 아침 일찍 일어나서 아직 동이 트기 전에 바라크를 나와 가지고 노보제비치이 수도원의 아직 거무스름한 둥근 지붕이며 십자가를 보고 흙먼지를 뒤집어 쓴 초원에 깔린 이슬을 보았을 때, 그리고 몸을 스치는 상쾌한 공기를 느끼고 들을 넘어 모스크바 쪽에서 날아온 까마귀 소리를 들었을 때, 갑자기 동녘에서 빛이 쏟아져 나오고 태양의 한 끝이 구름 사이에서 장엄하게 떠올라 둥근 지붕도 십자가도 이슬도 아득한 들도 강도 온갖 것이 즐거운 빛 가운데 춤추기 시작했을 때, 피예르는 일찌기 경험한 적이 없는 새로운 삶의 환희와 충일감을 맛보았던 것이다.

그리고 이 감정은 포로 생활을 하는 동안 그의 마음에서 떠나지 않았을 뿐만 아니라 오히려 환경의 곤란이 늘어감에 따라 더욱더 마음 속에서 성장하는 것이었다.

이 감정——모든 것에 대해서 마음의 준비가 된 감정, 정신적으로 긴장된 이 감정은 그가 바라크로 들어간 뒤 이내 동료들한테 받은 존경에 의해서 더욱더 피예르의 내부에서 강화되었다. 외국어의 지식이며 프랑스병한테서 받는 존경이며 청을 받으면 무엇이든 주어 버리는 너그러운 인심이며(그는 장교의 대우로 일 주일에 삼 루블리씩 지급받고 있었다) 병사들 앞에서 바라크의 벽에다 못을 눌러 박아 보인 무서운 힘, 동료를 대할 때의 겸손한 태도며 그들에게는 불가해한 능력으로써 꼼짝도 않고 가만히 앉은 채 아무것도 하지 않고 생각에 잠길 수 있는 피예르는 병사들의 눈으로 볼 때 얼마큼 신비롭고 한층 위에 서는 사람처럼 생각되었던 것이다. 그가 전에 생활하고 있던 사회에서는 그의 완력과 문화 생활을 경멸하는 경향과 방심벽(放心癖)과 단순성 등의 그의 특징은 그에게 설혹 해롭지는 않았다고 하더라도 분명히 주체스러웠으나 여기에서 이러한 사람들 사이에 끼어 있자 거의 영웅 같은 지위를 그에게 주었다. 피예르는 자기가 이렇게 보이고 있다는 것에 일종의 구속감을 느끼고 있었다.

13

10월 6일 밤중부터 7일 새벽에 걸쳐 출발하는 프랑스군의 행동이 개시되었다. 취사장과 바라크가 헐리고 수송차의 짐이 꾸려지자 이윽고 군대와 짐이 움직이기 시작했다.

오전 일곱 시 프랑스의 호송대는 행군 차림으로 군모를 쓰고 총을 들고 배낭을 멘 데다 커다란 잡낭(雜囊)을 어깨에 걸치고 바라크 앞에 서 있었다. 그리고 욕지거리가 섞인, 활기를 띤 프랑스어의 이야기 소리가 대열 전체에 물결쳐 흘렀다.

바라크 안에서는 전원이 준비를 갖추고 옷을 입고 띠를 매고 신을 신고 그저 이제 출발 명령이 내리기만을 기다리고 있었다. 오직 한 사람 핼쑥한 얼굴을 하고 눈두덩에 검푸른 그늘이 진 쇠약할 대로 쇠약한 병든 병사 소콜로프만은 구두도 신지 않고 옷도 입지 않고 자기의 자리에 웅크리고 앉은 채 보지 않으려는 동료들에게 호소하는 듯한 눈길을 보내면서 나지막한 소리로 단조롭게 신음하고 있었다. 그는 아픔 때문이라기 보다——그의 병은 이질(痢疾)이었다——혼자서 버려지는 두려움과 슬픔으로 신음하고 있는 모양이었다.

피예르는 프랑스병이 구두창의 수선용으로 가지고 왔던 가죽 상자의 나머지로 카라타예프가 지어 준 구두를 신고 농군 외투의 허리를 새끼로 매고는 병자에게 다가가 그 앞에 웅크리고 앉았다.

「걱정 마, 소콜로프. 그들이 모두 가 버리는 건 아니니까! 여기엔 야전 병원도 있어. 우리보다는 네가 오히려 더 나을는지도 몰라.」 하고 피예르는 말했다.

「오오, 하느님! 나는 이제 죽어요! 오오, 하느님!」 하고 병사는 한층 더 큰소리로 신음하기 시작했다.

「그럼 내가 또 한 번 물어봐 주지.」 하고 말하면서도 피예르는 몸을 일으키고 바라크의 문을 향하여 걸어나갔다. 바로 피예르가 문 옆까지 왔을 때 밖에서 어제 피예르에게 파이프를 권했던 그 하사가 두 병사를 데리고 다가왔다. 하사도 병사도 행군 차림을 하고 배낭을 메고 군모에 턱끈을 걸고 있었으므로 낯익은 그들의 얼굴이 변해 있었다.

하사는 상관의 명령으로 문을 닫으러 온 것이었다. 포로를 출발시키기 위해 인원을 점검할 필요가 있었다.

「하사님, 환자는 어떻게 되는 겁니까?……」하고 피예르는 물었다. 그러나 그는 이렇게 말한 순간, 도대체 이것은 자기가 알고 있는 그 하사일까, 그렇지 않으면 다른 모르는 사나이일까 하고 의심했다. 그만큼 하사는 이 순간 사람이 변해 보였던 것이다. 그뿐만 아니라 피예르가 이렇게 말한 순간 양쪽에서 요란스런 북소리가 들려 왔다. 하사는 피예르의 말을 듣자 얼굴을 찌푸렸다. 그리고 무의미한 욕지거리를 뱉으면서 탕 하고 문을 닫았다. 바라크 안은 어두컴컴해졌다. 북소리는 양쪽에서 귀청을 쨀 듯이 울려 병자의 신음을 지워 버렸다.

「드디어 그것이 왔다!…… 또 그것이 왔다!」하고 피예르는 혼잣말을 했다. 그러자 자기도 모르게 전율이 그의 등골을 타고 흘렀다. 하사의 변한 얼굴에서도 그 목소리에서도 귀청을 째는 듯한, 사람을 흥분시키는 북의 울림에서도 피예르는 그 무관심과 신비력을 인식했다. 그것은 사람들로 하여금 자기의 의지에 반하여 자기와 똑같은 자를 죽이게 하는 힘이었다. 그는 이 힘의 작용을 사형 집행 때에도 보았던 것이다. 이 힘을 무서워하고 피하려고 몸부림치고 이 힘의 도구가 되어 있는 사람들에게 간원하고 설유하고 하는 것은 무익한 짓이었다. 이번에는 피예르도 그것을 알고 있었다. 다만 꾹 참고 때가 오기를 기다리는 수밖에 없었다. 피예르도 이제 병자 옆으로 다가가지도 않고 그쪽을 돌아보지도 않았다. 그는 묵묵히 얼굴을 찌푸린 채로 바라크의 문에 서 있었다.

바라크의 문이 열리고 포로가 양떼처럼 밀치락달치락하면서 출구에서 비비대기 시작했을 때 피예르는 여러 사람 앞으로 뚫고 나가 그 대위한테로 다가갔다. 그것은 하사의 이야기에 의하면 피예르를 위해서라면 무슨 일이든지 해준다는 사람이었다. 대위도 역시 행군 차림을 하고 있었는데 그 얼굴에도 역시 마찬가지로 피예르가 하사의 말과 북의 울림 속에서 본 〈그것〉이 나타나 있었다.

「빨리 가, 빨리 가.」대위는 엄격하게 얼굴을 찌푸리고 자기의 옆에 흩어져 있는 포로들을 바라보면서 말하고 있었다. 피예르는 자기의 시도가 헛일일 것을 알면서 그래도 대위의 옆으로 다가갔다.

「응, 뭐라고?」싸늘하게 돌아보면서 상대방이 누구인지 알아채지 못하고 장교는 말했다. 피예르는 병자에 관해서 말했다.

「걸을 수 있어! 에잇, 제기랄!」하고 대위는 말했다. 「빨리 가, 빨리 가.」하고 그는 피예르 쪽을 보지 않고 말을 이었다.

「아니, 하지만 그는 죽어 가고 있읍니다……」하고 피예르는 말했다.

「넌 도대체…….」하고 대위는 앙칼지게 얼굴을 찌푸리고 고함을 질렀다.

두두둥, 둥, 둥, 두둥, 두둥, 두둥 하고 북소리가 울려 퍼졌다. 그래서 피예르는 깨달았다. 신비로운 힘은 이제 완전히 이 사람들을 사로잡아 버렸다. 이제 무슨 말을 해도 소용이 없다.

포로 장교들은 병사와 구분하여 선발시키라는 명령이 내렸다. 장교는 피예르를 합쳐 서른 명, 병사는 삼백 명이었다.

다른 바라크에서 나온 포로 장교는 모두 모르는 사람뿐이고 피예르보다 훨씬 좋은 옷차림을 하고 있었다. 그리고 피예르와 그의 신을 의심쩍은 꺼림칙한 눈으로 훑어보고 있었다. 피예르의 옆에 포로 동료 전체로부터 존경을 받고 있는 듯한 뚱뚱한 소령이 코삭풍의 자리옷 위로 수건의 띠를 두르고 퉁퉁 부은 누르퉁퉁하고 골이 난 듯한 얼굴로 걷고 있었다. 그는 담배쌈지를 든 한쪽 손을 호주머니에 넣고 다른 한쪽 손으로 담뱃대의 통을 누르고 있었다. 소령은 숨가쁘게 할딱거리기도 하고 한숨을 쉬기도 하면서 사람들이 자기를 밀기도 하고 서두를 필요가 없는 데도 놀라기도 한다는 것에 대해서 투덜거리기도 하고 화를 내기도 했다. 또 한 사람의 야윈 장교는 누구에게나 말을 건네면서 지금 자기들은 어디로 끌려가는가, 오늘 안으로 얼마만큼이나 가게 될까 하는 예측을 세우고 있었다. 펠트제(製)의 장화를 신고 병참부원의 제복을 입은 한 관리는 여기저기로 뛰어 돌아다니면서 타 버린 모스크바를 둘러보고는 무엇이 탔다느니 지금 보이는 것은 본래 모스크바의 어떠한 데였다느니 하고 큰소리로 자기의 관찰을 말하고 있었다. 악센트로 보아 폴란드 태생인 듯한 다른 한 장교는 모스크바의 탄 자리에 관한 추정이 잘못되어 있는 것을 증명하면서 한창 병참부의 관리와 언쟁을 하고 있는 것이었다.

「무엇을 가지고 말다툼을 하고 있는 거야?」 하고 소령은 노엽게 말했다. 「니콜라건 블라스건, 어떻게 됐거나 마찬가지야. 보란 말이야, 모든 것이 타 버리지 않았나! 그것으로 만사는 끝났어…… 왜 미는 거야, 길이 좁지도 않은데!」 자기의 뒤에서 걷고 있는 사나이, 그는 전혀 밀지도 어쩌지도 않는 사나이를 보고 그는 노발대발했다.

「아니, 글쎄 이게 도대체 무슨 꼴이람!」 불탄 자리를 둘러보고 있던 포로의 목소리가 여기저기에서 들렸다. 「강 건너도 주보보도 크레믈린의 안도…… 보게, 절반이 없어져 버렸잖았나? 어때 난 강 건너는 모두 타 버렸다고 했지 않았난 말이야, 어때 그대로지.」

「탄 것을 알았으면 그것으로 되잖나, 뭐 이러쿵저러쿵 할 게 있어!」 하고 소령은 말했다.

하모브니키(모스크바에서 타지 않은 조그만 지역의 하나—역주)의 어떤 성당 옆에 이르렀을 때 포로의 떼 전체가 갑자기 한쪽으로 쏠려 버렸다. 그리고 공포와 혐오의 외침이 들렸다.

「제기랄, 악당 녀석들! 정말 사교도가 틀림없어! 음, 죽어 있어, 정말 죽어 있군!…… 무엇인가 칠해져 있는 것 같은데!」

피예르도 역시 마찬가지로 외침 소리를 불러일으키게 한 물건이 있는 성당 옆으로 다가가 보았다. 그러자 무엇인가 회당의 울타리에 기대어져 있는 것이 어렴풋이 보였다. 똑똑히 본 동료의 말에 의하여 그는 그 무엇인가가 사람의 시체이고 울타리에 기대어져 있는 데다가 얼굴에 그을음이 칠해진 시체라는 것을 알았다.

「걸어, 이 개새끼…… 어서 어서 걸어…… 이 못된 놈의 녀석들아!……」 하고 말하는 호송병의 욕지거리가 들렸다. 프랑스의 병사들은 새로운 증오의 빛을 띠면서 사자(死者)를 보고 있는 포로의 떼를 단검으로 쫓았다.

14

처음 포로의 떼는 호송병과 호송병의 짐을 실은 짐마차며 대형 포장 마차가 그 뒤를 따랐으나 식량 창고가 늘어서 있는 데로 나오자 개인의 짐마차와 뒤섞이면서 빽빽이 움직여 가는 긴 포차의 줄 가운데로 말려 들어가 버렸다.

다리의 바로 앞에서 모두는 선두의 마차대가 조금 빠져 나가기를 기다리면서 가만히 서 있었다. 포로들의 눈에는 다리의 앞뒤로 끝없이 이어져 있는 다른 마차대가 보였다. 오른쪽의 칼루가 거리의 레스쿠츠느이 공원 옆에서 꺾여 있는 언저리에는 군대와 수레의 줄이 끝없이 이어져 있었다. 그것은 맨 먼저 출발한 보가르네 군단의 군병이었다. 그 후방에는 강가에도 카멘느이 다리 위에도 네이의 군대와 군수품이 연잇고 있었다.

포로가 속해 있는 다부의 대는 크르임스키이 브로드를 통과해 그 일부는 이미 칼루가 거리에 발을 들여 놓고 있었다. 그러나 짐마차의 줄이 너무 길어서 아직 보가르네군의 군수품차의 후부가 모스크바에서 칼루가 가도로 들어서기도 전에 네이군의 선두는 벌써 대(大) 오르드인카를 나오려고 하고 있었다.

크르임스키이 브로드를 지날 때 같은 때는 포로들은 대여섯 발짝에 한 번씩 멈췄다 가는 형편이어서 사방에서 모여드는 마차와 사람으로 길은 점점 더 복잡해 갔다. 다리와 칼루가 길 사이의 불과 몇 백 발짝밖에 안 되는 거리를 한 시간 이상이나 걸려 통과한 뒤 강 건너 거리가 칼루가 가도와 합쳐지는 광장까지 이르자 포로의 떼는 한 덩어리로 밀려 발을 멈추고 그대로 이 네거리에 몇 시간이나 서 있었다. 수레바퀴의 울림, 발소리, 노기 등등한 외침, 이러한 것이 마치 바다의 밀물처럼 끊임없이 사방에서 들렸다. 피예르는 머리속에서 북소리와 뒤범벅이 되어 있는 이 소리를 들으며 불타 무너진 벽에 밀린 채 서 있었다.

포로 장교 몇 명이 좀더 잘 보려고 피예르 옆 그을은 벽에 기어올랐다.

「굉장한 혼잡이군! 도대체 어디까지 이어진 거야.…… 대포 위에까지 빽빽하게 올라가 있어! 저것 봐, 저 모피를…….」그들은 서로 지껄여 댔다.「에잇, 강도놈들, 별짓 다 했군…… 어이구 저 뒤 저 마차 좀 봐…… 저건 성당이 아냐. 틀림없군. 저런 짓을 하는 건 틀림없이 독일놈일 거야. 아니 러시아 촌놈들도 있는데. 어이 악당놈들! 저건 봐, 잔뜩 젊어지고 비틀비틀하는 꼴, 저놈은 또 경주용 마차를 타고 있는데……. 저런 것까지 훔치다니!…… 헤, 트렁크 위에도 앉아 있는데!…… 저건 또 싸움이 벌어졌어!……」

「그렇지, 저런 녀석은 뺨따귀를, 옆 뺨따귀를 후려갈겨 주어야 해! 이래선 밤까지 기다려도 글렀어. 보게, 모두들 보게……. 저건 분명히 진짜 나폴레옹이야. 어때, 참으로 훌륭한 말인걸! 첫글자가 든 왕관이야. 저건 휴대용 접는 집이야. 저녀석 망태를 떨어뜨렸는지도 모르고 있군. 또 싸움을 하기 시작했어…… 갓난애를 안은 여자, 저 여자 멋진데. 뭐, 괜찮아, 괜찮아, 넌 통과시켜 줄 거야……. 보게, 끝이 없어. 어이구 러시아 처녀가 있는데, 정말이야, 꽃 같은 처녀야. 포장마차에 편안히 타고 있는데!」

또다시 모두의 호기심의 물결이 하모브니키 성당 옆에서의 경우와 마찬가지로 포로 전부를 도로 쪽으로 쏠리게 했다. 피예르는 키가 큰 덕분으로 다른 사람의 머리 너머로 모두의 호기심을 끈 것을 볼 수 있었다. 탄약차 사이로 말려들어간 세 대의 포장 마차에 화려한 빛깔의 옷을 차려 입고 짙게 연지를 바른 여자들이 날카로운 목소리로 무엇이라고 소리를 지르며 좁게 비비고 앉아 있었다.

피예르는 그 신비로운 힘의 출현을 의식한 순간부터 장난삼아 그을음이 칠해진 시체도, 어디론지 서두르며 가는 이 여자들도, 모스크바의 탄 자리도 이상하게 무엇 하나 무섭게 생각되지 않았다. 마치 그의 영혼이 어떤 어려운 싸움에 대한 준비를 하고 있기 때문에 그것을 약화시키는 자극을 받아들이려고 하지 않기라도 하듯, 지금 피예르의 눈에 비치는 모든 것은 아무런 인상조차도 그에게 주지 않았다.

여자들의 마차는 지나가 버렸다. 그 뒤를 또 짐마차, 병사들, 대형 포장 마차, 병사들, 마차, 병사들, 탄약차, 병사들 가끔 여자들의 끊임없는 물결이 흘러갔다.

피예르에게는 사람들의 개개인은 눈에 들어오지 않고 전체의 흐름만이 보였다. 이들 모든 인간과 말들은 뭔가 눈에 보이지 않는 힘에 의해 밀려가고 있는 것 같았다. 피예르가 한 시간쯤 관찰하고 있는 사이에 그들은 모두 조금이라도 빨리 빠져 나가려는 똑같은 희망을 가지고 이곳 저곳 길로부터 흘러나오고 있었다. 그리고 누구나가 한결같이 서로 다른 사람을 떠다밀고 부딪치고 하면서 화를 내기도 하고 싸움을 하기도 하고 하얀 이를 드러내기도 하고 눈살을 찌푸리기도 하고 똑같은 욕지거리를 서로 퍼붓기도 했다. 그리고 누구나의 얼굴에도 한결같은 기세 좋고 단호한 표정과 냉정할 정도로 잔인한 빛이 떠 있었다. 그것은 오늘 아침 피예르가 북소리를 들었을 때 하사의 얼굴에서 보고 깜짝 놀랐던 바로 그 표정이었다.

거의 해질녘이 되어서야 호송 대장은 부하를 집결하고 고함을 지르기도 하고 싸움을 하기도 하면서 짐마차 사이로 끼어 들었다. 이리하여 포로의 떼는 사방에서 사람과 수레에 둘러 싸인 채 칼루가 거리로 나왔다.

그들은 휴식도 하지 않고 부지런히 걸어 태양이 기울기 시작할 무렵에야 겨우 정지했다. 짐마차도 꼬리를 물고 몰려와서 장병은 숙영 준비를 하기 시작했다. 누구나가 화가 난 듯 불만스러운 얼굴을 하고 있었다. 사방에서 욕지거리와 증오가 섞인 외침과 싸우는 소리가 오랫동안 들렸다. 호송대 위를 따라온 한 대의 사륜 마차가 호송대 짐마차를 들이받아 멍에 채 차대에 구멍을 뚫어 놓았다. 병사 몇 명이 사방에서 짐마차 쪽으로 달려왔다. 그리고 사륜 마차에 잡아맨 말의 방향을 틀면서 그 머리를 두드리는 자도 있는가 하면 동료끼리 싸움을 하는 자도 있었다. 피예르는 한 독일인이 단검으로 얻어맞고 머리에 중상을 입은 것을 보았다.

분명히 이 사람들은 가을의 쌀쌀한 땅거미가 질 때 들판의 한복판에 멈춘 지금, 출발시에 모두는 엄습하였던 그 감정——급히 어딘가로 매진(邁進)하려던 그 충동에서 싱겁게 깨어난 불쾌한 느낌을 한결같이 맛보고 있는 모양이었다. 정지한 것과 동시에 일동은 아직도 어디로 가는지 모르고, 또 이 행군의 전도에는 아직도 많은 곤란이 기다리고 있다는 것을 깨달은 모양이었다.

호송병은 이 휴게 때 출발 당시보다도 한층 더 포로를 학대했다. 이 휴게에서 처음으로 포로의 급식에 말고기가 주어졌다.

장교로부터 일개 병사에 이르기까지 그들은 포로 한 사람 한 사람에 대해 이전의 다정한 태도와는 비슷도 하지 않은 아주 다른 개인적인 증오라도 품고 있는 것 같았다.

포로의 임원 점호 때 복통을 가장하고 있던 한 러시아병이 모스크바 출발의 혼잡을 틈타 도망한 것이 발견되었을 때 이 증오는 더욱더 격렬해졌다. 피예르는 한 호송병이 러시아의 병사가 도로에서 너무나 멀리 떨어져 있다고 구타하는 것을 보았다. 그리고 피예르의 친구였던 대위가 러시아병이 도망한 것을 가지고 하사관을 꾸짖고 군법 회의에 회부하겠다고 위협하고 있는 것도 들었다. 그 병사는 병으로 행군을 할 수 없었다는 하사관의 변명에 대해 장교는 낙오한 자 따윈 사살해 버리라는 명령이 있지 않느냐고 말했다. 피예르는 사형 집행장에서 자기를 혼란시켰던 힘, 그리고 포로 생활 중 미처 눈에 띄지 않았던 그 숙명적인 힘이 지금 또다시 자기의 전 존재를 쥐고 있다는 것을 느꼈다. 그는 무서워졌다. 그러나 그 숙명적인 힘이 그를 압도하려고 노력하면 할수록 그의 마음 속에는 그것과 별개의 생명력이 그의 마음 속에서 성장하여 견고해지는 것을 느끼고 있었다.

피예르는 밀가루와 말고기가 든 국으로 저녁을 끝내고 잠시 동안 동료들과 이야기를 나누었다.

피예르도 그리고 동료의 어느 누구도 모스크바에서 본 것이며 프랑스군의 난폭한 태도며 포로 전체에게 발표된 총살 명령 따위에 대해서는 한 마디도 입 밖에 내지 않았다. 모두들 차츰 악화되어 가는 상태에 반항하기라도 하려는 듯 평소보다도 눈에 띄게 활기가 있고 명랑했다. 모두 자기 자신의 추억이며 행군중에 보았던 우스꽝스러운 장면 등만 이야기하고 현재의 상황에 관한 것을 말하려 하지 않았다.

해는 벌써 오래 전에 기울었다. 밝은 별이 하늘 여기저기서 빛나기 시작하고 방금 솟아오르려는 보름달의 새빨간 놀이 마치 불붙은 것처럼 하늘의 한 끝에 퍼졌다. 그리고 희뿌연 안개 속에 깜짝 놀랄 정도로 큰 공이 천천히 떠올랐다. 주위는 차츰 환해졌다. 황혼은 벌써 끝났으나 밤은 아직 시작되지 않았다. 피예르는 새로운 동료의 옆을 떠나 모닥불 사이를 누벼 도로의 반대쪽으로 갔다. 그는 거기에 포로의 병사들이 있다고 들었기 때문에 그들과 이야기를 해 보고 싶었던 것이다. 그러나 도로 위에서 프랑스의 초병이 그를 저지하며 뒤로 돌아가라고 명령했다.

피예르는 돌아오기는 했으나 모닥불을 쬐고 있는 동료들한테도 가지 않고 말을 떼어 놓은 짐마차 옆으로 다가갔다. 거기에는 아무도 없었다. 짐마차 수레바퀴 옆 차디찬 땅바닥에 주저앉아 무릎을 모으고 머리를 떨어뜨린 채 오랫동안 생각에 잠겨 있었다. 한 시간 이상 지났다. 어느 누구도 피예르를 방해하는 사람은 없었다. 갑자기 그는 그의 그 독특한 굵고 밝은 소리로 껄껄 웃기 시작했다. 그 웃음 소리가 너무나 컸기 때문에 사람들은 깜짝 놀라 사방에서 이 이상하게 혼자 웃는 사람을 돌아보았다.

「핫, 핫, 핫!」 피예르는 계속 웃었다. 그리고 소리를 내어 혼잣말을 했다. 「저 병사, 나를 통과시켜 주지 않았다. 모두 나를 붙들어 가두어 버렸다. 그리고 나를 포로로 잡고 있다. 나의 누구를? 나의 나를 말인가? 나를—나의 불멸의 영혼이다! 핫, 핫, 핫!…… 핫, 핫! 핫!……」 그는 눈물을 질질 흘리며 웃었다.

누군가가 일어나서 이 기묘한 거한(巨漢)이 혼자 무엇을 웃고 있는지 알아보려고 그의 옆으로 다가왔다. 피예르는 웃음을 그치고 일어나서 호기심 많은 사나이의 옆을 지나며 주위를 둘러보았다. 조금 전까지도 모닥불이 튀는 소리며 사람의 이야기 소리로 시끄러웠던 광대한 끝이 없는 노영지(露營地)는 차차 조용해졌다. 새빨간 모닥불은 차차 꺼져 창백하게 되었다. 밝은 하늘에 높이 보름달이 걸려 있었다. 조금 전엔 보이지 않던 야영지 밖의 숲과 들이 이젠 저 멀리 펼쳐 있었다. 그리고 이러한 숲과 들보다도 더 먼 건너에는 흔들거리면서 손짓하는 듯한 원경(遠景)이 바라다보였다. 피예르는 밤하늘이며 사라졌다 반짝였다 하는 별의 심연(深淵)을 바라보았다. 『이것이 모두 나의 것이다. 이것이 모두 나의 속에 있는 것이다. 이것이 모두 나인 것이다!』 피예르는 생각했다. 『그리고 이 모든 것을 녀석들은 붙들어 판자를 두른 바라크 속에 처넣어 버린 것이다!』 그는 빙그레 웃었다. 그리고 잠을 자기 위해 동료들 쪽으로 갔다.

15

시월 상순, 또다시 한 군사(軍使)가 나폴레옹의 친서를 지니고 강화를 제의하러 쿠투조프한테로 파견되었다. 이 친서는 허위로 모스크바발(發)이라고 되어 있었으나 기실 나폴레옹은 벌써 쿠투조프의 전방 조금 떨어진 곳 옛 칼루가 거리에 와 있었던 것이다. 쿠투조프는 이 서면에 대해서도 똑같은 회답을 했다. 즉 강화니 하는 것은 당치도 않은 것이라고 말해 주었던 것이다.

그 뒤 이내 타루찌노의 왼쪽에서 전진하고 있던 돌로호프의 유격대로부터 보고가 왔다. 그것은 적군이 포민스코예에 나타났는데 이 부대는 브루시에의 일개 사단으로 되어 있을 뿐 다른 부대로부터 고립되어 있으므로 쉽게 섬멸할 수 있다는 것이었다. 장병들은 또다시 출동을 요구하였다. 타루찌노에 있어서의 수월한 전승의 기억으로 기분이 우쭐해 있던 사령부의 장군들도 돌로호프의 제의를 채택할 것을 쿠투조프에게 강력히 주장하였다. 쿠투조프는 전혀 공격의 필요성을 인정하고 있지 않았으므로 당연한 일로 절충안(折衷案)이 결정되었다. 브루시에를 공격할 작은 부대가 포민스코예로 파견되었다.

　야릇한 우연으로 이 임무——나중에 판명된 바에 의하면 가장 곤란하고도 중대한 임무——를 맡은 사람은 도흐투로프였는데, 그는 누구의 전기(戰記)를 보더라도 그가 작전 계획을 작성하기도 하고 연대의 선두에 서서 돌진하기도 하고 포대에 십자장(十字章)을 내던지기도 한 일을 기술한 것은 없다. 오히려 그는 지극히 우유 부단하고 통찰력이 결여된 인물로 취급되고 있었던 것이다. 그러나 그는 노불 전쟁(露佛戰爭)에서 아우스테를리츠의 싸움으로부터 1813년에 이르기까지, 언제나 어려운 상황이 임박했을 때마다 그가 가장 중요한 지휘관으로서 일해 온 사실을 인정하지 않을 수 없다. 아우스테를리츠에서는 전군이 도주하고 섬멸되어 후위에는 한 사람의 장군조차 있지 않았을 때 도흐투로프는 최후까지 아우게스트의 둑에 머물러 연대를 집결하고 가능한 한의 것을 모두 구조했던 것이다. 또 그는 열병에 시달리면서도 불과 이만의 군세로 스몰렌스크를 방어하기 위해 나폴레옹의 전군을 상대로 수도 방위에 임했던 것이다. 그리고 스몰렌스크에서는 심한 열병의 발작으로 정신이 가물가물할 때 갑자기 적의 일제 사격을 받고 정신을 차려 온 하루를 스몰렌스크를 지켰던 것이다. 보로지노 싸움에서는 바그라찌온이 전사하고 아군의 좌익이 일대 구의 비율로 섬멸당하고 프랑스의 포화가 전부 그곳으로 집중되었을 때 급파된 것도 다름 아닌 우유 부단하고 통찰력이 없다고 말하는 바로 이 도흐투로프였던 것이다. 쿠투조프는 처음 다른 사람을 그곳으로 파견하려고 했으나 얼른 자기의 잘못을 시정했다. 그리하여 얌전하고 몸집이 작은 도흐투로프를 출전시킨 바 드디어 이 보로지노 싸움은 러시아군의 가장 커다란 영광이 되었던 것이다. 그런데도 수많은 영웅들이 시며 산문으로 오늘날까지 찬양되고 있음에도 불구하고 도흐투로프에 대해서는 거의 한 마디도 언급되어 있지 않다.

　이번에도 또 도흐투로프는 포민스코예로 파견되고, 거기서 다시 프랑스군과의 최후의 교전이 행하여진 장소이고, 또 분명히 프랑스군의 멸망이 시작된 곳인 소(小) 야로슬라베스로 파견되었다. 이 시기에 대해서도 많은 천재와 용사의 이야기가 전해지고 있으나 도흐투로프에 대해서는 한 마디도 이야기되고 있지 않다. 설사 이야기되고 있다고 하더라도 그저 인사로 조금 이야기되고 있던가 그렇지 않으면 의심쩍은 입을 놀리고 있음에 불과하다. 도흐투로프에 관한 이 침묵이야말로 무엇보다도 명료하게 그의 진가(眞價)를 증명하는 것이다.

　기계의 운전을 이해하지 못하는 사람이 기계의 움직임을 보았을 때, 그 기계의 가장 중요한 부분은 우연히 그 속에 걸려 운전을 방해하면서 찌그덕거리고 있는 나무 조각이라고 생각된다. 그것은 지극히 자연스러운 일이다. 기계의 가장 근본적인 부분은 찌그덕거리면서 운전을 방해하는 나무 조각이 아니라 소리도 없이 돌고 있는 작은 톱니바퀴라는 것은 기계의 구조를 모르는 사람에게는 여간해서 이해되기 어려운 것이다.

10월 10일, 즉 도흐투로프가 포민스코예까지의 도정을 절반 가량 지나서 아리스토보라는 마을에 정지하여 주어진 임무를 정확히 수행할 준비를 하고 있던 그날, 프랑스의 전군은 황급히 행동 개시를 해 아마도 전투를 개시할 목적이었을 테지만 뮈라의 진지까지 이르더니 갑자기 아무런 이유도 없이 오른쪽의 새 칼루가 가도를 돌아 그때까지 오직 브루시에군(軍)만이 주둔하고 있던 포민스코예로 들어가기 시작했다. 이때 도흐투로프의 지휘 밑에 있었던 것은 돌로호프 외에 피그네르와 세슬라빈의 두 소부대에 지나지 않았다.

10월 11일 밤, 세슬라빈은 포로로 잡은 프랑스 근위병 한 사람을 아리스토보 사령부로 끌고 왔다. 포로의 자백에 의하면 오늘 포민스코예로 들어간 부대는 주력군(主力軍)의 전위 부대로 나폴레옹도 그 속에 있고 전군이 이미 나흘 전에 모스크바에서 나왔다는 것이었다. 같은 밤, 보로프스크에서 온 한 하인풍의 사나이도 굉장한 대군이 시내로 들어가는 것을 보았다고 이야기했다. 돌로호프 부대의 코삭병도 보로프스크를 향하여 길을 행군하고 있는 프랑스의 근위병을 보았다고 보고했다. 이러한 모든 보고를 종합하면 겨우 일개 사단밖에 없다고 생각하고 있던 지점에 지금은 모스크바에서 의외의 방향인 옛 칼루가 거리를 따라 전진하고 있는 프랑스군의 전군이 있다는 것이 명료해졌다. 도흐투로프는 이러한 상황에서 자기의 임무가 무엇인지 분명히 알 수 없기 때문에 모든 것에 있어서 경솔한 행동을 삼갔다. 그는 포민스코예를 공격한다는 명령을 받고 왔으나 포민스코예에는 이젠 브루시에 혼자만이 아니라, 프랑스 전군이 있는 것이다. 예르몰로프는 자기의 재량으로 행동하려고 했으나 도흐투로프는 공작 각하의 명령을 받은 뒤가 아니면 안 된다고 주장했다. 그래서 결국 사령부로 보고하기로 결정했다.

이것을 위하여 볼호비찌노프라는 영리한 장교가 선정되었다. 그는 보고서 이외에 모든 것의 상황을 구두로 이야기하지 않으면 안 되었다. 밤 열 두 시에 볼호비찌노프는 보고서와 구두 명령을 받고는 바꿔 탈 말을 끌, 한 코삭을 동반하고 총사령부로 말을 달렸다.

16

어둡고 따뜻한 가을밤이었다. 벌써 나흘이나 계속 가랑비가 내리고 있었다. 볼호비찌노프는 두 차례 말을 바꿔 타고 불과 한 시간 반 동안에 질척질척한 진창길을 삼십 베르스타나 달려, 밤 한 시가 지나 레타쉐프카에 도착했다. 울타리 위에 〈총사령부〉라는 표찰이 걸려 있는 농가 앞에서 말을 내리자 그대로 말을 내버려두고 어두운 현관으로 뛰어들어갔다.

「당직 장군을 급히 불러 주게! 긴급한 용건이야!」

누군가 현관 어둠 속에서 일어나 코를 훌쩍거리고 있는 사나이를 보고 그는 말했다.

「장군은 해질녘부터 몸이 편치 않으십니다. 벌써 사흘 밤이나 주무시지 못하셨기 때문에…….」종졸이 변명하듯 말했다. 「대신 대위님을 깨우면 어떨까요?」

「굉장히 긴급 용건이야. 도흐투로프 장군한테서 왔어.」문을 더듬어 열고 들어가며 볼호비찌노프는 말했다.

종졸은 앞장 서서 안으로 들어가자 누군가를 깨웠다. 「대장님, 대위님, 급한 사절이 왔읍니다.」

「뭐? 뭐? 누구한테서?」누군가 졸린 듯한 목소리가 대답했다.

「도흐투로프 장군과 알렉세이 페트로비치한테서 온 장교입니다. 나폴레옹이 포민스코예 마을에 와 있읍니다.」볼호비찌노프가 말했다. 어두웠기 때문에 물은 사람이 누구인지는 알 수 없었으나 목소리로 미루어 코노브니스인은 아니라고 생각하며 대답했다.

일어난 사람은 하품을 하며 기지개를 켰다.

「각하를 깨워선 안 될 텐데요.」그는 무엇인가를 더듬어 찾으며 말했다. 「몸이 편찮으셔서입니다! 그냥 풍설이 아닙니까?」

「이것이 보고서입니다.」볼호비찌노프는 말했다. 「곧 당직 장군에게 전달하라는 명령이 있었읍니다.」

「잠깐만 기다리십시오, 불을 켤 테니까. 어이, 이거 봐, 도대체 넌 늘 어디다 치워 버리냐?」기지개를 켠 사나이는 종졸에게 잔소리를 했다. 이 사람은 코노브니스인의 부관 쉬체르비닌이었다. 「아 있다, 있다.」그는 덧붙여 말했다. 종졸은 부싯돌을 치고 쉬체르비닌은 손으로 더듬어 촛대를 찾았다.

「아아, 정말 어쩔 수 없는 놈들이군!」하고 그는 혐오에 견디지 못하는 듯이 내뱉았다.

볼호비찌노프는 불빛으로 초를 든 쉬체르비닌의 앳된 얼굴과 한쪽 구석에서 자고 있는 다른 한 사람을 보았다. 그것이 코노브니스인었다.

나뭇개비가 처음엔 파랗게, 이윽고 붉은 불꽃을 피우며 부싯깃에 타기 시작하자 쉬체르비닌은 초에 불을 켜고 보고자(報告者)를 아래위로 훑어보았다. 촛대에서는 밀초를 쏠고 있던 바퀴 벌레가 바스락바스락 소리를 내며 달아났다. 볼호비찌노프는 온 몸이 진흙투성이이고 옷 소매로 얼굴을 닦아 오히려 얼굴까지 진흙투성이를 만들고 있었다.

「그게 누구의 보고입니까?」 쉬체르비닌은 봉서를 받으며 물었다.

「확실한 정보입니다.」 볼호비찌노프는 말했다. 「포로도코사도 전초병 또한 모두 입을 모아 같은 보고를 해 왔읍니다.」

「어쩔 수 없군, 깨워야지!」 쉬체르비닌은 일어나, 나이트 캡을 쓰고 외투를 덮은 채 자고 있는 사람에게 다가갔다. 「표트르 페트로비치!」 그는 불렀다. 그는 꼼짝도 하지 않았다. 「사령부에서 왔읍니다.」 말하고 그는 이 말이 틀림없이 그를 깨울 것이라고 알고 있었기 때문에 빙긋 웃었다. 아니나다를까 나이트 캡을 쓴 머리가 깜짝 놀라 쳐들었다. 신열로 볼이 빨갛게 단 남자다운 잘 생긴 그의 얼굴에는 한순간 현실에서 멀리 떨어진 꿈 속을 헤매는 듯한 표정이 남아 있었으나 이윽고 깜짝 놀라 정색을 했다. 그러자 그의 얼굴은 언제나의 그 편안하고 의연한 표정이 떠올랐다.

「대체 무슨 일인가? 누구한테서 왔나?」 불빛 때문에 눈이 부셔 가늘게 뜨며 그는 침착하게 물었다. 장교의 보고를 들으면서 코노브니스인은 보고서의 피봉을 뜯어 읽었다. 다 읽기도 전에 그는 털 양말을 신은 발을 흙바닥에 내려 신을 신기 시작했다. 그리고 나이트 캡을 벗고 옆머리를 쓰다듬더니 군모를 썼다.

「빠른 말로 줄곧 달려왔나? 자, 총사령관 각하한테 같이 가세.」

코노브니스인은 급사가 지참한 보고가 몹시 중대한 의미를 지니고 있고 일각도 지체할 수 없다고 이내 깨달았던 것이다. 그는 이 보고가 좋은지 나쁜지 그러한 것은 생각하지도 않았고 자기에게 반문하지도 않았다. 그러한 것은 그에겐 흥미가 없었다. 그는 전쟁에 관한 모든 사건을 보는 데 있어서 지력과 판단을 쓰지 않고 무엇인가 다른 것에 의탁하고 있었다. 그는 비록 말을 하지는 않았으나 무슨 일이나 잘 되어 가리라는 깊은 신념을 마음 속에 간직하고 있었다. 그러나 그것을 믿어도 안 되고 말을 하는 것은 더욱 좋지 않았다. 그저 자기가 하여야 할 일만 하면 되는 것이라고 생각하고 있었다. 그래서 그는 전력을 기울여 자기의 임무를 다하고 있었던 것이다.

표트르 페트로비치 코노브니스인은 도흐투로프와 같이 이른바 1812년의 용사

들—바르클라이, 라예프스키이, 예르몰로프, 밀로라도비치—같은 사람들 사이
에 그저 겨우 인사로 이름을 나란히 대접받고 있음에 불과하다. 그리고 도흐투로프
와 마찬가지로 역시 무능하고 무식한 사람들이라는 비방을 받고 있었다. 또 코노
브니스인은 도흐투로프와 마찬가지로 절대로 작전 계획을 제출한다든가 하는 짓
은 하지 않았으나 언제나 가장 어려운 국면에 세워졌다. 당직 장군으로 임명된
이래 어떠한 사자가 오더라도 깨우도록 일러 놓고 늘 문을 연 채 잠을 잤다. 전
투 때는 언제나 포화에 몸을 드러내기 때문에 쿠투조프는 그것을 꾸짖고 그를 전
선으로 내보내기를 두려워할 정도였다. 그는 도흐투로프와 마찬가지로 수다스럽
게 지껄이지는 않았으나 기계의 가장 중요한 부분을 이루는 톱니바퀴의 하나이
었다.

코노브니스인은 축축한 어두운 밤 공기를 쏘이자 얼굴을 찌푸렸다. 그것은 다
시 심해진 두통 때문이기도 했으나 동시에 그때 갑자기 머리에 떠오른 불쾌한 생
각 때문이었다. 지금 이 보고가 전해지면 사령부 소속의 권력 계급의 소굴이 온
통 술렁거릴 것이다. 특히 타루찌노 이래 쿠투조프와 상극이었던 베니그센이 마
구 떠들어 댈 것이다. 그리고 모두 제의하기도 하고 논쟁하기도 하고 명령을 내
리기도 하고 변경하기도 할 것이다. 그는 그것의 불가피함을 알고 있었는데 그러
한 것을 예상하면 불쾌함을 금할 수 없었다.

아니나 다를까 그가 톨리한테로 가서 새로운 보고를 전하자 톨리는 곧 같이 기
거하고 있는 장교에게 자기의 의견을 늘어놓기 시작했다. 피곤해서 묵묵히 듣고
있던 코노브니스인은 총사령관 각하한테 가지 않으면 안 된다고 그에게 주의를
주었다.

17

쿠투조프는 모든 나이든 사람들과 마찬가지로 밤에는 잠은 잘 이루지 못했다. 그
는 곧잘 낮에 갑자기 꾸벅꾸벅 졸곤 했다. 그러나 밤에는 옷도 벗지 않고 잠자리
에 쓰러져선 대개 자지 않고 생각에 잠겼다.

그는 지금도 그 추하게 늙은 커다란 머리를 피둥피둥한 손에다 올려 놓고 침대
위에 누워 한쪽밖에 없는 눈을 멀끔히 뜨고 어둠 속을 노려보며 생각에 잠겨 있
었다.

황제와 직접 사신을 교환하고 사령부에서 누구보다도 세력을 가지고 있는 베니그센이 쿠투조프를 회피하게 된 이래 그는 자기도 군대도 두 번 다시 무익한 공격 행동을 강요당하지는 않으리라고 생각했기 때문에 그 점에 있어서 한결 마음을 놓고 있었다. 아플 만큼 그의 기억에 새겨져 있는 타루찌노의 전투와 그 전날의 교훈은 그들에게 틀림없이 영향을 주었을 것이라고 그는 생각했다.

『공세를 취하면 질 뿐이라는 것은 그들도 알 수 있을 것이다. 인내와 시간, 이것이야말로 나의 싸움의 영웅인 것이다!』쿠투조프는 생각했다. 능금은 다 익을 때까지 딸 필요가 없다는 것을 알고 있었다. 능금은 익으면 저절로 떨어지기 마련이다. 푸를 때 잡아 따면 능금과 나무를 상하게 할 뿐만 아니라, 자기도 잇몸을 상하지 않으면 안 되는 것이다. 그는 노련한 사냥꾼처럼 짐승이 상처를 입은 것을 그리고 그것을 러시아 전군의 힘이 허용하는 한의 상처라는 것을 알고 있었다. 치명상인가 어떤가 하는 것은 미지의 문제였다. 그러나 지금은 쿠투조프도 로리스통과 베르테레미의 파견과 유격대의 보고에 의해서 짐승의 상처가 치명상임을 대략 알고 있었다. 그러나 확증이 필요했다. 기다리지 않으면 안 되었다.

『모든 사람은 짐승을 죽였는지 어떤지 뛰어가서 보고 싶어한다. 그러나 조금만 기다려 보면 알게 될 것이다. 그런데 그들은 늘 작전이니 공격이니 하고 있다!』하고 그는 생각했다. 『무엇 때문에? 모두 공훈을 세우고 싶어서이다. 마치 싸우는 것을 무슨 재미있는 일이나 되는 것처럼 그들은 어린애들이 뭐가 뭔지 아무것도 모르고 오직 잘 싸우는 것을 자랑하고 싶어하는 것과 같다. 이제는 그런 것이 하나도 문제가 안 되는데.』

『그 패들은 모두 참으로 교묘한 작전을 권한다! 그자들은 두세 가지의 우연을 생각해 내면(그는 페쩨르부르그에서 온 전면적인 작전 계획에 대해서 생각했다) 하나에서 열까지 전부 생각해 낸 것처럼 여기는 모양이다. 그러나 우연에는 한이 없는 것이다!』

미해결의 문제는 보로지노에서 준 상처가 치명상인가 어떤가 하는 것으로서 벌써 꼬박 한 달 동안이나 쿠투조프의 머리 위에 매달려 있었다. 한편으로 프랑스군은 모스크바를 점령하고 있다. 그러나 그 반면 쿠투조프는 자기가 모든 러시아인과 함께 온 힘을 다해 주었던 그 무서운 일격이 당연히 치명적인 것이 되지 않았을 리가 없다고 전존재를 가지고 통감하고 있었다. 그러나 어떻게 되었건 증거가 필요했다. 그는 그것을 벌써 한 달이나 기다리고 있었던 셈인데 때가 지나면 지날수록 더욱더 못 견뎌지는 심정이었다. 그는 잠을 이루지 못하고 한밤 내 자리에 누운 채, 젊은 장군들과 똑같은 짓을, 즉 그 자신이 늘 비난하고 있던 짓을 그대로 되풀이하는 것이었다. 그는 젊은 장군들과 마찬가지로 온갖 우연을 생각해 냈다. 다만 양자간의 차이라면 그가 그러한 예상을 둘이나 셋이 아니라 몇 천을 본 점인 것이다. 그가 오래 생각하면 생각할수록 그 예상도 더욱더 많아졌 다. 그는 나폴레옹군의 전체 또는 일부의 온갖 행동——페쩨르부르그에의 진격, 쿠투조프군에 대한 공격 혹은 우회(迂廻)——을 생각했다(이것은 그가 가장 두려 워하는 일이었다). 또 그는 나폴레옹이 자기 전법을 살짝 도용하여 모스크바에 머물러 자기를 기다릴 경우도 생각했다. 쿠투조프는 나폴레옹군이 예드이니와 유 흐노프 방면으로 퇴각할 경우까지도 생각했다. 그러나 한 가지 그가 예상할 수 없었던 일이 있었다. 그것은 그가 설마 하고 생각했던 일인데 실제 그것이 일어 난 것이다. 즉 나폴레옹군이 모스크바 출발 뒤 최초의 열 하루 동안에 보인 미치 광이 같은 발작적인 몸부림이다. 그 몸부림은 당시의 쿠투조프도 전혀 예상하지 못했던 프랑스군의 전멸을 가능케 했던 것이다. 브루시에 사단(師團)에 관한 돌 로호프의 보고, 나폴레옹군의 재액에 관한 유격대의 보고, 모스크바 출발 준비에 관한 풍설, 이러한 것들은 모두 프랑스군이 격파되어 패주 준비를 하고 있다는 예상을 뒷받침하는 것이었다. 그러나 이것은 요컨대 젊은이에게는 중대하게 생각 되는 예상일 테지만 쿠투조프를 움직일 성질의 것은 아니었다. 그는 육십 년 동 안의 경험에 의해서 세상의 풍설이라는 것에 얼마큼 무게를 두어야 할지를 알고 있었다. 또 무엇인가를 바라고 있는 사람이 자기의 희망을 뒷받침하듯이 모든 정보를 종합 조정하고 그 경우에 모든 반대되는 모순을 기꺼이 놓쳐 버린다는 것도 알고 있었다. 쿠투조프는 자기의 희망이 강하면 강할수록 더욱더 그것을 믿 는 것을 스스로 경계했다. 이 문제가 그의 온 정신력을 지배하고 있었기 때문에 그 밖의 일은 모두 그에게는 다만 습관적인 생활의 이행에 불과했다. 참모들과의 이야기, 타루찌노에서 부쳤던 마담 스탈(나폴레옹의 원수로서 페쩨르부르그에 머물러 러시아 황제의 우대를 받고 있었음. 쿠투조프가 총사령관에 임명되자 누구보다도 먼저 축하 하고 그의 승리를 예언했다-역주)에의 편지, 소설의 탐독, 상여금의 분배, 페쩨르부 르그와의 서신 교환 등은, 즉 습관의 이행이었고 타성이었던 것이다. 그러나 그 한 사람만이 예견하고 있던 프랑스군의 멸망은 그에게 유일한 정신적인 희망이 었다.

10월 11일 밤, 그는 팔베개를 하고 누운 채 이것을 생각하고 있었다.

옆방에 인기척이 있었다. 그러자 곧 톨리와 코노브니스인과 볼로비찌노프의 발 소리가 들렸다.

「어, 누군가? 들어오게! 무슨 새로운 일이라도 생겼나?」 원수는 그들에게 말 했다.

하인이 촛불을 켜는 동안 톨리는 보고의 내용을 전했다.

「누가 그 보고를 가지고 왔나?」쿠투조프가 물었다. 촛불이 켜졌을 때, 톨리는 쿠투조프의 차고 엄숙한 얼굴빛에 놀랐다.

「각하, 이 사실에는 조금도 의심할 여지가 없다고 생각합니다.」

「그자를 이리 불러 오게!」

쿠투조프는 한쪽 발을 침대에서 늘어뜨리고 다른 한쪽의 구부린 발에다 커다란 배를 얹고 앉아 있었다. 그는 심부름 온 사람의 얼굴에서 마음을 읽으려는 듯 잘 보이게 날카로운 눈을 가늘게 떴다.

「자, 말해 보게.」그는 벌어진 셔츠 앞 가슴을 여미며 늙은이다운 나지막한 목소리로 볼호비찌노프에게 말했다. 「좀더 가까이, 가까이 오게. 어떤 보고를 가지고 왔나, 응?」

볼호비찌노프는 명령받은 것을 다시 한 번 자세히 보고했다.

「빨리 얘기하게, 빨리. 마음을 졸이게 하지 말고.」쿠투조프는 볼호비찌노프의 말을 가로막았다.

볼호비찌노프는 완전히 보고를 마치자 가만히 서서 명령을 기다렸다. 톨리가 무엇인가를 말하려고 했으나 갑자기 눈을 가늘게 뜨고 얼굴이 주름투성이가 되었다. 그는 톨리에게 한쪽 손을 흔들고는 빙글 뒤로 돌아앉아 많은 성상으로 까맣게 보이는 방 한쪽 구석으로 향했다.

「하느님이시여, 우리들의 주여! 당신께선 간절한 우리들의 기도를 들어 주셨나이다…….」그는 손을 모으고 떨리는 소리로 말했다. 「러시아는 구출되었읍니다. 감사합니다, 주여!」말하고 그는 흐느껴 울기 시작했다.

18

이 보고를 받은 때부터 전쟁이 끝날 때까지 쿠투조프의 전활동은 오직 한 가지 일에만 기울어지고 있었다. 그것은 그의 권력과 기지와 간원의 온갖 것을 동원해서 멸망해 가고 있는 적군을 상대로 한 무익한 공격이며 책동이며 충돌로부터 자국의 군대를 억제시키는 일이었다. 도흐투로프는 소(小) 야로슬라베스로 전진했으나 쿠투조프는 전군을 거느린 채 좀처럼 움직이지 않고 칼루가까지 철수할 것을 명령했다. 이곳으로부터의 퇴각이 그에게는 극히 당연한 것으로 생각되었기 때문이다.

쿠투조프는 도처에서 후퇴했으나 적은 그의 후퇴를 기다리지 않고 반대 방향으로 도주하는 것이었다. 나폴레옹을 연구하는 사가(史家)들은 타루찌노 및 소 야로슬라베스 방면에 있어서의 그의 교묘한 행동을 기술하고서는 만약 나폴레옹이 풍요한 남쪽의 여러 현으로 돌입할 수 있었다면 과연 어떠한 결과를 낳았었을까 하는 상상까지도 하고 있었다.

그러나 나폴레옹이 이 남쪽의 여러 현으로 침입하는 것을 방해하는 것은 아무것도 없었다(왜냐하면 러시아군은 나폴레옹을 위해서 진로를 터놓고 있었으니까). 그러나 그것은 별도로 치더라도 나폴레옹군을 구할 수 있는 것이 아무것도 없었다는 것을 역사가들은 잊고 있다. 왜냐하면 나폴레옹군은 이미 그 당시 피할 수 없는 멸망의 조건을 자기 자신 속에 지니고 있었기 때문이다. 모스크바에서 풍부한 식량을 발견하고도 그것을 확보하지 못하고 발 밑에다 짓밟아 버린 나폴레옹군, 스몰렌스크로 들어갔을 때도 식량을 관리하지 않고 약탈을 자행한 나폴레옹군이 모스크바와 마찬가지로 불이 붙기 시작한 것을 모조리 태워 버리는 불 같은 성질을 가진 똑같은 러시아인을 주민으로 하고 있는 칼루가 현에서 어떻게 퇴세를 만회할 수 있었을 것인가?

나폴레옹군은 어디에서도 퇴세를 만회할 수 없었던 것이다. 이 군대는 보로지노 대전과 모스크바 약탈 이후는 이미 그 어떤 해체의 화학적 조건이라 할 것을 자기 자신 속에 내포하고 있었던 것이다.

이 군내에 속해 있던 사람들은(나폴레옹을 비롯해서 일개 병사에 이르기까지) 막연하게나마 누구나가 의식하고 있던 이 현재의 막다른 상태에서 조금이라도 빨리, 자기 혼자만이라도 빠져 나가야겠다는 희망을 품으면서 소속 부대의 지휘관과 함께 정처 없이 도망치고 있었다.

그러한 까닭으로 해서 소 야로슬라베스 회의 석상에서 그 장군들이 갖가지 의견을 내놓고 협의하고 있는 체하고 있을 때에 무톤이란 한 병사가 될 수 있는 대로 빨리 도주하는 것이 좋다는 즉, 모든 사람이 속으로 생각하고 있는 의견을 표명하자 장군들은 모두 입을 다물어 버렸다. 그리고 어느 한 사람도 나폴레옹 자신까지도, 전체가 의식하고 있는 이 진리에 한 마디도 반대할 수 없었다. 이리하여 전군은 퇴각의 필요를 알고 있었다. 하지만 도주하지 않으면 안 된다는 의식을 부끄러워하는 마음이 아직 남아 있었다. 이 수치심을 정복하기 위해서는 외부적인 충동이 필요했다. 그리고 이 충동은 필요한 때에 나타났던 것이다. 그것은 프랑스인의 이른바 〈황제의 만세〉였다.

회의가 끝난 이튿날 나폴레옹은 군대를 검열하고 과거와 장래의 싸움터를 시찰한다는 구실 아래 아침 일찍 막료의 여러 원수와 호위병을 거느리고 군대의 배치선 중앙으로 말을 몰았다. 그런데 전리품의 주위를 방황하고 있던 코삭의 일대가 우연하게 황제의 일행과 부딪쳐 자칫 그를 생포할 뻔했다. 이때 코삭병이 나폴레옹을 생포하지 못했던 것은 프랑스군을 멸망케 했던 것과 똑같은 것이 그를 구출했기 때문이었다. 그건 다름 아닌 전리품으로서 코삭병이 여기에서도 또 타루찌노에서와 마찬가지로 사람에게는 눈도 주지 않고 노획품에 달려들었기 때문에 그들은 나폴레옹을 미처 생각하지 못하고 나폴레옹은 그 사이에 도주할 수 있었던 것이다.

이처럼 황제 자신이 자기 군대의 한복판에서 〈돈 강의 아들〉에게 거의 생포당할 뻔하게 되자 이제는 그저 기억이 있는 가까운 길을 되도록 빨리 도망치는 외에 다른 방법이 없게 되었다는 것은 뻔했다. 사십대 남자의 쑥 내민 배를 안고 있던 나폴레옹은 이미 자신 속에 이전의 민첩함과 용기가 없어진 것을 느끼고 있었기 때문에 이 암시를 이해하였던 것이다. 그는 코삭병에게서 받은 공포의 영향도 있었기 때문에 이내 무톤의 의견에 동의하고 역사가의 말을 빌면 스몰렌스크 가도에로 퇴각 명령을 내렸던 것이다.

나폴레옹이 무톤의 의견에 찬성하고 군대가 퇴각을 개시했다는 것은 그가 퇴각을 명령했다는 사실을 증명하는 것이 되지는 않지만 모쥐아이스크 가도의 방향을 취했다는 의미에 있어서는 전군에 작용하고 있던 힘이 동시에 나폴레옹에게도 작용하고 있었던 것이다.

19

인간은 운동 속에 있을 때는 언제나 그 운동의 목적을 생각해 내는 것이다. 천 베르스타의 길을 가기 위해서는 이 천 베르스타의 앞쪽에 무엇인가를 좋은 것이 있다고 생각하지 않으면 안 된다. 움직이는 힘을 얻기 위해서는 성약(聖約)의 땅이라는 관념이 필요해진다.

프랑스군에게 있어 진격 당시의 성약의 땅은 모스크바였고 퇴각 때는 고향이었다. 그러나 고향은 너무도 멀었다. 그래서 천 베르스타를 걷는 사람은 궁극의 목적을 잊고 오늘 사십 베르스타 가면 휴식과 숙박지에 도착하는 것이다 하고 생각하지 않을 수 없다. 그리고 최초의 한 행정(行程)을 나아가는 동안 이 휴식의 땅은 궁극의 땅을 은폐하고 그 속에 모든 희망과 소원을 집중해 버린다. 개개의 사람에게 나타나는 욕구는 떼를 지어 모였을 경우엔 언제나 확대되는 것이다.

스몰렌스크 옛 길을 퇴각하기 시작한 프랑스군에겐 고향이라는 궁극적의 목적은 너무나도 멀었다. 그래서 가장 가까운 목적은 스몰렌스크였다. 전원의 희망과 소원은 대폭적으로 증대해 가면서 확대되고 이 목적을 향해서 집중되었다. 그러나 스몰렌스크에는 식량과 신예의 군대가 많이 있다고 생각한 것도 아니고 남한테서 그런 것을 들은 것도 아니었다(그러기는커녕 오히려 군대의 최고 간부도 나폴레옹 자신도 스몰렌스크에 식량이 적은 것을 알고 있었던 것이다). 단지 이것 하나가 그들에게 움직이는 힘을 주었고, 현재의 곤궁을 견디어낼 힘을 주었기 때문이다. 그들은 이러한 사정을 알고 있는 사람도, 모르고 있는 사람도 모두 한결같이 자기가 자기를 속이면서 성약의 땅으로 나아가는 듯한 기분으로 스몰렌스크를 향해 일로 매진했던 것이다.

프랑스군은 대 가도로 나가자마자 놀라운 정력과 전대 미문의 속력으로 그 가상적인 목적을 향해 질주했다. 프랑스병의 군집을 한 몸으로 결합시키고 그것에 어떤 정력을 준 이 공동의 노력인 원인 이외에 프랑스인을 결합시킨 또 하나의 원인이 있었다. 그것은 그들의 수(數)였다. 물리학에서의 인력의 법칙과 마찬가지로 그들의 대집단 그 자체가 개개의 분자가 인간을 끌어당겼던 것이다. 그들은 마치 하나의 왕국처럼 십여 만의 집단을 이루면서 움직였다.

그들은 모두 한결같이 오직 하나의 것을 바라고 있었다. 그것은 저쪽의 포로가 되어 온갖 공포와 불안에서 벗어나고 싶다는 것이었다. 그러나 또 한쪽에서는 스몰렌스크라는 목적을 향해 달리는 전체의 힘이 모든 사람을 동일한 방향으로 끌어당겼다. 또 다른 한 면으로 볼 때 한 군단이 한 중대의 포로가 될 수는 없었다. 그리고 프랑스병은 서로 떨어져 조금이라도 적당한 구실이 있으면 투항하려고 끊임없이 기회를 노리고 있었음에도 불구하고 그런 기회는 좀처럼 발견되지 않았다. 게다가 또 프랑스군 장병의 수며 신속한 밀집 행동도 그들에게서 그러한 가능성을 빼앗았던 것이다. 러시아측으로서도 프랑스병의 군집이 온 정력을 집중한 이 운동을 지지하는 것은 곤란할 뿐만 아니라 불가능한 일이었다. 물체를 기계적으로 절단한 것만으로서는 현재 행해지고 있는 붕괴 작용을 일정한 한도 이상으로 빠르게 할 수는 없다.

눈덩어리를 단번에 녹이기란 불가능하다. 거기에는 일정한 시간의 한도가 있고 아무리 강하게 열을 가하여도 그 한도보다 더 빨리 녹일 수는 없다. 오히려 열을 더하면 더할수록 남은 눈은 더욱더 굳어지는 것이다.

러시아군의 지휘관 중에서도 쿠투조프 이외에는 아무도 그것을 이해하는 사람이 없었다. 프랑스군 패주의 방향이 스몰렌스크 가도를 따라 방향을 정했을 때,

10월 11일 밤 코노브니스인이 예견했던 것은 마침내 적중하기 시작했다. 군의 최고 간부는 모두 수훈을 세우고 적의 퇴로를 차단하고, 포로로 하고 전복하기를 바라고 이구 동성으로 공격을 요구했다.

오직 쿠투조프 한 사람이 자기의 온 힘을(어떠한 총지휘관이라도 그리 큰 힘을 가지고 있는 것은 아니다) 공격에 반대하는 것에 경주했다.

쿠투조프는 오늘날 우리들이 말하고 있는 것과 같은 것을 그들에게 말할 수는 없었다. 결전을 시도하고 퇴로를 차단하여 그것이 과연 무엇이 된단 말인가? 모스크바에서 마지막까지 가는 동안에 싸우지도 않고 적군의 삼분의 일이 소멸하였는데 무엇 때문에 그런 짓을 할 필요가 있는가? 이런 말을 당시의 쿠투조프는 할 수 없었다. 그러나 그는 자기의 노인다운 지혜 가운데서 사람들이 이해할 수 있는 것을 뽑아내어 이야기했다. 그는 모두에게 황금의 다리에 대한 얘기를 들려주었다. 그러자 사람들은 그를 비웃기도 하고 뽐내기도 했던 것이다.

예르몰로프, 밀로라도비치, 플라토프 그 밖의 사람들은 뱌지마 부근에서 프랑스군에게 접근하고 있었기 때문에 프랑스의 이 개 군단의 퇴로를 차단하고 이것을 정복하려는 희망을 억제할 수 없었다. 그리고 자기들의 계획을 쿠투조프에게 전할 때 보고서 대신 한 장의 백지를 봉투에 넣어서 보냈다.

아무리 쿠투조프가 우군을 억제하려고 해도 장병은 돌격을 하여 적의 퇴로를 차단하려고 했다. 전해전 바에 의하면 보병의 몇 개 연대는 군악을 취주하고 북을 치면서 돌격하여 몇 천의 인명을 빼앗고 또한 잃었다는 것이다.

그러나 주요한 퇴로를 차단한다고 해도 아무도 그런 것을 차단하지 못했고 전복하지도 못 했다. 프랑스군은 위험 때문에 더욱더 굳게 뭉쳐서 서서히 끊임 없이 저절로 사라지면서 스몰렌스크를 향하여서 멸망의 길을 계속하여 가는 것이었다.

제 3 장

1

　보로지노의 싸움과 그것에 이은 모스크바의 점령 및 그 뒤 아무런 새로운 전투도 치르지도 않고 프랑스 군대가 패주한 것은 역사상 가장 교훈적인 현상의 하나이다.

　어떤 나라와 국민이 각기 다른 나라의 국민을 상대로 충돌을 일으켰을 경우 그 대외 활동은 전쟁이란 형태로 나타나며 그 전과(戰果)의 대소에 따라 그 나라와 국민의 정치적인 세력이 직접적으로 커지기도 하고 작아지기도 하는 것은 모든 역사가들의 일치된 견해이다. 이를테면 어떤 임금이나 황제가 다른 나라 황제와 임금을 상대로 싸우게 되어 병력을 모아 적군과 싸워 삼천, 오천, 또는 일만 명의 사람을 죽이고 승리를 얻은 결과 한 나라와, 몇 백만이라는 국민 전체를 정복하게 되었는가 하는 역사적인 기록은 아무리 묘하더라도, 또 국민 총력의 백분의 일에 지나지 않는 한 나라 군대의 패배 때문에 어째서 국민 전체가 다른 나라에 굴복해야 하는가 하는 것이 아무리 불가해 하더라도 역사상의 모든 사실은(우리에게 알려진 한에 있어서는) 어떤 나라의 군대가 다른 나라 군대를 공격해서 얻은 전과의 크고 작음에 따라 한 국민의 힘을 측정하는 원인이 되거나 적어도 중요한 징조가 된다는 설이 틀림없음을 뒷받침해 주고 있는 것이다. 군대가 승리를 얻으면 곧 그 나라 국민의 세력은 당장에 커지고 전쟁에 져버린 나라 사람들의 세력은 상대적으로 줄어들게 마련이다. 한 나라 군대가 패배하면 당장 그 패배의 정도에 따라 국민도 세력을 잃어버리고, 군대가 완전히 격파된 경우에는 그 국민은 완전히 정복당해 버리는 것이다.

　고대에서 현재에 이르기까지(역사에 따른다면) 이 법칙을 어겨 본 일이라곤 없다. 나폴레옹이 일으켰던 모든 전쟁들도 이러한 법칙을 착실히 증명해 주고 있다. 오스트리아 군대가 패배한 정도에 따라 오스트리아는 그만큼 세력을 잃고 프랑스군은 세력과 권력을 얻었다. 프랑스군은 이예나와 아우에르슈테트에서 승리함으로써 프러시아의 독립적인 존재가 절멸(絶滅)되었을 정도이다.

그러나 뜻하지 않게 1812년, 프랑스군은 모스크바 근처에서 승리를 거두고 모스크바는 점령되었고, 잇따라 새로운 전투가 없었는데 멸망한 나라는 러시아가 아니라 육십 만의 프랑스군이었고 이어 나폴레옹이 다스리는 프랑스 제국이었다. 역사의 법칙에 억지로 사건을 맞추기 위해서 보로지노 전투에서 러시아군이 끝까지 싸움터를 지키고 있었다든가 모스크바를 버린 뒤 몇 번인가 있었던 전투가 나폴레옹을 몰락으로 이끌었다든가 하는 말은 여기서는 통하지 않는다.

프랑스군이 보로지노에서 승리를 얻은 뒤 크게 싸움이 벌어졌던 일도 없었을 뿐만 아니라 얼마큼이나마도 중요한 전쟁이 벌어졌던 일도 전혀 없었는데 프랑스 군대는 소멸되고 말았던 것이다. 대관절 어떻게 된 노릇인가? 만약에 이것이 중국의 역사에서라도 끌어낸 실례(實例)였다면 그것은 역사적인 현상이 아니라고 말할 수 있었을는지 모른다(이것은 자기들의 척도에 맞지 않은 일이 생기고 나면 역사가들이 곧잘 이용하는 방편이다). 그리고 작은 규모의 군대가 참가해서 짧은 시간 동안에 끝난 하찮은 충돌이었다면 이런 현상을 예외라고 해버릴 수도 있었을 것이다. 그러나 이 사건은 우리들 조상의 눈앞에서 벌어졌고 그들에게 있어서는 조국이 죽느냐 사느냐 하는 큰 사건이었다. 더구나 이 전쟁은 역사상 유명한 모든 전쟁 가운데서도 가장 규모가 큰 것이었다.

보로지노 전투로부터 프랑스군의 괴멸(壞滅)에 이르기까지의 1812년의 전쟁 기간엔 다음과 같은 사실들이 증명되었다. 곧 전쟁의 승리는 정복의 원인이 되는 것이 아닐 뿐더러 정복의 불변의 지표(指標)도 아니라는 사실, 국민의 운명을 결정짓는 힘은 정복자나 군대가 전투에 의해서가 아니라 그 밖의 다른 요소에 의해 결정된다는 사실이다.

프랑스의 역사가들은 모스크바로 출발하기 전의 프랑스군이 어떤 모양이었는가를 묘사하는 데 있어서, 이 위대한 군대의 기병과 포병과 치중(輜重)을 제외하고는 모두 질서 정연했으나 다만 말이나 그 밖의 가축의 먹이가 부족했다고 단언하고 있다. 이러한 재앙은 그 어떤 인물이 나왔더라도 해결할 길이 없었다고 강조한다. 왜냐하면 모스크바 근처의 농부들은 자기네의 건초에 불을 지름으로써 이를 프랑스군의 손에 넘겨 주지 않았기 때문이다.

전쟁에서 승리로 끝난 전투가 그와 같은 결과를 가져다 주지 않은 것은 프랑스군이 모스크바를 물러난 뒤, 카르프나 블라스라고 하는 무수한 농민들이 물건을 훔치러 짐마차를 끌고 모스크바로 몰려들고 도무지 영웅적 감정 따위는 없는 사람들이 아무리 돈을 많이 준대도 모스크바에 건초를 가져가지 않고 몽땅 불태워 버렸기 때문이라는 것이다.

　가령 여기 두 사람이 칼을 가지고 있고 이들이 검도(劍道)의 모든 법칙에 따라 결투를 시작했다고 치자. 결투는 상당히 오랫동안 계속되었으나 불의에 그 가운데 한 사람이 자기가 부상했음을 깨닫고, 그것이 예사로 볼 수 있는 경상이 아니라 이것이야말로 생명에 관계된 중대한 일이라고 생각하고는 칼을 내동댕이치고 마침 곁에 있던 몽둥이를 들더니 휘두르기 시작했다. 그러나 그것으로 목적을 달성하기 위해서의 가장 확실하고 가장 단순한 수단을 합리적으로 사용하고, 그와 동시에 기사도(騎士道)의 전통에 고무된 이 사나이가 사건의 진상을 감추려고 자기는 검도의 모든 법칙을 좇아 칼을 가지고 이 승부에서 이겼다고 주장했다고 가정해 보자. 만약 이 결투에 관해 이러한 투의 글을 썼다고 하면 거기에 얼마나 큰 혼란과 애매함이 생길 것인가는 상상하기 어렵지 않다.

　검도의 법칙대로 싸우자고 주장한 검객은 프랑스인들이었고 칼을 내동댕이치고 몽둥이를 집어 든 상대방은 러시아인들이었다. 모든 일을 검도의 법칙에 따라 증명하려는 사람은 이 사건을 글로 옮긴 역사가이다.

　스몰렌스크의 화재가 있던 뒤로부터는 그때까지의 어떠한 군사적인 전통에도 적용되지 않는 전쟁이 시작된 것이다. 시가와 촌락이 불타고 싸움이 끝난 뒤의 퇴각, 보로지노의 격돌, 잇따른 퇴각, 모스크바의 화재, 약탈병의 체포, 수송차의 탈취, 유격전, 이런 일들은 모두 법칙을 벗어난 사건들이었다.

　나폴레옹도 이를 느끼고 있었다. 그는 올바른 검도의 자세로 모스크바에 그냥 머물러 있으면서 상대방이 칼 대신 몽둥이를 휘두르는 모양을 본 뒤로부터 늘 쿠투조프나 알렉산드르 황제에게 대해서(사람을 죽이기 위한 무슨 따라야 될 법칙이 있다는 듯이) 전쟁의 경과가 모두 법칙을 어기고 있다고 불평을 털어놓았다. 프랑스 쪽에서 법칙대로 하자고 말하고, 러시아 쪽에서도 높은 지위에 있는 사람들이 어떻게 된 건지 자기 나라가 몽둥이를 휘두르는 데 대해 부끄럽게 생각하고, 모든 것을 법칙대로 〈제4〉나 〈제5〉의 자세를 취하고 상대의 〈제1의 자세〉를 교묘히 찔러야 한다고 주장했음에도 불구하고, 국민 전쟁의 몽둥이는 엄청나게 맹렬한 힘으로 치켜들려 어느 누구의 취미나 법칙에 따르지 않고 어리석으면서도 목적에 알맞게 다짜고짜로 치켜들기도 하고 내리쳐지기도 하면서 마침내 침입군이 전멸돼 버릴 때까지 프랑스군을 때려 눕혔던 것이다.

　1813년의 프랑스군처럼 검술의 모든 법칙에 따라 인사를 마친 뒤 우아하고 은근한 태도로 칼자루를 거꾸로 하고 관대한 정복자에게 칼을 내밀지 않았던 국민에게 행복 있으라. 또한 이러한 국가적인 시련 때 다른 국민은 법칙에 따라 어떤 행동을 취하든 전혀 상관하지 않고, 솔직하고 손쉽게 곁에 있는 몽둥이를 집어 들고, 내심의 분노와 복수심이 멸시와 동정심으로 변할 때까지 적을 마구 후려 갈긴 국민에게 행복 있으라.

2

소위 전쟁 법칙에 가장 현저하고 유리한 위반 방법의 하나는 뿔뿔이 흩어진 사람들이 한 덩어리로 뭉친 사람들에 대한 행동하는 것이다. 이러한 행동은 언제나 국민적인 성격을 띤 전쟁에 나타나게 마련이다. 이러한 행동이란 즉 한 집단과 집단이 서로 대치하는 대신 각각 뿔뿔이 흩어진 상태에서 습격하다가 강력한 군대의 공격을 받으면 곧 도망쳐 버리고, 그러다가 기회를 보아 다시 습격하는 방법이다. 스페인의 그베릴리야스(게릴라군)는 이런 방법으로 싸웠다. 카프카즈의 산민(山民)들도 이렇게 행동했다. 1812년의 러시아 군대도 이런 방법으로 행동했던 것이다.

사람들은 이런 종류의 전쟁을 유격전(遊擊戰)이라고 부르고, 이렇게 명명(命名)함으로써 그 뜻을 명백히 했다고 생각했다. 그러나 이런 종류의 전쟁은 어떠한 법칙에도 적용되지 않을 뿐더러 신성한 것으로 인정되어 있는 전술(戰術)과도 전혀 다르다. 전술이 말한 바에 의하면 공격군은 전투의 순간 적보다 우세한 위치에 서기 위해서 자기의 군대를 집중하지 않으면 안 되는 것이다.

그러나 유격전은(역사적으로 보면 언제나 성공을 거두었다) 이 법칙과 전적으로 다르다.

이러한 모순은 군사학(軍事學)이 군대의 힘을 그 숫자와 일치한 것으로 보는 데서 생긴다. 군사학에서는 군대의 숫자가 많으면 많을수록 그 힘은 강력하다고 말한다. 『대군은 언제나 이긴다.』

이러한 주장을 하는 군사학은 기계학과 닮은 데가 많다. 기계학에서는 힘을 양(量)의 면으로만 관찰해서 양이 같으냐 다르냐에 따라서 힘이 같으냐 다르냐를 단정하는 것이다.

힘(운동의 양)은 수량에 속도를 곱한 값이다.

군사에 관해서 이야기한다면 군대의 병력도 그 수에다 어떤 무엇인가를, 어떤 미지의 X를 곱해서 얻은 수이다.

군사학은 때때로 숫자가 군대의 힘과 반드시 일치하지 않고 작은 부대가 큰 부대를 쳐부순 일이 있다고 하는 많은 실례를 역사의 기록에서 발견한 결과 어렴풋이나마 이 미지의 곱하는 수의 존재를 인정하고 혹은 기하학적인 편성 가운데서, 혹은 장비 가운데서, 혹은——이것이 가장 보편적인 경우이지만——지휘관의 천재 가운데서 이것을 찾아내려고 애를 쓰고 있다. 그러나 이처럼 가지가지 의미의 곱한 수를 적용시켜 보아도 역사적인 사실과 일치된 결론을 얻을 수는 없는 노릇이다.

그러나 이 미지의 X를 발견하기 위해서는 전시중의 최고권(最高權)의 명령이 미치는 효력에 대해서 영웅들에게 만족스럽도록 고정되어 있는 허위의 관념을 단호히 버리기만 하면 되는 것이다.

이 X는 군대의 사기(士氣)이다. 말하자면 군대를 편성하고 있는 각인의 싸우고자 하는 의지, 스스로를 위험에 내맡기려고 하는 희망이 크고 작음을 표시하는 것이다. 전투에 나와 있는 사람이 천재의 지휘를 받고 있건 천재가 아닌 사람의 지휘를 받건, 전선이 삼중으로 되어 있건 이중으로 되어 있건, 무기가 몽둥이건 일 분 동안에 서른 발이나 쏠 수 있는 총이건 그런 것은 전혀 상관 없다. 전투를 가장 많이 하고자 희망하는 사람은 언제나 가장 유리한 전투 조건에 있다고 할 수 있다.

군대의 사기는 승수이다. 이것을 수량에다 곱해서 비로소 힘이라는 값을 얻을 수 있다. 이 미지의 승수, 즉 군대의 사기의 의의를 결정하여 표현하는 것이 군사학의 목적이다.

이 임무는 미지의 X의 의의 대신에 힘이 발현될 때 따르는 조건, 즉 군지휘관의 명령이라든지, 무장이라든지 이러한 것을 승수의 의의라고 잘못 생각하고, 그것을 제멋대로 바꿔 놓는 것을 그만두고, 이 미지수(즉 정도에 다소의 차이는 있을지언정 병원(兵員)의 싸우고자 하는 의지와 스스로를 위험에 내맡기려는 희망)를 전적으로 인정할 때에 비로소 가능해지는 것이다. 이때에야 비로소 어떤 역사적인 사실을 방정식으로 나타내면서 이 미지의 상대적인 의의를 비교함으로써 미지수 자체의 산출을 기대할 수 있는 것이다.

열 명의 사람, 혹은 열의 대대나 사단이, 열 다섯 명의 사람 혹은 열 다섯의 대대나 사단과 싸워서 이겼다고 하자. 곧 적을 한 사람도 남기지 않고 죽이거나 사로잡고 자기 쪽에는 그저 네 명의 피해만 있었다고 치자. 그렇다면 한쪽에서는 네 명을 잃은 데 반해 다른 한쪽에서는 열 다섯 명을 잃은 것이 되니까 넷은 다섯이란 숫자와 맞먹는 셈이 된다. 그렇기 때문에 $4x = 15y$ 이고 따라서 $x:y = 15:4$ 이다. 이 방정식으로써는 미지수의 의의를 알 도리가 없지만 그런 대로 두 개의 미지수의 관계를 설명해 주긴 한다. 가지가지 방법으로 끌어낸 역사적 단위 (전투, 전역, 전쟁의 기간)를 이러한 방정식에다 들어맞추어 보면, 거기에서 몇인가의 수가 얻어진다. 그리고 이러한 수 가운데 무엇인가의 법칙이 존재하여야 하고 또 발견의 가능도 존재하는 것이다.

진격할 때는 집단적으로 행동하고 후퇴할 때는 흩어지라고 하는 전술상의 원칙은, 병력이 군의 사기에 의해 좌우된다고 하는 진리를 무의식적으로 증명하고 있는 데 지나지 않는다. 많은 사람들을 포탄 밑으로 이끌어가기 위해서는 공격군을 격퇴할 때보다도 더 많은 규율이 필요하다. 그리고 이 규율은 집단 행동을 취할 때만 얻을 수 있다. 그러나 군의 사기를 무시하는 이 원칙은 항상 그것이 정확하지 않음을 폭로한다. 특히 군의 사기가 맹렬히 앙양되고 소침해지고 할 경우, 이를테면 모든 국민적인 전쟁에 있어서는 실제와 현저히 배치되는 것이다.

1812년 퇴각할 당시의 프랑스군도 낱낱이 흩어져서 방어해야 한다는 전술을 무시하고 오히려 한데 몰려다니고 있었다. 이는 군의 사기가 너무도 떨어져 있었으므로 집단적인 행동으로가 아니면 이들을 붙들어 둘 수가 없었기 때문이었다. 그러나 러시아측은 반대로 집단적으로 공격해야 한다는 전술을 무시하고 실제는 하나하나 흩어져서 행동을 취했다. 이는 군대의 사기가 엄청나게 높아 있었기 때문에 각자의 명령도 기다리지 않고 프랑스군을 공격했으므로 그들로 하여금 곤경과 위험에 뛰어들도록 외부에서 강제할 필요가 없었던 것이었다.

3

이른바 유격전(遊擊戰)이란 것은 적이 스몰렌스크로 들어왔을 때부터 시작되었다.

유격전이 우리 정부에 의해 공식으로 채택되기 전에 이미 몇 천 명의 적병측 낙오자, 약탈병, 징발대들은 코삭과 농부들에게 공격을 받았다. 그들은 마치 개의 떼가 길을 잃은 미친 개를 무의식적으로 물어 뜯듯이 무의식적으로 적의 군대를 죽였던 것이다. 제니스 다브이도프는 러시아인들에게 특유한 그 직관력으로 전술 따위는 무시하고 프랑스군을 파멸에 몰아 넣은 무시무시한 몽둥이의 의미를 누구보다도 먼저 깨달았다. 그리고 이 전법을 합법적으로 만든 첫번째의 명예도 그의 것이 되었다.

8월 24일에 다브이도프의 제1유격대가 편성되고 뒤이어 다른 대들도 편성되었다. 그리고 전쟁이 진전됨에 따라 이러한 부대의 숫자는 점점 늘어났다.

유격대는 거대한 적군을 일부씩 쳐부수어 갔다. 그들은 프랑스군이라는 고목에서 저절로 떨어지는 잎을 줍고 있었다. 때로는 그 나무 자체를 흔들 때도 있었다. 프랑스군이 스몰렌스크를 향해 패주하고 있던 시월쯤에는 그 규모며 성격이 여러 가지인 이런 종류의 유격대가 몇 백이나 생겨 있었다. 그 가운데는 군대로서의 형식을 모두 받아들여 보병과 포병과 그 밖의 야영 설비까지 갖추고 있는 것도 있었다. 그 가운데는 다만 코삭 기병만으로 된 것도 있었다. 보병과 기병이 혼성된 조그만 집단도 있었다. 신원 미상의 농부와 지주의 도당도 있었다. 한 달 동안에 몇 백 명을 포로로 한 부제(副祭)를 지휘자로 받들고 있는 것도 있었고, 또 몇 백 명의 프랑스군을 죽였다는 촌장의 아내 바실리사를 수령으로 받든 당도 있었다.

시월 하순은 유격전이 가장 치열하던 때였다. 이 싸움의 초기, 즉 유격대가 자기들의 대담함에 스스로 놀라면서 프랑스군에게 붙잡히거나 포위가 되지 않을까 하고 항상 불안한 마음으로 안장도 끄르지 않고 거의 말에서 내리지도 않고 숲 속에 잠복한 채 이제나저제나 하고 추격을 기다리던 시기는 이제 지나가 버렸다. 이제는 이 유격 전법이 착실히 기반을 잡아, 프랑스군에 대해 취해야 할 일과 하지 말아야 할 일들이 누구에게나 분명해졌다. 이때에도 이런 일들이 불가능하다고 생각한 사람은 사령부를 따라다니면서 프랑스군과는 멀찌막이 떨어져서 진격 중이던 큰 부대의 지휘관 정도였다. 훨씬 이전부터 활동을 시작하고 특히 프랑스군 가까이에서 관찰을 해 온 유격병의 작은 부대는 커다란 부대의 지휘관이 꿈에도 생각지 못할 일들을 훌륭히 해치울 수 있다고 생각하고 있었다. 프랑스 군대 사이에 출몰하는 코삭이나 농부들은 이제와서는 무슨 일이든 할 수 있다는 자신만만한 태도들이었다.

10월 22일 유격 대장의 한 사람인 제니소프는 도당을 이끌고 유격 활동에 열중하고 있었다. 그는 아침부터 부하들을 거느리고 여기저기 쏘다녔다. 그는 아침부터 저녁때까지 가도와 인접한 숲을 따라 기병의 부속품과 러시아의 포로로 이루어진 프랑스의 대수송대를 노리고 있었다. 이 수송대는 척후병과 포로의 말에 의하면 다른 부대들과 떨어져 스몰렌스크로 향하고 있으며, 강력한 호송대의 엄호를 받고 있는 모양이었다. 이 수송대의 존재는 제니소프나 제니소프 가까이에서 탐색중에 있던 돌로호프(역시 조그만 도당을 이끌고 있는 유격 대장이었다)가 알고 있었을 뿐 아니라 사령부를 가지는 커다란 부대의 장군들에게도 알려져 있었다. 이 수송대에 대해서는 누구나 알고 있으며, 제니소프의 말을 빌면 모두들은 잔뜩 눈독을 들이고 있다는 것이었다. 이러한 큰 부대의 지휘관 중의 두 사람 (한 사람은 폴란드인이고 또 한 사람은 독일인이었다)은 거의 같은 때에 제니소프에게 사람을 보내어서 자기들의 부대와 힘을 합쳐 수송대를 습격하자고 제의했다.

「안 되게쩨, 그건. 여보게, 적어도 나는 남자니까.」 제니소프는 편지를 읽고 이렇게 말했다. 그리고는 곧 독일인에게 회답을 보냈다. 내용은 용감하고 명성이 높은 장군의 지휘를 받아 일하게 되기를 평소부터 바라기는 했지만 유감스럽게도 그러한 행복을 사양하지 않으면 안 되겠다, 왜냐하면 자기는 벌써 폴란드의 장군 지휘 아래 들어갔다는 것이었다. 그는 폴란드의 장군에게도 역시 같은 내용의 답장을 보내고 자기는 벌써 독일 장군의 지휘를 받게 되었다고 말했다.

제니소프가 이렇게 한 까닭은 고급 지휘관에게는 계획을 알리지 않고 돌로호프와 함께 적은 병력으로 수송대를 습격해서 수송중인 물자를 노획하기 위해서였다. 수송대는 10월 22일 미쿨리노 마을을 떠나 쉬암쉐보 마을로 나아갔다. 미쿨리노로부터 쉬암쉐보로 통하는 가도의 왼쪽에는 널따란 숲이 이어져 있었다. 이 숲은 때때로 가도 바로 곁에까지 나와 있기도 했고 때로는 일 베르스타나 또는 그 이상 가도에서 떨어져 있기도 했다. 제니소프는 이 숲 속 깊이 들어가기도 하고 바로 가에까지 나오기도 하면서 행진중인 프랑스군을 놓치지 않고 부대를 이끌고 온종일 말을 몰아왔던 것이다. 오전 중에 미쿨리노로부터 과히 멀지 않은, 숲이 가도 바로 곁에까지 나와 있는 곳에서 제니소프 부대에 소속된 코삭들이 진흙탕 속에 빠져 버린 프랑스군의 안장을 실은 짐마차를 두 대 습격해서 그것들을 숲 속으로 끌어들였다. 그러고 나서는 해가 질 때까지 습격하지 않고 프랑스군의 동정만을 살피고 있었다. 제니소프는 프랑스군을 놀라게 하지 않고 마음놓고 쉬암쉐보까지 이르게 한 연후에 저녁때에 쉬암쉐보에서 일 베르스타 떨어진 숲 속 감시소에서 합류하기로 되어 있는 돌로호프와 함께 다음날 새벽녘에 프랑스군의 야영지를 동시에 습격하여 그들을 몽땅 포로로 해야겠다고 생각했던 것이었다.

미쿨리노에서 일 베르스타 떨어진 후방, 숲이 가도 가까이까지 바싹 다가와 있는 곳에는 여섯 명의 코삭을 남겨 두었다. 그들은 프랑스군의 새로운 종대가 나타나면 곧 보고하라는 명령을 받고 있었다.

쉬암쉐보 마을 앞쪽에 있던 돌로호프도 마찬가지로 척후를 내어 다른 프랑스군 부대가 어느 정도의 거리에 있는가를 알아 둬야 했다. 수송대를 호위한 병력은 천 오백 명쯤으로 예상되었다. 한편 제니소프의 부하는 이백 명, 돌로호프의 부하도 그 정도였다. 그러나 제니소프는 적의 병력이 우세하다고 해서 그 계획을 중지하지는 않았다. 다만 한 가지 알고 싶은 것은 적의 병력이 어떻게 구성되어 있는가 하는 것뿐이었다. 그걸 알기 위해서 제니소프는 혀(적의 한 사람)를 붙들어야만 했다. 아침에 짐마차를 습격했을 때는 너무나 황급히 행동했으므로 짐마차를 호위했던 프랑스군을 모조리 죽여 버렸기 때문에 사로잡은 것은 낙오된 소년 고수(鼓手) 한 사람뿐이었다. 이 소년은 종대의 병력 구성이 어떻게 되어 있는지 확실한 것을 알지 못했던 것이다.

이런 습격을 한 번 더 하게 되면 프랑스군에게 경계심을 높여 주는 결과밖에 되지 않는다고 생각했으므로 제니소프는 도당 가운데 찌혼 쉬체르바트이이라는 농부를 쉬암쉐보로 먼저 보내어 거기에 먼저 와 있는 프랑스군의 숙영계를 가능하면 한 사람이라도 사로잡으라고 명령하였다.

4

비가 올 듯한 따뜻한 가을의 어느 날이었다. 하늘이나 지평선은 어느 쪽이나 흐린 물과 같은 빛이었다. 때로는 안개와 같은 보슬비가 내리는가 하면 별안간 굵직한 비가 옆으로 들이치며 쏟아져 내렸다.

제니소프는 펠트제의 외투에 털모자를 쓰고, 몸뚱이가 야윈 허리가 날씬한 준마에 올라타고 있었다. 외투와 모자에서는 빗방울이 뚝뚝 떨어졌다. 말은 머리를 비스듬히 기울이고 귀를 덮고 있었는데, 그도 그 애마처럼 옆으로 뿌리는 빗방울 때문에 얼굴을 찡그리고 걱정스러운 듯이 앞쪽을 지켜보고 있었다. 짧고 검은 구레나룻을 잔뜩 기른 그의 마른 얼굴에서는 초조함이 엿보였다.

마찬가지로 펠트제의 외투에 털모자를 쓰고 살찐 강인한 말에 올라탄 코삭의 대위 한 사람이 제니소프대의 부대장이었다.

그 뒤에 역시 펠트제의 외투에 털모자를 쓴 또 한 사람의 대위는 에사울 로바이스키이이라는 코삭 대위로 키가 껑충하고 가슴이 널빤지처럼 평평하고 하얀 얼굴에 밝은 빛깔의 머리, 가느다란 눈, 그리고 얼굴의 표정과 말을 탄 모습에도 차분한 만족의 빛이 엿보였다. 말과 기수의 특징이 어디 있는지 잘 알 수는 없었지만, 코삭 대위와 제니소프를 얼른 비교해 보면 제니소프는 비에 흠뻑 젖어 몹시 기분이 나쁜 표정이어서 말하자면 말 위에 올라탄 인간이라는 느낌이 들었지만, 코삭 대위 쪽을 보면, 그는 보통 때처럼 기분이 좋은 듯 차분한 태도여서 말 위에 올라탔다기 보다는 오히려 말과 인간이 한 몸이 되어 그 둘의 힘을 합친 존재물과 같이 보였다.

그들의 조금 앞에는 회색 카프탄을 입고 하얀 머릿수건을 쓴 길잡이인 농부가 비에 흠뻑 젖어 걷고 있었다.

조금 뒤쪽에는 푸른 프랑스군의 외투를 입은 젊은 장교가 말라 비틀어진 키르기즈산 말을 타고 앞으로 나아가고 있었다. 이 말은 꼬리와 갈기가 커다랗고, 입술은 찢겨 피가 흐르고 있었다.

그 장교와 나란히 경기병 한 사람이 말을 몰고 있었는데 그 뒤에는 갈기갈기 찢어진 프랑스의 군복을 입고 푸른 머릿수건을 쓴 한 소년이 타고 있었다. 소년은 빨갛게 언 손으로 경기병의 몸에 달라붙어 있었고 드러난 맨발을 덥게 할 생각으로 흔들어 대면서 눈썹을 치켜올리고 겁에 질린 듯이 주위를 둘러보고 있었다. 이 소년은 오늘 포로가 된 프랑스군의 고수였다.

그 뒤로는 수레바퀴 자국이 여기저기 나 있는 질척질척한 비좁은 숲 속 도로를 따라 경기병이 서너 명씩 따라가고, 다시 그 뒤로는 펠트제 외투를 입었거나 프랑스군의 외투를 입고 혹은 머리 위에서부터 마의(馬衣)를 뒤집어쓴 코삭들이 줄지어 걷고 있었다. 말들은 밤색 털이거나 다갈색이거나 모두 억수처럼 쏟아지는 빗물에 흠뻑 젖어 검은 색으로 보였다. 그리고 목은 갈기가 늘어붙어 몹시 가늘게 보였다. 말의 몸에서는 김이 오르고 있었다. 옷도 안장도 고삐도, 모두가 길가에 뒹굴고 있는 낙엽이나 흙과 마찬가지로 흠씬 젖어 미끌미끌하게 붙어 있었다. 사람들은 몸에까지 배어든 물기를 따뜻하게 하려고 또 궁둥이나 무릎 밑이나 목덜미 속으로 침입하는 새로운 차가운 물을 더 이상 넣지 않기 위해 몸을 움직이지 않으려고 기를 쓰면서 입을 다물고 있었다. 기다랗게 뻗은 코삭들의 대열 가운데는 프랑스의 군마와 안장을 채운 채 코삭의 말이 끄는 두 대의 짐마차가 나무 밑동이나 가지에 걸려 덜렁거리거나 물이 괸 수레바퀴의 자국 속에서 첨벙덩거리고 흙을 튀기고 있었다.

제니소프의 말이 앞쪽에 있는 웅덩이를 피해 가려고 약간 옆으로 비스듬히 가다가 그만 제니소프의 무릎을 나무 줄기에 부딪히게 하고 말았다.

「이던 망할 것!」 제니소프는 화를 버럭 내면서 소리를 지르고 흰 이를 드러내놓고, 채찍을 들어 말을 서너 번 내리쳤는데 그 때문에 그와 그의 동료들에게 흙을 튀기게 했다. 제니소프는 기분이 좋지 않았다. 그것은 비와 공복 때문이기도 했지만(모두들 아침부터 아무것도 먹지 않았다) 무엇보다 중요한 이유는 이때까지 돌로호프에게서 아무런 연락이 없다는 것과 포로를 잡으러 간 사람이 돌아오지 않기 때문이었다. 수송대를 습격하는 데 오늘과 같이 좋은 기회는 다시 오지 않을 텐데. 그렇다고 나 혼자 습격하기는 너무 큰 모험이고, 그렇다고 해서 습격시기를 연기하기라도 하면 규모가 큰 다른 유격대가 내가 뻔히 보는 데서 삼켜 버릴 것이다.

제니소프는 기다리고 있는 돌로호프의 사자가 보이지 않을까 하고 줄곧 앞쪽을 바라보면서 이렇게 생각했다.

나무를 찍어 오른편 앞쪽이 훤히 트인 빈 터에까지 나오자 제니소프는 말을 세웠다.

「누가 오는군.」

에사울은 제니소프가 가리키는 쪽을 바라보았다.

「두 사람이 오고 있읍니다. 장교 한 사람과 코삭 한 사람입니다. 그러나 소령 자신이라고는 예견하기 어렵습니다.」 하고 에사울은 말했다. 그는 언제나 부하가 잘 알아 듣지 못하는 말을 지껄이길 좋아했다.

두 기수는 비탈을 내려가 보이지 않게 되었다가 얼마 안 있어 다시 나타났다. 기다란 채찍으로 말을 후려치면서 기진맥진한 구보로 선두에 선 사람은 장교였다. 그의 머리는 엉망으로 헝클어져 있었고 온 몸은 흠뻑 젖어 있었으며 바지는 무릎 위까지 걷어 올려졌다. 그 뒤를 따라 코삭 병사 한 사람이 등자 위에 우뚝 선 채로 말을 달리고 있었다. 장교는 아직 나이 어린 소년으로 널찍한 장미빛 얼굴에 발랄한 눈을 잽싸게 움직이며 제니소프에게로 다가오자 흠뻑 젖은 봉투를 내놓았다.

「장군이 보내셨읍니다.」 장교는 말했다. 「물에 젖어 죄송스럽습니다…….」

제니소프는 얼굴을 찡그리고 편지를 받아 겉봉을 뜯었다.

「모두 위험하다. 위험하다 하고 말씀하고 계셨읍니다.」 제니소프가 받아 쥔 편지를 읽고 있는 동안에 장교는 코삭 대위에게 말을 걸었다. 「그러나 나와 코마로프와는.」 그는 코삭을 가리켰다. 「빈틈 없이 준비는 해 왔읍니다만……각자 두 정씩의 권총과……그런데 이건 뭡니까?」 그는 프랑스군의 고수를 보고 물었다. 「포로인가요? 당신네들은 벌써 싸움을 했군요? 저 친구와 이야기해도 상관 없겠어요?」

「로스토프! 페쨔!」 전달된 편지를 마침 다 읽고 난 제니소프가 이렇게 소리쳤다. 「왜 자네는 자기 이름을 먼저 마다지 않았나?」 제니소프는 빙그레 웃으면서 돌아보고는 장교에게 한쪽 손을 내밀었다.

이 장교는 페쨔 로스토프였다.

페쨔는 여기까지 오는 동안, 제니소프를 만나기 전부터 알고 있었다는 것은 조금도 내색하지 않고, 어엿한 장교로서 떳떳한 언동을 하리라고 다짐했었다. 그러나 제니소프가 빙그레 웃자 페쨔도 곧 만면에 미소를 짓고, 너무나 기뻐 얼굴을 빨갛게 하고는 지금까지 마음 속으로 다짐했던 일들을 잊어버리고 말았다. 그는 프랑스군의 곁을 지나왔던 일이며, 이런 임무를 맡은 것이 즐겁다는 것, 벌써 뱌지마에서 전투에 참가했고, 이때 경기대 경기병 한 사람이 수훈을 세웠다는 이야기들을 털어놓기 시작했다.

「음, 자네와 만나 반갑네.」제니소프가 말을 가로막았다. 그러자 그의 얼굴에는 다시 불안한 빛이 감돌았다.

「미하일 페오클리트이치.」그는 코삭 대위에게 말을 건넸다.「이것도 역시 독이딘에게서 온 편지야. 이 장교도 그의 부하야.」제니소프는 이렇게 말하고 나서, 지금 가지고 온 편지의 내용이 수송대 습격을 위해 합류하라는 독일 장군의 두 번째 요구라는 것을 코삭 대위에게 알려 주었다.

「만약 내일중에 겨탱(決行)하지 않으면 우디는 바로 코 앞에서 먹이를 놓치고 말 거야.」그는 말을 맺었다.

제니소프가 코삭과 이야기를 하고 있는 동안 제니소프의 냉담한 태도에 놀란 페쨔는 그 원인이 자기의 바지 꼴이 볼품 없는 데서 온 것이라 생각하고 아무도 모르게 외투 밑으로 걷어 올려진 바지를 내리고, 될 수 있는 대로 사내다운 기개를 보이려고 애썼다.

「대장님의 명령을 받고 싶습니다.」하고 거수 경례를 한 페쨔는 미리 준비하여 온 장군과 부관놀이로 되돌아가면서 이렇게 말했다.「혹은 나도 소령님 곁에 남아 있어야 하겠읍니까?」

「명녕이라고?……」하고 제니소프는 깊은 생각에 잠겨 있는 듯이 말했다.「하지만 자네는 내일까지 남아 있을 수 있겠나?」

「아, 소원입니다.……저를 곁에 있게 해주십시오!」하고 페쨔는 소리쳤다.

「그던데 자네는 대관절 장군한테 무슨 명녕을 받고 왔지? 곧 도다오다던가?」하고 제니소프는 물었다. 페쨔는 얼굴이 빨개졌다.

「아무런 명령도 받지 않았읍니다. 그러니까 상관 없다고 생각합니다.」그는 오히려 궁금하다는 듯이 말했다.

「그덤, 좋아.」하고 제니소프는 말했다. 그리고 그는 부하에게로 얼굴을 돌려 부대 전체는 숲 속 감시소 근처에 지정된 휴게소로 가도록 명령하고 키르기즈산 말을 탄 장교에게는(이 장교는 부관의 직책을 가지고 있었다) 돌로호프를 찾으러 가서 지금 그가 어디 있으며 저녁때 올 수 있는지 어떤지 확인하도록 명령했다. 제니소프 자신은 코삭 대위와 페쨔를 데리고 쉬암쉐보에 면한 숲가로 다가가 내일 습격이 예정되어 있는 프랑스군의 진지를 돌아 보기로 했다.

「어이, 텁석부리.」하고 그는 길잡이인 농부에게 소리쳤다.「쉬암쉐보로 안내해 주게.」
　제니소프와 페쨔와 코삭의 대위는 몇 사람의 코삭과 포로를 거느리고 있는 경기병을 데리고 골짜기를 지나 왼쪽 숲가로 나아갔다.

5

　비는 그쳤다. 그리고 그 뒤로 다만 안개가 끼고 나뭇가지에서 물방울이 뚝뚝 떨어질 따름이었다. 제니소프도 코삭 대위도 페쨔도 말없이 농부의 뒤를 따라갔다. 머릿수건을 쓰고 있는 농부는 짚신을 신고 비뚤어진 다리로, 소리도 없이 사뿐사뿐 나무의 뿌리며 축축한 낙엽들을 밟으면서 일행을 숲가로 안내하는 것이었다.
　언덕으로 나오자 농부는 발을 멈추고 주위를 둘러본 뒤 나무들이 성깃성깃하게 서 있는 쪽을 향했다. 그는 아직 잎사귀가 다 떨어지지 않은 커다란 떡갈나무 곁에 이르더니 걸음을 멈추고 의미 있는 듯이 손짓을 했다.
　제니소프와 페쨔는 그 곁으로 다가왔다. 농부가 멈춘 곳으로부터는 프랑스군이 내려다보였다. 숲 바로 건너편부터는 봄갈이의 번번한 보리밭이 쭉 아래로 경사를 이루고 있었다. 오른쪽으로 가파른 골짜기 너머로 조그마한 마을이 보이고 지붕이 내려 앉은 지주의 저택이 보였다. 이 마을에도 지주의 저택에도 경사 전체에도 뜰에도 우물이나 연못 근처에도 다리에서부터 마을까지 이백 사줴니(1 사줴니는 약 2. 134미터—역주) 정도의 비탈길 전체 어디에든 가물가물 피어오르는 안개 속에 많은 사람들의 모습이 보였다. 짐수레를 끄는 말을 비탈 위로 몰아 올리는 고함 소리며 사람들이 서로 부르는 소리 따위의, 러시아어와는 다른 울림이 확실하게 들렸다.
　「포로를 이리 끌고 와.」 제니소프는 프랑스군을 그대로 쏘아보면서 나직한 목소리로 말했다.
　코삭은 말에서 내려 소년을 내리고는 그를 데리고 제니소프에게로 다가갔다. 제니소프는 프랑스인들 쪽을 가리키면서 저것은 무슨 부대고 저건 무슨 부대냐고 물었다. 소년은 언 손을 호주머니 속에 집어 넣은 채 눈썹을 치켜올리고 겁먹은 눈으로 제니소프를 쳐다보았다. 그러고는 알고 있는 것은 모두 이야기하겠다는 뜻은 분명히 가지고 있는 모양이었지만 어떻게 대답해야 할지 갈피를 잡지 못하는 표정으로 다만 제니소프가 묻는 말에 고개를 끄덕일 뿐이었다. 제니소프는 미간을 찌푸리고 소년에게서 얼굴을 돌리는 코삭 대위에게 자기가 생각하고 있는 이야기를 하기 시작했다.

폐쨔는 바쁘게 고개를 움직이면서 때로는 고수, 때로는 제니소프, 때로는 코삭 대위, 또 때로는 마을과 도로에 흩어져 있는 프랑스병을 바라보면서, 무엇인가 중대한 것을 놓치지 않으려고 애쓰고 있었다.

「어쨌든 돌로호프가 오건 오지 않건 저건 몽땅 삼켜야겠어! 그더치 않아?」 제니소프는 유쾌한 듯이 눈을 번뜩이면서 말했다.

「위치는 아주 좋습니다.」 코삭 대위가 말했다.

「아대쪽으도부터 보병을 늪지들 따다 보내는 거야.」 제니소프는 말을 이었다. 「그디고 뜰로 숨어 드더가게 한단 말이야. 그리고 자네는 코삭을 데디고 저쪽으로 가도독 하고.」 제니소프는 마을 뒤쪽의 숲을 가리켰다. 「나는 경비병 부하들을 거느디고 여기서 나가겠어. 그디고 총소디들 신호도 해서……」

「골짜기로는 안 됩니다.……진흙투성이니까요.」 코삭 대위가 말했다. 「말이 진흙 속에 빠져 버리고 맙니다. 더 왼쪽으로 돌아가야 합니다……」

두 사람이 이렇게 수군거리고 있을 때, 아래쪽 연못 가까운 저지에서 총소리가 한 발 울리고, 하얀 연기가 피어오르더니 다시 총소리가 한 발 울렸다. 이어 언덕 위에 있는 몇 백 명의 프랑스병의, 마치 유쾌한 환성과 같은 외침 소리가 한꺼번에 올랐다. 처음 한순간 제니소프와 코삭 대위는 무의식적으로 뒤로 물러섰다. 그들은 적의 진지에 너무 접근해 있었으므로 이 총소리와 함성이 자기들 때문에 일어난 것이라고 생각했던 것이다. 그러나 총소리와 함성은 그들과는 상관 없이 일어난 것이었다. 아래쪽 습지에 무엇인가 붉은 것을 걸친 사나이가 달려가고 있었다. 분명히 프랑스병은 그 사나이를 겨누어 총을 쏘고 있고 그를 향해 소리치는 모양이었다.

「저건 우리 부대의 찌혼이 아닙니까?」 하고 코삭 대위가 말했다.

「그대! 그가 틀림없어!」

「말썽이도군.」 하고 제니소프가 말했다.

「무사히 도망쳐 나올 겁니다!」 코삭 대위는 눈을 가느다랗게 뜨고 말했다.

그들이 찌혼이라고 부른 사나이는 개울가에까지 달려가더니 별안간 물 속으로 풍덩 뛰어들었다. 물이 갈라지고 한순간 그의 모습이 보이지 않았는데 얼마 안 있어 온 몸이 진흙투성이가 되어 엉금엉금 기어 기슭으로 올라가더니 다시 마구 달리기 시작했다. 뒤쫓아오던 프랑스병은 발을 멈췄다.

「어떻습니까, 아주 재빠르죠?」 하고 코삭 대위가 말했다.

「저던 정말 굉장한 놈이군!」하고 제니소프는 그래도 못마땅하다는 표정으로 말했다.「지금까지 뭘하고 있었단 말인가?」

「저건 누굽니까?」하고 페쨔가 물었다.

「우디 대의 척후야. 포로를 잡으러 내가 보냈었지.」

「아, 그렇습니까?」페쨔는 제니소프의 한 마디를 듣고는 이제 모든 것을 알았다는 듯이 고개를 끄덕이었다. 그러면서도 실상은 그는 아무것도 알지 못하고 있었다.

찌혼 쉬체르바트이는 부대에서 없어서는 안 될 인물의 한 사람이었다. 그는 그 쥐아찌 근처의 포크로프스코예 마을의 농부였다. 제니소프는 이 활동을 개시했을 때에 포크로프스코예로 가서 항상 그렇듯이 촌장(村長)을 불러 프랑스군에 관해 무언지 아는 것이 있느냐고 물었다. 그러자 촌장은 누구나 그러하듯이 후환을 두려워하는 듯 프랑스군에 대해서는 아무것도 모른다고 잡아떼는 것이었다. 그러나 제니소프가 자기의 목적은 프랑스인을 쳐부수는 것이라고 설명하고 프랑스병이 이 마을에 들어오지 않았느냐고 묻자, 촌장은 그러한 약탈자들이 틀림없이 마을에 들어오기는 했지만 마을에서 그런 일에 관계하고 있는 사람은 찌쉬카 쉬체르바트이뿐이라고 말했다. 제니소프는 곧 그 찌혼을 불러오게 하고는 그 활동을 칭찬한 뒤 촌장이 보는 앞에서 황제와 조국에 충성을 다해야 할 의무와 러시아 사나이가 프랑스인에 대해 가져야 할 적개심에 대해 몇 마디 해주었다.

「우리는 프랑스군에 대해 아무것도 나쁜 짓은 하고 있지 않습니다.」제니소프의 말에 겁을 집어먹었는지 찌혼은 이렇게 말하는 것이었다.「젊은 사람들과 어울려 장난을 좀 쳐보았을 따름입니다. 약탈자들을 스무 사람 정도 죽였지만 그밖엔 나쁜 짓이라곤 별로 하지 않았읍니다……」

이튿날 제니소프는 이 농부에 대해서는 까마득히 잊어버리고 포크로프스코예 마을을 출발하려 했을 때 찌혼이 도당을 추근추근 붙어 다니면서 자기도 꼭 한패에 끼어 달라고 조른다는 말을 들었다. 제니소프는 그 청원을 들어 주도록 명령했다.

찌혼은 처음 땔감을 모으고 물을 긷고 말을 손질하는 따위의 막일을 했으나, 얼마 뒤 유격전에 대단한 열의와 능력이 있다는 인정을 받게 되었다. 그는 밤마다 프랑스병을 찾아 떠나가서는 반드시 프랑스병의 군복이나 무기를 빼앗아 왔다. 그뿐 아니라 명령만 있으면 포로까지도 붙잡아 돌아오는 것이었다. 그래서 제니소프는 찌혼더러 막일을 하지 않게 하고 척후로 따라가도록 해주었다. 그리고 그를 코삭의 일원으로 끼게 했다.

찌혼은 말타기를 좋아하지 않아서 늘 걸어다녔지만 그래도 기병보다 뒤지는 일은 없었다. 그가 가진 무기란 심심풀이로 들고 다니는 구식의 화승총(火繩銃)과 창과 도끼였다. 그는 이 도끼를 마치 늑대가 그 이빨을 교묘히 사용해서 털에 묻은 이를 잡아내기도 하고, 굵은 뼈다귀를 부수기도 하는 것처럼 자유 자재로 사용할 수가 있었다. 찌혼은 도끼를 치켜 들면 이와 마찬가지로 정확하게 통나무도 쪼개고, 도끼 대가리를 잡고 가느다란 송곳을 깎기도 하고, 숟가락을 만들기도 했다. 제니소프의 부대에서 찌혼은 특별한 독자적인 위치를 차지하고 있었다. 무엇이든지 남이 하지 않으려는 궂은 일, 이를테면 감탕밭에 빠져 버린 짐마차를 어깨로 밀어낸다든가, 수렁에 빠진 말을 말꼬리를 붙들고 끌어올린다든가, 죽은 말의 가죽을 벗긴다든가, 프랑스군 한가운데로 뛰어든다든가, 하루에 오십 베르스타나 걷는다든가 하는 일을 해야 할 때면 모두들 빙글빙글 웃으면서 찌혼을 쳐다보게 되었다.

「녀석, 아무리 어려운 일이라도 아무렇지 않게 생각되는 품이 건강한 거세마(去勢馬) 같단 말이야.」 모두들 그에 관해서 이렇게 말했다.

한 번은 찌혼이 프랑스병 한 사람을 붙잡으려고 하다가 권총에 맞아 등의 살점이 떨어져 나간 일이 있었다. 이것을 치료하는 데 찌혼은 내복용 약으로나 외상용 약으로 다만 보드카를 사용해서 상처를 치료했는데 온 부대 사람들은 이 일을 가지고 즐거운 농담거리로 삼았다. 찌혼도 이런 농담에 기꺼이 응했다.

「어떤가, 여보게, 다시 안 하려나? 자네도 이젠 골병이 들었겠지?」 코삭들은 그를 이렇게 놀렸다. 그러면 찌혼은 일부러 몸을 웅크리고 화가 난다는 듯이 얼굴을 찡그리면서 우스꽝스러운 말투로 프랑스병에게 욕지거리를 하는 것이었다. 이 사건이 찌혼에게 준 영향이 있다면 그때부터 좀처럼 포로를 잡아오지 않았다는 것뿐이었다.

찌혼은 도당 가운데서 가장 용감한 사나이였다. 어느 누구도 그보다 더 많이 습격의 기회를 발견하는 사람도 없었고, 아무도 그보다 많은 프랑스병을 사로잡거나 죽인 사람도 없었다. 그리고 그는 이 때문에 다른 코삭이나 경기병의 인기를 얻었고 자기 자신도 기꺼이 이런 광대 역을 떠맡았던 것이다. 이 날도 찌혼은 아직 날이 새기도 전에 포로를 잡아오기 위해 제니소프의 명령을 받아 쉬암쉐보로 갔으나 프랑스병 하나만으로는 욕심에 차지 않았던지, 그렇지 않으면 그만 늦잠을 자서 그랬는지 대낮에 덤불을 지나 프랑스군의 한가운데로 뚫고 들어갔다가, 제니소프가 언덕 위에서 내려다본대로 프랑스병에게 들키고 말았다.

6

　프랑스군을 눈앞에 본 제니소프는 마침내 이들을 공격하기로 결심한 모양인지 얼마 동안 내일 있을 공세에 관해 코삭 대위와 이야기를 나눈 뒤 말을 돌려 돌아왔다. 「여보게, 이제는 도다가서 옷이나 말릴까.」 하고 그는 페쨔를 쳐다보며 말했다.

　숲 속의 감시소에 가까와졌을 때 제니소프는 숲 안쪽을 들여다보면서 말을 멈추었다. 숲 속의 나무 사이를 누비고 짧은 웃옷을 몸에 걸친 데다가 짚신에 코삭 모자, 총을 어깨에 걸고 허리춤에 도끼를 찬 사나이가 기다란 두 손을 건들건들 내두르면서 기다란 다리로 성큼성큼 걸어오고 있었다. 이 사나이는 제니소프를 보자 당황한 듯이 덤불 속에 무엇인가를 던져 버렸다. 그리고 챙이 축 처지고 흠뻑 물에 젖은 모자를 벗어 들고는 상관 쪽으로 다가왔다. 이 사람이 찌혼이었다. 얼굴 전체가 얽고 주름살이 져 있는 데다가 가느다란 작은 눈이 빤짝이는 그 얼굴은 자랑스러운 듯한 웃음을 가득 머금고 있었다. 그는 고개를 높이 뒤로 젖히면서 웃음을 간신히 참는 듯이 제니소프의 얼굴을 빤히 쳐다보았다.

　「넌 어딜 쏘다녔어?」 하고 제니소프는 말했다.

　「어딜 쏘다녔냐고요? 프랑스병을 잡으러 갔었죠.」 목이 쉬기는 했으나 찌혼은 노래하는 듯한 저음으로 겁내는 기색도 없이 얼른 말을 받았다.

　「뭣 때문에 대낮에 숨어 드던느냔 말이야? 바보 같으니! 그대 어쨌어! 못 잡았나?」

　「잡긴 잡았죠.」 하고 찌혼은 말했다.

　「그덤 어떻게 했지?」

　「날이 새자마자 금방 하나 잡았거든요.」 하고 찌혼은 나무 껍질로 만든 신을 신은 평평하면서도 구부정하게 휜 다리를 한층 힘차게 디디면서 말을 계속했다. 「숲 속으로 끌어들이긴 했읍니다만 아무리 보아도 별로 신통할 것 같지 않아서요. 한 번 더 나가서 좀 나은 놈을 붙들어 오려고 했읍죠.」

　「어쩔 수 없는 녀석이군. 역시 이더타니까!」 하고 제니소프는 코삭 대위에게 말했다. 「그던데 왜 그놈을 끌고 오지 않았지?」

　「하지만 그런 녀석을 끌고 와서 뭣하겠어요?」 하고 찌혼은 화가 난 듯이 황급히 말을 가로막았다. 「아무런 쓸모도 없어요. 어떤 놈을 원하시는지 모를 줄 아십니까?」

　「어쩔 수 없는 녀석이도군.……그대서 어떻게 됐어?」

「다른 놈을 잡으러 갔었죠.」하고 찌혼은 계속했다. 「이런 식으로 숲 속에 기어 들어가서 엎드렸죠.」찌혼은 어떤 식으로 했는지 실제 행동으로 보여 주기 위해 별안간 땅에 덥석 엎드렸다. 「갑자기 한 놈이 나타난 것 같아서 말이에요.」그는 말을 계속했다. 「놈을 이런 식으로 덮쳐(찌혼은 잽싸게 일어났다) 연대장님한테 로 가자고 했지요. 그러자 놈은 고래고래 고함을 지르지 않겠어요? 그런데 놈들 은 네 명이 한 패가 되어 모두 칼을 뽑아 들고 덤벼들었습니다. 그래서 나는 이 렇게 도끼를 뽑아 들고 휘두르면서 『뭐야, 이놈들, 각오하라!』고 말했죠.」찌혼은 두 손을 휘저으면서 얼굴을 사납게 찌푸리고 가슴을 내밀며 이렇게 소리쳤다.

「우리는 언덕 위에서 네가 도랑에 뛰어드는 것을 보았지.」하고 코삭 대위는 번뜩이는 눈을 가늘게 뜨면서 말했다.

페쨔는 웃음이 터져 나오려고 했으나 모두 웃음을 참고 있는 것을 깨닫고는 찌 혼에게서 코삭의 대위와 제니소프 쪽으로 시선을 돌렸다. 그는 이 장면의 뜻을 이해할 수 없었던 것이다.

「바보 같은 짓을 하는 게 아니야.」하고 제니소프는 화를 내듯이 헛기침을 하 면서 말했다. 「어째서 먼저 잡은 놈을 데려오지 않았나?」

찌혼은 한쪽 손으로 등덜미와 또 한쪽 손으로 머리를 긁적거리기 시작했다. 그 러자 그 얼굴 전체가 환해 오며 미련스러운 미소로 펴지고, 입 속에 이 빠진 자 리가 보였다(이 때문에 쉬체르바트이(이가 고르지 못한 사나이란 뜻—역주)란 별명 으로 불렸던 것이다). 제니소프는 빙그레 웃었다. 페쨔도 유쾌한 듯이 껄껄 웃었 다. 그러자 찌혼 자신도 거기에 끌려들어가서 웃기 시작했다.

「하지만 형편 없는 놈이어서요.」하고 찌혼은 말했다. 「게다가 옷이 형편 없는 데 그걸 어디로 데리고 오겠읍니까? 더구나 말할 수 없이 발칙스러워서 말입니 다. 대장님, 글쎄『나는 장군의 아들인데, 갈 게 뭐냐.』고 하지 않겠읍니까?」

「이던 멍청한 놈 같으니!」하고 제니소프는 말했다. 「그런 놈이야말로 신문할 가치가…….」

「제가 신문을 했읍죠.」하고 찌혼은 말했다. 「그런데 녀석은 잘 모르겠다는 거 예요. 자기 쪽은 인원수는 많지만 별로 신통한 놈은 없다, 그저 이름만 어마어마 할 뿐이니까 커다랗게 소리를 지르기만 하면 모두 틀림없이 붙잡을 수 있다고 말 하는 거예요.」하고 찌혼은 즐겁고 단호한 눈빛으로 제니소프의 눈을 똑바로 들 여다보면서 말을 맺었다.

「이놈, 곤장을 백 대쯤 쳐 줄까 보다. 그대도 바보 같은 짓을 다시 할 텐가?」 하고 제니소프는 엄중한 목소리로 말했다.

「뭐, 그렇게 화를 내실 건 없어요.」하고 찌혼은 말했다. 「그럼 제가 프랑스병을 만난 일이 없다고 생각하시는 겁니까? 좋습니다. 이제라도 날만 어두워지면 마음에 드시는 놈으로 셋이라도 끌고 오겠어요.」

「아니, 좋아, 가자.」 하고 제니소프는 말했다. 그리고 감시소 곁에 이를 때까지 화가 난 듯이 입을 다문 채 얼굴을 찌푸리고 있었다.

찌혼은 그 뒤를 따라갔다. 찌혼이 덤불 속에 버렸다는 장화의 이야기를 가지고, 코삭들이 킬킬거리기도 하고 놀려 대기도 하는 소리가 페챠의 귀에 들려 왔다.

찌혼의 말과 웃음 때문에 일어난 웃음이 가라앉았을 때 페챠는 이 찌혼이 사람을 죽였을 거라고 반사적으로 깨달았다. 그는 어쩐지 마음이 언짢아졌다. 그는 사로잡힌 고수를 힐끗 돌아보았다. 그러자 무엇인가 야릇한 것이 그의 마음을 쿡 찌르는 것 같았다. 그러나 이 언짢은 마음도 한순간 그의 마음을 스쳐갔을 뿐이었다. 그는 새로 들어온 동료의 한 사람으로서 부끄럽지 않도록 오만하게 한층 머리를 높이 쳐들고 용기를 내어 의젓한 표정으로 내일의 계획을 코삭 대위에게 물어야 할 필요를 느꼈다.

파견된 장교는 도중에서 제니소프와 만났다. 그의 보고에 의하면 돌로호프는 자신도 이리로 올 것이며 그의 일도 모든 것이 순조롭게 되어 간다고 했다.

제니소프는 갑자기 활기를 띠고 페챠를 자기 곁으로 불렀다.

「자, 그럼 어디 자네 이야기를 좀 듣기도 해 볼까?」 하고 그는 말했다.

7

페챠는 가족들과 헤어져 모스크바를 떠나자 곧 연대에 소속되었다가 그 뒤 얼마 안 있어 대부대를 지휘하고 있는 어느 장군의 전령으로 채용되었다. 그는 임관 이래, 특히 실전에 참가해서 뱌지마의 전투를 경험한 이래, 자기는 이제 어른이 되었다는 끊임없는 행복감에 가슴이 뛰는 것 같은 상태와 참다운 용기를 보일 어떠한 기회라도 놓쳐서는 안 된다는 누를 수 없는 흥분에 휩싸인 조급한 상태에 있었다. 그는 군대에서 보고 경험한 일만으로도 매우 행복했지만 동시에 지금 그가 없는 곳에서 그야말로 순수하고 참다운 영웅적인 행위가 벌어지고 있다는 생각이 끊임없이 일어나서 견딜 수가 없었다. 그래서 그는 자기가 없었던 그곳에 늦지 않게 당도해야 한다고 초조해져 있었던 것이었다.

10월 21일, 장군이 제니소프의 지대로 누군가를 보내야겠다는 희망을 나타냈을 때, 페쨔는 꼭 자기를 보내 달라고 간절하게 호소했으므로 장군도 구태여 이를 거절할 필요가 없었다. 그러나 장군은 페쨔를 보내면서 그가 뱌지마의 전투에서 무분별하게 행동했던 일을 생각해 냈다. 이때 페쨔는 명령대로 도로를 따라가지 않고 프랑스군의 포화를 받으면서 전선으로 달리고, 자기도 두 번이나 권총을 쏘았던 것이다. 그래서 장군은 페쨔를 보낼 때 당시의 상황이 어떻든 절대로 제니소프가 하는 일에 뛰어들면 안 된다고 엄중히 말했다. 남아도 괜찮겠느냐는 것을 제니소프가 물었을 때 페쨔도 자기의 임무를 충실히 이행하고 나서 속히 돌아가야겠다고 생각했으나 프랑스병과 찌혼을 보고, 오늘 반드시 공격이 있다는 사실을 알게 되자 젊은 사람들이 대개 그렇듯이 주관이 급격하게 변하고 말았다. 그러고는 지금까지 그토록 존경하고 있던 장군은 약하디약한 독일인에 지나지 않지만 제니소프야말로 영웅이다. 코삭 대위도 영웅이고, 찌혼도 영웅이다, 그리고 이러한 위급한 때에 그들 곁을 떠난다는 것은 부끄러운 노릇이라고 혼자서 정해 버리고 말았다.

제니소프가 페쨔와 코삭 대위를 데리고 감시소에 가까와졌을 때는 벌써 황혼이었다. 어둑어둑한 가운데 안장을 얹은 말과 코삭들이 보였다. 빈 터에 오두막을 짓기도 하고 프랑스병이 연기를 보지 못하도록 숲 속의 골짜기에 연기나지 않는 불을 빨갛게 지피고 있는 경기병의 모습도 보였다. 조그만 오두막 입구에서는 코삭 한 사람이 소매를 걷어 올리고 양고기를 썰고 있었다. 오두막 안에서는 제니소프의 부하 장교 세 사람이 문짝에다 저녁상을 차리고 있었다. 페쨔는 젖은 옷을 벗어서 말리도록 병사에게 건네 주고는 곧장 상을 차리고 있는 장교들에게로 가서 그들을 돕기 시작했다.

십 분 뒤에는 식탁보가 덮인 식탁이 차려졌다. 식탁 위에는 보드카와 조그만 병에 든 럼주와 흰 빵, 그리고 소금으로 양념한 구운 양고기가 놓여 있었다.

장교들과 같이 식탁에 앉아, 구수한 냄새를 뿜는 양고기를 기름이 번지르르한 손으로 찢으면서, 페쨔는 모든 사람들에 대해 다정스럽고 어린애다운 기쁨에 찬 사랑을 느꼈다. 그리고 그 결과, 다른 사람들도 자기에게 똑같은 사랑을 품어 주리라 믿고 있었다.

「그런데 바실리이 표도로비치, 당신은 어떻게 생각하십니까?」 하고 그는 제니소프에게 말을 걸었다. 「하루쯤 제가 여기 있어도 상관 없으시겠죠?」 그는 이렇게 말하면서 대답도 기다리지 않고, 스스로 자기 말에 대답하는 것이었다. 「전 상황을 보고 오라는 명령을 받았으니까 지금 그걸 보고 있는 셈이에요. ……제발 저를 가장……그 중요한 데로 보내 주십시오……저는 상 같은 건 바라지 않습니다……다만 바라는 것이 있다면…….」 페쨔는 입을 꽉 다물고 뒤로 젖혔던 고개를 여기저기로 돌리고 한쪽 손을 저으면서 주위를 둘러보는 것이었다.

「가장 중요한 데도……」 하고 제니소프는 빙그레 웃으면서 말을 받았다.

「제가 지휘를 할 수 있도록 부하를 맡겨 주십시오.」 하고 페쨔는 이렇게 말했다. 그는 자기의 주머니칼을 내밀었다.

장교는 그 칼이 좋다고 칭찬했다.

「그럼, 그걸 가지시오. 제게는 그런 게 많으니까요…….」 하고 페쨔는 얼굴을 붉히면서 말했다. 「아, 참! 제가 깜빡 잊어버리고 있었군요.」 그는 갑자기 이렇게 소리쳤다. 「건포도를 가지고 있읍니다. 씨가 없어서 먹기에 기막힌 물건입니다. 우리 부대에는 주보(酒保)가 새로 생겨서 물건이 잔뜩 있어요. 그걸 십 푼트 샀죠. 달콤한 걸 먹는 버릇이 있어서요. 좀 어떻습니까…….」 페쨔는 이렇게 말하고 입구에 있는 자기 부하 코삭 쪽으로 뛰어가서 건포도가 다섯 푼트쯤 들어 있는 주머니를 가지고 들어왔다. 「드세요, 여러분, 좀 드세요.」

「그리고 커피 포트는 필요 없으십니까?」 하고 그는 코삭 대위를 보고 말했다. 「저는 대의 주보에서 훌륭한 걸 하나 샀어요! 그 상인은 아주 좋은 물건을 많이 가지고 있어요. 그리고 사람이 워낙 좋아요. 무엇보다도 그게 중요하지요. 꼭 그 걸 보내 드리겠어요. 한데 부싯돌이 떨어지지 않았읍니까, 아, 닳아서 떨어질 때가 흔히 있는 것이니까요. 넉넉히 가지고 있기가 쉬운 일이 아니지요. 제가 가져 왔어요. 저기 있읍니다(이렇게 말하고 그는 주머니를 가리켰다). 백 개쯤 있어요. 아주 헐값으로 샀읍니다. 필요한 만큼 가지세요. 다라도 상관 없읍니다. 어차피 모두…….」

페쨔는 문득 너무 큰소리를 하지 않았는가 하는 생각에 말을 뚝 그치고 얼굴을 붉혔다.

그는 그 밖에 무슨 어리석은 짓을 하지 않았는지 생각해 보았다. 그리고 그 날 하루에 일어났던 일들을 더듬어 보는 사이에 프랑스인인 고수에 대해서 생각해 보았다. 『우리는 지금 이렇게 기분이 좋지만 녀석은 어떻게 하고 있을까? 지금 어디로 보내어졌을까? 먹을 거나 주었는지 몰라? 심한 모욕이나 당하지 않았을까 몰라.』 하고 그는 생각하였다. 그러나 부싯돌로 너무 말을 지나치게 하였던 것을 생각하니 부끄러워져서 이번에는 말을 조심했다.

『묻는 것쯤 괜찮겠지.』 하고 그는 생각했다. 『하지만 자기가 어린애라 같은 어린애에게 동정한다는 말을 듣게 되지나 않을까? 하긴 내일만 되면 어린애가 아니라는 증명을 해 보일 수 있다! 하지만 그런 걸 묻는 것은 부끄러운 일이겠지?』 하고 페쨔는 생각했다. 『아뭏든 상관 없는 노릇이다!』 이런 생각을 하는 순간 그는 얼굴을 붉히고 장교들이 얼굴에 비웃는 투의 미소를 띠우고 있지 않나 하고 주위를 두리번거리면서 말을 시작했다.

「포로가 된 그 애를 불러도 괜찮겠읍니까? 먹을 걸 좀 주고 싶습니다만……어쩌면……」

「그더쿤, 가여운 소년이야.」그에 관해서 말한다는 것이 별로 부끄러운 일이라고 생각지 않는 듯이 제니소프가 말했다. 「그놈을 이디 불러 주게. 뱅상 보스라는 이름이더군. 그를 부드게.」

「제가 불러 오겠읍니다.」하고 페쨔는 말했다.

「부더와, 부더와. 가여운 소년이야.」하고 제니소프는 되풀이했다.

제니소프가 이렇게 말했을 때 페쨔는 이미 문에 서 있었다. 그는 장교들 사이를 헤치고 제니소프 곁으로 다가왔다.

「키스해도 괜찮겠죠?」하고 그는 말했다. 「기분 좋습니다! 정말로 좋은 기분입니다!」제니소프에게 키스하고 나서 페쨔는 밖으로 뛰어갔다.

「보스! 뱅상!」하고 페쨔는 오두막 앞에서 발을 멈추면서 이렇게 소리쳤다.

「누굴 부르십니까?」어둠 속에서 누군가의 목소리가 들렸다. 페쨔는 이번에 사로잡은 프랑스의 소년을 부른다고 대답했다.

「아아! 베셴니이 말씀인가요?」하고 코삭이 말했다. 〈뱅상〉이란 그의 이름을 코삭들은 베셴니이, 농부와 병사들은 비세냐라고 고쳐 부르고 있었다. 둘 다 봄을 연상시키는 것으로 나이 어린 소년이라는 관념에도 꼭 들어맞았다.

「녀석은 저쪽에서 모닥불을 쬐고 있었어요. 이봐, 비세냐! 비세냐! 베셴니이!」하고 부르는 고함 소리와 웃음 소리가 어둠 속에서 차례로 들려 왔다.

「아주 민첩한 놈입니다.」페쨔 곁에 서있던 경기병 한 사람이 이렇게 말했다. 「우리들이 아까 먹을 것을 좀 줬죠. 그런데 배를 무척 곯았던 모양이더군요!」

어둠 속에서 발소리가 들렸다. 그리고 맨발로 진창 위를 철벅철벅 걸으면서 고수는 문 쪽으로 다가왔다.

「아, 자넨가!」하고 페쨔는 말했다. 「배고프지 않나? 무서워할 건 없어. 아무도 자네를 해치진 않을 테니까.」조심스레 다정하게 고수의 손을 만지면서 그는 이렇게 덧붙였다. 「들어오게, 들어와.」

「감사합니다.」아직 거의 어린애 같은 떨리는 목소리로 이렇게 대답하더니 고수는 진흙이 묻은 발을 문지방에다 대고 문지르기 시작했다.

페쨔는 그에게 여러 가지로 하고 싶은 이야기가 많았지만 말을 꺼낼 수가 없었다. 그는 복도에서 우물쭈물하고 고수 곁에 서 있었으나 이윽고 어둠 속에서 그의 손을 잡고 꼭 쥐어 주었다.

「들어오게, 들어와.」그는 부드럽게 속삭이듯 이런 말을 되풀이할 따름이었다.

「아아, 이 애에게 무슨 일을 해주면 좋을까?」 그는 혼잣말을 했다. 그리고는 문을 열어 소년을 먼저 방안으로 들어가게 했다.

고수가 방안에 들어서자 페쨔는 그에게서 되도록 떨어진 자리에 앉았다. 그에게 너무 주의를 쏟는다는 것이 자기의 권위를 손상하는 것이라고 생각되었기 때문이다. 그는 호주머니 속에 있는 돈을 만지작거리면서 이것을 그에게 준다면 부끄러운 일이 아닐까 하고 망설이고 있었다.

8

제니소프의 명령으로 고수에게 보드카와 양고기를 주었다. 제니소프는 또한 그에게 러시아식 카프탄을 입히고 다른 포로들과 함께 후송하지 말고 대에 그냥 두라고 명령했다. 고수에 대한 페쨔의 주의는 돌로호프의 도착으로 깨어졌다. 페쨔는 돌로호프의 뛰어난 용기와 프랑스인에 대한 잔인한 행위에 관해서 대에 있을 때부터 여러 가지로 많은 이야기를 듣고 있었다. 그래서 돌로호프가 방안에 들어온 순간부터 페쨔는 잠시도 그에게서 눈을 떼지 않고 고개를 쭉 뒤로 젖히고 돌로호프 같은 사람과 자리를 같이해도 손색 없이 어울리도록 더욱더 턱에 힘을 주었다.

페쨔는 돌로호프의 외모가 단순한 것에 크게 놀라움을 느꼈다.

제니소프는 코삭의 웃옷을 입고 구레나룻을 기르고 가슴에는 성자(聖者) 니콜라이의 성상(聖像)을 걸고, 말을 하거나 몸짓을 한 번 하는 데도 자기가 대장임을 노골적으로 나타내 보이고 있었다. 그러나 돌로호프는 그와 달리, 이전 모스크바 시절엔 페르시아의 옷을 입고 있었던 멋장이가 지금은 아주 거짓말처럼 극히 진지한 근위 장교와 같은 모습을 하고 있었다. 얼굴은 깨끗이 면도질이 되어 있었다. 입고 있는 옷도 솜을 넣은 근위병의 제복이었고 단추 구멍에는 게오르기이 훈장을 달고 머리에는 평범한 군모를 쓰고 있었다. 그는 축축한 펠트제의 외투를 한쪽 구석에 벗어 던지더니 제니소프에게 다가가 아무한테도 인사를 하지 않고 느닷없이 상황부터 묻기 시작했다. 제니소프는 그들이 노리는 그 수송대를 대부대들이 가로채려고 하는 의도며, 페쨔를 보낸다는 이야기, 두 장군에게 자기는 어떤 회답을 보냈는지를 돌로호프에게 모두 이야기했다. 다음으로 제니소프는 프랑스 부대의 동태를 아는 대로 모두 이야기해 주었다.

「이야기는 알겠는데, 그러나 어떠한 종류의 군대이고 병력이 얼마나 되는지 그것을 알아야겠어.」하고 돌로호프가 말하였다.「한 번 돌아보지 않으면 안 되겠군. 병력도 정확히 모르면서 실천에 옮길 수는 없으니까. 나는 모든 일을 정확히 하기를 좋아하니까. 어떤가? 누군가 자네들 가운데서 나와 함께 적진으로 가고 싶은 사람은 없나? 군복은 준비되어 있어.」

「제가, 제가……제가 따라가겠읍니다!」하고 페쨔가 소리쳤다.

「자네가 갈 필요는 없어.」하고 말하고나서 제니소프는 돌로호프에게 말했다.「그리고 이 사람은 보낼 수가 없어.」

「얼마나 멋있는 일입니까?」하고 페쨔가 소리쳤다.「어째서 저는 갈 수 없단 말씀입니까?」

「그야 갈 이유가 없으니까 그렇지.」

「아니, 죄송하지만 그건 안 되겠읍니다……안 되겠어요……저는 꼭 따라가야 겠어요. 양해해 주십시오.」하고 그는 돌로호프에게로 얼굴을 돌렸다.

「도대체 무슨 까닭이지?」프랑스인 고수의 얼굴을 들여다보면서 돌로호프는 별로 내키지 않는 소리로 대답했다.

「그런데 이 아이는 언제부터 자네한테 있나?」그는 제니소프에게 물었다.

「오늘 잡아 왔는데 아무것도 몰라. 내 곁에 그냥 두기도 했어.」

「그래, 그런데 저녀석을 자네는 어디로 보내지?」

「어디다니? 인수증(引受證)을 받고 보내 버리지!」제니소프는 갑자기 얼굴을 빨갛게 하고 말했다.「나는 감히 여기서 단언하지만 단 한 사람이다도 양심이 찔리는 대우를 한 일은 없어. 솔직이 말하지만 군인으로서의 명예를 더럽히기 보다는 서른 명이든 삼백 명이든 호위를 딸려서 읍으로 보내버리는 쪽이 속 편하지 않을까!」

「여기 계시는 열 여섯, 열 일곱 살의 어린 백작님께서 혹 그런 말씀을 하신다면 애교로라도 받아 주겠지만.」하고 돌로호프는 쌀쌀히 빈정거리는 투로 말했다.「자네로서는 이제 그런 감상은 버려야 할 땔세.」

「뭐 저는 별로 딴 말을 하고 있는 게 아닙니다. 다만 따라가고 싶다고 했을 따름입니다.」하고 페쨔는 조심조심 말했다.

「여보게, 우리는 모두 그 따위 감상은 버려야 해.」하고 제니소프의 화를 돋우는 이런 화제를 입에 올리는 것이 즐겁기라도 한 듯이 돌로호프는 말을 계속했다.「이 아이를 무엇 때문에 여기다 두는 거야?」그는 고개를 설레설레 흔들면서 말했다.「불쌍해서인가? 자네가 말하는 인수증이란 것도 빤한 것이 아니겠나? 자네가 백 명 보낸대도 기껏 서른 명밖에 도착하지 않아. 굶주려 죽어 버리거나 죽이기 때문이지. 그렇다면 아예 잡지 않는 편이 좋단 말이야.」

코삭 대위는 맑은 눈을 가느다랗게 뜨고는 그럴싸하다는 듯이 고개를 끄덕이었다.

「그건 어떻든 좋아. 그런 문제들 가지고 왈가왈부할 건 없어. 나는 양심에 거리끼는 일은 하고 싶지 않은 거야. 자네는 어차피 모두 죽여 버릴 건데 뭘 그러느냐고 하지만 그래도 하는 수 없어. 그저 내 탓만 아니면 돼.」

돌로호프는 빙긋 웃었다.

「저들도 우리를 스무 번이고 서른 번이고 붙잡으라는 명령을 내리고 있을 걸세. 일단 붙잡히기만 하면 나나 기사도 정신이 투철한 자네나 다를 건 없어. 마찬가지로 사시나무에 매달리는 거야.」 그는 잠시 말을 그쳤다. 「아뭏든 일을 시작해야겠어. 내 코삭더러 짐을 가져오라고 하게. 나는 프랑스 군복을 두 벌 가지고 왔으니까. 어때, 같이 가려나?」 하고 그는 페쨔에게 물었다.

「저 말씀이에요? 네, 네, 가고 말고요.」 하고 페쨔는 눈물이 나올 정도로 얼굴을 빨갛게 하고 제니소프를 쳐다보면서 소리쳤다.

돌로호프와 제니소프가 포로의 처치 문제를 가지고 토론하고 있는 동안에 페쨔는 안절부절 못 할 것 같은 초조한 생각이 들었지만, 이번에도 또다시 그들이 하는 이야기를 잘 이해할 만한 여유가 없었다. 『이름난 어른들이 그렇게 생각한다면 그렇게 해야 하는 거겠지, 아니 그렇게 하는 편이 좋은 거겠지.』 하고 그는 생각했다. 『하지만 가장 중요한 것은 내가 제니소프에게 절대로 복종하고 있다는 눈치를 그에게 보이지 말아야 한다는 것이다.

제니소프가 날 지휘할 권리는 없다. 나는 돌로호프와 함께 꼭 프랑스의 진지로 갈 테다. 저 사람이 할 수 있는 일이라면 나도 할 수 있어!』

제니소프가 가지 말라고 성가시게 설득하는 데 대해서 페쨔는 자기 자신도 역시 무슨 일을 짐작이 아니라 분명히 하는 버릇이 들어 있기 때문에, 자신의 위험 같은 것은 결코 생각한 일도 없다고 대답했다.

「글쎄, 생각해 보세요. 적이 몇 명이나 있는지 정확히 알지 못하고서……그 때문에 자칫하면 몇 백이라는 생명이 걸려 있습니다. 우리 두 사람뿐이 아닙니다. 그리고 저는 꼭 이것을 해내고 싶습니다. 저는 꼭 가야겠어요. 제발 말리지 말아 주십시오.」 하고 그는 말했다. 「점점 일이 어려워질 따름입니다…….」

9

프랑스군의 외투를 입고 뾰족한 모자를 쓴 페쨔와 돌로호프는 저녁때 제니소프가 서서 적의 진지를 내려다보았던 숲 속 빈 터를 향해 떠났다. 두 사람은 깜깜한 어둠 속을 지나 숲에서 골짜기로 내려갔다. 그들이 밑에 이르자 돌로호프는 같이 온 코삭더러 기다리라고 이르고, 도로를 따라 성큼성큼 빠른 걸음으로 다리 쪽으로 향했다. 페쨔는 흥분으로 숨을 헐떡거리면서 돌로호프와 나란히 말을 몰았다.

「만일 붙들리게 되더라도 나는 살아 있지 않겠어요. 권총을 가지고 있으니까요.」하고 그는 입 속으로 중얼거렸다.

「러시아어를 쓰지 마.」돌로호프가 황급히 수군거리는 순간 어둠 속에서「누구야?」하는 소리와 총을 잘가닥거리는 소리가 들렸다.

페쨔는 얼굴이 화끈거렸다. 그는 권총에 손을 댔다.

「제6연대의 창기병이다.」말의 걸음을 빨리 하지도 늦추지도 않고 돌로호프는 이렇게 말했다. 보초의 검은 모습이 다리 위에 우뚝 서 있었다.

「암호는?」

돌로호프는 말고삐를 당겨 보통 걸음으로 걸었다.

「제라르 대령은 여기 있나?」하고 그는 말했다.

「암호!」보초는 그 말에 대답하지 않고 길을 가로막으면서 이렇게 말했다.

「장교가 전선을 시찰하는 데 암호를 묻는 보초가 어디 있나!」돌로호프는 화를 버럭 내고 보초에게로 말을 들이대면서 소리쳤다.

「대령이 여기 있느냐고 묻고 있지 않나?」돌로호프는 옆으로 비켜서는 보초의 대답을 기다리지도 않고 유유히 언덕 위로 오르기 시작했다.

그는 길을 가로질러 가는 사람의 그림자를 보자 그 사나이를 불러 세우고, 연대장과 장교들은 어디에 있느냐고 물었다. 어깨에 부대를 멘 이 병사는 그 자리에 서더니, 돌로호프네의 말께로 가까이 와서 한 손으로 말을 어루만지면서 의심하는 기색도 없이 솔직하고 다정한 말로, 연대장과 장교들은 언덕을 조금 올라간 오른쪽 농가(그는 지주의 저택을 이렇게 불렀다)의 뜰에 있다고 가르쳐 주었다.

양쪽 모닥불 주위에서 프랑스어의 이야기 소리가 들리는 길을 조금 가다가 돌로호프는 지주 저택 쪽으로 말을 돌렸다. 문에 들어서자 그는 말에서 내려 활활 타고 있는 모닥불 곁으로 다가갔다. 그 주위에는 몇 사람이 큰소리로 이야기하면서 앉아 있었다. 한쪽 가에 걸어 놓은 남비 속에서는 무엇인가가 부글부글 끓고 있었다. 헝겊으로 된 모자를 쓰고 푸른 외투를 입은 병사가 무릎을 꿇은 모습을 불빛에 훤히 드러내면서 남비 속을 국자로 휘젓고 있었다.

「야아, 이건 매우 단단한데, 좀처럼 익지 않겠는걸.」 이렇게 말한 것은 모닥불 반대쪽의 그늘에 앉아 있던 장교였다.

「저놈이라면 해치울 수 있을 거야……」 하고 또 한 사람이 웃으면서 말했다. 말을 끌고 모닥불로 다가오는 돌로호프와 페쨔의 발소리를 듣고 이들 두 사람은 어둠 속을 빤히 바라보면서 입을 다물었다.

「여러분, 안녕하십니까!」 하고 돌로호프는 큰소리로 또렷하게 말했다.

장교들은 모닥불 그늘에서 꿈지럭거리고 움직이기 시작했다. 키가 크고 목이 기다란 장교 한 사람은 모닥불을 돌아 돌로호프 곁으로 다가왔다.

「클레망 아냐?」 하고 그는 말했다. 「어디서 오는 길이야, 이놈아!」 그러나 그는 말을 마치기도 전에 사람을 잘못 보았다는 걸 깨닫고 얼굴을 살짝 찡그리고 거북한 듯이 돌로호프에게 인사하고는 무슨 용무냐고 물었다.

돌로호프는 동료와 함께 자기 연대를 찾아가는 길이라고 말한 뒤, 거기 있는 사람들을 향해 제6연대에 관해 무엇이든 아는 게 있느냐고 물었다. 알고 있는 사람은 아무도 없었다. 페쨔는 장교들이 적의와 수상쩍은 생각을 가지고 자기와 돌로호프를 보고 있다고 느꼈다. 얼마 동안 모두들 잠자코 있었다.

「저녁의 수프를 기대하고 있었다면 너무 늦었읍니다.」 모닥불 뒤에서 웃음을 간신히 참는 듯한 누군가의 목소리가 말했다.

돌로호프는 이 말에 대해서, 자기네는 배가 부르며 이제부터 갈 길이 바쁘다고 했다.

그는 남비를 휘젓고 있는 병사에게 말고삐를 건네 주고 목이 기다란 장교와 나란히 모닥불가에 쭈그리고 앉았다. 그 장교는 돌로호프를 빤히 쳐다본 채 다시 한 번 몇 연대 소속인가를 물었다. 돌로호프는 그 말을 못 들은 듯이 대답하지 않고 프랑스제의 짧은 파이프를 호주머니에서 꺼내어 입에 물면서 이 도로는 앞으로 어느 정도 코삭의 습격을 받을 위험이 있느냐고 장교들에게 물었다.

「그 강도들은 어디에나 나오죠.」 모닥불 뒤에서 장교가 대답했다.

돌로호프는 코삭이 자기네들 같은 단 두 사람의 낙오자에게나 무섭지, 아무리 그들이라도 대부대를 습격하지는 못 할 게 아니냐고 묻는 투로 덧붙였다. 아무도 이 말에 대답하지 않았다.

『자! 이제는 이쯤 하고 떠나겠지.』 페쨔는 모닥불 앞에 서서 돌로호프의 말을 들으면서 끊임없이 이런 생각을 하고 있었다.

그러나 돌로호프는 끊겼던 말을 다시 이었다. 그러고는 이 대대에 인원수는 몇이나 되며, 이런 대대가 모두 몇이나 되느냐는 등, 포로는 모두 몇 명이나 되느냐고 단도 직입적으로 계속해 묻기 시작했다. 이 부대에 있는 러시아 포로에 관해 물으면서 돌로호프는 이렇게 말했다.

「그런 송장들을 끌고 다닌다는 건 참으로 질색이에요. 그런 것들은 차라리 모조리 쏘아 죽여 버리는 편이 나으련만!」이렇게 말하고 나서 그는 자못 야릇한 큰소리로 까르르 웃었기 때문에, 페쨔는 프랑스인이 당장이라도 자기네들을 가짜인줄 깨달을 것 같은 생각이 들어 부지중에 모닥불에서 한 걸음 뒤로 물러섰을 정도였다. 돌로호프의 말과 웃음에 아무도 대답하지 않았다. 그러자 지금까지 보이지 않던(외투를 둘러쓰고 누워 있었기 때문에) 프랑스 장교 한 사람이 몸을 일으키고 동료에게 뭐라고 수군거렸다. 돌로호프는 일어서서 말을 맡겨 놓았던 병사를 불렀다.

『말을 줄까, 안 줄까?』자기도 모르게 돌로호프에게로 다가가면서 페쨔는 이렇게 생각했다.

말이 끌려 왔다.

「여러분, 안녕.」돌로호프가 말했다.

페쨔도 〈안녕.〉 하고 말하려고 했으나 이 한 마디가 입 밖으로 나오지 않았다. 장교들은 서로 수군거리고 있었다. 말이 짓까불었으므로 돌로호프는 올라타는 데 애를 먹었다. 이윽고 천천히 문 밖으로 나갔다. 페쨔는 돌로호프와 나란히 말을 몰았다. 그는 프랑스인들이 쫓아오는지 돌아보고 싶었으나 그렇게 할 용기가 나지 않았다.

도로로 나오자 돌로호프는 올 때의 그 들판 쪽으로 돌아가지 않고 마을을 따라 나아갔다. 어느 지점에서 그는 말을 세우고 귀를 기울였다.

「들리나?」하고 그는 말했다.

페쨔는 러시아인의 목소리를 알아 듣고 모닥불 곁에 있는 러시아 포로의 모습을 보았다. 다리께까지 내려가자 페쨔와 돌로호프는 입을 다물고 쓸쓸하게 다리 위를 왔다갔다하고 있는 보초 곁을 지나 코삭들이 기다리고 있는 골짜기로 들어 갔다.

「그럼 이제 헤어지세. 가거든 제니소프에게 새벽녘에 최초의 총소리가 신호라고 전해 주게.」돌로호프는 이렇게 말하고 가려고 했으나 페쨔는 손을 뻗어 그를 붙잡았다.

「잠깐, 기다리십시오.」하고 그는 소리쳤다. 「당신이야말로 정말로 영웅입니다. 참으로 굉장하군요. 아주 통쾌합니다! 당신이 못 견디게 좋아졌읍니다!」

「좋아, 좋아!」돌로호프는 이렇게 말했으나 페쨔는 그를 놓지 않았다. 돌로호프는 어둠 속을 통해서 페쨔가 자기 쪽으로 얼굴을 가까이 하는 것을 보았다. 그는 키스를 하고 싶었던 것이다. 돌로호프는 그에게 키스하고는 웃음을 짓더니 말을 돌려 어둠 속으로 사라져 갔다.

10

페쨔가 감시소로 돌아오니 제니소프가 입구에 나와 있었다. 그는 페쨔를 보낸 자신을 책망하면서 속을 태우고 홍분과 근심 속에서 그가 돌아오기를 기다리고 있었던 것이다.

「잘했네!」 하고 그는 외쳤다. 「아니, 정말 다행이야!」 그는 감격에 찬 페쨔의 말을 들으면서 거듭 외쳤다. 「제기달, 자네 때문에 한잠도 못 잤지 뭔가!」 하고 제니소프는 말했다. 「아니, 그더나 정말 다행이야. 이제는 잠이나 자게. 아침까지는 그대도 한잠 잘 시간이 있으니까.」

「하지만……그만두겠어요.」 하고 페쨔는 말했다. 「아직 자고 싶지 않아요. 저 자신의 일은 제가 압니다. 일단 잠이 들어 버리면 그만입니다. 게다가 저는 전투가 있기 전날 밤엔 자지 않는 버릇이 있읍니다.」

페쨔는 이 날 밤의 정찰을 기꺼운 마음으로 자세히 돌이켜보면서 얼마 동안은 집안에 그대로 머물러 있었으나 이윽고 제니소프가 잠든 것을 보자, 일어나 밖으로 나갔다.

바깥은 아직 깜깜했다. 보슬비는 그쳤으나 나무에서 아직 물방울이 떨어지고 있었다. 감시소 근처에는 코삭의 바라크와 한데 매어 놓은 말의 모습이 겁게 보였다. 오두막 뒤에는 두 대의 짐수레가 거뭇하게 보였고, 그 곁에는 말 몇 마리가 서 있었다. 골짜기에는 꺼져 가는 불이 빨갛게 보였다. 코삭이나 경기병들 가운데는 깨어 있는 사람도 있고, 물방울 떨어지는 소리와, 가까이에서 말이 풀을 씹는 소리와 한데 뒤섞여서 속삭이는 듯 나직한 목소리가 여기저기에서 들려 오고 있었다.

페쨔는 문 밖으로 나와 주위를 둘러보고는 짐수레 쪽으로 다가갔다. 짐수레 밑에서는 누군가가 코를 골고 자고 있었으며, 그 주위에는 안장이 놓인 채인 말이 귀리를 씹으면서 서 있었다. 페쨔는 어둠 속에서도 자기의 말을 알아내고는 그 곁으로 다가갔다. 백러시아산의 말이었으며 그는 그 말을 카라바흐(말의 좋은 산지

292

로 이름난 남카프카즈의 한 고을 이름 – 역주)라고 불렀다.

「어이 카라바흐, 내일은 한바탕 뛰어야 해.」 말의 콧구멍을 냄새 맡기도 하고 키스도 하면서 페쨔는 그렇게 말했다.

「웬일이십니까. 나리님? 아직도 주무시지 않으셨던가요?」 수레 밑에 있던 코삭이 말했다.

「자지 않았어. 그런데……아마 너는 리하초프라고 했지? 나는 지금 막 돌아온 길이야. 우리는 프랑스군의 진지에 다녀왔어.」

페쨔는 이 코삭한테 자기가 정찰해 온 이야기뿐만 아니라 뭣 때문에 갔었느냐 하는 것이며, 불명료한 일을 하느니 보다는 목숨을 걸고 모험을 하는 편이 어째서 더 좋은가 하는 것을 자세히 이야기해 주었다.

「한숨 주무시는 것이 어떻겠습니까?」 하고 그 코삭은 말하였다.

「괜찮아. 버릇이 되었으니까.」 하고 페쨔는 대답했다. 「그런데 네 권총의 부싯돌은 닳지 않았나? 내가 가지고 왔어. 필요 없나? 필요하면 줄 테니까.」 코삭은 페쨔의 얼굴이 좀 자세히 보이도록 수레 밑에서 머리를 내밀었다.

「나는 모든 일을 꼼꼼히 해놓는 습관이 들어서 말이야.」 하고 페쨔는 말했다. 「세상에는 준비도 제대로 하지 않고 엄벙덤벙 일에 뛰어들었다가 나중에 후회하는 자가 있지만 난 그런 걸 좋아하지 않아.」

「그건 그렇죠.」 코삭은 말했다.

「아, 그리고 말이야, 너 내 사벨을 좀 갈아 주지 않으려나? 또 칼날이 무뎌져서 (그러나 페쨔는 거짓말을 하는 것이 무서웠다. 그의 사벨은 아직 한 번도 간 일이 없었던 것이다) 해 줄 수 있겠지?」

「그야 뭐, 해드리죠.」

리하초프는 일어나 자루 속을 뒤적거리기 시작했다. 페쨔는 곧 강철과 숫돌이 비비대는 기세 좋은 소리를 들었다. 그는 수레 위로 올라가 그 가장자리에 앉았다. 코삭은 수레 밑에서 칼을 갈고 있었다.

「어때, 모두들 자고 있나?」 페쨔는 말했다.

「자는 사람도 있고 이렇게 하고 있는 사람도 있읍죠.」

「한데 그 애는 어떻게 하고 있지?」

「베센니이 말씀이세요? 그놈은 저 건초 속에서 자고 있읍니다. 아주 잠이 푹 들은걸요. 마음이 놓인 모양입니다.」

그리고 페쨔는 오랫동안 숫돌 소리에 귀를 기울이면서 잠자코 있었다. 어둠 속에서 발소리가 들리고 검은 그림자가 나타났다.

「무얼 가는 거야?」 사나이는 수레 가까이로 오면서 물었다.

「저 나리께 칼을 갈아 드리고 있는 거야.」

「좋은 일이군.」하고 사나이는 말했다. 페쨔는 그 사나이가 경기병이라고 생각되었다.「여기에 찻종이 남아 있지 않았었나?」

「저쪽 수레바퀴 곁에 있어.」경기병은 찻종을 들었다.「곧 날이 샐 거야.」그는 그렇게 말하고는 하품을 하면서 어딘가로 가 버렸다.

페쨔는 지금 자기가 도로에서 일 베르스타 떨어진 숲 속의 제니소프의 대에 있다는 것, 프랑스군에게서 빼앗은 짐수레 위에 앉아 있다는 것, 그 곁에는 말이 매어져 있다는 것, 밑에는 코삭 리하초프가 웅크리고 앉아 자기의 칼을 갈고 있다는 것, 오른쪽에 보이는 커다란 검은 점은 감시소이고 왼쪽 평지에 보이는 새빨간 점은 스러져 가는 모닥불이란 것, 찻종을 가지러 왔던 사나이는 물이 마시고 싶었던 경기병이었다는 사실 따위를 당연히 알고 있을 터이었지만, 그는 그런 걸 통 모르고 있었고, 또 알려고도 하지 않았다. 그는 현실다운 데는 조금도 없는 요술의 나라에 살고 있었기 때문이었다. 커다란 검은 점은 확실히 감시소 같기도 했지만, 어쩌면 땅 속 깊숙한 나락(奈落)으로 통하는 동굴인지도 모르며, 붉은 점은 불인지도 모르겠지만, 어쩌면 커다란 도깨비의 눈 같기도 했다. 그는 지금 확실히 짐수레 위에 앉아 있는 것 같기도 했지만 어쩌면 짐수레 위가 아니라 높직한 무서운 탑 위에 있는지도 모른다. 이 탑 위에서 떨어지기만 하면 땅에 닿는 데 꼬박 하루 아니, 어쩌면 꼬박 한 달이 걸릴 것 같은, 아니 영원히 공중을 낙하하더라도 지상에 닿지 않을는지도 모르는 일이었다. 짐수레 밑에 앉아 있는 사람은 코삭 리하초프 같기도 했지만 실은 그렇지 않고 세상에는 알려지지 않은 더없이 착하고 용감하고 세계에서 가장 훌륭하고 가장 위대한 인간인지도 모른다. 그 경기병은 확실히 물을 마시러 골짜기로 갔는지도 모르지만 또 어쩌면 지금 사라져 버린 뒤 그대로 종적을 감추어 흔적을 아주 없앴는지도 모른다.

이런 때 페쨔는 무엇을 보든 절대로 놀라지 않았을 것이다. 그는 무슨 일이든지 가능한 요술의 나라에 살고 있었던 것이다.

그는 하늘을 올려다보았다. 그러자 하늘도 또한 땅 위와 마찬가지로 요술의 세계였다. 하늘은 맑게 개고, 나무들의 우듬지 위에는 별을 가리고 있던 막(幕)을 열려는 듯이 구름이 빠른 속도로 흘러가고 있었다. 간혹 여기저기 구름이 끊긴 데가 있어 검게 개어 있는 하늘이 보이기도 하다가 때로는 이들 검은 점이 오히려 구름같이도 생각되었으며, 때로는 하늘이 머리 위로 높다랗게 올라가는 것같이도 생각되었다가는 때로는 하늘이 쭉 밑으로 내려와 손에 닿기라도 할 것처럼 생각되었다.

페쨔는 눈을 감고 몸을 흔들기 시작했다.

물방울이 후두둑 떨어졌다. 조용한 바람이 불어왔다. 말이 울부짖고 발길질을 시작하였다. 누군가가 코를 골고 있었다.

「싹, 싹, 싹……」 하고 칼을 가는 소리가 들렸다. 그러자 갑자기 페쨔는 잘 조화된 코러스를 들을 수 있었다. 장엄하고 기분 좋은, 무언지는 모르지만 찬송가를 부르고 있는 것이었다. 페쨔는 나타샤 정도, 니콜라이 이상으로 음악적인 소질을 가지고 있었다. 하지만 그는 한 번도 음악을 배워 본 일이 없고 음악에 관해서는 생각해 본 일도 없었다. 그런데 불현듯 그의 머리 위에 떠오른 주제는 그에게 있어서 아주 신기롭고 매력에 넘친 것이었다. 음악은 점점 더 또렷하게 들려 왔다. 선율은 점점 커지고 하나의 악기에서 다른 악기로 옮겨갔다. 이는 둔주곡(遁走曲)이라고 불리는 것이었다. 그러나 페쨔는 둔주곡이 무엇인지도 모르고 있었다. 바이올린이나 나팔보다 훨씬 아름답고 밝은 악기가 각각 제멋대로의 음을 내고 있었다. 그리고 하나의 주제(主題)가 끝나기도 전에 거의 같은 주제를 연주하기 시작하는 다른 악기에 녹아들어가서 다시 이것저것 다른 악기와 엉기는 것이었다. 마지막으로는 모든 악기가 하나로 녹아들었는가 하면 뿔뿔이 흩어졌다가 다시 장엄한 성가(聖歌)가 되고 밝고 화려한 개선가로 종합되기도 하는 것이었다.

「아, 나는 혹시 꿈을 꾸고 있는 것이나 아닌가?」 페쨔는 몸이 앞으로 쓰러질 듯한 순간에 이처럼 혼잣말을 하였다. 「내 귀가 울리고 있는 때문이다. 하지만 이것이 어쩌면 내 음악인지도 모른다. 자, 또 들린다. 시작해라, 내 음악을!」

그는 눈을 감았다. 그러나 어딘가 멀리서 들려 오듯이 여기저기서 가지가지 소리가 떨면서 흘러왔다. 그리고 화음을 이루기도 하고 뿔뿔이 흩어지기도 하고 한데 녹아들기도 하다가 하나의 상쾌하고 장엄한 성가로 통일되었다. 「아, 정말 좋다! 얼마든지, 어떻게든지, 내가 바라는 그대로 되지 않는가!」 하고 페쨔는 중얼거렸다. 그는 이 커다란 오케스트라를 지휘해 보려고 했다.

「그렇지, 좀 얕게, 조용히, 점점 소리가 사라지게.」 음악은 그의 명령에 따랐다. 「자, 이번에는 소리를 크게, 유쾌하게. 좀더 기쁜 감정을 넣어서.」 그러자 어딘가 한없이 깊은 장엄한 소리가 일어나 점점 강해졌다. 「자, 이번에는 목소리도 들어가는 거야!」 하고 페쨔는 명령했다. 그러자 멀리서 먼저 남자의 목소리가 들려오고 이어 여자의 목소리가 들렸다. 목소리는 규칙 바르고 장엄하게 힘을 더해갔다. 페쨔는 이 엄청난 아름다움에 도취하는 것이 두렵기도 하고 기쁘기도 했다.

노랫 소리는 장엄한 개선 행진곡에 녹아들었다. 물방울은 계속 떨어지고 칼 가는 소리가 싹, 싹, 싹 하고 들렸다. 그리고 말이 서로 발길질을 하기도 하고 울기도 하였으나, 이 소리가 합창의 방해가 되지는 않고 오히려 그 속에 녹아드는 것이었다.

페쨔는 이런 상태가 얼마나 계속되었는지 잘 몰랐다. 그는 도취경에 마음을 내맡기고 있었다. 그리고 끊임없이 자기의 도취경에 놀라움을 느끼면서, 또한 그것을 아무에게도 나누어 주지 못함을 분하게 생각했다. 그를 깨어나게 한 것은 리하초프의 부드러운 목소리였다.

「다 됐읍니다, 나리님. 이것 같으면 프랑스인을 두 동강이로 낼 수 있겠읍니다.」

페쨔는 눈을 번쩍 떴다.

「이제 날이 새기 시작하는군. 정말로 새기 시작한다!」하고 그는 외쳤다.

아까는 보이지 않던 말이 이제는 그 꼬리까지 분명히 볼 수 있었다. 벌거숭이 나무의 가지들을 통해서 축축한 빛이 비쳐들었다. 페쨔는 몸을 부르르 떨고 벌떡 일어나더니 호주머니에서 일 루블리 은화를 꺼내어 리하초프에게 주었다. 그리고 칼을 한 번 휘둘러보고는 다시 칼집에 넣었다. 코삭들은 말을 끄르고 배띠를 죄고 있었다.

「대장도 나오셨읍니다.」하고 리하초프가 말했다.

감시소에서 제니소프가 나왔다. 그리고 페쨔를 불러 채비를 하도록 일렀다.

11

사람들은 어두컴컴한 속에서 날쌔게 말들을 분간하여 배띠를 죄고 각각 자기 부서로 갔다. 제니소프는 감시소 곁에 서서 마지막 명령을 내리고 있었다. 부대의 보병은 수백 개의 발들을 철벅이면서 도로를 따라 전진해 가더니 이내 새벽의 안개에 싸인 나무 사이로 모습을 감추어 버렸다. 코삭 대위는 부하에게 무엇인가를 명령하고 있었다. 페쨔는 말의 고삐를 잡고 승마 명령이 내리기를 초조히 기다렸다. 차가운 물로 씻은 얼굴——특히 눈은 불처럼 타고 등골에는 오한이 오싹 끼치고 몸 전체가 무엇인가 규칙적으로 짜릿하게 떨리는 것이었다.

「자, 준비가 모두 되었나?」하고 제니소프는 말했다.「마를 가져와.」

말이 끌려 왔다. 제니소프는 배띠가 느슨하다고 해서 코삭에게 화를 내고 욕지거리를 마구 퍼붓더니 말에 올라탔다. 페쨔는 등자(鐙子)에 발을 걸었다. 말은 언제나의 버릇으로 발을 물려고 했으나 페쨔는 자기의 몸무게를 느끼지 않는 듯이 날쌔게 말에 올라타고는 그의 뒤쪽 어둠 속에서 움직이기 시작한 경기병들을 돌아보면서 제니소프 쪽으로 말을 다가가게 했다.

「바실리이 표도로비치, 저에게 무슨 일을 맡겨 주세요……네? 제발……부탁입니다…….」하고 그는 말했다. 제니소프는 페쨔의 존재를 잊어버리고 있었던 모양이었다. 그러나 그는 소리가 나는 쪽을 돌아보았다.

「자네한테 한 가지 부탁하겠는데 마디야.」그는 엄격히 말했다. 「내 명령에 복종하고 함부로 나서지 않도록 해.」

행군을 하는 도중 제니소프는 그 이상 페쨔에게 한 마디도 하지 않고 묵묵히 말을 몰았다. 숲 한쪽 가장자리까지 왔을 무렵에는 들판도 눈에 보이게 환해졌다. 제니소프는 코삭 대위와 무엇인가 속삭이고 있었다. 그러자 코삭들은 페쨔와 제니소프의 곁을 앞질러 가기 시작했다. 코삭들이 모두 통과하고 나자 제니소프는 말을 몰아 언덕을 내려갔다. 말들은 모두 뒷다리에 몸무게를 싣고 미끄러지듯이 하면서 기수(騎手)들을 태우고 골짜기로 내려갔다. 페쨔는 제니소프와 나란히 말을 몰아갔다. 그의 온 몸에 퍼진 오한은 점점 더 심해졌다. 주위는 차츰 밝아졌고, 다만 멀리 있는 사물을 안개가 가릴 따름이었다. 제니소프는 아래까지 다 내려오자 뒤를 돌아보고 나서 곁에 서 있는 코삭에게 고개를 끄덕여 보였다.

「신호!」 하고 그는 말했다. 코삭은 한쪽 손을 들었다. 그러자 한 발의 총소리가 울려 퍼졌다. 그 순간 앞쪽에서 달리기 시작한 말굽 소리와 사방에서 들려 오는 고함 소리와 또 몇 발의 총성이 울렸다.

말굽 소리와 고함 소리가 처음으로 울려 퍼진 순간 페쨔는 자기가 탄 말 옆구리를 발로 차고 고삐를 늦추고 제니소프가 지르는 소리를 듣지도 않고 앞쪽으로 냅다 달려갔다. 페쨔는 그 총소리가 한 발 들렸을 때 별안간 주위가 대낮같이 밝아진 것 같은 생각이 들었다. 그는 다리를 향해 마구 질주했다. 앞쪽에서는 도로를 따라 코삭의 무리가 달리고 있었다. 다리 위에서 그는 낙오한 코삭을 만났으나 이를 앞질러 갔다. 앞쪽에는 누군지 모르지만 한 떼거리의 사람들, 프랑스 군대인 듯한 사람들이 도로의 오른쪽으로부터 왼쪽으로 달려가고 있었다. 그 가운데 한 사람은 페쨔의 말발굽 밑에서 진흙 속에 쓰러졌다.

어느 농가 곁에서 코삭들의 한 무리가 무엇인가를 하고 있었다. 이들 무리 한가운데서는 무서운 비명 소리가 들려 왔다. 페쨔는 그리로 달려갔다. 그의 눈에 처음 들어온 광경은 턱을 덜덜 떨고 있는 프랑스병의 파랗게 질린 얼굴이었다. 그는 자기를 찌른 창의 자루를 붙들고 있었다.

「만세!……여보게들……우리 편이다…….」페쨔는 이렇게 외치고 사나와진 말의 고삐를 늦추고 도로를 따라 앞쪽으로 돌진했다.

앞쪽에서는 총소리가 들리고 있었다. 코삭과 경기병과 누더기를 걸친 러시아의 포로들까지 도로 양쪽에서 달려와 서로들 무엇인가 멋대로 큰소리로 소리를 지

르고 있었다. 푸른 외투에 모자를 쓰지 않은 원기 왕성해 보이는 프랑스병 한 사
람이 시뻘건 얼굴을 찌푸리면서 총검으로 용감하게 경기병을 격퇴하고 있었으나
페쟈가 뛰어갔을 때는 이미 쓰러져 있었다. 또 늦었다는 생각이 그의 머리 속에
번득였다. 그래서 그는 격렬히 총소리가 나는 쪽으로 내달렸다. 총소리가 나는 곳
은 어젯밤 돌로호프와 같이 갔었던 지주 저택의 뜰이었다. 프랑스병들은 관목이
무성한 뜰안의 담장 그늘에 숨어서, 문 옆에 떼를 짓고 있는 코삭들을 향해 사격
하고 있었다. 문 가까이까지 이르자 페쟈는 초연 속에서 돌로호프를 보았다. 그는
무서울이 만큼 파리한 얼굴을 하고 무엇인가를 부하들에게 외치고 있었다.「우회
(迂廻)해! 보병을 기다려!」페쟈가 다가갔을 때 그는 이렇게 외치고 있었다.

　「기다리라고?……만세!…….」하고 페쟈는 외쳤다. 그리고 잠시의 여유조차도
두지 않고 총소리가 들리고 초연이 뽀얗게 일어나고 있는 쪽으로 달려갔다. 맹렬
히 사격하는 소리가 들렸고 유탄이 쌩쌩 날아와서는 어디엔가 부딪쳐 퍽 하는 소
리를 냈다. 코삭과 돌로호프는 페쟈의 뒤를 따라 문 안으로 달려들어왔다. 프랑스
병들은 뭉게뭉게 피어오르는 짙은 초연 속에서 무기를 내동댕이치고 관목 뒤에
서 코삭들에게로 달려나오는 자도 있었다. 페쟈는 말을 타고 지주 저택의 뜰을
달리고 있었다. 그리고 고삐를 붙들고 있어야 할 두 손을 교묘히 재빠르게 내두
르면서 차차로 안장의 한쪽으로 기울어졌다. 그리고는 아침 햇살을 받고 스러져
가는 모닥불께까지 가자 말은 갑자기 앞발을 버티고 우뚝 섰다. 페쟈는 축축한
흙 위에 무겁게 떨어졌다. 코삭들은 그의 머리는 움직이지 않는 데도 손발이 바
르르 경련하는 것을 보았다. 총알이 그의 머리를 뚫었던 것이다.

　칼끝에 수건을 달고 집 안에서 나와 항복을 신청한 프랑스의 고참 장교와 교섭
을 끝낸 뒤 돌로호프는 말에서 내렸다. 그리고 두 손을 내던진 채 꼼짝 않고 누
워 있는 페쟈에게로 다가갔다.

　「죽었군.」그는 얼굴을 찌푸리면서 이렇게 말하고는, 그리로 다가오는 제니소
프를 맞으러 문 쪽으로 걸어갔다.

　「당했나?」아직 멀리에서 눈에 익은 모습, 틀림없이 생명이 없는 듯한 페쟈의
모습이 누워 있는 것을 보고 제니소프는 이렇게 외쳤다.

　「죽었어!」이런 말을 발음하는 것이 마치 통쾌하기라도 한 듯 되풀이하면서
돌로호프는 바쁜 걸음으로 포로들 쪽으로 갔다. 그들은 말에서 내린 코삭에 둘러
싸여 있었다.「수용하지는 말자고!」하고 그는 제니소프에게 외쳤다.

　제니소프는 대답하지 않았다. 그는 페쟈의 곁으로 다가가서 말에서 내려 피와
진흙이 뒤범벅되어서 벌써 시퍼렇게 변한 페쟈의 얼굴을 떨리는 손으로 자기 쪽
으로 돌렸다.

『나는 무엇인가 단 걸 먹는 버릇이 있어서요. 썩 훌륭한 건포도예요. 모두 드세요, 어서 드세요.』하던 말을 문득 생각했다. 그러자 코삭들이 뒤돌아볼 정도로 개가 짖는 것 같은 목소리가 들려 제니소프는 고개를 돌리고 급히 페짜 곁을 떠나 울타리로 달려가 두 손을 그 위에 얹었다.

제니소프와 돌로호프가 탈환한 러시아 포로 가운데는 피예르 베주호프도 섞여 있었다.

<h1 style="text-align:center">12</h1>

피예르가 들어 있었던 포로 부대는 모스크바를 출발한 뒤 프랑스군의 사령부로부터 한 번도 새로운 명령을 받지 않았다. 이 일행은 10월 22일에는 모스크바를 함께 출발했던 당시의 군대며 수송대와는 이미 같이 있지 않았다. 처음 얼마 동안은 건빵을 싣고 뒤에서 따라왔던 수송대도 반은 코삭들에게 습격당했고 반은 앞쪽으로 떠나 버렸다. 선두에서 말도 없이 행군했던 기병은 이제 한 명도 남지 않았다. 모두 어디론지 사라졌던 것이다. 처음 얼마 동안 앞쪽에 있었던 포병은 이제 베스트팔리아병(兵)의 호위를 받고 있는 쥐노 원수의 대 수송대로 바뀌어 있었다. 포로 뒤에서는 기병대용의 물자를 실은 짐마차가 나아가고 있었다.

처음에는 세 중대가 되어 나아가고 있던 프랑스군은 뱌지마에서는 한 덩어리가 되고 말았다. 모스크바를 출발한 뒤 처음 휴식을 가졌을 때에 피예르가 본 무질서한 상태가 이제는 극도에 이르고 있었다.

그들이 나아가고 있는 도로 양편에는 여기저기 죽은 말이 쓰러져 있었다. 갈기갈기 찢긴 옷을 입은 각 부대의 낙오자들은 끊임없이 뒤섞이면서 대열에 끼이기도 하고 떨어지기도 했다.

행군중에는 몇 차례인가 잘못된 적습(敵襲)의 경보가 내려서 호송병들이 총을 들어 서로 쏘아 대기도 하고, 서로 밀어 대면서 도망치기도 했지만 얼마 뒤 다시 모여서는 공연히 쓸데없는 소란을 피웠다고 서로 욕지거리를 하곤 하였다.

함께 나아가고 있던 이 세 집단인 기병의 수송대와 포로대와 쥐노의 짐마차대는 눈에 뜨이게 점점 줄어들었으나 그래도 역시 하나의 어떤 독립한 집단을 이루고 있었다.

처음엔 백 이십 대로 이루어졌던 수송대도 지금은 육십 대를 넘지 못하고 있었다. 그 밖의 것은 빼앗기거나 포기해 버린 것이다. 쥐노의 짐마차도 역시 몇 대는 버렸거나 빼앗기고 말았다. 세 대는 다부 군단의 낙오병에게 피습되어 빼앗겼다. 피예르가 독일인들에게 들어 안 바에 의하면, 이 짐마차 안에는 포로대보다도 경호병이 더 많고, 그들의 동료인 독일병 하나가 원수의 소유물인 은수저를 가지고 있는 것이 발견되어 바로 그 원수의 명령으로 총살됐다는 것이었다.

이 세 집단 가운데서 가장 많이 줄어든 것은 포로의 대였다. 모스크바를 떠날 때는 삼백 삼십 명이었던 이들은 지금은 백 명도 남지 않았다. 호송병에게 있어서 포로의 무리는 기병의 안장이나 쥐노의 짐보다도 훨씬 귀찮은 존재였다. 안장이나 쥐노의 수저 같은 것은 어디에다 쓰는 것인지 그들도 알고 있었지만 굶주리고 추위에 떠는 병사들이 마찬가지로 굶주림과 추위에 떠는 러시아인을 감시하거나 지킬 뿐 아니라 내버려두어도 죽을 것이고, 낙오하게 되면 명령에 따라 총살해야 하는 이러한 일들을 왜 해야 하는지 모를 뿐 아니라 정말로 싫었다. 따라서 호송병들은 자기네 자신이 괴로운 상태에 처해 있음에도 불구하고 예전 포로에 대해 품고 있던 동정의 마음에 끌려 그 때문에 자기의 입장을 더욱 나쁘게 하기를 두려워하는 듯이 포로들을 더욱 음울하고 냉혹하게 대우하는 것이었다.

도로고부쥐에서는 호송병들이 포로를 마구간에 집어 넣고, 우군의 주보(酒保) 물건을 약탈하러 간 사이에 포로 병사 몇 사람이 벽 밑을 파고 도망쳤으나 곧 프랑스병에게 붙잡혀 총살당하고 말았다.

포로의 장교와 사병은 따로 나누어 인솔한다고 하는 모스크바 출발시의 규칙은 벌써 오래 전에 없어져 버렸다. 걸을 수 있는 사람은 모두 함께 걸었다. 그래서 피예르는 세 번째 행정(行政)부터 또 카라타예프와 그 카라타예프를 주인으로 선택한 다리가 구부정한 라일락빛 개 등과 함께 걸었다.

카라타예프는 모스크바를 떠나 사흘째 되는 날, 이전 모스크바의 병원에서 치료했던 그 열병이 재발했다. 카라타예프가 쇠약해져 감에 따라 피예르는 그에게서 점점 멀어졌다. 어째선지 스스로도 잘 몰랐지만 카라타예프가 쇠약해지기 시작하면서부터는 그의 곁으로 가려면 스스로 억지로 노력을 하지 않으면 안 되었다. 또 모처럼 그의 곁에 갔을 때라도 카라타예프가 휴식지에서 드러누워 있을 때에는 거의 언제나 내는 나직한 신음 소리를 듣고, 카라타예프의 몸에서 점점 심하게 발산하는 냄새를 느낄 뿐이어서 피예르는 될 수 있는 대로 그에게서 멀리 떨어져 그에 관해서는 생각하지 않기로 했다.

피예르는 포로로서 바라크 생활을 하는 동안에, 인간은 행복을 위해서 만들어진 존재이며 행복은 그 자신 가운데, 말하자면 인간 자연의 요구를 만족시키는 데 있다. 그리고 모든 불행의 원인은 부족한 데서 오는 것이 아니라 과잉에서 생긴다는 것을 깨달았다. 그것은 이지(理智)가 아니라 그 자신의 모든 존재, 곧 그의 생활에 의해서 깨달았던 것이다. 그러나 이번 행군중 마지막 삼 주일 동안에 그는 새로운 또 하나의 마음의 평화를 주는 진리를 깨달았다. 그것은 다름 아니라 이 세상엔 절대로 무서운 것이 없다는 진리였다. 이 세상에는 인간이 행복하고 절대로 자유로울 수 있는 상태도 없지만 동시에 인간이 완전히 불행해서 조금의 자유도 없는 그러한 상태도 없다는 것을 깨달은 것이다. 고통에도 한계가 있고 자유에도 한계가 있어서, 이 한계가 매우 접근해 있음을 그는 깨달은 것이다. 장미의 침상에서 꽃잎이 한 잎 떨어졌다고 해서 괴로와하는 사람이나, 지금 축축한 흙바닥에 누워 한쪽 옆구리는 따뜻하고 다른 한쪽은 싸늘한 고통을 맛보고 있는 피예르도, 괴로움을 받고 있다는 점에 있어서는 다르지 않다. 또 그가 전에 너무 조그만 무도화(舞蹈靴)를 신고 있던 때나, 지금 전체가 헌데투성이인 맨발(구두는 벌써 오래 전에 엉망으로 해져 버렸다)로 걷고 있을 때나, 괴롭다는 점에 있어서는 차이가 없음을 그는 깨달았던 것이다. 그가 자기 자신의 의지에 의해(그 당시에는 그렇게 생각되었다) 자기 아내와 결혼했을 때도, 밤중에 마구간에 처박혀진 지금도 자유에 관한 한 크게 다를 것이 없다고 그는 깨달았다. 나중에 그도 그것을 고통이라고 부르게 되었으나 그 당시에는 거의 느낄 수 없었던 가지가지 사건 가운데서 가장 괴롭다고 생각되었던 것은 헐고 벗겨진 맨발이었다(말고기는 맛도 괜찮고 영양을 위해서도 좋았으며, 소금 대신 쓰인 화약의 질산칼륨 냄새까지도 싫지는 않았다. 몹시 추운 경우도 없었다. 낮의 행군중은 언제나 더울 정도였고 밤에는 모닥불이 있었다. 피를 빠는 이도 있어서 가려웠지만 그의 몸을 따뜻하게 해주었다). 다만 한 가지 그를 처음 괴롭힌 것은 그의 발이었다.

이틀째의 행군 때 피예르는 모닥불 곁에서 자기 발의 헌 곳을 들여다보고, 이래 가지고는 도저히 걷지 못하겠다고 생각했다. 그러나 일행이 일어났을 때 그는 다리를 질질 끌면서 걷기 시작했다. 그 뒤 발이 화끈 달면 괴로움을 느끼지 않고 걸을 수 있었으나 그 날 저녁의 자기 발은 한결 더 심해져서 보기에도 무서울 정도였다. 그래서 그는 발을 들여다보지 않도록 하고 다른 생각을 했다. 피예르는 이때 비로소 인간의 생활력과 인간에게 주어진 주의 전환(注意轉換)의 구제력을 완전히 깨달았다. 그것은 증기의 압력이 일정한 상태를 지니면 곧 잉여를 내뿜는 증기 기관의 안전판과 같았다.

그는 낙오된 포로가 총살되는 것을 보려고도 하지 않았고 듣지도 못했지만 실은 백 명 이상이 이렇게 해서 죽어 간 것이다. 그는 나날이 쇠약해져서 멀지 않아 같은 운명에 빠져야 할 카라타예프에 대해서도 생각하지 않았다. 더구나 자기 자신에 대해서는 전혀 생각할 기력이 없었다. 그의 처지가 어려워질수록, 또 그의 장래가 무시무시한 것이 될수록 그는 현재의 처지와는 아무런 관계도 없는 환희에 부푼 마음을 달래는 듯한 상념과 추억과 관념들을 머리 속에 그리는 것이었다.

13

10월 22일 낮, 피예르는 자기 발 밑의 울퉁불퉁한 도로를 조심하면서, 질척질척한 미끄러운 고갯길을 오르고 있었다. 때때로 그는 자기를 둘러싼 눈에 익은 사람들의 무리를 둘러보기도 하고 또 자기의 발을 내려다보기도 했다. 어느 쪽이나 자기의 것이고 눈에 익어 정든 것이었다. 라일락빛의 털에 다리가 굽은 셰르이는 자기의 몸이 홀가분하다는 것과, 자신의 재주에 만족하고 있음을 나타내기 위해 때때로 한 다리를 들고 세 다리로 껑충껑충 뛰기도 하고, 때로는 다리 넷을 모아 달리기도 하고, 죽은 말 위에 내려 앉은 갈가마귀를 보고 짖기도 하면서 길가를 즐겁게 달리고 있었다. 셰르이는 모스크바에 있을 때보다도 쾌활해지고 털도 미끈해졌다. 어느 쪽을 둘러보거나 가지가지 동물——인간을 비롯해서 말에 이르기까지——의 고깃덩어리가 썩어서 굴러다니고 있었다. 이리들은 인간 때문에 접근하지 못하고 있었으므로 셰르이만이 먹고 싶은 대로 먹을 수 있었다.

아침부터 보슬비가 내렸다. 그러다가 지금 당장이라도 그쳐 날씨가 맑게 개리라고 생각된 순간 전보다 더욱 굵은 빗방울이 떨어지기 시작했다. 빗물을 흠뻑 빨아들인 도로는 더 이상 물을 소화시킬 수 없어 수레바퀴 자국에 물이 철철 넘쳐 흐르고 있었다.

피예르는 주위를 둘러보면서 발걸음의 횟수를 세고, 세 발짝 옮길 때마다 손가락을 꼽으면서 걷고 있었다. 그는 마음 속으로 비야, 비야, 오너라, 흠뻑 쏟아져라 하고 말했다.

그는 아무것도 생각하지 않는 것 같았다. 그러나 그의 마음 속 깊은 곳에서는 무언가 평화로움을 주는 중대한 그리운 것을 생각하고 있었다. 그것은 어제 카라타예프와 나눈 대화에서 추출되었던 지극히 미묘한 종교적인 내용이었다.

어젯밤의 노영 때 모닥불이 꺼져 추워졌으므로 피예르는 자리에서 일어나 활활 타고 있는 다른 모닥불 가로 갔다. 그저 다가간 모닥불 곁에는 마치 법의처럼 외투를 머리 위에서부터 푹 뒤집어쓴 플라톤이 막히지 않고 상쾌하면서도 그러나 병자처럼 약하디 약한 목소리로, 이전에 피예르도 들은 일이 있는 이야기를 병사들에게 들려 주고 있었다. 이미 자정이 넘은 때였다. 이 시간은 언제나 카라타예프가 열병의 발작에서 소생하여 기운이 팔팔하고 점점 왕성해지는 때였다. 피예르는 모닥불 가까이로 플라톤의 병자처럼 약한 목소리를 듣고 활활 타오르는 모닥불에 비친 초췌한 얼굴을 보고는 무엇인가 찌르는 것 같은 불쾌한 것을 느꼈다. 그는 이 사나이에 대해 가련한 생각이 들자 깜짝 놀라 그대로 지나쳐 버리려고 했으나 딴 데 모닥불이 없었으므로 하는 수 없이 그대로 불 옆에 앉아 될수록 플라톤을 보지 않으려고 하면서 몸을 돌리고 앉았다.

「어때, 몸은?」하고 그는 물었다.

「몸 말인가? 병이 이러니저러니하고 눈물을 짜고 있으면 하느님께서 제대로 죽게 해주시지도 않아.」카라타예프는 이렇게 말하고, 곧 그가 하던 이야기를 계속했다.

「그래서 말이야, 여보게 알겠어?」플라톤은 수척해진 창백한 얼굴에 미소를 띄우고 유난히도 기쁜 듯이 눈을 반짝거리면서 계속했다.「그래서 말이야, 여보게……」

피예르는 그 이야기를 오래 전부터 알고 있었다. 카라타예프는 이야기를 피예르에게만도 벌써 여섯 번 정도 들려 주었다. 그리고 그때마다 특별한 기쁨을 담고 이야기하는 것이었다. 피예르는 이 이야기를 환히 알고 있었는데도 지금 처음 듣기라도 하듯 열심히 귀를 기울였다. 그러자 카라타예프가 이야기를 하면서 스스로도 느끼고 있는 듯한 조용한 환희가 피예르에게도 전해졌다.

그것은 가족과 함께 착실하고 경건한 생활을 하고 있던 늙은 상인이 어느 날 부유한 동업자와 함께 마카리예에 갔을 때의 이야기였다.

두 상인은 여인숙에 들어 함께 잤는데, 이튿날 일어나 보니 동업자가 참살당하고 소지품이 도둑맞아 있었다. 피로 물든 칼이 늙은 상인의 베개 밑에서 나왔다. 그는 재판에 회부되어 태형을 받고, 카라타예프의 말에 의하면 규정대로 콧구멍을 찢기고 징역형에 처해졌다.

「그래서 말이야, 여보게(피예르는 카라타예프의 이야기를 여기서부터 듣기 시작했다), 이로부터 십 년도 더 지났어. 늙은이는 징역을 살면서 규칙을 지키고 나쁜 짓은 조금도 하지 않고 다만 하느님에게 죽여 달라고 계속 빌기만 했지. 알겠나? 그러나 마치 우리가 지금 이렇게 하고 있듯이 어느 날 저녁 죄수들이 모두 한자리에 모였다고 생각해 보게. 그 가운데는 그 늙은이도 끼여 있었어. 그래서 어느 누구는 무슨 일 때문에 고생하고 있는가, 누구는 하느님에 대한 어떤 죄를 지었는가 하는 이야기가 시작되었거든. 모두들 자기 이야기를 했지 않았겠나? 어떤 죄수는 한 사람을 죽였다고 이야기했고, 어떤 죄수는 사람을 둘 죽였다고 했고, 또 어떤 죄수는 집에 불을 질렀다고 했고, 어떤 죄수는 그저 도망을 치려 했을 뿐 별다른 죄를 지은 일이 없다고 했다고 했거든. 그런데 늙은이는 무슨 잘못을 저질렀느냐는 질문을 받았지. 그러자 그는 말이지, 『나는 나 자신과 여러 사람들의 죄로 고생하고 있는 거야, 나는 사람을 죽인 일도 없고, 남의 물건을 훔친 일도 없어, 오히려 가난한 사람들에게 물건을 나누어 주었을 따름이야. 여보게, 나는 말일세, 장사꾼이었고 꽤 재산도 가지고 있었지.』하고 징역을 살게 된 자초지종을 이야기했어. 말하자면 여러 사람들에게 차근히 자초 지종을 이야기했지. 그는 또 자기가 처한 형편을 슬퍼하지 않고 하느님이 자신을 찾아냈다고 말했어. 다만 마누라와 아이들이 불쌍하다고 말하면서 훌쩍훌쩍 울기 시작했어. 그런데 마침 그 자리에 정말로 그때 사람을 죽인 사람이 섞여 있었어. 그 사나이가 『영감님, 그것은 어디에서 있었던 일입니까? 언제 어느 달이었읍니까?』하고 꼬치꼬치 캐물었거든. 이야기를 듣고 나자 사내는 마음이 괴로와서 견딜 수 없게 되었지. 그래서 그 사나이는 이렇게 늙은이에게로 다가가서 별안간 발 밑에 와락 쓰러졌어. 『영감님, 당신은 나 때문에 한평생을 헛되이 보내셨읍니다. 정말이지, 이분은 아무런 죄도 없이 괴로움을 받았어. 그 상인을 죽인 건 나란 말이오. 칼도 당신이 잠들고 있을 때 베개 밑에 넣어 두었었소. 제발 용서해 주세요, 영감님.』하고 말하지 않았겠나.』

카라타예프는 즐거운 듯이 벙글벙글 웃으면서 모닥불을 내려다보고 입을 다물었다. 그리고 타고 있는 장작을 고쳐 놓았다.

『늙은이는 여기에서 이렇게 말했어. 『하느님이 자네를 용서하실 것일세. 우리는 누구나 하느님 앞에 나가면 죄인이니까 말일세. 그러니까 나도 내 자신의 죄로 괴로와하는 걸세.』하고 그런데 자네들은 어떻게 생각하나?』 카라타예프는 점점 더 얼굴에 화색이 돌면서 감격의 미소를 띠우고 말했다. 그것은 자기가 지금부터 말하려고 하는 데에 이 이야기의 주요한 매력과 뜻이 포함되어 있음을 암시하는 것 같았다. 『어떻게 생각하나, 여보게들? 이 살인자가 당국에 자수를 했어. 『나는 사람을 여섯 죽였읍니다(형편 없는 악당이었나 보지). 하지만 이 할아버지만큼 가엾은 사람은 없읍니다. 그분이 나 때문에 더 이상 울지 않도록 어떻게 손을 써 주십시오.』하고 나왔지. 그래서 당국에서는 이 자수를 서류로 꾸며 규칙대로 이를 상부로 보냈지. 그러나 멀리 떨어져 있었기 때문에 재판이다, 조사다 해서 여러 가지 서류를 규칙대로 여기저기 관청에서 써야 하거든. 마침내 사건은 폐하에게까지 상주되었지. 이럭저럭하는 사이에 상인을 석방하고 보상금을 치르라는 폐하의 명령이 내렸지. 이 명령이 도착하자 모두들 늙은이를 찾으러 나섰어.

죄없이 고생하는 늙은이는 어디 있을까? 황제의 명령이다 하면서 찾았지.」카라타예프의 아래턱이 떨렸다. 「그러나 하느님은 벌써 그를 용서해 주었어. 늙은이는 죽은 거야. 이야기가 이렇게 됐어.」하고 카라타예프는 말을 맺었다. 그리고 말없이 미소를 짓고 오랫동안 앞쪽을 물끄러미 바라보고 있었다.

피예르의 마음은 이 이야기 자체가 아니라, 이 이야기의 신비로운 뜻과 이야기를 하는 동안 카라타예프의 얼굴에 감돌았던 환희와 이 환희의 신비로운 의의가 막연한 기쁨을 한아름 안겨 주었던 것이다.

14

「각자 제자리에!」갑자기 이러한 외침 소리가 들렸다. 포로와 호송병들 사이에는 기쁨을 담은 당황함과 무엇인지 행복하고 엄숙한 것에 대한 기대가 생겼다. 여기저기에서 구령 소리가 들렸고, 왼쪽으로부터 포로의 무리를 우회하면서 훌륭한 복장에 날씬한 말을 탄 기병대가 나타났다. 여러 사람의 얼굴에는 최고의 권력자 가까이에 있을 때와 같은 긴장의 표정이 떠돌았다. 포로들은 일단이 되어 모여들고 도로 바깥쪽으로 내몰렸다. 호송병들은 대열을 정돈하였다.

「황제다! 황제다! 원수다! 대공이다!」피둥피둥 살이 찐 호송병의 떼거리가 말을 타고 지나가더니 곧이어 여섯 필의 회색 말이 끄는 마차가 요란한 소리를 내면서 달려 지나갔다. 삼각 모자를 쓴, 침착하고 잘생긴 살이 찌고 하얀 얼굴이 힐끗 피예르의 눈에 비쳤다. 그것은 원수(元帥) 가운데 한 사람이었다. 원수의 시선은 사람의 눈을 끌기 쉬운 피예르의 커다란 모습에 쏠렸다. 그리고 이 원수가 얼굴을 찡그리고 외면한 표정에는 어쩐지 어떤 동정의 마음이 떠올랐으나 동시에 이를 숨기려고 하는 듯한 것이 피예르에게 느껴졌다.

수송대를 지휘하고 있던 장군은 무엇에 놀란 듯한 붉은 얼굴을 하고 여윈 말을 몰면서 마차의 뒤를 쫓고 있었다. 장교 몇 사람이 한 군데에 모이고 병사들이 곧 이들을 둘러쌌다. 모두들 흥분하고 긴장한 듯한 얼굴들을 하고 있었다.

「무엇이라고 말했지? 무엇이라고 말했지?」하는 소리가 피예르에게 들렸다.

원수가 지나가는 동안 포로들은 한데 몰려 있었기 때문에 피예르는 이 날 아침 이래 만나지 못했던 카라타예프를 그제야 보았다. 카라타예프는 늘 입고 있던 그 외투를 입은 채 자작나무에 기대 앉아 있었다. 그의 얼굴에는 어제 죄 없는 상인이 고생했던 이야기를 했을 때와 같은 환희 이외에 또 조용하고 엄숙한 표정이 빛나고 있었다.

카라타예프는 지금 눈물에 젖어 있는 언제나의 선량한 둥근 눈으로 피예르를 보고 있다. 그는 피예르를 옆으로 불러 무엇인지 말을 하고 싶은 눈치였다. 그러나 피예르는 너무나 자기 자신의 마음이 허물어질 것을 두려워하고 있었다. 그는 이 시선을 짐짓 못 본 체하고 허둥지둥 그 장소를 피했다.

포로들이 다시 행진을 시작했을 때 피예르는 뒤를 돌아다보았다. 카라타예프는 길가의 자작나무 곁에 앉아 있는 채였고, 프랑스병 두 사람이 그에게 무엇이라고 말하고 있었다. 피예르는 그 후 다시는 돌아보지 않았다. 그는 다리를 절룩거리면서 고갯길을 올라갔다.

그러자 뒤쪽의 카라타예프가 앉아 있던 쪽에서 한 발의 총소리가 울려 왔다. 피예르는 이 총소리를 분명히 들었다. 그러나 이 총소리를 들은 순간 피예르는 원수가 통과하기 전부터 시작하고 있던 계산, 여기서부터 스몰렌스크까지 얼마나 남았을까 하는 계산이 아직 끝나지 않았음을 깨달았다. 그래서 그는 계산을 시작했다. 프랑스병 두 사람이 피예르의 곁을 달려갔다. 한 사람은 아직 연기가 나는 총을 가지고 있었다. 두 사람 다 얼굴이 새하얗게 질려 있었다. 그들의 표정에는 이전에 사형을 집행할 때 젊은 병사에게서 볼 수 있었던 야릇한 표정이 떠 있었다. 피예르는 그 가운데 한 사람을 보자 그저께 밤 그 병사가 셔츠를 모닥불에 말리려고 하다가 태워 여러 사람들의 웃음을 자아냈던 일을 생각하였다.

카라타예프가 앉아 있던 뒤쪽에서 개가 슬프게 짖고 있는 소리가 들렸다. 『바보 같으니라고! 무엇 때문에 짖는담?』 피예르는 이렇게 생각했다.

피예르와 나란히 걷고 있던 동료 병사들도 역시 피예르와 마찬가지로 첫번 총소리에 이어 개짖는 소리가 들린 쪽을 돌아보려고도 하지 않았다. 그러나 모든 사람들의 얼굴에는 엄중한 표정이 떠돌고 있었다.

15

수송대도 포로대도 원수의 짐마차도 쉬암쉐보 마을에서 멈췄다. 이윽고 모두들 모닥불 곁으로 몰려들었다. 피예르도 모닥불 곁으로 다가가 구운 말고기를 조금 먹고 나서, 불 쪽으로 등을 돌리고 눕더니 곧 잠이 들었다. 그는 다시 보로지노의 전투 뒤 모쥐아이스크에서 경험한 것과 같은 잠에 떨어져 버렸던 것이다.

다시 현실의 사건이 꿈에 겹치고, 또 어느 누군가가(그 자신이거나 어느 다른 사람이) 그에게 어떤 사상을 이야기해 주었다. 더우기 그것은 모쥐아이스크에서 들은 것과 거의 같은 사상이었다.

『삶은 전체다. 삶은 하느님이다. 모든 것은 변하고 유동한다. 이 유동이야말로 하느님인 것이다. 삶이 있는 한 신을 자각하는 환희가 있다. 삶을 사랑한다는 것은 곧 하느님을 사랑하는 것이다. 한결 어렵고 한결 커다란 행복은 고통 가운데서, 죄 없이 받는 고통 가운데서 이 삶을 사랑한다는 것이다.』

『카라타예프다!』피예르는 문득 그를 생각했다. 그러자 오래 전에 잊고 있던, 스위스에서 피예르에게 지리(地理)를 가르쳤던 온화한 노교사의 모습이 문득 피예르의 마음 속에 생생하게 살아났다.『잠깐만.』노교사는 피예르에게 지구의(地球儀)를 보여 줬다. 그 지구의는 일정한 형태를 가지지 않은, 살아서 움직이고 있는 공이었다. 공의 표면은 전체에 고루 퍼진 물방울로 되어 있었다. 이들 물방울은 떼굴떼굴 굴러 몇 방울이 하나로 합쳐졌다가는 곧 한 방울이 몇으로 갈라지기도 했다. 하나하나의 물방울이 될수록 넓게 퍼져 조금이라도 장소를 많이 차지하려고 하지만 똑같은 희망을 가진 다른 물방울이 그것을 억눌러 때로는 전적으로 부숴 버리거나 때로는 한데 어울리기도 했다.『이것이 인생이란 거야.』하고 노교사는 말했다.

『정말 얼마나 간단 명료한 일이냐?』하고 피예르는 생각했다.『그런데 나는 왜 지금까지 이걸 몰랐을까?』

「한가운데에는 하느님이 계시지. 그래서 모든 물방울은 될수록 하느님을 크게 비치려고 열심히 퍼지려 하는 거야. 물방울은 커졌다가 줄었다가 해. 그리고 표면에서 종적을 감춘 놈은 일단 깊숙이 숨었다가 다시 떠오르는 거야. 보게, 이것이 카라타예프야. 이것 역시 퍼졌다가 종적을 감췄지. 알겠지, 응?」하고 누군가가 이렇게 고함치는 소리에 피예르는 잠을 깼다.

그는 일어나 앉았다. 방금 러시아병 한 사람을 밀뜨렸던 프랑스병 한 사람이 모닥불 곁에 쪼그리고 앉아 꼬치에 꽂은 고기를 굽고 있었다. 소매를 걷어 올리고 털이 북슬북슬한 짧은 손가락을 가진 심술투성이의 빨간 손이 꼬치를 교묘히 돌리고 있었다. 미간을 찌푸린 다갈색의 음침한 얼굴이 불빛에 환히 보였다.

「저런 녀석은 어떻게 되건 상관 없어.」뒤에 서 있는 병사를 힐끗 돌아보면서 그는 이렇게 중얼거렸다.「강도야, 정말로!」프랑스병은 꼬치를 돌리면서 음침한 눈빛으로 피예르를 노려보았다. 피예르는 어둠 속을 바라보면서 외면을 했다. 프랑스병에게 떼밀린 러시아의 포로는 모닥불 곁에 앉아서 무엇인가를 열심히 쓰다듬고 있었다. 자세히 보니 거기에는 라일락빛 강아지가 꼬리를 치면서 병사 곁에 앉아 있는 것이었다.

「아, 왔군?」 하고 피예르는 말했다. 「그런데 플라…….」 하고 그는 여기까지만 말하고 말았다. 그의 머리 가운데는 문득 플라톤이 나무 밑에 앉아 그를 쳐다본 눈길이며, 거기서 들려 온 총소리며, 곁을 뛰어갔던 두 프랑스병들의 죄스러운 얼굴이며, 연기가 나던 총이며, 이 날 밤, 야영에는 카라타예프가 빠져 있다는 점이며, 이러한 추억들이 서로 얽혀서 거의 동시에 떠올랐다. 그래서 그는 카라타예프가 살해되었음을 이내 깨달을 수 있었을 텐데, 이때 문득 그의 머리 속에는 어느 여름날 키예프의 별장의 노대에서 폴란드 미인과 함께 보낸 하룻밤의 추억이 떠올랐다. 그래서 결국 오늘의 기억을 연결시켜 어떤 결론을 내릴 사이도 없이 피예르는 눈을 감고 말았다. 그러자 여름의 풍경은 목욕과 흔들려 움직이는 물방울 등의 회상과 겹쳐 그는 어디엔가 물속 깊숙이 빠져들어 머리 위까지 흠뻑 물을 쓰고 있는 듯이 생각되었다.

새벽에 피예르는 귀가 따가울 정도로 자주 들리는 총소리와 사람들이 외치는 소리에 잠에서 깼다. 피예르 곁을 프랑스병이 뛰어갔다.

「코삭들이다.」 그들 가운데 한 사람이 외쳤다. 이윽고 한 일 분 뒤에는 러시아인의 떼거리가 피예르를 둘러쌌다.

피예르는 한동안 자기가 어떻게 되어 있는지 어리둥절했다. 동료들의 기쁨에 넘치는 외침 소리가 사방에서 들렸다.

「아아, 여러분! 그리운 형제들이여!」 나이 먹은 병사들은 코삭과 경기병들을 끌어안고 눈물을 흘리면서 소리질렀다.

경기병이나 코삭들은 포로를 둘러싸고 옷 또는 구두, 빵 따위를 분주히 권하고 있었다. 피예르는 그 한가운데 앉아 울음을 터뜨리고 한 마디도 말을 할 수가 없었다. 그는 맨 먼저 자기 곁으로 온 병사를 껴안고 울면서 키스해 주었다.

돌로호프는 부서진 집의 문 옆에 서서 무기를 빼앗기고 곁을 지나가는 프랑스병의 떼거리를 감시하고 있었다. 방금 일어난 사건에 흥분한 프랑스병들은 커다란 소리로 서로 지껄이고 있었다. 그러다가 돌로호프 곁에까지 오면 말을 뚝 그쳤다. 돌로호프는 채찍으로 가볍게 장화를 두들기면서 유리알처럼 싸늘하고 몹시 불길한 눈초리로 프랑스병을 바라보고 있었다. 한편에서는 돌로호프의 부하 코삭이 서서 포로의 수를 세면서 백 사람이 지나갈 때마다 분필로 문에 표지를 하고 있었다.

「몇 명이야?」 돌로호프는 포로의 수를 세고 있는 코삭에게 이렇게 물었다.

「한 이백 명쯤 됩니다.」 하고 코삭이 대답했다.

「빨리 가, 빨리 걸어.」 하고 돌로호프는 말했다. 이것은 프랑스인에게서 배운 말투였다. 지나치는 포로들과 눈길이 마주치면 그의 눈은 독살스러워지는 것이었다.

제니소프는 침통한 낯빛으로 털모자를 벗고는, 뜰 한가운데 파놓은 구덩이로 폐짜 로스토프의 시체를 나르는 코삭의 뒤를 따라갔다.

16

10월 28일 혹한이 시작해서부터 프랑스군의 패주는 점점 비극적인 것이 되어 버렸다. 병사들은 얼어 죽거나 모닥불 곁에서 타 죽기도 하는 한편, 황제나 왕이나 대공들은 털외투로 몸을 감고 약탈한 재물을 가지고 포장 마차를 달리고 있어 더욱더 비극적인 성격을 띠어 갈 뿐이었다. 그러나 본질적으로 프랑스군의 패주와 붕괴의 경과는 모스크바 철퇴 이후와 조금도 다를 것이 없었다.

모스크바에서 뱌지마로 가는 사이에, 칠만 삼천 명의 프랑스군 가운데 살아 남은 사람은 근위병(近衛兵)을 제외하고(근위병은 전쟁의 초기에서 이때에 이르기까지 약탈 이외에는 한 일이 없었다) 삼만 육천 명에 지나지 않았다 (이 가운데 전사자는 오천 명도 되지 않았다). 이것이 급수(級數)의 제1항이니까, 다른 여러 항은 이에 따라 수학적으로 산출해 가면 틀림없을 것이다.

결국 이러한 비례로 프랑스군은 모스크바에서 뱌지마까지, 뱌지마에서 스몰렌스크까지, 베레지나에서 빌리나까지, 그러나 이것은 추위나 추격이라든가 퇴로의 차단이라든가 그 밖의 여러 가지 원인이 어떻게 되었건 관계 없는 일이었다.

프랑스군은 뱌지마로부터는 이때까지의 세 종대를 한 덩어리로 합쳐 끝까지 이런 상대로 나아갔다. 베르찌예는 황제에게 보고서를 썼다(대체로 군지휘관이 군대의 상황을 보고할 경우 진실과 얼마나 거리가 있는지는 잘 알려진 사실이다). 그는 다음과 같이 썼다.

〈소관은 최근 사흘 동안 행군중에 스스로 보고 들은 각 군단의 상황을 폐하께 상주함이 의무인 줄 아뢰옵니다. 우리의 각 군단은 거의 혼란 상태에 있고 군기(軍紀)를 지키는 자는 불과 사분의 일에 불과하오며, 다른 자들은 모두 저마다 바라는 방향으로 나아가 오로지 먹을 것만을 구하고 군기를 태연히 범하는 실정이옵니다. 누구나 스몰렌스크만을 꿈꾸고 있고 거기에서의 휴식밖에 생각하고 있지 않습니다. 지난 며칠 사이에 많은 병사들이 탄약통과 총을 버리는 형편이었읍니다. 사태가 이러하온지라 장래에 대한 폐하의 배려에도 불구하고 군의 기능을 정비하기 위해 스몰렌스크에 각 군단을 집합하고 그 가운데서 군무에 적당치 않은 자, 즉 말을 잃어버린 기병, 무기를 가지지 않은 보병, 불필요한 치중(輜重), 이제는 전병력과의 균형을 잃어버린 포병의 일부를 버릴 것이 필요하온지라 양식을 주고 며칠 동안 휴양을 하는 것이 필요하다고 생각되옵니다. 군병은 굶주림과 피로 때문에 초췌하기 이를 데 없사오며 최근 며칠 동안 길과 야영지에서 사망자가 부쩍 늘어나고 있는 실정이옵니다. 이렇듯 비참한 상태는 날이 갈수록 심해지고 있어 만약 이러한 재난을 예방하는 조치를 조속히 강구하지 않으면 소관들은 마침내 전투에 임해 군을 지휘할 수 없는 형편에 이르지 않을까 염려되는 바입니다. 11월 9일 스몰렌스크에서 삼십 베르스타 떨어진 지점에서.〉

약속의 땅처럼 생각되었던 스몰렌스크로 몰려든 프랑스군은 서로가 먹을 것을 가지고 싸우기도 하고 우군의 주보를 빼앗기도 하여 아무것도 남지 않게 약탈하고 나자 계속 도주했다.

모든 사람들이 어디로 무엇 때문에 가는지도 모르면서 길을 재촉했다. 특히 천재 나폴레옹 자신이 다른 누구보다도 더 몰랐다. 그 까닭은 아무도 그에게 명령하는 사람이 없었기 때문이었다. 그렇지만 그를 비롯해서 주위의 사람들은 전부터의 습관을 그대로 지켜 명령이나 편지나 보고서나 〈일과 예정표〉를 쓰기도 하고, 또 서로 〈폐하, 나의 종형, 에크뮐 공, 나폴리 왕〉이니 하고 부르기도 했다. 그러나 명령이나 보고는 다만 종이 위에서 위력을 나타낼 따름이고 실천에 옮겨지는 일은 없었다. 실천에 옮겨질 수 없었기 때문이다. 그리고 서로 폐하니 전하니 종형이니 하고 부르고는 있었지만 모두들 자기네가 나쁜 짓도 많이 한 가련한 더러운 인간이고 지금 그 앙갚음을 받고 있음을 깨닫고 있었던 것이다. 그들은 군대에 대해서 걱정하고 있는 체했지만 실상은 자기 일개인에 대해서만, 어떻게 하면 한 발짝 앞서 도망쳐 몸을 건질 수 있을까 하는 생각밖에 가지지 않았다.

17

　모스크바로부터 네만 강에 이르는 퇴각전에서 러시아군과 프랑스군의 행동은 마치 숨바꼭질이라도 하는 것 같았다. 아군이나 적이나 모두 눈을 가리고 있고, 한쪽에서 때때로 방울을 울려 자기의 위치를 상대방에게 알린다. 시초에 술래는 상대방을 두려워하지 않고서 방울을 울리다가 점점 형세가 불리해지면 될수록 들키지 않게 살금살금 걷게 된다. 그리고 적을 교묘히 피하려고 하다가 나중에는 오히려 적의 올가미에 뛰어들기가 일쑤이다.

　시초에는 나폴레옹군도 자기네 존재를 알리고 있었다. 그것은 칼루가 가도 퇴각의 시초의 일이었으나 그뒤 스몰렌스크 가도에 나오자 그들은 소리가 나지 않도록 방울을 움켜쥐고 달아났다. 그러다가 무사히 도망쳤다고 생각할 즈음에 러시아군과 맞부딪치는 경우가 때때로 있었다.

　프랑스군의 패주나 러시아군의 추격은 다같이 **빠른** 속도였기 때문에 말의 피로가 몹시 심해졌으므로 대체로 적의 상황을 아는 중요한 방법의 기병 척후라는 것이 없어졌다. 그뿐 아니라 두 나라 군대의 위치가 항상 급히 변했으므로 정보를 얻었더라도 이미 이것을 쓸 여유가 없었다. 첫날 적이 진을 친 지점에 관해 이튿날 보고를 받았다고 해도 어떤 대책을 세워야 할 사흘째 되는 날에는 적이 이미 두 행정(行程)쯤 물러나 전혀 다른 위치에 자리잡고 있는 것이었다.

　한쪽은 도망치고 다른 한쪽은 뒤쫓았다. 스몰렌스크로부터는 프랑스군이 나아갈 길이 여러 가닥이 있었다. 프랑스군은 벌써 거기에 나흘이나 있었으므로 적이 어디에 있는지 연구해서 유리한 계획을 짜고 무슨 새로운 방법을 강구해야만 했는데도 이들은 나흘이나 묵은 뒤 다시 떼를 지어 도망치기 시작했다. 그나마 오른쪽이나 왼쪽이 아니라 아무런 계획이나 고려도 없이 가장 불리한 옛 가도, 한번 짓밟고 지나갔던 자리를 따라 크라스노예로부터 오르샤로 도망쳤던 것이다.

　적은 후방에 있지 전방에는 없다고 생각했던 프랑스군은 끝에서 끝까지 스물네 시간이나 걸릴 정도의 거리로 퍼지면서 **뿔뿔이** 흩어져 도망쳤다. 맨 먼저 황제, 다음에 왕, 다음에는 대공들의 순서로 도망했다. 러시아군은 나폴레옹이 오른편으로 해서 드니에프르를 건너리라고 짐작하고(그것이 가장 이치에 맞는 일이었다) 역시 오른편으로 돌아 크라스노예로 통하는 대가도로 빠졌다. 그러자 이때 프랑스군은 숨바꼭질을 하듯 아군의 전위와 마주쳤다. 적과 난데없이 부딪친 프랑스군은 넋이 빠져 버렸다. 그리고 너무나 뜻밖에 당한 일에 놀라 주춤했으나 이윽고 뒤에 계속되는 자기네 편을 버리고 다시 도망치기 시작했다. 이로부터 사홀 동안 프랑스군의 각 부대는 연이어서 처음엔 부왕(副王), 이어 다부, 다음엔 네이의 순서로 러시아군 사이를 뿔뿔이 빠져 나갔다. 그들은 모두 자기네 편을 버렸다. 그리고 무거운 짐이며 포나 병사를 절반이나 버리고, 야음을 타서 오른편으로부터 반원을 그리면서 러시아군이 있는 곳을 돌아서 달아났다.

네이는(우군의 불리한 처지에도 불구하고 오히려 그 때문에 그랬는지는 모르지만 넘어지고 나서 땅을 내려치듯이) 아무런 방해도 되지 않는 스몰렌스크의 성벽을 폭파시키느라고 제일 늦게 달아났다. 일만 명의 군단을 이끌고 가장 늦게 달아난 네이가 오르샤의 나폴레옹에게 달려갔을 때는 불과 천 명의 병력밖에 남아 있지 않았다. 그는 모든 군병과 대포를 버리고 밤을 이용하여 잠복해 가면서 드니에프르 강을 건너 숲을 따라 도망쳐 왔던 것이다.

오르샤에서도 이들은 역시 추격군과 숨바꼭질을 하면서 다시 빌리나로 향해서 한길을 따라 도망쳐 갔다. 그 도중에 베레지나 강에서 다시 혼란을 일으켜 많은 익사자와 투항자를 냈다. 그러나 제대로 강을 건넌 자는 계속해 도망쳐 갔다. 지휘관은 털외투를 입고 썰매를 타고 동료를 버리고 혼자서만 달아났다. 도망할 수 있는 자는 도망쳤고 그렇게 할 수 없는 자는 항복하거나 죽거나 했다.

18

프랑스군이 스스로를 파멸시키기 위해 가지가지 방법을 다한 이 도주전(逃走戰)에는 칼루가 가도로 진출한 당초부터 지휘관이 군대를 버리고 도망치게 되기까지의 모든 행동에 아무런 의의도 없는 것 같다. 군중의 행동을 한 사람의 의지에 돌리려는 역사가들도 전쟁의 이 시기—이 퇴각을 그러한 의미로 기술할 수는 도저히 없었을 것 같다. 그러나 꼭 그렇지도 않은 것이다. 역사가들은 이 전쟁에 관해서 산더미같이 많은 책을 썼으며, 어디에서나 나폴레옹의 작전과 그의 지략, 군사를 지도한 술책과 여러 원수들의 천재적인 지휘를 칭찬하고 있다.

나폴레옹이 양식이 풍부한 지방으로 옮길 수 있는 길이 트여 있음에도 불구하고, 또 그 뒤 쿠투조프가 추격할 때 선택했던 평행한 도로가 트여 있음에도 불구하고 그가 말로야로슬라베스로 퇴각했다는 것은, 말하자면 일부러 황폐한 옛길을 거쳐 퇴각했다는 것은 가지가지 의미 심장한 의의를 가지고 설명되고 있다. 또 스몰렌스크로부터 오르샤에 이르는 퇴각도 마찬가지로 뜻깊은 이유가 있다고 변호되고 있다. 또 크라스노예에 있어서 나폴레옹의 용감한 행동이라는 것도 전해지고 있다. 여기에서 그는 전투에 응하고 스스로 군대를 지휘할 결심을 굳히고 자작나무의 막대기를 들고 다니면서 『나는 꽤 오랫동안 황제가 되어 있었지만 이제는 장군이 되어야 할 때이다.』하고 말했다지만 그럼에도 불구하고 그는 곧 그 뒤 붕괴되어 있는 후방의 각 부대를 운명에 맡겨 두고 계속해서 달아났던 것이다.

다음으로 여러 원수들, 특히 네이의 정신이 위대했다고 쓴 기록이 많다. 정신이 위대했던 것은 다름 아니라 밤중에 숲으로 빠져서 드니에프르 강을 건너고, 군기며 대포도 내동댕이치고 군대의 구 할까지를 없애 가면서 오르샤에까지 도망쳐 왔음을 말하고 있는 것이다.

그리고 마지막에 위대한 황제가 용감한 군대를 버린 것을 역사가들은 일종의 숭고한 천재적인 행동처럼 잘 묘사하고 있다. 인간의 언어로 비열의 최하급이라고까지 일컬어지고, 세 살 난 어린애들까지 부끄리운 일이라고 가르쳐지는, 이 도망간다고 하는 행위조차도 역사가들의 말로는 다르게 변호되고 있는 것이다.

역사적 판단의 신축 자재한 실[糸]을 이제 이 이상 더 잡아 늘이기가 불가능하게 되어, 어떤 하나의 행위가 전 인류에 의하여 선(善), 혹은 정의로 불리고 있는 것에 명확하게 상반될 경우에 역사가들은 위대라는 구원의 관념을 낳는 것이다. 마치 위대라는 것이 선악의 척도를 초월하기라도 하듯이 말이다. 위대한 인간에게 있어서 악이란 있을 수 없다. 아무리 극악 무도한 짓일지라도 그것이 위대한 사람의 죄가 될 염려는 없는 것이다.

『이것은 위대하다!』고 역사가들은 말한다. 이렇게 말할 때는 이미 선이고 악이고가 문제되지 않는다. 다만 〈위대한 것〉과 〈위대하지 않은 것〉이 있을 따름이다. 〈위대한 것〉은 선이고 〈위대하지 않은 것〉은 악이다. 역사가들의 생각엔 〈위대〉란 그들이 영웅이라고 부르고 있는 어떤 특정한 존재의 특질인 것이다. 그러니까 나폴레옹은 죽어 가는 동료뿐만 아니라(그의 의견에 의하면) 자신이 여기까지 데리고 온 많은 사람들을 버리고 따뜻한 털외투를 뒤집어쓰고 달아나면서도 〈이것은 위대한 것〉이라고 느끼고 마음에 거리끼는 것이 없었던 셈이다.

『숭고(나폴레옹은 자기 속에서 숭고한 것이 있다고 생각하였다)와 익살은 그저 한 발짝의 차이에 불과하다.』고 나폴레옹은 말했다. 그리고 온 세계는 오십 년 동안을 『숭고하다! 위대하다! 나폴레옹은 위대하다! 숭고와 익살은 그저 한 발짝의 차이에 불과하다.』고 되풀이했다.

선악의 척도로 젤 수 없는 위대함을 인정하는 것은 다만 자기가 무가치하고 한없이 약함을 인정하는 것에 불과하다는 것을 아무도 깨닫지 못하는 것이다.

그리스도로부터 주어진 선악의 척도를 갖는 우리로서는 헤아릴 수 없는 것이란 하나도 없다. 단순함과 선량함과 정의가 없는 곳에는 위대함도 있을 수 없는 것이다.

19

1812년 전쟁의 말기에 관해서 쓴 기록을 읽는 러시아인 가운데, 분노와 불만과 석연치 않은 애매함을 가지지 않는 사람이 있을까? 또 러시아의 삼군(三軍)이 우세한 병력을 가지고 프랑스군을 포위했음에도 불구하고——붕괴한 프랑스군이 굶주림과 추위에 떨면서 항복해 왔음에도 불구하고——역사의 진술에 의하면 러시아군이 프랑스의 전군을 억제하고 차단해서 모조리 사로잡아야겠다고 생각했음에도 불구하고 어째서 전프랑스군을 사로잡지도 않았고 쳐부수지도 않았는가, 하고 반문하지 않는 사람이 과연 있을까?

프랑스군보다 수에 있어서 떨어지는 러시아군이 보로지노에서는 스스로 싸움을 걸었다. 이렇던 러시아군이 이번에는 세 방면에서 프랑스군을 포위했고, 그나마 이들을 사로잡으려 했음에도 불구하고 어째서 그 목적을 달성하지 못하였을까? 정말로 프랑스군은 우리가 우세한 병력으로 포위하였는데도 격파할 수 없었을 만큼 강대했을까? 어째서 그렇게 되고 말았을까?

역사(보통 이런 말로 불리고 있는 것)는 이러한 질문에 대한 대답으로 이렇게 되어 버린 것은 쿠투조프, 토르마소프, 치챠고프, 그 밖의 사람들이 이러저러한 기동(機動)을 하지 않았기 때문이라고 말하고 있다.

그러나 이들은 왜 그런 작전을 쓰지 않았을까? 만약에 예정된 목적을 달성하지 못한 책임을 그들에게로 돌린다면 그들은 어째서 재판에 돌려 심판받지 않았을까? 설령 러시아측이 성공하지 못한 책임이 쿠투조프, 치챠고프와 그 밖의 사람들에게 있다고 하더라도 러시아군은 어째서 크라스노예나 베레지나에서 그러한 상황에 놓여 있었음에도 불구하고(이 두 경우 모두 러시아군은 지극히 우세한 위치에 있었다) 최초에 목적했던 대로 프랑스군의 원수나 왕이나 황제를 같이 사로잡지 못했다는 사실은 아무래도 이해할 수 없는 노릇이다.

이 기묘한 현상을 설명하는 데 있어서(러시아의 전쟁 역사가들 모양으로) 이것은 쿠투조프가 공격을 저지한 때문이라고 한다면 사실과 크게 어긋난다. 왜냐하면 쿠투조프의 의지로 군의 공격을 억제하지 못했던 것은 뱌지마나 타루찌노 전투에서 충분히 알려진 일이었기 때문이다.

보로지노에 있어서는 훨씬 약한 힘을 가지고 승승 장구하던 적에게 이겼던 러시아군이 크라스노예나 베리지나에 있어서는 어째서 우세한 병력을 가지고 있으면서 엉망진창이 된 프랑스군에게 져버렸을까?

러시아군의 목적이 만약에 나폴레옹을 비롯한 각 원수의 퇴로를 끊고 그들을 사로잡는 것에 있었다고 하면, 이러한 목적이 달성되지 못했을 뿐만 아니라 이것을 달성하려던 온갖 시도도 번번이 무참한 실패를 거듭했던 것이니, 따라서 이 전투의 말기는 프랑스인들이 말하는 대로 그들의 연전 연승으로 끝난 셈이 되고, 러시아의 역사가가 자기 나라의 승리라고 생각하고 있는 것은 전혀 틀린 생각이라고 하지 않으면 안 된다.

러시아의 전사가들도 논리에 구속되는 한 본의 아니게 이러한 결론에 이른 셈이다. 그리고 용기니 충성이니 하고 아무리 높이 칭찬한대도 프랑스군의 모스크바 퇴각은 나폴레옹이 거둔 승리의 연속이고 쿠투조프의 패배임을 승인하지 않으면 안 되었다.

그러나 국민적인 자부심을 계산에 넣지 않더라도 이러한 결론은 그것 자체가 모순을 안고 있는 것처럼 느껴진다. 왜냐하면 프랑스군의 연전 연승은 오히려 그들을 전멸로 이끈 반면에 러시아군의 연속적인 패배는 그들로 하여금 적을 전멸하게 하고 조국으로부터 적의 모습을 없애게 했기 때문이다.

이러한 모순을 일으키게 된 까닭은 황제나 장군의 서한, 가지가지의 저술, 보고서, 계획서 등의 자료로 사건을 연구했던 역사가들이 1812년의 후기에 있어서 전혀 존재한 적이 없던 잘못된 목적, 즉 나폴레옹을 비롯해서 각 원수와 군대의 퇴로를 끊고 그들을 사로잡는다는 목적을 멋대로 예상했기 때문이다.

이러한 목적은 절대로 없었고 또 있을 수도 없었다. 왜냐하면 그런 것은 아무런 뜻도 가지지 않았고 그것을 달성하기가 전혀 불가능했기 때문이다.

이러한 목적이 아무런 뜻도 가지지 않았던 것은 첫째로, 붕괴해 버린 나폴레옹의 군대가 전속력으로 러시아의 땅을 빠져 나갔기 때문이다. 말하자면 모든 러시아인이 가장 바랐던 그 일이 이루어졌기 때문이다. 정신 없이 도망치고 있는 프랑스 군대에 대해서 가지가지 작전을 편다고 해서 그것이 무슨 도움이 되었겠는가?

둘째로, 모든 힘을 다해서 도망치고 있는 사람을 도중에서 가로막는다는 것은 아무런 뜻도 없는 노릇이었다.

셋째로, 그렇게 해야 할 외부적인 원인이 없더라도 이미 쓰러져 가는 프랑스군을 멸망시키기 위해 자기의 군대를 잃는다는 것은 아무런 뜻도 없었다. 실제로 프랑스군이 자멸한 속도는 대단한 것으로 퇴로를 일부러 차단하지 않더라도 십이월에 러시아에서 빠져 나간 숫자 이상, 그러니까 전군의 백분의 일이 국경을 넘지는 못 했을 것이다.

네째로, 황제나 왕이나 제공을 사로잡는다는 희망도 아무 뜻이 없었다. 그런 사람들을 포로로 한다면 러시아군의 활동이 지극히 곤란에 빠졌을 것이다. 그것은 당시의 가장 능란한 외교가들(J. 마이스트르, 그 밖의 사람들)도 인정했던 일이다. 프랑스의 군단을 사로잡아야 한다는 희망은 더 한층 무의미한 노릇이었다. 왜냐하면 크라스노예까지 가는 도중에 반수를 잃어버린 러시아군은 몇 군단이나 되는 포로들 때문에 많은 병력을 호송을 위해 빼돌려야 했을 것이다. 그리고 병사들은 자주자주 충분한 식량을 얻지 못하는 형편이었고, 그때까지 수용했던 포로들은 굶주림 때문에 마구 죽어 가는 형편이었기 때문이다.

나폴레옹과 그 군대의 퇴로를 끊고 이것을 사로잡아야겠다는 심원(深遠)한 계획은, 채전의 두둑을 결딴내 버린 소를 뒤쫓아 문 밖으로 달려나가 그 소의 머리를 두들겨 주려는 농부의 생각과 똑같은 것이다. 이 농부가 또 하나 변명할 말이 있다면 그것은 그가 앞뒤를 가리지 못할 만큼 화가 났다는 정도이리라. 그러나 이러한 변명은 작전 계획을 세우는 사람에게는 적당한 말이 되지 못한다. 그것은 두둑이 결딴나서 해를 입은 사람은 그들이 아니었기 때문이다.

게다가 나폴레옹과 그 군대를 가로막는 것은 아무런 뜻도 없었을 뿐 아니라 그렇게 할 수도 없는 노릇이었다. 이것이 불가능하다는 까닭은 첫째로, 실험에 의해서 알 수 있는 바와 같이 어떤 전투에 있어서 오 베르스타에 걸친 대종대의 행동은 절대로 계획과 일치하는 것이 아니므로 따라서 치차고프나 쿠투조프나 비트겐슈타인이 일정한 시간에 지정된 장소에서 합류될 수 있다고 하는 상상은 거의 불가능했기 때문이다. 이것은 쿠투조프가 계획서를 접수했을 때 먼 거리에 이르는 방향 전환은 소기의 결과를 가져오는 것이 아니라고 말한 것은 바로 이러한 생각에 의해서이다.

불가능한 둘째 이유는, 나폴레옹의 퇴각의 타력(惰力)을 마비시켜 버리는 데는 당시 러시아가 가지고 있던 것보다 훨씬 많은 병력이 필요했기 때문이다.

이것이 불가능했던 세 번째 이유는 차단한다는 군사적인 용어가 아무런 의미도 가지지 않기 때문이다. 빵 조각 같으면 끊어 버릴 수 있겠지만 군대를 그렇게 할 수는 없다. 군대를 금방 끊는 일, 군이 나가는 길을 끊어 버리는 일은 도저히 불가능하다. 왜냐하면 어떠한 장소에서 우회해서 갈 만한 장소는 얼마든지 있는 데다가 아무것도 보이지 않는 밤이란 것이 있기 때문이다. 이것은 군사 학자가 크라스노예나 베레지나의 실례(實例)를 보면 쉽게 알 수 있는 것이다. 사로잡는다는 데 이르러서는 본인의 승낙을 얻지 않고는 결코 남을 사로잡을 수 없다. 그것은 마치 제비가 손 위에 앉으면 잡을 수 있지만 그렇지 않으면 잡을 수 없는 것과 마찬가지이다. 독일인처럼 군략이나 전술의 법칙에 따라 항복하는 경우에는 적을 사로잡을 수 있다. 그러나 프랑스의 군대는 완전히 정당한 이유로 해서 포로로 잡히려 하지 않았다. 왜냐하면 도망치거나 포로가 되거나 마찬가지로 굶주림과 추위가 그들을 기다리고 있었기 때문이다.

이것이 불가능하다고 하는 네 번째의 가장 주요한 이유는 세상이 시작된 이래이 1812년 전투만큼 무시무시한 조건 밑에서 행해졌던 전쟁은 일찌기 없었기 때문이다. 러시아군은 프랑스군을 추격하는 데 온 힘을 기울이고 있었으므로 만약에 그 이상의 노력을 한다면 스스로 멸망할 수밖에 도리가 없었다.

티루찌노로부터 크라스노예까지 가는 사이에 러시아군은 병자나 낙오병들로 오만 명, 그러니까 지방 대도시의 인구와 비슷한 병원(兵貝)을 잃었다. 군대의 반수를 싸우지 않고 잃었던 것이다.

전쟁의 이 시기, 말하자면 군대가 장화도 털외투도 없고 넉넉하지 못한 양식을 먹으면서 보드카도 마시지 않고 몇 달 동안 영하 십 오 도의 눈 속에 야영했던 시기, 하루 가운데 낮은 불과 일곱 시간이나 여덟 시간밖에 되지 않고 나머지는 군기(軍紀)의 힘으로도 어쩔 수 없는 밤만의 시기, 전투 때같이 불과 몇 시간 동안만 군기의 힘도 미치지 않는 죽음의 영역에 끌려 들어가는 것이 아니라 끊임없이 굶주림과 추위와 싸우면서 몇 달이나 생활하고 있던 시기, 한달 동안에 군대의 반이나 줄어드는 시기, 전쟁의 이러한 시기에 관해 역사가들은 밀로라도비치가 어디어디에서 측면 공격을 했다든가, 트르마소프가 어디어디 지점으로 갔어야 했다든가, 치챠고프는 어디어디 방면으로 진격했어야 했다든가(그것은 무릎까지 눈에 빠질 때였다), 또 실제로 이들이 적을 어떻게 격파하고 차단했다든가 하는 말들을 멋대로 지껄이는 것이다.

절반이 멸망에 빠진 러시아군은 자기 나라 국민을 욕되게 하지 않을 목적을 달성하기 위해서 할 수 있는 데까지의 일을 했고, 해야 할 일을 해버렸던 것이다. 따라서 훈훈한 방안에 앉아 있던 다른 러시아인이 예상하고 있던 불가능한 일을 하지 않았다고 해서 그것이 결코 러시아군의 죄는 아니다.

이와 같은 모순, 즉 현세에서 보면 기묘하고 이해할 수 없는 모순, 사실과 역사의 당착(撞着)에 의해 생겨나는 소이(所以)는 다만 이 사건을 쓴 역사가들이 여러 장군들의 아름다운 감정이나 말의 역사를 썼지 사건의 역사를 쓰지 않았기 때문이다.

　그들에게 있어서 밀로라도비치의 말이라든가 어떤 장군이 어떤 상을 탔다든가 혹은 그들의 예상이며 계획들이 대단히 중요한 것으로 생각되고, 병원이나 묘지에 남겨진 오만 명의 인간에 관한 문제는 아무런 관심도 불러일으키자 않았던 것이다. 말하자면 그러한 문제는 그들의 연구 범위에 속하지 않기 때문이다.

　그러나 일단 장군의 보고나 작전 계획의 연구에서 떠나 사건에 직접 관계된 몇십만 명의 인간의 행동을 생각한다면 이전에는 이해할 수 없었던 모든 문제가 당장에, 그리고 지극히 간단하면서 틀림없는 해답을 얻을 수 있을 것이다.

　나폴레옹과 그 군대를 차단한다는 목적은 다만 극소수의 인간이 상상 이외에는 절대로 존재하고 있지 않았다. 그런 것이 존재해 있을 까닭이 없었다. 왜냐하면 그것은 아무 뜻도 없는 일이었기 때문이다. 그러한 목적에 이른다는 것은 불가능한 일이었기 때문이다.

　국민의 목적은 오직 하나였다. 곧 자기네.의 조국에서 침입군을 소탕하는 일이었다. 이러한 목적은 우선 프랑스군의 도주로 저절로 이루어졌다. 그러니까 다만 이 도주를 그치지 않도록 하기만 하면 족했다. 둘째로, 이러한 목적은 프랑스군의 섬멸에 기울인 전국민의 힘으로 이루어졌다. 세째로, 이러한 목적은 프랑스군이 도주를 그친 경우에 대비하면서 러시아의 대군이 프랑스군을 뒤쫓음으로써 이루어졌다.

　달아나는 동물에 대한 채찍, 이것이 러시아군으로서는 취해야 할 행동이었다. 그러니까 가장 효과가 있으려면 채찍을 번쩍 치켜든 채 위협을 해야지, 도망치는 동물의 대가리를 후려쳐서는 안 된다. 이것은 경험 있는 목자(牧者)가 잘 알고 있는 일이다.

제 4 장

1

사람이란 죽어 가는 동물을 목격할 때 하나의 두려움을 느끼는 것이다. 말하자면 그 자신인 것—그의 본질—이 그 눈앞에서 분명히 소멸되어 가고 존재를 그치려고 하기 때문이다. 그러나 만약 죽어 가는 것이 인간일 때, 더우기 그것이 사랑하는 인간, 손으로 만져서 느낄 수 있는 인간일 때는 생명의 소멸에 대한 공포 이외에 쥐어 뜯기는 듯한 정신적인 상처가 느껴진다. 그것은 육체의 상처와 마찬가지로 때로는 목숨을 앗아갈 수도 있지만 또 때로는 깨끗이 낫는 수도 있다. 그러나 어떠한 경우건 그 상처는 몹시 고통을 가져 오며 외부로부터의 자극적인 접촉을 두려워하는 것이다.

안드레이 공작이 죽은 뒤 나타샤와 공작 영애 마리야는 마찬가지로 이런 것을 느꼈다. 두 사람은 정신적으로 위축되어 자기들의 머리 위에 드리워진 무서운 죽음의 구름에 눈을 돌리는 한편 삶을 똑바로 바라볼 수도 없었다. 그리고 자기네의 벌어진 상처를 모욕적이고 병적인 접촉으로부터 신중히 지키고 있었다. 한길을 달리는 마차, 식사의 알림, 어떤 옷을 준비해야 하느냐고 묻는 하녀의 물음, 특히 진실성이 들어 있지 않은 빈 동정의 말, 이런 모든 것이 병적으로 상처를 자극하고 모욕을 느끼게 했고, 그리고 또 두 사람의 마음 속에서는 아직 노래가 끝나지 않은 무서운 엄숙한 합창을 들으려고 귀를 기울이는 데 필요한 정적을 깨뜨리고 이따금 눈앞에 전개되는 신비로운 무한한 피안(彼岸)을 바라다보는 것을 방해하는 것이었다.

단 둘이서 있을 때에만 그러한 모욕이나 고통을 느끼지 않았다. 그들은 서로가 별로 이야기를 하지 않았다. 가령 이야기를 하더라도 극히 평범한 대화뿐이었다. 그리고 두 사람이 다같이 미래에 관한 이야기를 피하려고 애를 썼다.

두 사람에겐 미래의 가능성을 인정한다는 것이 안드레이 공작의 기억에 대한 모욕이라고 생각되었다. 그리고 두 사람의 대화 가운데 고인과 관계가 있을 만한 일은 더욱 조심스럽게 피했다.

자기네가 경험했거나 느끼거나 했던 것은 말 따위로 표현할 수 없다고 생각되었다. 안드레이 공작의 생존시의 일들을 상세히 이야기하는 것은 눈앞에 벌어진 신비와 장엄함과 신성함을 범하는 일처럼 생각되었다.

항상 말을 삼가고 고인에 대한 화제를 일으킬 듯한 일들을 애써 피하면서 이제 더 이상 이야기하지 말아야 한다는 한계에서 이를 뚝 그쳐 버리면 두 사람이 느끼고 있는 것이 더욱더 또렷하게 더욱더 순수하게 마음 속에 비쳐 들었다.

그러나 순수하고 절대적인 기쁨이란 것이 없는 거나 마찬가지로 순수하고 절대적인 슬픔이란 것도 있을 수 없다. 공작 영애 마리야는 자신의 운명에 대한 하나의 독립된 주인이기도 하고, 어린 조카의 후견인 겸 교육자이기도 한 자신의 입장에서 처음 이 주일쯤 잠겨 있었던 슬픔의 세계로부터 실생활로 불려 나왔다. 그녀는 친척되는 사람들의 편지를 받았으므로 그것에 회답을 내지 않으면 안 되었다. 니콜루쉬카가 차지하고 있는 방에 해가 들지 않으면 습해서 조카가 기침을 하게 되었다. 집안일을 보고하기 위해 알파트이치는 야로슬라블리로 와서 모스크바의 브즈드비쥐카의 집이 무사하여 손을 약간만 보면 되니 그리로 이사를 하면 어떻겠느냐고 권했다. 생활은 잠시도 정지하지 않았으므로 살아가지 않으면 안 되었다. 지금까지 생활에 온 고독한 명상의 세계를 빠져 나오는 일이 공작 영애 마리야에게 아무리 괴롭다고 하더라도, 또 나타샤를 혼자 남겨두고 가는 일이 아무리 괴로운 일이며, 아무리 기분이 언짢게 여겨지더라도 자기의 실생활의 문제가 그녀의 참여를 요구했으므로 그녀는 알파트이치와 회계를 조사해 보기도 하고, 데살과 조카에 대해서 의논하기도 하고, 모스크바로 이사할 준비를 하기도 하였다.

나타샤는 이때서부터 혼자 남겨졌다. 공작 영애 마리야가 출발 준비를 시작했을 때부터는 이 벗도 피하게 되었다.

공작 영애 마리야는 백작 부인에 대해서 나타샤를 자기와 함께 모스크바로 보내 주도록 부탁했다. 부모는 딸의 몸이 나날이 쇠약해져 간다고 느끼던 참이었으므로 장소를 좀 옮겨 모스크바의 의사에게 진찰을 받게 하는 것이 딸을 위해 좋으리라고 생각되어 기꺼이 이 제의를 받아들였다.

「난 아무 데도 가지 않겠어요.」 권유를 듣자 나타샤는 이렇게 대답했다. 「제발 그냥 내버려두세요.」 이렇게 말하고 나서 그녀는 간신히 울음을 참고 방에서 뛰어나갔다. 그것은 슬픔의 눈물이라기 보다 도리어 패씸한, 분노의 눈물이었다.

그녀는 공작 영애 마리야에게 버림을 받고 자기 혼자 슬픔 속에 남겨졌다고 느긴 이래 하루의 대부분을 거의 거실에서 지냈다. 소파의 한쪽 구석에서 다리를 오므리고 가느다랗고 떨리는 손가락으로 무엇인가를 찢기도 하고 마구 비비기도 하면서 무엇이든 눈에 뜨이는 물건을 뚫어지게 바라보고 있었다. 이러한 고독한 생활은 그녀를 초췌하게 하고 괴롭혔다. 그러나 그것이 그녀에겐 필요했다. 누군가가 방안에 들어서면 그녀는 벌떡 몸을 일으키고 자세와 눈빛을 바꾸면서 책을 들거나 수를 놓고 하여 방해자가 돌아가 주기를 초조히 기다리는 모습을 보이는 것이었다.

그녀는 자기의 힘에 미치지 않는 무서운 의문을 품고 마음의 시선을 못박고 있는 어떤 하나의 것이 당장이라도 이해될 것만 같은 생각을 늘 품고 있었다.

십이월 하순쯤에도 검은 모직 옷을 입고 머리를 아무렇게나 묶어 올린 채 수척하고 창백한 얼굴을 한 나타샤는 오므린 다리를 한쪽 구석에다 올려 놓고 긴장된 표정으로 허리띠를 꽉 죄었다가는 다시 풀기도 하면서 문 한쪽 구석을 바라보고 있었다.

그녀는 안드레이 공작이 간 곳, 그러니까 삶의 피안을 바라보고 있는 것이었다. 이전에는 한 번도 생각해 본 일이 없는, 그리고 무척 먼 거리에 있고 확실하지 않은 것으로 생각되었던 삶의 피안이, 지금에 와선 공허와 파탄이 아니면 고통과 굴욕에 찬 삶의 이쪽 기슭보다 한결 가깝고 그리고 또 이해하기 쉬워졌다.

그녀는 공작이 있다고 믿어지는 쪽을 바라보는 것이었다. 그러나 그녀는 일찌기 공작이 이 세상에 있던 때 이외의 모습을 상상할 수 없었다. 그녀는 므이찌쉬치나 트로이사나 야로슬라블리에 있던 때와 같은 모습으로 그를 다시 보고 있는 것이었다.

그녀는 그의 얼굴을 보고 그의 목소리를 들었다. 그리고 그가 말했던 말과 자기가 그에게 말했던 말들을 되풀이했다. 또 때로는 그때 말했을는지도 모른다고 생각되는 새로운 말들을 자기의 것 이외에 그의 것까지 생각해 내기도 했다.

지금도 안드레이는 그 우단의 반외투를 입은 채, 바싹 마른 파리한 손으로 팔베개를 하고 안락의자 위에 누워 있었다. 가슴이 푹 꺼지고 어깨가 쑥 튀어 나와 있었다. 입술은 굳게 다물리고 눈은 반짝반짝 빛나고 새하얀 이마에는 한 줄의 주름이 잡혔다가 다시 없어지는 것이었다. 한쪽 발은 눈에 뜨이지 않을 만큼 희미하게 파르르 떨고 있다. 그가 심한 고통과 싸우고 있다는 것을 나타샤로서는 알아차릴 수 있었다. 『그 고통이란 무엇일까? 무엇 때문에 고통이 생길까? 그는 지금 무엇을 느끼고 있는 것일까? 그는 얼마나 고통을 느끼고 있을까?』 나타샤는 이렇게 생각했다. 그는 나타샤의 시선을 알아채자 눈을 들어 입가에 웃음을 짓지 않고 말을 시작했다.

『단 하나 두려운 것은, 괴로와하고 있는 사람과 영원히 자기를 결부시키는 일입니다. 그것은 영원한 고통입니다.』그는 이렇게 말하고 그녀를 빤히 쳐다봤다. 이때 나타샤는 늘 그렇듯이 자기가 해야 할 대답을 미처 생각하기도 전에 불쑥 대답을 해버리고 말았다.『이런 일은 오래 계속되지 않을 거예요. 깨끗이 낫게 될 거예요.』

그녀는 이때 다시 그를 보았다. 그리고 그 당시에 느꼈던 일들을 모두 돌이켜 보았다. 그녀는 자기가 이런 말을 했을 때 공작이 우울하고 엄격한 눈빛으로 자기를 오랫동안 쳐다보던 일을 생각했다. 그리고 오랫동안 쳐다보고 있을 때 담고 있던 꾸짖음과 절망의 뜻을 깨달았던 것이다.

『나는 그때 그렇다고 말해 버렸었다.』하고 나타샤는 이번엔 자기에게 말했다. 『그분이 만약 영원히 그런 고통을 받으면서 살아간다면 그건 무서운 노릇이라고 말해 버렸었다. 그때 내가 그런 말을 했던 것은 그분을 위해 무서운 노릇이라고 생각했었기 때문이다. 그러나 그분은 달리 해석했을는지 모른다. 내가 그걸 무서워하는 줄로 해석했던 것이다. 그때는 아직도 살고 싶어하셨었다, 죽기를 두려워하고 계셨었다. 그런데도 나는 그토록 난폭하게 그런 어리석은 말을 지껄였었다. 그런 생각조차 해 본 일이 없는데. 나는 전혀 다른 생각을 가지고 있었는데. 그때 내가 생각하고 있던 그대로 입 밖에 표현했다고 하면 이렇게 되겠지. 〈제발 당신이 죽음에 임박해 계시더라도, 내 눈앞에 계셔 주세요. 영원한 죽음에 임박해 계시더라도 지금 이런 상태에 비하면 얼마나 행복한지 모르겠어요〉하고 말했을 것이다. 지금은…… 아무것도 아무도 없다. 그분은 이것을 알고 계셨을까? 아니다, 알지 못하셨었다. 영원히 몰라 주실 것이다. 지금에 와서는 어떻게 해도 무슨 수를 써도 돌이킬 수 없는 일이다.』그러자 또다시 그는 나타샤에게 똑같은 말을 되풀이했다. 그래서 이번에는 상상 가운데서 나타샤는 전혀 다른 대답을 했다. 그녀는 그의 말을 가로막고 이렇게 말했다.『당신에게 무섭다는 이야기지 제가 무섭다는 뜻이 아니에요. 저는 당신이란 사람이 없으면 이 세상에 아무런 희망도 없다는 걸 알아 주세요. 당신과 함께 고통을 받는다는 것은 얼마나 행복한 일인지 몰라요.』그러자 그는 여자의 손을 잡고 죽기 나흘 전의 무시무시했던 날 저녁과 마찬가지로 꼭 쥐어 주었다. 그녀는 이렇게 해서 그녀의 상상 가운데서 그 밖의 여러 가지 사랑이 담뿍 담긴 말을 속삭였다. 지금의 이런 말들은 그 당시에도 할 수 있었던 것이다.『저는 당신을 사랑하고 있어요.…… 당신을…… 사랑하고 있어, 사랑하고…….』두 손을 발작적으로 모아 쥐고 바들바들 떨며 이를 악물면서 그녀는 말하는 것이었다.

그러자 달콤한 슬픔이 그녀를 덮쳤다. 눈물이 벌써 그녀의 눈에 배어 나왔다.

순간 깜짝 놀란 것처럼 자기에게 물었다. 내가 누구에게 이런 말을 하고 있는 걸까? 그분은 지금 어디서 뭘 하고 계실까? 그러자 모든 것이 싸늘하고 단단한 의혹에 감싸이고 말았다. 그녀는 다시 신경질적으로 미간을 찌푸리고 그가 있는 데를 보았다. 그러자 그 불가해한 것이 이제 이해되기 시작한 것처럼 생각된 순간 문의 손잡이를 절거덕하고 돌리는 커다란 소리가 그녀의 귓전에 울렸다. 하녀 두냐샤가 나타샤의 기분 같은 것은 전혀 염두에 두지 않는 듯한 겁먹은 얼굴로 방으로 총총거리며 버릇없이 들어섰다.

「저, 빨리 아버님한테로 가 보세요.」

유달리 긴장한 표정으로 두냐샤는 이렇게 말을 시착했다. 「불행이, 표트르 일리이치(페쨔)에 대해서…… 편지가…….」 그녀는 눈물 섞인 목소리로 단숨에 말하였다.

2

어느 누구와도 떨어져 있고 싶다는 일반적인 기분 이외에도 나타샤는 요즘에 와서 자기의 가족들과 떨어지고 싶다는 그 어떤 유다른 감정을 느끼게 되었다. 자기의 가족들은 모두가 그녀에게는 너무도 가깝고 눈에 익어 평범해졌으므로, 그들의 말이나 감정은 최근 그녀가 젖어 있는 마음의 세계를 모욕하는 것같이 생각되었다. 그래서 나타샤는 그들에 대해서 냉담하다기 보다는 오히려 적의까지 품게 되었다. 그녀는 표트르 일리이치라든지 불행이라든지 하는 두냐샤 말이 들리긴 하였지만 그 뜻을 깨달을 수 없었던 것이다.

《그들에게 무슨 불행이 있단 말인가? 불행 따위가 있을 까닭이 없지 않은가? 그들의 일은 모두가 판에 박인 낡고 태평한 것뿐인데?》 나타샤에게는 이런 생각이 들었다.

그녀가 홀 안에 들어섰을 때 아버지가 황급히 어머니 방에서 나왔다. 그 얼굴은 주름살투성이이고 눈물에 젖어 있었다. 그는 가슴에 복받쳐 오르는 통곡을 마음껏 터뜨릴 생각으로 방에서 뛰어나온 모양이었다. 그는 나타샤를 보더니 절망적으로 손을 흔들고 별안간 병적으로 발작적인 오열을 터뜨렸다. 그의 둥글고 부드러운 얼굴은 보기 흉할 정도로 일그러졌다.

「폐…… 폐쨔가…… 가 보지, 가 보지. 어머니가 부르신다…….」 이렇게 말하고 나서 그는 어린애처럼 통곡하면서 기운이 빠져 버린 다리를 빠르게 움직여 의자를 끌어가더니 두 손으로 얼굴을 가리고는 쓰러지듯이 거기에다 몸을 던졌다.

갑자기 전류(電流) 같은 것이 나타샤의 온 몸을 스쳐갔다. 무엇인가 무시무시한 힘이 나타샤의 가슴을 호되게 내리쳤다. 그녀는 심한 아픔을 느꼈다. 가슴 속에서 무엇인가 갈가리 찢기고, 금방 자기가 죽어 가는 것처럼 느껴졌다. 그러나 그 아픔에 이어, 그녀는 지금까지 자기의 몸이 놓여 있던 생활의 속박이 별안간 풀어지는 것을 느꼈다. 아버지의 얼굴을 보고 문 틈으로 새어 나오는 어머니의 무시무시하도록 거친 고함 소리를 듣자, 그녀는 갑자기 자기와 자기의 슬픔을 잊어버리고 말았다.

그녀는 아버지 곁으로 달려갔다. 그러나 아버지는 맥없이 한쪽 손을 흔들면서 어머니 방의 문을 가리켰다. 얼굴이 새파랗게 질린 공작 영애 마리야가 문에서 나오자마자 턱을 덜덜 떨면서 무엇인가를 중얼거리며 나타샤의 손을 잡았다. 나타샤는 공작 영애 마리야도 보이지 않았고, 그 목소리도 들리지 않았다. 그녀는 황급히 문 안으로 들어서자, 일순 자기 자신과 싸우듯이 걸음을 멈추었으나, 어머니에게로 와락 달려갔다.

백작 부인은 묘하게 어색하게 몸을 쭉 뻗고 안락의자 위에 누워 머리를 벽에다 짓찧고 있었다. 소냐와 하녀들이 그녀의 손을 붙잡고 있었다.

「나타샤를, 나타샤를!……」 하고 백작 부인은 소리쳤다. 「그렇지 않아, 그렇지는 않아…… 그건 거짓말이야…… 나타샤를!」 자기를 둘러싸고 있는 사람들을 밀어내면서 그녀는 외쳤다. 「모두들 저리 가 줘. 그럴 리가 없어. 살해당했다고! …… 핫, 핫, 핫!…… 그럴 리가 있을 게 뭐야!」

나타샤는 안락의자에 무릎을 꿇고 어머니 쪽으로 몸을 굽혔다. 그리고 그녀를 꽉 끌어안고 의외의 힘으로 번쩍 들어 올리고 자기 쪽으로 어머니 얼굴을 돌리고는 어머니에게 몸을 바싹 댔다.

「어머니!…… 어머니!…… 저 여기 있어요, 어머니, 어머니.」 하고 그녀는 일초의 여유도 두지 않고 어머니 귀에 대고 속삭였다.

나타샤는 상냥하게 어머니와 다투면서 상대방을 놓지 않으려고 베개며 물을 가져오게 하고, 어머니 옷 단추를 끄르고, 가슴께를 헤쳐 열어 주었다.

「어머니!…… 어머니!……」 하고 끊임없이 속삭이면서 그녀는 어머니의 머리와 손과 얼굴에 키스했다. 그리고 어머니의 눈물이 코와 뺨을 간지르며 그치지 않고 실개천처럼 흘러내리는 것을 느꼈다.

백작 부인은 딸의 손을 쥔 채 잠시 눈을 감고 꼼짝 않고 있었으나 얼마 있어

벌떡 일어나더니 공허한 눈으로 주위를 두리번거렸다. 그러다가 갑자기 나타샤가 눈에 띄자 그 머리를 힘껏 부둥켜안았다. 이윽고 고통 때문에 일그러진 나타샤의 얼굴을 자기 쪽으로 오랫동안 빤히 들여다보았다.

「나타샤, 너는 날 사랑해 주겠지?」하고 상대방을 완전히 믿는 듯한 목소리로 조용히 속삭였다. 「나타샤, 너는 나를 속이지 않겠지?」

나타샤는 눈물이 넘쳐 흐르는 눈으로 어머니를 쳐다보았다. 그 눈에도 얼굴에도 다만 사랑의 기원과 용서가 넘치고 있었을 뿐이었다.

「어머니, 사랑하는 어머니.」그녀는 사랑의 힘을 한껏 긴장시키며, 어머니를 압도하고 있는 슬픔의 과잉된 부분을 어떻게든지 자기가 도맡으려는 듯이 그렇게 되풀이했다.

그러자 어머니는 또다시 현실과의 무력한 싸움 속에서 그토록 삶에 차 있던 사랑하는 아들이 죽었다는 소식을 듣고도 자기가 세상을 살아갈 수 있다고는 믿을 수가 없어져서 그녀는 또다시 현실로부터 광란의 세계로 도피해 버렸다.

나타샤는 이 날 낮과 이 날 밤 그리고 다음 날 낮과 밤이 어떻게 지나갔는지 전혀 기억할 수 없었다. 그녀는 한잠도 자지 않고 어머니에게서 떨어지지 않았다. 집요하고 참을성 있는 나타샤의 사랑은 설명과 위로로서가 아니라 삶으로의 성원(聲援)으로서 줄곧 어머니를 사방에서 둘러싸고 있었다. 사흘째의 밤 백작 부인은 잠시 안정을 되찾았다. 나타샤는 안락의자의 팔걸이에다 머리를 기대고 눈을 감았다. 이때 침대가 삐걱하고 소리를 냈다. 나타샤는 눈을 떴다. 백작 부인은 침대 위에 앉아 나직한 소리로 이렇게 말하는 것이었다.

「네가 돌아와서 얼마나 기쁜지 모르겠다. 피곤하겠다. 차라도 마시겠니?」나타샤는 그녀에게로 다가갔다. 「아주 인물이 나고 어른 티가 배었구나.」하고 백작 부인은 딸의 손을 잡고 말을 계속했다.

「어머니, 무슨 말씀을 하고 계세요!……」

「나타샤, 그 애는 없다, 이제 돌아오지 않는다!」이렇게 말하고 나자 백작 부인은 딸을 껴안고 처음으로 울음을 터뜨렸다.

3

공작 영애 마리야는 출발을 연기했다. 소냐와 백작은 나타샤와 교대하려고 했으나 그럴 수 없었다. 백작 부인으로 하여금 반광란의 절망 상태에 빠지지 않게 할 수 있는 힘을 가진 사람은 나타샤밖에 없다는 사실을 그들은 알고 있기 때문이다. 삼 주일 동안 나타샤는 어머니 곁에 꼭 붙어, 어머니 방의 안락의자에서 자면서 어머니에게 음식을 먹이고 마시게 했다. 그리고 끊임없이 무슨 이야기를 해 주었다. 나타샤의 상냥하고 어루만지는 듯한 목소리 이외에, 백작 부인을 진정시키는 데 더 큰 효험이 있는 것은 없었던 것이다.

그러나 어머니가 받은 마음의 상처는 나을 수가 없는 것이었다. 페쨔의 죽음은 그녀의 목숨을 반쯤 앗아가고 말았기 때문이다. 페쨔가 전사했다는 기별을 들은 지 한 달쯤 뒤에는 그때까지만 해도 싱싱하고 활기에 찬 나이 쉰의 여인이었던 백작 부인이 방에서 나왔을 때는 이미 생활과는 교섭을 가지지 않는 반쯤 죽은 듯한 할머니가 되어 버렸다. 그러나 백작 부인을 반쯤 죽여 버린 그 새로운 상처가 나타샤의 삶을 깨우쳐 주었다.

정신체의 파열에서 생기는 마음의 상처는 얼른 이상하게 보일 테지만 육체의 상처와 마찬가지로 역시 조금씩 나아가는 법이다. 그리고 깊은 상처가 나은 뒤에, 살갗이 아무는 듯이 보이게 되면 육체의 상처처럼 마음의 상처도 내부에서 치밀어 오르는 생명력에 의해서 비로소 완쾌되는 것이다.

나타샤의 상처도 역시 그렇게 해서 나았다. 그녀는 자기의 생애가 끝난 것이라고 생각하고 있었다. 그러나 어머니에 대한 사랑에 의해서 자기 생활의 본질인 사랑이 아직 자기 내부에 살아 있음을 은연중에 표시해 주었던 것이다. 사랑은 눈을 떴다.

안드레이 공작의 임종은 나타샤와 공작 영애 마리야를 결합시켰지만 이번의 새로운 불행은 출발을 늦추고 마지막 삼 주일 동안 마치 병을 앓는 어린애처럼 나타샤를 간호해 주었다. 나타샤가 어머니의 방에서 보낸 최근의 몇 주일 동안은 그녀의 체력을 쇠퇴케 했던 것이다.

어느 날 오후, 공작 영애 마리야는 나타샤가 열 때문에 오한을 느끼고 덜덜 떨고 있음을 깨달았으므로 자기 방으로 데리고 들어가 침대에 눕혔다. 나타샤는 꼼짝 않고 누워 있었으나 공작 영애 마리야가 커튼을 내리고 나가려고 하자 그녀는 가까이 불렀다.

「자고 싶지 않아요. 마리야, 여기 좀 있어 줘요.」

「지쳐 있으니까 될 수 있는 대로 잠들도록 해요.」

「아냐, 아냐. 왜 나를 데리고 나왔죠? 어머니가 부르실 텐데.」

「어머님께서는 아주 좋아지셨어요. 오늘은 그처럼 잘 말씀하시고 계셨지 않아요.」 하고 공작 영애 마리야는 말했다.

나타샤는 침대에 꼼짝 않고 누운 채 방안의 어둠을 통하여 공작 영애 마리야의 얼굴을 찬찬히 쳐다보고 있었다.

『이 여자는 그이와 닮았을까?』하고 나타샤는 생각했다.『닮기도 했고 닮지 않기도 했다. 하지만 이 여자는 어딘가 특별한 색다른 세계에서 온 전혀 새로운 좀처럼 이해할 수 없는 사람이다. 그리고 이 사람은 나를 사랑하고 있다. 대관절 이 여자의 마음에는 무엇이 있을까? 모두가 좋은 일뿐이다. 그런데 어떤 모양을 하고 있을까? 어떻게 생각하고 있고 어떻게 나를 보고 있을까? 그렇다, 이 여자는 훌륭하다.』

「마샤.」하고 그녀는 공작 영애 마리야의 손을 두려운 듯 잡으면서 조심스럽게 말했다.「마샤, 나를 나쁜 여자라고는 생각지 말아요. 네? 마샤, 나는 당신이 정말 좋아요. 정말로, 정말로 다정한 벗이 되어요.」

그러자 나타샤는 공작 영애 마리야를 꼭 껴안고 그 손과 얼굴에 키스하기 시작했다. 공작 영애 마리야는 나타샤의 이러한 감정의 표현이 쑥스럽기도 하고 기쁘기도 했다.

이날이후부터 공작 영애 마리야와 나타샤의 사이에는 여자 사이에서만 있을 수 있는 격렬하고도 부드러운 우정이 생긴 것이다. 두 사람은 늘 서로 키스하고 다정한 말을 주고받기도 하면서 대부분의 시간을 같이 보냈다. 한 사람이 밖으로 나가면 다른 한 사람이 불안해져서 곧 뒤따라 나서는 것이었다. 두 사람은 서로 떨어져 있기 보다 같이 있어야 조화가 훨씬 잘 보존되는 것처럼 생각되었다. 두 사람 사이에는 우정 이상으로 강력한 감정이 굳어졌다. 그것은 두 사람이 함께 있음으로써 비로소 생활이 가능하다고 생각될 정도로 일종의 특별한 감정이었다.

때로 두 사람은 온종일 말을 하지 않을 때가 있었다. 때로는 침대에 누운 다음부터 말을 하기 시작해서 이튿날 새벽까지 꼬박 밤을 새울 때도 있었다. 대체로 두 사람은 먼 옛날이야기를 했다. 공작 영애 마리야는 자기의 어린 시절이며 부모의 이야기며 자기의 공상을 이야기하였다. 나타샤 쪽에서도 이제까지는 그러한 헌신적인 겸허한 생활이나 그리스도교적인 자기 희생의 시취(詩趣)로부터 얼굴을 돌리고 그러한 것을 이해하지 않고도 태연할 수 있었으나, 지금은 공작 영애 마리야와 사랑으로 결합되었다고 생각되었으므로 공작 영애 마리야의 지난 날도 좋아졌고, 이전에는 이해하지 못했던 인생의 일면을 이해할 수 있게 되었다. 그녀는 이러한 복종과 자기 희생 등을 자기의 생활에 적용시키려고는 생각하지 않았다. 왜냐하면 그녀는 색다른 기쁨을 추구하는 데 익숙해 있었기 때문이었다. 그러나 이전에는 이해할 수 없었던 미덕을 지금은 다른 사람의 소유물로서 이해하기도 하고 사랑할 수도 있게 되었다. 공작 영애 마리야에게 있어서도 나타샤의 어린 시절이며 처녀가 되고 난 뒤의 이야기를 듣고, 이전에는 미처 몰랐던 인생의 일면인 생활과 그 향락에 대한 신앙이 계시되었던 것이다.

그래도 두 사람은 그(안드레이)에 관한 이야기를 절대로 하지 않았다. 그것도 자기들의 마음 속에 있는 숭고한(그녀들에게는 이렇게 생각되었다) 감정을 말로 깨뜨리고 싶지 않았기 때문이었다. 그러나 고인에 대한 이러한 침묵은 두 사람도 깨닫지 못하는 사이에 그에 관한 기억을 잊어버리게 했다.

나타샤는 여위고 핼쑥해지고 육체적으로 몹시 쇠약했기 때문에 모두들 그녀의 건강에 관해 이야기를 많이 했다. 그녀로서는 그런 말을 듣는 것이 싫지 않았다. 그러나 그녀는 때로 죽음의 공포에 불현듯이 엄습을 받을 뿐 아니라, 병을 앓는다는 것과 쇠약해지는 것과 미모를 잃는 것이 두려워서 못 견딜 때가 있었다. 이따금 그녀는 자기가 여윈 모습에 놀라면서 드러난 팔을 부지중에 내려다보기도 하고 매일 아침 거울을 앞에 하고 길쭉해진 가련한(그녀에게는 그렇게 생각되었다) 자기의 얼굴을 쳐다보기도 했다. 그녀는 당연한 일이라고도 생각되었으나 그러면서도 두렵고 쓸쓸하기도 했다.

어떤 때는 그녀는 황급히 이층으로 올라갔다가 괴로운 듯 바쁘게 숨을 쉬고는 이윽고 무의식중에 볼일을 생각하고 밑을 내려갔다가 다시 또 이층으로 뛰어올라가 자기의 기운을 시험하면서 스스로를 관찰할 때도 있었다.

한 번은 또 두냐샤를 불렀을 때 마치 금이 가기라도 한 듯이 목소리가 떨린 때가 있었다. 그녀는 두냐샤의 발소리가 들리는데도 한 번 더 불러보았다. 노래를 부를 때처럼 가슴의 깊이에서 나오는 소리로 외치면서 그 울림에 귀를 기울이는 것이었다.

그녀 자신은 몰랐고, 설령 알았다고 하더라도 믿지도 않았을 테지만, 그녀의 마음을 덮고 있는 다른 사람의 침입을 용서하지도 않을 듯하던 점토층(粘土層) 밑으로부터 어느 틈에 가느다랗고 부드러운 바늘 같은 어린 풀이 돋아 올랐던 것이다. 그것은 장차 뿌리를 뻗고 그 파릇파릇한 잎사귀로 그녀를 짓누르고 있던 슬픔이 모습을 감추고 눈에 띄지 않을 정도로 그것을 감싸 줄 성질의 것이었다.

일월 하순에 공작 영애 마리야는 모스크바로 떠나게 되어 백작은 나타샤에게도 꼭 함께 가서 의사의 진찰을 받으라고 주장했다.

4

쿠투조프도 적군의 격파와 차단 등을 열렬히 희망하는 휘하의 군대를 억누르지 못하고, 마침내 뱌지마에서 충돌을 한 이래, 도망치는 프랑스군과 그것을 추격하는 러시아 군대의 행동은 한바탕의 싸움도 없이 크라스노예까지 계속되었다. 프랑스군의 퇴각은 참으로 신속했기 때문에 쫓는 러시아군이 보조를 맞출 수 없을 지경이었다. 기병이나 포병의 말은 걸핏하면 멈추기 일쑤이고 프랑스군의 행동에 관한 정보는 항상 부정확하기만 했다.

러시아군의 군병은 일 주야에 사십 베르스타의 속도로 나아가는 이 한없는 행진에 기진맥진하여 이제 그 이상 빨리 나아갈 수가 없었다.

러시아군이 얼마나 피로했는지 알기 위해서는 타루찌노 출발 뒤에 전군(全軍) 중 사상자가 오천 명 미만에, 포로에 의해서 백 명 미만의 병력밖에 잃지 않았음에도 불구하고, 크라스노예에 도착했을 때에는 겨우 오만 명밖에 되지 않은 사실의 뜻을 확실히 알기만 하면 충분할 것이다.

프랑스군의 뒤를 쫓는 러시아군의 급속한 행동은 러시아군에게 파괴적인 영향을 주었다. 그것은 프랑스군이 도주함으로써 파멸한 거나 마찬가지였다. 다만 여기에 차이가 있다면 러시아군은 프랑스군에겐 절박해 있던 파멸의 위협을 받지 않고 자유 의사에 따라 진격했고, 낙오한 프랑스군의 부상병은 적의 손 안에 들어갔던 데 반해서, 러시아군의 낙오병은 자기의 집으로 돌아갔다는 정도의 것이었다. 나폴레옹의 병력이 줄어든 주요한 원인은 행동이 빨랐다는 점이었다. 이는 적군에 못지않게 러시아 병력이 줄어든 것으로 확실히 증명할 수 있다.

쿠투조프의 활동은 타루찌노냐 뱌지마 때와 마찬가지로, 자기의 권력이 허용하는 한, 프랑스에게 자멸적인 이 행동을 저지하지 않고(페쩨르부르그에서도 군대에서도 장군들은 한결같이 그 반대를 바라고 있었다) 오히려 그것을 도우면서 우군이 행동을 쉽게 하는 데 온 힘을 기울였다.

그러나 이 밖에는 급속한 행동의 결과로서 군대의 피로와 병력의 대폭 감소가 일어나게 된 이래, 쿠투조프는 군대의 행동을 늦추고 시기를 기다리는 데 있어서 또 한 가지의 이유를 발견했다. 러시아군의 목적은 프랑스군의 추적이었다. 그런데 프랑스군의 퇴로가 확실하지 않았으므로 우군이 적의 배후로 가까이 육박하면 육박할수록 적의 통과 거리는 더욱더 커지는 것이었다. 프랑스군이 취한 지그자그의 진로를 최단 거리로 끊기 위해서는 그저 약간의 거리를 두고 추격하는 외의 다른 방법이 없었다. 여러 장군들이 제출한 교묘한 작전은, 모두 결국은 행정을 증가시키거나 군대의 이동에 귀착되고 있었지만 오직 유일한 현명한 목적은 오히려 이 행정을 단축시키는 데 있었던 것이다. 모스크바에서 빌리나에 이르는 작전 가운데 쿠투조프의 활동은 이 목적 하나에 집중되어 있었다. 그것도 우연이나 일시의 방편이 아니라, 한 번도 이 목적에 어긋나지 않았을 정도로 조직적으로 일관해서 수행되었던 것이다.

쿠투조프는 이지와 과학에 의해서가 아니라, 러시아인으로서의 자기의 존재 전체를 가지고 러시아군의 각 병졸이 한결같이 느끼고 있던 것을 알고 또한 느꼈던 것이다. 말하자면 프랑스군은 패주하고 있었으므로 그들을 내보내야 한다는 것이었다. 그러나 또 그와 동시에 그는 모든 군과 마찬가지로 속도와 계절로 보아, 이 전대 미문의 행동의 곤란함도 충분히 느꼈던 것이다.

그러나 공훈을 세우고, 누군가를 놀라게 하고 쓸데없이 대공이나 왕을 사로잡아야 한다고 희망하는 러시아인이 아닌 장군들은, 모든 전투가 혐오를 느끼게 하고 또 무의미할 뿐인 이 경우에, 참으로 지금이야말로 한바탕 싸워서 어느 누군가를 정복해야 할 절호의 기회라고 생각했다. 다 해진 구두를 신고 짧은 모피의 반외투도 입지 못하고 굶주린 병사, 싸우지도 않고 한 달 동안에 반수나 줄어든 병사, 가령 가장 좋은 조건으로 적의 도주가 행해졌다 하더라도 역시 지금까지보다 더 한 과정을 거쳐서 국경까지 가야 할 이러한 병사를 이끌고 기동하려는 계획을 이들 장군이 차례로 제출했을 때에 쿠투조프는 다만 어깨를 움츠릴 따름이었다.

공훈을 세우고 싶다, 기동 작전을 감행하고 싶다, 쳐부수고 싶다, 차단하고 싶다는 따위의 열렬한 희망이 특히 뚜렷하게 나타났던 것은 러시아군이 프랑스군과 맞부딪쳤을 때의 일이었다.

이런 일은 크라스노예 근처에서 일어났다. 러시아 쪽에서는 프랑스의 삼 개 종대 가운데 하나와 만나리라고 생각했었는데 뜻밖에도 일만 육천의 병력을 이끈 바로 나폴레옹 그 사람과 마주치게 되었던 것이다. 쿠투조프는 파멸적인 이런 충돌을 피하고 우군을 지킬 방법을 극력 강구하려고 했으나, 마침내 크라스노예 근처에서 러시아의 기진맥진한 병사는 궤멸한 프랑스의 난군(亂軍)에 대해 사흘 동안 학살을 계속했다.

톨리는 『제1종대는 어디어디로 전진 운운.』 하고 작전 명령을 썼다. 그러나 늘 그렇듯이 실제로 일어난 일은 명령과는 달랐다. 비르템베르크 공 예브게니이는 정신 없이 도망치는 프랑스군의 무리를 언덕 위에서 사격하고 증원을 요청했으나 끝내 원군은 도착하지 않았다. 프랑스군은 밤을 틈타 러시아군을 우회하면서 뿔뿔이 흩어져 숲 속에 숨고, 가능한 한 제각기 멀리 안쪽으로 도망쳐 나갔다.

아직 한 번도 필요할 때에 발견되지 않았던 지대(支隊)의 병참 업무 따위는 어떻게 되어 있건 알고 싶지도 않다고 말하고 있던 밀로라도비치는 〈공포와 비난을 모르는 기사〉라고 자칭하고 프랑스인과 회담하기를 즐겨하는 사람이었으나 이때도 그는 전령을 보내어 항복을 요구하면서 헛되이 시간을 허비할 따름이고 명령된 일을 실천에 옮기지 않았다.

「제군, 이 종대를 제군에게 주겠다.」 하고 그는 부하의 기병대로 다가가서 프랑스병을 가리키면서 말했다. 기병들은 겨우 움직이는 말을 박차와 칼로 몰아 대면서 안간힘을 쓴 뒤 간신히 빠른 걸음으로 주어진 종대, 그러니까 얼어붙어서 목석같이 된 데다가 굶주리고 있는 프랑스병의 무리에게로 달려갔다. 그러자 주어진 종대는 무기를 버리고 항복해 왔던 것이다. 이것이 그들의 오래 전부터의 희망이었던 것이다.

크라스노예 근처의 전투에서 러시아군은 이만 육천 명의 포로와 몇 백 문의 대포와 원수의 지팡이라고 불리우는 기묘한 막대기를 노획했다. 그리고 이 전투에서 누가 수훈을 세웠느냐고 논쟁을 하면서 그것으로 만족을 느끼고 있었다. 그러나 나폴레옹은 못 되더라도 훌륭한 호걸이나 원수를 사로잡지 못했음을 원통히 여기고 이 때문에 서로 특히 쿠투조프를 비난했다.

자기의 욕망으로 움직이고 있는 이들은 가장 슬퍼한 필연의 법칙의 맹목적인 실행자였다. 더구나 그들은 자기가 자기를 영웅이라고 믿어 버리고 자기들의 행동이 무엇보다도 가치 있고 칭찬할 만한 일인 듯이 스스로 생각하고 있었다. 그들은 쿠투조프가 전쟁의 시초부터 나폴레옹을 격파할 것을 방해만 했느니, 그는 스스로의 만족을 얻기에만 급급한 나머지 폴로트냐느이예 자보드이에서 나오려고 하지 않았느니, 이는 신변의 안전을 기하기 위해서였느니, 크라스노예의 전투에서 그가 군대의 출동을 저지했던 것은 나폴레옹 자신의 존재를 알고 얼어 버렸기 때문이라느니, 그는 나폴레옹에게 매수되어 내통하고 있다는 말을 들어도 할 수 없다느니 하는 말로 쿠투조프를 비난하는 것이었다(윌슨의 수기—역주).

욕망에 따라 움직였던 당시의 사람들은 이런 말을 했을 뿐 아니라 후세의 사람들이나 역사가들도 나폴레옹을 가리켜 〈위인〉이라고 말하면서 쿠투조프에 대해서는 그 반대로 평가했다. 외국인측에서는 그가 교활하고 음탕하고 심술궂은 노정신(老廷臣)으로 단정돼 있었고, 러시아 쪽에서도 어쩐지 흐리멍덩한 인물같이 생각되어, 다만 러시아의 이름을 가졌다는 것만으로 도움이 된 일종의 인형 같은 취급밖에 받지 못했다.

5

1812년과 1813년 싸움에 있어서 쿠투조프는 많은 허물이 있었다고 해서 세상으로부터 노골적인 비난을 받았다. 황제는 그를 탐탁하게 생각하지 않았다. 최근 칙명에 의해 쓰인 역사 가운데서도 쿠투조프는 나폴레옹의 명성에 겁을 먹은 교활한 궁정의 기만자이며, 크라스노예와 베레지나에 있어서의 오산 때문에 프랑스군 전멸의 명예를 러시아군으로부터 빼앗았다고 씌어 있다(보그다노비치 編者의 《1812年史》. 쿠투조프의 특징과 크라스노예 전투 결과의 불만족함에 관한 고찰을 기술했음 —역주).

이것이 러시아의 유식 계급에게서 인정을 받지 못했던 위대하지 못한 위인, 비(非) grand-homme의 운명이다. 이것이 신의 섭리를 깨닫고, 거기에 자기 개인의 의지를 복종케 하는 드물게 볼 수 있는 항상 고독한 인간, 그러한 인간이 져야 하는 운명이다. 대중의 증오와 모멸은 최고 법칙의 통찰에 대한 보수로서 이러한 사람들을 벌하는 것이다.

러시아의 역사가들에게 있어서(이렇게 말하기도 기괴하고 무서운 일이지만) 나폴레옹은 언제 어떠한 장소에서건, 비록 유배를 당하는 형편에서도, 인간다운 품위를 보인 일이 없는 가장 무가치한 역사의 도구에 지나지 않았지만, 그래도 칭찬과 감격의 대상이 되고 있고 〈위대한 사람〉인 것이다. 그에 반해 쿠투조프는 ─1812년에 있어서 보로지노에서부터 빌리나에 이르기까지, 시종 일관 말과 행동이 한 번도 자기를 속이지 않았고, 역사상 흔치 않은 자기 희생의 귀감이 되었고, 장래 사건의 의의를 현재에서 통찰하는 본보기를 보였던 쿠투조프는 역사가의 눈에는 흐리멍덩한 가련한 인간으로 비치게 되는 것이다. 그리고 쿠투조프에 관해서나 1812년의 전쟁에 관해 이야기할 때 그들은 언제나 수치스러움을 느끼게 되는 것이다.

그러나 역사적인 인물 가운데 그 사람만큼 일정한 목적에 꾸준히 정력을 기울였던 사람은 달리 찾아볼 수 없을 정도이다. 그보다 더 훌륭하고 그보다 더 국민의 의지와 일치한 목적은 거의 상상하기도 어려울 지경이다. 역사상의 인물이 품고 있던 목적이 1812년의 전쟁에서 쿠투조프가 온 정력을 기울인 목적만큼 충분하고 완전히 달성된 실례를 역사에서 찾기는 더욱 어려운 일이다. 쿠투조프는 피라밋 위에서 사십의 세기(世紀)가 굽어보고 있다(나폴레옹이 이집트의 전투에서 부하들에게 훈시한 말—역주)는 것과, 자기가 조국에 희생을 바쳤다는 것과, 이제부터 실행하려는 계획이나 또는 그 성과에 대해 절대로 입 밖에 내서 장담하지 않았다.

국민이, 그의 내부에 있는 이러한 감정을 이해했기에, 황제의 미움을 사고 있던 이 노인을 그토록 기묘한 방법으로 황제의 의견을 구슬러 가면서 국민적인 전쟁의 대표자로 선출했던 것이다. 그리고 이 감정이 있었으니까 그를 인간으로서 최고의 위치에다 세워 놓은 것이다. 그는 총사령관이라는 높은 지위에 오른 뒤에는 될수록 사람을 죽이거나 파멸에 빠뜨리지 않고 오히려 구제하고 가련해 하는 데 자기의 온 정력을 기울였다. 소박하고 겸허하고 그랬기 때문에 진정 위대했던 이 역사가 만들어낸 유럽적인 영웅, 그러니까 사람들을 지배하고 있다고 착각하고 있는 사이비 영웅의 범주에는 들어갈 수 없었다.

노예에게는 영웅이라는 것이 존재하지 않는다. 왜냐하면 노예는 노예에게 알맞은 위대라고 하는 관념밖에는 없기 때문이다.

6

11월 5일은 이른바 크라스노예 전투의 첫날이었다. 저녁 전, 명령을 받은 지점에 군대를 진격시키지 않은 장군들의 토론이며 실수를 저지른 뒤 명령의 변경을 위해 부관들을 여기저기로 파견하고 한 끝에, 적은 도처에서 패주하고 있고, 전투가 있을 턱이 없고 또 앞으로는 없을 것이 분명해졌을 때, 쿠투조프는 크라스노예를 출발하여 이 날 사령부가 옮겨간 도브로예로 갔다.

날씨가 활짝 개고 몹시 추웠다. 쿠투조프는 자기에게 불만을 품고 뒤쪽에서 무엇인가를 수군거리고 있는 장군들로 구성된, 많은 막료들을 거느리고 살찐 부루말에 올라타고 도브로예로 향했다. 이 날 러시아군에 붙잡힌 프랑스군의 포로는 가는 길 가에 떼를 져서 모닥불을 쬐고 있었다(이 날 잡은 포로는 칠천 명이었다). 도브로예 부근에는 잔뜩 붕대를 감거나 닥치는 대로 걸치고 있는 남루하기 짝이 없는 커다란 포로의 일단이 말을 크르고 노상에서 기다랗게 줄을 짓고 있는 프랑스의 포대(砲隊) 곁에 서서 와자지껄하게 떠들어 대고 있었다. 총사령관이 다가가자 이야기 소리는 뚝 그쳤다. 붉은 띠를 두른 흰 모자를 쓰고 약간 구부정한 어깨에 솜을 넣은 외투를 두둑하게 입고 한길을 천천히 나아가는 쿠투조프에게 모든 사람들의 시선이 한결같이 쏠렸다. 장군 한 사람이 대포와 포로를 어디서 손에 넣었는가를 쿠투조프에게 보고했다.

쿠투조프는 무엇에 정신이 팔려 있는 듯 장군의 말을 듣고 있지 않는 것 같았다. 그는 불만스러운 듯이 눈썹을 찡그리고는, 특히 처참한 꼴을 하고 있는 포로들의 모습을 찬찬히 주의 깊게 보았다. 프랑스병의 대부분은 코나 뼈에 동상을 입어서 거의 모두 빨갛고, 부어 썩은 듯한 눈을 하고 몹시 흉한 형상을 짓고 있었다.

또 다른 프랑스병의 일단이 도로의 바로 옆에 서 있었다. 그 가운데 두 병사가 —그 중 하나의 얼굴은 잔뜩 헐어 있었다— 손으로 날고기 덩어리를 찢고 있었다. 곁을 지나치는 장군에게 힐끗힐끗 곁눈질을 한 그의 시선에서는 무시무시한 동물적인 것이 나타나 있었다. 잔뜩 헐어 있는 병사는 적의를 품은 표정으로 쿠투조프를 쳐다보더니 곧 얼굴을 돌리고 얼굴 표정 그대로 하던 일을 계속했다.

쿠투조프는 오랫동안 이 두 병사를 바라보고 있다가 얼굴을 더욱 찌푸리고 눈을 더욱 가늘게 뜨고는 생각에 잠긴 듯이 머리를 저었다. 또 다른 장소에서 쿠투조프는 러시아병 한 사람에게 눈길을 주었다. 그 병사는 시시덕거리고서 프랑스병의 어깨를 두드리면서 무엇이라고 상냥하게 말을 하고 있었다. 쿠투조프는 이때도 같은 표정을 짓고 고개를 저었다.

「자네는 뭐라고 했지?」 하고 그는 장군 한 사람에게 물었다. 이 장군은 보고를 계속하면서 프레오브라젠스키이 연대의 정면에 서 있는 노획한 프랑스의 군기 (軍旗)에 총사령관의 주의를 끌려고 하는 것이다.

「아, 군기 말인가!」 하고 쿠투조프는 자기의 마음을 사로잡고 있는 관념을 간신히 떨쳐 버린 것처럼 말했다.

그는 방심하고 있는 듯 주위를 둘러봤다. 몇 천의 눈이 그의 말이 떨어지길 기다리면서 사방에서 주시하고 있었다.

그는 프레오브라젠스키이 연대 앞에서 말을 세우고 땅이 꺼질 듯한 한숨을 내쉬면서 눈을 감았다. 막료 가운데 한 사람이 군기를 가지고 있는 병사에게 손을 흔들면서 앞으로 쭉 나와 군기의 자루를 총사령관의 주위에 늘어놓도록 손짓했다. 쿠투조프는 잠시 잠자코 있었으나, 자기의 지위가 이러하니 어쩔 수 없지 하고 내키지 않는 듯이, 얼굴을 들고 그제서야 입을 열었다. 장교들의 무리가 그를 둘러쌌다. 그는 조심스러운 눈빛으로 장교의 무리를 둘러보면서 그 가운데 친숙한 얼굴이 몇 있음을 깨달았다.

「전원에게 감사한다!」 그는 처음 병사 쪽으로, 다음엔 장교 쪽을 향해서 이렇게 말했다(주위를 지배하고 있는 정적 가운데 그가 천천히 말하는 소리가 또렷이 들렸다). 「제군이 고생을 잘 참고 충실히 일해 준 데 대해 감사한다. 싸움은 완전한 우리의 승리다. 러시아 국민은 결코 제군을 잊지 않을 것이다. 제군의 명예는 영원히 전해질 것이다.」 그는 주위를 둘러보면서 잠시 입을 다물었다.

요컨대 그는 자기 자신의 일은 한 마디도 말하지 않고, 아무런 연극도 하지 않았으며, 언제나 지극히 단순하고 평범한 인간으로서의 태도를 취하고 지극히 단순하고 평범한 이야기만을 했다. 그는 자기의 딸들과 스탈 부인에게 편지를 쓰기도 하고, 소설을 읽기도 하고, 아름다운 부인들과의 교제를 즐기기도 하고, 장군이며 장교며 명사들과 농담을 하기도 하여, 자기에게 무엇인가를 증명하려는 사람에 대해서 결코 반박하지 않았다. 라스토프친 백작이 모스크바의 파멸에 대한 것을 견책하려고 야우즈스키이 다리에 있는 쿠투조프에게로 달려와 『당신은 왜 싸우지도 않고 모스크바를 버리는 따위의 일은 하지 않겠다고 약속했던 것입니까?』 하고 말했을 때 쿠투조프는 이미 모스크바는 버려진 뒤인데도 불구하고 『나는 싸우지 않고 모스크바를 버리는 따위의 일은 하지 않읍니다.』 하고 대답했다. 황제의 칙명을 띠고 온 아라크체예프가 예르몰로프를 포병 지휘관으로 임명하는 것이 좋겠다고 말했을 때 『네, 나도 방금 그 이야기를 하고 있었읍니다.』 하고 쿠투조프는 대답했다. 그러나 실상은 그는 일 분 전까지도 전혀 딴 소리를 하고 있었던 것이다. 당시의 눈이 어두운 주위의 군중 가운데 오직 혼자만이 사건의 위대한 뜻을 이해하고 있었던 그에게 있어서, 라스토프친 백작이 수도의 재앙을 자기의 책임으로 돌리든 또는 쿠투조프에게로 돌리든 그런 것이 무슨 큰일이겠는가? 더구나 포병 사령관으로 누구를 임명하든지 그런 것은 더욱이나 아무래도 좋은 일이었던 것이다.

사상과 그 표현인 언어는 인간을 움직이는 원동력이 아니라는 신념을 실생활의 경험을 통해 가지게 된 이 노인은, 이상과 같은 경우뿐 아니라, 항상 무의미한 말을 나오는 대로 내뱉고 있었다.

그러나 이만큼이나 자기의 언어를 대수롭지 않게 여기던 이 노인도 전쟁중에 꼭 달성하고자 항상 매진해 왔던 유일한 목적에 모순하는 따위의 말은, 그가 활동하던 전시기를 통해서 한 번도 한 일이 없었다. 그러나 여러 가지 사정 아래서 자기의 의견을 몇 번인가 표명했던 때도 있었지만 이것은 분명히 아무도 자기를 이해해 주지 않으리라는 괴로운 확신을 가지고 할 수 없이 그렇게 한 것이었다. 처음으로 그와 주위의 사람들 사이에 불화를 낳게 했던 보로지노 전투 당초부터 그는 홀로 『보로지노 전투는 승리로 끝났다.』고 말했다. 그리고 이 말을 구두로뿐 아니라 보고서나 상주문 가운데서도 죽는 마지막 순간까지 되풀이했다. 『모스크바를 잃은 것은 러시아를 잃은 게 아니다.』 하고 말한 사람도 그 사람뿐이었다. 그는 로리스통의 강화 제의에 대해서 『강화는 있을 수 없다. 그 까닭은 그게 우리 국민의 의지이기 때문이다.』 라고 대답했다. 프랑스군의 퇴각중 오직 그 사람만이 『어떠한 작전도 쓸데없는 노릇이다. 모든 것은 저절로 우리들이 희망하고 있는 이상으로 순조롭게 되리라. 적에게는 황금의 다리를 건너게 해주면 되는 것이다. 타루찌노, 뱌지마, 크라스노예와 모든 전투는 쓸데없는 것이다. 어떻게든 국경까지 가기만 하면 되는 것이고, 열 사람의 프랑스병에 대해서 러시아병은 한 사람도 희생시키지 않으리라.』하고 말했던 것도 그 혼자뿐이었다.

황제의 비위를 맞추기 위해서 아라크체예프에게 거짓말을 했다고 전해지는 이 정신 한 사람만이 『이 이상 국경 밖에서 싸우면 불리한 일이기도 하고 쓸데없는 일이기도 하다.』고 빌리나에서 직언하여 이 때문에 황제의 미움을 샀던 것이다. 그러나 그저 말만 가지고는, 당시 그가 사건의 뜻을 정말로 이해했다고 하는 증거는 되지 않을 것이다. 그의 행동은 전혀 예외 없이 세 가지 목적에 집중되어 있었다. 즉,

(1) 프랑스군과의 충돌에 대비해서 전력을 집중할 것,
(2) 그들을 격파할 것,
(3) 가능한 한 국민과 군대의 손해를 가볍게 하면서 그들을 러시아 밖으로 쫓
    아낼 것의 세 가지였다.

과감한 행동에 대한 반대자이며 인내와 시간을 버는 것을 신조로 삼았던 느림보 쿠투조프가 보로지노의 싸움에 임하는 데 있어서는 매우 엄숙한 태도로 그 준비를 갖추었다. 아우스테를리츠의 전투에서는 아직 싸움이 벌어지기 전부터 패전을 예언했던 쿠투조프가, 보로지노의 전투에 있어서는 장군들이 한결같이 이것은 패전이라고 확신하고 있었음에도 불구하고, 또 싸움에는 이겼지만 후퇴해야만 했던 일찌기 예를 찾을 수 없는 결과가 생겼음에도 불구하고, 여러 사람을 상대로 혼자만이 보로지노의 전투는 승전이라고 죽기 직전까지 확언하며 양보하지 않았다. 그는 프랑스군이 퇴각을 하고 있는 동안 더 이상 쓸데없는 충돌을 피하기 위해서, 새로운 전쟁을 시작하지 않기 위해서, 러시아의 국경을 넘지 않을 것을 혼자 끊임없이 주장하고 있었다.

오늘날에 있어서 사건의 뜻을 이해하기 위해서는 사건의 전모와 그 결과가 우리들 앞에 있으니까 열 사람 정도의 머리 속에 맴돌고 있었을 뿐인 목적을 대중의 행동에 적용하려고만 하지 않는다면 지극히 간단한 일이다.

그러나 당시 이 노인이 단 혼자 모든 다른 사람의 의견에 반대해서 그렇듯 정확하게 이 사건의 국민적인 의의를 꿰뚫었고, 처음부터 끝까지 거기에 어긋나지 않았던 것은 대관절 어떤 까닭에서였을까?

현실에서 일어나고 있는 여러 현상에 대한 이런 비상한 통찰력의 원천은 쿠투조프가 어디까지나 순수하게 또 힘차게 자기 내부에 지니고 있었던 민족적 감정에 있었던 것이다.

「숙여, 그 깃발의 머리를 숙이란 말이다.」프랑스의 독수리 기(旗)를 들고 있는 병사가 우연히 그 꼭대기를 프레오브라젠스키이의 연대기 앞에 숙인 것을 보고 그는 이렇게 말했다.「낮게, 더 낮게, 옳지, 옳지. 제군, 만세!」그는 재빨리 턱을 움직여 병사들 쪽을 바라보면서 소리쳤다.

「만세!」몇 천 명이나 되는 사람의 소리가 울려 퍼졌다.

병사들이 함성을 지르고 있는 동안에 쿠투조프는 안장 위에서 몸을 구부리고 고개를 떨어뜨렸다. 그러자 그의 애꾸눈은 비웃는 듯한, 유화한 빛으로 빛나고 있었다.

「그런데 제군……」사람들의 외침 소리가 잠잠해지는 것을 기다려서 그는 말했다.

그러자 돌연 그의 목소리와 얼굴의 표정이 변했다. 그것은 이미 총사령관의 말이 아니라, 자기의 동료에게 꼭 필요한 무슨 말을 전달하려고 희망하는 평범한 한 늙은이가 말을 시작한 것 같았다.

장교들과 열 중의 병사는 그가 그때부터 하려고 하는 이야기를 똑똑히 들으려고 술렁거리고 있었다.

「그런데 제군, 제군이 매우 괴로우리라는 것은 나도 알고 있지만 어떻게 할 도리가 없어! 이제 조금만 더 참아 주기 바란다. 별로 오래 걸리지도 않아. 손님들을 보내고 난 뒤 그때 가서 한숨 돌리자. 황제 폐하께서 제군의 노고를 잊지는 않으실 거다. 제군은 괴로울 테지만 그래도 고향 땅에 있는 것이다. 그러나 저들의 모양을 보라. 얼마나 딱한 꼴들인가!」그는 포로들을 가리키면서 이렇게 말했다.「거지 중에도 상거지 꼴이다. 그들에게 힘이 있는 동안은 우리도 용서하지 않았지만 지금은 그들을 불쌍히 여겨도 괜찮을 때다. 그들도 역시 인간이니까 말이지. 그렇지 않은가. 제군!」

그는 주위를 둘러보았다. 그리고 자기에게 돌려진 공손하고 은근한 의문의 빛을 띤 시선 가운데서 자기 말에 대한 동감의 뜻을 보았던 것이다. 입술과 눈 언저리에 별 모양의 잔주름이 나타난 그의 얼굴은 노인다운 점잖은 웃음 때문에 점점 밝아졌다. 그는 잠시 잠자코 있었으나 무엇인가 이해가 가지 않는다는 듯이 고개를 떨어뜨렸다.

「그런데 도대체 저녀석들은 누가 불러서 왔다는 건가? 자업 자득이란 것이지. 바보 같은 얘기야……」그는 고개를 번쩍 쳐들면서 불쑥 이렇게 외쳤다.

그리고 채찍을 휙 휘두르자 전쟁 기간 동안에 꼭 한 번 이때 처음으로 말을 달렸다. 그리고는 즐거운 듯이 환성을 올리고 만세를 연방 부르면서, 열(列)을 흩뜨리고 있는 병사들 곁을 떠났다.

쿠투조프가 한 말을 병사들은 거의 알아 듣지 못했다. 처음에는 엄숙하게 시작했다가 나중에는 사람 좋은 늙은이의 잔소리로 끝난 원수의 훈시 내용을 다른 사람에게 옮길 수 있는 사람은 거의 없었을 것이다. 그러나 이 연설로 연설의 밑바닥에 잠긴 내면적인 뜻은 이해되었다. 그뿐 아니라 적에 대한 동정의 생각과 자기의 정의에 대한 의식, 노인다운 선량한 욕지거리로 표현된 의식과 얼버무려진 위대한 승리의 감정, 이런 감정은 병사 한 사람 한 사람의 마음에 간직되어 있었다. 그리고 기쁜 외침 소리가 되어 귓전을 언제까지나 울리는 환호 소리로 표현된 것이었다. 그뒤 장군 한 사람이 총사령관에게『포장 마차로 옮기시면 어떨까요?』하고 물었을 때 쿠투조프는 그 말에 대답하면서 갑자기 흐느껴 울기 시작했다. 그는 몹시 감동하고 있는 모양이었다.

7

11월 8일, 그러니까 크라스노예 전투의 마지막 날, 군대가 야영지에 도착했을 때는 이미 땅거미가 진 때였다. 종일토록 고요하고 추운 날씨로 가벼운 눈발이 드문드문 흩날리고 있었다. 저녁때가 되어 날씨는 갰다. 흩날리는 눈을 통해서 별이 박힌 검은 보랏빛 하늘이 보이고 추위가 한결 더해졌다.

타루찌노를 출발했을 때 삼천 명이었던 소총 연대가 이때 선착대의 하나로서 지정된 야영지에 도착했을 때는 불과 구백 명으로 줄어들었다. 야영지는 마을의 큰길 옆으로 정했다. 연대를 맞은 설영관(設營官)은 어느 집이나 모두 프랑스의 부상자나 전사자, 기병대며 참모부 등으로 만원이라고 알려 왔다. 연대장을 위해서 겨우 농가 하나만이 비어 있을 따름이었다.

연대장은 자기에게 할당된 집으로 말을 몰았다. 연대는 마을을 빠져 마을 변두리의 농가 가까운 길바닥에서 걸어총을 했다.

마치 커다란 떼를 이루고 있는 짐승의 무리처럼 연대는 자기의 잠자리와 먹을 것을 준비하는 일에 손을 쓰기 시작했다. 일부의 병사는 무릎까지 빠지는 눈을 밟고 마을 오른쪽에 있는 자작나무 숲 속으로 흩어져 들어갔다. 그러자 얼마 안 있어 숲 속에서는 도끼와 단검으로 나무를 자르는 소리, 가지를 꺾는 소리, 즐거운 듯한 이야기 소리가 들렸다. 다른 일부의 패들은 한데 뒤섞인 연대의 짐마차며 말의 한가운데서 남비며 건빵을 꺼내기도 하고 말에게 먹이를 주기도 하면서 분주히 일하고 있었다.

또 다른 일부는 온 마을의 여기저기로 퍼져 사령부 소속 장교들의 숙소를 짓기도 하고, 집집에 누워 있는 프랑스병의 시체를 치우기도 하고, 땔감으로 쓸 널빤지와 시들어 버린 나뭇가지와 지붕의 이엉과 바람막이로 된 담장을 끌어들이기도 했다.

열댓 명의 병사들이 마을 끝의 농가 뒤에서 유쾌한 듯이 소리를 지르면서 이미 이엉을 뜯긴 헛간의 버드나무로 엮은 높다란 담을 흔들고 있었다.

「좋아, 좋아, 한 번만 더 힘껏 밀어!」하고 여러 사람들이 외치자, 눈을 뒤집어 쓴 나무로 엮어진 커다란 담벽이 우지직 하고 터지는 듯한 소리를 내면서 밤의 어둠 속에서 흔들리고 있었다. 아래의 기둥이 차차 세차게 삐걱거리더니 나무로 엮은 담은, 밀어 대고 있던 병사들과 함께 우지끈 뚝딱 하고 넘어졌다. 즐거운 듯한 거친 외침 소리와 커다란 웃음 소리가 들렸다.

「두 사람씩 붙들어! 지렛대는 이리 줘! 그렇지. 그런데 넌 어딜 끼어 드는 거야?」

「암, 힘을 모아서!…… 그런데 잠깐!…… 장단을 맞춰 주지!」

모두들 입을 다물었다. 그러자 우단처럼 부드러운 소리가 조용히 노래를 부르기 시작했다. 세 번째 귀절이 끝나고 마지막 울림이 그친 것과 동시에 스무 사람의 목소리가 한꺼번에 「우우우우! 자! 밀어 쓰러뜨리자!」 모두 힘을 주었지만 나무로 엮은 담은 그다지 움직이지 않았다. 사이사이의 침묵 속에 괴롭게 헐떡거리는 숨소리가 들렸다.

「어이, 6연대 친구들! 돕지 않으려나!…… 나중에 우리도 도우면 될 것 아니야!」

마을로 가고 있던 제6연대 소속의 병사 스무 명 가량이 나무로 엮어진 담을 잡아당기고 있는 병사들을 거들었다. 깊이 오 사쉐니, 폭 일 사쉐니의 담은 헉헉거리며 헐떡거리고 있는 병사들의 어깨를 파고들면서 활처럼 휘어져 길 쪽으로 움직였다.

「뭘 하는 거야!…… 옆으로 누워…… 뭘 우두커니 서 있는 거야? 그렇지, 그렇지…….」

즐거운 듯한 천한 욕지거리는 그칠 줄을 몰랐다.

「너희들은 무얼 하는 거야?」별안간 병사 한 사람이 나무로 엮은 담을 끌고 있는 패들 쪽으로 달려와 다짜고짜로 욕하는 목소리가 들렸다.

「장교님들이 거기에 계신단 말이야. 오두막 안에는 지금 각하께서도 와 계시는데 너희들은 이새끼야, 마구 큰소리로 천한 말들을 지껄이다니! 정말로 너희들은!」

상사는 이렇게 외치고 나서 마침 곁에 있던 한 사람의 등을 힘껏 내리쳤다.
「좀 조용하게 할 수 없겠나?」

병사들은 입을 다물었다. 상사에게 얻어맞은 병사는 투덜거리면서 나무로 엮은 담에 부딪쳐 피가 나올 만큼 긁힌 얼굴을 닦기 시작했다.

「제기랄, 저 망할 자식! 얼굴을 온통 피투성이로 만들었지 않아!」 상사가 가 버리자 그는 겁에 질린 목소리로 말했다.

「아니 자넨 그 사람이 싫단 말인가?」 하고 누군가가 웃으면서 말했다. 병사들은 소리를 죽이고 다시 끌기 시작했다.

마을 밖까지 나오자 그들은 아까와 마찬가지로 누구에게 하는 소리인지 욕지거리를 하면서 커다랗게 소리를 지르기 시작했다.

병사들이 지나갔던 농가 안에서는 수뇌부들이 모여 차를 마시면서 이미 과거가 되어 버린 오늘의 전투 경과며 장래에 예정된 행동 등에 관해서 이야기하고 있었다. 예정된 행동이란 좌익으로 측면 이동을 해서 부왕(副王)의 퇴로를 끊고 그를 사로잡자는 것이었다.

병사들이 나무로 엮은 담을 끼고 왔을 때는 벌써 여기저기에서 취사장의 모닥불이 기세 좋게 피어오르고 있었다. 장작은 툭툭 튀고 눈은 점점 녹아들었다. 군대가 점령한 광막한 장소에 병사들의 검은 그림자가 눈을 밟고 이리저리로 바쁘게 움직이고 있었다.

도끼와 단검은 도처에서 활약을 하고 있었다. 모든 일들이 아무런 명령 없이 이루어졌다. 밤에 쓸 장작이 운반되어 왔고, 상관을 위해서는 판자집이 세워졌다. 남비는 부글부글 끓고 총과 무기의 손질도 끝나 있었다.

제8중대가 끌고 온 나무로 엮은 담은 북쪽에 반원형으로 세워져서 말뚝으로 받쳐지고, 그 앞에서 모닥불이 피워졌다. 집합 나팔이 울리고 점호가 끝나자 저녁 식사를 했다. 그러고 나서는 하룻밤을 보내기 위해 각기 모닥불가에 자리를 잡고 구두를 수선하는 사람, 파이프로 담배를 피우는 사람, 또 옷을 홀랑 벗고 이를 잡는 사람도 있었다.

8

얼른 생각하면 당시의 러시아 병사가 놓여 있던 거의 상상하기도 어려운 괴로운 생활 조건에서, 방한화도 없고 모피 외투도 없고 보급이 늦어져 충분한 양식도 없이, 영하 십 팔도의 추위에 광야의 눈바닥에서 지냈던 일을 돌이켜보면, 틀림없이 병사들은 지극히도 비참하고 침통한 광경을 드러내고 있었으리라고 생각된다.

그런데 사실은 그와 반대로 물질상의 조건이 아무리 풍족한 군대일지라도 그 이상 유쾌하고 활기를 띤 광경을 드러낼 수는 없었을 것이다. 그 까닭은 조금이라도 의기 소침해지고 쇠약해지기 시작한 사람은 하루하루 열 외로 떨어져 나갔기 때문이다. 육체적으로나 정신적으로 쇠약해지기 시작한 사람은 모두가 벌써 뒤로 물러나고, 그때까지 남은 사람은 정신적으로나 육체적으로나 군대의 정화라고 할 수 있는 사람들뿐이었다.

나무로 엮은 담으로 둘러싸여진 제8중대에는 가장 많은 사람이 모였다. 상사 두 사람이 그 곁에 와서 앉아 있었기 때문에 이 중대의 모닥불은 다른 중대 것보다 더 환히 타올랐다. 그들은 나무로 엮은 담 안에 앉을 권리를 얻고 싶은 사람에겐 장작을 가져오라고 요구했다.

「어, 마케예프, 자네 어디 틀어박혔었나? 이리한테라도 물려갔나 했네. 장작을 가지고 오란 말이야.」빨건 얼굴에 털이 붉은 병사가 이렇게 소리쳤다. 이 사나이는 연기 때문에 얼굴을 찡그리기도 하고 눈을 깜박거리기도 하면서 모닥불 곁에서 떠나려고 하지 않았다.「어이, 까마귀, 너라도 장작을 좀 가지고 오렴.」하고 그는 다른 병사 쪽을 향해 소리질렀다.

붉은 털의 병사는, 상사도 상병도 아니었으나 건장한 병사였으므로 자기보다 약한 자를 마구 부려먹는 것이었다. 코가 뾰족하기 때문에 까마귀라고 불리우는 깡마르고 몸집이 작은 병사가 고분고분 자리에서 일어나 명령을 이행하러 갔다. 그런데 이때 모닥불의 훤한 빛 속에 젊은 병사의 후리후리하고 미끈한 모습이 떠올랐다. 그는 나무를 한 아름 안고 오는 길이었다.

「이리 가져와. 이거 굉장한데!」

사람들은 나무를 꺾어 불 속에 쑤셔 넣고는 입으로 불기도 하고 외투 자락으로 부치기도 했다. 나무는 활활 소리를 내며 타들어가고 불꽃은 탁탁 튀기 시작했다. 병사들은 불 곁에 앉아 파이프에 불을 붙였다. 나무를 안고 온 미끈한 젊은 병사는 두 손을 허리에 대고 언 발을 민첩하게 껑충껑충 가볍게 뛰면서 그 자리에서 춤을 추기 시작했다.

「아아, 이슬 맺힌 들녘에서 풀베는 아가씨가 소총병에게 반해서……」하고 그는 한 귀절 한 귀절 또박또박 더듬듯이 노래했다.

「어이, 구두창이 날아간다!」노래를 부르면서 춤을 추고 있는 병사의 구두창이 덜렁거리는 것을 보고 붉은 털의 병사가 외쳤다.「형편도 없는 춤만 추니까 그렇잖아!」

젊은 병사는 잠시 춤을 멈추고, 덜렁거리는 가죽을 잡아뜯어서 모닥불 속에 던졌다.

「이런 것 소용 없어.」하고 그는 말했다. 그리고 자리에 앉아 배낭에서 푸른 프랑스제 외투의 헝겊 조각을 꺼내어 그것으로 발을 둘둘 감기 시작했다.「물러 버려서 못 쓰게 됐어.」그는 두 다리를 불 쪽으로 뻗으며 이렇게 덧붙였다.

「곧 새 걸 나누어 줄 거야. 완전히 쳐부수어 버리면 누구에게나 두 사람 몫의 보급품이 돌아간다더군!」

「그 베트로프란 놈, 결국은 낙오하고 말았군그래.」상사가 말했다.

「난 벌써부터 알고 있었는걸.」다른 한 사람이 말했다.

「하는 수 없는 놈이군. 약한 자식!」

「제3중대에서는 어제 점호에 아홉 명이나 모자랐다는 거야.」

「그야 당연하지, 생각해 봐, 발이 얼었는데 어딜 걸으라는 거야?」

「제기랄, 쓸데없는 잔소리들은 그만둬!」상사는 말했다.

「너도 역시 낙오하고 싶나?」늙은 병사 한 사람은 발이 얼었다고 말한 병사 쪽을 향해서 꾸짖듯이 눈을 흘기면서 말했다.

「그럼 자네는 그걸 어떻게 생각하나?」까마귀라고 불리운 코가 뾰족한 병사가 모닥불 뒤에서 느닷없이 몸을 일으키면서 삑삑거리며 떨리는 목소리로 말했다.

「살찐 놈은 여윌 만한 여지가 있으니까 괜찮지만, 여윈 놈은 죽을 수밖에 없는 거야. 나만 해도 꼭 그대로야. 이제는 기진맥진했어.」그는 별안간 상사 쪽으로 돌아서면서 결연하게 말했다. 병원으로 보내 주지 않겠어요? 완전히 류머티스가 돼 버렸읍니다. 그렇게 하지 않으면 역시 낙오돼 버릴 뿐입니다……」

「이제 그만, 그만.」하고 상사는 조금도 떠들지 않고 차분한 목소리로 말했다.

병사는 입을 다물었다. 잡담은 계속되었다.

「오늘 프랑스 놈들을 꽤 많이 잡았지만 정직한 얘기로 구두다운 구두를 신은 녀석이 하나도 없더군. 단 구두란 이름뿐이야.」하고 한 병사가 새로운 화제를 꺼냈다.

「그건 코삭들이 몽땅 벗겨 버린 거야. 오늘도 연대장님을 위해서 집을 하나 비우느라고 놈들을 끄집어냈지만, 참으로 가엾더군.」하고 춤을 좋아하는 병사가 말했다.「놈들을 떼굴떼굴 굴렸더니, 하나 죽지 않은 녀석이 있었는데 말이야. 설마 하겠지만 글쎄 저들 말로(프랑스어로) 소곤소곤 무엇이라고 지껄이지 않겠나.」

「그러나 깨끗한 놈들이야.」하고 맨 먼저 말을 끄집어냈던 병사가 말했다.「하얀 몸뚱이가 마치 자작나무 같더군. 게다가 그 가운데는 스마트하고 귀족 같은 녀석들도 있던걸.」

「그야 그렇지. 어떻다고 생각해? 거기서는 어떤 신분의 사람이건 모두 군대에 붙들려 나오는 거야.」

「그런데 녀석들은 이쪽 말을 전혀 모르더군.」하고 춤을 즐겨하는 사나이가 이상하다는 듯이 빙글거리면서 말했다.

「내가 말이야.『넌 어느 부대 소속이냐?』하고 묻는데 녀석은 저들 말로 지껄이지 뭐야. 묘한 놈들이야!」

「그런데 또 괴상한 일이 있어.」프랑스인의 살결이 흰 데 감동했던 병사가 말을 계속했다.「모쥐아이스크의 농부한테 들은 얘긴데 말이야, 전투가 있었던 곳에서 시체를 치우다 보니 아주 이상한 일도 다 있더라는 거야. 글쎄 이럭저럭 한 달 동안이나 그냥 땅 위에 굴러 있었는데, 백지장처럼 회고 깨끗하더라는군. 그리고 아무런 냄새도 나지 않더라는 거야.」

「그건 자네, 얼었던 게 아닐까?」하고 다른 한 사람이 물었다.

「똑똑한 체하는군! 얼었던 모양이라고! 날씨가 더웠단 말이야. 만약에 얼었었다면 이쪽 사람들도 썩지 않았을 것 아닌가? 그런데 이쪽 사람들 곁에 가 보면 썩어서 구더기가 들끓고 있더라는 거야. 그래서 농부들은 수건으로 코를 싸매고 얼굴을 돌려 가면서 끌고갔다는 거야. 구역질이 나서 못 견디겠더라던걸. 그런데 저녀석들은 백지장처럼 하얗고 냄새가 통 나지 않았던 모양이야.」

모두들 입을 다물었다.

「아마 음식물 때문일 거야.」하고 상사가 말했다.「녀석들은 좋은 음식만 잔뜩 처먹었던 게지.」

이 말에는 아무도 이의를 내세우지 않았다.「이것도 농부한테서 들은 얘기지만, 전투가 있었던 모쥐아이스크에서는 열 군데의 마을에서 농부들을 끌어 모아, 스무 날이나 시체를 날랐다는데도 모두 나르지 못했다는 거야. 그 친구 말로는 이리가 엄청나게…….」

「그 전투야말로 진짜 전투였지.」하고 노병이 말했다.「잊을 수 없는 일들뿐이었어. 그 뒤의 것들은 도무지 시원치 않았어……많은 사람을 괴롭힌 것뿐이야.」

「정말야! 아저씨, 그저께도 우린 공격했었지만 맥빠지더군. 도무지 가까이 갈

것도 없어. 금방 총을 내동댕이치고서 무릎을 꿇고는 파르동(용서해 줘) 하는 거야. 어디에서나 모두가 이런 식이야, 글쎄. 그런데 폴라토프가 폴리온(나폴레옹)을 두 번이나 붙잡았는데, 주문(呪文)을 몰라 아깝게 놓쳤다더군. 아무리 꼭 붙잡아도 놈은 금방 새로 둔갑해서 휙 날아가더라는 거야. 죽이려고 해도 죽일 수도 없더래.」

「자네는 허풍이 아주 어지간하군그래, 키셀료프. 그렇지만 자네한테는 속지 않겠어.」

「그게 허풍이라니 무슨 소리야! 참말이란 말이야.」

「만약에 내가 그녀석을 붙잡았다면 우리들 식으로 흙 속에다 파묻고 자작나무 몽둥이로 찔러 죽였을 텐데. 그놈은 우리 동료를 굉장히 죽인 놈이니까.」

「어차피 처치하게 될 거야. 놈도 두 번 다시 오지는 못 할 거야.」 하고 노병은 하품을 하면서 말했다.

이야기는 중도에서 끊겼다. 병사들은 잘 채비를 했다. 「저 별 좀 보게. 하늘 가득히 반짝거리는데! 마치 여인네가 피륙을 잔뜩 펴든 것 같군.」 병사 한 사람이 은하를 바라보면서 말했다.

「저건 말이야, 풍년이 들 징조야.」

「장작이 좀더 필요하겠는걸.」

「등을 쬐면 배가 얼고, 이상한 일이야.」

「오늘도 무사했구나!」

「왜 그렇게들 미는 거야. 자네들 혼자만 쬐라고 있는 불인 줄 아나? 저것 보게……저, 헤벌쭉하고 자빠져 자는 꼴을.」

차츰 깊어 가는 정적 가운데서 곯아 떨어진 병사들의 코고는 소리가 들렸다. 다른 병사들은 때때로 말을 주고받으면서 몸을 엎치락뒤치락하고 불을 쬐었다. 백 발짝쯤 떨어진 곳의 모닥불에서 와 하고 웃음을 터뜨리는 많은 사람의 즐거운 소리가 들렸다.

「저 5중대 녀석들이 떠드는 소리 좀 들어 보게.」 한 병사가 말했다. 「그리고 저 사람들의 수효를 좀 보게. 굉장히 많이 모였군.」

한 병사가 일어나더니 5중대 쪽으로 구경하러 갔다.

「정말 웃기는데…….」 그는 돌아오더니 말했다. 「프랑스인이 두 사람 끼어 있어. 하나는 완전히 얼어서 맥이 없었지만 다른 하나는 아주 팔팔한 놈이야! 노래까지 부르고 있더군.」

「오, 그래? 어디 그럼 나도 좀 가 봐야겠군…….」 병사들 몇이 제5중대 쪽으로 갔다.

9

　제5중대는 숲 바로 옆에서 야영하고 있었다. 큼직한 모닥불이 눈 속에서 환하게 타고 서리의 무게 때문에 축 늘어져 있는 나뭇가지들을 비치고 있었다.

　한밤중쯤 제5중대 병사들은 숲 속에서 눈을 밟는 소리와 나뭇가지가 우지직 부러지는 소리를 들었다.

　「어이, 여보게들, 곰이야.」 하고 한 병사가 말했다.

　모두들 고개를 쳐들고 귀를 기울였다. 그러자 숲 속으로부터 모닥불이 타고 있는 쪽으로, 괴상한 옷을 입은 두 사람의 그림자가 서로 부축하면서 나타났다.

　이들은 숲 속에 숨어 있었던 두 프랑스병이었다. 그들은 병사들이 알아 들을 수 없는 말을 잔뜩 쉰 목소리로 지껄여 대면서 모닥불 가까이로 다가왔다. 한 사람은 약간 키가 크고 장교 모자를 썼는데 기진맥진해 있는 모양이었다. 그는 모닥불 가까이 오자 거기에 앉으려 했던 모양이었으나 땅바닥에 픽 쓰러지고 말았다. 또 하나는 키가 작고 다부지게 생겼으며 수건으로 머리를 싸매고 있었는데 기운은 좀 있는 모양이었다. 그는 동료를 안아 일으키고 자기 입을 가리키면서 무엇이라고 중얼거렸다. 병사들은 프랑스인을 둘러쌌다. 그리고 환자에게 외투를 씌워 주고 두 사람에게 죽과 보드카를 가져다 주었다.

　기진맥진해진 쪽의 프랑스 장교는 랑발이었고, 머리를 싸맨 쪽은 종졸인 모렐이었다.

　모렐은 보드카를 전부 들이켜고 죽을 남비 밑바닥까지 핥듯이 먹어 치우더니, 금방 병적으로 활기가 돌아, 병사들을 붙들고 끊임없이 무엇이라고 지껄여 댔지만 이쪽에서는 무슨 소린지 알아 듣지 못했다. 랑발은 죽을 권했지만 거절하고 희미하고 쾽한 충혈된 눈으로, 러시아의 병사들을 바라보면서 말없이 팔을 베고 모닥불 곁에 누워 있었다. 그리고 이따금 잡아늘인 듯한 신음 소리를 내다가 다시 잠자코 있었다. 모렐은 랑발의 어깨를 가리키면서 그가 장교라는 것과 몸을 따뜻하게 해주어야 한다는 것을 러시아 병사들에게 호소하려고 애썼다. 모닥불을 돌아보러 온 러시아 장교 한 사람이 연대장에게 프랑스 장교가 한 사람 얼었으니 본부에서 맡아서 몸을 녹여 주지 않겠느냐고 물으러 사람을 보냈다.

　이윽고 심부름 갔던 병사가 돌아와 그 장교를 데리고 오라는 연대장의 명령을 전달했다. 장교는 랑발에게 그것을 전했다. 랑발은 일어나서 걸으려고 했으나 다리가 비틀거렸다. 만일 옆에 서 있던 병사가 부축해 주지 않았던들 틀림없이 쓰러졌을 것이다.

「어떤가? 가고 싶지 않은가?」한 병사는 비웃는 듯이 눈을 찡긋하며 랑발에게
물었다.

「저런 바보 같으니! 주착 없는 소릴 하는군! 그러니까 촌뜨기란 하는 수가 없
다는 거야.」무엇이라고 농담을 한 병사에 대해 욕지거리를 퍼붓는 소리가 사방
에서 들렸다. 사람들은 랑발을 둘러쌌다. 그 가운데 두 사람이 그를 양쪽에서 안
아 올리는 것처럼 해서 농가 쪽으로 데리고 갔다. 랑발은 병사의 목에 매달려 끌
려가면서 우는 소리로 말했다.

「오오, 용감한 여러분, 이토록 친절할 수 있겠소! 이야말로 인간이다! 오, 용감
한 착한 벗들이여!」그리고 어린애처럼 한 병사 어깨에 머리를 묻었다.

한편 모렐은 병사들에게 둘러싸여 가장 좋은 자리에 앉아 있었다.

다부지고 몸집이 작은 프랑스인 모렐은 충혈된 눈에 눈물을 글썽이고 여자처
럼 수건을 모자 위로부터 둘러싸 매고 모피로 된 부인 외투를 입고 있었다. 그
는 취기가 도는 듯이 한 손으로 곁에 있는 병사의 어깨를 껴안으면서 꽉 잠긴 목
소리로 프랑스 노래를 불렀다. 병사들은 그를 보면서 배를 움켜 잡고 있었다.

「자, 이봐 좀 가르쳐 주게나, 응? 나는 곧 익힐 수 있어. 응?……」모렐에게 안
겨 있는 익살꾼인 가수가 말했다.

　　〈앙리 4세에게 영광 있으라,
　　　용맹한 이 왕에게 영광 있으라!〉

모렐은 한쪽 눈을 찡긋하면서 노래했다.

　　〈귀신도 겁을 먹는 4세는……〉

「비바리카! 비푸 세루바루! 시쟈블랴카…….」하고 병사는 한쪽 손을 흔들면
서 되풀이했다. 분명히 그는 곡조를 익혀 버리고 있었다.

「야, 잘한다! 하, 하, 하, 하, 하!……」거칠지만 즐거운 듯한 웃음 소리가 여기
저기에서 일어났다. 모렐은 얼굴에 주름살을 지으면서 역시 함께 웃었다.

　　「자, 좀더 해, 그 다음을 해!」

　　〈세 가지 재주를 갖고 있었다.
　　술과 싸움과
　　그리고 여자를 꼼짝 못하게……〉

「그것도 역시 좋은데. 자, 어이, 잘레타예프, 자네도 하게!……」

「큐…….」잘레타예프는 간신히 이렇게 발음했다. 「키유, 유……」하고 그는 열심히 입술을 내밀고 발음을 기다랗게 끌었다. 「레트리프탈라, 제, 부, 제, 바, 이, 제트라바갈라.」하고 그는 노래했다.

「오, 훌륭한데! 프랑스인은 달라, 어이…… 하, 하, 하, 하! 어디, 조금 더 먹으려나?」

「녀석에게 죽을 줘. 배가 너무 고프면 좀처럼 배가 차지 않는 법이니까.」

그에게 다시 죽을 주었다. 모렐은 빙글빙글 웃으면서 세 번째의 남비에 손을 댔다. 모렐을 바라보고 있는 젊은 병사의 얼굴에는 무척 즐거운 듯한 미소가 떠올랐다. 이런 시시한 일에 끼어 든다는 건 어른답지 못하다고 생각하고 노병들은 모닥불 건너편에 누워 있었으나, 그래도 때때로 팔꿈치를 짚고 몸을 일으켜서는 싱긋 웃으면서 모렐을 바라보았다.

「역시 놈들도 똑같은 인간임은 틀림없군.」노병 한 사람은 외투로 몸을 감싸면서 말했다. 「오이 덩굴에 가지가 매달리지는 않는 법이야.」

「호오! 굉장한걸! 저 별 좀 보게나! 추워질 징조야…….」이윽고 주위는 조용해졌다.

별들은 이제는 아무도 자기네를 보지 않는다는 것을 알고 있는 것처럼 어두운 하늘에서 마음껏 빛을 뿌리기 시작했다. 별은 반짝이기도 하고 빛이 사라지기도 하고 깜빡이며 떨기도 하면서 즐거운 듯한 신비로운 것을 서로 속삭이고 있었다.

10

프랑스군은 수학적으로 정확한 급수(級數)의 비율에 따라서 규칙적으로 줄어들었다. 그처럼 장황하게 저술된 베레지나의 도강(度江)도 프랑스군 멸망의 중간적인 단계의 하나일 뿐 전쟁의 결정적인 사건이었던 것은 절대로 아니었다. 베레지나 도강에 관해서 그토록 많이 썩어졌고 지금도 쓰이고 있지만 그것은 프랑스측으로 하면, 베레지나 다리가 파괴되었기 때문에 프랑스군이 그때까지 한결같이 견디어 오던 재난이 별안간 집중되어 버렸고, 영원히 사람들의 기억에 남을 하나의 비극적인 정경을 드러내고 그것이 누구의 기억에도 남아 있기 때문이다. 또 러시아측에서도 베레지나에서의 일을 그토록 자주 운위하고 있고 글로 쓰고 있는 까닭은 전략의 올가미로 나폴레옹을 베레지나 강에서 사로잡는 계획이 싸움터에서 멀리 떨어진 페쩨르부르그에서 푸풀리의 손으로 작성되었기 때문이다. 누구든 모든 일이 계획대로 실현된 것으로 믿고 있었다. 그렇기 때문에 베레지나의 도강이야말로 프랑스군을 멸망시킨 것이라고 주장된 것이다. 그러나 실상 베레지나 도강의 결과는 숫자가 가리키는 것처럼 대포나 포로를 잃은 점에 있어서는 크라스노예 접전만큼 프랑스군을 무찌르는 데 효력을 나타내지는 못했다.

베레지나 도강이 가지는 유일한 의의는, 다름이 아니라 모든 퇴로 차단 계획이 불합리하다는 것과 쿠투조프와 전군(전중)이 요구한 유일한 가능성 있는 행동, 즉 적군을 추적한다는 것은 정당하다는 것이 이 도강에 의해서 의심할 여지없이 분명하고 뚜렷하게 증명된 것이다. 프랑스군의 흩어진 대열은 도망친다는 목적에 도달하려고 모든 정력을 기울이면서 속력을 더해서 도망쳤다. 그들은 상처를 입은 짐승처럼 질주하고 있었으므로 중도에 멈출 수는 없었다. 이것은 도강하기 위한 가교(架橋) 작업보다 오히려 그 다리 위를 통과한 속도로 증명된다. 다리가 파괴되었을 때 무기를 가지지 않은 병사나 프랑스군의 수송대에 끼어 있었던 모스크바의 주민이나 어린애를 가진 여자들은 모두 타력(惰力)에 끌려 항복도 하지 않고 앞으로 달려가 조그만 배며 언 물 속으로 뛰어들었던 것이다.

이러한 저돌적인 행동은 분별 없는 것은 아니었다. 도주자나 추격자나 마찬가지로 상태는 똑같이 비참했다. 자기의 나라 사람들과 함께 있으면 이러한 재난을 당하더라도 동료의 도움과 그때까지 가지고 있던 지위에 기대를 걸 수 있다는 것으로 마음을 위로할 수가 있었다. 그러나 러시아군에 항복하면 불행한 경우에 빠져 있다는 점에선 마찬가지인 데다가 생활상의 필수품을 배급받을 때는 한결 못한 대우를 받지 않을 수 없다. 러시아군의 포로가 된 프랑스군의 온갖 노력에도 불구하고 어쩔 수 없이 굶주림과 추위 때문에 죽었다는 사실은, 확실한 보도를 기다릴 것까지도 없이 그들은 잘 알고 있었다. 러시아군 쪽에서 보면 살리고 싶다는 생각이 충분히 있었지만 어떻게 할 도리가 없었던 것이다. 정말이지 달리 무슨 수가 없다는 것을 프랑스쪽에서도 알고 있었다. 아무리 프랑스군에게 동정하는 마음이 많은 러시아의 장군도, 친프랑스적인 사람들도, 러시아군에서 근무하고 있는 프랑스인도 포로를 위해서 어떻게 할 수가 없었다. 러시아인이 놓여 있는 비참한 상태가 프랑스의 포로들을 죽게 했던 것이다. 없어서는 안될 병사들이 가뜩이나 굶주리고 있는데 그들에게서 빵이나 옷을 빼앗아, 그들에게 아무런 해도 되지 않거니와 밉지도 않고 아무런 죄도 없는 이들이지만 필요치도 않은 프랑스병에게 줄 수는 없는 노릇이었다. 개중에는 그렇게 한 사람도 있었지만 그런 일은 극히 예외에 속하는 일이었다.

후방에는 확실한 죽음이 있었고 전방에는 희망이 있었다. 등에 불이 붙은 것이다. 이제 이쯤 되면 한데 어울려 도망치는 것 밖에 구제의 길이 없었다. 그래서 프랑스군은 집단적인 도주에 전력을 기울였던 것이다.

프랑스군이 멀리 도망을 하고 그 패잔병들의 상태가 더욱더 비참해질수록, 특히 페쩨르부르그의 작전 계획의 결과로 특별한 기대가 걸린 베레지나 전투 이후에 러시아군 지휘관들의 공명심은 더욱더 맹렬히 타올라갔다. 그들은 서로가 욕을 했는데 특히 쿠투조프를 비난했다. 베레지나에 있어서의 페쩨르부르그 계획의 실패는 마땅히 쿠투조프가 책임을 져야 한다고 생각되어 그에 대한 불만, 경멸, 조소는 더욱더 노골적으로 표현하게 되었다. 물론 이러한 조소와 경멸은 당연한 일이었지만 무엇을, 왜 비난하느냐고 쿠투조프가 물을 수도 없을 만큼 참으로 공손한 형태로 표현되었다. 아무도 쿠투조프와 진지하게 이야기를 하지 않았고 그에게 보고를 하거나 결재를 받을 때에는 무슨 까다로운 의식이라도 차리는 듯한 표정이었지만 그의 배후에서는 서로 눈짓을 해 가면서 하나에서 열까지 속이려고만 들었다.

이들은 쿠투조프를 좀처럼 이해할 힘이 없었기 때문이지만, 저런 늙은이와 이야기를 나눌 필요가 없다느니, 저런 늙은이에게는 자기네의 계획의 깊은 뜻을 이해시킬 수 없을 것이라느니 다만 황금의 다리가 어떻다든가 부랑자를 거느리고 외국에 갈 수는 없다든가 하는 그 농담(그들은 이것을 그저 쓸데없는 농담에 불과하다고 생각했다)을 늘어놓을 뿐일 것이라느니 하고 단정하고 있었다. 그들은 이런 이야기는 벌써 오래 전부터 귀에 못이 박이도록 듣고 있었다. 늙은이가 하는 말—이를테면 양식이 도착하기를 기다려야 한다든가 병사들이 구두를 신어야 한다든가 하는 말—은 지극히 평범한 것이지만 그들이 제의하는 내용은 지극히 복잡하고 현명한 계획이므로, 따라서 그들의 말에 의하면 쿠투조프는 바보 같은 노망한 늙은이이고 자기네는 지휘권은 없지만 천재적인 지휘관이라는 것이었다. 그것은 그들에게는 명확한 사실이었다.

특히 명성이 혁혁한 제독이자 페쩨르부르그의 영웅인 비트겐슈타인의 군이 통합된 이래, 이런 일반적인 기분과 사령부 특유의 음모는 극도에 이르고 있었다. 쿠투조프는 그런 꼴을 보고 다만 한숨을 짓고 어깨를 움츠릴 따름이었다. 단 한번 베레지나의 전투 뒤 그는 잔뜩 화를 내고 개인적으로 직접 황제에게 보고를 보내고 있던 베니그쎈에게 다음과 같은 편지를 써서 보낸 일이 있었다.

〈각하는 병적인 발작의 지병(持病)도 있고 하시니 송구스럽지만 이 서한을 받으신 즉시, 칼루가로 떠나셔서 거기에서 황제 폐하로부터의 금후의 명령이나 임무를 기다리도록 하심이 어떠하오.〉

　그러나 베니그센이 좌천된 뒤, 이어 콘스탄쩐 파블로비치 대공이 군에 도착했다. 대공은 전쟁이 시작된 시초에 그 일을 맡고 있었으나, 쿠투조프에 의해 군에서 물러나게 되었던 것이다. 지금 또 대공이 군에 도착하자 우군의 기대에 어긋난 전과와 완만한 행동에 황제가 불만을 느끼고 있다는 것과, 황제가 친히 멀지 않아 싸움터로 나가 볼 생각을 가지고 있다는 것을 쿠투조프에게 보고했다.

　군사적으로는 물론이지만 궁중의 일에도 경험이 있는 노(老) 쿠투조프, 그 해 팔월 황제의 뜻에 반(反)해서 총사령관으로 뽑힌 쿠투조프, 황태자와 대공을 군에서 멀리했던 쿠투조프는 곧 모든 것을 깨달았다. 인제 자기의 시절은 지났다. 자기가 할 일은 끝났다. 이 엄청난 권력은 이미 자기의 손 안에 없다는 것을 그는 깨달았다. 그는 다만 궁중의 관계만으로 이런 걸 깨달았던 것은 아니었다. 한편으로는 자기가 연출해야 할 군사 행동이 끝장이 났음을 알고, 자기의 사명이 이루어졌음을 깨달음과 동시에 또 한편으로는 자기의 노구(老軀)의 생리적인 피로와 휴식의 필요를 느끼고도 있었던 것이다.

　11월 29일 쿠투조프는 빌리나——그의 말을 빌면 그리운 빌리나로 입성했다. 쿠투조프는 지금까지 근무 생활을 계속하는 동안 이곳 빌리나의 총독을 두 차례나 지낸 일이 있었다. 쿠투조프는 조금도 피해를 입지 않은 이 풍족한 도시 빌리나에서, 벌써 오랫동안 잃어버렸던 생활의 편의를 누렸을 뿐 아니라 옛 벗이며 추억을 찾을 수 있었다. 그는 갑자기 모든 군사적인, 정치적인 문제에서 얼굴을 돌리고, 자기의 주위에서 소용돌이치고 있는 여러 정세가 허용하는 한 조용한 길든 생활에 잠겨 들고 있었다. 마치도 지금 역사의 세계에서 이루어지고 있는 일과, 이루어지려고 하고 있는 일들에는 전혀 외면하는 듯한 태도를 취하고 있었다.

　가장 열렬한 포획 섬멸론자의 한 사람이었던 치챠고프, 처음엔 희랍에 다음엔 바르샤바에 군대를 보내어 견제 운동을 꾀하면서도, 명령받은 곳에는 절대로 가지 않으려 했던 치챠고프, 황제에게 대담한 직언을 하기로 유명한 치챠고프, 1811년 쿠투조프를 젖혀 놓고 터키와의 강화 조약을 체결하도록 파견되었을 때 이미 화의가 성립되었는 줄 알고, 강화조약 체결의 공을 쿠투조프에게 돌려야 한다고 황제에게 상주해 놓고 스스로 쿠투초프의 은인이라고 생각하고 있는 치챠고프, 그 치챠고프가 쿠투조프의 체재지로 예정된 빌리나성(城) 앞에서 맨 먼저 그를 맞았다. 그는 해군의 약복(略服)에 단검을 차고 군모를 옆구리에 끼고는 전투 보고서와 시(市)의 열쇠를 쿠투조프에게 바쳤다. 쿠투조프가 견책을 받을 것을 이미 알고 있던 치챠고프의 모든 동작에는 늙어 빠진 노인에 대한 젊은이의 그 오만 무례한 태도가 극히 노골적으로 나타나 있었다.

쿠투조프는 치챠고프와 이야기를 하면서, 보리소보에서 적에게 탈취되었던 치챠고프의 식기(食器)가 무사했으므로 이제 곧 그에게 반환될 것이라고 말했다.

「당신은 내가 먹을 식기가 없어서 곤란한 줄 아시는 거로군요……천만에, 나는 설령 당신이 큰 잔치를 베푸시더라도 아무런 부자유 없이 당신에게 편의를 봐드릴 수 있읍니다.」하고 치챠고프는 발끈 열을 올려 말했다. 그는 원래 한 마디마다 자기의 정당함을 증명하려고 했고, 그러니까 그런 걱정을 하는 것은 쿠투조프 쪽이라고 생각하고 치챠고프는 말했다.

그러나 쿠투조프는 그 특유의 미묘한 상대방의 심보를 들여다보는 듯한 미소를 짓고, 어깨를 살짝 움츠리면서 대답했다.

「나는 금방 말한 대로의 것을 말하려고 했을 뿐, 그 이외의 아무런 뜻도 없읍니다.」

쿠투조프는 황제의 의지에 반해서, 군대의 대부분을 빌리나에 주둔시켰다. 측근자의 말에 의하면 쿠투조프는 빌리나에 체재하고 있는 동안에 무척 늙었고 육체적으로도 크게 쇠약해졌다는 것이다. 그는 별로 내키지 않은 마음으로 군대의 일을 보았고 그 일의 대부분을 장군들에게 맡겼다. 그리고 황제가 도착하기를 기다리면서 불규칙한 생활을 보내고 있었다.

황제는 12월 7일, 막료들——톨스토이 백작, 볼콘스끼이 공작, 아라크체예프, 그 밖의 사람들을 거느리고 페쩨르부르그를 출발하여 12월 11일 빌리나에 도착하자, 여행용 썰매로 곧장 성내로 들이닥쳤다. 성 앞에는 심한 추위에도 불구하고 성장한 백 명 가량의 장군, 참모 장교, 세묘노프스키이 연대의 의장대가 늘어서 있었다.

땀에 흠뻑 젖은 트로이카를 타고 성 안으로 먼저 달려들어온 전령은 「도착하신다!」하고 소리쳤다. 코노브니스인은 조그만 문지기 방에서 기다리고 있는 쿠투조프에게 보고하려고 현관으로 뛰어들어갔다.

일 분 뒤에는 대례복의 가슴 가득히 가지가지 훈장을 늘이고 장식띠로 배를 죈, 키가 큰 데다 뚱뚱한 노인이 몸을 뒤뚱거리면서 정면 현관에 나타났다. 쿠투조프는 야전용 군모를 똑바로 쓰고 손에 다가는 장갑을 들고, 좀 거북한 듯 옆으로 층층대를 내려오자, 황제에게 봉정하기 위해서 미리부터 준비해 두었던 전투 보고서를 손에 쥐었다.

분주하게 뛰어 돌아다니는 소리, 수군거리는 소리가 나고 트로이카가 무서운 기세로 달려갔다. 그러자 모두의 눈은 곧장 달려오는 한 대의 썰매에 집중되었다. 그 속에는 벌써 황제와 볼콘스키이의 모습이 보였다.

이런 모든 것은 오십 년래의 습관에 의해 노장군에게 육체적으로 불안한 기분을 주었다. 걱정스러운 듯 자기의 몸을 쓰다듬기도 하고 모자를 바로잡기도 했으나 마침 황제가 썰매에서 내려 자기 쪽을 바라본 순간, 그는 얼른 들고 얼굴을 빛내면서 몸을 곧추세우고 보고서를 봉정했다. 그리고는 그 특유의 조용한 아첨하는 듯한 목소리로 인사를 하기 시작했다.

황제는 쿠투조프의 머리 위에서 발 끝까지 쭉 훑어보고 얼굴을 살짝 찌푸렸으나 곧 스스로를 억제하고, 노장군에게로 다가가 두 손을 벌려 담쏙 껴안았다. 그러자 또다시 옛날부터 몸에 밴 그리운 인상과 성실한 상념의 영향으로, 이 포옹은 이전에 늘 그랬듯이 쿠투조프를 감격케 했다. 그는 흐느껴 울었다.

황제는 여러 장교들과 세묘노프스키이 연대의 의장병에게 인사하고 나서 다시 한 번 노장군의 손을 쥐고 나란히 현관을 올라갔다.

원수와 단 둘이 남게 되자, 황제는 추격이 너무 늦었다는 이야기와 크라스노예와 베레지나 작전에 실패에 대한 불만을 말하고 국경을 넘어 군대를 진격시키려는 장차의 계획을 털어놓았다. 쿠투조프는 반대하지도 않았고 의견도 내놓지 않았다. 칠 년 전 아우스테를리츠의 전장(戰場)에서 황제의 명령을 들었을 때의 그의 순종하는 공허한 표정이 지금도 그의 얼굴에 굳어져 있었다.

쿠투조프가 황제의 방에서 나와 고개를 떨어뜨린 채 묵직하고 흔드는 듯한 걸음걸이로 홀을 걸어가자 누군가의 목소리가 그를 불러 세웠다.

「각하!」 누군가가 이렇게 불렀다.

쿠투조프는 고개를 들어 오랫동안 톨스토이 백작의 눈을 주시했다. 백작은 무엇인가 조그만 것을 얹어 놓은 은접시를 들고 그의 앞에 서 있었다. 쿠투조프는 그가 왜 불러 세웠는지 모르겠다는 듯한 눈치였다.

그러자 그는 문득 깨달은 것 같았다. 그의 축 늘어진 얼굴에 간신히 알아볼 수 있을 정도의 미소가 떠올랐다. 그는 공손히 고개를 숙이고 접시 위에 얹혀 있는 것을 집어 들었다. 그것은 게오르기이 일등 훈장이었다.

11

이튿날 원수는 황제를 맞이해서 만찬회를 겸한 무도회를 베풀었다. 쿠투조프는 게오르기이 일등 훈장을 타고 황제로부터 최고의 경의를 받았으나 그러나 황제가 쿠투조프에게 불만을 품고 있다는 사실은 누구에게나 알려져 있었다. 표면상의 예의는 엄격히 지켜졌고 황제가 누구보다 몸소 그 모범이 되었지만 아뭏든 그 늙은이는 실책을 저질렀고, 아무 쓸모도 없는 사람이라는 것은 모든 사람들이 알고 있었다. 무도회 때, 쿠투조프는 옛 예카쩨리나 시대의 관습에 따라 황제가 무도실로 들어올 때, 노획한 적의 군기를 황제의 발 밑에 깔도록 명령했을 때 황제는 불쾌한 듯이 얼굴을 찌푸리고는 무엇인가를 투덜거렸다. 〈늙은 어릿광대〉라고 한 그 말을 얼른 알아 들은 사람도 몇 사람 있었다.

쿠투조프에 대한 황제의 불만이 빌리나에 와서 한층 심해진 것은 쿠투조프가 분명히 계속되려는 전쟁의 참뜻을 이해하려고도 하지 않았고, 또 이해할 수도 없었기 때문이다.

이튿날 아침, 황제가 모여 있는 장교들에게 『장군은 그저 러시아를 구했을 뿐만 아니라, 유럽도 구했다.』고 말했는데 거기에 있던 사람들은 그때 이미 전쟁이 아직 끝나지 않은 것이라는 것을 깨달았던 것이다.

다만 쿠투조프만이 그 뜻을 이해하려고 하지 않았다. 그리고 새로운 전쟁은 러시아의 국내 사정을 호전시키거나 국위를 선양(宣揚)시키는 것이 아닐 뿐만 아니라, 오히려 러시아의 현상을 해치고, 지금 러시아가 누리고 있는 최고의 명예를 깎아 버리는 데 지나지 않는다는 의견을 솔직이 말했던 것이다. 그는 새로 군대를 징집하는 일이 불가능함을 황제에게 설명하려고 애썼다. 그리고 국민이 곤경에 처해 있는 상태와 패전의 가능성을 설명했다.

이런 생각을 가진 원수는 앞으로 올 전쟁의 방해가 되고 장애물이 된다고 밖에 생각되지 않았던 것은 지극히 당연한 노릇이다.

이 노인과의 충돌을 피하기 위해서는 저절로 한 가지 해결 방법이 발견되었다. 그것은 아우스테를리츠 당시와 전쟁 당초 바르클라이에 대해서도 취해진 것으로 본인에게는 한 마디도 하지 않고 일체 불안을 느끼게 하지 않으면서 총사령관에게서 권력의 지반을 빼앗아 그것을 황제 자신에게로 옮기는 것이었다.

총사령부는 이런 목적으로 점차 개혁되어 갔다. 쿠투조프의 사령부의 실질적인 힘은 모조리 빠지고 고스란히 황제에게로 이관되었다. 톨리, 코노브니스인, 예르몰로프 등은 다른 임무가 맡겨졌다. 그리고 누구나 입을 모아 원수가 매우 쇠약해져 건강을 해쳤다는 말들을 과장해서 하고 다녔다.

그는 자기의 지위를 후계자에게 물려주기 위해서 병자가 되어야 할 필요가 있었다. 하긴 그의 건강도 실제로 쇠약해지고도 있었다.

쿠투조프가 신병 징집을 위해 터키에서 페쩨르부르그의 세무 감독국(稅務監督局)으로 나오고 이어 그를 필요로 하는 바로 그때에 군대로 모습을 나타낸 것이 자연스럽고 단순하고 점차적으로 이루어졌던 것처럼, 지금도 쿠투조프의 역할이 끝장을 보았을 때 새로운 요구에 응한 활동가가 그 대신으로 나타났던 것도 역시 자연의 순서를 밟아 단순하게 점차적으로 행해졌던 것이었다.

1812년의 전쟁은 러시아인의 마음에 귀중한 국민적인 의의를 가지는 이외에 또 다른 의의, 즉 전유럽적인 의의를 가지지 않으면 안 되었다.

여러 민족이 서에서 동으로 이동한 뒤에는 당연히 이번에는 그 반대로 동에서 서로의 이동도 뒤따라야 했다. 이 새로운 전쟁을 위해서는 쿠투조프와는 다른 자질과 견해를 가지고 다른 충동으로 움직여지는 새로운 활동가가 필요했다.

마치 쿠투조프가 러시아를 구하고 그 국위를 드높이는 데 필요했던 것과 마찬가지로 알렉산드르 1세는 여러 민족이 동에서 서로 이동하는 것과, 또 각 국민이 그 국경을 회복하기 위해 반드시 필요한 인물이었던 것이다.

쿠투조프는 유럽이라든가 세력 균형이라든가 나폴레옹이라든가 하는 것이 무엇을 뜻하는지 이해하지 못했다. 그는 이런 것들을 이해할 수 없었다. 적이 패망되고 러시아가 해방되고, 최고의 영예에 이른 뒤에는 러시아인의 대표적이고도 가장 러시아인다운 러시아인인 그는, 이제 러시아인으로서 더 이상 아무것도 할 일이 없어졌다. 국민 전쟁의 대표자는 그저 죽는 것 이외에는 아무것도 남아 있지 않았다. 이리하여 그는 죽은 것이었다.

12

흔히 있는 일이지만, 피예르가 포로 생활중에 육체적인 소모(消耗)와 긴장의 무거움을 느낀 것은 그 긴장과 소모가 회복해 버리고 나서였다. 포로 생활로부터 벗어나자 그는 오룔로 갔다. 도착한 뒤 사흘 만에 키예프로 떠나려고 준비하다가 병을 얻어 석 달 동안 오룔에 눕게 되어 버렸다. 의사들은 그의 병이 담낭열(膽囊熱)이라고 했다. 의사들이 약을 먹이고 피를 빼고 하면서 회복하는 것을 방해했으나 그래로 역시 그는 건강을 회복했다.

피예르가 자유의 몸이 되고 나서부터 병을 얻기까지에 경험한 가지가지 사건들을 그에게 거의 아무런 인상도 남겨 놓지 않았다. 그가 기억하고 있는 생리적인 노곤한 피로와 발이나 옆구리의 아픔 정도였다. 그는 사람들의 불행이나 고난의 막연한 인상도 기억하고 있었고 장교나 장군들이 흥미를 가지고 귀찮게 여러 가지 질문을 퍼부었던 것도, 마차와 말을 구하려고 애를 썼던 일도 기억하고 있었다. 그 중에서도 특히 그 무렵 생각할 힘도 느낄 힘도 잃고 있었던 것을 기억하고 있었다. 자유로운 몸이 되었던 바로 그 날, 그는 폐짜 로스토프의 시체를 보았다. 같은 날에 그는 안드레이 공작이 보로지노 접전 뒤 한 달 이상 더 살다가, 바로 얼마 전에 야로슬라블리의 로스토프네의 집에서 죽었다는 것도 알게 됐다. 또 이 날 피예르에게 이 흉보를 알렸던 제니소프는 말하는 김에 엘렌의 죽음에 관해서도 말을 비쳤다. 피예르는 그런 일쯤은 오랜 옛날에 알고 있었으리라고 생각했던 것이다. 이러한 일들은 그때의 피예르에게는 매우 이상한 일로 생각되었을 뿐이었다. 그리고 자기는 이러한 소식의 의미를 이해할 힘이 없는 것을 느꼈다. 이때는 한시라도 속히 인간이 서로 죽이고 있는 무서운 곳을 떠나 어딘가 조용한 피난처로 가서 거기서 몸을 쉬고 마음을 가라앉히고, 이때까지 알려진, 귀에 새로운 이상한 일들을 하나씩 차근차근히 생각해 보려고 마음이 조급했다. 그러나 오룔에도 도착하자마자, 곧 병을 앓게 되어 버린 것이다. 피예르가 비로소 혼수 상태에서 깨어나자 모스크바에서 온 두 하인, 쩨렌찌이와 바시카와 그리고 피예르의 소유지 엘리사에서 살고 있는 맨 위의 공작 영애의 모습을 자기의 주위에서 발견했다. 공작 영애는 피예르가 구출되었다는 것과 병에 걸렸다는 말을 듣고 병구완을 하러 왔던 것이다.

피예르는 회복기에 들어가서 겨우 버릇이 되다시피한 최근 몇 달 동안의 인상에서 아주 천천히 벗어나게 되었다. 이제는 아무도 자기를 몰아낼 사람이 없고, 점심도 차도 저녁식사도 틀림없이 자기를 기다린다는 사실을 믿게시리 되어 갔다. 그러나 그 뒤로 오랫동안 그는 포로인 자기 자신을 여전히 꿈에 보았다. 그리고 피예르는 또한 천천히 포로의 경우에서 벗어나 나중에 알게 된 사건, 즉 안드레이 공작의 죽음이나 아내의 죽음이나 프랑스군 패망의 뜻을 이해하게시리 되었다.

자유로운 몸이 되었다는 환희의 감정——인간 고유의 빼앗을 수 없는 완전한 자유의 감정, 모스크바 출발 뒤 첫번 휴식을 가질 때에 경험했던 자유의 의식——이 건강을 회복함에 따라서 점차 그의 마음을 가득 채우게 되었다. 그는 어떠한 외부의 지배를 받지 않는 이 내부의 자유가 지금은 한결 외면의 자유까지를 더하여 남아 처질 만큼 사치스럽게 주위에 둘러싸여 있는 것처럼 생각되어서 믿어지지 않을 정도였다. 그는 낯선 도시에서 아는 사람도 하나 없이 혼자 있었다. 어느 한 사람 그에게 아무것도 요구하지 않았을 뿐더러 어디로도 자기를 몰아내는 사람도 없었고 필요한 것은 무엇이든지 눈앞에 있었다. 이제는 아내도 없었고 때문에 이전에는 끊임없이 그를 괴롭히고 있던 아내에 관한 생각도 이미 없었다.

「아, 얼마나 좋으냐! 참으로 훌륭하다!」 맛있는 냄새가 풍기는 수프가 놓인 식탁보가 깔린 식탁이 그에게로 운반되어 왔을 때, 밤이 되어 부드럽고 깨끗한 침상에 몸을 눕혔을 때, 이제는 아내도 없고 프랑스인도 없음을 생각했을 때, 그는 혼자 이렇게 중얼거리게 되는 것이었다. 「아, 참으로 좋다. 얼마나 훌륭하냐!」 그리고는 그는 옛날부터의 버릇으로 자문했다. 『그런데, 그래서 어떻게 되지? 나는 이제부터 무엇을 한다?』 그러나 그는 곧 자답했다. 『별것 아니다. 사는 것이다. 아아, 참으로 훌륭하구나!』

이전에 그를 무척 괴롭히던 것, 끊임없이 찾고 있던 것, 즉 인생의 목적이 지금의 그에게는 존재하지 않았다. 이 미지의 목적이 그에게 있어서 지금 이 순간에만 우연히 존재하지 않았던 것이 아니라 그런 목적 따위는 존재하지 않고, 또 있을 수도 없음을 그는 똑똑히 느끼고 있었다. 그리고 이 목적이 없다고 하는 것이 그에게 완전히 희열에 찬 자유의 의식을 불러일으켜 주었다.

그는 목적을 가질 수 없었다. 왜냐하면 그에게는 지금 신앙이 있기 때문이다. 그것은 어떠한 법칙이나 말이나 사상에 대한 신앙이 아니라 항상 느낄 수 있는 신에 대한 신앙이었다. 이 목적의 탐구가 바로 신의 탐구였던 것이다. 그리고 자유를 잃은 포로 생활 속에서 아득한 옛날 유모가 들려 주었던 말, 신은 그 어디에서도 있다고 한 말을 단지 말이나 이론으로서가 아니라 직감을 통해 홀연히 깨닫게 되었던 것이다. 그는 자유를 빼앗기고 있는 동안에, 카라타예프의 내부에 숨어 있는 신 쪽이 메이슨이 인정하고 있는 우주의 창조자보다도 훨씬 위대하고 무한하며 도저히 구명(究明)할 수 없는 존재라는 것을 알았던 것이다. 그는 눈의 신경을 긴장시켜 우연히 자기 발 밑에서 찾아낸 사람의 감정을 체험했다. 그는 여태까지의 생애에 주위 사람들의 머리 너머로 어딘가 먼 곳만을 바라보고 있었으나, 그토록 시신경을 무리하게 긴장시키지 않고 자기의 앞을 보기만 했더라면 되었던 것이었다.

그는 전에는 어떠한 것 속에도 위대하고 무한하고 구명키 어려운 것을 발견할 수가 없었다. 그는 그저 어디엔가 그런 것이 있으리란 생각에서 찾고 있었던 것이다. 자기가 이해할 수 있는 손 가까이에 있는 것 가운데서는 그저 한정된 천막하고 조그마한 속세의 무의미한 것만을 보고 있었다. 그는 이지의 망원경을 통해 훨씬 먼 곳을 바라보고 있었다. 거리에서는 이 조그마한 속세의 것이 어렴풋한 안개 속에 가려져 분명하게 보이지 않을 뿐 자못 위대하고 무한한 것으로 생각되었다. 유럽의 생활도 정치도 메이슨의 교의(敎義) 철학도 박애주의도 모두 그렇게 생각되었었다. 그러나 그가 자기의 약점이라고 생각하고 있었던 그런 날에도 그의 지성(知性)은 역시 이 원경(遠景)의 밑바닥에 침투하여, 거기에서도 여전히 조그마한 속세의 무의미한 것을 보고 있었던 것이었다. 그러나 이제 그는 온갖 사물 가운데서 위대하고 그리고 무한한 것을 보는 방법을 배웠다. 따라서 당연히 그것을 보고 즐기기 위해서 지금까지 사람들의 머리 위로 바라보던 망원경을 버리고, 자기 주위에서 끊임없이 변화해 가는 영원한 구명하기 어려운 무한한 생활을 희열 속에서 관조하게 되었다. 가까이 가서 보면 볼수록 그는 더욱더 마음이 안정되고 행복했다. 이제는 그의 모든 지성이 구축한 것을 모조리 파괴하고 있던 『왜?』라는 의문에 대해서 그의 마음 속에는 언제나 간단한 대답이 준비되어 있었다. 그것은 신이 있기 때문이라는 한 마디였다.

신의 의지에 의하지 않고는 인간의 머리에서 한 개의 머리카락도 떨어지는 일이 없는 그 위대한 신이 있기 때문이다, 라는 대답이었다.

13

피예르는 겉에 나타난 태도는 거의 달라진 데가 없었다. 얼른 보면 그는 이전과 마찬가지였다. 역시 이전과 마찬가지로 방심가이고 눈앞에 보이는 그런 것이 아니라 자기의 독자적인 것에 마음을 쏟고 있는 것 같은 그런 사람이었다. 다만 이전의 그와 지금의 그의 상태에 차이가 있다면 이전에는 눈에 보이는 것이나 현재 사람들이 이야기하고 있는 것을 잊었을 때, 그는 괴로운 듯 얼굴을 찌푸리고 마치 멀리 떨어져 있는 어떤 것으로 분간하려고 애쓰지만 그것이 되지 않는다는 듯한 표정을 짓고 있던 것과는 달리, 지금은 자기의 눈앞에 보이는 것도 사람들이 이야기하고 있는 것도 역시 마찬가지로 잊기는 하지만, 그러나 그저 살짝 가벼운 웃음을 띠고, 자기의 눈앞에 있는 것을 보고 사람들이 하는 이야기를 듣는 것이었다(그러나 그는 전혀 딴 것을 보고 듣는 듯했다). 이전의 그는 착한 사람이기는 했지만 불행한 사람이라고 생각되고 있었다. 이 때문에 사람들은 어느 결에 그를 피하고 있었다. 그러나 지금은 삶의 기쁨의 미소가 언제나 그의 입가를 떠나지 않고, 눈은 다른 사람에 대한 관심을 갖게 되고 다른 사람도 자기 모양으로 만족해 할까 하는 의문으로 빛나고 있었다. 그러니까 사람들은 그와 함께 있는 것이 기분 좋았다

이전의 그는 말이 많고 일단 입을 열면 곧 흥분해서 남이 하는 말에 좀처럼 귀를 기울이지 않았으나, 지금은 자기가 하는 말에 좀처럼 말려드는 일이 없이 남의 말을 듣는 방법을 체득하고 있었으므로 사람들은 그에게 기꺼이 속마음을 털어놓을 수 있게 되었다.

공작 영애는 지금까지 한 번도 피예르에게 호감을 느낀 일이 없었을 뿐만 아니라, 노백작이 죽은 뒤 피예르의 은혜를 입고 있다고 느낀 이래, 그에 대해서 유달리 심각한 적의를 품고 있었다. 그녀는 상대방의 배은 망덕에도 불구하고 병구완은 자기의 의무라 느끼고 일부러 찾아왔다는 것을 피예르에게 보여 줄 작정이었으나, 잠시 오룔에 체재하고 있는 동안 갑자기 자기가 그를 사랑하고 있는 것을 깨닫고 스스로도 뜻밖으로 여겼으며 놀라기도 했다. 피예르는 조금도 공작 영애의 호감을 얻으려고 한 것은 아니었다. 그는 다만 호기심으로 그녀를 지켜보았을 뿐이었다. 이전엔 공작 영애는 자기를 쳐다보는 피예르의 눈길 속에 무관심과 냉담한 조소를 느꼈기 때문에 다른 사람을 대할 때와 마찬가지로 그의 앞에서는 마음을 굳게 닫고 다만 자기의 도전적인 일면만을 나타내고 있었지만 지금은 그와 반대로 피예르가 자기 생활의 가장 심오한 밑바닥에 파고든 듯한 느낌이 들어 처음엔 반신반의하였으나 이윽고 차츰 감사와 더불어 자기 성격의 숨은 선량한 일면을 나타내게 되었다.

설사 아무리 교활한 사람일지라도 피예르만큼 교묘하게 공작 영애의 마음 속에 청춘의 즐거운 추억을 불러일으키고 그것에 동정을 나타내면서 그녀의 신용을 얻을 수는 없었을 것이다. 그렇지만 피예르의 교묘한 방법이라는 것은, 그저 자기의 만족을 구하면서 그와 동시에 일종의 독특한 자존심을 가진 공작 영애의 심술궂은 말라 빠진 마음 속에 인간다운 감정을 불러일으켜 준다는 것뿐이었다.

「그렇다, 그 사람은 나쁜 사람들과 섞이지 않고 나 같은 사람의 영향을 받으면, 참으로, 참으로 선량한 사람이다.」 하고 공작 영애는 혼잣말을 했다.

피예르의 내부에 일어난 변화를 하인들——쩨렌찌이라든가 바시카도 그들 나름으로 보고 있었다. 그들은 피예르가 아주 소탈해진 것을 발견했다. 쩨렌찌이는 주인에게 웃옷을 갈아입힌 다음, 장화와 옷을 든 채 「편히 주무세요.」 하고 말하면서 주인이 무엇인가를 말하지 않나 하고 머뭇거리는 일이 가끔 있었다. 그러면 대개 피예르는 쩨렌찌이가 말을 하고 싶어하는 것을 알아차리고 그를 불러 세우는 것이었다.

「그건 그렇고, 한 가지 묻고 싶은 것이 있는데……도대체 어떻게 너희들은 먹을 것을 구했지?」 하고 그는 물었다. 그러면 쩨렌찌이는 모스크바의 황폐한 이야기며 돌아가신 백작에 대해서 이야기하기 시작했다. 그리고 옷을 들고 오랫동안 선 채 자기가 이야기하기도 하고 때로는 피예르의 이야기를 듣기도 했다. 그리고 주인이 자기에게 다정하게 해준 것과 자기도 나리가 매우 좋다는 것을 생각하고 기쁜 마음으로 현관방으로 물러가는 것이었다.

날마다 피예르에게 왕진을 오는 의사도, 의사로서의 직책상일 뿐 일 초라도 괴로와하는 인류를 위하여 소홀히 할 수 없다는 듯한 얼굴빛을 하는 것을 의무라고 알고 있었으나, 피예르한테 오면 몇 시간이고 주저앉아서는 일반 환자, 특히 부인 환자의 기질에 대해서 자기가 즐겨하는 일화라든가 관찰담을 늘어놓는 것이었다.

「아니, 정말 그런 사람하고 이야기하는 것은 즐거운 일이야. 이 근방의 시골 사람과는 전혀 다르니까.」 하고 의사는 말했다.

오룔에는 프랑스 포로 장교가 몇인가 살고 있었다. 의사는 그 가운데서 한 젊은 이탈리아 장교를 데리고 왔다.

이 장교는 피예르한테 드나들게 되었다. 그 이탈리아인이 피예르에게 나타내는 부드러운 정을 공작 영애는 웃고 있었다.

이탈리아인은 피예르에게 찾아와 잡담을 하기도 하고 자기의 과거라든가 가정 생활이라든가 로맨스를 이야기하기도 하고, 프랑스인 특히 나폴레옹에 대한 불만을 털어놓을 때만 비로소 행복을 느끼는 모양이었다.

「만약 러시아인 전체가 조금씩이라도 당신을 닮았다면.」 하고 그는 피예르에게 말했다. 「당신네 같은 국민과 전쟁하는 짓은 신을 모독하는 행위입니다. 당신은 ……프랑스인 때문에 그처럼 심한 꼴을 당하고서도 당신은 조금도 그들에게 악의를 품고 계시지 않으니 말씀이에요.」

지금 피예르가 이탈리아인의 열렬한 사랑을 살 수 있었던 것은 그저 상대방의 마음 속의 선량한 면을 눈뜨게 하여 그것에 심취되어 있었기 때문임에 불과했다.

피예르의 오룔 체제 끝 무렵에 옛 지기인 비밀 공제 조합원의 빌라르스키이 백작이 그한테로 찾아왔다. 그는 1807년에 그를 조합에 가입시킨 사람으로서, 오룔 현(縣)에 광대한 소유지를 가지고 있는 부유한 러시아 부인과 결혼하고 이시의 양정과(糧政課)에 임시의 자리를 차지하고 있었다.

빌라르스키이는 베주호프가 오룔에 있는 것을 알자 별로 친밀한 사이는 아니었지만, 그의 집을 방문하여 마치 광야에서 만난 사람이 보통 서로 나타내는 것 같은 우정과 친밀감을 표명하기 위해 피예르를 방문한 것이었다. 빌라르스키이는 오룔에서 지루해하고 있었으므로, 자기와 같은 사회에 속해 있고 자기와 같은 흥미를 가지고 있는(그는 그처럼 생각했었다) 사람을 만난 것을 몹시 기뻐했다.

그러나 빌라르스키이는 곧 피예르가 참다운 생활에서 현저하게 멀리 떨어져 있고(그가 자기 혼자서 마음대로 피예르를 정의한 바에 의하면) 권태와 이기주의에 빠져 있는 것을 인정하고 깜짝 놀랐다.

「당신도 어지간히 머리가 굳어진 것 같군요.」하고 피예르에게 말했다.

그럼에도 불구하고 지금 빌라르스키이는 피예르와 함께 있는 것이 전보다 즐거워서 그는 날마다 피예르에게 찾아왔다. 피예르는 피예르대로 빌라르스키이를 바라보거나 그 이야기를 듣거나 하면, 자기 자신도 얼마 전까지 똑같은 그런 인간이었었던가 하면 참으로 이상한 생각이 들어 믿어지지 않는 것이었다.

빌라르스키이는 결혼하여 가정을 가지고 있는 사람으로 아내의 소유지의 관리와 근무와 가정 일 때문에 언제나 바빴다. 그는 이와 같은 일을 인생의 장애로 간주하고 그 전부를 경멸하고 있었다. 왜냐하면 자신의 그런 일들을 자기와 가족과의 개인적인 행복을 목적으로 하고 있었기 때문이었다. 그의 주의는 끊임없이 군사상의, 행정상의, 정치상의, 그리고 비밀 공제 조합 등에 관한 문제에 쏠려 있었다. 피예르는 그의 견해를 바꾸려고도 하지 않을 뿐만 아니라, 또한 비난한다든가 하지도 않고, 그에게 독특한 기쁜 듯한 조소(그것도 지금에 와선 조용한 느낌으로 충만해 있었다)를 띠면서 이 불가사의한, 그러나 그가 너무도 잘 알고 있는 현상을 바라보았다.

빌라르스키이며 공작 영애며 의사며 그 밖의 이번에 접촉한 모든 사람들에 대한 피예르의 태도엔 모든 사람들에게 호감을 안겨 주지 않고는 배기지 못하는 한 가지 새로운 특징이 있었다. 그것은 다름이 아닌 누구나가 모두 자기 나름으로 생각하고 느끼고 보고 하는 가능을 시인하고, 그리고 말로 사람의 신념을 번복시키는 것은 불가능하다는 것을 시인하는 기분이었다. 이 당연한 각인 각양의 특질이 전에는 피예르를 흥분시키기기도 하고 안절부절 못 하게 하기도 한 것이었으나, 지금에 와선 타인에 대해서 가지는 동정과 흥미의 기초가 되어 있었다. 사람들의 견해와 그 실생활의 차이, 아니 때에 따라선 전혀 상반된 모순은 오히려 피예르를 기쁘게 하고 조소하는 듯한 온후한 미소를 불러일으키는 것이었다.

실제적인 문제에 있어서도 지금 피예르는 뜻밖에 이전에 없었던 중심(重心)이 이루어진 것을 느꼈다. 이전엔 가지가지 금전 문제, 특히 대부호인 그가 지극히 자주 부딪치고 있던 돈의 동정이 피예르를 출구가 없는 흥분과 의혹 속으로 끌어 넣었던 것이다. 『줄 것인가 거절할 것인가?』하고 그는 자기에게 물었다. 『나에 겐 돈이 있고 저 사나이는 필요에 부딪치고 있는 것이다. 그러나 또 달리 더 필요에 쫓기고 있는 사람이 있다. 도대체 어느 쪽이 더 절실하게 필요한 것일까?

그러나 어쩌면 둘이 다 거짓말을 하고 있는지도 모른다.』이전에 그는 이와 같은 가지가지 상상 속에서 아무런 해결도 찾아내지 못하고 줄 것이 있는 한은 모든 사람에게 주어 왔던 것이다. 또 이전엔 자기의 재산에 대해서 무엇인가 문제가 일어날 때마다 어떤 사람은 이렇게 해야 한다고 말하고 어떤 사람은 저렇게 해야 한다고 말하기 때문에 꼭 이와 똑같은 의혹에 빠졌었다.

그러나 지금은 아무리 이러한 문제가 생겨도 전혀 의문이나 주저를 느끼지 않는 것을 알고 그는 자기 자신이 깜짝 놀랐다. 지금 그의 내부엔 한 재판관이 나타나 그 자신도 모르는 법칙에 의해서 무엇이 필요하고 무엇이 필요치 않은가를 판결해 주는 것이었다.

그는 이전과 같이 금전 문제에는 무관심했으나, 지금은 해서 좋은 일과 나쁜 일을 확실히 알고 있었다. 피예르가 처음으로 이 새로운 재판관의 판결을 처음 적용한 것은 포로인 프랑스 대령이 피예르한테 와서 잔뜩 자기의 공적에 대해서 이야기한 다음, 거의 요구하는 듯한 투로 처자에게 보내려는 것이니까, 사천 프랑만 빌어 달라고 말했을 때였다. 피예르는 조금의 곤란도 긴장된 기분도 느끼지 않고 일언지하에 거절하였다. 이전엔 해결의 방법이 없을 정도로 어렵게 느껴졌던 것이 너무나 간단하고 수월하게 매듭지어졌으므로 그 뒤 그 자신도 놀랐을 정도였다. 그는 대령의 동정을 거절한 것과 동시에, 한편으로는 몹시 옹색한 듯한 그 이탈리아 장교에게 오룔을 떠날 때에 어떻게 이쪽에서 수단을 써 돈을 줄 필요가 있다고 결심했다. 피예르가 실제 문제에 대해서 확고한 판단을 가지게 된 새로운 증거는 죽은 아내의 부채를 어떻게 처리할 것인가 하는 문제와 모스크바의 저택과 별장을 다시 일으킬 것인가 어쩔 것인가 하는 문제에 관해서 그가 취한 결정이었다.

그가 아직 오룔에 있을 때 총지배인이 왔다. 피예르는 이 사나이와 둘이서 자기 집의 수입이 어느 정도 줄 것인가 하는 전반적인 회계를 따졌다. 총지배인의 계산에 의하면 모스크바의 화재는 피예르에게 약 이백만 루블리 상당의 손해를 준 것이었다.

총지배인은 이 손실 때문에 낙담하지 않도록 하려고 피예르에게 다음과 같은 계산을 제출했다. 백작 부인이 남긴 부채는 그에게는 갚을 의무가 없으니까 지불을 거절하고 매년 팔만 루블리나 유지비가 드는 데도 아무런 수익도 가져 오지 못하는 모스크바의 저택과 모스크바 교외의 별장을 다시 짓지만 않는다면, 피예르의 수입은 줄지 않고 오히려 증가될 것이라는 계산이었다.

「그렇지, 과연 그렇겠군.」하고 피예르는 유쾌한 듯이 미소하면서 말했다.「그렇지, 그래. 나는 그 따위 것은 아무 필요도 없어. 나는 집이 타버려서 오히려 이

전보다 수입이 있는 셈이군.」

　그러나 정월에 사벨리이치가 모스크바에서 와서 모스크바 시중의 상황이라든가 시내의 저택과 교외의 별장의 수선에 대해서 건축가에게 견적을 작성케 한 것을 이젠 다 결정한 듯한 어조로 말했다. 바로 이때쯤 피예르는 바실리이 공작과 그 밖에 페쩨르부르그에 있는 지기로부터 편지를 받았다. 편지엔 아내의 부채에 대한 것이 씌어 있었다. 그리하여 피예르는 그처럼 마음에 들었던 총지배인의 계획이 잘못된 것이라는 사실을 발견하고, 자기가 페쩨르부르그에 가서 아내의 채무를 정리하고 모스크바의 집도 개축하지 않으면 안 된다고 결심했다. 왜 그렇게 하지 않으면 안 되는지 그것은 그도 몰랐다. 그러나 그렇게 하지 않으면 안 된다는 것만은 이제 분명히 알고 있었다. 이 결심 때문에 그의 수입은 사분의 삼만큼 줄었다. 그러나 그것은 해야 하는 것이었다. 그는 그처럼 느꼈다.

　빌라르스키이도 모스크바로 갈 예정이었기 때문에 두 사람은 동행할 것을 약속했다.

　피예르는 오룔에서 건강이 회복되어 가고 있는 동안 기쁨과 자유를 맛보았다. 그러나 여행중 자유로운 세계로 나가 몇 백이라는 새로운 사람들을 보았을 때 이 감정은 더욱더 강해졌다. 그는 국민학교 학생이 방학중에 경험하는 듯한 기쁨을 여행중에 내내 경험했다. 모든 사람들이——마부도 역장도 들판이나 마을에서 만나는 농부들도 누구나가 그에게는 새로운 의미를 갖고 있었다. 러시아의 무지와 빈곤이며 유럽에 비해 형편 없는 후진성이며 그 무교육 상태를 끊임없이 한탄하고 있는 빌라르스키이가 동행하면서 여러 가지 의견을 이야기하는 것조차도 피예르의 기쁨을 한결 더 증가시킬 뿐이었다. 빌라르스키이가 죽음과 같은 침체(沈滯)를 본 곳에서 피예르는 예사롭지 않은 힘찬 삶의 힘, 이 광막한 눈나라에서 이 완전하고 특수하고 독자적인 국민의 생활을 지탱하고 있는 그 힘을 보았다. 그는 빌라르스키이에게 반대하지 않았다. 그리고 마치 동의라도 하는 것처럼 그의 말을 들으면서(동의하는 것처럼 보이는 것은 의견이 분분한 토론을 피하는 가장 간단한 방법이었기 때문이다) 기쁜 듯이 벙글벙글하고 있었다.

14

집이 파헤쳐진 개미가, 어떤 놈은 먼지며 알이며 시체를 끌면서 부랴부랴 집을 떠나 도망가기도 하고, 어떤 놈은 집으로 돌아오기도 하는 것은 도대체 무엇 때문이며 어디로 그처럼 급히 가는 거며, 무엇 때문에 서로 부딪치기도 하고 쫓기도 하고 다투기도 하는 것인지! 그것을 설명하기는 어려운 데 꼭 이와 마찬가지로 프랑스군이 떠난 뒤, 러시아군으로 하여금 전에 모스크바라고 부르고 있던 곳으로 급히 모이게 한 이유도 설명하는 것이 역시 곤란한 것이다. 그러나 파헤쳐진 집의 주위에 흩어져 있는 개미를 보고 있으면 집이 완전히 없어져 버렸음에도 불구하고 우글거리고 있는 무수한 개미들의 끈기와 정력으로 모든 것이 산산이 파괴되어 있지만 거기에는 무언가 개미집의 모든 힘을 구성하고 있는 파괴할 수 없는 비물질적인 어떤 것이 남아 있는 것을 알 수 있다. 그와 마찬가지로 시월의 모스크바는 정부도 성당도 성물(聖物)도 재산도 민가도 이러한 것들이 모두 없어져 버렸음에도 불구하고 팔월 당시와 똑같은 의연한 모스크바였다. 모든 것이 파괴되었으나 파괴할 수 없는 비물질적인 강한 무엇인가가 남았던 것이다.

적의 철퇴 뒤 많은 사람이 온갖 방면으로부터 모스크바를 향하여 밀어닥친 동기는 지극히 가지 각색의 개인적인 것이었다. 처음 동안은 대개 거칠고 동물적인 것이었다. 그러나 오직 하나 모든 사람에게 공통된 동기가 있었다. 그것은 다름이 아닌 이전에 모스크바라고 불리우고 있던 곳에 가서 마음껏 활동하고자 하는 희망이었다.

일 주일이 지나자 모스크바의 주민은 벌써 일만 오천 명이 되고 일 주일 뒤엔 이만 오천 명으로 늘어나는 형편으로 이처럼 인구는 날마다 불어 갔고 1813년 가을엔 1812년의 인구를 초과할 정도의 숫자에 달했다.

맨 먼저 모스크바에 들어온 러시아인은 빈쎙게로데 지대(支隊)의 코삭병과 근교의 농부와 모스크바에서 도망쳐 근교에 숨어 있던 주민이었다. 황폐한 모스크바에 들어온 러시아인들은 시가가 완전히 약탈되어 있는 것을 보자 자기들도 역시 약탈을 시작했다. 그들은 프랑스병이 했던 짓을 계속했던 것이다. 파괴된 모스크바의 집집마다 거리거리마다 짐마차를 끌고 모여들었다. 코삭병은 가지고 갈 수 있는 한의 것을 자기의 부대로 가지고 갔다. 집집마다 주인들은 남의 집에 있는 것을 닥치는 대로 긁어모아 자기의 것이라고 하고 자기의 집으로 가져갔다.

그러나 최초의 약탈자에 이어 제2, 제3의 약탈자의 무리가 몰려왔다. 이리하여 약탈자의 수가 증가함에 따라 약탈은 점점 어려워졌다. 그리고 차차로 일정한 형태를 갖추게 됐다.

프랑스군이 들어왔을 때의 모스크바는 텅텅 비어 있기는 했었지만 그래도 조직적으로 생활을 하고 있는 도시의 면목을 완전히 갖추고, 상업, 공업, 오락, 행정, 종교, 이러한 가지가지 기능을 지니고 있었다. 이러한 형태들은 생명을 잃은 것이었으나, 어쨌든 아직 존재하고는 있었다. 시장도 크고 작은 상점도 곡식 판매장도 있었다. 그리고 그 대부분이 상품을 비축하고 있었다. 공장과 대장간도 있었다. 사치품으로 충만한 궁전과 부유한 저택도 있었다. 병원도 감옥도 여러 관청도 크고 작은 성당도 수도원도 있었다. 그러나 프랑스군의 체재가 길어짐에 따라 이와 같은 도시 생활의 형태도 차츰 파괴되고 마침내 모든 것이 엉망으로 뒤섞여서 구별이 없는 약탈 장소로 화해 버리고 말았다.

프랑스군의 약탈은 그것이 오래 끌면 끌수록, 모스크바의 부(富)를 파괴하고 약탈자들 자신의 힘을 약하게 했다. 그러나 이에 비해서 구도(舊都)의 회복의 단서가 된 러시아인의 약탈은 오래 끌면 끌수록, 약탈자의 수가 많아지면 많아질수록 더욱더 신속히 모스크바의 부와 규칙 바른 도시 생활을 부흥했다.

약탈자 외에 온갖 잡다한 사람들——가주(家主), 성직자, 고급 관리, 하급 관리, 상인, 직공, 농부——이 혹은 호기심으로 혹은 직무로 혹은 이해 타산에 끌려 마치 심장으로 피가 흘러들어오는 것처럼 팔방으로부터 모스크바로 흘러들어왔다.

일 주일 뒤엔 물건을 실어 내기 위해 빈 마차를 끌고 왔던 농부들은 관헌에게 제지당하고 시내로부터 시체를 실어 내갈 것을 명령받았다. 다른 농부들은 동료의 실패를 듣자 빵이며 귀리며 건초 등을 시내로 가지고 와서, 서로 다투어 값을 내리면서 오히려 전보다 싸게 팔아 버렸다. 목수(木手)들의 조합은 비싼 임금을 기대하고 매일 모스크바로 들어왔다. 이리하여 가는 곳마다 새로운 집이 세워지는 소리며, 절반 가량 타 버린 낡은 집이 수선되는 소리가 들리기 시작했다. 상인은 바라크에서 거래를 시작했다. 음식점과 여인숙이 탄 집안에서 영업을 시작했다. 사제들은 화재를 면한 많은 성당에서 미사를 보기 시작했다. 독지가들은 약탈당한 성당의 용구(用具)를 기증했다. 관리는 나사를 깐 탁자와 서류가 들어 있는 책장을 조그마한 방에다 벌여 놓았다. 당국의 고위층과 경찰은 프랑스군이 남겨 놓고 간 약탈품의 분배를 지시했다. 남의 집에서 약탈해 온 물건을 프랑스병들이 많이 남겨 놓고 간 집의 주인은 물건을 있는 대로 모두 차별하지 않고 압수해서 그라노비타야 팔라타로 운반하는 것은 부당하다고 투덜거렸다. 또한 개중에는 프랑스인이 여기저기의 집에서 물건을 가지고 와 그것을 한 군데에 모았던 것이니까 그 물건들이 우연히 거기에 있었다고 해서 놓여 있던 집의 주인에게 송두리째 주어 버리는 것은 불공평하다고 주장하는 자도 있었다. 경찰을 욕하는 자가 있는가 하면 매수하는 자도 있었다. 불타 버린 비품(備品)의 견적을 열 갑절로 늘여 써내는 자가 있는가 하면 정부의 보조금을 요구하는 자도 있었다. 라스토프친 백작은 예의 선전 삐라를 썼다.

15

일월 하순에 피예르는 모스크바로 돌아와 무사히 남아 있는 거느림채에 자리 잡았다. 그는 라스토프친 백작이며 모스크바에 돌아온 몇 사람의 지기를 방문하고 사흘째 되는 날에 페쩨르부르그로 출발할 작정이었다. 너나 없이 승리를 축하하고 있었다. 한 번 폐허가 되었다가 다시 소생되고 있는 수도(首都)에서는 이르는 곳마다 생기가 끓어오르고 있었다. 피예르는 모든 사람으로부터 환영받았다. 누구나가 피예르를 만나고 싶어했다. 그리고 그가 보고 듣고 한 것을 이것 저것 캐묻는 것이었다. 피예르는 만나는 사람 하나 하나에게서 각별히 그립고 정다운 기분을 느꼈다. 그러나 지금은 모든 사람에 대해서 자신도 모르게 신중하게 자신을 억제하고 있었다. 그것은 말하자면 무엇인가로 자기를 속박하지 않기 위해서였다. 그는 자기에게 퍼부어지는 가지가지의 질문, 말하자면 어디에서 살 생각이냐라든가, 집을 지을 작정이냐라든가, 언제 페쩨르부르그로 출발하느냐라든가, 수화물을 맡아서 가져다 줄 수 없느냐라든가, 그러한 질문에 대해선 중대한 것이거나 자질구레한 것이거나 불문하고 다만 「아마 그럴 것입니다」라든가 「그럴 생각으로 있읍니다」라고만 대답할 뿐이었다.

로스토프네 사람들에 대해선 그들이 코스트롬에 있다는 이야기를 그는 들었으나 나타샤에 대한 생각은 거의 그에게 떠오르지 않았다. 설혹 생각할 때가 있다고 하더라도 그것은 다만 아득한 옛날의 추억에 불과했다. 자기는 속세의 온갖 제약에 속박당하고 있지 않을 뿐만 아니라, 전에 일부러 강요당했던(그에겐 그처럼 생각되었다) 그러한 감정으로부터도 해방되어 있다는 것을 느끼고 있었다.

모스크바에 와서 사흘째에, 그는 드루베스코이네의 사람들로부터 공작 영애 마리야가 모스크바에 있다는 것을 들었다. 안드레이 공작의 죽음이며 그 고민이며 임종 전의 나날에 대해서는 이제까지도 피예르의 마음을 괴롭혀 왔지만 지금은 새로운 아픔을 동반하고 그의 뇌리에 떠올랐다. 공작 영애 마리야가 모스크바에 도착하여 브즈드비젠카의 타다 남은 저택에서 살고 있다는 것을 만찬 자리에서 들자, 그는 그 날 밤 그녀를 방문했다.

공작 영애 마리야를 찾아가는 도중, 피예르는 끊임없이 안드레이 공작에 대한 일이며 그와의 우정에 관한 일이며 여러 가지 상황에서의 두 사람의 해후, 특히 보로지노에서의 마지막 해후에 대해서 줄곧 생각했다.

『과연 그때의 그 가시돋친 듯한 기분인 채 죽었을까? 정말 죽기 전에 인생의 의의가 그에게 계시되지 않았었을까?』하고 피예르는 생각했다. 그는 카라타예프와 그 죽음을 생각해 내고 문득 이 두 사람을 비교하기 시작했다. 두 사람은 그토록 틀리면서도, 피예르가 그 둘에게 깊은 사랑을 품고 있었다는 점과 모두 이 세상에 살다가 똑같이 죽었다는 점으로는 매우 흡사했다.

지극히 엄숙한 기분으로 피예르는 노공작의 저택에 당도했다. 이 저택은 고스란히 그대로 남아 있었다. 물론 파괴된 흔적도 엿보이기는 하였지만 저택의 분위기는 원래대로였다. 피예르를 맞이한 노복은, 비록 공작이 계시지 않더라도 이집의 질서가 파괴되지는 않는다는 것을 손님에게 느끼게 하려는 듯 자못 엄격한 낯으로 아가씨께선 이미 거실로 들어가셨고 또 방문을 받는 것은 일요일로 정해져 있다고 말했다.

「말씀이나 좀 드려 주게, 틀림없이 만나 주실 테니까.」하고 피예르는 말했다.

「알겠읍니다.」하고 하인은 대답했다.「저, 초상(肖像)이 있는 방에서 기다려 주십시오.」

몇 분인가가 지나자 하인과 데살이 피예르 앞에 나타났다. 데살은 공작 영애의 전갈이라 하며 피예르를 만나는 것을 마음으로부터 매우 기뻐하고 있으므로 만약 버릇없음을 용서해 주신다면 이층의 거실로 오시기를 바란다고 피예르에게 전했다.

공작 영애는 촛불이 하나 켜져 있는 천정이 낮고 작은 방에 누군가 또 한 사람 검은 옷차림의 부인과 함께 앉아 있었다. 피예르는 언제나 공작 영애 곁에 부인이 붙어 있는 것을 기억하고 있었으나 그러나 그 부인이 어떤 여자였던가 알지도 못했고 기억하고 있지도 않았다.『이 부인은 말동무의 한 사람이겠군.』하고 그는 검은 옷차림의 부인을 슬쩍 쳐다보고 이처럼 생각했다.

공작 영애는 재빨리 일어나 그를 맞으면서 그에게 손을 내밀었다.

「정말.」하고 피예르가 내밀어 준 손에 키스한 다음 많이 변한 상대방의 얼굴을 찬찬히 쳐다보면서 그녀는 말했다.「이렇게 뵐 수 있는 날이 오리라곤 생각도 못 했어요. 오라버님께서는 돌아가실 무렵 곧잘 당신의 말씀을 하셨어요.」하고 피예르에게서 검은 옷의 부인에게로 시선을 옮기면서 말했다. 그 부인은 피예르가 일순간 깜짝 놀랄 만큼 부끄러운 몸짓을 했다.

「당신이 구조됐다고 들었을 때는 참으로 기뻤어요. 그것은 오랫동안 우리들이 들었던 가지가지 소식 가운데서 오직 하나뿐인 기쁜 소식이었어요.」공작 영애는 또다시 한층 더 불안스럽게 부인 쪽을 돌아보고 무언가를 말하려 했다. 그러나 피예르가 그것을 가로막았다.

「믿어지지 않으실지도 모르겠읍니다만 정말이지 나는 그 사람에 대해선 전혀 몰랐읍니다.」하고 그는 말했다.「나는 전사한 것으로 생각하고 있었읍니다. 내가 안 것은 모두 다른 사람에게서 전해 들은 것이니까요. 내가 알고 있는 것은 그 사람이 로스토프네 사람들의 일행 속에 있었다는 것뿐입니다.⋯⋯참으로 이상야 릇한 운명입니다⋯⋯.」

피예르는 기운이 나서 빠른 말로 말했다. 부드러운 시선이 주의 깊게 자기에 게 돌려지고 있는 것을 알아채고 그는 힐끔 부인의 얼굴을 쳐다보았다. 그러자 이야기를 나눌 때에는 흔히 있는 일이지만 그는 어째서인지 이 검은 옷차림의 부 인은 귀엽고 마음이 아름다운 훌륭한 처녀이고 자기와 공작 영애의 친밀한 이야 기를 방해한다든가 하지 않을 것이라고 느꼈다.

그러나 그가 마지막에 로스토프네라는 마지막 몇 마디를 말하였을 때 공작 영 애의 얼굴에는 당황의 빛이 더욱더 뚜렷해졌다. 그녀는 또다시 피예르의 얼굴에 서 검은 옷의 부인 쪽으로 눈길을 옮기고 이렇게 말했다.

「당신은 정말로 알아보지 못하시겠어요?」

피예르는 검은 눈과 야릇한 입매를 하고 있는 창백하고 여윈 부인의 얼굴을 다 시 한 번 힐끔 쳐다보았다. 주의 깊게 그를 찬찬히 쳐다보는 여자의 눈 속에는 이미 아득한 옛날의 다정하고 그리움 이상의 무언가가 가만히 그를 지켜보고 있 었다.

『아니, 그렇지 않다, 그럴 리가 없다.』하고 그는 생각했다.『이 엄격하고 야위 고 창백한 나이 든 얼굴이 그 여자일 리가 없다! 이것은 다만 그 무렵의 추억이 겹친 것이다.』

그러나 이때 공작 영애 마리야는「나타샤예요.」하고 말했다.

그러자 주의 깊은 눈빛을 하고 있던 그 얼굴이 마치 녹슨 문이 열리는 것처럼 힘을 주어서 가까스로 방긋이 웃었다. 그리고 그 열린 문에서 오랫동안 잊고 있 던 행복, 특히 이때 전혀 생각하고 있지도 않았던 행복이 홀러나와 피예르의 온 몸을 감쌌다. 감미로운 향기가 피예르를 감싸자마자 완전히 그의 모든 것을 삼켜 버렸다. 그녀가 방긋 웃었을 때에는 이제 의심할 나위도 없었다. 이것은 나타샤였 다. 그리고 피예르는 그녀를 사랑하고 있었던 것이었다.

　그 순간 피예르는 자기도 모르게 그녀와 공작 영애 마리야, 특히 자기 자신에 대해서 지금까지 자기도 모르고 있던 비밀을 털어놓았다. 그는 기쁨과 가슴이 아플 정도의 괴로움으로 얼굴을 붉혔다. 그는 자기의 마음의 동요를 보이고 싶지 않았다. 그러나 그것을 감추려고 하면 할수록 더욱더 명료하게, 일정한 의미를 가진 말보다 더욱 뚜렷하게 그는 자기 자신에게도 나타샤에게도 공작 영애 마리야에게도 그녀를 사랑하고 있음을 이야기했던 것이다.

　『아니, 이건 다만, 너무 뜻밖이었기 때문일 뿐이야.』 하고 피예르는 생각했다. 그러나 공작 영애에게로 얼굴을 돌리고 중단돼 있던 이야기를 계속하려고 한 순간 그는 또 나타샤를 힐끔 쳐다보았다. 그러자 그의 얼굴은 더 한층 짙은 홍조로 덮이고 마음은 더 한층 격렬한 기쁨과 공포의 물결로 휩싸였다. 그는 어물어물 말을 더듬다가 이야기 중간에 입을 다물어 버렸다.

　피예르가 나타샤를 알아보지 못했던 것은 여기에서 그녀와 만나리라고는 전혀 예기하지 못했기 때문이기도 했지만 그가 그녀를 알아보지 못했던 것은 헤어진 이래 그녀에게 생긴 변화가 너무나 많았기 때문이었다. 그녀는 확실히 야위고 안색도 좋지 않았다. 그러나 그녀를 알아보지 못했던 것은 그 때문만이 아니었다. 피예르가 들어온 순간 그녀를 알아볼 수 없었던 것은 전에는 언제나 삶의 기쁨에 찬 비밀스런 미소를 눈에 반짝이게 하고 있던 그녀의 얼굴이 지금은 미소의 그림자도 남기고 있지 않았기 때문이었다. 거기엔 다만 주의 깊고 선량하고 서글프게 묻고 있는 듯한 눈이 있을 뿐이었다.

　피예르의 당황은 나타샤에겐 당황으로 반영되지 않고, 그저 만족의 빛이 되어 그 희미한 빛으로 그녀의 얼굴을 비추었던 것이다.

16

　「이분은 저의 손님으로 와 계세요.」 공작 영애 마리야는 말했다. 「백작 내외분께서도 멀지 않아 오실 거예요. 백작 부인께서는 보기에도 딱할 만큼 약해지셨어요. 하지만 나타샤 쪽도 의사에게 보이지 않으면 안 되었거든요. 그래서 억지로 저에게 딸려 보내신 거예요.」

　「그렇습니까, 저마다 불행이 없는 가정이란 없으니까요.」 하고 피예르는 나타샤에게로 얼굴을 돌리면서 말했다. 「들으셨겠지만 그건 우리들이 구출된 바로 그

날 일이었읍니다. 나는 댁의 동생되시는 분을 보았읍니다. 참으로 천진한 모습이더군요!」

나타샤는 그를 지켜보았다. 그의 말에 대한 대답으로서는 다만 그녀의 눈이 한층 더 크게 뜨이고 눈물을 머금고 한층 더 반짝반짝 빛나기 시작하였을 뿐이었다.

「어떤 말씀이, 어떤 생각이 위로가 되겠읍니까?」하고 피예르는 말했다. 「아무 것도 없읍니다. 아아, 왜 그런 훌륭하고 젊음에 넘친 소년이 죽지 않으면 안 되었을까?」

「그래요, 지금 같은 때에 만약 신앙이라는 것이 없다면 살아가기가 고통스러울 거예요……」하고 공작 영애는 말했다.

「그렇습니다, 그렇습니다. 확실히 그렇습니다!」하고 피예르가 성급하게 가로막았다.

「어째서지요?」하고 주의 깊게 피예르의 눈을 쳐다보면서 나타샤가 물었다.

「어째서라니 무슨 말예요?」하고 공작 영애 마리야는 말했다. 「그저 저승에서 기다리고 있는 것에 대한 생각만이…….」

나타샤는 공작 영애 마리야의 말을 끝까지 듣지 않고 또 묻는 듯한 눈으로 피예르를 쳐다보았다.

「첫째는.」하고 피예르는 계속했다. 「우리들을 지배하는 신의 존재를 믿는 사람만이 이분이나 당신이 받은 것 같은 그런 손실을 견뎌낼 수 있기 때문입니다.」

나타샤는 무엇인가를 말하려고 입을 열려고 했으나 갑자기 그쳤다. 피예르는 얼른 눈길을 돌리고 공작 영애 마리야 쪽을 돌아보면서 친구의 임종 전의 광경을 물었다.

피예르의 당황은 지금은 거의 사라져 버렸으나 동시에 그는 조금 전의 자유로운 기분도 완전히 사라져 버린 것을 느꼈다. 지금은 자기의 하나하나의 언행에 대해서, 자기에게는 온 세계 누구의 심판보다도 귀중한 한 사람의 심판관이 있다는 것을 느꼈다. 이렇게 그는 느꼈다. 그는 지금은 무엇인가를 말함과 동시에 자기의 말과 그 말이 나타샤에게 주는 인상을 생각하고 있었다. 그는 일부러 그녀의 마음에 들것 같은 말은 하지 않으려고 했으나 어떤 말을 하더라도 그녀의 견지에서 자기의 말을 판단하고 있었다.

공작 영애 마리야는 이런 경우 언제나 그렇듯이 안드레이 공작을 마지막 보았을 때의 상황을 내키지 않는 태도로 이야기했으나 피예르의 질문과 그 생생한 불안스러운 눈빛과 흥분 때문에 떠는 그의 얼굴이, 그녀를 그녀 자신의 상상 속에 되살리는 것조차 두려워하던 자세한 이야기 속으로 끌어들였다.

「그렇습니까, 네, 그렇겠군요, 흠, 그렇죠…….」하고 공작 영애 마리야 쪽으로 온 몸을 구부리고 정신 없이 그 이야기를 들으면서 피예르는 고개를 끄덕였다. 「그렇습니까, 그렇겠군요. 그럼, 그 사람은 마음이 편안해졌군요. 평온한 기분이 되었었군요. 그렇겠죠, 그 사람은 언제나 전심 전력을 기울여 완전히 훌륭한 사람이 되려고 그것만을 구하고 있었으니까요. 그러니까 그 사람이 죽음을 두려워하거나 할 리는 없읍니다. 그 사람이 지니고 있던 결점은——만약 그런 것이 있었다면——그 사람 자신에게서 나온 것은 아닙니다. 그러니까 그는 평온한 기분이 되었겠죠?」하고 피예르는 말했다. 「그러나 그 사람이 당신과 만난 것은 얼마나 행복이었겠읍니까?」그는 갑자기 나타샤에게로 얼굴을 돌리고 눈물이 가득찬 눈으로 그녀를 지켜보면서 말했다.

나타샤의 얼굴이 파르르 떨렸다. 그녀는 눈살을 찌푸리고 한순간 눈을 내리떴다. 그리고 말해야 할지 말하지 말아야 할지 잠시 망설이고 있었다.

「그래요, 정말로 행복했어요.」그녀는 가슴의 깊이에서 나오는 듯한 나직한 목소리로 말했다. 「저에겐 확실히 진정한 행복이었읍니다.」그녀는 잠깐 입을 다물었다.

「그리고 그분도……그분도……제가 병실로 찾아갔을 때 저를 보고 『만나고 싶었소.』라고 말씀하셨어요…….」

나타샤의 목소리가 중단되었다. 그녀는 얼굴을 붉히고 두 손을 무릎 위에서 꽉 쥐자 갑자기 자기가 자기를 격려하는 듯이 고개를 들고 재빨리 이야기하기 시작했다.

「우리들이 모스크바를 떠날 때엔 아무것도 몰랐어요. 제가 그분의 소식을 묻다니 제겐 그런 용기가 없었읍니다. 그런데 소냐가 갑자기 그분이 우리들하고 함께 계신다고 말하더군요. 저는 전혀 생각지 않았었기 때문에 그분의 용태가 어떤지 상상할 수도 없었어요. 다만 그분과 만나 그분 곁에 있고 싶었을 뿐이에요.」하고 그녀는 몸을 떨며 가쁘게 숨을 몰아쉬면서 말했다.

그녀는 누구에게도 입을 열 틈을 주지 않고 이제껏 아무에게도 이야기하지 않았던 것, 삼 주일 동안의 여행과 야로슬라블리 체재중에 경험했던 것을 모두 이야기했다.

피예르는 입을 벌린 채 눈물이 가득 괸 눈을 떼지 않고 그 이야기를 듣고 있었다. 그녀의 이야기를 들으면서 그는 안드레이 공작에 대해서도, 죽음이라는 것에 대해서도, 그녀가 이야기하고 있는 것에 대해서도, 일체 생각하고 있지 않았다. 다만 그녀의 이야기를 들으면서 그녀가 지금 이야기하면서 경험하고 있는 괴로움을 살피고 가슴아파 할 뿐이었다.

공작 영애 마리야는 옆에 앉아 눈물을 억누르려고 얼굴을 찌푸리면서 처음 듣는 오라버니와 나타샤의 사랑 이야기에 관한 마지막 며칠 동안의 일에 정신을 쏟고 있었다.

이 괴로움과 기쁨에 충만된 이야기는 나타샤로선 꼭 이야기해야만 하는 것이었다.

그녀는 마음 속의 비밀과 자질구레한 하찮은 일들을 섞어 가면서 이야기했다. 그녀는 몇 번인가 똑같은 것을 되풀이했다.

문 뒤에서 데살의 목소리가 들려 왔다. 니콜루쉬카를 밤인사하러 들여보내도 괜찮느냐고 물었던 것이다.

「네, 이것이 전부, 전부예요……」 하고 나타샤는 말했다. 니콜루쉬카가 들어오는 것과 동시에 그녀는 얼른 일어섰다. 그리고 뛰는 것처럼 문으로 다가가 커튼으로 가려져 있는 문에 머리를 부딪치고 말았다. 그리고 그 아픔 때문인지 슬픔 때문인지 모를 신음 소리를 남기고 방에서 뛰어나갔다.

피에르는 그녀가 나간 문을 쳐다보았다. 그리고 왜 이처럼 갑자기 넓은 세계에 오직 혼자 남겨 있는지 전혀 이해가 가지 않았다.

공작 영애 마리야는 방으로 들어온 조카에게 그의 주의를 돌리게 하여 방심한 듯한 상태에서 그를 일깨웠다.

니콜루쉬카의 얼굴이 마음이 화평스러울 때의 아버지를 닮은 것을 문득 깨닫고 피에르는 심히 감동해서 니콜루쉬카에게 키스하자 급히 일어나 손수건을 꺼내면서 창문 쪽으로 떨어졌다. 그는 공작 영애 마리야에게 작별 인사를 하려고 했으나 그녀는 그를 붙들었다.

「아녜요, 저와 나타샤는 이따금 두 시가 지나도록 자지 않는 적이 있어요. 조금만 더 계셔 주세요. 야식을 준비시킬 테니까요. 잠깐 아래에서 기다려 주세요. 우리들도 곧 갈 테니까요.」

피에르가 방에서 나가려 하자 공작 영애는 그에게 이렇게 말했다. 「나타샤가 그처럼 오라버니의 이야기를 한 것은 오늘이 처음이에요.」

17

피에르는 밝게 불이 밝혀진 식당으로 안내되었다. 몇 분인가가 지나자 발소리가 들리고 공작 영애와 나타샤가 방으로 들어왔다. 나타샤는 완전히 가라앉아 있었으나 그 얼굴은 또다시 미소의 그림자도 없는 엄격한 표정으로 굳어 있었다. 공작 영애 마리야도 나타샤도 피예르도 똑같이 거북한 감정을 경험했다. 그것은 보통 진지한 마음으로부터의 이야기를 한 뒤 찾아드는 그러한 것이었다. 조금 전의 이야기를 계속할 수 없고, 쓸데없는 이야기를 한다는 것도 꺼림칙했다. 그렇다고 해서 묵묵히 있는 것도 재미가 없었다. 그것은 말하자면 이야기하고 싶기 때문인 것이다. 게다가 또 잠자코 있는 것은 자기를 속이는 것이 된다. 그들은 묵묵히 탁자로 다가갔다.

하인들은 의자를 뒤로 빼기도 하고 다시 당기기도 했다. 피예르는 찬 냅킨을 폈다. 그리고 침묵을 깨뜨리기로 결심하고 나타샤와 공작 영애 마리야 쪽을 쳐다보았다. 두 여인도 동시에 같은 결심을 한 모양이었다. 두 여인의 눈에는 삶의 만족한 표정과, 슬픔 이외에 기쁨도 있다는 승인의 빛이 반짝이고 있었다.

「백작, 보드카를 드시겠어요?」하고 공작 영애 마리야가 말했다. 그러자 이 말이 갑자기 과거의 그림자를 쫓아 버렸다.

「이번에는 어디 당신 이야기를 들려 주시지 않겠읍니까?」하고 공작 영애 마리야가 말했다. 「당신의 신상에 대해서는 믿을 수 없는 기적 같은 이야기를 세상에선 하고들 있더군요.」

「그렇습니다.」하고 이제 와선 습관이 된 부드러운 조소를 띠면서 피예르는 대답했다. 「세상 사람들은 내가 꿈에도 본 적이 없는 기적을 나 자신에게 이야기하고 있읍니다. 마리야 아브라모브나는 나를 초대해서 내가 겪었던 일, 아니 그보다도 겪었으리라는 일을 모두 내게 들려 주었고 스쩨반 스쩨파느이치도 역시 똑같이 내가 어떻게 이야기해야 하는가를 가르쳐 주었읍니다. 하여간 인기 있는 인간이 되는 것은 굉장히 재미있다는 것을 알았읍니다. 나는 지금 인기인이 되어 있거든요. 여러 곳에 불려가서 자신의 이야기를 들을 수 있으니까요.」

나타샤는 방긋 웃고 무엇인가 말하려고 했다.

「우리들이 들은 바로는.」하고 공작 영애 마리야는 그것을 가로막았다. 「당신은 모스크바에서 이백만 루블리의 손해를 입으신 모양이더군요. 정말이에요?」

「하지만 나는 세 갑절이나 더 부자가 됐읍니다.」하고 피예르는 대꾸했다. 아내의 부채와 건축의 필요가 사태를 변경시킨 사실에도 불구하고 피예르는 여전히 세 갑절이나 더 부자가 되었다는 이야기를 계속했다.

「내가 분명히 획득했다고 할 수 있는 것은 무엇인가 하면 그것은 자유입니다……」하고 진지하게 말했다. 그러나 그것은 너무 이기적인 화제임을 깨닫고 그 이야기를 계속하는 것은 삼갔다.

「그건 그렇고, 집은 지으실 건가요?」

「네, 사벨리이치가 지휘하고 있어요.」

「당신은 모스크바에 계셨을 때 부인이 돌아가신 것을 모르셨던가요?」하고 공작 영애 마리야는 말했으나 이내 얼굴을 붉혔다. 그가 자유로와졌다고 말한 뒤에 이러한 물음을 꺼내는 것은 당자가 생각하고 있지 않은 의의를 그 말에 주는 것이 되지 않을까 하고 생각했기 때문이다.

「네.」자유라는 말에 대한 공작 영애 마리야의 해석을 별로 거북스럽게 생각하지 않는 듯 피예르는 이렇게 대답했다.「나는 오룔에서 그것을 알았읍니다. 그리고 내가 얼마나 충격을 받았는지 당신은 상상하지 못하실 겁니다. 우리는 과히 모범적인 부부는 아니었죠.」그는 나타샤를 힐끔 쳐다보고는 자기가 아내에 대해서 어떤 비평을 하는가 하는 호기심이 그 얼굴에 나타나 있는 것을 알아채고 재빨리 이렇게 말했다.

「그러나 그녀의 죽음은 강한 충격을 주었읍니다. 두 사람이 싸움을 하였을 경우 그것은 반드시 양쪽 다 나쁩니다. 그리고 상대자가 없어져 버리면 그 사람에 대한 자기의 죄가 갑자기 엄청나게 무거워집니다. 게다가 또 그 같은 죽음이고 보면……벗도 없고 위로도 없는……죽음이, 나는 그것이 참으로 가여워 견딜 수 없읍니다.」하고 그는 말을 맺었다. 그리고 나타샤의 얼굴에서 기쁜 듯한 동의의 빛을 확인하고 만족을 금할 수 없었다.

「그렇지만 당신은 또 독신이 되셔서 신랑감의 자격이 생기셨군요.」하고 공작 영애 마리야는 말했다.

피예르는 갑자기 새빨개졌다. 그리고 오랫동안 나타샤를 보지 않으려고 노력했다. 가까스로 마음을 정하고 그쪽을 보았을 때 그녀의 얼굴은 냉담하고 엄격하고 모멸의 표정까지도 떠 있는 것처럼 그에게는 생각되었다.

「당신은 정말로 나폴레옹을 만나서 얘기해 보셨는가요? 우린 그렇게 들었읍니다만.」하고 공작 영애 마리야는 말했다.

피예르는 쓴웃음을 지었다.

「천만에, 당치도 않은 말씀입니다. 아마 당신네는 포로가 된다는 것을 나폴레옹의 손님이 되는 것과 같이 생각하고 계시는 모양이군요. 그를 만나기는커녕 이름조차 들은 적도 없읍니다. 나는 진짜 바닥에 있는 치들 속에 들어 있었으니까요.」

저녁식사는 끝나 가고 있었다. 피예르는 처음엔 자기의 포로 생활의 이야기를 꺼려하고 있었으나, 차츰 그쪽으로 끌려 들어갔다.

「하지만 당신이 남았던 것은 나폴레옹을 암살하기 위해서라고 하던데, 정말이세요?」나타샤는 가볍게 미소를 지으면서 이렇게 물었다.「수하례바 탑 옆에서

뵈었을 때 전 그렇게 생각했죠. 기억하고 계세요?」

피예르는 정말이라고 고백했다. 그리고 이 물음을 계기로 해서 공작 영애 마리야의 물음——특히 나타샤의 물음에 이끌리면서 차츰 파란 많았던 자신의 자세한 모험담으로 끌려 들어갔다.

처음에 그는 요즈음 세상 사람들 특히 자기 자신에게 돌려지게 된 저 조소하는 듯한 부드러운 눈빛으로 이야기하고 있었으나 이윽고 자기가 체험한 공포와 고통의 이야기가 되자, 자기도 모르는 사이에 열중하여 회상 속에서 강렬한 인상을 되풀이하고 있는 사람에게 있는 특유한 흥분을 누르는 듯한 어조로 이야기하기 시작했다.

공작 영애 마리야는 온화한 미소를 띄운 채 피예르와 나타샤를 번갈아 보고 있었다. 나타샤는 팔꿈치를 괴고 이야기와 함께 끊임없이 얼굴의 표정을 바꾸면서 잠시도 눈을 떼지 않고 피예르를 지켜보고 있었다. 분명히 피예르가 이야기하는 것을 이야기하는 사람과 함께 체험하고 있는 모양이었다. 피예르는 그녀가 자기 이야기 가운데서도, 특히 자기가 전하고 싶어하는 데를 제대로 이해하고 있다는 것을 그녀의 눈빛뿐 아니라 이따금 지르는 경탄의 목소리와 짧은 질문에 의해 확실히 알고 있었다. 분명히 나타샤는 피예르가 이야기한 것뿐만 아니라 그가 이야기하고 싶어하면서도 말로써 표현할 수 없는 점까지도 깨달은 듯했다. 갓난아기와 부인을 보호하려다가 붙들린 에피소드에 이르러선 피예르는 다음과 같이 설명했다.

「그것은 참으로 무서운 광경이었습니다. 어린애들은 내던져져 개중에는 불 속에 남겨진 애도 있을 정도였읍니다.……바로 내 눈앞에서 한 아이가 구출됐읍니다.……여자는 가진 물건을 빼앗기기도 하고 귀걸이를 잡아뜯기기도 하고…….」

피예르는 얼굴을 붉히고 더듬거렸다.

「거기에 순찰대가 들이닥쳐 약탈자가 아닌 사람까지 남자란 남자는 모두 체포해 버렸읍니다. 저도 그 중의 한 사람이었죠.」

「당신께선 다 이야기하고 계시는 게 아니시죠? 당신께서 또 무엇인가를 하셨죠…….」 하고 나타샤는 말하고 잠깐 입을 다물었다. 「무엇인가 훌륭한 일을.」

피예르는 이야기를 계속했다. 처형에 대한 이야기를 시작했을 때 그는 무서운 장면을 빼어 버리려고 했으나 나타샤는 하나도 빼놓지 말아 달라고 요구했다.

피예르는 카라타예프에 대해서 이야기하기 시작했으나(그는 이제 탁자 곁을 떠나 걸어다니고 있었다. 나타샤는 눈으로 그 뒤를 쫓고 있었다) 갑자기 말을 그쳤다.

「아니 내가, 이 일자 무식의 어리석은 사나이에게서 어떤 것을 배웠는지 당신네는 좀처럼 이해할 수가 없으실 겁니다.」

「아녜요, 아녜요, 이야기하세요.」하고 나타샤는 말했다.「그 사람은 어디에 있죠?」

「살해당했읍니다. 내 앞에서 얼마 떨어지지 않은 곳에서.」피예르는 프랑스군 퇴각시 최후의 상황과 카라타예프의 병과(피예르의 목소리는 줄곧 떨리고 있었다) 그의 죽음들을 이야기하기 시작했다.

피예르는 지금까지 한 번도 회상하지 못했을 만큼 상세하게 자기의 모험담을 이야기했다. 그는 지금 자기의 경험한 모든 것 가운데서 새로운 의미를 발견한 것 같은 기분이 들었다. 그는 지금 이러한 모든 것을 나타샤에게 이야기하고 있는 사이에, 여성을 듣는 사람으로 하였을 때에만 느낄 수 있는 극히 드문 행복감을 맛보았다. 그러나 그것은 남자의 이야기를 들으면서 자기의 지혜를 풍부하게 하려고 자기가 들은 이야기를 기억하여 두었다가 어떤 경우에는 그것을 다른 사람에게 되넘겨 주려 하고 어떤 경우에는 그 이야기에 자기의 생각을 가미하여 자기의 초라한 지성의 공장(工場)에서 고쳐 만든 재치 있는 이야기를 빨리 발표하려고 애쓰는 영리한 부인이 아니라, 남자의 사고 방식 가운데서 좋은 것을 골라내어 흡수하는 능력을 타고난 진실로 여자다운 여자가 주는 행복이었다. 나타샤는 자기 자신은 그것을 몰랐으나 온 몸이 모두 주의로 화해 있었다. 그녀는 피예르가 이야기하는 일언 반구도, 목소리의 변동도, 눈빛도, 안면 근육의 변동도, 몸짓도, 무엇 하나 놓치지 않았다. 그녀는 아직도 끝나지 않은 말을 공중에서 붙잡아 그것을 자기의 활짝 열려진 마음에 직접 받아들여 피예르의 정신 작용의 신비로운 의미를 통찰하려 하고 있었다.

공작 영애 마리야는 이야기의 의미를 이해하고 동정도 하였으나, 지금은 그 이외의 어떤 것을 깨닫고, 완전히 그쪽으로 모든 주의를 빼앗겼다. 그녀는 나타샤와 피예르 사이에 사랑과 행복의 가능을 발견했던 것이다. 그러자 처음으로 마음에 떠오른 이 생각은, 그녀의 마음을 기쁨으로 넘치게 했다.

벌써 밤 세 시였다. 우울하고 쌀쌀한 얼굴을 한 하인들이 초를 갈려고 들어왔으나 아무도 그것을 알아채지 못했다

피예르는 이야기를 마쳤다. 나타샤는 분명히 그간 빠뜨렸을 것으로 생각되는 그 무엇을 좀더 캐내려는 듯이 생기에 넘친 반짝반짝 빛나는 눈으로 끈덕지게 그를 지켜보고 있었다. 피예르는 부끄러운 듯한 행복에 찬 어리둥절함을 느끼면서, 이따금 그녀 쪽을 쳐다보았다. 그리고 이제 화제를 돌리기 위해서는 이번에는 어떤 이야기를 할 것인가 하고 생각하고 있었다. 공작 영애 마리야는 잠자코 있었다. 지금은 밤 세 시이고 이젠 잘 시각이라는 생각이 누구의 머리에도 떠오르지

않았다.

「불행이다, 고통이다라고 모두 말합니다만.」하고 피예르는 말을 이었다.「만약 누군가가 나한테 포로가 되기 전의 상태대로 있고 싶으냐, 그렇지 않으면 다시 한 번 처음부터 그런 짓을 모두 겪고 싶으냐 하고 묻는다면, 나는 다시 한번 포로가 되고 싶다, 말고기를 먹고 싶다고 말할 것입니다. 우리들은 익숙한 생활의 궤도에서 내던져지면 이젠 만사가 글렀다고 생각해 버리지요. 그러나 실제로는 거기에 비로소 새로운 좋은 것이 시작되는 겁니다. 목숨이 있는 동안은 행복이 있읍니다. 앞길엔 많은 것이, 정말로 많은 것이 있읍니다. 나는 이것을 당신에게 장담하겠읍니다.」하고 그는 나타샤에게로 얼굴을 돌리면서 말했다.

「그러믄요.」하고 그녀는 전혀 딴 생각에 대답하면서 이렇게 말했다.「처음부터 완전히 다시 고쳐 살 수만 있다면, 저도 그 이상 아무것도 바라지 않을 거예요.」

피예르는 주의 깊게 그녀를 쳐다보았다.

「정말 그저 그뿐, 그 이상 아무것도 바라는 것이 없어요!」하고 나타샤는 다시 한 번 확인하는 것처럼 말했다.

「아닙니다, 아닙니다.」하고 피예르는 외쳤다.

「제가 지금 살아 있고, 살고 싶다고 바라는 것은 제 죄가 아니니까요. 당신도 역시 그렇습니다.」

나타샤는 갑자기 얼굴을 두 손에 떨어뜨리고 울기 시작했다.

「왜 그래요, 나타샤!」하고 공작 영애 마리야는 말했다.

「아무것도 아녜요, 아무것도 아녜요.」하고 나타샤는 눈물 어린 눈으로 피예르에게 미소지어 보였다.「안녕, 이제 잘 시간이니까요.」

피예르는 일어나 작별을 했다.

공작 영애 마리야와 나타샤는 언제나처럼 침실에서 같이 되었다. 둘은 피예르가 이야기한 것을 서로 이야기했다. 공작 영애 마리야는 피예르에 대한 의견을 말하지 않았다. 나타샤도 역시 아무것도 말하지 않았다.

「그럼 주무세요, 마리.」하고 나타샤는 말했다.「나는 말이에요, 우리들은 가슴 속의 소중한 감정을 더럽히게 될까 봐 두려워 그이(안드레이 공작)의 이야기를 하지 않고 있지만 이러다가 차츰차츰 그이에 대해서 잊어 가는 것은 아닐까 두려워요.」

공작 영애 마리야는 긴 한숨을 쉬었다. 그녀는 이 한숨에 의해서 나타샤의 말이 옳음을 시인했으나 말로는 그녀에게 동의하지 않았다.

「어떻게 잊을 수가 있겠어요?」하고 그녀는 말했다.

「오늘 밤 다 이야기해 버려 난 정말 기분이 좋아졌어요.」하고 나타샤는 말했다. 「그이는 정말 그분을 사랑하고 있었어요, 난 알 수 있었어요. 그래서 나는 그분에게 이야기했어요……그분에게 이야기한 것이 괜찮았겠죠?」하고 그녀는 얼굴을 붉히면서 불쑥 이렇게 물었다.

「피예르 씨에게? 네, 괜찮지 않고요! 정말 마음씨가 좋은 사람이에요.」하고 공작 영애 마리야는 말했다.

「저, 마리!」공작 영애 마리야가 벌써 오래 전부터 그녀의 얼굴에서 보지 못한 장난꾸러기 같은 미소를 띄우고 나타샤는 말했다. 「그분은 어쩐지 그 산뜻하고 매끈해져서 마치 목욕탕에서 나온 것처럼 신선한 느낌이 들던데 그렇게 안 느껴요? 정신적인 목욕탕에서 말예요, 그렇죠?」

「그래요.」하고 공작 영애 마리야는 말했다. 「그분은 여러 가지 것을 얻어 가지고 돌아오셨어요.」

「짧은 프록 코트를 입고 머리를 쳐올리고, 정말로 흡사 목욕탕에 갔다온 때처럼……아버님이 곧잘…….」

「그(안드레이 공작)가 누구보다도 가장 피예르 씨를 사랑한 이유를 알 것 같군요.」하고 공작 영애 마리야는 말했다.

「글쎄, 피예르는 그이와는 전혀 달라요. 서로 전혀 다른 남자끼리는 사이가 좋다고 말하지만 틀림없이 그럴 거예요. 이봐요, 그분은 그이를 전혀 닮지 않았잖아요, 조금도?」

「그래요, 그렇지만 좋은 사람이에요.」

「그럼 주무세요.」하고 나타샤는 대답했다. 그리고 그 장난꾸러기 같은 미소는 잊어버린 듯이 오랫동안 그녀의 얼굴에 남아 있었다.

18

피예르는 그 날 밤 오랫동안 잠을 이룰 수 없었다. 얼굴을 잔뜩 찌푸리기도 하고, 무엇인가 어려운 것을 생각하다가 갑자기 어깨를 움츠리고 몸서리를 치기도 하고, 기쁜 듯이 미소하기도 하면서 방안을 여기저기 거닐고 있었다.

그는 안드레이 공작과 나타샤와 그들 두 사람의 사랑에 대해서 생각했다. 그리고 지난날의 나타샤에 대하여 질투하기도 하고, 그러한 자기를 꾸짖기도 하고, 또 용서하기도 했다. 벌써 아침 여섯 시였으나 그는 아직도 방안을 거닐고 있었다.

『그렇지만 어쩔 수 없지 않는가, 이것이 이제 부득이한 일이라고 한다면, 어쩔 수 없다! 그렇다, 결국은 이게 운명이다.』그는 이렇게 혼잣말을 하고 서둘러 옷을 벗고 행복과 불안으로 가슴을 두근거리며 그러나 의혹과 주저를 깨끗이 버리고 침대 위에 누웠다.

「이 행복이 아무리 인습을 벗어난 것일지라도 설령 있을 수 없는 일일지라도 그녀와 더불어 부부가 되기 위해 최선을 다하지 않으면 안 된다.」하고 그는 혼잣말을 했다.

피예르는 벌써 며칠 전에 자기의 페쩨르부르그행을 금요일로 정하고 있었다. 그가 목요일에 눈을 떴을 때, 사벨리이치가 짐을 꾸리는 데 대한 지시를 들으러 피예르의 거실로 들어왔다.

『뭐라고, 페쩨르부르그에, 페쩨르부르그란 무엇인가? 누가 페쩨르부르그에 있는가?』비록 마음 속으로이기는 했지만 그는 부지중에 이렇게 자문했다.『그렇다, 아직 이 일이 시작되기 전에, 난 무엇 때문인지 페쩨르부르그에 갈 작정으로 있었다.』하고 그는 생각해냈다.『무슨 일 때문이었지? 어쩌면 가게 되는지도 모르겠군. 하지만 정말 선량하고 영리한 사람이군. 무엇이거나 기억하고 있어! 정말 기분 좋은 미소야!』하고 사벨리이치의 늙은이다운 얼굴을 보면서 그는 생각하였다.

「어때, 사벨리이치, 너는 아직도 자유의 몸이 되고 싶지 않나?」하고 피예르는 물었다.

「나리님, 저 같은 주제에 자유가 다 무엇이겠읍니까? 돌아가신 선대 때도 편히 살 수 있었고, 당신님의 대가 되어서도 한 번도 기분 나쁜 일은 없었읍니다.」

「그래, 그러나 아이들은?」

「아이들도 잘 크고 있읍니다, 나리. 이런 댁에서 불평을 하면 아마 벌을 받을 겁니다.」

「그래, 그러나 내 아이 대가 되면?」하고 피예르는 말했다.「갑자기 내가 결혼한다면……그런 일이 절대로 없다고는 말할 수 없으니까.」그는 갑자기 미소를 띄우고 이렇게 덧붙였다.

「건방진 말씀이옵니다만, 나리님, 그것은 참으로 좋은 일입니다.」

『어지간히 수월하게 생각하고 있군, 이런 중대 문제를.』하고 피예르는 생각했다.『이것이 얼마나 무섭고 얼마나 위험한 일인지를 모르고 있다. 너무 빠르든지 혹은 늦든지……어쨌든 무섭다!』

「어떡하시겠읍니까? 내일 떠나시렵니까? 」하고 사벨리이치는 물었다.

「아니 조금 늦추겠어. 그때 다시 말하지. 너를 귀찮게 해서 미안한데.」하고 피예르는 말했다. 그리고 사벨리이치의 미소를 보면서 생각했다. 『그러나 하여간 기묘한 일이다, 지금은 페쩨르부르그 따윈 전혀 문제가 아니고 무엇보다도 먼저 그 일이 결정되지 않으면 안 되는데 그것을 모른다는 것은, 그러나 사벨리이치는 틀림없이 알고 있을 것이다. 그저 모르는 체하고 있을 뿐이다. 어디 한 번 이야기 해 볼까? 도대체 어떻게 생각하고 있을까?』하고 피예르는 생각했다. 『아니, 나중에 말하자, 기회를 보아서.』

아침식사 때 피예르는, 어제 공작 영애 마리야한테 갔었는데 거기서 의외의 사람을 만났다.——도대체 누구였다고 생각하세요?——나타샤 로스토바였어요! 하고 알렸다.

공작 영애는 이 이야기를 전혀 특별한 의미로 듣지 않고, 피예르가 안나 세묘노브나를 만났다는 것과 똑같은 정도로밖에 생각하고 있지 않는 듯한 낯빛을 하였다.

「당신은 그 여자를 알고 있읍니까?」하고 피예르는 물었다.

「공작 영애를 만난 적이 있어요.」하고 그녀는 대답했다.「그분을 로스토프의 아드님에게 중매하는 사람이 있다는 얘기를 들었어요. 그것은 로스토프네에겐 아주 고마운 일이에요. 소문을 들으니 그 댁은 아주 엉망이 됐다는 이야기니까.」

「아니, 로스토바를 알고 있느냐고 묻고 있는 겁니다.」

「그때 그 이야기만은 들었는데 정말 안 되었어요.」

『아니, 이 사람은 모르고 있다, 혹은 짐짓 모르는 체하고 있는지도 모른다.』하고 피예르는 생각했다. 『이 사람에게도 역시 이야기하지 않는 게 낫다.』

공작 영애도 마찬가지로 피예르의 여행중의 식량을 준비하고 있었다.

『모두 참으로 친절한 사람뿐이구나!』하고 피예르는 생각했다. 『이런 일이 재미있을 턱이 없다는 것은 이 사람들도 알고 있는데, 무엇 때문에 저런 일만 열심히 하고 있는 것일까? 더우기 그것은 나를 위해서이니까 참으로 놀랍다!』

이 날 경찰서장이 피예르의 집을 방문하고 오늘 그라노비타야 궁전에서 물건이 그 임자에게 반환되니 대리인을 보내 달라고 전했다.

『이 사나이도 역시 그렇다.』피예르는 경찰서장의 얼굴을 쳐다보면서 생각했다. 『얼마나 훌륭하고 잘생긴 장교인가, 그리고 얼마나 친절하냔 말이다! 요즘 세상에 이런 하찮은 일을 하고 있다니, 그러면서도 부정을 하고 뇌물을 받고 있다니 하는 말을 듣는단 말이야. 정말 시시하군! 하지만 어째서 이 사나이가 뇌물을 받아서는 안 된다는 거야? 이 사나이는 그런 교육을 받아 왔어. 그리고 모두 그렇게 하고 있지 **않은**가. 어쨌든 정말 기분 좋고, 선량한 얼굴을 하고 있군. 게다가 나를 보면서 싱글싱글 웃고 있다.』

피예르는 만찬에 초대되어 공작 영애 마리야한테로 갔다. 불탄 집이 이어진 한 길을 지나가면서, 그는 이러한 폐허의 아름다움에 놀랐다. 집집의 난로 연통과 무너진 벽들이 라인 강과 콜롯세움(로마 최대의 원형 극장)을 연상케 할 만큼 아름답게 서로 가리면서 타 버린 구역에 이어져 있었다. 마주치는 삯마차의 마부며 수레에 탄 사람들이며 집의 뼈대를 세우고 있는 목수며 도부 장수 여자들이며 구멍가게의 장사치들이 모두 즐거운 듯한 빛나는 얼굴로 피예르를 보았다. 그리고 〈아, 그게 저 사람이야! 그 일이 어떻게 되는지 보자꾸나.〉 이처럼 말하고 있는 것 같았다.

공작 영애 마리야의 집에 들어섰을 때, 피예르는 자기가 어제 여기에 와서 나타샤와 만나고 그녀와 이야기를 한 것이 정말인가 아닌가 하고 의심하기 시작했다.『어쩌면 그것은 내가 생각해 낸 것인지도 모른다.』그러나 그는 아직 방에 발을 들여 놓기도 전에 한순간 자유를 잃은 듯한 느낌에 의해서 그의 온 몸으로 그녀의 존재를 느꼈다. 그녀는 어제와 똑같은 부드러운 주름이 있는 검은 옷을 입고, 어제와 똑같은 머리를 하고 있었으나 그 표정은 완전히 바뀌어 있었다. 만약 어제 그가 방에 들어갔을 때에도 이러한 표정을 하고 있었다면, 한눈에 그녀를 알아보지 못하는 일은 없었을 것이다.

그것은 그가 거의 소년 적부터 알고 있던, 그리고 안드레이 공작과의 약혼 시절에 알고 있던 바로 그녀였다. 그녀의 눈빛에는 즐거운 호소하는 듯한 반짝임이 있었고 얼굴엔 야릇하게 장난기 섞인 상냥한 표정이 나타나 있었다.

피예르는 저녁을 대접받았다. 그리고 하룻밤 내내 눌러앉고 싶었으나 공작 영애 마리야가 저녁 기도에 나가기 때문에 피예르도 함께 떠났다.

이튿날 피예르는 일찍 찾아와 식사를 같이하고 온 밤을 놀다 갔다. 공작 영애와 나타샤는 분명히 이 손님을 반기고 있었고, 또 피예르의 생활의 모든 흥미가 현재 이 집에 집중되고 있었음에도 불구하고, 밤이 되자 이야기가 바닥이 나버려 화제는 줄곧 쓸데없는 문제에서 문제로 옮기면서 끊기기가 일쑤였다. 이 날 피예르는 굉장히 늦게까지 주저앉아 있었으므로 공작 영애 마리야와 나타샤는 이제 돌아가지 않으려나 하고 분명히 그것을 기대하는 듯 서로 눈짓을 하는 것이었다. 피예르는 그것을 알아챘으나 자리를 뜰 수가 없었다. 그는 안타까운 어색함을 느끼기 시작했으나 그래도 꼼짝 않고 앉아 있었다. 그는 일어나서 돌아갈 수가 없었던 것이다.

공작 영애 마리야는 이건 끝이 없겠다고 생각하고 맨 먼저 자리를 일어나 골치가 아프다고 말하면서 작별 인사를 하려 들었다.

「그럼 당신은 내일 페쩨르부르그로 가시는 건가요?」하고 그녀는 말했다.

「아녜요, 안 갑니다.」피예르는 깜짝 놀라 모욕을 느낀 듯이 얼른 이렇게 말했다.「네, 참, 페쩨르부르그 말입니까? 내일입니다. 그러나 오늘은 작별 인사를 하지 않겠읍니다. 또 전갈을 들으러 들르겠읍니다.」그는 얼굴을 붉히면서 공작 영애 마리야 앞에 선 채 떠나기 싫어하면서 이렇게 말했다.

나타샤는 그에게 손을 내밀고 키스를 받자 나가 버렸다. 공작 영애 마리야는 반대로 나가는 대신, 안락의자에 앉아서 빛나는 깊은 눈빛으로 주의 깊게 피예르를 바라보았다. 조금 전까지 그녀가 분명히 보이던 피로의 빛이 지금은 완전히 가셔져 있었다. 그녀는 긴 이야기를 시작하기라도 하려는 듯이 무겁게 긴 한숨을 쉬었다.

피예르의 당황과 거북함은 나타샤가 떠나자 곧 사라지고 흥분된 활기의 빛으로 바뀌었다. 그는 이내 공작 영애 마리야 옆으로 안락의자를 당겼다.

「저, 당신한테 말하고 싶었읍니다.」하고 그는 마치 상대방의 말에 대답이라도 하듯이 그녀의 시선에 대답하면서 이렇게 말했다.「아가씨, 저에게 힘을 빌어 주세요. 도대체 어떻게 해야 할까요? 희망이 있을까요? 제발, 내 말을 들어 주세요. 나는 다 알고 있읍니다. 나는 자신이 그 사람에게 어울리지 않는 것도 알고 있읍니다. 지금 이런 이야기를 해서는 안 된다는 것도 알고 있읍니다. 그러나 나는 그 사람의 오빠가 되고 싶습니다. 아니, 그게 아닙니다…… 그런 것을 바라고 있는 것은 아닙니다.…… 그런 것은 싫습니다…….」

그는 말을 그치고 손으로 얼굴과 눈을 문질렀다.

「그러니까 말하자면…….」하고 그는 조리 있게 이야기하려고 애쓰며 말을 계속했다.「언제쯤부터 그 사람을 사랑하게 되었는지 나는 모릅니다. 그러나 어쨌든 나는 오직 그 한 사람만을, 지금까지 오직 그 한 사람만을 사랑하고 있었던 것입니다. 그 사람이 없는 생활은 상상할 수도 없을 만큼 깊이 사랑하고 있는 것입니다. 나는 지금 그 사람에게 청혼할 용기는 없읍니다. 하지만 어쩌면 그 사람이 나의 아내가 되어 줄지도 모르는데……그런데 그 가능을……놓쳐 버릴는지도 모른다고 생각하니 두렵습니다. 어떨까요, 말씀 해주십시오. 희망이 있을까요? 어떻게 해야 할까요, 네? 아가씨!」그는 잠시 잠자코 있었으나 그녀가 어떻다고 대답하지 않으므로 그녀의 손을 가볍게 만지면서 이렇게 말했다.

「저는 당신께서 말씀하신 것을 생각하고 있읍니다만.」하고 공작 영애는 말을 그쳤다. 애정이니 하는 것에 대하여 지금 그녀에게 이야기할 수 없다고 그녀는 말하고 싶었으나 갑자기 변한 나타샤의 태도로 미루어 설령 피예르가 자기의 사랑을 털어놓는다고 하더라도 그녀는 모욕을 느끼지 않을 뿐 아니라 오히려 그것을 바라고 있을는지도 모른다는 것을 벌써 그저께부터 보고 있었으므로 그래서 이야기를 그쳤던 것이다.

「지금 그 사람에게 말할 수는……없어요.」 공작 영애 마리야는 말했다.

「그러면 난 어떻게 해야 할까요?」

「저에게 맡겨 주시지 않겠어요?」 공작 영애 마리야는 말했다. 「저는 알고 있으니까…….」

피예르는 공작 영애 마리야의 눈을 보았다.

「무엇을 말입니까, 무엇을…….」 하고 그는 말했다.

「그 여자가 당신을 사랑하고 있는 것을……사랑하게 되리라는 것을 말이에요.」 하고 공작 영애 마리야는 고쳐 말했다.

그녀가 이러한 말을 마치기도 전에 피예르는 훌쩍 일어나 놀란 듯한 얼굴빛으로 공작 영애 마리야의 손을 덥석 쥐었다.

「왜 그렇게 생각하시죠? 그럼 당신은 희망이 있다고 생각하십니까? 당신은 그렇게 생각하시군요!」

「네, 전 그렇게 생각해요.」 하고 공작 영애 마리야는 미소를 지으면서 말했다. 「당신께선 부모님에게 편지를 내시고 뒷일은 저에게 맡겨 주세요. 때를 보아 제가 그녀에게 이야기하겠어요. 저도 그것을 바라고 있으니까 어떻게 잘 매듭지어질 것 같은 느낌이 들어요.」

「아녜요, 그럴 리가 없읍니다! 아아! 나는 얼마나 행복한 사람인가! 아니 그럴 리가 없읍니다…….」 공작 영애 마리야의 두 손에 키스하면서 피예르는 이렇게 말했다.

「당신께선 페쩨르부르그에 가세요. 그러는 것이 더 나아요. 제가 편지로 알려 드릴 테니까요.」 그녀는 말했다.

「페쩨르부르그에? 가라고요? 네, 좋습니다, 가죠. 그러나 내일 다시 들러도 괜찮겠죠?」

그 이튿날 피예르는 작별 인사를 하러 왔다. 나타샤는 요전처럼 활기가 돌고 있지 않았다. 그러나 이 날 피예르는 이따금 그녀의 눈을 볼 때마다 자기라는 것이 스러져 버릴 것 같은 느낌이 들었다. 이젠 자기도 그녀도 없어지고 오직 하나의 행복만이 남아 있는 것처럼 느꼈다. 「정말 그럴까? 아니 그럴 리가 없다.」 그의 마음을 기쁨으로 넘치게 하는 그녀의 눈동자며 몸짓이며 말들을 보고 듣고 할 때마다 그는 이렇게 혼잣말을 했다.

나타샤와 작별을 하면서 그녀의 가느다란 야윈 손을 쥐었을 때 그는 부지중에 얼마 동안 그 손을 자기의 손바닥 속에서 누르고 있었다.

『이 손, 이 얼굴, 이 눈, 나에게 인연이 먼 이 모든 여성미의 보배가 이젠 영원히 내 것으로 되는 것일까, 내 자신과 마찬가지로 당연한 것으로 되는 것일까? 아니, 그것은 있을 수 없는 일이다!』

「백작, 잘 다녀오세요.」하고 그녀는 그에게 큰소리로 말했다. 「저는 정말 기다리고 있겠어요.」하고 그녀는 속삭이듯이 덧붙였다.

그리고 이 단순한 말과 그렇게 말하였을 때의 눈동자의 얼굴의 표정은 꼭 두 달 동안 피예르에게 무진장한 회상과 설명과 행복한 공상이 되었던 것이다. 『저는 정말 기다리고 있겠어요.』『그렇다, 그렇다, 그 사람은 분명히 이렇게 말했지. 『저는 정말 기다리고 있겠어요.』하고 「아아, 참으로 행복해! 이것은 도대체 어떻게 된 일일까, 이렇게도 내가 행복하다니!」하고 피예르는 혼잣말을 하였다.

<h1 style="text-align:center">19</h1>

지금 피예르의 마음 속에는 전의 엘렌과 약혼 당시와 비슷한 상황 속에 있으면서 그러한 일은 전혀 하나도 일어나지 않았다.

지금 그는 그때처럼 병적인 수치를 느끼면서 자기가 한 말을 되풀이하지 않았다. 그리고 또 〈아, 왜 나는 그것을 말하지 않았을까, 그리고 왜 나는 그때 『나는 당신을 사랑합니다.』하고 말하였을까?〉 하고 자기에게 말하지 않았다. 그러기는커녕 지금은 그녀의 말과 자기의 말을 하나하나 상상 속에서 되풀이하면서 그때의 얼굴빛과 미소까지 세세하게 생각하고 하나도 빼고 덧붙이고 하려고 하지 않았다. 그저 되풀이하고 싶었을 뿐이었다. 자기가 한 짓이 좋은 짓인가 그렇지 않으면 나쁜 짓인가 하는 의문은 이제 그림자도 비치지 않았다. 오직 하나의 무서운 의문이 이따금 그의 머리에 떠올랐다. 『이것은 모두 꿈이 아닐까? 나는 너무 거만하고 자기를 과신하고 있는 게 아닐까? 나는 이처럼 믿고 있지만 공작 영애 마리야가 이야기하면 그녀는 히죽 웃고 〈어머나, 이상하군요! 그분은 틀림없이 잘못 생각하고 있는 거예요. 그분은 자기가 그저 평범한 인간이라는 걸 모르는 것일까, 그러나 나는?……나는 전혀 별개예요. 보다 더 고상한 존재예요.〉 하고 대답할지도 모른다. 틀림없이 그럴 것이다.』

오직 하나의 이런 의문이 줄곧 피예르의 마음에 떠올랐다. 그는 이제 아무런 계획도 하지 않았다. 피예르에겐 바야흐로 닥쳐올 행복이 도저히 있을 것 같지도 않은 과분한 것처럼 생각되었으므로 일단 이 행복이 성취되면 이제 그 뒤는 아무 것도 있을 수 없다, 모든 것이 끝장이 나 버리는 것이라는 느낌이 들었다.

피예르는 자기는 그러한 인간이 될 수 없다고 생각하고 있었으나 기쁜 나머지의 느닷없는 착란 상태가 돌연히 그를 사로잡았다. 인생의 모든 의미가 자기 혼자뿐이 아니라 전세계적으로 그 자신의 사랑과 그것에 대한 그녀의 사랑에만 집약되어 있는 것처럼 생각되었다. 어떤 때는 모든 사람이 오로지 한 가지 것, 자기의 장래의 행복에만 마음을 쓰고 있는 것처럼 생각되었다. 또 때로는 사람들은 모두 그 자신과 똑같은 기쁨을 느끼면서 다른 흥미에 몰두하고 있는 것처럼 보이고 이 기쁨을 숨기려고 노력하고 있는 것에 불과하다고 생각될 적도 있었다. 그는 사람들의 하나하나의 언쟁에서 자기의 행복에 대한 암시를 보았다. 그는 자주 비밀히 동의를 나타내고 있는 행복한 듯한 의미 있는 눈빛과 미소로 다가가 만나는 사람들을 놀라게 했다. 그러나 다른 사람들은 자기의 행복에 대해서 모르고 있는지도 모른다고 깨닫자 그는 마음 속으로 그 사람들을 동정하게 되었다. 그리고 그들이 골몰하고 있는 모든 일이 조금의 주의도 돌릴 값어치가 없는 어리석고 쓸데없는 일이라는 것을 어떻게 해서든지 설명해 주고 싶어 견딜 수가 없었다.

그에게 취직을 권하거나 또는 일반적인 정치 문제나 전쟁에 대한 사건의 해결 여하야말로 만인의 행복을 좌우하는 것이라고 생각하고 논쟁을 걸어오는 이가 있으면 그는 온화한 동정적인 미소를 띄우고 그 말을 듣고 나서 자기의 색다른 의견으로 상대방을 놀라게 했다.

그러나 인생의 참다운 의미, 즉 그의 감정을 이해하고 있는 것처럼 생각되는 사람도 모두 다 이 무렵에는 그의 내부에서 찬연히 빛나고 있는 감정의 빛을 받고 피예르의 마음의 눈에 비치는 것이었다. 그래서 피예르는 어떠한 사람과 만나더라도 조금도 힘을 들이지 않고 이내 그 사람 속에서 사랑에 해당하는 아름다운 것을 모두 간파해 버리는 것이었다. 죽은 아내의 채무에 관한 일이나 서류를 조사하고 있을 때에도 지금 자기가 맛보고 있는 행복을 그녀가 모르고 지낸 것을 가여워하는 외에는 그녀의 기억에 대해서 아무런 느낌도 가질 수 없었다. 이번에는 새로운 지위와 훈장을 탔기 때문에 유달리 득의에 차 있는 바실리이 공작도 그에겐 눈물겨울 만큼 선량하고 가여운 늙은이로밖에는 생각되지 않았다.

피예르는 뒤에 자주자주 이 행복한 광란 시대를 회상했다. 이 무렵 그가 인간과 사건에 내린 판단은 그에게는 모두 영원히 정확한 것으로서 남았다. 그는 그 뒤에도 인간과 사물에 대한 이러한 견해는 버리지 않았을 뿐 아니라 오히려 내부의 의혹과 모순에 부딪칠 때마다 이 광란 시대에 품고 있었던 관찰의 힘을 빌었다. 그리고 관찰은 언제나 정확한 것이었다.

『어쩌면, 나는 그 당시 우스운 괴짜로 보여지고 있었다. 모든 사람이 생각하고 있던 것처럼 그렇게 바보는 아니었을지도 모른다. 오히려 나는 그 무렵이 가장 현명하고 통찰력이 풍부했었다. 인생에 있어서 이해해야 할 만한 것은 모두 이해하고 있었다. 왜냐하면……나는 행복했기 때문이다.』

피예르의 광란의 특이한 점은 전과는 달리 남을 사랑하는 데 있어 그가 인간의 가치라고 부르고 있던 개인적인 원인에 의하지 않고 사랑이 넘쳐 흐르는 마음으로 이유 없이 남을 사랑하면서 언제나 그 사람을 사랑하기에 충분한 명백한 이유를 찾아낸다는 것이었다.

20

그 첫날 저녁 피예르가 돌아간 뒤, 나타샤가 기쁜 듯한 그리고 비웃는 듯한 미소를 띄우고 공작 영애 마리야에게『그분은 프록을 입고 머리를 깎아 올리고 정말로 목욕탕에서 나온 것 같군요.』하고 말했던 그때부터 나타샤의 마음 속에 깊이 숨겨져 있던 어떤 것, 자신도 모르지만 극복할 수 없는 어떤 것이 눈을 떴던 것이다.

모든 것——얼굴, 걸음걸이, 눈동자, 목소리——그녀의 모든 것이 일변해 버렸다. 그녀 자신에게도 뜻밖의 생활력과 행복에 대한 희망이 외부로 떠올라 만족을 요구했다. 벌써 그 날 밤부터 나타샤는 자기 신상에 일어난 것을 말끔히 잊어버린 듯했다. 그녀는 그때 이래 한 번도 자기의 경우에 대해 불평하지 않았고, 또 한마디도 과거에 대해서 말하지 않았다. 그리고 이미 즐거운 장래의 계획을 그리는 것을 두려워하지 않았다. 그녀는 거의 피예르의 이름을 입 밖에 내진 않았으나 공작 영애 마리야가 그의 얘기를 꺼내면 오랫동안 스러져 있던 불이 그녀의 눈에 타기 시작하고 그 입술은 야릇한 미소로 주름이 잡혔다.

나타샤에게 일어난 변화는 처음 공작 영애 마리야를 놀라게 했으나 이윽고 그녀가 참다운 의미를 깨달았을 때 이 변화는 그녀를 슬프게 했다. 『이렇게 빨리 오라버니를 잊을 수가 있다니, 그처럼 그 사람의 사랑은 얕았던 것일까!』나타샤의 마음에 나타난 변화를 혼자서 요모조모로 상상할 때에 그녀는 이렇게 생각하는 것이었다. 그러나 나타샤와 같이 있으면 그녀는 화도 내지 않고 꾸짖지도 않았다. 나타샤를 사로잡은 생활력의 각성은 그녀 자신에게까지도 돌연하고 억제할 수 없는 것이었던 모양이다. 그 때문에 공작 영애 마리야는 나타샤 앞에 나오면 마음 속으로 나타샤를 비난할 권리가 없는 것을 느꼈다.

나타샤는 마음으로부터 완전히 새로운 감정을 정복당하고 있었으므로 지금은 조금도 슬프지 않을 뿐만 아니라 오히려 기쁘고 즐거운 기분을 숨기려고 하지 않는 것이었다.

그 날 밤늦게 피예르와 이야기를 나눈 뒤 공작 영애 마리야가 거실로 돌아오자 나타샤는 문지방에서 맞았다.

「그분은 말씀하셨죠? 네? 그분은 말씀하셨죠?」하고 그녀는 되풀이했다. 나타샤의 얼굴엔 기쁜 듯한 동시에 자기의 기쁨에 대해서 용서를 비는 애틋한 표정이 굳어 있었다.

「나는 말이에요, 문에서 듣고 싶었어요. 그렇지만 당신이 이야기해 주시리라고 생각하고.」

나타샤가 자기를 쳐다본 그 눈빛은 공작 영애 마리야에게도 지극히 당연하게 여겨졌고 또 부드럽게도 느껴졌다. 그리고 나타샤의 흥분을 보는 것이 안타까울 정도였으나 나타샤의 말은 최초의 순간 공작 영애 마리야를 모욕했다. 그녀는 죽은 오빠와 그 사랑을 회상했던 것이다.

『그러나 어쩔 수 없다! 이 사람은 이렇게밖에 할 수 없으니까.』하고 공작 영애 마리야는 생각했다. 공작 영애 마리야는 침통하고 약간 딱딱한 표정으로 피예르가 말한 것을 모두 나타샤에게 전했다. 피예르가 페쩨르부르그에 가려고 하고 있다고 듣자 나타샤는 깜짝 놀랐다.

「페쩨르부르그에!」나타샤는 이해가 가지 않기라고 하듯이 이렇게 되풀이했다. 그러나 공작 영애 마리야의 침통한 표정을 들여다보더니 그 슬픔과 원인을 알아채고 나타샤는 갑자기 울음을 터뜨렸다. 「마리!」하고 그녀는 말했다.「나는 어떻게 해야 해요, 가르쳐 주세요. 나는 나쁜 인간이 될 것 같아 무서워요! 당신의 말씀이라면 무엇이든 그대로 하겠어요. 가르쳐 주세요…….」

「당신은 그분을 사랑하고 계세요?」

「네.」하고 나타샤는 속삭였다.

「그렇다면 어째서 울고 계세요? 나는 당신을 위해서 기뻐하고 있어요.」하고 공작 영애 마리야는 말했다. 그녀는 이 눈물 때문에 나타샤의 기쁨을 용서했던 것이다.

「이런 일은 지금 당장 되는 것이 아니니까 언젠가는 있을 일일 테지만, 내가 그분의 아내가 되고 당신이 니콜라이, 니콜라스한테 가시게 된다면 정말 얼마나 행복할까요!」

「나타샤, 제발 그런 말은 하지 말아 달라고 난 부탁했지 않아요? 그보다도 당신의 이야기나 해요.」

두 사람은 잠시 잠자코 있었다.

「그런데 어째서 그분은 페쩨르부르그 같은 데에 가시는 걸까요!」 하고 나타샤는 불쑥 말했으나 이내 또 얼른 자기에게 대답하였다. 「아녜요, 아녜요, 그렇게 하지 않으면 안 돼요! 그렇죠, 마리? 그렇게 하지 않으면……..」

에필로그

제1장

1

1812년에서 칠 년이란 세월이 흘렀다. 거칠게 파도치던 유럽의 역사의 바다로 저마다 자기 해안에 안정되었다. 바다는 잠잠해진 것같이 보였으나, 인류를 움직이고 있는 신비로운 힘은(신비롭다는 것은 인류의 운동을 지배하고 있는 법칙을 우리들이 모르기 때문이다) 그 작용을 계속하고 있었다.

역사라는 바다의 표면은 움직이지 않는 것처럼 보이면서도 인류는 때의 흐름과 마찬가지로 끊임없이 움직이고 있었다. 인간이 모인 갖가지 집단은 합쳐지기도 하고 흩어지기도 했다.

그리고 국가의 형성과 붕괴, 여러 민족의 이동, 이러한 것의 원인이 서서히 준비되어 가고 있었다.

역사의 바다는 이같이 이쪽에서 저쪽 해안으로 급격히 움직이지는 않고 깊은 밑바닥에서 들끓고 있었다. 역사상의 인물도 이전처럼 큰 파도가 되어 이 해안에서 저 해안으로 밀려 다니지 않고 한 곳에서 소용돌이치고 있는 것처럼 보였다. 이전엔 군의 수뇌로서 전쟁과 행군과 전투 등의 명령으로 집단의 운동을 반영하고 있던 역사상의 인물은, 지금에 와선 그 광란하던 운동을 정치와 외교적인 고려며, 법률, 조약 등으로 반영하고 있었다.

역사상의 인물의 이러한 활동을 역사가들은 반동이라고 부르고 있다.

그들의 견해에 의하면, 이른바 반동의 원인인 이러한 역사상의 인물의 활동을 기술하면서 역사가는 그들을 준엄하게 비난하고 있다.

당시의 저명한 사람들은 알렉산드르와 나폴레옹을 위시하여 마담 스탈, 포찌이(1792~1838. 노브고로드 수도원장이었던 인물-역주), 쉐링, 피히테, 샤토브리앙 들에 이르기까지 모두 역사가의 엄한 심판을 받아 신보에 이바지했는가 반동을 도왔는가에 따라 무죄 또는 유죄 판결을 받고 있다.

　역사가의 기술에 의하면 러시아에서도 이 시기에 역시 반동이 생기고, 이 반동의 원흉(元兇)은 알렉산드르 1세였다. 그러나 또 그들의 기술에 의하면 그 치세의 초기에 있어서 자유주의적인 운동과 러시아 구제의 주된 공로자였던 것도 역시 알렉산드르 1세 그 사람이었다.

　현대의 러시아 문학에 있어서 아래로는 일개 중학생으로부터 위로는 박학한 역사가에 이르기까지 이 시기의 알렉산드르의 잘못된 행위에 대하여 저마다 자기의 돌을 던지지 않는 자는 하나도 없을 것이다.

　『그는 여차여차한 행동을 취해야 했다. 이러저러한 경우엔 그의 행위도 훌륭했으나, 이러저러한 경우엔 잘못되었다. 치세의 처음과 1812년의 전역(戰役) 동안은 그도 훌륭한 업적을 보여 주었으나 그 뒤 폴란드에 헌법을 주고, 신성 동맹을 체결하고, 아라크체예프에게 권력을 주고, 처음엔 골리스인과 신비주의를, 다음엔 쉬쉬코프와 포찌이를 편애하고 한 것은 좋지 않은 행위였다. 그가 군대의 실전 부대를 지휘한 것은 잘못이었다. 그가 세묘노프스키이 연대를 해산시킨 것은 좋지 않았다 등등.』

　역사가들이 자기가 갖고 있는 인류의 행복에 관한 지식을 토대로 하여 알렉산드르에게 가하고 있는 비난을 모두 열거한다면 그 원고는 몇 십만 장을 필요로 할 것이다.

　이와 같은 비난은 무엇을 의미하고 있는 것일까?

　역사가가 칭찬하는 알렉산드르 1세의 행위, 예를 들면 즉위 당시의 자유적인 치세, 나폴레옹과의 항쟁, 12년의 전역에서 보인 의연한 태도 및 13년의 원정 등은 역사가가 비난하는 행위, 즉 신성 동맹과 폴란드의 부흥과 20년대의 반동 등과 동일한 근원, 즉 알렉산드르의 개성을 그토록 만든 혈통, 교육, 생활이니 하는 가지가지의 조건에서 흘러나온 것이 아닐까?

　대체 이러한 비난의 본질은 무엇일까?

　그것은 알렉산드르 1세 같은 역사적인 인물——사방 팔방에서 집중되는 온갖 역사의 광선의 눈부신 빛의 초점이 되어 인간의 권력의 최고위에 서 있던 인물, 권력에 반드시 부수하는 음모, 사기, 아부, 자아 기만 등의 영향을 온 세계에서 가장 강하게 받고 있던 인물, 유럽에서 행해지는 모든 사건에 대한 책임을 한평생 끊임없이 자기 일신에 느끼고 있던 인물, 그것도 가상적인 인물이 아니고 모든 인간과 마찬가지로 개인적인 습관과 정욕과 진선미(眞善美)에 대한 동경을 지닌 피가 통하고 있는 인물——이러한 인물이 오십 년 전에 선행을 쌓지 않았다는 의미에서가 아니라(이 점에 있어서는 역사가도 비난하고 있지 않다), 오늘날 젊었을 적부터 학문에 골몰하고 있는 교수, 즉 책을 읽고 강의를 하고, 이러한 책이나 강의를 한 권의 공책에 베끼고 하는 교수가 지니고 있는 견해와 같은 인류의 복지에 대한 견해를 지니지 않았다는 점, 거기에 비난의 본질이 존재하는 것이다.

그러나 설사 알렉산드르 1세가 오십 년 전의 인류의 복지에 대한 그릇된 견해를 가지고 있었다고 가정하더라도, 알렉산드르를 비난하는 역사가도 역시 몇 년인가 지난 뒤에는 인류의 행복이란 무엇인가 하는 견해에 대해서 잘못을 범하고 있었다는 것이 분명해진다고 하는 경우도 상상하지 않을 수 없지 않은가. 하물며 역사의 발달의 발자취를 더듬어 보면 해가 바뀔 적마다, 한 사람의 새로운 저술가가 나타날 때마다 인류의 행복이란 무엇인가 하는 견해가 바뀌고, 지금까지 행복으로 생각되고 있던 것이 십 년 뒤에는 악으로 간주되기도 하고, 혹은 그 반대의 변화가 일어나기도 하는 것을 목격하고 있는 이상, 이 예상은 한층 더 자연스럽고 또한 필요한 것이다. 그뿐만 아니라 우리들은 역사 속에서 무엇이 악이고 무엇이 선인가 하는 것에 관해서, 동시에 전연 상반된 견해에 봉착하는 수가 있다. 즉 어떤 사람은 폴란드에 주어진 헌법과 신성 동맹을 가지고 알렉산드르의 공적이라고 하고, 어떤 사람은 그것을 실패라고 간주하는 것이다.

알렉산드르와 나폴레옹의 활동에 대해서는 유익했다든가 유해했다든가 하고 말할 수는 없다. 왜냐하면 그것이 무엇에 유익했고, 무엇에 유해했던가를 말할 수가 없기 때문이다. 만약에 이 활동이 누군가의 마음에 들지 않는다고 하면 그것은 이 활동이 선이란 무엇인가 하는 문제에 관한 그 사람의 제한된 관념과 일치하지 않기 때문임에 불과하다. 1812년 전역(戰役)에서 모스크바의 우리 아버지 집이 무사히 남았던 일이, 러시아군의 영광이, 페쩨르부르그와 그 밖의 여러 대학교의 융성이, 폴란드의 자유와 러시아 국위가, 유럽의 세력 균형이, 또는 유럽의 어떤 종류의 문명의 진보 등등, 이러한 것이 나에게는 설령 선으로 여겨진다고 하더라도, 모든 역사상의 인물의 활동이란 것은 이러한 목적 이외에도 보다 일반적인 우리들에게 이해되지 않는 다른 목적을 가지고 있었다는 것도 나는 인정하지 않을 수 없다.

그러나 이른바 과학이란 것은 모든 모순을 조화하는 가능성을 가지고 있고, 역사적인 인물과 사건에 대해서 불변하는 선악의 척도를 가지고 있다고 가정해 보자.

또 알렉산드르가 전연 다른 행동을 취할 수 있었다고 하자. 가령 알렉산드르가 자기를 비난하는 사람들, 즉 인류 운동의 궁극적인 목적에 관한 지식을 교수하는 사람들의 명령에 좇아, 국민성이니 자유니 평등이니 진보(이것보다 새로운 것은 없나 보다)니 하는 것을 프로그램, 즉 오늘날의 비난자가 알렉산드르에게 주는 프로그램대로 처리할 수 있었다고 가정해 보자. 그러한 프로그램이 가능하고, 이미 작성되어 알렉산드르가 그것에 의하여 행동하였다고 가정하자. 그러면 그때는 당시 정부의 방침에 반대했던 모든 사람들의 활동, 즉 역사가의 의견에 의하면 선(善)하고 유익하다고 하는 활동은 도대체 어떻게 될 것인가? 이러한 활동은 없어지는 것이며, 생활도 없어질 것이며, 모두가 다 없어져 버리고 말 것이 아닌가?

만약 인간의 생활이 이성으로 지배될 수 있는 것이라고 가정하면, 생활의 가능이라는 것은 소멸되어 버릴 것이다.

2

만약 역사가가 말하듯이 모든 목적, 예를 들면 러시아 혹은 프랑스의 국위 선양이라든지, 유럽의 세력 균형이라든지, 혁명 사상의 전파라든지, 사회 전반의 진보라든지, 그 밖의 무엇이든지 좋지만, 그 목적의 달성을 향해 인류를 지도하는 것이 위인들이라고 한다면 우연이니 천재니 하는 관념 없이는 역사상의 여러 현상을 설명할 수 없게 된다.

만약 금세기 초엽의 유럽 전쟁의 목적이 러시아의 국위 선양에 있었다고 한다면 그 목적은 이보다 이전에 행해졌던 많은 전쟁과 침략들이 없었더라도 달성할 수가 있었을 것이다. 만약 목적이 프랑스의 국위 선양에 있었다고 한다면, 그 목적은 혁명과 그리고 제정(帝政) 등이 없었더라도 역시 달성할 수 있었을 것이다. 만약 목적이 사상 전파에 있었다고 한다면 서적의 인쇄가 군인들보다 훨씬 훌륭하게 이 목적을 수행하였을 것이다. 만약 목적이 문명의 진보에 있었다고 한다면 인간과 그 부(富)의 박멸 이외에 보다 문명의 보급에 적당한 방법이 있다는 것은 지극히 용이하게 생각할 수 있을 것이다.

그렇다면 어째서 이런 형태를 취하고, 다른 형태를 취하지 않았을까? 그것은 결국 이런 형태로 일어났기 때문인 것이다. 『우연은 상황을 만들고 천재는 그것을 이용하였다.』고 역사는 말한다.

그렇다면 우연이란 무엇인가? 천재란 무엇인가?

우연이니 천재니 하는 말은 실재하는 것을 표현하고 있는 것이 아니기 때문에 정의를 내릴 수 없다. 이 말들은 다만 현상에 대한 이해의 어떤 단계의 의미하는 것에 불과하다. 예를 들면 어떤 현상이 어째서 일어나는지를 모르는 경우가 있다. 그리고 도저히 알 수는 없다고 생각한다. 그러므로 알려고도 하지 않고, 그저 그것은 우연이라고 하는 것이다. 또 나는 보통 일반인의 행위와는 전혀 비교가 되지 않는 효과를 일으키는 힘을 보지만, 왜 그것이 일어나는지 전혀 모른다. 그러면 그때 천재라고 말하는 것이다.

밤마다 목자(牧者)가 특별한 우리 안에 몰아 넣어 특별한 먹이를 먹였기 때문에 다른 양보다 갑절이나 더 살이 찐 양은, 그 양떼에게는 천재로 보일 것이 틀림없다. 그리고 밤마다 이 양이 공동의 큰 우리가 아니고, 특별한 우리에 들어가 귀리를 먹고 살이 오르면 죽여져 고기가 된다는 사정은 많은 이상한 우연과 천재의 놀라운 결합이라고 생각될 것이 틀림없다.

그러나 만일 양들이 자기들에게 일어나는 모든 일은 자기들 양의 목적을 달성하기 위해서만 일어나는 것이라고 생각하는 것을 그치고 자기들에게 일어난 일이 자기들에게는 알 수 없는 목적을 가질 수도 있다는 것을 시인한다면 그들은 곧 특별한 사육을 받고 있던 양의 몸에 일어난 일에서 일관된 하나의 의미를 발견할 것이다. 그리고 가령 한 마리의 양이 어떠한 목적으로 특별히 사육되었던가 하는 이유를 그들이 모른다고 할지라도, 적어도 그 양의 몸에 일어났던 모든 일이 우연히 일어난 것이 아니란 것은 알게 될 것이며 우연이라는 관념도 천재라는 관념도 필요 없게 될 것이다.

다만 가까이 있는 알기 쉬운 목적을 알려는 태도에서 떠나 궁극적인 목적은 우리들에게 불가해 하다는 것을 인정하였을 때에, 비로소 우리는 역사상의 인물의 생애에서 일관성과 합리성을 보게 된다. 그때 비로소 보통 일반인의 행위와 일치하지 않는 그들의 행위의 원인이 계시되고 우연이니 천재니 하는 말이 우리들에게 필요 없게 될 것이다.

유럽 여러 국민이 동요를 일으킨 목적은 우리들에게는 불명하지만, 그러나 맨처음에 프랑스, 다음에 이탈리아, 아프리카, 프러시아, 오스트리아, 스페인, 러시아의 순서로 행해졌던 살육의 사실만은 명백하다는 것과, 처음에 서에서 동으로, 다음엔 동에서 서로, 민족의 이동이 이러한 사건의 공통적인 본질을 이루고 있다는 것을 인정하기만 한다면 우리는 나폴레옹과 알렉산드르의 성격 가운데서 예외라든가 천재를 볼 필요가 없을 뿐 아니라 그들을 다른 모든 사람들과 구별해서 상상할 수 없게 될 것이다. 그러면 그들을 그러한 인물로 만든 많은 작은 사건들을 우연으로 설명할 필요가 없을 뿐만 아니라 이러한 작은 사건들이 모두 필연적이었다는 것이 명백해질 것이다.

궁극의 목적을 알려는 생각을 버렸을 때, 우리들은 하나의 식물에 대해서도 현재 생기고 있는 꽃이나 씨보다 더 이상 적당한 것을 생각해 낼 수 없는 것처럼 지극히 미세한 점까지도 주어진 사명과 완전히 일치된 과거를 가진 두 인간을 달리 생각해 내는 것은 불가능하다는 것을 우리는 명백히 깨닫게 될 것이다.

3

금세기 초 유럽 동란의 근본적이자 또한 본질적인 사실은 유럽의 여러 국민의 떼를 지어 서에서 동으로, 다음에는 동에서 서로 향한 군사적인 움직임이다. 이 움직임의 발달은 서에서 동으로의 움직임이었다. 서방의 여러 국민이 모스크바까지의 군사적인 운동을 성취하기 위해서는(실제로 그들은 그것을 성취했다) 첫째, 동방의 무장 집단과의 충돌을 감당할 수 있는 크기의 무장 집단을 편성하고, 둘째, 모든 재래의 전통과 습관을 버리고, 세째, 이 군사 행동을 하는 데 있어 그 자신을 위해서도 또 그들 모두를 정당화하기 위해서도, 이 행동에 수반하는 기만과 약탈과 살육을 긍정시킬 수 있는 한 인물을 우두머리로 추대할 것 등이다.

이리하여 프랑스 혁명을 시발로 하여 그다지 위대하지 않았던 묵은 집단이 붕괴되고 낡은 습관과 전통이 사라지고 새로운 규모의 집단과 새로운 풍습과 전통이 차츰 만들어졌으며 다가올 커다란 움직임의 선두에 서서 성취될 사건의 모든 책임을 져야 할 한 인물이 양성되어 가는 것이다.

신념도 풍습도 전통도 가문도 없을 뿐 아니라 프랑스인도 아닌 인간이, 더할 나위 없이 기괴한 우연에 의해 프랑스를 동요시키고 있는 온갖 당파 사이에서 교묘하게 헤엄치면서 그 어느 쪽에도 속하지 않고, 현저한 지위로 뛰어올라섰던 것이다.

동료의 무지와 적의 무력 취약함과 거짓을 진짜처럼 보이게 하는 능변과 좁은 시야에서 오는 만만한 자신이 이 사나이를 군의 수뇌로 밀어 올렸다. 이탈리아 군의 훌륭한 군대 조직, 적에게 전의가 없는 것, 어린애 같은 무분별과 자만심이 그에게 군사상의 명예를 주었다. 이른바 우연이 무수히 가는 곳마다 따라다녔다. 프랑스의 위정자들의 총애를 잃은 것이 오히려 그에게 이익이 되었다. 정해진 자기의 진로를 바꾸려는 그의 시도는 성공하지 않았다. 즉 그는 러시아의 군대에 들어갈 수도 없었고, 터키에서 지위를 얻으려던 계획도 성공하지 못했다. 이탈리아 전쟁 동안에도 그는 몇 번인가 궁지에 몰렸으나 그때마다 예기치 않은 사정에 의해서 구출되었다. 러시아군, 그의 명성을 파괴할 수 있었던 러시아군도 여러 가지 외교상의 고려에서 그가 유럽에 있는 동안 그쪽으로 발을 돌리지 않았다.

이탈리아에서 돌아오자 그는 파리 정부가 붕괴(崩壞) 도상에 있음을 발견했다. 거기 말려드는 사람을 마멸(磨滅)시키고 이 위험한 상태에서 달아나는 방법이 그의 눈앞에 저절로 나타났으니, 그것은 아무런 이유도 없는 아프리카 원정이었다. 이른바 우연이 또다시 그에게 달라붙었다. 난공 불락의 요새는 총 한 발도 쏘지 않고 떨어졌다. 지극히 무모한 처사가 오히려 승리의 영광을 얻게 했다. 그뒤 한 척의 거룻배도 통과시키지 않았던 적의 함대는 전군대를 통과시켜 버렸다. 아프리카에선 아무런 방비도 없는 주민에 대해서 무수한 포학이 행해졌다. 그리고 이 포학을 행했던 사람들도 특히 그 지도자도 이것은 훌륭한 짓이다, 이것도 명예다, 시저와 마케도니아의 알렉산더 대왕의 행적과도 필적할 훌륭한 행동이라고 확신하고 있다.

자기를 위해서는 무엇이고 악으로 보지 않을 뿐 아니라 자기의 모든 범죄에 불가해한 초자연적인 의미를 붙여 그것을 자랑으로 하는 명예와 위대한 이상, 나폴레옹과 그를 에워싸고 있는 사람들의 지도 원리가 될 이 이상은 광막한 아프리카의 자유로운 천지에서 키워졌다. 무엇을 하건 성공하지 않는 일은 없었다. 페스트에도 그는 걸리지 않았다. 포로 살육의 잔인도 그에겐 죄가 되지 않았다. 어린애 같은 무분별함, 아무런 이유도 없는 그리고 비열한 아프리카 출발, 즉 전우들을 불행 속에 방치한 채의 출발이 그의 공적으로 취급되었다. 더구나 두 번이나 적의 함대는 그를 놓쳤다. 자기가 행한 행복한 범죄에 도취된 그가 아무런 목적도 없이 그저 자기의 역할을 위한 마음의 준비만으로 파리에 도착했을 때, 일 년 전까지만 해도 그를 파멸시킬 우려가 있던 공화 정부는 지금 부패가 그 극도에 달하여 전연 당파에 무관계한 인물인 그의 존재는 오히려 그 지위를 높일 뿐이었다.

그는 아무런 계획도 가지고 있지 않았다. 그는 모든 것을 두려워하고 있었다. 그러나 각 당파는 그에게 달라붙고 그의 협력을 요구하는 형편이었다.

오직 그만이, 이탈리아와 이집트에서 키워진 명예와 위대한 이상이며 광적인 자기 숭배와 방약 무인한 범죄와 진짜같이 보이는 허위, 이러한 것을 갖춘 그만이 행하여지려는 사건을 정당화할 수가 있었던 것이다.

그는 그와 같은 사람을 고대하고 있는 그 지위를 위해 필요했다. 그렇기 때문에 거의 그의 의지와 관계 없이 그리고 그의 주장과 무계획과 가지가지 실책에도 불구하고, 그는 권력 획득을 목적으로 하는 음모에 끌려 들었고, 그 음모는 훌륭히 성공을 거두었다.

사람들은 그를 통치자 회의에 끌어 넣었다. 놀란 그는 몸에 닥칠 파멸을 생각하고 도망치려고 했다. 거짓 졸도도 하고 응당 파멸을 초래케 하리라고 생각되는 어리석은 말도 하였다. 그러나 이전엔 명민하고 오만했던 프랑스의 위정자들이 지금은 자기들의 역할도 끝났다고 느꼈으므로 그보다도 더 당황해서는 정권을 유지하고 그를 실각케 하기 위해 마땅히 말했어야 될 것을 말하지 않았던 것이다.

우연, 몇 백만의 우연이 그에게 정권을 떠맡겼다. 그리고 모든 사람들은 마치 약속이라도 한 듯이 이 권력의 확립을 도왔다. 우연은 당시의 프랑스의 위정자의 성격을 그에게 따르게시리 만들었다. 우연이 그의 권력을 승인한 파벨 1세의 성격을 만들었다. 우연은 그를 해하지 않았을 뿐만 아니라 도리어 그의 권력을 확립하게 하는 반 나폴레옹 음모를 만들었다. 우연은 앙기앙 공(公)을 그의 수중에 던져 뜻하지 않게 이 사람을 죽이게 하고 그 행위에 의해서 힘이 있기 때문에 권력을 가진다는 것을 어떠한 방법보다도 더 웅변적으로 군중에게 납득시켰다. 분명히 그의 멸망이 되었을지도 모르는 영국 원정에 전력을 쏟으려고 했으나, 우연은 그로 하여금 이 계획을 실행하지 못하게 하고 뜻밖에 오스트리아 군을 거느리고 있던 마크를 습격케 하여 싸우지 않고 항복케 한 결과를 주었다. 우연과 천재는 아우스테를리츠의 싸움에서 그에게 승리를 주었다. 그리고 우연히도 모든 사람들, 프랑스인뿐만 아니라 행해질 사건에 관여하지 않았던 영국을 제외한 전유럽은 여전한 공포와 그의 죄업에 대한 혐오에도 불구하고 이제 와선 그의 권력뿐만 아니라 또 그가 스스로에게 부여한 칭호와 모든 사람에게 아름답고 합리적인 것처럼 보였던 위대와 그의 이상까지도 승인했다.

다가올 대공세에 대비하여 준비하고 시험이라도 하는 것처럼 서방의 병력은 1805~7년, 1809년에 몇 번이나 동방을 향해 그때마다 강화 증대해 가면서 돌진했다. 1811년 프랑스에서 조직되었던 집단은 중부의 여러 국민과 합하여 하나의 대집단이 되었다. 사람들의 집단이 증대됨에 따라 운동의 우두머리에 섰던 인물을 시인(是認)하는 힘도 더욱더 확대되는 것이었다: 일대 운동에 앞선 십 년 동안의 준비기에 이 인물은 유럽의 모든 군주와 우의를 맺기에 이르렀다. 실태가 폭로된 세계의 제왕들은 아무런 의미도 없는 영광과 위대라는 나폴레옹의 이상에 대항해서 아무런 합리적인 이상도 내세울 수 없었다. 그들은 앞을 다투어 자기의 무력을 그에게 보였다. 프러시아 왕은 위인의 은총을 사기 위해 자기의 아내를 보냈다. 또 오스트리아의 황제는 이 인물이 신성 로마제국의 황실의 딸을 이 사나이가 침실로 맞아들인 것을 은혜로 알았다. 여러 국민에게 있어서 신앙의 보호자인 교황은 그 종교를 위인의 성화(聖化)에 이용했다. 나폴레옹이 자기의 역할을 수행하기 위해 자기가 자기를 만들었다고 하기보다는 주위의 모든 것이 현재의 사건과 앞으로 일어날 사건의 모든 책임을 지우기 위해 그를 만들었던 것이다. 그가 저지른 어떠한 행위든, 설혹 그것이 악업이든 하찮은 기만이든, 일단 주위의 사람들의 입에 오르면 금방 위대한 행위라는 현상으로 반영되는 것이었다. 독일인이 그를 위해 생각해 낸 최상의 축연은 이예나와 아우에르슈테트의 축하식이었다. 단지 그 혼자만 위대한 것이 아니라 그의 조상도 형제도 의붓자식도 일가 권속이 모두 위대한 것이다. 모든 것이 다만 그에게서 이성의 마지막 힘을 빼앗아 그에게 그 무서운 역할을 시키기 위해 행해지고 있었다. 그리하여 그라는 인간이 만들어지자 병력의 준비도 끝났던 것이다.

침략군은 동을 향해서 돌진하고, 마침내 종국의 목적인 모스크바에 이르렀다. 수도는 점령당했다. 러시아군은 전에 아우스테를리츠로부터 바그람까지의 전투에서 모든 프랑스군의 적이 입었던 괴멸 이상으로 격파되었다. 그런데 홀연히 이 때까지 끊임없는 일련의 성공으로써 예정된 목적을 향해 그처럼 순서 있게 그를 이끌었던 그 우연과 천재 대신 보로지노에 있어서의 코감기를 위시해서 무서운 추위와 모스크바를 태운 불똥에 이르기까지 무수한 정반대의 우연이 나타났다. 천재 대신 전례 없는 우매와 비열이 정체를 드러낸 것이다.

침략군은 도망쳐 뒤로 돌아갔다. 그리고 또 달아났다. 이번에는 온갖 우연이 그의 편에 서지 않고 언제나 그에게 등을 돌리는 것이었다.

동에서 서에로의 역행 운동은 전의 서에서 동으로 행한 운동과 아주 비슷한 형태로 행해졌다. 1805년, 1807년, 1809년에 있어서처럼 동에서 서로 향한 운동의 시도는 일대 운동의 전초였었다.

이번에도 다수의 대집단이 하나로 결합했다. 마찬가지로 중부의 여러 국민이 이 운동에 참가했다. 또 마찬가지로 도중에서 동요가 일어났다. 그리고 역시 목적에 접근함에 따라 속력이 증대했다.

파리, 최종의 목적이 달성되었다. 나폴레옹의 정부와 그 군대는 붕괴했다. 나폴레옹 자신도 이제 의미를 가지지 않게 되었다. 그의 모든 행동은 분명히 비참하고 추악했다. 그런데 또다시 설명하기 어려운 우연이 생겼다. 동맹국은 나폴레옹을 증오하고, 나폴레옹이야말로 자기 불행의 원흉이라고 보았다. 또 그도 힘과 권세를 잃고 잔인성과 기만성이 폭로된 이상, 십 년 전 또는 일 년 뒤와 마찬가지로 마땅히 무법의 악한으로 보였어야 했었을 것이다. 그러나 어떤 불가사의한 우연에 의해서 아무도 그렇게 보지 않았다. 그의 역할은 아직 끝장이 나지 않았던 것이다. 십 년 전 그리고 일 년 뒤에는 무법의 악한으로 취급되었던 이 인물은 프랑스에서 불과 이틀 정도의 거리에 있는 섬, 그의 영토로서 주어진 섬으로 무엇 때문에 지급되었는지 수백 만의 돈과 친위대를 붙여서 보냈던 것이다.

4

　모든 국민의 운동은 저마다 자기의 바닷가에 가라앉기 시작했다. 일대 운동의 여파도 어딘가로 물러가 버리고, 잠잠해진 해면에는 많은 소용돌이가 생겼다. 외교가들은 이 파란을 가라앉힌 것을 자기들의 공로처럼 상상하면서 그 소용돌이 속을 헤엄치기 시작했다.

　그런데 잠잠해진 것으로 보였던 바다는 갑자기 파란을 일으키기 시작했다. 외교가들은 이 새로운 긴장의 원인을 자기들, 즉 자기들의 불화에서 생긴 것처럼 생각했다. 그들은 황제들 사이의 전쟁을 예상하고 사태는 수습 불능의 것처럼 보였다. 그러나 그들이 내습을 예감했던 물결은 그들이 얘기하고 있던 방면으로부터 온 것은 아니었다. 똑같은 물결이 이 운동의 똑같은 출발점인 파리에서 일어났던 것이다. 서쪽에서 일어난 운동의 최후의 비말(飛沫)이 날았다. 그 비말이야말로 수습 불능이라고 생각되었던 외교적인 난국을 해결하고 이 시기의 군사 행동에 종지부를 찍어야 할 사명을 띠고 있었다.

　프랑스를 황폐하게 했던 인간은 아무런 계획도 없이 한 사람의 병사도 거느리고 않고 오직 혼자서 프랑스로 돌아왔다. 모든 감시인이 그를 잡을 수 있었을 것이었으나, 이상야릇한 우연에 의해 아무도 그를 잡지 못했을 뿐 아니라 하루 전까지도 그를 저주하고 있었고, 또 한 달 뒤에도 저주할 그 사나이를 모두 기뻐하면서 맞았던 것이다.

　이 인물은 마지막 대단원을 장식하기 위해 아직 필요했던 것이다.

　그 마지막 막이 연출되었다. 마지막 역할도 끝났다. 배우는 의상을 벗고서 분과 연지를 씻어 버리도록 명령을 받았다. 이제 불필요하게 된 것이다.

　몇 년이 지났다. 이 사나이는 자기의 섬에서 고독한 생활을 하고 있는 동안 자기를 상대로 가련한 희극을 연출해 보이기도 하고 음모를 꾀하기도 하고, 이제 변명이 불필요해졌는데도 자기의 행위를 변명하여 거짓말을 하기도 하고, 눈에 뜨이지 않는 손에 조종당하고 있을 때에는 힘으로 보였던 것이 무엇이었던가를 전세계에게 보이기도 했다.

　무대 감독은 연극이 끝나고 배우의 의상을 벗기자마자, 그 전체를 우리들에게 보였다.

　「자 보십시오, 이것이 당신네가 믿고 계셨던 것입니다! 이것입니다! 이제 겨우 당신네를 움직이고 있는 자는 이 사내가 아니고 실은 바로 나였다는 것을 아시겠죠?」

 그러나 운동의 힘에 현혹당했던 사람들은 오랫동안이나 이 사실을 이해하지 못했다.

 더 한층 명료한 관련성과 필연성을 보여 주고 있는 것은 즉, 동에서 서로 향한 반대 운동의 우두머리에 서 있던 인물인 알렉산드르 1세의 생활이다.

 다른 사람들을 보호하면서 동에서 서로 향한 이 운동의 우두머리에 섰던 이 인물에게는 도대체 무엇이 필요했었던가?

 정의감, 즉 유럽의 사건에 대한 관심, 사소한 이해에 눈이 어두워지지 않는 먼 곳에서의 참가, 그리고 다른 동료——당시의 황제들——보다 한결 높은 도의심을 가지고 있을 것이 필요했다. 겸손하고 매력이 있는 인격이 필요했다. 그리고 나폴레옹에 대한 개인적인 굴욕감이 필요했다. 이러한 것들은 모두 알렉산드르 1세에게 갖추어져 있었다. 이것은 모두 그의 과거의 생활 전체에 있어서 무수한 이른바 우연, 즉 교육, 자유주의적인 단서, 주위의 고문들, 아우스테를리츠, 찔리지트, 에르푸르트 등에 의해서 준비되어 있었다.

 국민적인 전쟁 당시는 이 인물은 활약을 하지 않았다. 말하자면 이 인물이 불필요했기 때문이다. 그러나 전유럽 전쟁의 필요성이 생기자, 이 인물은 때를 놓치지 않고 자기 위치에 나타나, 유럽의 국민을 규합하여 목적으로 이끌었던 것이다. 목적이 달성되었다. 1815년의 마지막 전쟁 뒤에 알렉산드르는 인간에게 가능한 권력의 최고 위에 있었다. 그는 이 권력을 어떻게 행사했는가?

 유럽의 구세주인 알렉산드르 1세, 청년 시절부터 국민의 복지에만 노력하고 조국 러시아에 처음으로 자유주의적인 쇄신을 시도하였던 알렉산드르 1세, 나폴레옹이 지금 유형지에서 만약 자기에게 권력이 있다면 얼마나 인류를 행복하게 하였을지 모른다고 어린애 같은 유치한 계획을 꾸미고 있을 때, 이 알렉산드르 1세는 그로서 바랄 수 있는 최대의 권력을 향유하고, 따라서 자기 국민을 행복하게 할 수 있는 최대의 가능을 얻은 것처럼 보였음에도 불구하고 자기의 사명을 수행하고 나자 자기에게 하느님의 손이 닿았음을 느꼈다. 그리고 결연히 자기가 경멸하던 비천한 사람들의 손에 그 권력을 넘기고 그저 이렇게 말하는 것이었다.

 「모든 것은 우리가 아니고, 그저 하느님 이름에 의할 뿐이다! 나 역시 너희들과 똑같은 인간이다. 제발 나를 인간으로서 살게 해 다오. 그리고 자기의 넋과 하느님에 대해서 생각하게 해 다오.」

 태양이나 에테르의 개개의 분자(分子)는 그 자체가 완벽한 하나의 구체(具體)인 동시에, 인간에게 이해될 수 없을 만큼 거대한 어떤 전체의 한 분자에 불과하다. 그와 마찬가지로 각 개인도 그 자체에 있어서 각자의 목적을 가지고 있으나,

그것은 사람의 지혜가 미치지 않는 공통한 목적에 봉사하기 위한 것이다.

꽃에 앉아 있던 한 마리의 꿀벌이 어린 아이를 쏘았다. 그러자 어린 아이는 꿀벌을 무서워하고, 꿀벌의 목적은 사람을 쏘는 거라고 말한다. 시인은 꽃의 꽃받침에서 꿀을 빨고 있는 꿀벌을 찬미하고 꿀벌의 목적은 꽃향기를 빨아들이는 것이라고 말한다. 양봉가는 꿀벌이 꽃가루를 모아 그것을 집으로 가지고 돌아가는 것을 보고는 꿀벌의 목적은 꿀을 모으는 데 있다고 말한다. 다른 양봉가는 벌의 생활을 더 한층 정밀하게 연구하여 꿀벌은 어린 벌을 기르고 여왕을 살리기 위하여 꽃가루를 모은다. 따라서 꿀벌의 목적은 종족의 지속에 있다고 말한다. 식물학자는 꿀벌이 수꽃의 꽃가루를 바르고 암꽃술로 날아가 그것에 수태(授胎)하는 것을 보고 이 점에서 꿀벌의 목적을 본다. 다른 식물학자는 식물의 이동을 관찰하고 꿀벌이 이동을 돕는 것을 안다. 그러면 이 새로운 관찰자는 여기에 꿀벌의 목적이 있다고 말할는지도 모른다. 그러나 꿀벌의 궁극의 목적은 사람의 지혜가 발견할 수 있는 제1, 제2, 혹은 제3의 목적에 의해서 바닥이 나는 것은 아니다. 이러한 목적들을 발견할 양으로 사람의 지혜가 향상되면 될수록 궁극의 불가해함이 더욱더 명백해지는 것이다.

사람에게 이해될 수 있는 것은 다만 꿀벌의 생활과 다른 생활 현상의 일치점뿐이다. 역사적인 인물과 국민의 목적도 그것과 마찬가지이다.

5

1813년 베주호프에게 시집간 나타샤의 결혼은 전통 있는 로스토프네 집안의 마지막 경사였다. 같은 해에 일리야 안드레예비치 백작이 사망하고 이 죽음과 함께 흔히 그러하듯이 이 집안도 몰락해 버리고 말았다.

지난 해의 가지가지 사건들——모스크바의 화재, 피난, 안드레이 공작의 죽음, 나타샤의 절망, 페쨔의 전사, 백작 부인의 비애——이러한 가지가지의 타격이 꼬리에 꼬리를 물고 노백작의 머리 위에 덮쳤다. 그는 이러한 사건들의 의미를 이해하지 못하고 또 자기도 그것을 이해할 힘이 없는 것을 느꼈다. 그래서 정신적으로 자기 머리를 떨어뜨리고 자기를 완전히 끝장내 줄 새로운 타격을 기다리며 바라고 있기라도 하는 것 같았다. 때로는 겁먹은 듯이 멍청히 있기도 하고 때로는 부자연스럽게 활기를 띠고 여러 가지 것을 계획하는 것이었다.

나타샤의 결혼은 한때 표면적으로는 그의 마음에 활기를 주었다. 그는 정찬과 만찬 같은 것을 명하기도 하면서 쾌활하게 보이려고 하고 있는 모양 같았으나 그의 쾌활은 전과 같이 다른 사람에게 감염하지 않고 도리어 그 반대로 그를 알고 또한 사랑하고 있는 사람들에게 동정을 불러일으키는 것이었다.

피예르 내외가 출발한 뒤 그는 갑자기 소침해지고 우울을 호소하기 시작했다. 며칠인가 뒤에 그는 발병하여 병석에 누웠다. 그는 처음 병에 걸렸을 당시부터 의사의 위로에도 불구하고 이젠 두 번 다시 일어날 수가 없다는 것을 깨달았다. 백작 부인은 옷도 벗지 않고 안락의자에 앉은 채 남편의 머리맡에서 이 주일을 지냈다. 아내가 약을 줄 때마다 그는 흐느껴 울면서 말없이 아내의 손에 키스했다. 임종의 날엔 소리를 내어 통곡하면서 전부터 미안하게 여기고 있던 주된 죄, 가정을 파산시킨 죄를 아내와 그리고 거기에 없는 아들에게 사과했다. 영성체도 하고 병자의 성사(聖事)를 받기도 한 다음 그는 조용히 운명했다. 이튿날 고인의 장례에 참여하기 위하여 모인 친지의 무리는 로스토프네의 셋집을 메우고 있었다. 몇 번인가 고인의 집에서 만찬과 무도회에 초대되기도 하고 주인을 조소한 적도 있는 이러한 친지들도 지금은 모두 한결같이 내심의 힐책과 감동을 느끼면서 마치 누군가에게 변명이라도 하는 것같이 「그래요, 어떻게 됐건 아뭏든 참으로 좋은 사람이었어요. 요즘은 이제 그런 사람을 볼 수는 없을 거예요…… 정말 누구나 약점을 가지지 않은 사람은 없는 것이니까 말입니다…….」하고 말하는 것이었다.

가정(家政)이 완전히 혼란에 빠져 만약 이것이 일 년 더 계속되면 어떻게 될 것인지 알 수 없는 상태가 되었을 때 백작은 돌연 죽었던 것이다.

니콜라이는 아버지 사망의 기별을 받았을 때 러시아군과 함께 파리에 있었다. 그는 바로 휴직원을 내고, 허가가 내리는 것도 기다리지 않고, 휴가를 얻어 모스크바로 돌아왔다. 백작이 죽은 뒤 한 달이 지났을 때 재정 상태는 완전히 명료해졌다. 아무도 생각하고 있지 않았던 자질구레한 부채가 막대한 액수에 이르고 있는 것에 모두 깜짝 놀랐다. 부채는 재산의 갑절 남짓 되었다.

친척과 벗들은 니콜라이에게 상속을 거부하라고 권하였다. 그러나 상속을 거부하는 것은 자기에게 신성한 아버지의 기억을 더럽히는 것이라고 생각했으므로 니콜라이는 거부의 권고를 들으려고도 하지 않고 부채를 갚겠다는 의무와 함께 유산을 상속받았다.

백작의 생존중에는 그의 한없이 선량한 성질이 가지고 있는 막연한, 그러나 강렬한 영향에 묶여, 그처럼 오랫동안 침묵을 지키고 있던 채권자들이 모두 갑자기 지불을 요구하기 시작했다. 이와 같은 경우 언제나 그렇듯이 빨리 먼저 지불받으려는 경쟁이 시작되었다. 그리고 미찌니카와 그 밖의 사람들처럼 수표의 선물을 가지고 있던 패들이 지금에 와선 가장 강경한 채권자가 되었다. 그들은 니콜라이에게 여유도 휴식도 주지 않았다. 자기들의 손해(만약 손해가 있었다고 한다면)의 책임자인 노인을 딱하게 생각하고 있었던 모양인 패들이, 지금은 자진해서 지불의 책임을 맡은 아무런 책임이 없는 젊은 상속자에게 사정 없이 달려들었다.

니콜라이가 예상하고 있던 방법은 하나도 성공하지 않았다. 재산은 반값으로 경매에 붙여졌으나 부채의 절반은 역시 미불 그대로였다. 니콜라이는 매부인 베주호프가 제공한 삼만 루블리를 받아 가지고 정말 현금으로 빌은 것이라고 인정된 채무의 일부를 메웠다. 그러나 나머지 채권자가 감옥에 처넣겠다고 위협하기 때문에 그 액을 벗어나기 위해 니콜라이는 또다시 관직에 들어가기로 하였다.

그는 연대장 제1후보의 자격을 가지고 있으면서도 어머니가 지금은 최후의 생의 보람으로서 자기의 아들에게 꽉 달라붙어 있었기 때문에 군대에 들어갈 수 없었다. 그러나 모스크바에 머물러 전부터 알고 있던 사람들 사이에 섞이고 싶지도 않았고, 또 문관의 근무를 싫어하고 있었으면서도 그는 마침내 모스크바에서 문관의 직을 얻었다. 그리고 좋아하는 군복을 벗어 던지고 어머니와 소냐와 함께 시프세프이이 브라죠크의 어떤 조그만 셋집으로 옮겼다.

나타샤와 피예르는 이 무렵 니콜라이의 처지에 대해 확실한 것은 모르는 채 페쩨르부르그에서 살고 있었다. 니콜라이는 매부에게서 돈을 빌었으면서도 자기의 불행한 경우를 숨기도록 하고 있었다. 니콜라이가 특히 고생스러웠던 것은 천 이백 루블리의 봉급으로 자기와 소냐와 어머니를 부양하지 않으면 안 되었을 뿐 아니라 자기들이 가난하다는 것을 어머니가 알아채지 않도록 어머니를 봉양하지 않으면 안 되었던 일이다. 백작 부인은 어려서부터 몸에 밴 사치스러운 생활 조건 없이 살아갈 수 있다곤 상상할 수 없었다. 그리고 아들에게 얼마큼 괴로움이 되는 줄도 모르고, 그녀는 끊임없이 자기의 집에 있지도 않은 마차를 명령하여 지기인 부인을 맞으러 보내기도 하고, 혹은 자기를 위해서 값진 먹을 것, 아들을 위해서 사치스러운 술을 요구하기도 하고, 혹은 나타샤와 소냐와 당자인 니콜라이에게 선물을 하기 위하여 돈을 요구하기도 하는 것이었다.

소냐는 살림을 맡아 백모를 보살피기도 하고 책을 읽어 주기도 하고, 그 변덕과 은연중에 보이는 심술을 참기도 하고, 니콜라이를 도와 노백작 부인에게서 그들이 처해 있는 집안의 궁상을 숨기기도 했다. 소냐가 어머니에게 갖은 애를 다 써 주는 것에 대해서 니콜라이는 치를 수 없는 감사의 부채가 있는 것을 느꼈다. 그리고 그녀의 인내와 신복에 경탄하였으나 될 수 있는 한 그녀에게서 멀어지려고 노력했다.

그는 소냐가 너무도 완전하고 하나도 나무랄 데가 없기 때문에 오히려 그것을 속으로 나무라고 있기라도 하는 것 같았다. 소냐는 남에게 존경을 받을 자질을 모두 갖추고 있었다. 그러나 니콜라이에게 사랑을 강요하는 점은 그리 가지고 있지 않았다. 그래서 그는 소냐를 존경하면 할수록 그녀에게 대한 애정이 더욱더 줄어드는 것을 느꼈다. 그는 소냐에게의 편지 가운데서 자유를 주겠다고 한 그 말을 정말 받아들이고 자기들 두 사람 사이에 있었던 모든 것은 벌써 오랜 옛날에 잊혀져 버렸고, 지금은 무슨 일이 있어도 되풀이할 수 없다는 태도를 취했다.

니콜라이의 재정 상태는 더욱더 나빠졌다. 봉급 가운데에서 쪼개어 저축하려던 생각은 한낱 공상에 불과하다는 것을 알았다. 그는 저축을 하지 않았을 뿐만 아니라, 어머니의 요구를 만족시키기 위하여 여기저기 조금씩 빚을 지는 것이었다. 이 입장을 모면하는 방법이라고는 그의 머리에 아무것도 떠오르지 않았다. 일가붙이의 부인들이 권하듯이 부유한 상속자인 처녀와 결혼한다는 것은 그에겐 싫었던 것이다. 현재의 입장에서 빠져 나갈 다른 하나의 출구가 어머니의 죽음이라는 것은 꿈에도 머리에 떠오르지 않았다. 그는 아무것도 바라지 않고 아무것도 기대하지 않았다. 그리고 마음 속으로 불평 없이 자기의 입장을 참는다는 것에 어두운 자학의 즐거움을 맛보고 있었다. 그는 이전의 지기와 그 동정과 굴욕적인 원조의 제의를 피하도록 하고 있었다. 모든 기분 전환과 오락도 피했다. 집에 있을 때도 아무것도 하지 않고 다만 어머니와 카드놀이를 하기도 하고, 묵묵히 방 안을 거닐기도 하고, 파이프에 연방 담배를 고쳐 재면서 연거푸 피워대기만 할 뿐이었다. 그는 열심히 마음 속의 어두운 기분을 지키려고 노력하는 것 같았다. 그리고 이 기분에 잠겨 있을 때만 자기의 입장을 참을 수 있는 것같이 보였다.

6

공작 영애 마리야는 초겨울에 모스크바로 나왔다. 시중의 소문에 의해서 그녀는 로스토프네의 현상과 『아들이 어머니를 위해 자기를 회생하고 있다.』(시중에서는 이렇게 말하고 있었다)는 것을 알았다. 「나는 그분이라면 틀림없이 그러리라고 생각했어.」 니콜라이에 대한 자기 사랑의 반가운 확증을 느끼면서 공작 영애 마리야는 이렇게 혼잣말을 했다. 가족 전체에 대한 정다운 거의 친척과도 같은 관계를 생각해 내면서 그녀는 로스토프네의 방문을 자기의 의무라고 생각했다. 그러나 보로네쥐에 있어서의 니콜라이네와 자기의 관계를 생각해 내고 그녀는 이것을 실행하는 것을 두려워했다. 도착한 뒤 몇 주일인가가 지나서야 겨우 그녀는 결연히 로스토프네로 찾아갔다.

맨 먼저 니콜라이가 그녀를 맞았다. 백작 부인한테로 가려면 먼저 그의 방을 지나가지 않으면 안 되었던 것이다. 그녀를 힐끔 쳐다본 순간 니콜라이의 얼굴은 공작 영애 마리야가 기대한 기쁨의 표정 대신 이전엔 본 적도 없는 냉담하고 멋적고 오만한 빛을 띠었다. 니콜라이는 그녀의 건강을 물은 다음 어머니한테로 안내하고, 한 오 분 간 앉아 있다가 그대로 방에서 나갔다.

공작 영애가 백작 부인의 방에서 나오자, 니콜라이는 또다시 그녀를 맞아 별나게 정중하고 냉랭한 태도로 현관방까지 배웅했다. 백작 부인의 건강에 대한 그녀의 배려에도 그는 한 마디도 대꾸하지 않았다. 〈그것이 당신에게 어떻다는 겁니까? 제발 내버려두세요.〉 하고 그 눈빛이 말하고 있었다.

「도대체, 무엇하러 어슬렁어슬렁 찾아오는 거야? 무슨 볼일이 있다는 거야? 현재의 난 저런 아가씨들, 그리고 그런 생각해 주는 체하는 친절은 정말 참을 수 없어!」 공작 영애의 마차가 집을 떠나자 그는 화가 나서 죽겠다는 듯이 소냐 앞에서 큰소리로 말했다.

「어머나, 그런 말씀을 하시는 게 아녜요, 니콜라스!」 가까스로 기쁨을 감추면서 소냐는 이렇게 말했다. 「저분은 정말 좋은 분이에요. 게다가 또 어머님도 그처럼 좋아하고 계신걸요.」

니콜라이는 어떻다고는 대답하지 않았다. 그리고 공작 영애에 대해서는 이젠 더 이상 말하고.싶지 않은 듯한 눈치였다. 그러나 공작 영애의 방문 이래 노백작 부인은 날마다 몇 번이고 그녀의 이야기를 꺼냈다.

백작 부인은 공작 영애를 칭찬해 가면서 자기의 아들에게도 답례로 그녀에게 다녀오기를 요구하고, 더 자주 그녀를 만나고 싶다는 희망을 전해 달라고 아들에게 부탁하는 것이었으나 그와 동시에 공작 영애의 이야기를 할 때마다 반드시 기분이 나빠지는 것이었다.

어머니가 공작 영애의 이야기를 할 때 니콜라이는 될 수 있는 한 잠자코 있으려고 노력했는데 그의 이 침묵이 백작 부인을 초조하게 하는 것이었다.

「그 사람은 정말 탄복할 만한 훌륭한 처녀야.」 하고 그녀는 가끔 말했다. 「너도 그 사람을 방문하고 오지 않으면 안 된다. 그리고 누구든 만나서 기분 전환을 해야지, 우리들만 상대하고 있으면 너도 아마 지루할 거야.」

「그렇지만 어머니, 전 조금도 만나고 싶지 않습니다.」

「전엔 만나고 싶던 것이 이젠 만나고 싶지 않다니, 난 너를 정말 모르겠구나.

금방 지루해 하다가는 또 갑자기 아무도 만나보고 싶지 않다고 하기도 하고.」

「그러나 전 지루하다고 말한 적은 없읍니다.」

「그렇지만 넌 금방 자기의 입으로 그 사람을 만나고 싶지 않다고 말했지 않아. 그 사람은 아주 훌륭한 아가씨이고 너도 전부터 좋아했었지. 그런데 지금에 와서는 갑자기 무엇인가 이상한 이유를 늘어놓고 있으니 말이야. 너희들은 무엇이든 내게 숨기려고 하는구나.」

「어머니, 조금도 그런 일은 없읍니다.」

「내가 불쾌한 일을 해 달라고 한다면 모르지만, 난 너에게 방문하러 갔다와 달라고만 부탁하고 있을 뿐이지 않아? 게다가 또 아마 예의로 말하더라도 그것이 당연하리라고 생각하니까…… 난 너에게 한 번 부탁했으니까 만약 어머니인 나에게 비밀이 있다면 이제 그 이상 간섭하지 않겠어.」

「아니 굳이 어머님께서 원하신다면 전 방문하죠.」

「난 어떡하나 좋아. 난 너를 위해서 바라는 것이니까.」

니콜라이는 코밑수염을 씹으면서 한숨을 쉬었다. 그리고 어머니의 주의를 다른 데로 돌리려고, 카드의 패를 떼기 시작했다.

이튿날도 그 이튿날도 또 그 이튿날도 변함 없는 똑같은 이야기가 반복되었다.

공작 영애 마리야는 로스토프네를 방문했다가 니콜라이로부터 예기치 않았던 냉담한 대우를 받은 뒤, 자기 쪽에서 먼저 로스토프네에 가기를 주저했던 것은 역시 잘한 것이었다고 스스로 깨달았다.

「역시 이러리라고 생각하고 있었다.」 자존심의 도움을 청하면서 그녀는 이렇게 혼잣말을 했다. 『난 그 사람에게 무슨 볼일이 있는 게 아니니까…… 난 다만 그 어른을 만나보고 싶었을 뿐이니까…… 그분은 언제나 내게 친절하게 해주셨고, 난 여러 가지로 은혜를 입고 있으니까.』

그러나 그녀는 이러한 이유를 진정할 수 없었다. 후회 비슷한 감정이 그 방문을 상기할 때마다 그녀를 괴롭혔다. 그녀는 이제 두 번 다시 로스토프네에 가지 않고, 모두 깨끗이 잊어버려야겠다고 굳게 결심하였음에도 불구하고 그래도 끊임없이 불안한 상태에 놓여 있는 듯한 느낌이 들었다. 그리고 도대체 자기를 괴롭히고 있는 것은 무엇일까 하고 자문할 때마다 그것은 자기와 로스토프의 관계라고 인정하지 않을 수 없었다. 그의 냉정하고 정중한 태도는 그녀에 대한 감정에서 나온 것이 아니고(그녀는 그것을 알고 있었다) 그 태도의 이면에는 무엇인가가 숨겨져 있다. 그녀는 이 무엇인가를 천명하지 않으면 안 된다. 그것을 알 때까지는 그녀는 마음을 가라앉힐 수 없다는 것을 느끼고 있었다.

겨울의 중간쯤 그녀가 공부방에 앉아 조카의 공부를 시키고 있을 때 로스토프의 내방이 알려졌다. 그녀는 자기의 비밀이 눈치채이거나 마음의 동요를 보이지 않으려고 결심하면서 브리엔느 양을 불러 같이 객실로 나갔다. 그녀는 니콜라이의 얼굴을 힐끔 쳐다본 순간, 그의 방문이 다만 사교상의 의무를 이행하기 위하여 왔을 뿐임을 알아챘으므로, 자기로서도 상대방과 똑같은 태도를 취할 것을 굳게 마음먹었다.

그들은 백작 부인의 건강에 대해서며, 서로 아는 지기의 소식에 대해서며 최근의 전황에 관하여 이야기하기 시작했다. 그리고 예의가 요구하는 십 분이 지나, 손님이 자리를 일어서도 무방할 때가 되자 니콜라이는 작별 인사를 하면서 일어섰다.

공작 영애는 브리엔느 양의 도움을 받아 아주 잘 이야기를 견뎌냈다. 그러나 최후의 순간에 니콜라이가 일어섰을 때, 그녀는 자기에게 아무런 관계도 없는 이야기에 지쳐 버렸고 자기에게만 어째서 이처럼 인생의 기쁨이 적은 것일까 하는 생각에 사로잡혀 별안간 방심 상태가 되어 빛나는 눈으로 앞쪽을 바라본 채, 그가 일어선 것도 알아채지 못하고 가만히 앉아 있었다.

니콜라이는 그녀를 쳐다보았다. 그리고 그녀가 넋을 놓고 있는 것을 알아채지 못한 체할 셈으로 두서너 마디 브리엔느 양에게 말을 건넨 다음, 또다시 공작 영애를 쳐다보았다. 그녀는 역시 가만히 앉아 있었다. 그리고 그 부드러운 얼굴에는 고민의 빛이 나타나 있었다. 그에겐 갑자기 그녀가 측은한 생각이 들었다. 그리고 그녀의 얼굴에 나타나 있는 비애의 원인이 어쩌면 자기일는지도 모른다는 생각이 막연히 그의 머리에 떠올랐다. 그는 그녀를 돕고 무엇인가 유쾌한 말을 해주고 싶어졌다. 그러나 그녀에게 무엇을 말해야 할 것인지 생각나지 않았다.

「실례하겠읍니다, 공작 영애.」하고 그는 말했다. 그녀는 정신을 차리고 얼굴을 붉히면서 땅이 꺼지게 한숨을 쉬었다.

「아, 정말 실례했어요.」그녀는 잠이 깨기라도 한 듯이 말했다.

「백작, 벌써 돌아가시려고요? 그럼 안녕! 참, 백작 부인께 드릴 베개는?」

「잠깐만 기다려 주세요, 제가 곧 가지고 오겠어요.」하고 브리엔느 양은 말하고 방에서 나갔다.

두 사람은 이따금 마주 쳐다보면서 잠자코 있었다.

「그런데 공작 영애.」어두운 미소를 띠우면서 마침내 니콜라이는 입을 열었다. 「우리들이 보구챠로보에서 처음 만난 것은 최근처럼 생각됩니다만, 그로부터 꽤 여러 가지 일이 일어났군요. 그 당시 우리들은 모두 불행한 것같이 생각하고 있었읍니다만……그러나 만약 그 시절을 돌이킬 수 있다면 나는 어떠한 희생도 주저하지 않겠읍니다.……그러나 이젠 돌이킬 수 없읍니다.」

공작 영애는 니콜라이가 이렇게 말했을 때 그 빛나는 눈으로 찬찬히 그의 감정을 설명하는 것이라 생각하고 이 말의 숨은 뜻을 알아내려고 애쓰고 있는 것 같았다.

「네, 그래요.」 하고 그녀는 말했다. 「그러나 백작, 당신께선 지난날을 아쉬워하실 것은 조금도 없어요. 전 지금의 당신의 생활을 알고 있어요. 그렇지만 당신께선 멀지 않아 지금의 생활을 언제까지나 유쾌하게 상기하시게 될 거예요. 그것은, 지금 당신께서 보내고 계시는 자기 희생의 생활을…….」

「난 당신의 그런 칭찬은 받아들이지 못하겠읍니다.」 하고 그는 얼른 그녀의 말을 가로막았다. 「반대로 나는 줄곧 자기를 꾸짖고 있읍니다. 그러나 이런 것은 전혀 재미가 있지도 않고 우습지도 않은 이야기입니다.」

그러나 또다시 그의 눈빛은 이전의 무뚝뚝하고 냉정한 표정을 띠었다. 그러나 공작 영애는 이미 그의 안에서 자기가 알고 있고 또한 사랑해 왔던 사람의 모습을 보았다. 그리고 지금은 다만 이 사람하고만 이야기하고 있는 것이었다.

「제가 이런 말을 하는 것을 당신께서는 용서해 주시리라고 믿고 있었어요.」 하고 그녀는 말했다. 「저는 당신과……그리고 당신의 가족과 그토록 친밀하게 지내고 있었으므로 제 참견을 귀찮게는 여기지 않으시리라 생각하고 있었어요. 그러나 그것은 잘못이었어요.」 하고 그녀는 말했다. 그 목소리는 갑자기 떨었다. 「어째선지는 모르지만…….」 그녀는 기력을 회복한 다음 말을 계속했다. 「당신께선 전과 비교해서 아주 딴 사람이 되어 버렸어요. 그리고…….」

「거기에는 여러 가지 많은 이유가 있죠(그는 이유라는 말에 특별히 힘을 주었다). 고맙습니다, 공작 영애.」 하고 그는 조용히 말했다. 「때로는 쓰라린 일도 있읍니다.」

『역시 그랬었던가! 그러한 이유 때문이었던가!』 공작 영애 마리야의 심중에서 내부의 목소리가 이렇게 말했다. 『아니야, 나는 이 사람이 가지고 있는 그 쾌활하고 선량하고 시원스러운 눈빛만을 사랑한 건 아니야. 아름다운 용모만을 사랑한 것도 아니지. 이 사람의 품위 있고 빈틈 없는 자기 희생의 마음도 알고 있었던 거야. 그렇군. 다만 그것만의 이유였단 말인가?……그렇다면 이와 같은 사정이 없었다면……』 그리고 그의 이전의 부드러움을 상기하면서 그녀는 갑자기 그가 냉담하게 된 원인을 깨달았다.

「어째서예요, 백작, 어째서예요?」 부지중에 그에게로 바짝 다가가면서 그녀는 거의 외치듯이 갑자기 이렇게 물었다. 「어째서예요, 정말 들려 주세요. 정말 꼭 말씀하시지 않으면 안 돼요.」

그는 잠자코 있었다.

「백작, 저는 당신께서 말씀하시는 이유라는 걸 모르겠어요.」 하고 그녀는 말을 계속했다. 「그렇지만 저는 쓰라려요. 저는……저는 다 말하겠어요. 당신은 어째선지 이전의 우정을 저에게서 빼앗으려고 하고 있어요. 전 그것이 슬퍼요.」 그녀의 눈과 목소리에 눈물이 서렸다. 「지금까지 너무도 행복이 적었기 때문에 어떠한 것을 잃어도 전 쓰라려요.…… 용서해 주세요. 실례했어요, 안녕.」 하고 그녀는 갑자기 울음을 터뜨리고 방에서 나갔다.

「아가씨! 잠깐만, 저…….」 그는 그녀를 불러 세우려고 이렇게 외쳤다. 「아가씨!」

그녀는 돌아보았다. 몇 초 동안 두 사람은 말없이 서로 눈을 쳐다보고 있었다. 그러자 멀고 불가능한 것이 돌연 가깝고 가능한, 그리고 피할 수 없는 것이 되었다.

7

1813년 가을 니콜라이는 공작 영애 마리야와 결혼하고, 아내와 어머니와 소냐와 함께 르이스이예 고르이로 옮겼다.

사 년 동안에 그는 아내의 소유지를 팔지 않고, 남아 있던 빚을 갚았다. 그러고서 사촌 누이의 죽음으로 약간의 유산이 들어왔으므로 피예르에게 빌었던 돈도 갚았다.

그리고 또 삼 년 뒤인 1820년에 니콜라이는 충분히 재정을 돌이켰기 때문에 르이스이예 고르이에 접한 작은 소유지를 사들이기도 하고 그의 숙원이었던 조상의 소유지 오트라드노예 회수의 교섭을 시작하기도 했다.

그는 처음, 필요에 쫓겨 농촌 경영을 시작했었으나 그는 이내 완전히 열중하여 그것이 그에게 무엇보다도 마음에 드는 거의 유일한 직업이 되었다. 니콜라이는 평범한 경영자로 새시설——특히 당시 유행하고 있던 영국풍의 시설——을 좋아하지 않았다. 그는 농촌 경영에 관한 이론적인 저술을 비웃고 있었다. 공장과 사치스러운 제작품과 값진 곡류의 파종을 좋아하지 않았다. 요컨대 그는 경영의 일부분에 골몰하는 일은 없었다. 그의 안중에는 언제나 전체로서의 소유지가 있을 뿐이고, 그 개개의 부문은 아니었다. 그 소유지 가운데서도 가장 귀중한 것은 토질이나 공중에 있는 질소와 산소가 아니고 특수한 쟁기나 비료도 아니고, 질소와 산소와 비료와 쟁기들을 움직이는 중요한 도구, 즉 농부였다. 니콜라이가 농촌 경영을 시작하고, 그 여러 가지 부분을 탐구하게 되었을 때, 특히 그의 주의를 끌었던 것은 농부였다. 농부는 그의 눈에 오로지 도구일 뿐만 아니라 목적이기도 하고, 심판이기도 한 것처럼 생각되었다. 그는 우선 농부에게 필요한 것은 무엇인가? 농부가 악으로 보고 있고 또 선으로 보고 있는 것은 무엇인가? 그것을 알려고 노력하면서 열심히 농부를 관찰했다. 그리고 지도하기도 하고 명령하기도 하는 것 같이 보였지만, 기실 농부에게서 태도와 언어와 선악의 판단을 배우고 있었던 것이다. 이렇게 하여 농부의 취미와 희망을 깨닫고, 농부의 말로 이야기하고, 그 말의 숨은 의미를 이해하고 하는 것을 배워 자기는 농부와 동족(同族)이 되었다고 느꼈을 때 비로소 대담하게 농부를 지배하게 되었다. 말하자면 농부에 대한 관계에 있어서 자기에게서 요구되는 임무를 실행하게 되었다. 그래서 니콜라이의 경영법은 지극히 훌륭한 결과를 가져왔다.

니콜라이는 소유의 관리를 함에 있어 어떤 천부의 통찰력에 의해서 지극히 정확하게, 만약 농민들에게 선거권이 주어진다면 틀림없이 그들에 의해서 선출될 만한 사람들을, 곧 집사나 마름이나 총대(總代)로 정하였다. 그리고 이러한 우두머리들은 절대로 바꾸는 일이 없었다. 그는 비료와 화학적 성분을 연구하고, 〈대차(貸借)〉(니콜라이는 빗대어 이렇게 말하기를 좋아하였다)에 열중하는 것보다 먼저 농부의 가축의 수를 조사하기도 하고, 될 수 있는 한의 방법으로 이 수를 늘리기도 하였다. 그는 농부의 대가족 제도를 장려하고 분가를 허용하지 않았다. 게으름뱅이와 방탕자와 허약한 자들은 똑같이 주의하고 그와 같은 자를 마을에서 내쫓도록 노력했다.

파종기며 건초와 곡류의 수확기엔 그는 자기의 밭도 농부의 밭도 완전히 같이 감독했다. 그렇기 때문에 니콜라이의 밭처럼 빨리 훌륭하게 파종이나 수확을 끝마치고, 그처럼 수확이 많은 데는 좀처럼 없었다.

그는 하인과 교섭을 가지기를 좋아하지 않고 그들을 더부살이라고 부르고 있었다. 그리고 세상 사람 말로는, 하인을 방임하여 제멋대로 굴게 한다고들 했다. 하인에 관해 뭣인가 지시하지 않으면 안 될 때, 특히 처벌하지 않으면 안 될 때 그는 언제나 결단을 내리지 못하고 가족 모두와 상의하는 것이었다. 다만 농부 대신 하인을 군대에 보낼 수 있을 때만 그는 조금도 주저하지 않고 실행하였다. 그러나 농부와 관계된 지시를 할 때에는 그는 아직 한 번도 의문을 느끼지 않았다. 모든 그의 지시는 한 사람, 그렇지 않으면 몇 명의 반대자가 있을 뿐 모든 사람들에게 환영을 받는 것으로 그것은 자기도 잘 알고 있는 것이었다.

그저 자기가 그렇게 하고 싶다는 이유만으로 사람을 괴롭히고 처벌하고 또는 자기 한 사람의 희망을 충족시키기 위하여 편케 하고 상을 주고 하는 그와 같은 일은 어떤 것이나 절대로 그가 허용하지 않는 것이었다. 하지 않으면 안 될 일과 해서는 안 될 일을 결정하는 표준은 과연 무엇인가 하는 것은 그 자신도 말로는 할 수 없었을 것이다. 그러나 이 표준은 그의 심중에 흔들리지 않고 야무지게 고정되어 있었다.

그는 자주 〈우리 러시아 국민〉의 실패와 무질서를 언짢게 이야기하는 것이었다. 그는 자기 자신이 농부 따위는 딱 질색이라고 상상하고 있었다.

그러나 그는 마음으로부터 이 우리 러시아 국민과 그 풍습을 사랑하였다. 그가 유일한 농촌 경영법을 이해하고 체득하여 훌륭한 결과를 얻은 것은 오직 이 때문이었다.

백작 부인이 된 마리야는 이 일에 대한 남편의 애착을 시기하고 자기가 그것에 관여할 수 없는 것을 슬퍼했다. 더구나 그녀는 자기에게 무관계한 이 별천지가 남편에게 주는 희열과 비애를 이해할 수 없었다. 남편이 먼동이 트자마자 일어나 오전 내내 밭과 타작 마당에서 지낸 뒤, 파종과 풀베기와 수확지에서 차를 마시러 집으로 돌아올 때, 어째서 저처럼 유난히 활기가 있고 행복한 듯한지 그녀는 이해할 수 없었다. 또 살림꾼인 유복한 농부 마트베이 예르미쉰이 밤을 새워 가면서 가족과 함께 곡식 다발을 나르기도 하고, 남의 집에서는 아직 조금도 수확을 시작하고 있지 않는데 벌써 낟가리가 만들어져 있더라고 이야기를 할 때, 어째서 남편이 저처럼 열중하고 탄복하고 있는지 그녀는 이해가 가지 않았다. 바싹 마른 귀리의 새싹 위에 따뜻한 가랑비가 촉촉히 내릴 때 어째서 남편이 창문에서 테라스 쪽으로 가면서 입수염 밑에 미소를 띄우고 기쁜 듯이 눈을 깜박거리는지, 또 풀베기 때나 수확 때에 수상쩍었던 먹장구름이 바람에 실려가 버렸을 때에 빨갛게 햇볕에 그은 남편이 땀투성이가 되어 쓴 쑥 냄새를 물씬 풍기고, 머리에 여뀌가 붙어 있는 채 타작 마당에서 나와 사뭇 기쁜 듯이 두 손을 비비면서 「자, 이제 하루면 내 것도 농부의 것도 모두 타작 마당으로 들어가 버린다.」 하고 말할 때 왜 그렇게 기뻐하는지 그녀에게는 이해가 되지 않았다.

그보다도 더 한층 이해할 수 없었던 것은 언제나 그녀의 희망을 그녀가 말하기도 전에 알아차리고 마음을 써 줄 정도로 마음씨가 부드러운 남편이, 들일을 쉽게 해 달라고 그녀에게로 부탁하러 온 농부(農婦)와 농민의 청원을 그녀가 전해 주면 어째서 그렇게 절망적이 되는지 이해할 수가 없었다. 그리고 언제나 부드러운 니콜라스가 남의 일에 간섭하지 말아 달라고 노엽게 말하면서 완강히 그녀의 청원을 거절해 버리는 것을 그이는 나 같은 사람에게는 이해되지 않는 독특한 법칙을 가진 딴 세계에서 살고 있고 그 세계에 강한 애착을 품고 있다고 그녀는 느졌다.

때때로 그녀는 남편을 이해하려고 애쓰면서 그가 농부들에게 잘해 주고 있는 그 공적을 입 밖에 내면 그는 발끈 화를 내고 이렇게 대답했다.「그런 일은 조금도 없어. 전혀 꿈에도 생각한 적이 없어. 농부들의 행복을 위해서 한다곤 생각하지 않아. 그와 같은 이웃의 행복 따위는 모두 시(詩)야, 계집애의 잠꼬대야. 나는 나의 아이들을 길거리에서 헤매이게 하고 싶지 않은 거야. 내가 살아 있는 동안에 집의 재산을 만들어 놓지 않으면 안 돼. 다만 그것뿐이야. 그런데 그러기 위해서는 규율이 필요해, 엄격이라는 것이 필요해…… 그렇지 않고!」그는 다혈질인 듯 주먹을 불끈 쥐면서 이렇게 말했다.「그리고 공평도 필요해, 물론.」하고 그는 또 덧붙였다.「왜냐하면, 만약 농부가 굶주리고 헐벗은 데다가 말도 한 마리밖에 가지고 있지 않다고 하면 자기를 위해서도 나를 위해서도 일할 수 없지 않아?」

니콜라이는 남을 위해, 선행을 위해 무엇인가 하고 있다는 생각을 자기에게 허용하고 있지 않았기 때문인지, 그가 하는 일은 모두 결과가 좋았다. 그의 재산은 급속히 불었다. 이웃 마을의 농부까지 자기들을 사 달라고 청원하러 왔다. 그가 죽은 뒤에도 오랫동안 농부 사이에 그의 관리에 대해서 경건한 기억이 보존되어 있었다.「훌륭한 주인이었어……농부의 일을 먼저 하고 자기의 일은 나중에 하셨으니까. 게다가 나쁜 짓은 조금도 너그럽게 보아 주시는 일이 없었어. 한 마디로 말하자면 훌륭한 주인님이었어!」

8

소유지의 관리에 관해서 걸핏하면 니콜라이를 괴롭히는 것이 하나 있었다. 그것은 성급한데다 툭하면 주먹을 휘두르는 예전의 경기병 시절의 습관이 남아 있다는 것이었다. 처음 그는 이것을 별로 나쁜 짓이라고 생각하지 않았으나 결혼한 이듬해 이와 같은 제재에 대한 그의 견해는 돌연 일변했다.

어느 여름 보구챠로보에서 죽은 드론의 뒤를 이은 촌장이 호출당했었다. 여러 가지 부정과 태만을 적발당한 것이었다. 니콜라이는 그를 만나려고 입구의 층층대로 나갔다. 마름이 처음 몇 마디를 대답하자마자 현관에서 비명과 구타하는 소리가 들렸다. 이윽고 조반을 먹으러 돌아온 니콜라이는 수틀 위에 머리를 나직이 떨어뜨리고 있는 아내에게로 가까이 다가가서 언제나처럼 이 날 아침 자기의 마음을 차지하고 있는 것, 특히 보구챠로보의 촌장에 관해서 아내에게 이야기하기 시작했다. 백작 부인 마리야는 빨개졌다 파래졌다 하며 입술을 깨물고 역시 머리를 숙이고 앉은 채, 남편의 말에 대해서 한 마디도 대답하지 않았다.

「참으로 뻔뻔한 악당이란 말이야.」 그는 생각만 해도 화가 나는지 이렇게 말했다. 「취해서 몰랐다고나 한다면 그래도 보아 주겠지만……그런데 어떻게 된 거야, 마리?」 하고 그는 갑자기 물었다.

백작 부인 마리야는 고개를 쳐들고 무엇인가를 말하려고 했으나 또다시 얼른 눈을 내리깔고 입을 다물었다.

「어떻게 된 거야? 응, 왜 그래?」 아름답지 않은 백작 부인 마리야도 우는 얼굴은 언제나 아름다왔다. 그녀는 괴로움과 분노 때문에 우는 일은 절대로 없었다. 그녀가 우는 것은 언제나 비애와 연민 때문이었다. 그리고 그녀가 울면 그 빛나는 눈이 물리칠 수 없는 아름다움을 띠는 것이었다.

니꼴라이가 그녀의 손을 쥐자 그녀는 마침내 참지 못하고 울음을 터뜨렸다.

「니콜라스, 전 보았어요……. 그야 그 사람이 나빠요. 하지만 당신은, 무엇 때문에 당신은?……니콜라스…….」 그녀는 이렇게 말하고나서 두 손으로 얼굴을 가렸다.

니콜라이는 입을 다물고 새빨개졌다. 그리고 그녀의 옆에서 떨어져 묵묵히 방 안을 걷기 시작했다. 그는 그녀가 울고 있는 까닭을 깨달았다. 그러나 어렸을 적부터 습관이 되어 있어서 지극히 당연한 것같이 생각하고 있던 것을 나쁘다고 하는 그녀의 의견에는 갑자기 내심 동의할 수 없었다.

『그런 것은 쓸데없는 감상이야. 여자의 잠꼬대야. 아니, 그러나 그녀의 생각이 옳은 걸까?』 하고 그는 자문했다. 그러나 자기 혼자만으로는 이 문제가 해결되지 않았으므로 다시 한 번 고통과 사랑이 담긴 그녀의 얼굴을 들여다보았다. 그러자 그는 갑자기 아내의 생각이 옳고, 자기는 벌써 오래 전부터 자기 자신에 대하여 죄를 범하고 있다는 것을 깨달았다.

「마리!」 그는 아내에게로 다가가면서 조그만 목소리로 이렇게 말했다. 「이제 그와 같은 짓은 두 번 다시는 하지 않겠어. 나는 맹세하지, 다시는 하지 않겠어.」 마치 용서를 비는 어린 아이같이 그는 떨리는 목소리로 반복했다.

백작 부인의 두 눈에서는 눈물이 주르르 쏟아져 내렸다. 그녀는 남편의 손을 쥐고 키스했다.

「니콜라스, 언제 캐미오(마노, 호박, 조개 따위에 교묘하게 무늬를 새긴 패물―역주)를 깨셨죠?」 라오콘의 머리가 달린 반지를 끼고 있는 니콜라이의 손을 찬찬히 보면서 그녀는 화제를 바꾸려는 듯이 물었다.

「오늘이야, 역시 그때. 아아, 마리, 이젠 그 일을 생각해 내게 하지 말아 줘.」
그는 또 화끈 얼굴이 달아올랐다. 「나는 당신에게 맹세해, 그와 같은 짓은 이제
다시는 하지 않겠어. 이것은 영원히 내 기념으로 하지.」 그는 깨어진 반지를 가리
키면서 말했다.

그때 이래 니콜라이는 마름이며 지배인들과 이야기를 하고 있을 때, 얼굴에 핏
대가 오르고 주먹이 굳어지는 일이 있으면 손가락에 끼고 있는 깨진 반지를 빙빙
돌리고 자기를 화나게 한 사람 앞에서 눈을 내리뜨는 것이었다. 그러나 일 년에
두 번 정도는 이 맹세를 잊을 적이 있었다. 그런 때엔 아내 옆으로 가서 고백하
고, 이제 이번에야말로 마지막이라고 또다시 맹세하는 것이었다.

「마리, 당신은 틀림없이 나를 경멸하겠지.」 하고 그는 아내에게 말했다. 「아니,
경멸을 한대도 도리가 없어.」

「당신이 다른 데로 가 버려요. 만일 참지 못하겠거든 얼른 다른 데로 가 버려
요.」 마리야 부인은 남편을 달래려고 애쓰면서 침착한 어조로 말했다.

현의 귀족 사회에서 니콜라이는 존경을 받고 있었으나 사랑을 받고 있지는 못
했다. 귀족 사회의 흥미는 그의 마음을 끌지 못했다. 이것 때문에 어떤 사람은 그
를 거만하다고 말하고, 또 어떤 사람은 어리석은 인간이라고 생각했다. 그는 여름
내내, 즉 봄철의 파종에서 수확까지 농사의 관리에 시간을 보냈다. 가을에는 소유
지의 관리를 할 때와 똑같을 만큼 사무적인 진지한 태도로 사냥에 열중했다. 그
리고 자기의 사냥개며 수렵대를 이끌고 나간 채 한 달이고 두 달이고 집에 돌아
오지 않았다. 겨울에는 다른 마을들을 돌기도 하고 독서를 하기도 했다. 그가 읽
은 것은 주로 역사책으로서 해마다 일정한 금액만큼 주문하기로 되어 있었다. 그
는 자기를 위해서 본격적인(이것은 그 자신의 말이었다) 문고를 만들고 있었다.
그리고 자기가 산 책은 모두 다 읽을 것을 방침으로 세우고 있었다. 그는 자못
심각한 얼굴을 하고 서재에 들어 앉아 이 독서를 하는 것이었다. 독서는 처음 의
무로서 자기에게 과해져 있었으나, 그 뒤에 차차 특별한 만족과, 자기는 진지한
일을 하고 있다는 의식을 주는 습관적인 일이 되어 버렸다. 볼일에 의한 여행 이
외에는 그는 겨울의 대부분을 집에서 지내고 가족과 함께 살면서 어머니와 아들
의 사소한 일에까지 참견했다. 아내인 마리야와는 더욱더 화목해 가고 날마다 새
로운 정신적인 보물을 그녀 속에서 **발견**하는 것이었다.

소냐는 니콜라이의 결혼 이후도 그의 집에서 살고 있었다. 아직 결혼하기 전에,
니콜라이는 자기를 힐책하고 소냐를 칭찬하면서 자기와 소냐 사이에 있었던 일
을 모조리 아내에게 이야기했다. 그는 공작 영애 마리야에게 자기의 사촌누이에
게도 상냥하고 친절하게 해 달라고 부탁했다. 마리야 백작 부인은 남편의 죄를

충분히 느끼는 것과 동시에 소냐에 대한 자기의 죄도 느꼈다. 그리고 자기의 재산이 니콜라이의 선택에 영향을 준 것이라고 생각하고 어떠한 점으로도 소냐를 비난할 수 없었다. 그렇기 때문에 그녀를 사랑하려고 하였으나 어쩐지 그것이 되지 않았을 뿐 아니라 그녀에 대한 심술궂은 감정이 때때로 마음 속에서 일어나 그것을 이겨낼 수 없었다.

언젠가 그녀는 친구인 나타샤와 둘이서 소냐에 관해서와 소냐에 대한 자기의 부당한 태도들을 이야기한 적이 있었다.

「저어.」 하고 나타샤는 말했다. 「당신은 성경을 몇 번이나 읽으셨겠죠? 그 가운데에 마치 소냐에 대해서 말한 것과 같은 데가 있어요.」

「그래요?」 하고 마리야 백작 부인은 놀라 물었다.

「〈가진 자에게는 주어지고, 가지지 않은 자는 빼앗기리라.〉는 것이 있잖아요, 기억하시겠어요? 그 사람은 가지지 않은 자예요. 어째서인지는 나도 모르겠어요. 그 사람에겐 이기주의가 없는지도 모르겠어요. 나도 잘 모르겠어요. 그러나 그 사람은 빼앗기는 사람이에요. 그리고 완전히 빼앗겨 버렸어요. 나는 가끔 그 사람이 못 견디게 가엾어질 때가 있어요. 나도 전에는 니콜라스가 그 사람과 결혼하면 좋겠다고 바라고 있었어요. 그러나 언제나 어째선지 그렇게 되지 않을 것이라는 느낌이 들곤 했었죠. 그녀는 수꽃이에요. 왜 그 딸기에 흔히 있지 않아요? 가끔 나는 그 사람이 못 견디게 딱해지기도 하지만 또 때로는 그 사람은 우리들처럼 느끼지 않는 게 아닌가 하고 생각하는 일이 있어요.」

마리야 백작 부인은 나타샤에게 성서의 이 말은 달리 해석하지 않으면 안 된다고 말했다. 그러나 소냐를 보고 있는 동안 나타샤의 설명에 동의하지 않을 수 없었다. 참으로 소냐는 자기의 경우를 괴로운 것으로 느끼지 않고 완전히 수꽃이라는 운명을 감수하고 있는 것처럼 보였다. 그녀는 개개의 사람이라기 보다도 도리어 가족 전체를 존중하고 있는 것처럼 보였다. 그녀는 마치 고양이같이 사람에게 애착을 가지지 않고 집에 정을 들였던 것이다. 노백작 부인을 보살피기도 하고 아이들을 귀여워하고 응석을 받아 주기도 하면서, 언제나 자기의 장기인 치밀한 봉사로 남을 위해서 이바지하고 있었으나 그것은 왜 그런지 항상 너무나 작은 감사로밖엔 받아들여지지가 않았다.

르이스이예 고르이의 저택은 신축되었는데, 그것은 이제 돌아간 노공작 시절 같은 것은 아니었다.

재료도 부족할 때 시작된 건축이니만큼 건물은 지나치게 간소했다. 묵은 돌의 토대 위에 세워진 거대한 집은 내부만 회반죽으로써 칠해진 목조였다. 크고 넓은 집의 마루는 칠하지 않은 널빤지를 깔았을 뿐이고, 그 속에 장식한 소파와 안락의자와 탁자와 의자 등까지도 소유지의 자작나무로 고용된 목공이 만든 지극히 소박하고 거친 것이었다. 집은 하인 방과 객용의 별관 등이 있어서 수용 능력은 얼마든지 있었다. 로스토프네와 볼콘스키이네의 친척이 전가족을 데리고 열 여섯 마리의 말이며 몇 십 명의 하인과 함께 르이스이예 고르이에 손님으로 와 몇 달이고 묵은 적이 있었다. 그뿐만 아니라 해마다 네 차례, 즉 주인 내외의 본명 축일과 생일에는 하루나 이틀 묵을 백 명 가까운 손님이 모였다. 그 외에는 일 년 동안 정해진 일과 차와 집에서 요리한 조반, 점심, 저녁과 깨뜨릴 수 없는 규칙 바른 생활이 영위되었다.

9

겨울의 성 니콜라이 축일의 전야인 1820년 12월 5일의 일이다. 나타샤는 초가을부터 아이들이며 남편과 함께 오라버니의 집에서 묵고 있었다. 피예르는 페쩨르부르그에 체류중이었다. 그는 이른바 특별한 볼일로 삼 주일 가량의 예정으로 갔으나 벌써 지금은 칠 주일이나 되었다. 모두들 그가 돌아오기를 지리하게 기다리고 있었다.

12월 5일엔 베주호프네의 가족 이외에, 로스토프네에는 또 니콜라이의 옛친구인 퇴역 장군 바실리이 표도로비치 제니소프도 손님으로 묵고 있었다.

손님이 모일 6일의 축일에는 니콜라이도 타타르 옷을 벗고 프록을 입고 발끝이 뾰족하고 가느다란 장화를 신고는 자기가 신축한 성당으로 마차를 몰아 축하를 받기도 하고 손님에게 자쿠스카를 권하기도 하고 귀족단의 선거(각 현의 귀족은 정기적인 선거와 회의를 갖는 자치제를 형성하고 있었으며, 당시는 지방 행정 중 가장 고답적인 역할을 하였음—역주)며 수확에 대한 이야기를 하지 않으면 안 된다는 것을 알고 있었다. 그러나 축연의 전날은 다른 때와 똑같은 생활을 해도 무방하다고 생각하고 있었다. 점심 전에 니콜라이는 랴자니의 마을에서 지배인이 가지고 온 처조카의 소유지에 관한 계산서를 조사하고 볼일에 관한 편지를 두 통 쓴 다음 타작 마당과 외양간과 마구간을 둘러보러 갔다. 내일은 성인(聖人)의 축일이라는 것을 기화로 모두 술을 마실 것이 예상되므로 니콜라이는 그 대응책을 강구하고 점심을 먹으러 돌아왔다. 그리고는 아내와 단 둘이서 이야기를 할 여유도 없이 스무 명분의 식사가 준비되어 있는 긴 탁자에 앉았다. 거기에는 온 식구가 모였다. 탁자에 앉아 있던 사람은 어머니, 어머니의 시중을 들고 있는 노파 벨로바, 아내, 세 명의 아이와 그 보모, 가정교사, 소냐, 제니소프, 나타샤와 그녀의 세 아이와 그 보모, 르이스이예 고르이에서 조용히 여생을 보내고 있는 돌아가신 공작의 건축 기사인 미하일 이바느이치 노인이었다.

마리야 백작 부인은 탁자의 맞은편 끝에 앉아 있었다. 남편이 자기의 자리에 앉자마자 냅킨을 쥐고 자기 앞에 놓여 있던 컵들을 재빨리 바꿔 놓는 손짓에 의해서, 마리야 백작 부인은 남편의 기분이 좋지 않다는 것을 알았다. 그것은 이따금 있는 일로, 일에서 돌아와 바로 식사에 들어갔을 때, 특히 수프를 들기 전에 자주 있었다. 마리야 백작 부인은 남편의 이 기분을 잘 알고 있었으므로, 그녀 자신의 기분이 좋을 때는 남편이 수프를 마셔 버리기를 기다린 뒤 그때에야 넌지시 무엇인가 이야기를 시작하고, 참으로 아무런 이유도 없이 기분을 나쁘게 하고 있었다는 것을 남편에게 자백케 하는 것이었다. 그러나 지금 그녀는 언제나 하는 이 성찰을 완전히 잊고 있었기 때문에 남편이 까닭 없이 자기에게 화를 내는 것이 슬펐다. 그리고 그녀는 자기를 불행하게 느꼈다. 그녀는 남편을 향해 어디에가 있었느냐고 물었다. 니콜라이는 거기에 대답했다. 그녀는 또 계속하여 밭엔 아무것도 이상은 없느냐고 물었다. 니콜라이는 아내의 부자연스러운 어조에 불쾌한 듯이 얼굴을 찌푸리고 성급하게 대답했다.

『내가 예기한 대로다. 그런데 도대체 무엇 때문에 저이는 내게 화를 내고 있는 것일까?』하고 마리야 백작 부인은 생각했다. 남편이 자기에게 대꾸한 어조 가운데서 마리야 백작 부인은 자기에 대한 반감과 이야기를 중단하고 싶어하는 기미를 알았다. 그녀는 자기 말의 부자연스러움도 느꼈으나 그래도 다시 두서너 마디를 건네지 않을 수 없었다.

식사중의 이야기는 제니소프의 덕택으로 이내 일반적인 화제가 되어 활기를 띠었다. 그래서 마리야 백작 부인은 남편과 이야기를 하지 않아도 되었다. 모두들 탁자에서 물러나 노백작 부인에게로 인사를 하러 갔을 때, 마리야 백작 부인은 한쪽 손을 내밀면서 남편에게 키스하고, 무엇 때문에 자기에게 화를 내고 있느냐고 물었다.

「당신은 언제나 야릇한 생각을 가지고 있군. 난 화를 낸다는 것 따윈 생각하고 있지도 않아.」하고 그는 말했다.

그러나 언제나라는 한 마디는 마리야 백작 부인에게 〈그래, 화를 내고 있어. 그렇지만 말을 하고 싶지 않아.〉 하고 대꾸한 것같이 생각되었다.

니콜라이는 아내와 굉장히 화목하게 살고 있었으므로 두 사람의 사이를 질투하고, 그들의 불화라도 있었으면 하고 바라고 있던 소냐와 노백작 부인도 그들을 비난할 구실을 발견할 수 없을 정도였다. 그러나 그들 사이도 서로 반목하는 순간이 있었다. 어쩌다가 더할 나위 없이 행복한 때의 바로 뒤에, 두 사람이 갑자기 소외된 적의를 품을 때가 종종 있었다. 이러한 감정이 가장 잘 일어날 때는 마리야 백작 부인이 임신중일 때였다. 지금도 그녀는 바로 이러한 시기에 부닥치고 있었다.

「자, 신사 숙녀 여러분!」 니콜라이는 자못 유쾌한 듯이 큰소리로 말했다. 마리야 백작 부인에게는 이 말이 자기를 모욕하기 위해 일부러 말한 것같이 생각되었다. 「나는 아침 여섯 시부터 서서 지냈읍니다. 게다가 내일은 또 고생을 해야만 될 테니까, 오늘은 이만 가서 쉴까 합니다.」 그리고 그는 마리야 백작 부인에게 더 이상 아무 말도 하지 않고 조그마한 소파가 있는 방으로 가서는 소파 위에 누웠다.

『언제나 이렇다. 다른 사람과는 누구하고도 이야기하면서 나에게만은 말도 하지 않는다, 알고 있다, 그이는 나에게 염증이 생긴 것이다. 특히 지금 이런 상태니까.』 하고 마리야 백작 부인은 생각했다. 그녀는 불룩한 배를 내려다보았다. 그리고 누르스름해지고 핼쑥해진 여윈 얼굴과 여느 때보다 유달리 큰 눈을 비춰 보았다.

그러자 제니소프의 외침 소리도, 높은 웃음 소리도, 나타샤의 이야기도, 특히 힐끔힐끔 자기 쪽에 던지고 있는 소냐의 시선도 모두 그녀에게는 불쾌했다.

소냐는 언제나 마리야 백작 부인이 화를 내는 구실이 되었다.

그녀는 잠시 손님과 함께 앉아 있었으나, 모두들 이야기하고 있는 것이 전혀 이해되지 않아 조용히 거기를 나와 아이들 방으로 들어갔다.

아이들은 의자에 걸터앉아 모스크바에 가는 놀이를 하고 있었다. 그리고 어머니에게도 한몫 끼기를 권했다. 그녀는 앉아 잠시 놀아 주었으나 까닭 없이 기분이 좋지 않던 남편의 태도가 자꾸만 그녀를 괴롭혔다. 그녀는 일어나 간신히 발 끝으로 걸으면서 조그마한 소파가 있는 방으로 갔다.

『어쩌면 자고 있지 않을지도 모른다. 난 그이에게 물어보아야겠다.』 하고 그녀는 혼잣말을 했다. 장남인 안드류샤가 어머니의 흉내를 내면서 발 끝으로 뒤따라 왔다. 마리야 백작 부인은 그것을 알아채지 못했다.

「마리 씨, 그분은 주무시고 계세요. 아주 지치신 모양이에요.」 큰 소파가 있는 방에서 마리야 백작 부인과 마주친 소냐가 말했다. 마리야 백작 부인은 어디를 가나 그녀와 마주치는 듯한 느낌이 들었다. 「안드류샤가 그분 잠을 깨우면 안 될 텐데요.」

마리야 백작 부인은 소냐가 말한 대로라고 느끼면서 오히려 그 때문에 화가 치밀었다. 그리고 간신히 거친 말을 참은 모양으로 그녀는 어떻다고도 말하지 않았다. 일부러 소냐의 말에 거역하기 위해 안드류샤에게 시끄럽게 해서는 안되지만 역시 따라오라고 손짓을 해 보이고, 문 쪽으로 가까이 갔다. 소냐는 다른 문으로 나갔다. 니콜라이가 자고 있는 방에서는 아내인 그녀에게는 지극히 미세한 음영까지도 정들어 있는 평안한 숨소리가 들려 왔다. 그녀는 이 숨소리를 들으면서 남편의 미끈한 아름다운 이마와 뺨과 수염과 얼굴 전체를 들여다보았다. 그것은 자주 남편이 자고 있을 때 밤의 정적 속에서 오랫동안 들여다본 얼굴이었다. 니콜라이는 갑자기 몸을 움직였다. 그러자 바로 그 순간 안드류샤는 문 뒤에서 이렇게 소리쳤다. 「아빠, 엄마가 여기 있어요.」

마리야 백작 부인은 깜짝 놀라 얼굴을 창백하게 하고 아들에게 손짓을 했다. 안드류샤는 입을 다물었다. 그리고 일 분 동안 마리야 백작 부인에게는 무서운 침묵이 계속되었다. 니콜라이가 깨우는 것을 싫어하는 것은 그녀도 잘 알고 있었다. 갑자기 문 안에서 다시 앓는 소리와 꿈틀거리는 기미와 기분이 좋지 않은 듯한 니콜라이의 목소리가 들렸다.

「잠깐 동안도 편히 쉬게 해주지를 않는군. 마리, 당신이야? 왜 당신은 이 애를 여기에 데리고 왔어?」

「전 그저 보러 왔을 뿐이에요. 전, 모르고……그만 용서하세요…….」

니콜라이는 기침을 한 다음 입을 다물어 버렸다. 마리야 백작 부인은 문에서 떨어져 아들을 아이방으로 데리고 갔다. 오 분쯤 지났을 때 아버지의 귀염둥이인 까만 눈의 올해 세 살 난 조그마한 나타샤가, 아빠는 자고 있고, 엄마는 소파가 있는 방에 있다는 것을 오빠로부터 듣고, 어머니한테 들키지 않게 아버지한테로 뛰어갔다. 까만 눈을 한 딸은 대담하게도 삐걱 소리를 내어 문을 열고 토실토실한 발로 아장아장 걸어 소파로 다가가더니 등을 이쪽으로 돌리고 자고 있는 아버지의 손에 키스했다. 니콜라이는 자못 기쁜 듯한 미소를 얼굴에 띄우고 돌아보았다.

「나타샤, 나타샤!」 하는 마리야 백작 부인의 깜짝 놀란 속삭임이 문 밖에서 들려 왔다. 「아빠는 웃고 있어.」 니콜라이는 두 발을 내리고 일어서서 두 손으로 딸을 안아 올렸다.

「들어와요, 마리.」 하고 그는 아내에게 말했다. 마리야 백작 부인은 방으로 들어와 남편 옆에 앉았다.

「전 이 애가 뒤에서 뛰어온 줄을 전혀 몰랐어요.」 그녀는 두려운 듯이 이렇게 말했다. 「여길 와 보니깐…….」

니콜라이는 한쪽 손으로 딸을 안고 아내를 쳐다보았다. 그리고 자못 미안해 하는 듯한 표정을 알아차리고는 다른 한쪽 손으로 아내를 끌어안고 머리에다 키스 했다.

「엄마한테 키스해도 괜찮지?」하고 그는 나타샤에게 물었다. 나타샤는 수줍은 듯이 쌩긋 웃었다.

「또 한 번!」명령하는 듯한 손짓으로 니콜라이가 아내에게 키스한 자리를 가 리키면서 그녀는 말했다.

「당신은 어째서 내 기분이 나쁘다고 생각하는 건지 모르겠어.」니콜라이는 그 가 잘 알고 있는 아내 마음 속의 물음에 대답하듯이 말했다.

「당신은 좀처럼 짐작이 가지 않을 거예요, 당신이 그런 태도를 취할 때, 제가 얼마나 불행해져 버리는지 말이에요. 전 언제나 이러한 느낌이 들어요…….」

「마리, 그만 쓸데없는 소릴. 당신은 부끄럽지도 않아?」하고 그는 쾌활하게 말 했다.

「전 말이에요, 좀처럼 당신에게서 사랑을 받을 것 같지 않은 느낌이 들어요. 전 이렇게 못생기고……언제나……유달리 지금……이런 몸…….」

「아아, 당신은 정말 우스운 여자로군! 예쁘기 때문에 사랑스러운 게 아니고, 사랑하니까 예뻐지는 거야. 얼굴이 잘생겨 사랑을 받는 것은 다만 말르비나나 그 와 같은 등속의 여자들뿐이지. 대체 나는 아내를 사랑하고 있는 것일까? 사랑하 고 있지 않아. 즉 이렇지. 어떻게 말하면 좋을지 모르지만, 당신이 없을 때라든가, 그리고 이렇게 무엇인가 어두운 그림자가 두 사람 사이에 드리울 때라든가, 그와 같은 때 나는 이제 나의 일생이 결딴나 버리는 것 같은 느낌이 들어 어떻게 할 수도 없게 돼. 말하자면 뭐랄까, 난 나의 손가락을 사랑하고 있는 것일까? 사랑 하고 있지 않아. 그렇다면 시험삼아 그것을 잘라내 버려 보렴.」

「아녜요, 전 그게 아녜요. 그러나 당신의 말씀은 잘 알겠어요. 그럼 당신은 저 에게 화를 내고 계시지 않겠죠?」

「무섭게 화를 내고 있지.」하고 그는 싱글벙글하면서 말했다. 그리고 일어서서 머리를 쓰다듬고는 방안을 걷기 시작했다.

「마리, 내가 어떤 생각을 하고 있었는지 당신 알겠어?」그는 화해가 이루어지 자 이내 아내에게 자기가 생각하고 있는 것을 큰소리로 지껄이기 시작했다. 그는 아내에게 자기의 이야기를 들을 마음의 준비가 되었는지 어떤지 그런 것을 묻지 는 않았다. 그런 것은 어떡하든 좋았다. 자기에게 생각이 떠올랐으니까 따라서 아 내도 마찬가지일 것이라는 듯한 기분이었다. 그는 피예르를 설득하여 봄까지 여 기서 머물게 하려는 자기의 계획을 아내에게 이야기했던 것이다.

마리야 백작 부인은 남편의 이야기를 듣고 나자 그것에 대해서 의견을 피력한 뒤, 이번엔 자기의 생각을 늘어놓기 시작했다. 그녀의 생각은 아이들에 관한 것이 었다.

「벌써부터 이처럼 계집아이는 달라요.」 조그마한 나타샤를 가리키면서 그녀는 프랑스어로 이렇게 말했다. 「당신은 우리들 여자를 비논리적이라고 비난하시지만, 말하자면 이 애가 곧 우리들의 논리예요. 『아빠는 주무셔.』하고 말하니까 이 애 는『아냐, 아빠는 웃고 있어.』하고 말했어요. 그리고 정말 이 애가 말한 대로이 지 뭐예요.」 마리야 백작 부인은 행복한 듯이 미소하면서 말했다.

「그래, 그래!」 그리고 니콜라이는 자기의 힘 있는 팔로 딸을 끌어안아 높이 추 켜올려 어깨에 얹고, 작은 발을 꽉 붙들고 방안을 돌아다니기 시작했다. 아빠도 딸도 똑같이 까닭 없이 행복한 얼굴을 하고 있었다.

「이거 봐요, 어쩌면 당신은 불공평한지도 몰라요. 너무 그 애만 귀여워하고 계 세요.」 하고 마리야 백작 부인은 프랑스어로 속삭였다.

「그러나 어쩔 수 없지 않아?……이래도 될 수 있는 대로 눈에 띄지 않게 하고 있는 거니까…….」

이때, 마차가 도착한 듯 현관과 현관방 쪽에서 도르래의 울림과 많은 사람들의 발소리가 들렸다.

「누구 왔군.」

「틀림없이 피예르 씨일 거예요, 가 보고 오죠.」 마리야 백작 부인은 이렇게 말 하고 방에서 나갔다.

니콜라이는 아내가 없는 동안 딸을 어깨에다 얹고 마구 방안을 뛰어다녔다. 이 윽고 헐떡거리면서 킬킬거리는 딸을 재빨리 내리고 이번에는 가슴에다 꼭 껴안 았다. 이렇게 뛰어돌아다녔으므로 그는 문득 무도회를 생각해 냈다. 그리고 딸의 동그스름한 행복한 듯한 얼굴을 보면서 자기가 나이가 들어 이 애를 사교계에 데 리고 나가게 될 무렵에는 이 애는 어떠한 처녀가 될 것인가 하는 것과, 돌아가신 아버지가 곧잘 딸과 다닐라 쿠포르를 추었던 것처럼 자기도 딸과 같이 마주르까 를 추게 되리라는 따위의 생각을 했다.

「그분이에요, 니콜라스.」 몇 분인가 뒤에 마리야 백작 부인은 방으로 돌아오면 서 말했다. 「나타샤가 활기를 되찾았어요. 그 기뻐하는 모양과 피예르가 예정을 어긴 벌로 혼이 나는 장면을 당신에게 보여 드리고 싶을 지경이었어요. 자, 빨리 가십시다! 어지간히 하고 이리 와요.」 아버지에게 매달리는 딸을 보며 그녀는 웃 는 얼굴로 말했다. 니콜라이는 딸의 손을 끌면서 나갔다.

마리야 백작 부인은 소파가 있는 방에 남았다.

「전혀, 전혀 꿈에도 생각하지 않았었다.」 하고 그녀는 자기 혼자서 속삭였다.

「이렇게 행복하게 되리라고는.」 그녀의 얼굴은 미소로 빛났다. 그러나 그와 동시에 그녀는 한숨을 쉬었다. 그 깊숙한 눈 속에는 조용한 우수가 깃들었다. 자기가 경험하고 있는 행복 외에 이승에서 다다를 수 없는 딴 행복이 있는 듯한 느낌이 들었다. 그녀는 이 순간 문득 그것을 생각해 냈다.

10

나타샤는 1813년의 이른 봄에 결혼하여 1920년에는 벌써 딸 셋과 아들 하나를 가지고 있었다.

전부터 아들을 바라고 있던 그녀는 이번에는 자기 젖을 주기로 했다. 그녀는 꽤 살도 오르고 몸집도 불어, 이 튼튼한 어머니가 이전의 날씬하고 민활한 나타샤라고는 도저히 생각할 수 없을 정도였다. 그녀의 얼굴은 이제 틀이 잡혀 버렸고 부드럽고 밝고 침착한 표정을 하고 있었다. 그 얼굴에는 전에 그녀의 아름다움을 이루고 있던 끊임없이 타오르던 발랄한 불꽃이 없었다. 지금은 거의 얼굴과 몸이 보일 뿐이고 마음은 조금도 보이지 않았다. 다만 튼튼하고 아름답고 다산(多産)한 암컷으로 보일 뿐이었다. 그러나 지금도 이따금 이전 같은 불꽃이 타오를 적이 있었다. 그것은 이번처럼 남편이 돌아왔을 때라든가 아이의 병이 나았을 때라든가 마리야 백작 부인과 안드레이 공작에 대해서 회상할 때라든가(그녀는 남편이 안드레이 공작의 기억에 대해서 질투하고 있는 것같이 상상하고 남편에게 공작의 이야기를 한 적이 없었다) 또 지극히 드물기는 하지만 결혼한 뒤 완전히 그만두고 있던 노래를 우연한 기회에 부르게 되었을 때 등이었다. 극히 드문 그런 순간에는, 즉 그녀의 발달된 아름다운 몸에 이전의 불꽃이 타기 시작할 때에는 그녀는 이전보다 한결 매력 있는 여자가 되는 것이었다.

나타샤는 결혼 뒤 남편과 함께 모스크바와 페쩨르부르그와 모스크바 교외의 마을과 어머니의 곁, 즉 니콜라이의 집 등에서 살고 있었다. 사교계에서 젊은 베주호프 백작 부인을 보는 일은 거의 없었고, 또 만난 사람도 그녀에게 그렇게 호감을 갖지 않았다. 그녀는 애교도 없거니와 상냥하지도 않았다. 나타샤는 고독을 즐기는 것도 아니었으나(그녀는 자기가 고독을 즐기는지 어떤지 몰랐으나 어쩐지 자기는 즐기지 않는 것같이도 느꼈다) 아이를 배기도 하고, 낳기도 하고, 기르기도 하고, 끊임없이 남편의 생활에 관계하자면 사교계를 단념하는 것 외에는 이 요구를 만족시킬 수가 없었던 것이다. 결혼하기 이전의 나타샤를 알고 있던 사람들은 모두 그녀의 몸에 일어난 변화를 무엇인가 이상한 사건처럼 야릇해 하였다. 다만 노백작 부인만은 어머니의 직감으로 나타샤의 뜻밖의 변화는(그녀가 오트라드노예에서 농담이라기 보다는 도리어 진지하게 외쳤던 것처럼) 가정을 갖고 싶다, 남편을 갖고 싶다고 하는 요구를 근본으로 하고 있다는 것을 알고 있었으므로 나타샤를 이해하지 못하는 사람들이 놀라는 것에 오히려 놀라고 있었다. 그리고 나타샤가 모범적인 아내가 되고 어머니가 되리라는 것을 자기는 오래 전부터 알고 있었다고 되풀이했다.

「그 애는 남편과 아이들에게 자기의 애정의 전부를 바치고 있어요.」하고 백작 부인은 말했다.「정말 어리석어 보일 정도로 말이에요.」

나타샤는 영리한 사람들, 특히 프랑스인들이 선전하고 있는 금언(金言)을 지키지 않았다. 말하자면 여자는 결혼해도 마음을 놓아서는 안 된다, 자기의 재능을 버려서는 안 된다, 처녀 시절보다도 한결 더 모양을 내지 않으면 안 된다, 결혼 전에 남편 외의 사람을 매혹시켰던 것처럼 결혼 뒤에도 남편을 매혹시키지 않으면 안 된다는, 그런 금과옥조(金科玉條)를 따르지 않았던 것이다. 그러기는커녕 나타샤는 오히려 자기의 매력을 한 번에 전부 던져 버렸다. 그 가운데서도 가장 강한 매력은 노래였다. 말하자면 너무 매력이 강했기 때문에 버렸던 것이다. 나타샤는 자기의 태도도, 말씨의 우아함이라는 것도, 가장 유리한 포즈를 남편에게 보이려는 것도, 몸치장을 하는 것도, 어거지를 써 남편을 곤경에 빠뜨리게 해서는 안 된다는 것도 전혀 생각하고 있지 않았다. 그녀는 하나에서 열까지 모두 법칙과는 정반대의 행동을 했다. 전에는 본능에 의하여 배우고 썼던 매력도 최초의 순간부터 마음의 구석구석까지 탁 터놓고 맡겨 버린 남편의 눈에는 지금에 와선 오히려 우습게 비칠 것이라고 그녀는 느꼈던 것이다. 자기와 남편과의 관계는 처음 남편을 자기 쪽으로 끌었던 시적인 감정에 의해서 유지되어 있는 것이 아니고, 마치 자기의 몸과 마음의 관계처럼 무엇인가 어렴풋하기는 하지만 강인한 딴 무엇으로 받쳐져 있는 것이라고 그녀는 느꼈다.

남편의 마음을 끌기 위해 머리를 장식하고 유행하는 옷을 입고 연가를 부르고 하는 것은 자기 자신을 만족시키기 위해 자기의 몸을 꾸미는 것과 마찬가지로 그녀에게는 이상하게 여겨졌던 것 같다. 하긴 다른 사람의 마음에 들기 위해 자신을 꾸미는 것이었다면 그녀에게도 유쾌한 일이었을지도 모른다——그녀는 알 수 없었으나——그러나 그러한 여가가 전혀 없었다. 그녀가 노래도 부르지 않을 뿐 아니라 화장도 하지 않고, 또 언행에도 주의를 돌리지 않았던 원인은 말하자면 그러한 짓을 할 여가가 전혀 없었기 때문이었다.

아무리 하찮게 생각되는 것이라도 인간은 그것에 전심을 경주할 수 있는 것이다. 그것은 주지의 사실이다. 또 아무리 하찮은 것이라도 주의를 그것에 집중하면 반드시 무한대로 성장한다는 것도 똑같이 주지의 사실이다.

나타샤가 온통 마음을 쏟아 버린 것은 가족이었다. 즉, 자기와 집에다 단단히 묶어 놓아야 할 남편과, 배고 낳고 기르고 그리고 가르치지 않으면 안 될 아이들이었다.

나타샤가 자기의 관심사인 이 문제에 이성(理性)뿐만 아니라 전심과 전존재를 가지고 깊이 파고들어가면 들어갈수록 이 문제는 주의 깊은 관찰 밑에 더욱더 커지고, 자기의 힘은 더욱더 약해지고 작아지는 것 같은 생각이 들었다. 그렇기 때문에 그녀는 오직 하나 이 문제에만 전력을 집중했으나 그래도 역시 필요하다고 생각되는 것을 전부 해낼 수는 없었다.

여성의 권리나 부부의 관계나 부부의 자유와 권리 같은 데 대한 해결과 고찰은 아직 오늘날처럼 문제로까지 불리고 있지는 않았지만 당시도 역시 지금과 마찬가지였던 것이다. 그러나 이러한 문제는 나타샤의 흥미를 불러일으키지 않았을 뿐 아니라, 그녀는 전혀 이와 같은 문제를 이해하고 있지 않았다.

이와 같은 문제는 당시도 역시 오늘날과 마찬가지로 결혼 생활 속에서 부부 상호간의 향락이라는 일면만을 보고, 가정이라고 하는 것에 내포되어 있는 전체의 의미를 인정하지 않는 사람들에게만 비로소 존재의 의미를 지니고 있었다.

그러한 고찰과 오늘날의 문제들은 어떻게 하면 식사에서 보다 많은 만족을 얻을 수 있는가 하는 문제와 같은 것이며, 똑같이 식사의 목적이 영양이고, 부부 생활의 목적이 가정인 사람들에게 현재와 마찬가지로 당시도 존재하지 않았던 것이다.

만약 식사의 목적이 신체의 영양이라고 한다면, 한 번에 두 끼의 식사를 하는 사람은 많은 만족을 얻을지는 모르나, 식사의 목적을 달성할 수는 없다. 왜냐하면 위는 한 번에 두 끼의 식사를 소화시킬 수는 없기 때문이다.

만약 결혼의 목적이 가정이라면, 많은 아내 혹은 남편을 가진 자는 많은 만족을 얻을는지는 모르나, 어떠한 경우에도 가정을 가질 수는 없을 것이다.

만약 식사의 목적이 영양의 섭취이고 결혼의 목적이 가정이라면 위가 소화할 수 있는 이상의 것을 먹지 않을 것, 가정에 있어서 필요한 만큼의 아내 혹은 남편, 즉 한 사람의 아내 혹은 한 사람의 남편밖에 가지지 않는 것에 의해서만 모든 문제가 해결되는 것이다. 나타샤에겐 남편이 필요했다. 그 남편은 주어졌다. 그리고 남편은 그녀에게 가족을 주었다. 그렇기 때문에 그녀는 달리 보다 더 훌륭한 남편을 필요로 하지 않았을 뿐만 아니라 자기의 정신력을 모두 이 남편과 가정에의 봉사에 집중하고 있었으므로, 만약 자기의 경우가 이렇게 되지 않았다면 어떻게 되었을까 하는 것은 그녀로서는 상상할 수도 없었고 이 같은 상상에는 어떤 흥미도 가질 수 없었다.

나타샤는 대체로 사교계라는 것을 좋아하지 않았다. 그런 만큼 친척들——마리야 백작 부인, 오빠, 어머니, 소냐 등과의 교제를 사교계보다 귀중하게 생각했다. 그녀는 헝클어진 머리를 하고 가운을 입은 채 기쁜 듯한 얼굴빛으로 아이방에서 큰 걸음으로 나와서, 이제 녹색이 아니고 누른 것이 묻은 기저귀를 보이고, 이젠 애기가 훨씬 좋아졌다는 위로의 말을 해주는 그러한 사람들과의 교제를 귀중하게 생각했다. 나타샤는 자기 자신에게는 상관 않게 되어 그 옷과 머리 모양과 이치에 맞지 않는 말씨와 질투——그녀는 소냐에게나 가정교사에게나 잘생겼건 못생겼건 간에 어떠한 여자에게도 질투했다——는 언제나 그녀의 주위에 있는 사람들의 웃음거리가 되고 있었다. 피예르는 아내에게 꽉 쥐였다는 것이 일반적인 정평이었으나 그것은 사실이었다. 결혼 초 나타샤는 자기의 요구를 표명했다. 피예르는 그의 생활의 일 분 일 초까지 아내와 가족에 속한다는, 여태까지 들어 본 적도 없는 아내의 사고 방식에 적잖이 놀랐었다. 피예르는 이러한 아내의 요구에 놀랐으나 기분은 나쁘지 않아 하자는 대로 했다.

피예르는 그 요구에 응했기 때문에 다른 여자의 비위를 맞추기는 고사하고 웃는 얼굴로 이야기해서도 안 되었다. 잠깐 심심풀이로 클럽에 식사를 하러 가도 안 되고, 기분 전환으로 돈을 써도 안 되었다. 일(일 가운데에는 학문적인 것도 들어 있었다. 나타샤는 자기는 전혀 몰랐으나 이것을 굉장히 중요시하고 있었다) 할 때 외에는 오랜 시간을 마음대로 쓸 수도 없었고, 장기간의 여행도 안 된다는 형편이 되고 말았다. 그대신 자기의 집에서는 피예르는 자기 자신뿐만 아니라 가족 전체를 자기가 뜻하는 대로 움직일 수 있는 전권이 주어져 있었다. 집안에서는 나타샤도 남편의 노예 위치에 자기를 놓고 피예르가 서재에서 일을 하고 있을 때나, 읽거나 쓰고 있을 때에는 온 식구들이 발 끝으로 걸어다닐 정도였다. 피예르가 무엇이든 비치기만 하면 원하는 것은 언제나 실현되었다. 그가 살짝 희망을 나타내기만 해도 나타샤는 바로 뛰어 일어나 그것을 실행하기 위해 뛰어나갔다.

집안은 남편의 가상적인 명령 즉, 나타샤가 알아내려고 애쓰고 있는 피예르의 희망으로 지배되고 있었다. 생활 양식과 생활의 장소와 교제, 통신, 나타샤의 일과 아이들의 양육, 이 모든 것이 피예르의 의사 표시에 의해서 행하여질 뿐 아니라, 나타샤는 이야기하는 사이에 나타나는 피예르의 사상에서 흘러나온 결론을 알아채려고 노력하였다. 그리고 그녀는 피예르의 희망의 본질이 무엇인가 하는 것을 정확히 알아챘다. 일단 알아채기만 하면 한 번 선택한 것은 절대로 버리지 않았다. 피예르 쪽에서 자기가 희망을 바꾸려고라도 하면 나타샤는 그의 무기를 처들고 그와 싸우는 것이었다.

그리하여 피예르에게 영원히 잊혀지지 않는 괴로운 때, 처음 태어난 갓난아이가 허약하기 때문에 세 번이나 유모를 갈아 치우지 않으면 안 되게 되어 절망하던 끝에 나타샤까지 병에 걸렸을 때, 피예르는 어느 날 그녀에게 자기가 전적으로 동의하고 있는, 유모를 쓰는 것이 부자연스럽고 해롭다는 루소의 사상을 이야기해 준 적이 있었다. 다음 아기가 태어났을 때, 어머니와 의사와 남편까지도 전례가 없는 일이고 해롭기도 하다고 하여 아기에게 젖을 먹이는 것을 반대하였음에도 불구하고 그녀는 끝까지 자기의 의견을 고집하였고, 그 이래 어느 아기에게도 모두 자기 젖을 먹였다.

신경이 날카로와질 때는 꽤 자주 부부 싸움도 했으나, 싸우고 나서 상당한 시간이 지나서야 피예르는 아내의 말뿐만 아니라 행위 속에서도 전에 그녀가 그것에 반대해서 다툰 그 자신의 사상을 발견하고는 기뻐하기도 하고 놀라기도 했다. 그는 다만 같은 사상을 발견했을 뿐만 아니라 피예르가 흥분과 말다툼 때문에 덧붙여졌던 불필요한 부분이 제거되고 순수한 것이 되어 있는 것을 알게 되는 것이었다.

결혼한 지 칠 년이 되었을 때 피예르는 자기도 나쁜 인간은 아니라는 기쁘고도 확고한 자각을 얻었다. 그가 이렇게 느낀 것은 아내 속에 반사된 자기를 바라보았기 때문이었다. 그는 자기의 내부에 좋은 점과 나쁜 점이 뒤섞여 서로 흐리게 하고 있는 것을 느꼈다. 그러나 아내에게 반사된 그는 그저 진정으로 좋은 것뿐이었다. 그리 좋지 않은 점은 모두 내던지고 있었다. 그러나 이 반사는 논리적인 사색에 의해서 생긴 것은 아니고, 더 다른 직접적이고 신비로운 반사 작용에 의해서 생기는 것이었다.

11

두 달 전에 이미 손님으로서 로스토프네에 머물고 있었을 때 피예르는 표도르 공작으로부터 편지를 받았다. 페쩨르부르그의 어떤 모임——피예르는 그 주된 창립자의 한 사람이었다——의 회원 사이에서 의논되고 있는 여러 가지 중대 문제를 결정하기 위하여 페쩨르부르그에 와 달라는 것이었다.

이 편지를 읽은 나타샤는——그녀는 언제나 남편의 편지를 읽는 것이었다——남편이 집을 비운다는 것은 매우 괴로운 일이었으나 그래도 자진해서 페쩨르부르그행을 권했다. 남편의 지적이고 추상적인 일에 관해서 나타샤는 전혀 이해를 가지고 있지 않았지만, 굉장히 중대한 의의를 부여하고 있었기 때문에 그와 같은 일에 대해서 남편의 방해가 될까 봐 노상 두려워하고 있었다. 피예르가 편지를 읽고 나서 상의를 기다리는 듯한 불안스러운 시선을 돌리자 나타샤는 꼭 가주기 바란다고 하면서, 그러나 돌아올 때를 확실히 정해 달라고 부탁했다. 이리하여 사 주간의 방면(放免)이 주어졌다.

이 주일 전에 피예르의 방면 기한이 지난 이래, 나타샤는 끊임없는 공포와 우수와 초조 속에 빠져 있었다.

현상에 불만을 품고 있는 퇴역 장군 제니소프는 이 주일 전에 로스토프네에 찾아왔으나 옛날 애인의 닮지도 않은 초상이라도 본 것처럼 놀라움과 슬픔으로 나타샤를 바라보았다. 우수에 찬 권태로운 눈빛과 엉뚱한 대답과 아이방의 이야기 따위가 왕년의 매혹적인 영양에서 보고 들은 전부였다.

나타샤는 요 이 주일 동안 내내 침울해 하고 신경이 날카로와져 있었다. 특히 어머니며 오빠며 마리야 백작 부인이 피예르의 변명을 하고, 돌아오는 것이 늦어진 이유를 생각해 내려고 애쓰고 할 때는 한결 더 심했다.

「모두 어리석은 쓸데없는 소리예요.」 하고 그녀는 말했다. 「아무런 소용도 없는 거예요.」 자기로서도 그 중대한 가치를 굳게 믿고 있는 일에 대해서까지 나타샤는 이렇게 욕을 퍼붓는 것이었다. 그리고 그녀는 하나뿐인 사내아이 페쨔에게 젖을 먹이기 위해 아이방으로 가 버리는 것이었다.

이 생후 석 달된 갓난아이만큼 이치에 닿는, 위로가 되는 말을 나타샤에게 말해 주는 자는 달리 아무도 없었다. 이 조그마한 것이 나타샤의 품에 안긴 채 입을 오물거리고 코를 홍홍거리면서(나타샤에겐 그것이 느껴졌다) 이런 말을 하는 것 같았다. 「엄마, 골났어? 샘이 나서 아빠를 곯려 주고 싶으면서도 두려워하고 있지? 하지만 우리 아빠란 말야. 우리 아빠란 말야.」 거기 대해서는 대답할 말이 없었다. 그것은 진실 이상의 것이었다.

나타샤는 그 불안한 이 주일 동안 너무 자주 이 아이에게서 위안을 찾고 지나치게 보살폈기 때문에 젖을 너무 먹여 병이 나게 해버렸다. 그녀는 그 병에 겁을 먹었으나, 말하자면 그것이 나타샤에겐 필요했었다. 그 애의 간호를 하고 있는 동안 남편에 대한 불안을 견디기가 수월했던 것이다.

나타샤가 아이에게 젖을 먹이고 있을 때 피예르의 마차가 현관 앞으로 다가오는 소리가 들렸다. 마님을 기쁘게 하는 요령을 알고 있는 유모는 얼굴을 기쁨으로 빛내면서 소리가 나지 않게 빠른 걸음으로 방에 들어왔다.

「돌아오셨어요, 마님.」 하고 유모는 속삭였다.

피가 확하고 나타샤의 얼굴로 몰려왔다. 발은 자기도 모르게 움직이기 시작했다. 그러나 일어나서 달려갈 수는 없었다. 갓난아이는 조그마한 눈을 뜨고 〈엄마, 가지마.〉 하고 말하는 것처럼 힐끔 쳐다보더니 또다시 나른한 듯이 입을 쩝쩝거렸다.

나타샤는 살며시 젖을 떼고 갓난아이를 토닥거리면서 유모에게 건네고 바쁜 걸음으로 문 쪽으로 가기 시작했다. 그러나 기쁨을 이기지 못해 갓난아이를 너무 빨리 버리고 가는 것이 꺼림칙하게 느껴졌던지 그녀는 문께서 발을 멈추고 뒤를 돌아보았다. 유모는 두 팔꿈치를 뻗쳐서 난간 너머로 침대에다 갓난아이를 내려 놓으려 하고 있었다.

「어서 가세요, 어서 가세요, 마님, 걱정하지 마시고 가세요.」 흔히 유모와 여주인 사이에 볼 수 있는 다정한 태도로 유모는 싱글거리면서 속삭이듯이 말했다.

나타샤는 발걸음도 가벼이 현관방으로 뛰어갔다.

파이프를 물고 서재에서 홀로 나온 제니소프는 이때 처음으로 옛날의 나타샤를 본 듯한 느낌이 들었다. 밝고 빛나는 기쁨의 빛이 갑자기 일변한 나타샤의 얼굴에서 급류처럼 흘러나왔다.

「돌아오셨군요!」 나타샤는 뛰면서 이렇게 말했다. 그러자 제니소프는 그리 좋지도 않은 피예르의 귀가가 자기에게까지도 기뻐지는 듯한 느낌이 들었다. 현관으로 뛰어들어간 나타샤는 모피 외투를 입은 키큰 사나이가 목도리를 풀고 있는 모습을 보았다.

「그이다! 그이다! 정말로 그이가 돌아왔다.」 그녀는 이렇게 혼잣말을 했다. 그리고 냅다 달려들어 꼭 껴안으면서 그 가슴에다 머리를 파묻었다. 그리고 이번엔 떨어져서 수염이 허옇게 언, 불그레한 행복해 하는 피예르의 얼굴을 쳐다보았다. 「그렇다, 이게 그이다. 기쁜 듯한 만족한 듯한 얼굴빛을 하고 있다…….」

그때 문득 나타샤는 애타게 기다렸던 이 이 주일 동안의 괴로움을 생각해 냈다. 그녀의 얼굴에 빛나고 있던 기쁨은 사라졌다. 그리고 원망과 노여움의 말이 분류처럼 피예르의 머리 위에 쏟아졌다.

「그래요, 그야 당신은 좋았겠죠, 무척 기뻤겠죠, 재미를 보셨을 테니까……그렇지만! 저는 어떠했겠어요? 아이들만이라도 가여워해 주신다면 좀 좋아요? 전 저의 젖을 먹이고 있는데, 덕택으로 젖이 나빠져서……페쨔가 하마터면 죽을 뻔했지 뭐예요. 그런데도 당신은 자기만 재미를 보고……. 그래요, 자기만 재미를 보았어요…….」

피에르는 이보다 빨리 돌아올 수는 없었으므로 자기가 나쁜 것은 아니라고 알고 있었다. 따라서 나타샤의 이와 같은 분노의 폭발이 어처구니 없다는 것도, 이제 한 이 분 정도 지나면 완전히 가라앉으리라는 것도 알고 있었다. 게다가 가장 중요한 점은 그 자신이 기분이 유쾌하고 기쁘다는 것을 알고 있었다. 그는 미소를 짓고 싶을 정도였으나 그렇게는 할 수 없었다. 그는 가련하고, 그리고 겁에 질린 듯한 얼굴을 해 보이고 고개를 떨어뜨렸다.

「정말 아무래도 돌아올 수 없었어. 거짓말이 아냐. 그런데 폐쨔가 어떻다고?」

「이젠 아무렇지 않아요, 자, 가요, 정말 당신은 어쩌면 그처럼 염치가 좋은지 모르겠어요! 당신이 계시지 않는 동안 전 그래 어떠했겠어요, 얼마나 고생했겠어요, 정말 당신에게 보여 주고 싶었어요…….」

「당신은 건강하고?」

「자, 가요, 가요.」 나타샤는 남편의 손을 놓으려고 하지 않고 이렇게 말했다. 둘은 자기들의 방으로 갔다.

니콜라이 내외가 피예르를 찾으러 왔을 때 그는 아이방에서 잠을 깬 갓난아이를 큼직한 오른쪽의 손바닥에다 올려 놓고 어르고 있었다. 갓난아이의 넓은 얼굴과 이가 없는 입에서는 기쁜 듯한 미소가 사라지지 않고 있었다. 폭풍은 벌써 오래 전에 지나가고 맑고 기쁜 듯한 태양이 자못 그리운 듯이 남편과 아들을 지켜보고 있는 나타샤의 얼굴에 빛나고 있었다.

「그래 표도르 공작과의 상의는 다 잘되었어요?」 나타샤는 말했다.

「그럼 완전히.」

「이거 보세요, 야무지죠?」 나타샤는 갓난아이의 머리를 가리키면서 말하였다. 「그러나 요즈막엔 정말 얼마나 놀라게 했는데요.」

「그런데 공작 영애는 만나셨던가요? 정말인가요? 그분이 사랑을 하고 있다는 것은?」

「응, 그건, 어떨까?…….」

그때 니콜라이와 마리야 백작 부인이 들어왔다. 피예르는 아들을 안은 채 몸을 구부리고 니콜라이 내외에게 키스했다. 그리고 그들의 물음에 대답하는 것이었다. 분명히 여러 가지 이야기하지 않으면 안 될 재미있는 것이 많이 있는데도 불구하고 모자 쓴 머리를 건들거리고 있는 갓난아이가 피예르의 주의를 완전히 빼앗아 버리고 있는 모양이었다.

「아, 정말 귀여워!」 마리야 백작 부인은 갓난아이를 들여다보고 어르면서 말했다. 「이것만은 전 정말 이해가 가지 않아요, 니콜라스.」 하고 그녀는 자기 남편을 돌아다보았다. 「당신은 이런 조그만 것의 귀여움이 어찌 이해가 가지 않으시는지.」

「모르겠어, 아무리 해도 그렇게 생각되지 않아.」 싸늘한 눈빛으로 어린 아이를 들여다보면서 니콜라이는 이렇게 말했다.「그저 고깃덩어리에 지나지 않잖아. 자, 나가지 않겠나, 피예르?」

「하지만 본심은 정말 정다운 아버지예요.」 하고 마리야 백작 부인은 남편을 변호하듯이 이렇게 말했다.「그러나 한 일 년쯤은 지난 아이라야지만…….」

「그런데 피예르는 정말 애를 잘 보지 뭐예요.」 하고 나타샤는 말했다.「자기 손바닥은 꼭 갓난애의 궁둥이를 올려 놓게 되어 있다나요. 저 보세요.」

「뭐, 그런 것만은 아니지.」 피예르는 갑자기 껄껄거리면서 이렇게 말했다. 그리고 아이를 고쳐 안아 유모에게 건넸다.

12

가정이란 실제로 다 그런 거지만 르이스이예 고르이의 집에서도 다른 몇 개의 세계가 저마다 각기 자기의 개성을 지키면서, 그리고 서로 양보하면서 조화가 있는 전체에 융합되어 함께 살고 있는 것이었다. 집안에 일어나는 여하한 사건도 이 세계의 각자에게는 똑같이 중대한 것이고 똑같이 기쁘기도 하고 슬프기도 한 것이었다. 그러나 또 개개의 세계는 하나의 사건에 대해 다른 것과는 전혀 독립된 기쁨과 슬픔의 원인을 가지고 있었다.

그러므로 피예르의 귀가는 기쁜 중대한 사건이며 각자에게 제나름대로 반영되었던 것이다. 하인은 말과 감정의 표현에 의하지 않고 행동과 생활 태도에 따라 판단하므로 그들은 주인의 가장 정확한 비판자인 것이다. 르이스이예 고르이의 하인들은 피예르의 귀가를 기뻐했는데 그것은 피예르가 집에 있으면 자기들의 주인인 백작이 매일 밭을 둘러보러 나가는 것을 그만두고 한층 기분 좋고 다정해지며, 게다가 축제일에는 모두에게 거창한 선물이 나오는 것을 잘 알고 있었기 때문이었다.

아이들과 가정교사들이 베주호프의 귀가를 기뻐한 것은 피예르만큼 그들을, 여럿이 함께 즐길 수 있게 해주는 사람은 달리 없었기 때문이었다. 스스로 말하고 있듯이 어떤 춤이라도 맞추어 출 수 있는 저 스코틀랜드곡(이것이 그가 알고 있는 유일한 곡이었다)을 클라비코드로 칠 수 있는 것도 피예르 한 사람뿐이었다. 게다가 그는 모두들의 선물을 가지고 왔을 것이었다.

이제 곱슬곱슬한 블론드의 머리털과 아름다운 눈을 가진, 야위고 신경질적인 소년이 된 올해 열 다섯의 영리한 니콜리니카도 그의 귀가를 기뻐했다. 그것은 그의 이른바 피예르 아저씨를 열렬한 경애의 대상으로 하고 있었기 때문이었다. 아무도 피예르에 대한 유다른 애정을 니콜리니카에게 불어 넣은 사람은 없었고 그도 지극히 드물게밖에는 피예르를 보지 못했다. 그의 양육자인 마리야 백작 부인은 자기처럼 니콜리니카에게도 남편을 사랑하게 하려고 애쓰고 있었다. 그래서 니콜리니카는 고모부를 사랑했으나 그 사랑 속에는 희미한 모멸의 그림자가 따르고 있었다. 그러나 피예르에 대해서는 마치 하느님과 같이 숭배하지 않고는 배기지 못했다. 그는 니콜라이 고모부와 같이 경기병이나 게오르기이 훈장의 용사가 되고 싶지는 않았다. 피예르와 같이 학자로서 현명하고 친절한 사람이 되고 싶었던 것이다. 피예르 앞에 나갔을 때 니콜리니카의 얼굴은 언제나 기쁜 듯이 빛나고 있었다. 그리고 피예르가 말을 걸어 오면 얼굴을 붉히고 씨근거렸다. 피예르가 이야기하는 것은 일언 반구도 놓치지 않았다. 그리고 나중에 데살과 함께 그렇지 않으면 혼자서 그의 말을 하나하나 상기하고 그 의미를 생각하는 것이었다. 과거의 피예르의 1812년까지 그의 불행했던 생활(그것에 대해서 니콜리니카는 자기가 들은 말에서 막연한 시적인 상상을 만들어 내고 있었다), 모스크바에 있어서의 그의 모험, 포로, 플라톤 카라타예프(그 이야기는 피예르에게서 들었다), 나타샤에 대한 사랑(소년은 나타샤에 대해서도 특별한 애정을 품고 있었다), 그 가운데서도 지금 기억하고 있지 않은 자기의 아버지에 대한 피예르의 우정, 이러한 모든 것이 그의 눈에 피예르를 영웅적이고 성스러운 것으로 만들고 있었다.

아버지와 나타샤에 관한 단편적인 이야기며 아버지에 대한 이야기를 할 때의 피예르의 흥분하는 모습이며, 그리고 나타샤가 죽은 아버지에 대해서 이야기할 때의 조심스럽고 부드러운, 마치 신 앞에 엎드리는 듯한 경건한 태도 등에서 겨우 사랑이라는 것을 상상하기 시작한 니콜리니카는 나타샤를 사랑하고 있던 아버지가 임종할 때 친구인 피예르에게 그녀를 부탁한 것이라고 제나름대로 해석을 붙이고 있었다. 그리고 기억에 남아 있지 않을 만큼 신성한 것으로 생각되어 가슴을 두근거리고 슬픔과 감동의 눈물 없이는 생각할 수도 없을 정도였다.

이런 이유로 해서 니콜리니카도 역시 피예르의 귀가를 기뻐했다.

손님들도 또 피예르의 귀가를 기뻐했다. 그가 있으면 어떠한 모임도 활기를 띠게 되고 모두를 융화시킬 수 있었기 때문이다.

어른들은(아내인 나타샤는 말할 것도 없고) 그 생활을 마음 편하게 가라앉혀 주는 벗의 귀가를 기뻐했다.

나이를 먹은 부인들은 그가 가지고 돌아오기로 되어 있던 선물도 기뻤고 무엇보다도 나타샤가 또다시 활기를 띠게 되는 것이 기뻤던 것이다.

피예르는 각양 각색의 세계의 사람들이 자기에 대하여 품고 있는 이와 같은 가지가지의 견해를 직감했다. 그리고 개개의 사람에게 기대하고 있는 것을 주려고 서둘렀다.

몹시 멍청하고 잊기를 잘하는 피예르가 이번에는 아내가 써 주었던 목록에 의해서 모두 사왔다. 장모와 처남에게서 부탁받았던 볼일도, 벨로바에게 선사할 옷감도, 조카들의 장난감도 하나도 잊어버리지 않았다. 신혼 당시는 이러한 아내의 한 번 사겠다고 맡은 물건은 절대 잊지 않고 사오도록 하라는 요구는 피예르에겐 이상하게 생각되었다. 그리고 결혼 뒤 처음으로 여행을 갔다가 전부 잊고 돌아왔을 때 아내의 심각한 슬픔에 그야말로 놀랐던 것이다. 그러나 그러는 동안에 그도 차차 익숙해졌다. 나타샤는 자신을 위해서는 아무것도 부탁하지 않았고, 또 다른 사람을 위해 무엇인가를 주문할 때도 피예르 쪽에서 먼저 말을 꺼냈기 때문이었으므로, 그것을 알고 있는 그는 온 집안 사람에게 선물을 한다는 것에 자기 자신도 의외일 만큼 어린애 같은 만족을 느꼈다. 그는 결코 어느 한 사람도 빠뜨리지 않았다. 나타샤에게서 잔소리를 들을 것이 있다면 그것은 필요 이외의 것과 너무 비싸게 샀을 때 정도였다. 많은 사람의 눈에 비치는 여러 가지 결점(몸차림이 헙수룩해진 것, 언행에 조심성이 없어진 것) 혹은 그 밖의 성질 이외에 나타샤에겐, 피예르의 의견에 의하면, 또 한 가지 인색이라는 것이 늘었다.

피예르가 광대한 저택을 지니고 거액의 지출을 요하는 가정 생활을 시작한 당초부터 그의 생활비는 이전의 반액으로 줄어들었고, 최근까지 죽은 전처의 부채 등으로 어지러웠던 재정이 점차 정리된 것을 알고는 오히려 놀랐을 정도였다.

생활비가 줄어든 것은 생활이 속박당했기 때문이었다. 가장 값비싼 사치, 즉 언제라도 생활을 마음대로 바꿀 수 있는 가능을 피예르는 지금 전혀 가지고 있지 않았다. 또 가지고 싶다고도 생각하지 않았다. 그는 자기의 생활 양식이 완전히 고정되어 죽을 때까지는 바뀌지 않는다, 이것을 바꾸는 것은 이제 자기의 힘으로는 되지 않는 일이다, 하고 느꼈던 것이다. 그래서 이 생활 양식에는 돈이 들지 않았던 것이다.

피예르는 미소를 머금은 유쾌한 얼굴로 자기가 사온 물건을 가르고 있었다.

「어때!」 소매상처럼 옷감을 늘어놓으면서 그는 이렇게 말했다. 나타샤는 그 맞은편에 앉아 무릎 위에 맏딸을 올려 놓은 채, 반짝이는 시선을 재빨리 남편이 내민 물건으로 옮겼다.

「이게 벨로바 몫이에요? 훌륭하군요!」 그녀는 바닥을 만져 보았다.

「한 자에 일 루블리는 가죠?」

피예르는 값을 말했다.

「어머나, 비싸!」하고 그녀는 말했다.「그러나 아이들이 얼마나 기뻐할까, 게다가 어머님도 말이에요. 하지만 저에게 이런 것을 사오실 것까지는 없었는데.」당시 막 유행하기 시작한 진주가 박힌 금제의 빗에 넋을 잃으면서 나타샤는 나오는 미소를 누르지 못하며 말했다.

「아젤리에게 넘어간 거야, 자꾸 사라고 권해서.」하고 피예르는 말했다.

「내가 언제 이것을 꽂는단 말예요?」그녀는 빗을 머리에다 꽂아 보았다.「마쉐니카를 사교계에 데리고 나갈 무렵쯤이겠죠. 그 무렵에 또 유행하게 될지도 몰라요. 자, 가요.」

선물을 정리하고 두 사람은 먼저 아이방에, 그 다음엔 백작 부인한테로 갔다.

백작 부인은 언제나처럼 벨로바와 둘이서 그랑 파시앙스를 하고 있었다. 거기에 피예르와 나타샤가 꾸러미를 안고 객실로 들어섰다.

백작 부인은 이미 예순을 넘고 있었다. 완전히 머리는 희어졌고, 얼굴 전체를 감싸듯, 주름이 있는 레이스로 된 실내모를 쓰고 있었다. 얼굴은 주름투성이이고 윗입술은 뒤로 처지고 눈은 흐릿했다.

마치 뒤를 쫓듯이 아들과 남편을 연이어 잃은 그녀는 우연히 이 세상에 잊혀진 채 남겨진, 이제 아무런 목적도 의미도 가지고 있지 않은 인간처럼 느껴졌다. 그녀는 먹고 마시고 자고 깨고 하고는 있었으나 생활을 하고 있지는 않았다. 이미 인생은 그녀에게 아무런 인상도 주지 않았다. 그녀가 인생에서 찾는 것은 안정 외엔 아무것도 없었다. 그리고 그 안정은 다만 죽음 가운데서만 발견할 수 있을 뿐이었다. 그러나 죽음이 닥쳐올 때까지는 그녀도 살지 않으면 안 되었다. 말하자면 자기의 생활력을 써 가지 않으면 안 되었다. 그녀에게서는 아주 어린 어린애나 노령의 사람들에게서 볼 수 있는 것이 극히 분명하게 보였다. 그녀의 생활엔 아무것도 외적인 목표가 보이지 않았다. 다만 갖가지 취미와 능력을 녹슬게 하지 않으려는 요구가 보일 뿐이었다. 그녀가 먹고 자고 생각하고 이야기하고 울고 몸을 움직이고 화를 내고 하는 것은 단지 그녀에게 위와 뇌와 근육과 신경과 간장이 있기 때문이었다. 그녀가 이와 같은 것을 하는 것은 달리 어떠한 외적인 동기에 의하여 일으켜지는 것은 아니었다. 생활력이 왕성한 사람은 하나의 목적을 향하여 돌진할 경우 힘의 생사라는 제이의 목적이 제일의 목적에 덮여 버리는 것이지만 백작 부인의 경우는 그것과는 달랐다. 그녀가 이야기를 하는 것은 그저 폐와 혀를 놀리는 것이 생리적으로 필요했기 때문이었다. 그녀가 어린 아이처럼 우는 것은 그저 코를 풀 필요가 있었기 때문인 것에 불과하였다. 모든 것이 다 그러하였다. 생활력이 왕성한 인간에게 목적인 것도 그녀에게는 그저 구실에 지나지 않았다.

그래서 그녀는 날마다 아침(특히 전날 밤에 무엇인가 너무 기름진 것을 먹었을 때)이면 잠깐 화를 낼 필요를 느꼈다. 그럴 때 가장 가까운 구실로서 선택되는 것은 벨로바였다. 벨로바의 귀가 먼 조건 때문이었다.

그녀는 방의 맞은쪽 구석에서 벨로바에게 무엇인가를 나직한 목소리로 이야기하기 시작한다.

「오늘은 조금 따뜻한 것 같군요.」 하고 그녀는 조그만 목소리로 속삭인다. 벨로바가 「네, 네, 돌아오셨어요.」 하고 대답하면 그녀는 자못 노여운 듯이 투덜거리는 것이었다. 「아아, 아아, 어쩜 저렇게 엄청난 귀머거리가 다 있담!」 또 하나의 구실은 코담배였다. 때로는 너무 말랐거나 때로는 너무 축축하거나 또 때로는 제품이 조잡한 것처럼 생각되는 것이었다. 이 같은 발작이 일어난 뒤에는 그녀의 얼굴에 담즙(膽汁)이 넘치기 때문에 하녀들은 이 정확한 징후에 의해서 언제 또 벨로바가 귀머거리가 되는지, 언제 또 코담배가 축축해지는지, 언제 또 백작 부인의 얼굴이 노랗게 되는지 다 알고 있었다. 담낭(膽囊) 사용의 필요와 똑같이 그녀는 때때로 남아 있는 다른 능력도 쓰지 않으면 안 되었다. 생각하기 위한 구실로서는 파시앙스가 있었다. 울고 싶을 때에는 죽은 백작이라는 구실이 있었다. 걱정을 하고 싶을 때에는 니콜라이와 그 건강이 구실이 되었다. 무엇인가 독설을 하고 싶을 때에는 마리야 백작 부인이 구실이 되었다. 발성 기관을 운동시키려고 할 때에는 언제나 똑같은 옛날 이야기가 구실이 되었다. 그것은 대개 어두컴컴한 방에서 식후에 한숨 돌리고 난 여섯 시 넘어서의 일이었다.

이러한 노백작 부인의 정상을 아무도 입 밖에 내지는 않았으나 집안의 모든 사람은 잘 알고 있었다. 그리고 그녀의 이 같은 요구를 만족시키기 위해 가능한 한의 노력을 하고 있었다. 다만 어쩌다가 니콜라이와 피예르와 나타샤와 마리야 백작 부인 사이에 오가는 눈빛과 씁쓰레한 웃음 속에 그녀의 이 같은 정상에 대한 상호의 이해가 표현될 뿐이었다.

그러나 그와 같은 눈빛은 또 그 외에도 딴것을 이야기하고 있었다. 그것은 그녀가 이젠 이승의 역할을 다 이행해 버렸다는 것과, 지금 그녀의 몸에 나타나고 있는 것은 그녀의 전부가 아니라는 것과, 자기들도 언젠가는 모두 똑같이 되어 버린다는 것과, 전에는 자기들에게 귀중한 사람이고 자기들과 매한가지로 생명에 차 있었으나, 지금에 와선 가련한 존재에 지나지 않는 이 사람에게는 기꺼이 복종하지 않으면 안 되며, 될 수 있는 대로 자기를 억누르지 않으면 안 된다는 것이었다. 〈너는 죽을 몸이라는 것을 잊지 말지어다〉고 그들의 눈빛은 말하고 있었다.

다만 온 집안 사람 가운데서 아주 마음이 나쁜 사람들이나 멍청한 사람들이나 그렇지 않으면 어린 아이들만이 이것이 이해되지 않았으므로 그녀를 경원했던 것이다.

13

피예르가 아내와 함께 객실로 왔을 때, 백작 부인은 그랑 파시앙스라는 지적(知的)인 작업에 열중하는 언제나의 욕구 상태에 있었다. 그렇기 때문에 언제나 피예르와 아들이 돌아왔을 때에 말하기로 되어 있는 「늦었어, 늦었어. 얼마나 기다렸는데. 아뭏든 잘 돌아왔어.」하는 인사를 하고, 선물을 받을 때의 정해진 말인 「고마운 것은 선물 그 자체가 아니야, 나 같은 늙은이를 잊지 않았다는 그 마음씨지…….」하는 틀에 박힌 말을 되풀이하기는 하였지만, 백작 부인은 분명히 그때 피예르가 돌아온 것을 그리 즐겁게 생각하지 않는 모양이었다. 그것은 말하자면 시작된 파시앙스의 방해가 되기 때문이었다. 그녀는 파시앙스가 끝났을 때 비로소 선물에 손을 댔다. 선물은 훌륭한 세공의 카드 상자와 여자 양치기를 그린 뚜껑이 딸린 세브르 찻종과, 피예르가 페쩨르부르그에서 정밀 화가(精密畵家)에게 그리게 한 노백작의 초상을 넣은 금제의 코담뱃갑이었다(노백작 부인은 이전부터 그것을 갖고 싶어했다). 그러나 지금은 별로 울고 싶지도 않았으므로 태연히 그 초상을 보기만 하고 카드 상자에다 더 시선을 주었다.

「고마와, 나를 위로해 줘서.」그녀는 언제나와 같이 틀에 박힌 말을 했다.「그러나 무엇보다도 기쁜 것은 자네가 자기의 몸을 가지고 돌아온 거예요. 그렇지 않았다면 정말 꼴불견이었을 거야. 자네도 좀 안사람을 꾸짖어 주어야 하겠어. 뭐라고 하면 좋을까? 자네가 없으니까 흡사 미치광이지 뭔가. 아무것도 안 보이고 아무것도 모른다니까.」하고 그녀는 항상 하는 잔소리를 늘어놓았다.「자, 보세요, 안나 찌모페예브나.」하고 그녀는 덧붙였다.「내 사위가 선물로 준 카드 상자예요. 어때요, 훌륭하죠?」

벨로바는 선물을 칭찬해 주고 자기가 받은 옷감에 감격하고 있었다.

피예르도 나타샤도 마리야 백작 부인도 제니소프도 노백작 부인의 면전에서는 할 수 없으나 꼭 이야기해야 할 일이 많이 있었다. 그것은 어떤 것을 백작 부인에게 숨기려는 때문이 아니라 그녀가 완전히 시대에 뒤떨어져 있어서 그녀의 면

전에서 이야기를 시작하면 엉뚱한 때 끼어 드는 어처구니 없는 물음에 대하여 하나하나 대답하지 않으면 안 되고 벌써 여러 차례 되풀이하였던 것, 이를테면 이러저러한 사람이 죽었다느니, 누구누구는 결혼했다느니 하는, 어차피 금세 잊고 말 일을 또다시 되풀이하지 않으면 안 되기 때문이었다. 그러나 사람들은 언제나와 같이 객실의 사모바르의 둘레에 앉아 차를 마시고 있었다. 그리고 피예르는 당자에게도 필요 없고 아무도 흥미를 느끼지 않는 노백작 부인의 물음에 대답하고, 바실리이 공작이 무척 늙었다느니 백작 부인 마리야 알렉세예브나가 안부를 전해 달라고 했다느니 하는 등등의 이야기를 했다.

그 누구에게도 아무런 흥미도 없지만 불가결한 이러한 이야기들은 차를 마시는 동안 쉴 새 없이 계속됐다. 집안의 어른은 모두 둥근 탁자 둘레에 모였다. 그 위에는 사모바르가 얹혀 있고 소냐가 그 치다꺼리를 하고 있었다. 아이들과 가정 교사와 보모들은 이미 차를 끝냈는지 그 목소리가 소파가 있는 옆방에서 들리고 있었다. 차 시간에는 언제나처럼 정해진 자리에 앉았다. 니콜라이는 조금 떨어진 난로 옆의 조그마한 탁자 옆에 앉아 그곳으로 차를 가져오게 했다. 완전히 얼굴의 털이 희어진 사냥개 밀카, 즉 초대 밀카의 딸이 큼직한 검은 눈을 더 한층 날카롭게 반짝이면서 그 옆의 안락의자 위에 누워 있었다. 곱슬곱슬한 머리털도 입수염도 구레나룻도 이미 반백이 된 제니소프는 장군복의 단추를 끄른 채 마리야 백작 부인 가까이에 앉아 있었다. 피예르는 아내와 노백작 부인 사이에 자리를 잡고 있었다. 그는 노백작 부인에게도 재미있고 알기 쉬운 것—그는 그것을 알고 있었다—을 이야기했다. 그는 노백작 부인에게 밖에서 일어난 사회적인 사건이며, 전에는 노백작 부인과 같은 시대에 생활하고 있었고 활기 있는 독립된 현역의 일단을 형성하고 있었으나 지금은 노백작 부인과 마찬가지로 여기저기로 흩어져 자기가 과거에 심었던 것의 이삭을 주우면서 여생을 보내고 있는 사람들에 대해서 이야기했다. 노백작 부인에게는 그런 사람들만이, 그녀와 동 시대의 사람들만이 진지한 참다운 사회처럼 생각되는 그것이었다. 피예르의 활기 있는 태도로 미루어 나타샤는 이번의 여행이 재미있었다는 것과, 남편이 여러 가지 이야기를 하고 싶어하면서도 노백작 부인 앞이어서 말을 꺼내지 못하고 있다는 것을 알아챘다. 가족의 일원이 아닌 제니소프에게는 피예르의 이 조심성이 이해되지 않은 데다가, 화제가 그다지 만족스러운 것이 못 되었을 뿐 아니라 페쩨르부르그에서 일어나고 있는 모든 것에 비상한 관심을 가지고 있었기 때문에 그는 최근에 일어났던 세묘노프스키이 연대의 사건과 아라크체예프에 대해서와 성서 협회(1812년 12월 골리스인에 의하여 창립됨—역주)에 대한 이야기로 피예르를 유도했다. 피예르는 이따금 말려들어가 이야기를 시작하려고 했으나 니콜라이와 나타샤는 그때마다 이반 공작과 마리야 안토노브나 백작 부인의 건강 쪽으로 피예르를 돌려 버리는 것이었다.

「정말 말할 수도 없어요. 고스네드(알렉산드르 황제에게 영향을 준 카톨릭 신도로 신비주의자. 1820년부터 1824년까지 페쩨르부르그 성서 협회장의 자리에 있으면서 세력을 떨침—역주)다든가 따따디노바(마찬가지의 신비주의자. 1817년 페쩨르부르그에 〈靈界同盟〉이라는 단체를 창설—역주)니 하는, 모두 미치광이 같은 이야기예요」 제니소프가 말했다. 「그대, 그던 것이 아직도 계속되고 있나?」

「계속되고 있느냐고요?」 피예르는 외쳤다. 「전보다 더 강해졌는걸요. 성서 협회는 이제 훌륭한 정부입니다.」

「그게 무슨 말이지, 여보게?」 하고 노백작 부인이 물었다. 그녀는 차를 마시고 나서 식후에 무엇인가 화를 낼 구실을 찾아내고 싶은 모양이었다. 「정부라니, 그게 무슨 말이지? 난 모르겠는데.」

「그건 말이에요, 어머니.」 모든 것을 어머니의 말로 번역하는 재주를 터득하고 있는 니콜라이가 이렇게 끼어 들어, 「알렉산드르 니콜라예비치 골리스인 공작이 협회를 만들어서 지금은 대단한 세력을 가지고 있다는 겁니다.」

「아라크체예프와 골리스인.」 하고 피예르가 입 밖에 내고 말았다. 「이것이 지금은 정부 그것이라고요. 그런데 그 정부 꼴이라니! 그들은 온갖 것을 음모라고 보고 온갖 것을 두려워하고 있단 말이야.」

「아니, 알렉산드르 니콜라예비치 공작이 무슨 나쁜 짓을 했다는 거냐? 그 사람은 정말 훌륭한 분이야. 나는 당시 마리야 안토노브나의 집에서 자주 그 사람을 만났었지.」 하고 노백작 부인은 모욕을 당한 것처럼 말했다. 그리고 모두들 잠자코 있었으므로 더 한층 심술이 나서 이야기를 계속했다. 「요즈음은 어떤 일에나 불평을 하게 되었군. 성서 협회, 도대체 어디가 나쁘다는 거냐?」 이렇게 말하고 그녀는 자리에서 일어섰다. 그러자 모두들 같이 일어섰다. 그리고 엄한 얼굴빛으로 소파가 있는 방의 자기 탁자를 향해서 걸어갔다.

가라앉으려는 우울한 분위기 속에 옆방에서 아이들의 웃음 소리와 떠드는 소리가 들려 왔다. 아이들 사이에 무엇인가 기쁜 소동이 일어난 모양이었다.

「됐어, 됐어!」 조그마한 나타샤의 명랑한 목소리가 한층 높이 들려 왔다. 피예르는 마리야 백작 부인과 니콜라이에게 눈짓을 하면서(그는 나타샤를 줄곧 지켜보고 있었던 것이다) 자못 행복한 듯이 미소를 지었다.

「이거야말로 정말 훌륭한 음악이군!」 하고 그는 말했다.

「저것은 안나 마카로브나가 양말을 다 뜬 거예요.」 하고 마리야 백작 부인이 말했다.

「어디 한 번 가 볼까?」 일어나면서 피예르는 말했다. 「그런데, 여보게.」 그는
문에서 발을 멈추었다. 「내가 유달리 저 음악을 좋아하는 이유는 말이야, 저것이
무엇보다도 먼저 모두 무사하다는 걸 알려 주기 때문이야. 오늘도 돌아오자 집에
가까와짐에 따라서 점차 불안스러워지기 시작하지 않겠어? 그런데 현관방에 들
어서자마자 안드류샤가 무엇인가 큰소리로 웃고 있었기 때문에 아니, 이렇다면
모두 무사하겠군 하고 생각했지…….」

「알겠어, 나도 그런 경험이 있지.」 하고 니콜라이가 맞장구를 쳤다. 「하지만 나
는 가면 안 돼, 양말은 나를 놀라게 하려는 선물이야.」

피예르가 아이들 쪽으로 들어가자 웃음 소리와 고함 소리가 한층 더 높아졌다.
「자, 안나 마카로브나.」 하는 피예르의 목소리가 들렸다. 「여기 이 한가운데에 와
서 하나 둘 하는 구령과 함께 말이지, 내가 셋 하면 시작하는 거야. 너는 여기에
서, 너는 안기고. 자, 하나, 둘…….」 하는 피예르의 목소리가 들렸다. 갑자기 조
용해졌다. 「셋!」 그러자마자 방안에서 와자하는 아이들의 환성이 일어났다.

「둘이다, 둘!」 하고 아이들은 소리쳤다.

그것은 안나 마카로브나가 자기밖에 모르는 비법으로 한 번에 한 켤레의 양말
을 완성해 가지고 제법 그럴싸한 손짓으로 한 개의 양말 속에서 다른 한쪽의 양
말을 꺼내 보이는 것이었다.

14

그 뒤 이내 아이들은 자기 전의 인사를 하러 들어왔다. 아이들은 차례대로 키
스하고, 가정교사와 보모들은 절을 하고 방에서 나갔다. 남은 것은 데살과 그 제
자뿐이었다. 가정교사는 자기의 제자에게 아래로 가자고 말했다.

「아녜요, 무슈 데살, 저는 고모님에게 부탁해서 여기에 남아 있겠어요.」 하고
니콜라니카 볼콘스키이는 조그만 목소리로 속삭였다.

「고모님, 저 여기에 있게 해주세요.」 니콜리니카는 고모에게로 다가가 이렇게
말했다. 그의 얼굴은 애원과 흥분과 감격을 나타내고 있었다. 마리야 백작 부인은
그를 보았다. 그리고 피예르에게 얼굴을 돌렸다.

「당신이 여기에 계시니까 이 애는 여길 떨어지지 못하는 거예요…….」 하고 그
녀는 그에게 말했다.

「제가 곧 데리고 가죠, 무슈 데살. 그럼 주무세요.」피예르는 이렇게 말하면서 스위스인에게 손을 내밀었다. 그리고 미소를 머금고 니콜라니카에게로 얼굴을 돌렸다. 「정말 오랜만인데! 마리, 점점 닮아가는데요.」그는 마리야 백작 부인을 돌아보고 이렇게 덧붙였다.

「아버지하고 말이에요?」하고 니콜리니카는 새빨간 얼굴을 하고 말했다. 그리고 환희로 빛나는 눈을 하고 밑에서 피예르를 쳐다보았다. 피예르는 고개를 끄덕여 보이면서 아이들 때문에 중단되었던 이야기를 계속했다. 마리야 백작 부인은 수를 위에서 손을 놀리고 있었다. 나타샤는 눈을 깜짝이지도 않고 남편을 쳐다보고 있었다. 니콜라이와 제니소프는 파이프를 가져오게 하여 담배를 피우고, 사모바르 뒤에 침울한 모습으로 쓸쓸한 듯이 앉아 있는 소냐한테서 차를 받으면서 피예르에게 여러 가지 것을 묻는 것이었다. 곱슬곱슬한 머리의 병약한 소년은 눈을 반짝이면서 누구의 눈에도 띄지 않게 한쪽 구석에 앉아 있었다. 그리고 곱슬곱슬한 머리를 이중 칼라에서 빠져 나온 가느다란 목 위에서 돌리고 피예르가 앉아 있는 쪽만 돌아보고 무엇인가 새로운 강렬한 감정에 사로잡힌 듯이 이따금 몸을 떨기도 하고 혼잣말로 중얼거리기도 했다.

이야기는 당시의 정계의 수뇌 사이에서 흘러나오는 생생한 소문의 주위를 맴돌고 있었다. 그것은 대개 많은 사람이 가장 중대한 냉정상의 흥미로 간주하고 있는 것이었다. 자기가 관계(官界)에서 실각했기 때문에 정부에 불만을 품고 있는 제니소프는 지금 페쩨르부르그에서 행해지고 있는 어리석은 짓(이것은 그의 의견이지만)을 자못 기쁜 듯이 듣고 있었다. 그리고 통렬하고 과격한 말로 피예르의 이야기에 비평을 가하는 것이었다.

「이전에는 무엇이건 독이딘이 아니면 안 되더니 지금은 따따디노바나 마담 크뒤드네드와 춤을 추지 않으면 안 되게 되었어(전기 신비주의 단체에서는 도취경과 예언력을 만들어내기 위해서라고 일컬으며 맹렬한 춤을 추고 있었음-역주). 그리고 에카드스트가우젠인가 뭔가 하는 것을 읽지 않으면 안 된다 그마디야. 젠장! 보나파르트를 다시 한 번 날뛰게 해주고 싶을 정도야. 그 같으면 바보 같은 생각을 완전히 모다내 줄 거야. 도대체 쉬바드스 같은 병졸에게 세묘노프스키이 연대를 맡긴다는 것은 참으도 말도 안 되지 않아?」하고 그는 외쳤다.

니콜라이는 제니소프처럼 무엇이든지 나쁘게 보고 싶은 마음은 없었으나, 역시 조금쯤 정부를 비난하는 것은 극히 당연하고 중요한 일로 생각하고 있었고 A가 무슨 성(省)의 대신이 되고, B가 무슨 현의 지사가 되었다느니, 황제가 이렇게 말했다느니, 대신이 저렇게 말했다느니 하는 류의 일을 지극히 중요한 일로 알고 있었다. 그래서 그는 그와 같은 문제에 관심을 나타낼 필요를 느끼고 있었으므로 피예르에게 여러 가지로 캐묻는 것이었다. 이 두 사람의 질문으로 이야기는 정계의 고위층에 관한 소문이라는 흔해 빠진 범위에서 벗어날 수 없었다.

그러나 남편의 사랑과 태도를 속속들이 알고 있는 나타샤는 피예르가 아까부터 줄곧 화제를 다른 방향으로 돌려 자기의 마음 속에 간직하고 있는 사상, 즉 그가 일부러 페쩨르부르그까지 가서 새 친구 표도르 공작과 상의하고 온 사상을 사람들에게 이야기하고 싶어하면서도 그렇게 하지 못하고 있는 것을 알아채자, 표도르 공작과의 이야기는 어떻게 매듭이 지어졌느냐는 물음으로 남편을 도왔다.

「그건 무슨 일이지?」하고 니콜라이가 물었다.

「언제나 같은 이야기지.」하고 피예르는 주위를 둘러보면서 말했다.「사태는 이제 방치할 수 없을 만큼 악화되어 있어. 그러니까 될 수 있는 대로 그것을 막는 것이 올바른 사람의 의무이다, 이렇게 누구나가 생각하고 있는 거야.」

「그러면 올바른 사람들이 할 수 있는 일이란 어떤 거지?」니콜라이는 약간 얼굴을 찌푸리며 말했다.「도대체 어떤 일을 할 수 있다는 거야?」

「말하자면…….」

「서재로 갈까?」하고 니콜라이가 말했다.

나타샤는 아까부터 유모가 부르러 오리라고 기다리고 있었으므로 자기를 부르는 유모의 목소리를 듣자 얼른 아이방으로 갔다. 마리야 백작 부인도 나타샤와 같이 갔다. 남자들은 서재로 옮겼다. 니콜리니카 볼콘스키이도 고모부에게 들키지 않도록 살그머니 서재로 들어가 창가의 컴컴한 책상 옆에 앉았다.

「그럼 자네는 어떡한다는 거야?」하고 제니소프가 입을 열었다.

「영원한 환상이겠지.」하고 니콜라이는 말했다.

「결국 말이야.」하고 피예르는 자리에 앉지도 않고 방안을 거닐다가 섰다가 하면서, 혀가 잘 돌지 않는 말로 안타까운 듯이 분주한 손짓과 함께 이야기하기 시작했다.「즉, 이런 거지. 페쩨르부르그의 사태는, 황제도 모든 것을 포기해 버리고 그 신비주의에 완전히 빠져 버리신 거야(지금 피예르는 누구에 대해서도 이 신비주의를 용서하지 않았다). 황제는 오직 평안만을 구하고 계셔. 그런데 이 평안을 황제께 줄 수 있는 것은, 다만 모든 것을 덮어놓고 억압하고 파괴하는 그 〈무신앙과 무양심〉의 마그니스키이라든가 아라크체예프라든가 그밖의 〈유상 무상〉뿐이야……. 자네가 만일 자신이 재산의 관리를 하지 않고 그저 안정만을 구한다고 하면, 자네의 지배인이 무자비하면 할수록 자네의 목적은 한결 더 용이하게 이루어질 수 있을 거야. 그건 자네도 동감이겠지?」하고 피예르는 니콜라이에게로 얼굴을 돌리고 말했다.

「그래, 그러나 그것이 어떻다는 거지?」하고 니콜라이는 말했다.

「말하자면 모든 것이 파멸되고 있지. 법정에선 수회(收賄) 행위가 행해지고, 군대엔 채찍과 교련(敎鍊)과 둔전병(屯田兵) 외엔 아무것도 없고, 인민은 도탄에 빠져 있고, 교육 사업은 압박을 당하고 있는 거야. 젊고 성실한 사람을 보기만 하면 때려눕혀 버리지 않는가! 이 상태대로 계속해 갈 수 없다는 것은 누구나 다 알고 있어. 긴장이 너무 강하니까 틀림없이 끊어지고 말걸.」하고 피예르는 말했다(그것은 정부라는 것이 존재하기 시작한 이래 정부의 행동을 주시한 사람이 언제나 하는 말이었다).「나는 한 마디 페쩨르부르그에서 그들에게 말해 주었어.」

「누구에게?」하고 제니소프가 물었다.

「모르셨던가요?」의미 있게 눈을 치뜨면서 피예르가 말했다.「표도르 공작과 그 밖의 일당이에요. 앞을 다투어 가며 교육이나 자선 사업을 한다는 것은 그건 좋은 일이야. 물론 목적도 훌륭하고, 모두 다 좋아. 그러나 오늘날의 현황에 필요한 것은 더 다른 일이야.」

그때 니콜라이는 조카가 있는 것을 알아챘다. 그의 얼굴은 침울해졌다. 그는 그 옆으로 다가갔다.

「너는 왜 여기에 있지?」

「왜 그래, 내버려둬.」하고 피예르는 니콜라이의 팔을 잡고 말했다. 그리고 또 이야기를 계속했다.「그것만으로는 아주 불충분하다고 나는 그들에게 이야기해 주었어. 오늘날 필요한 것은 다른 것이란 말이야. 우두커니 서서 그 팽팽하게 당긴 줄이 끊어지기를 기다리고 있는 동안에, 피할 수 없는 전환이 닥쳐오기를 기다리고 있는 동안에 될 수 있는 대로 많은 사람이, 될 수 있는 대로 꽉 손을 마주 잡고 사회 전체의 파국을 막지 않으면 안 돼. 젊고 힘 있는 자는 모두 그쪽으로 끌려들어 차차 타락하고 있단 말이야. 어떤 사람은 여자에게, 어떤 사람은 명예에, 또 어떤 사람은 허영과 돈에 유혹되어 모조리 적진으로 달려가고 있어. 자네나 나같이 아무런 구애도 받지 않는 독립된 인간은 완전히 없어지고 말 것이야. 나는 이렇게 말했어.『모임의 범위를 넓혀라, 그리고 모임의 〈표어〉를 덕행(德行) 하나만이 아니라 독립이라든가, 활동이라든가 하는 것도 그것에 추가하라.』고 말이지.」

니콜라이는 조카를 그대로 두고 화난 듯이 안락의자를 끌어당겼다. 그리고 피예르의 이야기를 들으면서 불만스러운 듯이 헛기침을 하고 더욱더 얼굴을 찌푸리는 것이었다.

「그런데 그 활동이라는 것은 대체 무엇을 목적으로 하는 것이지?」하고 그는 달려들듯 말했다.「그리고 자네들은 정부에 대해서 어떤 관계에 선다는거지?」

「그야 뻔하지! 즉, 보좌하는 입장이지. 정부가 인정만 한다면 구태여 비밀 결사로 할 필요는 없지. 이건 정부에 반대하는 것이 아니라 오히려 참다운 보수주의자의 모임이지. 완전한 의미의 신사의 모임이야. 우리들은 그저 푸가쵸프(1744~1775. 러시아 농민 반란의 수령—역주)가 들이닥쳐 나나 자네의 아이들을 죽이지 않게 하고 또 나 자신 이 아라크체예프에게 둔전병으로 끌려가지 않기 위해서 사회의 복지와 안녕이라는 유일한 목적을 내걸고 단결해서 싸우자는 거야.」

「글쎄, 하지만 비밀 결사인 이상 역시 정부에 반항하는 유해한 결사로, 나쁜 결과밖에 낳을 수 없어.」

「어째서? 유럽을 구출한 투겐트 분트(1808~1816. 도덕회. 독일 대학생의 애국주의를 내세운 정치적 비밀 결사—역주)(러시아가 유럽을 구출했다고는 당시 아무도 생각할 수 없는 일이었다)가 언제 사회에 해독을 끼쳤던가? 투겐트 분트, 이것은 자선 동맹이야. 사랑과 상호 부조야. 그것은 그리스도가 십자가 위에서 설교한 것이 아닌가…….」

이야기의 중간에 들어온 나타샤가 기쁜 듯이 남편을 바라보았다. 그녀는 남편이 말한 것을 기뻐한 것은 아니다. 그런 것은 그녀에게는 아무런 흥미도 주지 않았다. 그러한 것은 모두 지극히 단순하고 오래 전부터 자기가 알고 있는 일같이 생각되었다(그것은 그녀가 피예르의 말이 나오는 근원, 즉 그 넋 전체를 알고 있었기 때문이다). 그보다도 나타샤는 남편의 활기 있고 감격에 찬 모습이 기뻤던 것이다.

그보다도 한결 기쁜 듯한 감격에 찬 눈빛으로 피예르를 쳐다보고 있던 것은, 이중 칼라 속에서 가느다란 목을 늘이고 있는 모두에게 잊혀져 있는 사내아이였다. 피예르의 말은 하나하나 그의 심장을 태웠다. 그는 손가락을 신경질적으로 움직이면서 자기도 그것을 알아채지 못하고 고모부의 탁자 위에 놓여 있는 봉랍(封蠟)과 펜을 닥치는 대로 부러뜨리고 있었다.

「이봐, 절대로 자네가 생각하고 있는 그런 것이 아니야. 독일의 투겐트 분트는 그런 것이었어. 내가 제창하고 있는 것도 바로 그거야.」

「하지만 여보게, 투겐트 분트니 하는 것은 소시지드(독일인에 대한 비칭—역주)데겐 좋을지 모르지만 그던 것 따위는 모드겠어. 첫째 바듬조차 할 수 없지 뭔가.」하고 말하는 제니소프의 나무라는 듯한 고함 소리가 들렸다.「모두 추악하고 비두해. 그건 나도 동감인데, 다만 그 투겐트 분튼가 뭔가 하는 것은 알 수도 없고 마음에 들지도 않아. 분트다면 또 모드지(독일어의 분트(결사)를 러시아어 분트(폭도)로 인용하여 익살을 부린 것—역주). 그땐 나도 자네에게 찬성하겠어!」

피예르는 쓴웃음을 짓고 나타샤도 소리를 내어 웃었으나 니콜라이는 더 한층 눈살을 찌푸리고 혁명이 일어날 기미는 없다, 피예르가 말하는 모든 걱정은 다만 그의 망상에 지나지 않는다고 설득하기 시작했다. 피예르는 반론을 시작했다. 그리고 그의 지적인 능력이 보다 더 풍부하고 자유로왔기 때문에 니콜라이는 자기가 막다른 골목에 선 것을 느꼈다. 그것이 더욱더 그의 신경을 자극했다. 그는 이론이 아니고 이론 이상의 어떤 것에 의해서 자설(自設)의 의심할 나위 없는 올바름을 마음 속으로 믿고 있었기 때문이다.

「그러나 난 이것만은 말해 두겠어.」그는 일어서서 신경질적인 동작으로 파이프를 한쪽 구석에다 세우려고 하다가는 마침내 그것을 내동댕이치고 이렇게 말했다.「나는 이론을 세워서 설명할 수는 없어. 자네는 모든 게 추악하고 따라서 혁명이 일어난다고 하나 나는 그렇게 보지 않아. 또 자네는 선서(宣誓)의 절대성을 인정하지 않는 모양이지만 그것에 대해서 나는 이것만은 말해 두겠어. 자네는 나에게 귀중한 벗이야. 그것은 자네도 잘 알고 있지. 그러나 만약 자네가 비밀 결사를 조직해서 정부에 반대 운동을 개시한다고 하면, 설령 어떠한 정부이건 나는 정부에 복종하는 것을 자기의 의무라고 생각하는 거야. 그러니까 만약 아라크체예프가 나에게 중대를 인솔하고 자네를 토벌하라고 명령하면 나는 일각의 주저도 없이 가겠어. 그때에 자네는 멋대로 이론을 펴게.」

이 말 뒤에 거북한 침묵이 찾아왔다. 이윽고 나타샤가 맨 먼저 입을 열어 남편을 변호하면서 오빠를 공격했다. 그 변호는 박약하고 졸렬했으나 그래도 목적은 달성되었다. 이야기가 또 시작되었다. 그러나 이제 니콜라이가 마지막 말을 내쏘았을 때 같은 불유쾌하고 적의에 찬 어조는 아니었다.

모두가 저녁을 먹으러 일어섰을 때 니콜리니카 볼콘스키이는 파리한 얼굴로 눈을 반짝이면서 피예르에게로 다가갔다.

「피예르 아저씨……아저씨는……아니……아버지가 살아 계셨다면……역시 아저씨와 똑같은 의견이었겠죠?」하고 그는 물었다.

피예르는 그때 갑자기 깨달았다. 지금 이야기하는 동안에 이 소년의 마음 속에 그 어떤 유다른 독창적이고 복잡한, 그리고 격렬한 사상과 감정의 작업이 일어났을 것이다. 그리고 자기가 말한 것을 완전히 생각해 내고 어린이가 들은 것이 못마땅해졌다. 그러나 대답을 하지 않을 수는 없었다.

「그랬을 거야.」하고 그는 마지못한 듯이 말했다. 그리고 서재에서 나갔다.

소년은 고개를 떨어뜨렸다. 그러자 그때야 비로소 책상 위에서 한 짓을 알아챈 모양이었다. 그는 얼굴을 붉히고 니콜라이에게로 다가갔다.

「고모부, 용서하세요, 전, 그만 저도 모르는 사이에.」부서진 봉랍과 펜을 가리키면서 그는 이렇게 말했다.

니콜라이는 노여운 듯이 한숨을 쉬었다.

「좋아, 좋아.」 책상 밑에다 부서진 봉랍과 펜을 내던지면서 그는 이렇게 말했다. 그리고 그는 치밀어올랐던 분노를 가까스로 억누르면서 얼굴을 돌렸다.

「그러니까 너 따윈 애당초 이런 데에 오지 않았어야 했어.」 하고 그는 말했다.

15

저녁식사 때에는 이제 정치와 결사의 이야기는 나오지 않았다. 오히려 이야기는 니콜라이에게 무엇보다도 유쾌한 대목인 1812년의 전역의 회상으로 옮아 갔다. 제니소프가 먼저 말을 꺼냈으나 피예르는 그것을 받아 특히 흥미진진한 이야기를 했다. 그래서 집안 사람들은 모두 지극히 다정한 기분이 되어 헤어졌다.

식후 니콜라이는 서재에서 옷을 벗고 기다리고 있던 지배인에게 몇 마디 지시를 하고 나서 자리옷을 입고 침실로 들어갔다. 아내는 아직 책상에서 무엇인가를 쓰고 있었다.

「무엇을 쓰고 있는 거야, 마리?」 하고 니콜라이는 물었다. 마리야 백작 부인은 얼굴을 붉혔다. 그녀는 자기가 쓰고 있는 것이 남편에게 이해되지 않고 찬성을 얻지 못하게 되지나 않을까 하고 걱정했다.

그녀는 지금까지 쓰고 있던 것을 남편에게 숨기고 싶기도 했으나 그와 동시에 남편에게 들켜서 고백하게 되는 것이 기쁘기도 했다.

「이것은 일기예요, 니콜라스.」 야무지게 큼직큼직한 글씨로 씌어진 푸른 공책을 남편에게 건네면서 그녀는 이렇게 말했다.

「일기?」 하고 니콜라이는 흥 하고 웃으면서 공책을 받았다. 거기에는 프랑스어로 다음과 같이 씌어 있었다.

〈12월 4일. 오늘 안드류샤(장남)가 잠을 깨고서도 옷을 갈아입으려고 하지 않는다고 루이스 양이 부르러 왔다. 그는 투정을 부리고 말을 듣지 않았다. 나는 야단을 치려고 해 보았으나 그는 그저 더욱더 짜증을 낼 뿐이었다. 그래서 내가 입히기로 하고 모른 체하면서 보모와 함께 다른 아이들을 일으켰다. 그리고 안드류샤에게 너는 밉다고 말했다. 그러자 그는 놀란 듯이 오랫동안 잠자코 있었다. 이윽고 셔츠 바람으로 나에게 뛰어와 소리를 내어 울기 시작했다. 난 오랫동안 그를 달랠 수 없었다. 분명히 그는 나를 괴롭힌 것을 무엇보다도 가장 괴로와하고 있는 듯했다. 그리고 저녁때 내가 카드를 주었을 때 그는 내게 키스하면서 또 애

처로운 목소리로 울음을 터뜨렸다. 애정을 가지고 대하면 어떻게든지 할 수 있는 아이다.〉

「카드란 도대체 무엇이야?」하고 니콜라이가 물었다.

「저는 저녁마다 큰 아이들에게 각자의 소행을 적어서 주기로 했어요.」

니콜라이는 자기에게 돌려진 빛나는 아내의 눈을 힐끔 쳐다보고, 그리고 일기의 페이지를 넘기면서 읽어 갔다. 그 일기 가운데에는 아이의 생활에 관해서 어머니로서 중요하다고 생각되는 것은 전부 적혔고, 아이들의 성격을 나타내기도 하고 교육 방법에 관한 일반적인 사상과 결부되기도 하면서 적혀 있었다. 그것은 대부분 지극히 자질구레한 것이었으나 어머니에게도, 또 지금 처음으로 자기 아들의 육아 일기를 읽는 아버지에게도 그렇게 생각되지는 않았다.

12월 5일의 난에는 다음과 같이 적혀 있었다.

〈미쨔가 식사를 할 때 장난을 쳤다. 아버지가 과자를 주지 말라고 말씀하셨다. 그래서 미쨔는 과자를 받지 못했다. 그는 다른 아이들이 먹고 있는 동안 내내 자못 서글픈 듯이, 그리고 먹고 싶은 듯이 쳐다보고 있었다. 아이를 처벌하기 위하여 과자를 주지 않는 것은 그저 기개(氣概)를 꺾을 뿐이라고 생각한다. 니콜라스에게 이야기해야겠다.〉

니콜라이는 공책을 놓고 아내를 쳐다보았다. 마리야의 빛나는 눈은(남편이 이 일기에 동의할 것인지 어떤지) 의심쩍게 그를 쳐다보고 있었다. 니콜라이가 아내의 의견에 동의하였을 뿐만 아니라 완전히 탄복해 버린 것은 이제 의심할 여지도 없었다.

『이렇게까지 교육적으로 할 필요는 없다. 아니, 어쩌면 전혀 이런 것은 필요하지도 않을지 모른다.』하고 니콜라이는 생각했다. 그러나 아이들의 도덕적인 선(善)만을 목적으로 하는, 이 지칠 줄 모르는 끊임없는 내적인 긴장은 완전히 니콜라이를 탄복케 했다. 만약 니콜라이가 자기의 감정을 의식할 수 있었다면, 자기의 아내에 대한 확고하고 부드러운 자랑에 찬 사랑의 근저에는 언제나 아내의 정신적인 자질, 그에겐 다가갈 수도 없는 높은 정신의 세계, 평소 아내가 살고 있는 세계에 대한 경이의 감정이 존재하는 것을 발견하였을 것이다.

그는 아내가 이처럼 현명하고 선량한 것을 자랑으로 알고, 정신적인 세계에 있어선 자기는 아내와 비교해서 거의 무가치하다는 것을 인정하고 있었다. 그리고 그러한 넋을 가지고 있는 아내가 그저 자기에게 속해 있을 뿐만 아니라 자기의 일부분을 이루고 있다는 것은 더욱 큰 기쁨이기도 했다.

「아주, 아주 찬성이야.」하고 그는 의미 심장한 얼굴로 말했다. 그리고 잠시 동안의 침묵 뒤 이렇게 덧붙였다. 「그런데 난 오늘 실수를 저질렀소. 그때 당신은 서재에 있었는데, 나는 피에르와 토론을 하다가 그만 발끈 화를 냈지 뭐요. 정말 하는 수 없었어. 그 사나이는 영락없는 어린애여서 말이오. 만약 나타샤가 그의 고삐를 잡지 않았더라면 어떻게 되었을는지도 몰라. 당신은 그가 무엇하러 페쩨르부르그에 갔었는지 아오? 그 패들은 거기서 음모를 하고 있는 거요.」

「네, 알고 있어요.」하고 백작 부인 마리야는 말했다.「나타샤에게 들었어요.」

「그럼 당신은 알고 있단 말이지?」그 토론을 상기한 것만으로도 흥분하면서 니콜라이는 말을 계속했다.「그 사나이는 정부에 반대하는 것이 모든 결백한 사람의 의무라고 나를 납득시키려고 하고 있으니 말이오. 그러나 선서니 의무니 하는 것은……. 당신이 그 자리에 없었던 것이 유감스러워. 그러니까 그자들은 모두 나서서 제니소프와 나타샤까지도 한패가 되어 공격하더군. 나타샤는 정말 웃기지 뭐요. 그것은 언제나 남편을 궁둥이 밑에다 깔고 있으면서도 토론이라도 하는 날에는——자기의 사상이라고 하는 것은 하나도 없이——그저 남편이 말하는 것을 흉내낼 뿐이야.」가장 귀중한, 가장 친애하는 사람을 비난하지 않고는 배기지 못하는 억누를 수 없는 충동에 이끌려 니콜라이는 이렇게 덧붙였다. 니콜라이는 자기가 지금 나타샤에 대해서 말한 것이 바로 그대로 자기와 아내의 관계에 들어맞는다는 것을 깜박 잊고 있었던 것이다.

「네, 저도 그것은 알아채고 있었어요.」하고 마리야 백작 부인이 말했다.

「내가 의무와 선서는 무엇보다도 귀중하다고 말하자 그 사람은 정말 큰일날 소리를 하더군그래. 정말로 당신이 없었던 것은 유감이오. 만약 당신이 있었다면 무엇이라고 말했을까?」

「저는 당신의 생각이 정말 옳다고 생각해요. 저는 나타샤에게도 그렇게 말했었어요. 피에르 씨의 말에 의하면 누구나 모두 괴로와하고 있다, 고생하고 있다, 타락하고 있다, 그러니까 그 이웃을 구출하는 것은 우리들의 의무라는 거예요. 물론 그것은 그래요.」하고 마리야 백작 부인은 계속 말했다.「그렇지만 그분은 잊고 계세요. 우리들은 자신을 위해서라면 모험을 해도 상관 없지만, 아이들을 위해선 그런 일을 할 권리가 없어요.」

「그래, 바로 그거야. 내가 그 사람에게 말한 것도 말하자면 그거야.」정말로 자기가 그렇게 말한 듯한 느낌이 들어 니콜라이는 말을 가로챘다.「그런데 그 패들은 이웃에 대한 사랑이니 기독교니 하고 언제까지고 똑같은 것만을 우겨 대고 있는 거야. 더우기 그것은 니콜리니카에게 있는 앞이 아닌가 말이오. 그 아이는 서재에 들어와 모두 막 부러뜨려 버렸어.」

「아, 여보, 니콜라스, 전 니콜리니카에게 항상 괴로움을 당하고 있어요.」하고 마리야 백작 부인은 말했다.「그 아이는 정말 예사롭지 않은 아이예요. 저는 우리

아이들에게 정신이 팔려 그 아이를 잊고 있는 것 같아 마음에 걸려 못 견디겠어요. 우리들은 저마다 자기의 아이를 가지고 있고, 저마다 자기의 부모 형제란 것이 있지만, 그 아이에겐 전혀 그런 것이 없으니까 말이에요. 그 아이는 언제나 혼자서 무엇인가 생각에 잠겨 있어요.」

「아냐, 새삼스럽게 당신은 그 아이 때문에 자기를 꾸짖을 필요는 없소. 지극히 부드러운 어머니가 자기 아들에게 해주는 정도의 것을 당신도 그 아이에 대하여 이제까지 해왔고, 지금도 하고 있지 않소? 물론 나도 그것을 기뻐하고 있소. 그 아이는 참으로, 참으로 훌륭한 아이오. 오늘 밤에도 그 아이는 피예르의 이야기를 열심히 듣고 있었던 모양이오. 아, 글쎄, 모두 야식을 들러 나가려다가 무심코 보았더니 내 책상 위의 것을 모두 산산이 부러뜨려 버리지 않았겠소. 그러나 바로 그것을 내게 말하는 거예요. 나는 그 아이가 거짓말을 하는 것을 들은 적이 없소. 참으로, 참으로 훌륭한 아이오!」 하고 니콜라이는 되풀이했다. 그는 내심 니콜리니카를 좋아하지 않았으나 그런 까닭으로 더욱 언제나 이 아이를 훌륭한 것으로 인정하려고 했다.

「그러나 어떻든 전 어머니와 똑같을 수는 없으니까요.」 하고 마리야 백작 부인은 말했다. 「똑같을 수는 없는 것을 알고 있기 때문에 저는 마음에 걸려 못 견디겠어요. 정말 좋은 아이예요. 그러나 저는 그 아이가 걱정이 되어 견딜 수 없어요. 사람들 틈에 끼는 게 그를 위해선 유리할 거예요.」

「아니, 뭐, 이제 그리 오래 갈 일도 아니야. 이번 여름엔 페쩨르부르그로 데리고 갈 테니까.」 하고 니콜라이는 말했다. 「정말 피예르는 언제나 공상가였지만 앞으로도 역시 마찬가지일 거야.」 또 그의 마음을 흥분시키고 있는 듯한 서재의 논쟁으로 돌아가면서 니콜라이는 말을 계속했다. 「흥, 아라크체예프가 좋지 않다느니 하는 것이 그래 내게 무슨 관계가 있다는 거야? 나는 결혼한 사람이고, 당장 감옥에 들어갈 만큼 빚을 지고 있는 데다가 그런 것을 전혀 알 수도 살필 수도 없는 어머니가 있단 말이야. 아라크체예프가 다 뭐야? 게다가 당신, 아이들 일, 이런 것도 있어. 내가 아침부터 밤까지 돌아다니고 사무실에 앉아 있고 하는 것은 도대체 나의 즐거움을 위해서일까? 천만에, 나는 어머니를 안심시키고 당신에게 빚을 갚게 하고, 그리고 아이들을 이전의 나 같은, 거지와 다름 없는 처지에 떨어뜨리지 않게 하기 위해서 일하지 않으면 안 돼. 내가 알고 있는 것은 이것뿐이야.」

마리야 백작 부인은 남편에게 사람은 빵만으로 사는 것이 아니라는 것이며, 그가 이런 일을 너무 중대시한다는 것을 이야기하고 싶었다. 그러나 그런 말은 해선 안 될 뿐더러, 아무 소용이 없다는 것도 그녀는 알고 있었다. 그녀는 그저 남편의 손을 잡고 키스했다. 그는 아내의 이 동작을 자기의 말에 대한 승인과 찬성의 표시로 받아들였다. 그리고 잠시 묵묵히 생각하고 있다가는 자기의 생각을 목소리에다 담으면서까지 계속했다.

「이봐, 마리.」 하고 그는 말했다. 「오늘 일리야 미트로파느이치(그것은 소유지의 지배인이었다)가 탐보프의 시골에서 찾아왔는데 지금은 그 숲이 팔만 루블리에 팔린 모양이야.」 그리고 니콜라이는 활기 있는 얼굴로 멀지 않아 오트라드노예를 도로 살 수 있을 것 같다는 것을 이야기하기 시작했다. 「앞으로 십 년만 지나면 나도 아이들에게……훌륭한 신분을 누리게 해 보이겠소.」

마리야 백작 부인은 남편의 말을 경청하고 그가 말하는 모든 것을 잘 이해했다. 남편이 이처럼 자기의 사상을 이야기할 때면 그는 자기가 말한 것을 이따금 아내에게 물어보고, 아내가 딴 것을 생각하고 있는 것을 알아채면 기분이 나빠지는 버릇을 마리야 백작 부인은 잘 알고 있었다. 그래서 그녀는 그 때문에 비상한 노력을 하지 않으면 안 되었다. 왜냐하면 그녀는 남편의 이야기에 조금도 흥미를 가질 수 없었기 때문이었다. 그녀는 남편의 얼굴을 쳐다보면서 딴 것을 생각하고 있었다. 아니, 도리어 딴 것을 느끼고 있었다. 그녀는 자기가 이해하는 모든 것을 영원히 이해할 것 같지도 않은 이 사나이에 대해서 유순하고 따뜻한 애정을 느꼈다. 그리고 오히려 그 때문에 한결 열렬한 애정의 뉘앙스와 함께 남편을 사랑하고 있는 것만 같았다. 그녀의 마음을 빼앗고 남편의 계획의 자질구레한 점에 주의를 돌리는 것을 방해하는 이 감정 이외에 남편이 말하고 있는 것과는 전혀 관계 없는 여러 생각이 뇌리를 스치는 것이었다. 그녀는 조카가 흥분했다는 남편의 이야기는 그녀에게 굉장한 충격을 주었던 것이다. 조카의 부드럽고 민감한 성격의 가지가지 모습이 그녀의 마음에 떠올랐다. 그녀는 조카에 대한 자기의 감정을 자기의 아이들에 대한 감정과 비교했다. 그리고 니콜리니카에 대한 감정에는 무엇인가 부족한 것이 있는 것을 발견하고 서글프게 생각했다.

이 차이는 나이에 의한 것이 아닌가 하는 생각이 때때로 그녀의 마음에 일어났다. 그러나 그녀는 조카에 대하여 미안한 느낌이 들었다. 그리고 그녀는 자기의 잘못을 바로잡고 그리고 이 세상에서 불가능한 일, 말하자면 그리스도가 인류를 사랑한 것처럼 남편도 아이들도 니콜리니카도 모든 동포도 사랑해야겠다고 마음 속으로 맹세했다. 마리야 백작 부인의 넋은 언제나 무한한 것, 영원한 것, 완전한 것을 향해서 나아가려고 하고 있었으므로 그녀는 언제나 가만히 있지 못했다. 육체의 무게에 짓눌려 헐떡거리는 영혼의 숭고한 숨겨진 괴로움이라고도 할 엄숙한 표정이 그녀의 얼굴에 나타났다. 니콜라이는 그 얼굴을 찬찬히 쳐다보았다.

「아아! 만약 아내가 죽기라도 하면 우리는 어떻게 될까? 아내의 저런 낯빛을 보면 언제나 난 그런 느낌이 든다.」 하고 그는 생각했다. 그리고 고상 앞에 서서 저녁 기도를 외기 시작했다.

16

나타샤도 남편과 단 둘이 되자 부부 사이에서만 볼 수 있는 방법으로 이야기를 시작했다. 말하자면 추리와 판단과 결론을 무시하고 온갖 논리의 법칙에도 배반된 유다른 방법으로 너무도 이상할이 만큼 빠르고 또한 명료하게 상호의 사상을 이해하기도 하고 표현하기도 하기 시작했다. 나타샤는 이 방법으로 남편과 이야기하는 것에 길들어 버렸으므로 피예르가 논리적인 사고를 전개할 때는 오히려 그것이 둘의 사이가 원만하지 않은 것을 증명하는 무엇보다도 정확한 징후라고 생각할 정도가 되었다. 피예르가 따지듯한 이론적인 어조로 꼬치꼬치 이야기하거나 또 그녀까지 남편의 어조에 말려들어 똑같은 식으로 말할 때는 그것이 반드시 말다툼의 씨가 된다는 것을 그녀는 알고 있었다.

단 둘이 되자 나타샤는 행복으로 젖은 듯한 눈을 크게 뜨고 살며시 남편에게로 다가가 느닷없이 날쌔게 그 머리에다 양팔을 두르고 자기 가슴에다 껴안으면서 이렇게 말했다.

「자, 이젠 당신은 완전히, 완전히 제것이에요, 제것이에요! 이제 놓치지 않을 테니까!」 이렇게 말한 순간부터 이 논리의 법칙에 배반된 이야기가 시작되었다. 아닌게 아니라 일시에 가지가지 문제를 이야기한다는 것만으로도 이미 비논리적이었다. 그렇게 일시에 가지가지의 것을 이야기해도 상호의 명석한 이해를 방해하지 않을 뿐만이 아니라 도리어 그것이 완전한 이해의 확실한 증거가 되는 것이었다.

꿈 속에선 그 꿈을 지배하는 감정 이외엔 모두가 애매하고 무의미하고 모순투성이이지만, 그와 똑같이 온갖 논리의 법칙에 배반된 이 교류 관계에 있어서도 처음부터 끝까지 일관되어 있는 것은 언어가 아니고 언어를 밀어내고 있는 감정뿐이다.

나타샤는 오빠의 일상 생활에 관한 것이며, 남편의 부재중 얼마나 자기가 목숨이 깎여 나가는 듯한 생각을 하였는가 하는 것이며, 마리가 한결 좋아졌다는 것이며, 마리가 온갖 점에 있어서 자기보다 뛰어나 있다는 것 등을 피예르에게 이야기했다. 이러한 때 나타샤는 마음으로부터 마리의 우월함은 인정하지만 그래도 역시 그녀는 피예르에게 마리는 물론 다른 어떤 여자보다도 자기가 제일 좋다고 말해 달라고 요구했다. 특히 지금처럼 남편이 페쩨르부르그에서 많은 여자를 보고 온 뒤는 더 한층 그것을 그에게 되풀이시키고 싶다고 진지하게 털어놓았다.

피예르는 나타샤의 물음에 대답하면서 페쩨르부르그에서 귀부인 대상의 야회며 연회가 얼마나 견딜 수 없는 것이었던가 하는 것을 들려 주었다.

「귀부인들과 이야기하는 법을 완전히 잊어버려서 말이오.」하고 그는 말했다. 「그저 지리할 뿐이야. 게다가 워낙 바빴기 때문에.」

나타샤는 찬찬히 피예르를 쳐다본 뒤 말을 계속했다.

「마리 말이에요, 그분은 정말 훌륭한 사람이죠!」하고 그녀는 말했다. 「그분은 어린애의 기분을 살리는 것이 정말 훌륭해요. 마치 아이들의 넋만 보고 있는 것 같아요. 이를테면 어제만 하더라도 미찌니카가 투정을 부리기 시작하지 않았겠어요…….」

「아니 그 아이는 아버지를 꼭 닮았어.」

피예르가 가로막았다.

어째서 피예르가 미찌니카와 니콜라이가 닮았다는 얘기를 꺼냈는지를 나타샤는 잘 알고 있었다. 피예르는 처남과의 논쟁을 생각하기만 해도 불쾌했으므로 그것에 대해서 나타샤의 의견을 듣고 싶었던 것이다.

「니콜라이는 말이에요, 무슨 일이건 모든 사람에게 받아들여지지 않는 한 절대로 동의하지 않아요. 그것이 그분의 약점이에요. 그렇지만 전 알고 있어요. 당신에게 귀중한 것은 〈새로운 활동 분야를 개척한다〉는 것이죠.」전에 피예르가 했던 말을 되풀이하면서 나타샤는 이렇게 말했다.

「아니, 그렇다기 보다는,」하고 피예르는 말했다. 「니콜라이에 있어서는 사상과 논리 따윈 단순한 장난이며 심심풀이에 가까운 거야. 말하자면 지금 그는 서고를 만들고 있는데 전에 산 책을 다 읽기 전에는 새로운 것을 사지 않는다는 것을 규칙으로 하고 있어. 시스몬디도 루소도 몽테스키외도 말이지.」피예르는 미소를 머금으면서 이렇게 덧붙였다.

「당신도 알고 있을 테지만 나도 얼마나 그를…….」그는 자기의 말을 부드럽게 하려고 이렇게 말하기 시작했다. 그러나 나타샤는 가로막았다. 그럴 필요는 없다는 것을 남편에게 느끼게 하기라도 하듯이.

「그럼 당신은 오라버니에겐 사상이란 것은 장난에 지나지 않는다는 말씀이시군요…….」

「그렇지, 그러나 나에겐 사상 이외의 것이 모두 장난이란 말이야. 나는 페쩨르부르그에 있는 동안 내내 누구를 보나 꿈 같은 느낌이 들었어. 사색에 마음을 빼앗기고 있을 때 그 이외의 것은 모두 장난에 지나지 않아.」

「아, 당신이 아이들과 인사하는 것을 보지 못한 것이 전 정말 유감스러워요.」하고 나타샤는 말했다. 「어느 아이가 가장 기뻐했죠? 틀림없이 리자겠죠?」

「응.」하고 피예르는 말했다. 그리고 자기의 마음을 차지하고 있는 쪽으로 화제를 돌렸다. 「니콜라이의 말에 의하면 우리들은 생각하면 안 된다는 것이오. 그러나 나는 그럴 수 없소. 나는 페쩨르부르그에서도 만약 내가 없으면 모든 것이 무너져 없어질 것이라고 느꼈었어(나는 당신에게 단언할 수 있어). 그 사람들은 모두 제멋대로를 지껄이고 있는 거야. 그러나 좌우간 그건 그렇고, 아뭏든 나는 그들 전체를 결합시키는 데 성공했다오. 게다가 내 사상은 지극히 간단 명료해. 나는 누구 누구에게 반대하지 않으면 안 된다고는 말하지 않아. 우리에게도 잘못은 있을 수 있으니까 말이지, 나는 다만 이렇게 말할 뿐이야. 선을 사랑하는 자는 서로 손을 마주 잡으라, 그리고 실천적인 선을 유일한 기치로 하라고 말이지. 세르기이 공작은 훌륭한 사람이야. 그리고 총명한 분이고.」

나타샤는 피예르의 사상의 위대함을 조금도 의심하고 싶지는 않았지만, 다만 하나 그녀를 어리둥절하게 하는 것이 있었다. 그것은 피예르가 자기의 남편이라는 사실이었다. 『도대체 이처럼 훌륭한 그리고 세상을 위해서 필요한 사람이 동시에 나의 남편이라니, 아니 정말로 이분이 누구보다도 가장 현명하다는 것을 확실히 결정지어 주는 사람은 누구 누구일까?』하고 나타샤는 자문했다. 그리고 피예르가 마음으로부터 존경하고 있는 사람들을 마음 속으로 추려 보았다. 평소의 그의 이야기로 미루어 보면 플라톤 카라타예프만큼 피예르에게 존경을 받고 있는 사람은 달리 아무도 없었다.

「제가 지금 무엇을 생각하고 있는지 아시겠어요?」하고 그녀가 말했다. 「플라톤 카라타예프에 대해서예요. 그분은 어떨까요? 당신에게 찬성할까요?」

피예르는 이 물음에 조금도 놀라지 않았다. 그는 아내의 사색의 순서를 알았기 때문이었다.

「플라톤 카라타예프!」하고 그는 말했다. 그리고 이 문제에 대한 카라타예프의 판단을 상상하려고 노력하는 듯이 진지하게 생각에 잠겼다. 「그 사나이는 이해하지 못했을 거야. 그러나 어쩌면 찬성하였을는지도 모르지.」

「전 정말로 당신이 좋아요!」나타샤는 불쑥 이렇게 말했다. 「정말로, 정말로!」

「아니, 찬성하지 않았을 거요.」피예르는 잠시 생각하고 이렇게 말했다. 「그 사나이가 찬성하는 것은 우리들의 가정 생활이었을 거요. 그는 만사에 있어서 미덕과 행복과 안정을 보기를 마음으로부터 바라고 있었으니까. 지금이라면 나도 그 사나이에게 자랑삼아 우리들 가정을 보일 수 있었을 텐데……. 당신은 아까부터 끊임없이 헤어져 있는 동안이 이러니저러니 말했지만, 나도 역시 당신과 헤어진 뒤에 내가 얼마나 특별한 감정을 가지는지 당신은 믿지 않을 거요…….」

「아, 또…….」 하고 나타샤는 말하기 시작했다.

「아니, 그게 아냐. 나는 언제까지고 당신을 사랑하기를 계속하겠어. 이 이상으로 사랑할 수는 없소. 그러나 이것은 또 특별한……아아, 그래…….」 그는 끝까지 말하지 않았다. 그것은 부지중에 마주친 두 사람의 눈이 나머지를 말해 버렸기 때문이다.

「정말 어리석은 일이에요.」 하고 나타샤는 갑자기 말했다. 「밀월(蜜月)이 이러니저러니, 최대의 행복은 처음 동안 뿐이라느니 하는 것은 엉터리예요. 오히려 지금이 가장 좋은 때예요. 그저 당신이 어딘가로 떠나시지만 않는다면요. 기억하고 계세요? 우리들은 곧잘 말다툼을 했죠. 언제나 제가 나빴어요. 잘못한 건 언제나 저였어요. 그러나 무엇 때문에 말다툼을 했었는지 저는 전혀 기억이 없어요.」

「언제나 똑같은 것이지 뭐.」 하고 피예르는 미소를 띄우고 말했다. 「질투…….」

「싫어. 그 말 하면 전 견딜 수 없으니까요.」 하고 나타샤는 외쳤다. 그리고 싸늘한 심술궂은 빛이 그녀의 눈 속에서 번득였다. 「당신, 그이를 만났죠?」 잠시의 침묵 뒤 그녀는 이렇게 덧붙였다.

「아니, 설사 만났다고 하더라도 누군지 몰랐을 거야.」

둘은 다시 잠자코 있었다.

「아시겠어요? 당신이 서재에서 이야기하고 계실 때 전 당신을 보고 있었어요.」 지금 둘의 위에 덮친 구름을 몰아내려고나 하는 듯이 나타샤는 말했다. 「정말, 당신은 그 꼬마와(그녀는 자기의 아이를 이렇게 불렀다) 정말 꼭 닮았어요. 어머, 이제 그 아이한테 가 보아야 해요……. 시간이 됐어요. 그렇지만 가기가 서운해서…….」

그들은 몇 초 동안인가 입을 다물었다. 이윽고 갑자기 얼굴을 동시에 마주 대하고 무엇인가를 말하려 했다. 피예르는 자못 만족스럽게 열심히, 그리고 나타샤는 조용하고 행복한 듯한 미소를 띄우고 이야기하려 했다. 그리고 양쪽에서 부딪쳐서 함께 다 입을 다물고 서로 양보했다.

「아니, 무슨 이야긴데? 말해 봐요, 말해 봐.」

「아녜요. 당신이 말씀하세요, 전 그저 그 쓸데없는 이야기예요.」 하고 나타샤는 말했다.

피예르는 자기가 이야기하려던 것을 말했다. 그것은 페쩨르부르그에서 거둔 성공에 관한 자못 만족한 듯한 회상담의 연속이었다. 그 순간 그는 자기가 러시아

의 사회는 물론 전세계에 새로운 방향을 주는 사명을 띠고 있는 것 같은 느낌이
들었다.

「나는 그저 위대한 결과를 낳은 사상은 모두 단순한 것이라고 말하고 싶었어.
만약 나쁜 인간이 하나의 힘으로 결합한다면 정직한 사람들도 똑같이 하지 않으
면 안 돼. 내 사상은 그저 그것뿐이야. 참으로 단순하지 않아?」

「그래요.」

「그런데 당신은 무엇을 말하려고 했었지?」

「저는 그저 그냥, 쓸데없는 말이에요.」

「글쎄, 그렇더라도.」

「아녜요, 아무것도 아녜요, 쓸데없는 말이에요」 나타샤는 한층 더 밝은 미소로
얼굴을 빛내면서 말했다. 「전 그저 페쨔에 대해서 이야기하려고 했을 뿐이에요.
오늘 보모가 그 아이를 받으려고 제 옆으로 다가왔었어요. 그러자 그 아이는 웃
으면서 눈을 감고 저한테 꽉 매달리지 않겠어요? 아마 제딴엔 숨은 셈이었을 거
예요. 정말 귀여워 죽겠어요. 어머, 그 애가 울고 있군요. 그럼, 안녕!」 이렇게 말
하고 나타샤는 방에서 나갔다.

바로 이때, 아래의 니콜리니카 볼콘슨키이의 침실엔 언제나와 같이 불이 커져
있었다(이 소년은 어둠을 두려워했다. 이 결점은 교정되지 않았다). 데살은 쿠션
을 네 개 포개어 거기다 머리를 얹고 자고 있었다. 그리고 그의 매부리코는 드르
렁드르렁하고 규칙 바르게 코고는 소리를 내고 있었다. 니콜리니카는 식은땀을
흘리고 막 잠을 깼다. 그는 눈을 크게 뜨고 침대 위에 일어나 앉은 채 똑바로 앞
쪽을 쳐다보고 있었다. 무서운 꿈이 그의 잠을 깨웠던 것이다. 그는 피예르 아저
씨와 자기가 플루타크 영웅전의 삽화에 있는 것과 같은 투구를 쓰고 있는 꿈을
꾸었다. 그와 피예르 아저씨는 대군의 선두에 서서 나아가고 있었다. 이 군대는
공중에 비스듬히 쳐진 흰 선—데살이 〈성모의 실〉이라고 부르고 있는—가을
하늘에 걸린 거미줄 같은 것으로 되어 있었다. 앞쪽에는 영광이 있었다. 역시 똑
같은 실 같은 것이었으나 다만 조금 두께가 있었다. 그와 피예르는 경쾌하고 즐
겁게 목적을 향하여 날아갔다. 갑자기 두 사람을 조정하고 있던 실이 약해지고
엉키기 시작했다. 괴로와졌다. 니콜라이 일리이치 고모부가 무섭고 엄숙한 태도
를 하고 두 사람 앞에 섰다.

「이건 네가 했지?」 니콜라이 고모부는 부러진 봉랍과 펜을 가리키면서 이렇게
말했다. 「나는 너를 사랑하고 있었다. 그러나 아라크체예프의 명령이니까 나는
누구나 앞으로 나온 자를 냅다 베어 버리겠다.」 니콜리니카는 피예르 쪽을 돌아

보았다. 그러나 피에르는 이제 있지 않았다. 피에르는 어느 틈에 아버지인 안드레이 공작이 되어 있었다. 아버지는 모습도 형상도 가지고 있지 않았지만 그러나 거기에 있었다. 그것을 보자 니콜리니카는 아버지에 대한 애정으로 마음이 약해지는 것을 느꼈다. 그는 자기가 힘을 잃고 뼈가 없는 유동체가 되어 버린 것 같은 느낌이 들었다. 아버지는 그를 어루만지고 귀여워하였다. 그러나 니콜라이 일리이치 고모부가 차츰차츰 가까이 다가왔다. 공포가 니콜리니카를 엄습했다. 그는 잠이 깼다.

『아버지다.』 하고 니콜리니카는 생각했다. 『아버지가(그의 집에 아주 꼭 닮은 안드레이 공작의 초상이 두 폭이나 있었으나 그럼에도 불구하고 니콜리니카는 아직 한 번도 인간의 형상을 한 아버지를 상상한 적이 없었다), 아버지가 옆으로 와 나를 귀여워 해주셨다. 그리고 내가 한 일을 잘 했다고 말씀하셨다. 피에르 아저씨가 한 일도 좋다고 말씀하셨고, 설사 무슨 일이건 아버지가 말씀하신 것이라면 나는 그것을 꼭 해 보이겠다. 무키우스 스카이볼라는 자기의 손을 태웠다. 나도 일생 동안 그런 일이 없다고는 단언할 수 없다! 지금 모두 나를 공부시키려고 하고 있다. 그것은 나도 알고 있다. 그러니까 나는 공부하겠다. 그러나 언젠가는 나는 그러한 것은 그만둘 때가 온다. 그때에는 정말로 해 보이겠다. 나는 꼭 한 가지 하느님께 부탁이 있다. 플루타크 영웅전의 사람들에게 일어났던 일이 내 몸에도 일어나게 해주십사 하고 빌고 있다. 나도 똑같은 일을 해 보이겠다. 더 훌륭이 해 보이겠다. 모든 사람이 나를 알고 모든 사람이 나를 사랑하고 모든 사람이 내게 탄복하도록 해 보이겠다.』 갑자기 니콜리니카는 그의 가슴에 통곡이 치밀어 오르는 것을 느껴 그는 울기 시작했다.

「어디 편찮아요?」 하는 데살의 목소리가 들렸다.

「아니.」 하고 니콜리니카는 대답하고 베개 위에 누웠다. 『저분은 친절하고 좋은 사람이다, 나는 저 사람이 좋다.』 그는 데살에 대하여 이렇게 생각했다. 『그러나 피에르 아저씨는? 아, 참으로 훌륭한 사람이다! 그러나 아버지는? 아버지! 아버지! 그렇다, 나는 아버지까지도 만족해 하시는 일을 해 보이겠다…….』

제 2 장

1

역사의 대상은 여러 민족과 인류의 생활이다. 하지만 인류는 말할 것도 없고 단 한 민족의 생활조차도 이것을 단적으로 포착하고 언어로 둘러싸는 것, 즉 묘사한다는 것은 불가능한 일이라고 생각된다. 종래의 역사가들은 포착하기 어려운 것으로 보이는 민족 생활을 포착하고 묘사하기 위해서 가끔 하나의 단순한 방법을 취했다. 그들은 민족을 지배하는 개개 인물의 활동을 묘사했다. 이 활동은 그들에게 있어 전 민족의 활동을 표현하는 것이었다.

도대체 어떻게 해서 개개의 인물이 자기의 의지대로 민족을 움직였던가, 또 이러한 인물들의 의지 그것은 무엇에 의해서 지배되었던가? 이러한 물음에 대하여 사가들은 다음과 같이 대답했다. 첫째의 물음에 대한 대답은, 선택한 일개인의 의지에 국민을 복종하게 하는 신의 뜻의 승인으로 행해진 것이며, 둘째의 물음에 대한 대답은, 이 선택된 인물의 의지를 예정된 목적으로 향하게 하는 것 같은 신의 뜻의 승인에 의한 것이라고.

이렇게 이러한 문제들은 신이 인류의 일에 직접 관여한다는 신앙에 의해서 해결을 찾아내고 있었던 것이다.

그러한 새로운 역사학은 그 이론에 있어서 이러한 가설을 거부해 버리고 말았던 것이다.

이리하여 인간이 신에 복종한다든지, 국민이 일정한 목적으로 이끌린다든지 하는 고인의 신앙을 물리친 새 역사학은 당연한 결과로서 권력의 표시가 아니라 그것을 형성하는 원인을 연구의 대상으로 선택하지 않으면 안 될 것이다.

그러나 새 역사학은 그것을 하지 않았다. 이론상으로는 재래의 역사가의 견해를 물리쳤음에도 불구하고 실제에 있어서는 그것에 따르고 있는 것이다.

신에게서 권력이 주어지고 직접 신의 의지에 의해서 인도되는 사람들 대신 새 역사학은 비범한 초인적인 재능이 부여된 영웅과 군주와 군중을 움직이는 신문 기자에 이르기까지 가지가지 재질의 인간을 선택하고 있다. 유태, 그리스, 로마의 여러 민족이 인류 운동의 목표로 간주하고 신의에 들어맞는 것이라고 생각했던 목적 대신, 새 역사학은 자기 자신의 목적을 수립했다. 그것은 프랑스, 독일, 영국의 복지이고, 가장 추상적인 인류라는 말은 언제나 대륙의 북서의 조그만 일우(一隅)를 차지한 소수의 국민을 의미하는 것이다.

새로운 사학은 종래의 신앙을 물리쳤으나 그것에 대신할 새로운 견해를 수립하지 않았다.

그리고 그러한 입장 때문에 황제의 신권과 고대인들의 숙명을 표면상으로만 물리친 역사가들은 딴 길로 똑같은 결과에 다다르게 하지 않을 수 없었다. 즉,

(1) 여러 국민은 개개의 인물에 의하여 지도되고 있다.

(2) 여러 민족과 인류 전체가 뜻하고 있는 어떤 목적이 존재한다는 두 가지 명제를 인정하지 않을 수 없었던 것이다.

기본을 비롯하여 바클에 이르기까지 근대 역사가의 모든 저술은 표면적으로는 의견이 구구하게 갈리고 또 저마다 견해의 참신을 다투고 있음에도 불구하고 그 근처에는 먼 옛날부터 피할 수 없는 이 두 가정이 가로놓여 있는 것이다.

첫째, 역사가는 그들의 의견에 의하면 인류를 지도했다고 생각되는 개개의 인물의 활동을 묘사하고 있다. 어떤 자는 군주, 장군, 대인을 그러한 인물이라고 인정하고 어떤 자는 군주 외에 웅변가, 학자, 개혁자, 철학자, 시인도 들고 있다.

둘째, 인류가 인도되어 가는 목적이 역사가에게는 분명한 것으로 되어 있다. 즉 어떤 자는 이 목적을 로마, 스페인, 프랑스, 여러 나라의 번영에 있다고 하고, 또 어떤 자는 유럽이라고 일컬어지고 있는 세계의 조그만 일우에 있어서의 자유와 평등 및 어떤 종류의 문명을 가지고 그 목적이라고 하고 있다.

1789년 파리에 동요가 일어났다. 이윽고 그것이 차츰 성장하고 확대되어 마침내 서에서 동으로 향하는 민족의 이동이라는 형태로 나타났다. 이 운동은 몇 차례 동쪽으로 나아갔다가는 동에서 서로 향하는 반대 운동과 충돌했다. 1812년이 되자 이 운동은 그 최대 극한으로 모스크바에 이르렀다. 그리고 놀라운 균형과 함께 동에서 서로 향하는 역운동이 행해졌다. 그리고 첫째의 운동과 마찬가지로 중간의 여러 국민을 자신의 배후에 끌어들였다. 이 복귀 운동은 서점(西漸) 운동의 출발점인 파리에 이르러 가라앉았다.

이 이십 년 동안에 광막한 면적은 황폐해지고, 집들은 불태워지고, 상업은 방향을 바꾸고, 몇 백만의 사람이 재산을 잃고 혹은 재산을 모으고 살 곳을 옮겼다. 그리고 동포에 대한 사랑의 법칙을 신봉하고 있는 몇 백만의 그리스도 교도들은

서로 살육하는 것을 일삼고 있었다.

도대체 이런 것들은 모두 무엇을 의미하는 것일까? 무엇에서 일어난 것일까? 이러한 사람들에게 집을 태우게 하고 동포를 죽이게 한 것은 무엇일까? 이러한 사건들의 원인은 과연 어디에 있는가? 어떠한 힘이 이러한 사람들에게 그러한 행위를 감행케 했는가? 이것이야말로 인류 전체가 이미 지나간 이 기간의 문헌과 전설에 부딪쳤을 때 부지중에 자문하는 지극히 정당한 그리고 정직한 의문이다.

이 의문을 해결하기 위해서 우리들이 의지하는 것은 여러 민족이나 인류의 자기 인식을 목적으로 하는 역사 과학이다.

만약, 역사학이 낡은 견해를 견지하고 있었다면 다음과 같이 말했을 것이다. 신은 자기의 백성을 상벌(賞罰)하기 위해서 나폴레옹에게 권력을 부여했고 또한 자기의 신성한 목적을 관철하기 위해 나폴레옹의 의지를 지도했던 것이라고. 그리고 그 대답은 완전하기도 하고 명확하기도 하였을 것이다. 나폴레옹의 신격적(神格的)인 의의를 믿거나 말거나 각자의 자유이지만, 믿는 자에게 있어서는 이 시대의 역사 전체를 통해서 모든 것을 이해할 수 있을 것이고 어떠한 반론도 존재할 수 없을 것이기 때문이다.

그러나 새로운 역사학은 그렇게 대답할 수는 없다. 비판적인 과학은 신이 인류의 일에 직접 관여했다는 종래의 견해를 승인할 수는 없었다. 따라서 다른 대답을 줄 의무를 지니고 있다.

새 역사학은 이러한 물음들에 대한 대답으로서 다음과 같이 말한다. 이 운동은 무엇을 의미하는가, 무엇 때문에 일어났는가, 어떠한 힘이 이런 사건을 일으켰는가, 여러분은 그것이 알고 싶은가? 그렇다면 들으라.

『루이 14세는 지극히 오만 불손한 인간이었다. 그는 이러저러한 총희(寵姬)와 이러저러한 대신을 거느리고 있었고 프랑스에 악정을 베풀었다. 루이의 후계자들도 마찬가지로 무력한 인간이고 마찬가지로 프랑스에 악정을 폈다. 그들은 이러저러한 총신과 이러저러한 총희를 가지고 있었다. 그 외에 당시 몇몇 사람이 서적을 저술했다. 18세기 말엽에 스무 명 가량의 사람이 모여 만민은 평등하고 자유라는 것을 말하기 시작했다. 이것이 원인이 되어 프랑스 전체의 사람이 서로 죽이기도 하고 물에 빠뜨리기도 하기 시작했다. 이러한 사람들은 왕을 비롯하여 또 많은 사람들을 학살했다. 바로 이때 프랑스에 천재적인 인간이 나타났다. 바로 나폴레옹이다. 그는 도처에서 모든 것을 정복했다. 즉 많은 사람들을 죽였다. 그것은 그가 비상한 천재였기 때문이다. 그는 무엇 때문인지 아프리카인을 죽이러 갔다. 그리하여 실로 교묘하게 죽였으며 또한 무척 교활했으므로 프랑스로 돌아오자 모두에게 자기에게 복종할 것을 명령했다. 그러자 모두는 그에게 복종했던 것이다. 황제가 되고 나서는 그는 다시 이탈리아, 오스트리아로 인민을 죽이러 갔다. 그리고 이러한 나라에서 수많은 사람을 죽였다. 그러나 러시아는 알렉산드르 황제가 있어서 유럽의 질서를 회복하려고 결심하고 그 때문에 나폴레옹과 싸웠다. 그러나 1807년 그는 별안간 나폴레옹과 화해를 맺었으나 또 1811년에 싸움을 일으켰다. 이리하여 그들은 많은·백성을 죽이기 시작했다. 나폴레옹은 육십만의 군대를 이끌고 러시아에 침입하여 모스크바를 공략(攻略)했다. 그러나 그 뒤 갑자기 그는 모스크바에서 도망했으므로 알렉산드르 황제는 슈타인과 그 밖의 사람들의 진언에 쫓아 유럽의 여러 나라를 규합했다. 나폴레옹의 동맹국은 모두 그의 적이 되었다. 이 연합군이 다시 새로운 힘을 모은 나폴레옹에게 공세를 가했다. 이윽고 연합군은 나폴레옹을 정복했다. 그들은 파리에 입성했다. 그리고 나폴레옹에게 제위(帝位)를 버리게 하고 엘바 섬으로 귀양 보냈다. 그러나 오 년 전과 일 년 뒤에는 그를 무도한 도적으로 취급했음에도 불구하고 황제의 칭호를 빼앗지 않았을 뿐 아니라 온갖 존경을 그에게 표했던 것이다. 이윽고 그때까지 프랑스인을 비롯하여 동맹 여러 나라에서 그저 조소만을 받고 있던 루이 18세가 제위에 올랐다. 한편 나폴레옹은 지난 날의 근위병 앞에서 눈물을 흘리면서 제위를 물러나 유배지로 갔다. 그 뒤 민완한 정치가와 외교관들이(그 가운데서도 특히 탈레이랑은 수완을 부려 다른 어떠한 사람보다도 먼저 일정한 의자를 차지해 버리고 그것에 의해서 프랑스의 국경을 확장했던 것이다) 빈에서 회담하고 흥정에 의해 여러 국민을 기쁘게 하고 또는 슬프게 했던 것이다. 그러자 갑자기 외교관과 군주들이 논쟁을 시작하여 다시 군대로 하여금 서로 살육을 시작케 할 형편이었다. 그러나 바로 그때 나폴레옹이 일 개 대대의 병력을 이끌고 프랑스에 도착했다. 그러자 지금까지 그를 미워하고 있던 프랑스인 모두가 금방 그에게 굴복했던 것이다. 동맹 여러 나라의 군주는 이것에 화를 내고 또다시 프랑스와 전쟁을 벌이게 되었다. 그리하여 천재 나폴레옹은 패하고 이번에는 무뢰한으로 간주되어 세인트 헬레나 섬으로 유배되었다. 이리하여 정다운 사람들과 사랑하는 프랑스에서 격리당한 유형수는 고도의 바위 위에서 서서히 죽어 갔다. 그리고 자기의 위대한 공적을 후대에 전했던 것이다. 이윽고 유럽에는 반동이 생기고 모든 황제는 다시 자기의 국민을 괴롭히기 시작했다.』

　이것은 역사적인 서술에 대한 우롱이다, 희화화(戲畫化)다 하고 생각한대도 어쩔 수 없는 일이다. 그뿐만 아니라 각종의 수기와 각국의 역사를 비롯하여 만국사 또는 그 시대의 문화사들에 이르기까지 온갖 역사가 주는 모순투성이의 물음에 대답해 주지 않는 해답의 표현으로서는 이것이야말로 가장 온화한 형식인 것이다.

이러한 대답들의 기괴하고 우스꽝스러운 성질은 무엇에서 생겼는가? 그것은 새로운 역사학이 귀머거리와 같이 아무도 묻지 않는 것에 대답을 하기 때문이다.

만일 역사의 목적이 인류와 여러 민족 운동의 묘사에 있다고 하면, 첫째의 의문, 이것에 해답을 주지 않으면 그 밖의 것을 모두 이해할 수 없을 만큼 주요한 의문은 다름 아닌 어떠한 여러 민족을 움직이고 있는가 하는 것이다. 새로운 역사학은 이 의문에 대해서 나폴레옹이 굉장히 천재적이었다느니 루이 14세가 오만 불손하였다느니 또는 모모 작가가 모모 책을 썼다느니 하고 중언 부언하고 있었다.

이것은 모두 당연히 있을 수 있는 일이고 인류가 거기 동의할 수도 있다. 그러나 그들이 묻고 있는 것은 그런 것이 아니다. 만일 그 자신에 기인하고 또한 언제나 동일 상태에 놓여 있는 신적인 권력을 인정하고, 이 힘이 나폴레옹과 루이 왕과 여러 작가를 통하여 각 국민을 지배하고 있다는 것을 인정한다면 앞에서 말한 사실은 흥미가 있는 것일는지도 모른다. 그러나 우리들은 이 힘을 인정하지 않는다. 따라서 나폴레옹과 루이 왕과 작가들에 대해서 언급하기 전에 이러한 인물들과 여러 민족의 운동 사이에 존재하는 본질적인 관계를 분명히 하지 않으면 안 된다. 만일에 신적인 권력 대신 다른 힘을 배치한다면, 이 새로운 힘이 무엇인지를 설명하지 않으면 안 된다. 왜냐하면 이 힘 속에만 역사의 흥미 전체가 포함되어 있기 때문이다.

역사는 이 힘을 당연한 것이고 주지의 사실인 것처럼 전제하고 있는 것 같다. 그러나 이 힘을 주지의 것으로 인정하려 하는 희망이 아무리 강하다고 하더라도 역사상의 저술을 많이 독파한 사람일수록 역사가(歷史家) 자신에 의하여 구구한 해석이 주어지고 있는, 이 새로운 힘이 과연 완전히 주지의 사실이 되어 있는지 어떤지 본의는 아니나마 의심하지 않을 수 없을 것이다.

2

그렇다면 어떠한 힘이 여러 민족을 움직이고 있는 것인가?

일부의 전기 작가나 민족의 역사가들은 이 힘을 영웅과 군주에게 본래부터 구비되어 있는 권력이라고 해석하고 있다. 그들의 기술에 의하면 모든 사건은 나폴레옹, 알렉산드르, 혹은 일반적으로 그들이 취급하는 인물의 의지에 의해서만 일어나는 것이다. 사건을 움직이는 힘은 무엇인가 하는 물음에 대해서 이 부류의 역사가가 주는 대답은 만족할 만한 것이지만, 그러나 그것은 한 사건에 대해서 역사가가 한 사람밖에 없을 경우에 한한다. 국적과 견해를 달리하는 많은 역사가가 동일한 사건을 묘사하기 시작하자마자 그들에게서 얻는 대답은 이내 모든 의미를 잃어버린다. 왜냐하면 이 힘은 한 사람 한 사람의 역사가에 의해서 각양 각색으로 해석될 뿐 아니라 때로는 완전히 정반대로 해석될 때도 있기 때문이다. 어느 역사가가 단언한 바에 의하면 사건은 나폴레옹의 권력에 의해서 야기된 것이고, 둘째 번의 역사가의 말에 의하면 알렉산드르의 권력이 원인이고, 또 세째 번의 역사가는 이 두 사람 이외의 인물의 권력으로 돌리고 있다. 또 그뿐만 아니라 이 부류의 역사가는 동일 인물의 권력의 기초가 되어 있는 힘을 설명할 경우에까지 서로 상반된 주장을 내세우고 있는 것이다. 나폴레옹당(黨)인 티에르의 말에 의하면 나폴레옹의 권력은 그 자신의 덕성과 천재에 근거하고 있는 것이 되는데 공화당의 랑프레(1822~1877. 저서《나폴레옹 1세》-역주)의 말에 의하면 그것은 그의 권모 술수와 국민에 대한 기만에 근거하고 있다는 것이다. 이리하여 이 부류의 역사가는 서로 남의 주장을 말살하면서 그 일로 해서 사건을 끌어일으키는 힘의 관념까지 부숴 버리고 역사의 본질적인 의문에 아무런 대답도 주려고 하지 않는다.

세계의 모든 민족을 연구의 대상으로 하는 세계사(世界史)의 저자들은 사건을 끌어일으키는 힘에 관한 부분적인 역사가의 관찰이 잘못되어 있는 것을 인정하고 있는 듯이 보인다. 그들은 이 힘을 영웅이나 군주가 지닌 본래의 권력으로 보지 않고, 가지가지의 방향으로 돌려졌던 다수의 힘의 결과로, 사건의 원인을 한 인물의 권력에서 찾지 않고 사건에 결부되었던 많은 인물의 상호 작용에서 발견하려고 한다.

이 견해에 의하면 역사적인 인물의 권력은 다수의 힘의 소산이란 것이 되니까, 이미 권력 자체가 사건을 끌어일으키는 독립된 힘으로서 간주될 수는 없다. 그러나 그럼에도 불구하고 세계사의 저자들은 대부분의 경우 그 자신 사건을 끌어일으키고 또한 그 사건의 원인과 직접 관계가 있는 힘으로써 이 권력이라는 관념을 사용하고 있다. 그들의 서술에 의하면 역사적인 인물은 그 시대의 산물이고, 그 권력은 가지가지 힘의 소산에 불과한 것이 되는가 하면, 또 때에 따라서는 그 권력은 사건을 끌어일으키는 힘으로도 되는 것이다. 이를테면 게르비누스(독일의 역사가이자 셰익스피어 연구가. 1805~1872-역주), 슐로세르(독일의 역사가. 1776~1861 -역주), 그리고 그 밖의 사람은 나폴레옹을 두고 혁명의 산물이고 1789년의 사상의 소산이라고 주장하는가 하면, 1812년의 원정을 비롯하여 자기들의 마음에 들지 않는 그 밖의 사건은 방향을 그르친 나폴레옹의 의지가 낳은 결과이고 1789년의 사상 그것은 나폴레옹의 횡포에 의해서 발전을 저지당했다고 서슴 없이 단언하고 있다. 말하자면 혁명 사상과 그 시대의 일반적인 풍조는 나폴레옹의 권력을 낳았다. 그러나 나폴레옹의 권력은 혁명 사상과 당시의 일반적인 풍조를 압박했다는 것이다.

이 기괴한 모순은 결코 우연이 아니다. 이러한 모순은 도처에서 볼 수 있을 뿐 아니라 온갖 세계사의 저서는 이러한 모순의 연속으로 이루어지고 있다. 이 모순이 일어나는 원인은 세계사의 저자들이 한 번 분석의 길에 발을 들여 놓았다가 중도에서 걸음을 멈춰 버리기 때문이다.

구성 분자의 힘 그 총체의 힘 또는 합력(合力)을 제시하려면 그러한 구성 분자의 힘의 총화가 그 합력과 같은 것이어야 한다. 이 조건은 아직 한 번도 세계사의 저자에 의해서 지켜진 일이 없다. 따라서 그들은 합력을 설명하기 위해서 그들은 자기네가 갖는 구성 분자의 힘이 모자라기 때문에 합력에 작용하는 설명되지 않은 다른 힘을 가정하지 않으면 안 된다.

각론적(各論的) 역사가들은 1813년의 원정이라든가 혹은 부르봉 왕조의 부흥을 서술할 때, 이러한 사건들은 알렉산드르의 의지에 의해서 생긴 것이라고 단언하고 있다. 그러나 세계사의 사가 게르비누스는 이러한 각론적인 역사가의 관찰을 부정하고 13년의 원정이나 부르봉 왕조의 부흥은 알렉산드르의 의지 이외에 슈타인, 메테르니히, 마담 스탈, 탈레이랑, 피히테, 샤토브리앙 그리고 그 외의 사람들의 활동이 원인이라고 기술하고 열심히 논증하려고 하고 있다. 이 역사가는 분명히 알렉산드르의 권력을 탈레이랑과 샤토브리앙, 또 그 밖의 구성 분자로 분해하고 있었던 것이다. 이러한 구성 분자의 힘이 총화, 즉 샤토브리앙, 탈레이랑, 마담 스탈, 그 외의 사람들의 상호 작용은 분명히 총체의 힘에 일치하고 있지 않다. 즉 몇 백만의 프랑스인이 부르봉 왕조에 복종했다는 현상에 일치하고 있지 않다. 그렇기 때문에 이러한 구성 분자의 힘의 총화에서 몇 백만 명의 복종이라는 결과가 어떻게 나왔는지를 설명하기 위해서는, 즉 하나의 A와 똑같은 구성 분자의 힘에서 어떻게 천의 A와 똑같은 정도의 총체의 힘이 나왔는지를 설명하기 위해서는 역사가는 필연적인 조건으로서 일단 부정했던 똑같은 권력을 다시 승인하고 그것을 여러 힘의 결과로 인정하지 않으면 안 된다. 세계사의 사가는 바로 이것을 실행하고 있다. 그 결과 부분적인 역사가에 대해 모순되어 있을 뿐 아니라 자기 자신에게도 모순을 범하고 있는 것이다.

시골 사람들은 비의 원인에 대해서 뚜렷한 관념을 가지지 않기 때문에 비를 바라거나 혹은 쾌청을 바라는 자기들의 기분에 따라 바람이 구름을 쫓았다고도 하고 바람이 구름을 몰아왔다고도 한다. 세계사의 사가가 바로 그대로다. 자기들의 이론에 들어맞고 바랐던 것처럼 되었을 때에는 권력은 사건의 결과라고 말하고, 또 경우에 따라서 딴 것을 말할 필요가 있을 때에는 권력이 사건을 끌어일으킨다고 말하는 것이다.

문화사가로 불리는 제삼의 역사가는 이따금 문인과 귀부인을 사건을 끌어일으키는 힘으로 인정하는 세계사의 사가를 추종하면서도 전연 다르게 이 힘을 해석하고 있다. 그들은 이른바 문명 속에서 지적인 활동을 통하여 그것들을 보는 것이다.

문화사가는 그 선조인 세계사의 저자를 완전히 앞서고 있다. 왜냐하면 만일 역사적인 사건을 설명함에 있어서 어떤 사람들이 서로 이러저러한 사람들이 이러저러한 책을 썼다는 사실도 설명하지 못할 까닭이 없기 때문이다. 이 부류의 역사가는 모든 산 현상에 수반하는 무수한 징후에서 그저 지적인 활동의 징후만을 추려 이 징후야말로 원인이라고 한다. 그러나 그들이 사건의 원인은 지적인 활동 속에 있다는 것을 증명하려고 아무리 노력해도, 굉장한 양보 끝에야 지적인 활동과 민중의 운동 사이에 어떠한 공통점이 있다는 것에 동의할 수 있을 뿐이며 지적인 활동이 인간의 행위를 지배한다는 것은 도저히 승인할 수 없다. 왜냐하면 프랑스 혁명의 잔인무도한 살인 행위가 평등의 설교에서 일어났다느니 흉악한 전쟁이나 처형이 사랑의 가르침에서 나온다느니 하는 것은 이 가정(假定)과 모순되기 때문이다.

그러나 이러한 역사를 메우고 있는 모든 복잡한 논의가 모두 진리라고 인정한다고 하더라도, 또 관념이라고 불리우는 그 어떤 막연한 힘에 각 국민이 지배되는 것이라고 가정한다고 하더라도 역사의 본질적인 의문은 여전히 미해결인 채 방치되든가 아니면 혹은 전부터 존재하고 있던 군주의 권력이나 세계사의 사가에 의해 도입된 고문관과 그 밖의 인물의 세력에 다시 또 하나 관념이라는 새로운 힘이 첨가되고, 이 관념과 대중의 관계가 설명을 요구하게 되는 것이 고작이다. 나폴레옹이 권력을 가지고 있고 그 때문에 사건이 발생했다는 것은 이해할 수 있다. 또 어느 정도 양보하여 나폴레옹이 다른 세력과 함께 사건의 원인이 되었다는 것도 이해할 수 있다고 하자. 그러나 어째서 〈사회 계약설〉이라는 한 권의 책이 프랑스인으로 하여금 서로 살육을 하게 하였는가, 이 문의는 그 새 사상과 사건과의 인과 관계가 설명되지 않는 한 도저히 이해할 수 없다.

물론 동시에 생존하고 있는 모든 인간 사이에 어떤 관계가 이루어지고 있는 것은 의심할 나위도 없다. 따라서 인류의 운동과 상업, 공업, 원예, 그 밖의 온갖 것중에서 어떠한 관계를 발견할 수 있는 것과 마찬가지로 인류의 지적인 활동과 그 역사적인 운동 사이에서 이러한 관례를 찾아내는 것은 가능하다. 그러나 왜 인간의 지적인 활동이 문화사의 사가에 의해서 역사적인 전체의 원인 혹은 표현으로서 제시되는지 이 점은 이해하기 곤란하다. 역사가로 하여금 이런 결론에 도달케 한 것은 다만 다음과 같은 사실에 불과하다.

(1) 역사는 학자에 의해서 쓰이는 것이다. 따라서 자기들의 계급의 활동이 전 인류의 활동의 기초가 된다고 생각하는 것은 그들에게는 당연하고 또 유쾌한 일이기도 하다. 그것은 상인이나 농부나 병졸들이 이렇게 생각하는 것을 자연스럽고 또한 유쾌하게 느끼는 것과 똑같다. 다만 상인이나 병졸은 역사를 쓰지 않으니까 그 말을 하지 않을 따름이다.

(2) 정신 활동, 계몽, 문명, 문화 사상, 이것들은 모두가 불명료하고 막연한 관념이므로 이러한 기치 밑에 한층 의미가 뚜렷하지 않은, 따라서 어떠한 이론에도 용이하게 들어맞게 할 수 있는 이러한 말을 사용하는 것은 지극히 편리하기 때문이다.

그러나 이러한 종류의 역사에 내재하는 가치는 잠시 불문에 붙인다고 하더라도(누구를 위해서 아니면 무엇인가를 위해서 필요할지도 모른다) 요즘 더욱더 모든 세계사를 동화하는 경향에 있는 문화사는 종교상, 철학상, 정치상의 각종 학설(學說)을 역사적인 사건의 원인으로 하여 자세하고 또한 진지하게 분석하는 한편 실제적인 역사상의 사건, 이를테면 1812년의 원정 같은 것을 서술할 필요에 봉착하게 되면 그때마다 부지 불식간에 이 사건을 어떤 권력의 소산으로서 묘사하고 이 원정을 나폴레옹의 의지의 소산으로 단언한다. 이것은 주목할 만한 점이다. 이러한 주장을 늘어놓음으로써 문화사의 사가는 본의 아니게 자가 당착에 빠지고 혹은 그들이 생각해 낸 새로운 힘이 역사적인 사건을 표현하고 있지 않다는 것과 그들이 인정하지 않는 이러한 권력이라는 것을 스스로 증명하는 것이다.

3

기관차가 움직이고 있다. 어째서 저것이 움직이는 것일까 하는 의문이 생긴다. 한 농부는 악마가 움직인다고 한다. 또한 사람은 기관차가 달리는 것은 차바퀴가 움직이기 때문이라고 한다. 또 어떤 사람은 바람에 날리는 연기 속에 운동의 원인이 들어 있다고 단언한다.

농부는 굽히지 않는다. 완전한 설명을 생각해 냈기 때문이다. 그의 생각을 뒤집기 위해서는 누군가가 악마가 없다는 것을 증명하든지 아니면 다른 농부가 기관차를 움직이는 것은 악마가 아니라 독일인이라고 증명할 필요가 있다. 그때 생긴 모순 가운데에서 그들은 비로소 자기들이 양편 다 잘못되어 있었다는 것을 깨달을 것이다. 또 차바퀴의 회전에서 원인을 보았던 사람은 자기가 자기의 주장을 뒤집게 될 것이다. 왜냐하면 한 번 해부의 길에 발을 들여 놓은 이상 자꾸자꾸 추구하여 차바퀴의 회전의 원인을 설명하지 않으면 안 되기 때문이다. 이리하여 기관차를 움직이는 최후의 원인, 즉 기관 안에 압축된 증기에 도달할 때까지 이 원인의 탐구를 중지할 권리를 가지지 않는 것이다. 바람에 불려서 흘러가는 연기에 의해서 기관차의 운동을 설명했던 사람은 차바퀴의 설명이 원인이 되지 않은 것을 보고 최초에 손에 잡힌 징후를 포착하여 그것을 멋대로 원인으로 제시한 것에 불과하다.

기관차의 운동을 설명할 수 있는 유일한 관념은 외면적인 운동과 같은 힘의 관념이다.

여러 민족의 운동을 설명할 수 있는 유일한 관념은 민족 운동 전체와 똑같은 힘과 관념이다.

그런데 온갖 역사가는 이 관념을 다양한, 눈에 보이는 힘의 운동과 똑같지 않은 힘이라고 해석하고 있다. 어떤 사람은 기관차 속에서 악마를 보는 농부처럼 직접 영웅에 부속한 힘이라고 보고, 어떤 사람은 차바퀴의 운동을 주장하는 농부와 마찬가지로 다른 몇 개의 힘에서 생긴 힘이라고 보고, 어떤 사람은 흘러가는 연기처럼 지적인 영향이라고 본다.

역사가 개개의 인물, 이를테면 시저건 알렉산더건 또는 루터건 상관 없다. 개개의 인물을 취급하고, 사건에 관하여는 모든 사람들, 하나의 예외도 없이 모든 사람들을 취급하지 않는 한 하나의 목적을 향해서 인간을 움직이는 힘이라는 관념 없이 인류의 운동을 묘사한다는 것은 절대로 불가능하다. 그리고 역사가에 알려져 있는 이러한 종류의 관념은 권력이다.

이 관념은 오늘날 같은 서술법에 의한 경우 역사의 재료를 파악하는 데 있어서 둘도 없는 손잡이이다. 이를테면 바클같이 사적인 재료를 취급하는 다른 방법을 발견하지 않고 이 손잡이를 파기한 자는, 말하자면 스스로 최후의 수단을 포기하는 것에 지나지 않는 것이다. 사적인 현상을 설명함에 있어서 권력의 관념을 피할 수 없는 것은 세계사의 사가나 문화사의 사가 자신이 가장 잘 이것을 입증하고 있다. 그들은 권력 관념을 거부한 것같이 보이면서 끊임없이 이것을 사용하지 않을 수 없는 것이다.

인류의 문제에 관한 역사 과학은 현재 유통되고 있는 화폐, 즉 지폐나 경화(硬貨)와 같다. 그 중에서 전기적 역사(傳記的歷史)나 각 민족사는 지폐와 비교할 수 있다. 그러한 것들은 누구에게도 해를 끼치는 일이 없이 도리어 이익까지 가져오면서 자기의 사명을 완수하고 훌륭히 유통될 수 있다. 다만 그들이 무엇에 의해서 보장되고 있는가 하는 의문이 생기지 않는 한 어떻게 해서 영웅의 의지가 사건을 끌어일으켰는가 하는 의문만 잊는다면 티에르니 하는 류의 역사도 홍미와 교훈에 차 있을 뿐 아니라 또 시취(詩趣)까지도 포함하고 있다. 그러나 지폐의 인쇄가 용이하기 때문에 남발하게 되거나 혹은 금화와의 태환(兌換)을 요구당했을 때, 지폐의 실제 가치에 대한 의혹이 생기는 것과 마찬가지로, 이런 류의 역사도 너무 난작(亂作)된다는가 혹은 누군가가 단순하고 솔직하게 「도대체 나폴레옹은 어떤 힘을 가지고 그런 짓을 한 것인가?」하고 물었을 때, 말하자면 유통 지폐를 실제 관념의 순금으로 바꾸려고 했을 때 역사의 실제 가치에 대한 의혹이 생기는 것이다.

또 세계사의 사가나 문화사의 사가는 지폐의 불편을 인정하고, 경화를 만들려고 결심하면서 금만큼의 밀도를 가지지 않은 금속을 재료로 선택한 사람과 견줄 수가 있다. 그리하여 실제로 화폐는 경화로 되었으나 그것은 다만 단단하다. 것일 따름이다. 지폐는 무지한 사람을 속일 수도 있었으나 단단할 뿐이고 가치가 없는 경화는 아무도 속일 수 없는 것이다. 금화는 다만 태환을 위해서뿐만 아니라 실용을 위해서 사용될 때 비로소 금의 가치를 발휘한다. 마치 그것과 마찬가지로 세계사의 사가도 권력이란 무엇이냐는 역사의 본질적인 의문에 대답할 수 있을 때 비로소 황금이 될 수 있는 것이다. 세계사의 사가는 이 의문에 모순투성이의 대답을 하고 있고 문화사의 사가는 전연 이 문제를 회피하고 무엇인가 전혀 딴 것을 대답하고 있다. 금화를 닮은 메달이 그것을 금화로 인정할 것을 승낙한 사람들과 금의 성질을 모르는 사람들 사이에서만 사용할 수 있는 것과 마찬가지로 인류의 본질적인 의문에 대답하지 않는 세계사의 사가와 문화사의 사가는 무엇인가 어떤 목적을 위해서 대학이나 독자, 이른바 딱딱한 서적의 애호가 사이에서 유통 화폐로 도움이 되고 있을 뿐이다.

4

　민족의 의지는 한 선택된 사람에게 복종하고 그 의지는 신에 종속된다고 하는 종래의 견해를 거부한 이상 역사는 인류의 일에 신이 직접 참여한다는 옛날의 신앙으로 돌아가든가 혹은 권력으로 불리는 힘——역사적 사건을 일으키는 권력이라는 힘——의 의의를 명확히 설명하든가 둘 중의 하나를 선택하지 않는 한 모순 없이는 한 걸음도 발을 내딜 수 없다.

　전자로 돌아간다는 것은 신앙이 붕괴된 이상 불가능하다. 따라서 권력의 의의를 설명하는 도리밖에 없다.

　나폴레옹은 군세를 모아 싸우러 갈 것을 명령했다. 이 관념은 우리들에게 너무나도 습관적인 것이 되고 우리들은 완전히 이 견해와 동화돼 있기 때문에, 왜 나폴레옹이 이러저러한 말을 꺼냈을 때 육십 만의 인간이 싸움터로 갔었는가 하는 의문이 무의미한 것으로 생각될 정도이다. 그는 권력을 가지고 있었다. 따라서 그의 명령이 실행되었던 것이다.

　만일 그의 권력을 신에게서 주어진 것이라고 믿는다면 이 대답은 완전히 만족할 수 있는 것이다. 그러나 한 번 이것을 부정하자마자 이 다수에 대한 한 사람의 권력이란 과연 무엇인가를 정의(定義)할 필요가 생긴다.

　이 권력은 약자에 대한 강자의 육체적인 우월, 이를테면 헤르쿨레스의 권력과 같이 완력 사용이나 혹은 사용의 협박에 근거한 우월일 수는 없다. 또 그것은 일부의 역사가가 단순히 생각하고 있듯이 정신력의 우월에 기초를 둔 것일 수도 없다. 이 부류의 역사가의 말에 의하면 사상의 인물은 영웅이다. 즉 천재로 불리우는 특수한 정신과 이지의 힘이 부여된 사람이라고 생각하듯이 정신력의 우월에 근거한 것일 수도 없다. 나폴레옹과 같이 그 정신적인 자질에 관해서 여러 사가의 의견이 일치하지 않은 영웅은 여기에서 잠시 불문에 붙인다고 하더라도, 몇 백만의 사람들을 지배하고 있던 루이 11세나 메테르니히가 아무런 특수한 정신력을 가지고 있지 않았었을 뿐만 아니라 오히려 대다수의 경우 자기에게 지배되고 있던 몇 백만 명 가운데 누구보다도 정신적으로 빈약하였다는 것은 역사가 가리키고 있는 바이다.

　권력의 원천이 그것을 점유하고 있는 인물의 육체적인 자질에도 정신적인 자질에도 존재하지 않는다고 하면 이 권력의 원천은 분명히 소유자 이외에 존재하여야 할 것이다. 즉 소유자와 대중과의 관계 속에 있다는 것은 분명하다.

　권력이라는 것의 역사적인 해석은 금화로 바꿀 것을 약속하고 있는 역사의 교환국(交換局)인 법학도 역시 이렇게 권력을 해석하고 있는 것이다.

권력이란 언어로 표현된 승낙 혹은 무언의 승낙에 의해서 민중의 의지의 총화를 그들 자신이 선출한 지배자에게 옮긴 것이다.

국가나 권력이 만일 조직할 수 있는 것이라고 한다면 그것들을 여하히 조직하지 않으면 안 되느냐는 논의로 성립되고 있는 법학의 분야에 있어서는 이러한 것들은 모두 지극히 명백한 일이다. 그러나 역사에 적용할 때 이러한 권력의 정의는 설명을 필요로 한다.

법학은 국가와 권력을 무엇인가 절대적인 존재처럼 간주하고 연구하고 있다. 마치 옛날 사람이 불을 어떤 절대적인 존재로 대했던 것과 같은 태도이다. 그러나 역사에 있어서는 국가와 권력은 다만 현상에 지나지 않는다. 그것은 바로 현대의 물리학에 있어서 불〔火〕이 원소가 아니라 현상에 지나지 않는다는 것과 똑같다.

역사와 법학과의 이 근본적으로 다른 견해의 차이 때문에 다음과 같은 것이 생긴다. 법학은 자기 의사에 따라 권력을 조직하려면 어떻게 할 것인가, 때를 초월해서 확고 부동한 존재를 계속하는 권력의 성질은 도대체 어떤 것인가, 하는 것을 상세히 이야기할 수는 있지만 시간의 제약 가운데서 변모하는 권력의 의의에 관한 역사적인 의문에 대해서는 법학은 아무것도 대답할 수 없는 것이다.

만일 권력이 지배자에게 옮겨진 다수의 의지의 총화라고 한다면 푸가쵸프는 과연 민중의 의지의 대표자였을까? 만일 그렇지 않다면 어째서 나폴레옹 1세는 그 대표자인가? 어째서 나폴레옹 3세는 블로뉴에서 잡혔을 때는 죄인으로 불리면서 그 뒤 오히려 그를 잡았던 사람들이 죄인이 됐는가?

겨우 두서너 사람이 참여한 궁정 안의 혁명 때에 과연 민중의 의지는 새로운 인물에게로 옮아 가는 것일까? 국제 관계의 경우에도 민중의 의지는 과연 자기의 정복자에게로 옮는 것일까? 1808년에 있어서 라인 동맹의 의지는 나폴레옹에게로 옮겨졌던 것일까? 아군이 프랑스와 동맹을 맺고 오스트리아로 쳐들어 갔을 때 러시아 국민의 의지는 나폴레옹에게로 옮겨졌던 것일까?

이러한 문제들에 대해서는 세 가지로 대답할 수 있다.

(1) 민중의 의지는 항상 그들이 선택한 한 사람, 혹은 몇 사람의 지배자에게로 무조건 맡겨진다. 따라서 새 권력의 발생과 한 번 맡겨진 권력에 대한 반항은 모두 참된 권력의 침범으로 보아야 한다고 인정한다.

(2) 민중의 의지는 일정한 어떤 조건 밑에 제한을 붙여 지배자에게 옮겨진다. 따라서 각양 각색의 권력의 압박, 충돌, 파괴까지도 지배자에게 권력을 맡길 때 붙였던 조건을 그가 준수하지 않았기 때문에 생긴 것임을 인정한다.

(3) 민중의 의지는 조건부로 지배자에게로 옮겨 가나 그 조건은 막연하고 일정하지 않다. 따라서 다수의 권력의 발생과 투쟁과 몰락은 민중의 의지가 옮겨질 때의 이양되었던 애매한 조건을 지배자가 준수하는 정도의 다소에 의해서만 생긴다고 인정한다.

실제로 역사가들도 지배자에 대한 민중의 관계를 상술한 것과 같이 세 가지로 설명하고 있다.

어떤 역사가는 이미 앞에서 말한 종류의 지극히 정직한 전기적인 역사가는 그 단순한 두뇌에 의해서 권력의 의의에 관한 문제를 이해하지 못하기 때문에 의지의 총화는 무조건 역사적인 인물에게 옮겨지는 것으로 인정하고 있다. 따라서 이 부류의 역사가는 어떤 하나의 권력을 묘사할 때 그것을 하나의 절대적인 진정한 권력으로 생각하고 이것에 적대하는 다른 힘은 모두 권력이 아니고 권력의 침범 즉 포학(暴虐)이라고 간주하고 있다.

그들의 이론은 역사가 평화로왔던 원시 시대에는 들어맞지만, 가지가지의 권력이 동시에 발생하여 상쟁하고 있는 국민생활의 복잡한 혼란 시대에 들어맞출 경우에는 다음과 같은 불편이 생긴다. 즉 정통파의 역사가는 국민 의회나 독재 정치나 보나파르트를 그저 권력의 침범에 지나지 않는다고 볼 것이고, 또 공화당은 국민 의회를, 나폴레옹당은 군주 정치를 참된 권력으로 보고, 그 외의 것은 모두 권력의 침범이라고 논증할 것이다. 이러한 역사가들이 시도하고 있는 권력의 설명은 상술한 것처럼 서로 배척하거나 부정하고 있으면서 극히 연소한 유아 이외의 누구에게도 도움이 될 수 없다는 것이 명백하다.

또 다른 부류의 역사가는 이 같은 역사관의 허망을 인정하고 권력은 민중의 의지의 총화를 조직적으로 지배자에게 옮긴다는 것에 근거하고 있으므로 역사상의 인물은 민중의 의지가 암묵의 동의에 의해서 지정한 프로그램을 반드시 실행한다는 조건 밑에 있어서만 권력을 가지는 것이라고 한다. 그러나 그 프로그램이 어떤 것인가 하는 것은 이 부류의 역사가도 우리들에게 얘기해 주지 않으며 설령 이야기해 준다고 해도 그들 서로의 사이에서 항시 모순 당착하고 있다.

국민 운동의 목적은 무엇인가 하는 각자의 견지에 따라 개개의 역사가는 이 프로그램을 프랑스 혹은 다른 국민의 융성이니 부(富)니 자유니 문명이니 하고 해석하고 있다. 그러나 이 프로그램에 관한 역사가의 모순 당착은 차치하고라도 모든 것에 공통된 하나의 프로그램이 존재하고 있는 것으로 가정하더라도, 역사상의 사실은 거의 언제나 이 이론에 모순되고 있다는 것을 우리는 발견하는 것이다. 만일 권력 위임의 조건이 국민의 번영, 자유 계몽에 있다면 어째서 루이 14세와 이반 4세가 무사 평온하게 일대를 마치면서 루이 16세와 샤를 1세는 인민에게 처형당했는가? 이 의문에 대해서 이러한 역사가들은 위의 프로그램을 어긴 루이 14세의 행동이 루이 16세에게 반영된 것이라고 대답한다. 그러나 도대체 왜 그것은 루이 14세 혹은 15세에 반영되지 않고 하필 16세에게 반영되지 않으면 안 되었는가? 또 그런 반영에는 어떤 기한이 정해져 있는가? 이러한 문제에 대해서는 아무런 해답도 없으며 있을 수 없는 것이다. 또 이러한 견해에 의하면 민중의 의지의 총화가 몇 세기 동안 지배자와 그 후계자에게서 다른 데로 옮기지 않고 있다가, 그 뒤 갑자기 불과 오십 년 사이에 국민 의회, 독재 정치, 나폴레옹, 알렉산드리, 루이 18세에게로 전전하고 그리고 다시 나폴레옹, 샤를 10세, 루이 필립, 공화 정부, 나폴레옹 3세, 이렇게 바뀌어졌던 그 이유는 거의 설명되지 않고 있다. 이렇게 한 인물에게서 다른 인물에게로 급격히 이루어진 민중의 의지의 이동을 설명함에 있어 특히 그것이 갖가지 국제적인 관계와 정복과 동맹 같은 것에 얽혀 있을 경우 역사가는 위와 같은 사실을 설명하기 위해서 그러한 현상의 일부는 이미 의지의 올바른 이동이 아니라 외교관 혹은 군주 혹은 당지도자들의 권모술수, 간계 등에 의해서 좌우되는 우연한 사건이라는 것을 인정하지 않을 수 없다. 그렇기 때문에 역사 현상의 대부분이 내란, 혁명, 정복 등은 이러한 역사가들이 말하는 바에 의하면 이미 자유 의지의 이동에서 생기는 소산이 아니고, 한 사람 혹은 몇 사람의 방향을 그르친 의지의 결과 즉 권력의 침범으로서 처리되고 있다. 따라서 역사상의 사건은 이 부류의 역사가의 해석에 의해서도 근본 원칙으로부터의 이탈이라고 생각되고 있다.

이러한 역사가들은 몇몇 식물이 씨앗에서 발아할 때 두 개의 떡잎으로 갈라져서 성장하는 것이라고 결정짓고 야자나무도 버섯도, 아니 떡갈나무까지도 충분히 성장하여 가지를 폈을 때는 이미 쌍자엽의 모습을 지니고 있지 않기 때문에 원칙의 배반이라고 주장하는 어떤 부류의 식물학자나 다름 없다.

제삼의 역사가들은 민중의 의지가 역사적인 인물에게로 옮겨지는 것은 조건부이지만 그 조건이 우리들에게 불명한 것임을 인정하고 있다. 그들의 말에 의하면 역사적인 인물이 권력을 가지고 있는 것은 자기에게 이양된 군중의 의지를 실행하기 위한 것에 불과하다는 것이다. 그러나 이 경우 만일 민중을 움직이는 힘이 역사적인 인물 속에가 아니라 민중 자신 속에 있다고 한다면 이러한 역사적인 인물들의 의의는 어디에 있는 것일까?

역사적인 인물은 자기 자신이 민중의 의지를 표현하고 있는 것이며 따라서 행동도 민중의 행동을 대표하는 것이라고 이 부류의 역사가는 말한다.

그러나 그렇더라도 여기에 하나의 의문이 생긴다. 역사적인 인물의 활동은 전부 민중의 의지의 표현이 되는가, 아니면 그저 그 일면만에 지나지 않는가? 만일 역사적인 인물의 모든 행동이 어떤 사람들이 생각하고 있는 것과 같이 민중의 의지의 표현이라고 한다면, 나폴레옹과 예카쩨리나 여제(女帝) 등의 전기는 궁정 내의 추문에 관한 상세한 기술까지도 포함해서 민중 생활의 표현이라고 해야 할 것이며 그런 짓은 분명히 넌센스이다. 만일 다른 부류의 사이비 역사 철학가가 생각하고 있는 것처럼 역사적인 인물의 활동이 부분적으로 국민 생활의 표현이라고 한다면, 사적인 어떤 부분이 국민 생활을 표현하고 있는가 결정하기 위해서 먼저 국민 생활이라고 하는 것이 무엇인가 하는 것을 알지 않으면 안 될 것이다.

이러한 곤란에 부딪친 이 부류의 역사가는 가능한 한 많은 사건을 포괄할 수 있는 지극히 막연한, 포착하기 어려운 일반적인 추상 관념을 생각해 내고 이 추상 관념 속에 인류 운동의 목적이 있다고 말하는 것이다. 거의 모든 역사가가 채용하고 있는 지극히 흔해 빠진 추상 관념은 자유, 평등, 개화, 진보, 문명, 문화 등이다. 어떤 추상 관념을 인류 운동의 목적으로 정한 뒤 역사가는 사후에 가장 많은 기념물을 남긴 사람들 즉 제왕, 대신, 장군, 저술가, 개혁자, 교황, 저널리스트 이러한 인물들이 일정한 추상 관념에 조력하고 반대한 정도에 따라 연구하는 것이다. 그러나 인류의 목적이 자유와 평등과 개화와 혹은 문명에 있다는 것은 무엇에 의해서도 증명되지 않으며 대중과 지배자와 개척자와의 관계는 군중의 의지의 총화가 반드시 우리들의 눈에 현저한 인물한테로 옮는다는 독단적인 가정 위에 기초를 두고 있는 것에 지나지 않기 때문에, 살던 곳을 옮기고 집을 태우고 경작을 포기하고 서로 죽이고 하는 몇 백만 명의 행동은, 집도 태우지 않고 경작에도 종사하지 않고 동포도 죽이지 않은 열 사람 가량의 인간의 활동의 묘사 속에 표현될 리는 절대로 없는 것이다.

역사는 한 걸음마다 이것을 증명하고 있다. 전세기 말의 서방 여러 민족의 동요와 그 동진(東進) 운동은 과연 루이 14세, 15세, 16세, 그의 총희(寵姬)들, 대신들의 생애 등에 의해서 설명될 수 있을까?

러시아 국민의 카자니 및 시베리아로의 동진 운동은 과연 이반 4세의 병적인 성격의 상술(詳述)과, 쿠르브스키이와의 서신 내왕에 의해서 표현될 수 있는 것일까?

십자군 시대의 국민 운동은 과연 고트프리트와 루이와 그 총희의 생활과 행동들로 설명될 수 있는 것일까? 민중이 아무런 목적도 없고 확고한 지도자도 없이 은자(隱者) 베드로를 우두머리로 하는 방랑자의 무리와 함께 서에서 동으로 나아갔던 사실은 우리들에게 미해결인 채로 남아 있다. 그보다 더 한층 불가해한 것은 역사상의 활동가에 의해서 예루살렘 해방이라는 합리적인 신성한 목적이 명료하게 수립되었던 때 이 운동이 중절되어 버렸다는 일이다. 교황과 국왕과 기사들이 성지 해방을 설파하고 민중을 고무했지만 그러나 민중은 움직이지 않았다. 이전에 그들을 움직였던 원인이 이제 존재하지 않게 되었기 때문이다. 고트프리트와 민네젱게르(12, 3무렵의 독일의 서정 시인—역주)들의 역사는 분명히 국민 생활을 포괄하지 못하는 모양이다. 고트프리트와 민네젱게르의 역사에 그치고 국민의 생활과 그 충동의 역사는 미지인 채로 남았다.

문학자와 개혁자의 역사는 국민 생활을 설명하는 데에 있어서 더한층 무력한 것이다.

문화사는 우리에게 어떤 문학자 혹은 개혁자의 충동과 생활 조건과 사상을 설명해 준다. 우리들은 루터가 노하기 잘하는 성질로 이러저러한 연설을 하였다는 것을 안다. 또 루소가 시기가 강한 인간이고 이러저러한 책을 저술하였다는 것도 안다. 그러나 왜 종교 개혁 뒤에 여러 민족이 서로 죽였는가, 왜 프랑스 혁명 때에 서로 처형했는가 하는 것은 끝내 알 수 없는 것이다.

만일 최근의 역사가가 시도하고 있듯이 이 두 역사를 하나로 결합해 보아도 그것은 군주와 문학자의 역사가 될 뿐이고 절대로 여러 민족의 생활사가 되지는 않는다.

5

여러 민족의 생활이 두서너 사람의 생활 속에 포함될 리가 없다. 그것은 이 두서너 사람들과 국민의 관계가 발견되지 않기 때문이다. 다수의 의지의 총화가 역사상의 인물에게로 이양되는 데 이 관계의 기초가 있다는 이론은 역사의 경험에 의해서 뒷받침되지 않는 가설에 지나지 않는다.

민중의 의지의 총화가 역사적인 인물한테로 이양된다는 이론은 법학의 영역에 있어서는 지극히 많은 것을 설명하고 그 방면의 목적에는 필요 불가결한 것인지도 모르지만 역사에 적용되어 혁명과 침략과 내란이 일어나자마자 즉 역사가 시작되자마자 이 이론은 아무것도 설명해 주지 않는 것이다.

이 이론이 뒤집어 엎을 수 없는 것처럼 생각되는 단지 국민의 의지의 이양이라고 하는 행위가 일찌기 존재한 일이 없었고 따라서 검증할 수가 없는 것이기 때문이다.

설혹 어떠한 사건이 발생하더라도 누가 그 사건의 수뇌가 되더라도 이 이론은 항상 이렇게 말할 것이다.『아무개가 사건의 주모자가 된 것은 의지의 총화가 그에게 옮겨졌기 때문이라고.』

이 이론이 역사상의 의문에 주는 해답은 그저 움직여 다니는 가축의 떼를 보고 목장의 각처에 있는 토질의 차이와 목동의 모는 방법에 주의를 치르지 않고 어느 가축이 무리의 선두에 서 있는가 하는 것에 의해서 전체의 방향의 원인을 판단하는 사람과 흡사하다.

『가축의 떼가 이 방향을 향해서 움직이는 것은 선두에 서 있는 짐승이 이것을 이끌고 있기 때문이다. 그리고 나머지의 가축 전부의 의지의 총화는 이 떼의 지배자한테로 옮겨져 있다.』권력의 무조건적인 이양을 인정하는 첫째 부류의 역사가는 이렇게 대답하는 것이다.

『만약 선두에 선 가축이 바뀐다고 하면 그것은 이 가축이 전군(全群)이 선택한 방향으로 모두를 이끌고 있느냐 아니냐에 따라 가축 전체의 의지의 총화가 그 지배자에게서 다른 것에게로 옮겨진 것이다.』군중의 의지의 총화가 조건부로 지배자에게로 옮겨지는 것을 인정하고 자기들은 그 조건을 알고 있다고 생각하는 역사가는 이렇게 대답하는 것이다(이러한 관찰의 태도를 취하면 자주 다음과 같은 경우가 생기게 된다. 말하자면 이 부류의 관찰자는 자기가 취한 방향에 따라 무리의 방향 전환 때 이제 선두가 아니라 옆쪽에, 아니 때로는 뒤쪽에 서 있는 것을 지도자로 인정할 수도 있는 것이다).

『만일 선두에 서 있는 가축이 늘 교체되고 무리 전체의 방향이 부단히 변경된다면 그것은 우리가 알고 있는 그 방향에 도달하기 위해 가축 전체가 자기의 의지를 우리들의 눈에 뜨인 가축한테로 이양하기 때문이며, 이 무리의 운동을 연구하기 위해서는 무리의 온갖 방면에서 나아가고 있는 우리들의 눈에 뜨이는 가축을 모조리 관찰하지 않으면 안 된다.』군주를 비롯하여 저널리스트에 이르기까지 온갖 사상의 인물을 시대의 표현으로 간주하고 있는 제삼의 역사가는 이렇게 대답한다.

군중의 의지의 총화를 인물에게로 옮긴다는 이론은 단순한 의역법(意譯法), 단지 질문의 말을 달리 표현한 데 불과하다.

역사적인 사건의 원인은 무엇인가? 바로 권력이다. 권력이란 무엇인가? 권력이란 한 인물에게로 옮겨진 다수의 의지의 총화이다. 어떤 조건 아래에 군중의 의지는 한 인물에게로 옮겨지는가? 그 인물이 모든 사람들의 의지를 표현한다는 조건이다. 즉 권력은 요컨대 권력이다. 즉 권력이란 우리들이 의미를 파악할 수 없는 말이다.

만일 인간의 지식 영역이 그저 추상적인 사색에만 한정되어 있다고 하면 인류는 과학이 주는 권력의 설명을 엄격히 비판한 뒤 권력이란 단순한 말에 지나지 않는 것으로 실제로는 존재하고 있지 않다는 결론에 도달할 것이다. 그러나 인간 현상의 인식을 위해서 추상적인 사색 외에 경험이라는 무기를 가지고 있고 이것에 의하여 사색의 결과를 검토하는 것이다. 그런데 경험은 권력은 말이 아니라 실제로 존재하는 현상이라고 가르치고 있는 것이다.

권력의 관념 없이는 인간의 종합적인 활동을 전혀 서술할 수 없다는 것은 고사하고라도 권력의 존재는 역사에 의해서도 현대의 여러 사건의 관찰에 의해서도 증명되고 있다.

사건이 일어날 때에는 언제든지 한 사람 혹은 몇 사람의 인물이 나타나 그 의지에 의하여 사건이 완성되는 듯이 여겨진다. 나폴레옹 3세가 명령을 내리자 프랑스군은 멕시코로 갔다. 프러시아 왕과 비스마르크가 명령을 내리자 군대는 보헤미아로 갔다. 나폴레옹 1세가 명령을 내리자 군대는 러시아로 갔다. 알렉산드르 1세가 명령을 내리자 프랑스인은 부르봉 왕조에 복종했다. 이렇게 어떤 사건이 일어나나 그 사건은 반드시 한 사람 혹은 몇 사람의 의지에 결부되어 있다는 것을 경험이 우리들에게 가르쳐 준다.

어떤 역사가들은 인류의 사업에 대한 신의 참가를 인정한다는 낡은 습관에 의해 신에게서 권력이 주어진 인물의 의지의 표시에서 사건의 원인을 찾아내려고 한다. 그러나 이 결론은 이론에 의해서도 경험에 의해서도 확증되어 있지 않다.

또 한편으로 이성은 다음과 같은 것을 가르쳐 주고 있다. 즉 한 인간의 의사 표시 즉, 그의 말은 어떤 하나의 사건, 이를테면 전쟁과 혁명에 나타나는 전반적인 활동의 일부분에 불과하다. 따라서 불가해한 초자연력인 기적을 가정하는 일이 없이는 단순한 말이 몇 백만 명의 운동의 직접적인 원인이 될 수 있다는 것은 도저히 생각할 수조차 없다. 반대로 설령 말이 사건의 원인이 될 수 있다고 가정하더라도 사적인 인물의 의지 표시는 허다한 경우 아무런 효과도 가져 오지 않는다. 즉 그들의 명령은 자주자주 실행되지 않을 뿐 아니라 때로는 전연 명령과 반대의 일까지 일어난다. 그것은 역사가 증명하는 바이다.

신이 인사에 참여하는 일을 인정하지 않는 우리는 권력을 가지고 사건의 원인으로 삼을 수는 없다.

권력은 경험의 입장에서 보면 그저 한 인물의 의지의 표시와 다른 사람에 의한 그 의지의 실행과 이 양자 사이에 존재하는 종속 관계에 지나지 않는다.

이 종속 관계의 조건을 분명히 하기 위해서 우리는 무엇보다도 먼저 의지의 표시의 관념을 신이 아니라 인간에게 적용시켜서 그 관념을 분명히 확립하지 않으면 안 된다.

만일 고대사가 나타내는 것처럼 신이 명령을 내리고 자기의 의지를 표시한다고 하면 이 의지의 표시는, 시간의 제약도 받지 않을 뿐 아니라 그 어떤 것에 유발된 것도 아니다. 왜냐하면 신은 어떤 것에 의해서도 사건에 결부되는 일이 없기 때문이다. 그러나 시간 속에서 행동하고 서로 결합되어 있는 인간의 의지의 표시인 명령이라는 것에 대하여 말한다면, 이 명령과 사건과의 관계를 명백히 하기 위해서 우리들은 다음의 점을 확립하지 않으면 안 된다.

(1) 사건 전체의 상황, 즉 사건과 명령자의 시간 속에 있어서의 운동의 연속성.

(2) 명령자와 그 명령의 실행자와의 사이에 존재하는 필연적 관계의 조건이 바로 그것이다.

6

시간에서 독립되어 있는 신의 의지 표시만이 몇 년 혹은 몇 세기 뒤에 일어날 많은 사건에 관계를 가질 수 있다. 그리고 아무런 동기도 가지지 않은 신만이 자기 일개의 의지에 의해서 인류 운동의 방향을 결정할 수 있다. 그러나 인간은 시간 속에서 행동하고 스스로 사건에 참여하는 것이다.

잊혀져 있던 첫째 조건—시간의 조건—을 돌이키면 우리는 거기 의해서 비록 단 하나의 명령일지라도 그 실행을 가능하게 하는 선행 명령 없이는 도저히 실행될 수 없다는 것을 발견한다.

어떤 명령이라 할지라도 그것만이 제멋대로 출현하여 그 안에 많은 사건을 포함하는 그런 것은 없었다. 모든 명령은 각각 다른 명령에서 흘러나오는 것이며 결코 많은 사건에 관련하는 것은 아니고 항시 사건의 어떤 일순에만 관계하는 것이다.

이를테면 나뽈레옹이 군대에 출정을 명령했다고 하는 경우 우리는 서로 관련되는 일련의 많은 명령을 일시적으로 표시된 하나의 명령으로 정리하고 마는 것이다. 나폴레옹은 러시아 원정을 명령할 수도 없었고 또 절대로 그런 명령을 내리지도 않았다. 그는 오늘은 이러저러한 서류를 써서 빈, 베를린, 페쩨르부르그 등지로 발송하고 내일은 이러저러한 지형과 명령을 군대와 함대와 경리부 등에 띄우고 했다. 이런 무수한 명령에서 프랑스군을 러시아로 이끈 일련의 사건에 해당되는 일련의 명령이 형성되었던 것이다.

나폴레옹은 자기의 재위중 끊임없이 영국 토벌의 명령을 내렸다. 그가 기도한 온갖 사업 가운데서 이만큼 노력과 시간을 소비한 것은 달리 또 없을 정도이다. 그런데도 그의 재위중 일찌기 한 번도 그런 계획을 시도한 일이 없을 뿐 아니라 몇 번이나 토로한 그의 신념에 의하면 러시아와는 동맹을 맺는 편이 유리하다고 생각하고 있던 러시아 원정을 감행했던 것이다. 이것은 말하자면 전자의 명령이 사건에 일치하지 않고, 후자의 명령이 완전히 일치했기 때문에 생긴 결과이다.

명령이 확실히 실행되기 위해서는 명령을 내리는 사람은 실행의 가능이 있는 명령을 내릴 필요가 있다. 그러나 실행될 수 있는 것과 실행될 수 없는 것을 구별하는 몇 백만 명이 관여하고 있는 나폴레옹의 러시아 원정의 경우는 물론이거니와 극히 단순한 사건에 있어서도 불가능하다. 왜냐하면 일을 실행할 경우에도 언제나 헤아릴 수 없는 장애에 부딪칠 가능성이 있기 때문이다. 모든 실행된 명령은 실행되지 않은 헤아릴 수 없는 명령의 하나에 불과하다. 모든 불가능한 명령은 사건과 결합되지 않는 것이다. 다만 가능한 명령만이 사건의 진행에 합치하는 계통이 선 일련의 명령과 결합되어 실행에 옮겨질 뿐이다.

사건에 선행하는 명령을 사건의 원인이라고 하는 우리들의 그릇된 관념은 다음과 같은 상황에서 발생하는 것이다. 말하자면 사건이 성취되고 몇 천의 명령 가운데서 사건과 일치한 어떤 것이 실행되었을 때 우리들은 불가능하기 때문에 실행되지 않았던 명령을 잊어버리고 만다. 그뿐만 아니라 이 의미에 있어서의 미망(迷妄)의 주된 근원은 다음과 같은 점에 내포되어 있는 것이다. 역사적인 서술에 있어서는 헤아릴 수 없는 가지가지의 지극히 미세한 사정, 이를테면 프랑스군을 러시아로 이끌어온 모든 상황이 이러한 사정들이 가져온 결과에 의해서 하나의 사건으로 종합되어 버린다. 그리고 이 종합에 응해서 다수의 명령이 하나의 의지 표시로 총괄되는 것이다.

나폴레옹은 러시아 원정을 바랐고 또 이것을 실행했다고 우리들은 말한다. 그러나 실제에 있어서는 나폴레옹의 활동 전부를 통하여 이와 같은 의지 표시에 가까운 것은 전연 발견할 수 없다. 그저 지극히 잡다하고 애매한 방향으로 돌려진 의지의 표시, 혹은 명령의 연속만을 볼 뿐이다. 실행되지 않았던 나폴레옹의 헤아릴 수 없는 명령 가운데에서 1812년 전역을 위해서 실행되었던 일련의 명령이 프랑스군을 러시아로 이끌어온 일련의 사건과 부합되었기 때문일 뿐이다. 그것은 꼭 본〔型紙〕으로 어떤 모양이 그려지는 것은 색을 칠하는 방향이나 기법(技法)에 달려 있는 것이 아니라 오려진 본 그대로의 모양 위에 온통 색을 칠하기 때문인 것과 똑같다.

그렇기 때문에 명령과 사건과의 관련을 시간 속에서 검토할 때 우리가 발견하는 것은 명령은 어떤 경우에 있어서도 사건의 원인이 될 수 없으며 다만 이 양자 사이에 어떤 일정한 상호 관계가 존재한다는 사실이다.

이 상호 관계가 무엇인지를 이해하기 위해서는 온갖 명령에 관해서 종래에 잊혀져 있던 또 한 가지 조건 즉 모든 명령은 신이 아닌 인간에게서 내려지는 것이며 명령하는 인간 자신도 사건에 관여한다는 사실에 내포되는 조건을 설정할 필요가 있다.

이 명령자의 피명령자에 대한 관계야말로 바로 이것이 권력으로 불리우고 있는 것이다. 이 관계는 다음과 같이 성립된다.

인간은 공동 활동을 위해 항상 어떤 결합을 행한다. 그때 이 공동 활동을 위해서 세워진 목적이 구구히 갈려 있음에도 불구하고 그 활동에 참여하는 사람들의 상호 관계는 늘 한결같다.

이러한 결합에 가담한 사람들은 언제나 다음과 같은 관계에 선다. 즉 최대 다수의 사람들은 가장 많이 직접적으로 결합의 목적인 공동 활동에 참여하는 것이 되고 극소수의 사람은 정도가 가장 적은 직접 참여의 관계를 갖는 것이다.

인간 공동 행위의 달성을 위해서 형성하는 모든 결합 가운데서 가장 명백하고 현저한 것의 하나는 군대이다.

모든 군대의 조직을 보면 군사상의 위치로 보아 가장 낮은 조성 분자, 즉 항상 최대 다수를 차지하고 있는 병사에서 시작하여 군사적인 위치로 말하면 그 다음에 상당하는 조금 높은 계급, 즉 첫째 것보다 비교적 소수의 하사나 상사, 그리고 더 소수이고 더 고급의 사람들, 이렇게 나아가 마침내 한 사람에게 집중되어 있는 최고의 군사권에 이르러 그친다.

군대의 조직은 완전하고 정확히 원추형으로 표시할 수 있다. 최대의 직경을 가지고 있는 밑부분은 병사에 의해서 형성되어 있다. 보다 높은, 따라서 보다 작은 밑부분은 보다 고급의 사관으로 이루어지고 이렇게 하여 마침내 총사령관이라는 원추형의 꼭대기에 도달하는 것이다.

최대 다수를 차지하고 있는 병사는 원추형의 최하점, 즉 저부를 형성하고 있다. 병사는 자기가 직접 찌르고 베어 죽이고 태우고 약탈하고 그리고 이러한 행위들에 대한 명령을 항상 상급의 사람들에게서 받으며 자기가 명령하는 일은 절대로 없다. 하사관(하사관의 수는 병사보다 훨씬 적다)은 자기가 행동하는 일은 병사에 비해서 적지만 그러나 이것을 또한 명령을 내린다. 장교는 한층 더 빈번히 명령을 내린다. 장군이 되면 이미 군대의 목적을 지시하고 다만 명령만을 내릴 뿐이다. 그리고 거의 무기를 사용하지 않는다. 총사령관에 이르러서는 이제 절대로 군의 활동 그것에 직접 관여할 수 없다. 다만 군중의 운동에 관해서 전반적인 지휘를 할 뿐이다. 이와 똑같은 인간끼리의 상호 관계는 인간이 공동 활동을 위해서 결합한 경우 언제나 나타나는 것이다. 농업, 상업 그리고 모든 관청이 그러한 것이다.

이리하여 군대 내의 계급, 온갖 관청의 관위, 혹은 일반 사업의 관계자의 신분과 지위 등등이 원추형을 구성하고 있는 하급에서 최상급까지 서로 융합되어 있는 점을 인공적으로 분해하지는 않더라도 다음의 법칙이 존재한다는 것은 명료하다.

인간은 공동 활동의 달성을 위해서 항상 하나의 관계로 결합한다. 그때 사건의 직접 참여하는 정도가 많으면 많을수록 명령을 내릴 수 있는 가능은 줄고 활동의 수가 많아진다. 그리고 실제 활동에 직접 참여하는 정도가 적으면 적을수록 인간은 더욱더 많이 명령하고 그 수는 줄어든다. 이렇게 하여 최하층에서 점차 올라가는 사이에 마침내 최후의 한 사람에 도달한다. 그는 사건에 직접 가장 많은 관계를 가지고 누구보다도 가장 많이 자기의 활동 능력을 명령에 경주하는 것이다.

이 명령자의 피명령자에 대하는 관계야말로 권력으로 불리는 관념의 본질을 형성하고 있는 것이다.

모든 사건이 행해지는 시간적인 조건을 확립했을 때 명령이 실행되는 것은 사건에 상응한 경우에 한한다는 것이 발견되었다. 또 명령자와 피명령자 사이에 존재하는 관계의 필연적인 조건을 확립했을 때 우리들은 명령자가 본래의 성질상 사건 그것에 참여하는 일이 가장 적고 그 활동력은 오로지 명령으로 돌려지고 있다는 것을 우리는 알았다.

7

어떤 사건이 행해지고 있을 때 사람들은 그 사건에 관한 의견과 희망을 표명한다. 그리고 사건은 다수의 인간의 종합적인 활동에서 생기는 것이니까 이렇게 표명된 의견과 희망의 하나는 설혹 전부는 아닐지라도 어느 정도까지는 반드시 실행된다. 표명된 의견의 하나가 실행되면 이 의견은 사건에 선행하는 명령으로서 이 사건과 결부되는 것이다.

많은 사람이 통나무를 끌고 있다. 각자가 어떻게 어디로 끌고 갈 것인가, 자기의 의견을 발표한다. 통나무가 운반되어 갔다. 그 결과는 어느 한 사람이 말한 대로 되었다. 그래서 이 사나이가 명령했다는 것이 된다. 이것이 명령과 권력의 가장 원시적인 형태이다. 남보다도 더 많이 팔을 놀린 사람은 자기가 하고 있는 것을 숙고하기도 하고 일 전체의 결과를 예상하기도 하고 명령하기도 하는 가능이 다른 사람보다 적은 것이다. 남보다도 더 많이 명령한 사람은 자기의 말에 의한 활동 때문에 손을 놀리는 가능이 비교적 적었던 것이 분명하다. 더 한층 많은 사람이 모여 하나의 목적에 활동력을 집중하고 있을 경우에는 공동적인 작업에 직접 참여의 정도가 적으면 적을수록 자기의 활동 능력을 명령 쪽으로 돌리는 사람들의 종류가 더 한층 명료하게 구별된다.

인간은 혼자서 일을 하고 있을 때 항시 자기의 내부에 그것은 자기의 과거의 행동을 지도하고 현재의 행동을 정당화하고 미래의 행위에 대한 예상을 지도한다고 생각되는 일련의 고찰을 품고 있다. 그것과 마찬가지로 많은 사람의 집단도 그 종합적인 활동에 관한 고찰과 변명과 예상을 행위에 관계하지 않는 사람들에게 일임하는 것이다.

프랑스군은 우리에게 명백한, 또는 불명확한 원인에 의해서 서로 멸망시키고 죽이고 했다. 그러자 이 사건에 상응해서 변명이 나타났다. 프랑스의 복지, 자유, 평등을 위해서 필요한 것이라는 어떤 사람들의 의지 표시이다. 이윽고 서로 죽이는 일이 그치자 또 이 사건에 준해서 권력의 통일, 유럽에 대한 저항의 필요라고 하는 변명이 따랐다. 사람들이 동포를 살육하면서 서에서 동으로 나아가자 이 사건에 응해서 프랑스의 국위니 영국의 비열이니 하는 말이 나왔다. 이러한 변명들이 일반적으로 아무런 공통된 의미를 가지지 않은 것은 역사가 증명하고 있다. 이를테면 인간의 살육이 인권 확인의 결과이기도 하고 러시아에서의 몇 백만 명의 학살이 영국을 굴복케 하는 목적이기도 하여 모두 모순 당착에 빠져 있다. 그러나 이러한 변명들은 그 시점에 있어서는 필요 불가결한 가치를 가지고 있는 것이다.

이러한 변명들은 사건을 불러일으킨 사람들의 정신적인 책임을 해제해 준다. 이러한 일시적인 목적들은 열차의 앞쪽에 장치되어 궤도를 청소하는 솔 같은 것이다. 즉 인간의 정신적인 책임의 길을 쓸어 준다. 어떠한 사건을 검토함에 있어서도 반드시 마주치게 되는 의문, 이를테면 어째서 몇 백만이라는 인간의 종합적인 범죄, 살인, 전쟁을 하는 것인가 하는 지극히 단순한 의문도 이러한 변명들이 없이는 도저히 설명할 수 없을 것이다.

현대의 유럽에서처럼 국가와 사회 생활이 복잡하게 된 형태에서는 황제, 대신, 의회, 신문들에 의하여서 결정되고 명령되지 않은 사건이라는 것을 상상할 수 있을까? 국가의 통일, 국민성, 유럽의 세력 균형, 문명 등등 하는 말 가운데서 자기를 위한 변명을 발견하지 않는 종합적인 행위가 존재하고 있을까? 그러니까 모든 성취된 사건은 반드시 어떠한 표명된 희망과 부합하고 거기에서 변명을 발견하면서 한 사람 혹은 몇 사람의 의지의 소산으로 간주되고 만다.

움직이고 있는 배는 어떤 방향을 취하건 반드시 그 배에 갈리는 물의 흐름이 앞쪽에 보인다. 배에 타고 있는 사람들에게는 이 물의 흐름이 눈에 보이는 유일한 운동인 것이다.

이 물의 운동을 가까이서 시시 각각으로 관찰하고 그 운동을 배의 운동과 비교할 때 비로소 물의 운동의 각 순간이 배의 운동으로 결정된다는 것을 확신하고 우리가 착각을 일으킨 것은 우리들 자신이 모르는 새에 움직이고 있기 때문이라는 것을 확신할 수 있다.

역사적 인물의 움직임을 하나하나 자세히 관찰하고(즉 사건 전체의 필연적인 조건——시간 속에서의 운동의 연속성이라는 조건을 확립하고) 역사적 인물과 대중과의 필연적인 관계를 놓치지만 않으면 우리들은 이 경우에 있어서도 완전히 동일한 결과를 볼 수 있다.

배가 같은 방향으로 나아갈 때 그 앞쪽에는 같은 물결의 흐름이 있다. 배가 자주 방향을 바꾸면 앞쪽에서 달리는 물살도 자주 바뀐다. 그러나 배가 어느 방향으로 돌아도 그 움직임에 선행하는 물살이 있다.

설령 어떤 사건이 일어나더라도 그것은 항상 예견되고 또한 명령되고 있었다는 것을 알 수 있다. 설혹 어떤 방향으로 배가 나아가고 있더라도 물의 흐름은 그 운동을 지도하는 것도 촉진하는 것도 아니고 배의 앞쪽에서 출렁거리고 있으며 먼 데서 보면 그것은 제멋대로 움직이고 있는 것이 아니라 배의 운동을 지배하고 있는 듯이 보이기도 한다.

역사가는 명령의 형태로 사건에 연관성을 갖는 역사적 인물의 의지의 의사 표시만을 검토하고 사건을 이러한 명령들에 좌우되고 있는 것으로 생각한다. 그러나 우리들은 사건 그 자체와 역사적 인물과 군중과의 관계를 연구하여 역사적 인물과 그 명령은 사건에 좌우되고 있는 것을 발견한다. 이 결론의 의심할 수 없는 증거가 되는 것은 다름이 아니라 아무리 명령의 수가 많아도 그 외의 원인이 없으면 사건은 성취되지 않는다는 사실이다. 그러나 어떤 사건이라도 성취되자마자 끊임없이 표명된 서로 다른 인물의 의지 가운데서, 뜻으로 말하나 시간적으로 말하나 그 사건에 명령으로서 결부될 만한 것이 반드시 발견될 것이다.

이 결론에 도달한 이상 우리는 다음 두 가지의 본질적 역사 문제에 대해 명확하고 간단하게 대답할 수가 있다.

(1) 권력이란 무엇인가?

(2) 어떠한 힘이 민중의 운동을 끌어일으키는가?

권력이란 어떤 한 인물의 다른 인물에 대한 일종의 관계이며 이 관계는 그 인물이 사건에 관여하는 정도가 적으면 적을수록 현재 행해지고 있는 종합적인 행위에 관한 의견과 예상과 정당화를 보다 많이 표명하게 되는 것이다.

민중의 운동을 끌어일으키는 것은 종래의 역사가가 생각했던 것처럼 권력도 아니고 지적인 활동도 아니며 양자의 결합은 더욱 아니다. 그것은 사건에 직접 관여하고 있는 모든 사람들의 활동인 것이다. 그리고 그들은 최소의 책임을 지고 당연히 그 반대도 성립되게 편성되는 것이다.

정신적인 관계에 있어서는 사건의 원인은 권력이라고 간주되고 육체적인 관계에 있어서도 그 권력에 복종하는 사람들처럼 생각되고 있다. 그러나 육체적인 활동을 수반하지 않은 정신적인 활동은 도저히 생각할 수도 없으니까 따라서 사건의 원인은 그 어느 쪽도 아니고 양자의 결합 가운데에 존재하는 것이다.

다시 말하면 우리들이 검토하는 현상에 대해서는 원인이라는 관념이 적용되지 않는다.

분석을 끝까지 몰고가면 우리는 영원한 바퀴〔輪〕에 도달한다. 그것은 연구 주제를 희롱하지 않는 한 온갖 사색적인 영역에 있어서 인간의 지혜가 도달하는 극한이다. 전기가 열을 낳고 열이 전기를 낳는다. 원자는 서로 잡아당긴다. 그리고 원자는 서로 반발한다.

열과 전기의 상관 작용과 원자의 작용을 이야기할 때 우리들은 왜 그렇게 되는지 설명하지 못하고 그저 그것은 그것의 본성이라고 말할 뿐이다. 왜냐하면 그렇게밖에는 달리 생각할 수 없기 때문이다. 그것은 필연이고 원칙이기 때문이다. 역사적인 현상에 대해서는 그와 똑같은 말을 할 수 있다. 왜 전쟁과 혁명이 일어나는지 그것을 우리는 모른다. 다만 어떤 행위를 성취하기 위해서 사람들이 일정한 결합을 형성하고 모든 사람이 그것에 참여한다는 것을 알 수 있을 뿐이다. 그리고 그들은 이것이 사람들의 본성이다, 이것이 법칙인 것이다 하고 말하는 것이다.

8

만일 역사가 외면적인 현상을 취급하는 것이었다면 이 단순하고 명료한 법칙으로 충분한 것이고 우리들도 이 논의를 끝냈을 것이다. 그러나 역사의 법칙은 인간에 관한 것이다. 물질의 분자는 서로 당기고 밀고 할 요구를 전혀 느끼지 않으며 따라서 그 법칙은 잘못이라고 우리들에게 말할 수는 없다. 그러나 역사의 대상인 인간은 간단 명료하게 나는 자유이다, 따라서 모든 법칙에 복종하지 않는다고 단언한다.

비록 말을 가지고 명백히 표명되지는 않는다고 할지라도 인간의 의지는 자유라는 문제의 존재는 역사 연구의 한 걸음마다 느껴진다.

진지하게 사색하는 모든 역사가는 반드시 이 문제에 직면했다. 역사가 가지는 모든 모순, 애매함, 이 학문이 더듬고 있는 오류는 그저 이 문제가 해결되어 있지 않기 때문에 생긴 것이다.

만일 각자의 의지가 자유였다면, 다시 말해서 각자가 바라는 대로 행동할 수 있었다면 역사는 모두 아무런 연락도 없는 우연의 연속에 지나지 않을 것이다.

설령 몇 백만 명 가운데 오직 한 사람의 인간이 천 년 동안에 단 한 번만이라도 자유로이 행동할 능력을 가지고 있었다고 해도, 즉 그가 바라는 대로 행동할 수 있었다고 한다면 분명히 인간의 법칙에 배반되는 이 유일한 자유로운 행동은 전인류를 지배하는 모든 법칙의 존재를 불가능하게 했을 것이다.

그런데 설령 단 하나만이라도 인간의 행위를 지배하는 법칙이 존재한다고 한다면 자유 의지라는 것은 있을 수 없게 된다. 왜냐하면 인간의 의지는 모두 이 법칙에 따르지 않으면 안 되기 때문이다.

이 모순 속이야말로 의지의 자유에 관한 문제로, 고대로부터 탁월한 사람들의 두뇌를 차지하고 있었고 위대한 의의가 부여되어 온 문제가 포함되어 있다.

문제는 다음과 같은 점에 있다. 즉 신학적, 역사적, 윤리적, 철학적, 그 밖의 어떠한 견지에서라도 인간을 관찰의 대상으로서 바라볼 때 인간에게도 모든 존재물과 마찬가지로 반드시 따르지 않으면 안 되는 공통된 필연적인 법칙을 발견한다는 점이다.

그런데 우리들이 의식하고 있다고 생각하고 내부에서 이 법칙을 바라볼 때 우리는 자기가 자유롭다는 것을 느끼는 것이다.

이 의식은 완전히 이성과는 전연 별개의 독립한 자기 의식의 근원이다. 인간은 이성을 통해서 자기 자신을 관찰한다.

그러나 인간이 자기 자신을 아는 것은 다만 의식에 의할 수밖에 없다.

자기 의식이라 하는 것이 없다면 어떠한 관찰도 의지의 적용도 도저히 생각할 수 없는 것이다.

이해하고 관찰하고 결론을 추리하기 위해서는 인간은 먼저 자기를 살아 있는 것으로서 의식하지 않으면 안 된다. 인간이 자기를 살아 있는 것으로 인식하는 것이다. 그런데 인간은 자기 생활의 본질을 이루는 의지를 자유로운 것으로서 의식한다. 또 그 밖에는 의식할 수 없다.

만일 인간이 자기를 관찰의 대상으로 했을 때 자기의 의지가 언제나 똑같은 법칙에 의해서 방향이 정해져 있다는 것을 인정한다면(이를테면 식물 섭취의 필요, 혹은 두뇌의 활동, 그 밖의 어떤 활동을 관찰한다고 하더라도) 그는 이 언제나 동일한 의지의 방향을 일종의 제한으로밖에 해석할 수 없다. 자유롭지 않은 것이 다시 구속당할 리가 없다. 인간이 자기의 의지를 구속당한 것으로 느끼는 것은 말하자면 그것을 자유로운 것으로밖에 의지할 수 없기 때문이다.

남이 나를 보고 너는 자유롭지 않다고 한다. 그러나 내가 손을 들었다 내렸다고 하자. 이 비논리적인 대답이 자유를 증명하는 절대적인 방법이라는 것은 누구나 이해할 것이다.

이 대답은 이성에 지배되지 않은 의식의 표현이다.

만일 자유라는 의식이 이성과는 별개의 독립된 자기 의식이 아니라고 한다면 그것은 이론(理論)과 경험에 종속돼 버렸을 것이다. 그러나 실제에 있어서는 그러한 종속은 아직 한 번도 볼 수 없었고 또 도저히 생각될 수 없는 일인 것이다.

어떤 일련의 경험과 고찰이 명시하는 바에 의하면 관찰의 대상으로서의 인간은 이것에 온순히 복종하고, 한 번 의식한 인력(引力)의 법칙이며 불침투성(不浸透性)의 법칙과 다툰다거나 하는 짓은 절대로 하지 않는다. 그러나 똑같은 일련의 경험과 고찰이 제시하는 바에 의하면 인간이 자기의 내부에 의식하고 있는 완전한 자유라는 것은 성립이 불가능하고 온갖 행위는 그 사람의 육체 조직과 성격과 외부에서 작용하는 동기에 지배되고 있는 것이다. 그러나 그럼에도 불구하고 인간은 이 경험과 고찰의 결론에 절대로 굴복하려 하지 않는다.

돌이 위에서 아래로 떨어진다는 사실을 경험과 고찰에 의해서 의식한 인간은 반드시 이 사실을 확신하고 어떠한 경우에도 한 번 인식한 이 법칙의 실현을 기대하고 있다.

그런데 또 인간은 자기의 의지가 법칙에 지배되고 있는 것을 의심할 나위 없을 만큼 확실히 인식하면서도 그것을 믿지도 않을 뿐 아니라 또 믿을 수도 없는 것이다.

동일한 성격을 가진 인간이 똑같은 조건에 놓였을 경우, 이전과 똑같은 행동을 한다는 것은 경험과 고찰에 의해서 여러 차례 배우고 있음에도 불구하고 인간은 똑같은 성격을 가지고 똑같은 조건에 놓여 언제나 똑같은 결과로 끝나는 행위에 착수할 때, 설혹 그것이 첫번째라고 할지라도 자기가 바라는 대로 행동 할 수 있다는 확신을 무경험 때와 똑같을 만큼 강하게 가질 것이다. 모든 사람은 야만인이건 사상가건 똑같은 조건 아래에 있어서 두 상이한 행위를 상상할 수 없다는 것은 고찰과 경험에 의해서 반박(反駁)의 여지가 없을 만큼 증명되고 있음에도 불구하고, 자유의 본질을 형성하고 있는 이 무의미한 관념이 없이는 생활이라는 것을 상상할 수 없는 것이다. 설령 아무리 불가능한 일이건 이 자유는 존재한다고 인간은 느끼는 것이다. 왜냐하면 이 자유의 관념이 없다면 인간은 그저 생활을 이해할 수 없을 뿐만 아니라 일순간도 생활할 수 없기 때문이다.

생활할 수 없다는 것은 인간의 온갖 노력, 온갖 생활 충동이 자유 증진의 노력에 불과하기 때문이다.

부↔빈, 명성↔무명, 권세↔복종, 강대↔무력, 건강↔병약, 교양↔무지, 노동↔무위, 포식↔기아, 선행↔악행, 이러한 것들은 그저 자유의 정도의 대소에 지나지 않는다.

자유를 가지지 않은 인간이란 생명을 잃은 인간이라고 생각할 수밖에 없다.

만일 자유라는 관념이 이성의 눈으로 보아 같은 순간에 두 행위를 할 수 있는 가능성이라든가 혹은 원인을 가지지 않은 행동이라든가 하는 의미 없는 모순으로서 생각된다면 그것은 의식이 이성에 지배되지 않는다는 증거에 불과하다.

경험이나 고찰에 지배되지 않는 확고 부동한 자유 의식, 모든 사상가에게 승인되었을 뿐 아니라 한 사람의 예외도 없이 만인에게 감지되어 있는 의식, 이것이 없이는 인간이라는 관념이 도저히 성립될 수 없는 자유 의식, 이 의식이 또 문제의 다른 일면을 형성하고 있는 것이다.

인간은 전지 전능하고 온갖 덕(德)을 갖춘 신의 창조물이다. 그렇다면 인간의 자유라는 의식에서 생긴 죄의 관념은 도대체 무엇을 의미하는 것일까? 이것은 신학상의 문제이다.

인간의 행동은 통계에 의해서 표시되는 일정 불변의 공통 법칙에 지배된다. 그렇다면 자유의 의식에서 생기는 사회에 대한 인간의 책임이라는 관념은 과연 무엇을 의미하는 것일까? 이것은 법학상의 문제이다.

인간의 행위는 천부의 성격과 외계에서 작용하는 동기에서 생기는 것이다. 그렇다면 자유의 의식에서 나오는 양심과 선악의 의식은 과연 무엇을 의미하는 것일까? 이것은 윤리학상의 문제이다.

일반적인 인류의 생활과 결부되었을 때 인간은 이 생활을 한정하는 가지가지의 법칙에 지배되는 것처럼 생각되고 있다. 그러나 이 관계에서 독립했을 때는 같은 인간이 자유로운 것으로 느껴지는 것이다. 민족과 인류의 과거 생활은 어떻게 관찰되어야 할 것인가? 인간은 자유로운 활동의 산물로서인가 혹은 그 반대인가? 그것은 사학상의 문제인 것이다.

그저 오늘날처럼 지식이 보급된 자부심이 강한 시대에는 무식자의 가장 강력한 무기로, 인쇄물의 발달에 의해서 의지의 자유에 관한 문제는 문자 그 자체가 존재할 수 없는 위치에 놓여 버렸다. 현대에 있어서는 이른바 선각자의 대다수, 즉 무식자의 무리가 문제의 한 면만을 취급하고 있는 자연 과학자의 일을 문제 전체의 해결로 잘못 알았던 것이다.

영혼도 자유도 없다. 왜냐하면 인간의 생활은 근육의 운동에 표현되고 근육 운동도 신경 생활에 지배되기 때문이다. 영혼도 자유도 없다. 왜냐하면 우리들은 머나먼 옛날에 원후류(猿侯類)에 의해서 발생했기 때문이다. 그들은 이렇게 말하기도 하고 쓰기도 하고 인쇄하기도 한다. 그러나, 그들이 지금 비교 동물학에 의해서 증명하려고 열심히 노력하고 있는 필연율이 몇 천 년의 옛날부터 모든 종교와 사상가에 의해서 승인되었을 뿐만 아니라 아직 한 번도 부정당한 적이 없는 것을 전연 알아채지 못하는 것이다. 이 문제에 있어서의 자연 과학의 역할은 그저 그 한 면만을 비추는 도구에 지나지 않는다는 것을 그들은 인정하려고 하지 않는다.

또한 자연 관찰의 견지에서 보면 이성이라든가 의지는 다만 뇌수의 〈분비물〉에 불과하고 일반적인 법칙에 따르면 인간은 머나먼 옛날에 하등 동물에서 진화한 것인지도 모른다. 이와 같은 사실은 이지의 견지에서 보면 인간은 필연율에 지배되고 있다는 몇 천 년의 옛날부터 모든 종교와 철학론에 의해서 승인되어 있는 진리를 다만 새로운 측면에서 천명할 뿐 자유의 의식을 기초로 하는 문제의 다른 일면의 해결을 추호도 전개시키진 않았기 때문인 것이다.

만일 인간이 머나먼 옛날에 원숭이에서 발생했다고 하면 그것은 인간이 머나먼 옛날에 한줌의 흙에서 발생했다는 사실과 마찬가지로 충분히 수긍될 수 있는 일이다(첫째의 경우에 있어선 X가 때이고 둘째의 경우에 있어서는 X가 발생의 방법이라는 데에 차이가 있을 뿐이다). 이리하여 인간의 자유 의식이 그를 지배하고 있는 필연의 법칙과 어떻게 결부되는가 하는 문제는 비교 생리학으로도 동물학으로도 도저히 해결될 수 없다. 왜냐하면 개구리와 토끼와 원숭이들에 있어서는 그저 근육과 신경의 활동만을 볼 수 있을 뿐이지만 인간에 있어서는 근육과 신경의 활동 외에 또 의식이 있기 때문이다.

이 문제를 해결하려고 생각하고 있는 자연 과학자의 그 추종자는 교회 벽의 한 면만 바르도록 명령을 받은 미장이가 너무 열중한 나머지 공사 감독자가 없는 틈을 타서 창문도 성상도 발판도 뼈대가 되어 있지 않은 벽도 전부 발라 버리고 모두 미장이의 견지에서 보고 반반하고 반드럽게 된 것을 기뻐하고 있는 그런 상태에 비유할 수 있을 것이다.

9

사학에 있어서 자유와 필연에 관한 문제의 해결은 다른 지식 부문에 대한 이 문제의 관계와 비교하면 다음과 같은 장점을 가지고 있다. 즉 사학에 있어서는 이 문제는 인간 의지의 본질에는 직접 관계하지 않고 과거의 일정한 조건 아래 있어서의 의지의 발현이라는 관념에 관하고 있다는 점이다.

이 문제를 해결함에 있어서 사학은 다른 여러 과학에 대해 이론 과학에 대한 실험 과학의 위치에 선다.

사학이 그 대상으로 하고 있는 것은 인간의 의지 그것이 아니라, 이 의지에 관한 우리들의 관념인 것이다.

그렇기 때문에 사학에 있어서는 신학이나 윤리학이나 철학에 있어서와 마찬가지로 자유와 필연의 두 모순이 결합한다는 그런 해결되지 않는 신비는 존재하지 않는 것이다. 이 두 개의 모순의 결합이 이미 성취한 인간의 생활에 관한 관념의 고찰, 바로 그것이 역사의 일이다.

실제 생활에 있어서 모든 역사적인 사건과 모든 인간의 행위는 부분적으로는 자유로운 것으로 느껴지고 부분적으로는 필연의 소산으로 느껴짐에도 불구하고 지극히 명료하고 정확하게 아무런 모순감도 없이 이해된다.

자연과 필연이 어떻게 결합되는가, 이 두 개의 관념의 본질은 과연 무엇인가? 이러한 의문을 해결하기 위해서 역사 철학은 다른 여러 과학이 나아간 길과는 전연 반대의 길을 나갈 수 있으며 반드시 그렇게 하지 않으면 안 된다. 즉 자유와 필연의 관념을 그 자체에 있어서 정의한 뒤 인생의 현상을 이 이루어진 정의에 들어맞추는 대신, 항상 자연과 필연에 지배되고 있는 듯이 보이는 인생의 헤아릴 수 없는 현상 가운데에서 자연과 필연의 관념 그것의 정의를 귀납하지 않으면 안 된다.

다수 또는 일개의 인물의 행위에 관해서 어떠한 관념을 검토해 보아도 부분적으로는 인간의 자유 의지, 부분적으로는 필연의 법칙의 소산으로밖에 해석할 수 없다.

민족의 이동, 만족(蠻族)의 침입, 혹은 나폴레옹 3세의 명령, 혹은 여러 개 있는 산책길 중에서 그 하나를 선택함으로써 성립되는, 바로 한 시간 전에 행해진 보통 사람의 행위 등에 대해서 논할 경우에, 우리들은 아무런 모순도 느끼지 않는다. 그것은 이러한 사람들의 행위를 지배한 자유와 필연의 정도가 우리들에게 명료하게 결정되어 있기 때문이다.

어떤 현상을 관찰하는 관점의 차이에 따라 자유의 정도에 관한 관념이 달라지는 일은 종종 있으나, 항상 변하지 않는 것은 인간의 행위가 자연과 필연의 어떠한 비율의 결합 이외의 것으로는 생각할 수 없다는 점이다. 어떠한 행위를 검토해 보아도 우리는 그 속에서 일정량의 자유와 일정량의 필연을 발견한다. 그리하여 모든 행위에 대해서 다음과 같이 말할 수 있다. 즉 자유의 양이 많으면 많을수록 필연의 양은 적어지고 필연의 양이 증가됨에 따라서 자유의 양은 감소되는 것이다.

자유와 필연과의 관계는 행위를 검토하는 관점의 차이에 따라서 축소되고 확대도 된다. 그러나 이 관계는 항상 반비례의 관계를 유지하고 있다.

물에 빠져서는 다른 사람에게 매달려 그 사람까지 물에 빠뜨리게 하는 인간, 혹은 아기에게 젖을 먹이느라고 쇠약하고 굶주려 먹을 것을 훔친 어머니, 혹은 규율로 길들여져서 대열을 짜고 저항력이 없는 사람을 구령에 의해서 죽이는 인간, 이러한 사람들은 사정을 알고 있는 사람의 눈에는 비교적 죄가 가볍고, 즉 비교적 자유가 적고 보다 더 필연의 법칙에 지배되고 있는 것같이도 보인다. 그런데 그 사나이 자신이 물에 빠져 있었다는 것과 어머니가 굶주리고 있었다는 것과 병사가 대열에 있었다는 것을 모르는 사람에게는 자유가 많은 것으로 생각될 것이다. 그와 마찬가지로 이십 년 전에 죄를 범하고 그 뒤 조용하고 얌전하게 사회 생활을 하고 있는 인간은, 이십 년이 지난 뒤에 그 행위를 검토하는 사람에게 비교적 죄가 가벼운 것처럼 느껴지고 그 행위는 보다 많이 필연의 법칙에 지배되고 있는 듯이 보이나 범죄의 이튿날 같은 행위를 검토하는 사람의 눈에는 비교적 자유가 많았던 것으로 비칠 것이다. 또 마찬가지로 미치광이와 주정뱅이와 극도로 흥분한 인간의 온갖 행위는 그 행위를 행한 사람의 심적인 상태를 알고 있는 사람에게는 비교적 자유롭지 않은 필연적인 것으로 느껴질 테지만 그것을 모르는 사람에게는 비교적 자유롭고 필연적이 아닌 것으로 보일 것이다. 이러한 모든 경우 행위를 검토하는 견지의 상이에 의해서 자유의 관념은 증대하고 혹은 감소한다. 그것에 준해서 필연의 관념도 감소하고 혹은 증대한다. 그렇기 때문에 필연이 크게 느껴질수록 자유가 작게 느껴지고 혹은 그 반대가 된다.

종교, 인류의 상식, 법리학, 그리고 역사학 자체는 필연과 자유에 존재하는 이 관계를 매한가지로 이해하고 있다.

자유와 필연에 관한 우리들의 관념이 증대되고 또는 감소되는 경우는 예외 없이 그저 다음의 세 항만을 근거로 하고 있다.

(1) 행위를 한 인간의 외계에 대한 관계.

(2) 시간에 대한 관계.

(3) 행위를 낳게 한 원인에 대한 관계.

제1의 근거는 바로 인간과 외계와의 눈으로 볼 수 있는 관계(그 정도에 다소의 차는 있다)이고, 인간이 자기와 동시에 존재하는 모든 것에 대하여 어떠한 위치를 차지하고 있는가 하는 명료한(정도에 다소의 차이는 있다) 관념이다. 이것이 즉 물에 빠져 있는 인간은 땅에 서 있는 인간보다도 훨씬 부자유스럽고 훨씬 필연에 좌우된다는 것을 명백히 하는 근거이다. 그것은 즉 인구가 조밀한 지방에서 타인과 밀접한 관계를 가지고 있고 또한 가족이나 근무나 사업에 결부되어 있는 인간의 행위가 고독한 은자(隱者)의 행위에 비해서 훨씬 부자유스럽고 훨씬 필연에 좌우된다는 것을 나타내는 근거이다.

주위의 모든 것에 대해서 무관계한 고독한 인간을 관찰하면 그 행위는 모두 자유로운 것처럼 생각된다. 그러나 만일 우리들이 주위의 것에 대한 그 인간의 관계를 그저 하나만이라도 인정한다고 한다면 이를테면, 함께 이야기하는 인간, 읽고 있는 책, 종사하는 노동은 말할 것도 없고 그를 에워싼 공기, 그를 둘러싸고 있는 물체에 떨어지는 광선에 이르기까지 무엇인가의 것에 이 인간과의 관계를 인정한다고 하면, 그러한 조건들이 하나하나 그에게 영향을 주고 그 행위의 일면이라도 지배하리라는 것을 인정하지 않을 수 없다. 이러한 영향을 보는 일이 많으면 많을수록 그의 자유에 관한 관념은 감소하고 그를 좌우하고 있는 필연의 관념이 증대하는 것이다.

제2의 근거는 인간과 외계와의 눈으로 볼 수 있는 시간적인 관계(그 정도에 다소의 차이는 있다)이고, 인간의 행위가 시간 가운데서 어떠한 위치를 차지하고 있는가 하는 명료한(정도에 다소의 차이는 있다) 관념이다. 이 근거에 의해서 보면 인류의 발생이라는 결과를 낳은 원조(元祖) 아담의 타락은 현대인의 결혼보다도 분명히 부자유스러운 것으로서 비친다. 이 근거에 의해서 보면 몇 세기 전에 살고 있던 사람들의 생활과 활동은, 시간 가운데서 우리들과 결합되어 있는 생활과 활동은 아직 결과가 분명치 않은 현대인의 생활만큼 자유로운 것으로는 생각되지 않는 것이다.

이 점에 있어서 정도의 차이는 있지만 자유와 필연과 관념의 단계는 행위의 성취에서 그 판단에 이르는 동안의 시간의 장단에 지배되는 것이다.

가령 내가 현재와 거의 같은 조건에서 일 분 전에 행했던 행위를 검토한다면 그 행위는 의심할 나위도 없이 자유로운 것으로 생각될 것이다. 그러나 한 달 전에 다른 조건에서 행했던 행위를 비판할 때 나는 부지 불식간에 다음과 같은 것을 인정하지 않을 수 없다. 말하자면 만일 이 행위가 성취되지 않았다면 이 행위에서 생긴 유익하고 즐겁고 그리고 필요하기까지 한 결과가 이 세상에 나타나지 않았을 것이다. 만일 내가 더한층 먼 과거, 십 년 내지 그 이상의 옛날의 행위를 회상한다면 나의 행위의 결과는 더 한층 명료하게 떠오른다. 그리고 만일 이 행위가 없었다면 어떻게 되었을까 하는 것은 상상도 할 수 없을 것이다. 회상을 좇아 옛날로 거슬러 올라가면 거슬러 올라갈수록 혹은 멀리 미래를 상상하면 할수록(그것은 어느 쪽이나 결국 똑같은 일이다) 행위의 자유에 관한 고찰은 더욱더 의심스러워지는 것이다.

일반적인 인류의 사건에 있어서 자유 의지의 관여를 확인하는 똑같은 급수(級數) 관계를 우리들은 역사 가운데서도 찾아낼 수 있다. 최근에 일어난 현대의 사건은 우리들의 눈에 확실히 모두 저명한 사람들의 소산으로서 비친다. 그러나 비교적 시일이 지난 사건이 되면 벌써 우리들은 그 부정할 수 없는 결과를 보고 있으므로 그것을 젖혀 놓고서는 다른 어떤 것도 상상할 수 없다. 이리하여 사건의 고찰의 눈을 과거로 돌리면 돌릴수록 그러한 사건들은 더욱더 자유가 적은 것으로 느껴지는 것이다.

오스트리아와 프러시아 전쟁은 우리들의 눈으로 보면 의심할 여지도 없이 비스마르크 등의 소행의 결과라고 생각된다. 나폴레옹의 여러 전역은, 이미 다소 의심스러워지지만 그래도 아직 저들 영웅의 의지의 산물로 느껴진다. 그런데 십자군으로까지 소급하면 우리들은 벌써 시간 가운데에 결정적인 위치를 차지한 사건으로 보고 그것을 도외시해서는 유럽의 근대사를 상상할 수도 없다. 그런데 십자군의 연대기의 저자에게는 이 사건은 몇 사람의 의지의 산물로밖에 생각되지 않았다. 민족의 대이동에 관해서는 오늘날에는 아무도 유럽이라는 세계의 갱신이 아틸라(406~453-역주)의 변덕에서 일어난 것이라고는 생각하지 않는다. 역사에 있어서 관찰의 대상을 멀리 옛날에서 구하면 구할수록 사건을 끌어일으켰던 사람들의 자유는 더욱더 의심스러워지고 필연의 법칙은 더욱더 명백해진다.

제3의 근거는 피할 수 없는 이성의 요구인 원인에 대한 무한의 관련을 우리들이 다소의 차이는 있지만 이해하고 있다는 것이다. 이것은 이성의 불가피한 요구이자 이해할 수 있는 각각의 현상이다. 따라서 인간 개개인의 행위는 과거의 것에는 결과로서, 뒤에 오는 것에는 원인으로서 이 무한한 연속 속에 일정한 장소를 차지해야 한다.

이 근거에 의하면 한편에 있어서는 인간을 지배하는 생리적 심리적 역사적 법칙이 관찰에서 귀납되어 명료해지면 명료해질수록, 또 행위의 생리적 심리적 역사적 원인이 정확히 간주되면 간주될수록, 또 다른 한편에 있어서는 관찰의 대상인 행위와 피연구체인 인간의 성격과 두뇌가 단순하면 할수록 우리들과 타인의 행위는 관찰자의 눈에 더욱더 자유로운 것으로 비치고 필연의 법칙에 지배되는 일이 적게 느껴지는 것이다.

어떤 행위의 원인이 전연 이해되지 않을 경우 그것이 악행이건 선행이건 또 선악이 구별되지 않는 행위든 간에 우리들은 그 행위 속에서 최대량의 자유를 인식한다. 만일 그것이 악행인 경우에는, 우리들은 그것에 대해서 무엇보다도 형벌을 요구하고, 선행인 경우에는, 무엇보다도 그 행위를 존중한다. 구별이 되지 않는 경우에는, 최대의 개성과 독창과 자유를 인정한다. 그러나 무수한 원인 가운데에서 하나라도 명백해졌을 경우에도 우리들은 이제 어느 정도의 필연을 인정하고 범죄에 대해선 보다 그 보복을 가볍게 하고, 선행에 대해서도 보다 적게 그 공적을 인정하고 독창적으로 생각되었던 행위의 자유성도 보다 적게 인정할 것이다. 범죄자가 악인 사이에서 자랐다는 사실을 이미 그 죄를 경감시킨다. 부모의 자기 희생, 보상의 가능을 갖는 자기 희생은 이유 없는 자기 희생보다는 이해하기 쉽고 따라서 비교적 자유성이 적고 동정할 만한 점도 적은 것이다. 한 종파 한 당파의 창시자 내지 발명가도 그 활동이 준비된 소이를 알면 그리 놀랄 만한 것이 되지 않는다. 만일 우리들이 무수한 경험을 가지고 있거나 혹은 인간의 행위에 있어서의 원인과 결과의 상호 관계의 탐구에 끊임없이 관찰의 눈을 돌린다면, 우리들이 원인과 결과를 정확히 결부시키면 결부시킬수록 인간의 행위는 더욱더 필연적이고 보다 더 자유가 적은 것으로 생각될 것이다. 만일 연구의 대상인 행위가 단순한 것이고 그리고 우리가 관찰하기 위해 그런 행위를 무수히 가지고 있으면 가지고 있을수록 그 필연성에 관한 관념은 더욱더 완전해진다. 파렴치한을 아버지로 한 인간의 파렴치한 행위, 윤락가로 전락한 여자의 좋지 않은 품행, 음주가의 음주에의 복귀 등등 이러한 모든 행위들은 원인이 이해하기 쉬우면 쉬울수록 더욱더 부자유로 느껴지는 것이다. 만일 연구의 대상인 행위자가 이성 발육의 최하층에 서 있다면, 이를테면 소아광인, 백치들이라면 우리들은 그 행위의 원인과 성격이며 이지의 단순함을 다 알고 있기 때문에 즉시 거기에 보다 다량의 필연성과 보다 소량의 자유를 인정하고 행위를 끌어일으키는 원인이 명백해지자마자 미리 그것을 예언할 수조차 있는 것이다.

다만 이 세 근거에 의해서만 온갖 법률에 현존하는 범죄의 불기소 이유와 정상 참작의 조건이 성립되는 것이다. 불기소의 이유는 심리의 대상인 행위자를 에워싸고 있던 외적인 조건에 관한 지식의 다소, 범죄 수행에서 심리까지에 경과한 시간의 장단, 행위를 야기한 원인의 이해의 깊고 얕음 등에 따라 무겁게도 가볍게도 생각되는 것이다.

10

　이리하여 자유와 필연에 관한 우리의 관념은 외계와의 관계의 다소, 시간 경과의 다소, 우리가 그것을 근거로 하여 인간의 생활 현상을 고찰하는 원인의 지배력의 다소에 따라 점차 감소하기도 하고 증대하기도 하는 것이다.

　그렇기 때문에 만일 외계와의 관계가 지극히 명백하고 행위 수행에서 그 심리에 이르는 시간의 경과가 가장 길고 행위의 원인이 극히 이해하기 쉬운 한 인간의 상태를 검토한다면, 거기서 우리는 최대의 필연성과 최소의 자유성에 관한 관념을 얻을 것이다. 그러나 만일 반대로 외적인 조건에서 지배되는 일이 가장 적은 인간을 검토한다면, 그리고 그 행위가 현재에서 가장 가까운 순간에 행해지고 그 행위의 원인이 우리가 이해하기 힘든 것이라면 우리들은 최소의 필연성과 최대의 자유성이라는 관념을 얻을 것이다.

　그러나 어떠한 경우에 있어서도 아무리 우리의 견지를 바꾸어 보아도, 인간과 외계와의 관계를 아무리 뚜렷이 파악해도, 또 그 관계가 아무리 불명료해도, 또한 시간의 경과를 아무리 신축해 보아도, 또한 아무리 원인이 명백해도, 혹은 불가해해도, 우리는 결코 완전한 자유도 완전한 필연도 상상할 수 없는 것이다.

　우리가 아무리 외계의 영향에서 격리된 인간을 상상해 보아도 결코 공간에서의 자유의 관념을 얻을 수는 없을 것이다. 인간의 온갖 행동은 그를 에워싸고 있는 것과 그 자신의 육체에 의해서 불가피하게 제한을 받는 것이다. 내가 손을 올렸다 내렸다고 하자. 나로서는 나의 행위가 자유로운 것처럼 생각된다. 그러나 내가 온갖 방향으로 손을 올릴 수 있었는가 하고 자문했을 때 나는 나를 에워싸는 물체(物體)에 있어서도 나 자신의 육체 조직에 있어서도, 이 동작에 대한 장애가 보다 적은 방향으로 손을 올렸다는 사실을 인정하지 않을 수 없다. 가령 내가 모든 가능한 방향 가운데에서 그저 하나의 것을 선택했다고 하면 그것은 이 방향에 가장 장해가 적기 때문이다. 나의 동작이 자유롭기 위해서는 그것이 어떠한 장해에도 부딪치지 않을 필요가 있다. 완전히 자유로운 인간을 상상하려면 공간을 초월한 인간을 마음에 그리지 않으면 안 된다. 그러나 그것은 분명히 불가능한 일이다.

　우리가 아무리 행위 비판의 시간을 행위 수행의 시간에 접근시켜 보아도 결코 시간 가운데에서의 자유의 관념을 얻을 수는 없을 것이다. 만일 내가 일 초 전에 행해진 행위를 검토하고 있다고 하더라도 그 행위가 수행된 순간에 단단히 결부되어 있는 한 나는 여전히 행위의 비자유성을 인정하지 않을 수 없기 때문이다.

나는 손을 올릴 수 있는가? 나는 그것을 올린다. 그러나 이미 지나간 그 순간에 나는 손을 올리지 않을 수 없었을까 하고 자문한다. 이 점을 확인하기 위해서 나는 다음 순간에 손을 올리지 않고 있다. 그러나 내가 손을 올리지 않았던 것은 내가 자유에 대해서 반문했던 그 최초의 순간은 아니다. 때는 이미 지나가 버려 내 힘으로는 그것을 막을 수 없고 그때 내가 올렸던 손은 지금 똑같은 운동을 하지 않았던 손도 아니고 그때 내가 그러한 동작을 한 공기도 이미 지금 나를 에워싸고 있는 공기는 아니다. 최초의 동작이 행해졌던 순간은 이제 돌이켜지지 않는다. 그리고 그 순간에 나는 한 가지 동작밖에 할 수 없었으므로 내가 어떤 동작을 했건 그 동작은 그저 하나밖에 있을 수 없었던 것이다. 그 한순간 뒤에 내가 손을 올리지 않았었다는 사실은 그때 손을 올리지 않을 수도 있었다는 증명은 되지 않는다. 어떤 순간에 있어서의 나의 동작은 그저 하나밖에 있을 수 없으니까 그 동작이 또 다른 어떠한 것일 수는 없는 것이다. 그것을 자유로운 것으로 상상하기 위해서는 과거와 미래와의 경계에 해당하는 현재의 순간, 즉 시간 밖에서 상상하지 않으면 안 된다. 그러나 그런 것은 도저히 불가능하다.

그리고 아무리 원인 이해의 곤란이 증대하더라도 우리들은 절대로 완전한 자유, 즉 원인의 결여(缺如)라는 관념에 도달할 수는 없을 것이다. 어떤 것이건, 자기 또는 타인의 행위에 있어서의 의지 표시의 원인이 아무리 불가해하게 느껴지더라도 이지의 첫째 요구는 그것을 도외시하고는 어떠한 현상도 생각할 수 없는 원인의 가정과 그 탐구이다. 이 원인이 없으면 어떠한 현상도 상상할 수 없기 때문이다. 가령 내가 온갖 원인을 초월한 행위를 행하기 위해서 자기의 손을 올렸다고 하자. 그러나 원인을 가지지 않은 행위를 행하려고 바랐던 것이 즉 나의 행위의 원인인 것이다.

그러나 가령 한 걸음 양보하여 모든 영향에서 초월한 인간을 상상하고 또한 아무런 원인에도 의하지 않은 현재의 한순간의 행위를 검토하고 필연의 요소를 거의 영에 가까운 최소 한도까지 끌어내린다고 하더라도 우리는 인간의 완전한 자유라는 관념에는 도달하지 못할 것이다. 왜냐하면 시간의 밖에 서서 원인의 지배도 받지 않고 완전히 외계의 인상에서 격리된 존재물은 벌써 인간이 아니기 때문이다.

바로 그와 마찬가지로 자유의 분자가 전연 없고 그저 필연의 법칙만을 받고 있는 인간의 행위도 우리들은 도저히 상상할 수 없다.

인간을 붙들고 있는 공간적인 조건의 지식이 아무리 증가했다고 하더라도 그 지식은 절대로 완전한 것이 될 수 없다. 왜냐하면 공간이 무한한 것과 마찬가지로 이러한 조건의 수도 무한하기 때문이다. 따라서 인간에 대한 영향의 조건이 모두 완전히 결정되지 않는 이상 완전한 필연성이라는 것은 없고 어느 정도의 자유가 남게 된다.

연구의 대상인 현상에서 그 비판까지 이르는 기간을 아무리 잡아늘여 보아도 이 기간에는 한정이 있지만 시간은 무한하다. 따라서 이 관계에 있어서도 완전한 필연성은 존재할 수 없다. 어떤 것이든 행위에 관한 원인의 연쇄가 아무리 이해하기 쉽다고 해도 이 연쇄는 무한하기 때문에 그것을 전부 다 안다는 것은 도저히 불가능하다. 이리하여 우리들은 여기서도 또 완전한 필연성을 얻을 수는 없다.

그러나 그 밖에 가령 여기에 영에 가까운 최소 한도의 자유를 허용하여 어떤 경우——이를테면 빈사의 인간이라든가 태아라든가 백치라든가에게서——완전히 자유의 결여를 인정했다 하더라도 우리는 그 사실 자체에 의해서 자기가 검토하고 있는 인간에 대한 관념을 상실하게 될 것이다. 왜냐하면 자유가 없어지면 인간도 없기 때문이다. 그렇기 때문에 그저 필연의 법칙에만 지배되고 최소 한도의 자유마저도 가지고 있지 않은 인간의 동작이라는 관념은 완전히 자유로운 인간의 행동이라는 관념과 마찬가지로 있을 수 없는 것이다.

그러므로 그저 필연의 법칙에만 지배되는 인간의 행위라는 것을 상상하기 위해서는 무한량의 공간적인 조건, 무한대의 시간, 원인의 무한한 연쇄——, 이러한 지식을 인정하지 않으면 안 된다.

필연의 법칙에 좌우되지 않는 절대 자유의 인간을 상상하기 위해서는 공간과 시간과 인과율을 초월한 한 인간을 상상하지 않으면 안 된다.

첫째의 경우에 있어서는 만일 자유 없는 필연이 가능하다면 우리는 똑같은 필연으로서 필연의 정의를(필연의 법칙에 의한) 즉, 내용 없는 형식에만 도달하게 될 것이다.

둘째 경우에 있어서는 만일 필연 없는 자유가 가능하다면 우리는 공간과 시간의 원인을 초월한 무조건적인 자유——무조건적이고 아무런 제한도 가지고 있지 않다는 것에 의해서 허무가 되든가 형식이 없는 단순한 내용이 되든가 하는 자유에 도달했을 것이다.

어쨌든 우리는 인간의 세계관의 건부를 형성하고 있는 두 근거, 불가해한 생명의 본질과 그 본질을 한정하는 법칙에 봉착할 것이다.

이성은 말한다. 외관을 부여하는 모든 형식, 즉 물질도 포함해서 공간은 무한하며 그 이외에는 생각할 수도 없다. 시간은 일순의 휴식도 없는 무한한 움직임이며 그 이외에는 생각할 수 없다. 인간의 관계는 시작도 없고 끝도 없다.

의식은 말한다. 나는 혼자이다. 그리고 존재하는 모든 것은 그저 나 하나이다. 따라서 나는 공간을 함유한다. 나는 그 안에서만 자신을 살아 있는 것으로 의식하는 현재의 움직이지 않는 순간에 의해서 유동하는 시간을 잰다. 따라서 나는 시간 밖에 있다. 나는 원인을 초월한다. 왜냐하면 나는 자신의 생활의 온갖 현상의 원인으로서 자기를 느끼기 때문이다.

이성은 필연의 법칙을 나타내고 의식은 자유의 본질을 나타낸다.

아무런 제한도 받지 않는 자유는 인간의 의식 내에서의 생의 본질이며 내용이 없는 필연은 세 개의 형식을 갖춘 인간의 이성이다.

자유는 검토되는 것이고 필연은 검토하는 것이다. 자유는 내용이고 필연은 형식이다.

형식과 내용으로서 상호 관계하고 있는 이 인식의 두 근원을 분리했을 때 자유와 필연이라는 서로 반발하는 불가해한 관념이 이때 비로소 생기는 것이다.

이 두 가지 관념을 결합했을 때 비로소 인간의 생활이라는 명료한 관념이 생기는 것이다.

내용에 대한 형식의 관계와 마찬가지로 결합 상태에 있어서 비로소 서로 결정되는 이 두 관념이 없이는 인생에 관한 모든 관념은 도저히 불가해하다.

우리들이 인간의 생활에 대해서 알 수 있는 모든 것은 다만 자유와 필연, 즉 의식과 이성의 법칙의 어떠한 관계에 지나지 않는다.

자연의 생활력은 우리들의 외부에 있으며 우리에게 의식되지 않는다. 그래서 우리는 이 힘을 인력, 타력, 전기, 동물력 등으로 부르고 있다. 그러나 인간의 생활력은 우리들에게 의식되기 때문에 우리는 그것을 자유라고 부르는 것이다.

그러나 온갖 인간에게 감지되면서 그 자체는 불가해한 힘인 인력은 그것을 지배하는 필연의 법칙(모든 물체가 무게를 가지고 있다는 원시적인 지식을 비롯하여 뉴턴의 법칙에 이르기까지)을 우리가 아는 범위 내에서 우리에게 이해되는 것과 마찬가지로 각자에게 의식되는 그 자체에 있어서 불가해한 힘인 자유도 그것을 지배하는 필연의 법칙(사람은 모두 죽는 것이라는 사실을 비롯하여 가장 복잡한 경제적인 혹은 역사적인 지식에 이르기까지)이 알려져 있는 범위 내에서 우리에게 이해되는 데 불과하다.

지식이란, 다만 생의 본질을 이성의 법칙에 들이맞춘 것에 지나지 않는다.

인간의 자유가 다른 온갖 힘과 다른 점은 이 힘이 인간에게 의식된다는 점이다. 그러나 이성의 눈으로 보면 그것은 다른 온갖 힘에 비해서 아무것도 다른 데가 없는 것이다. 인력, 전기, 화학적 친화력(化學的親和力)은 다만 이성에 의해서 가지가지의 상이한 정의가 주어져 있음으로 해서 겨우 상호 구별될 따름이다. 그것과 매한가지로 인간의 자유가 자연계의 다른 힘과 다른 점도 이성의 견지에서 보면 이 이성이 주는 정의의 하나에 지나지 않는 것이다. 필연이 없는 자유, 즉 이것을 정의하는 이성의 여러 법칙에서 떨어진 자유는 인력이나 열이나 성장력과 조금도 다른 점이 없다. 그것은 이성에 의해서 정의할 수 없는 찰나적인 생의 감촉에 불과하기 때문이다.

모든 천체를 움직이는 정의할 수 없는 힘의 본질, 전기, 열, 화학적 친화력 또는 생활력 등의 정의하기 어려운 본질이——천문, 물리, 화학, 식물학, 동물학 등의 내용을 형성하고 있는 것과 마찬가지로 자유의 힘의 본질이 역사의 내용을 형성하고 있다. 그러나 모든 과학의 대상이 이 미지의 생의 본질의 발현이고 이 본질 자체는 그저 형이상학의 대상에 지나지 않는 것과 마찬가지로——공간, 시간, 인과율의 지배 가운데에 놓인 인간의 자유로운 힘의 발현도 역사의 대상은 되고 있으나 자유 그 자체는 형이상학의 대상이다.

실험 과학에 있어서 우리는 이미 알려져 있는 것을 필연의 법칙이라고 부르고 아직 알려져 있지 않은 것을 생명력이라고 부른다. 생명력이란 우리들이 생의 본질에 관해서 알고 있는 이외의 아직 알려져 있지 않은 나머지 부분의 표현에 지나지 않는다.

그와 마찬가지로 우리는 역사에 있어서도 이미 알려져 있는 것을 필연의 법칙이라고 부르고 아직 알려져 있지 않은 것을 자유라고 부른다. 역사에 있어서의 자유라는 것은 우리들이 인간 생활의 법칙에 관해서 알고 있는 것을 제외한 미지의 나머지 부분의 표현에 지나지 않는 것이다.

11

역사는 인간의 자유의 발현을 외계와 관계시켜 시간과 인과율의 지배 속에서 검토한다. 즉 이 자유를 이성의 법칙에 의해서 정의하는 것이기 때문에 역사라는 것은 자유가 이러한 법칙들에 의해서 정의되는 범위 내에서만 과학일 수 있을 뿐이다.

역사에 있어서 인간의 자유(역사적인 사건에 영향을 미칠 수 있는 힘, 즉 법칙에 지배되지 않는 힘으로서)의 인식은 천문학에 있어서 천체를 움직이는 자유로운 힘의 인식과 같다.

이 인식은 법칙의 존재, 즉 모든 지식의 존재의 가능을 파괴해 버리는 것이다. 만일 하나라도 자유로이 운동하는 천체가 있다면 이미 케플러와 뉴턴의 법칙은 존재하지 않으며 천체의 운행에 관한 모든 관념도 존재하지 않을 것이다.

만일 인간의 행위가 하나라도 존재한다면 역사적인 법칙은 전연 존재하지 않게 되고 역사적인 사건에 관한 관념도 일체 성립되지 않을 것이다.

역사에 있어서는 인간의 의지가 움직여 가는 선(線)이 있고 그 선의 한 끝은 미지 속에 숨어 있고 다른 한 끝에 있어서는——공간과 시간과 인과율의 지배 속에——현재에 있어서의 인간의 자유 의식이 움직이고 있다.

우리들의 눈앞에 이 운동의 범위가 크게 전개되면 될수록 이 운동 법칙도 더욱 더 명백해진다. 이 법칙을 포착하고 또한 정의하는 것이 바로 역사학의 사명이다.

오늘날 과학이 그 대상을 바라보고 있는 것과 같은 견지에 서고, 인간의 자유 의지 속에서 현상의 원인을 구하여 더듬고 있는 그런 길을 나아간다면 법칙의 표현은 과학에 있어서 불가능하다. 왜냐하면 우리가 아무리 인간의 자유를 제한하더라도 일단 그것을 법칙에 지배되지 않는 힘으로 인정한 이상 법칙의 존재는 불가능하기 때문이다.

다만 이 자유를 무한히 제한했을 때, 즉 이것을 무한소(無限小)의 것으로서 검토했을 때 우리는 원인 탐구가 전연 불가능한 것을 확신할 것이다. 그리고 그때 역사는 원인 탐구 대신 법칙의 발견을 자기의 사명으로 삼을 것이다.

이 법칙의 탐구는 이미 오래 전에 시작되었고 그 시대의 역사가 끊임없이 여러 현상의 원인을 분해하면서 자기 멸망으로 빠져감과 동시에 역사가 채택하지 않으면 안 될 새로운 사고의 태도는 차차 완성되고 있다.

온갖 인류의 과학은 이 길을 더듬어 나왔다. 여러 과학 가운데서 가장 정확한 수학은 무한소에 도달함과 동시에 종래의 분석법을 버리고 미지의 무한소의 적분법이라는 새 방법에 착수했다. 원인이라는 관념을 떠난 과학은 또 하나의 법칙, 즉 온갖 미지의 무한소의 분자에 공통된 특성을 찾고 있다.

그 밖의 과학도 비록 형식이야 다를지라도, 역시 똑같은 사고의 과정을 더듬어 왔다. 뉴턴이 만유 인력의 법칙을 발표했을 때 그는 구태여 태양이나 지구가 인력의 성질을 가지고 있다고는 말하지 않았다. 그는 다만 모든 물체는 극대에서 극소에 이르기까지 서로 견인하는 성질을 가지고 있다고 말했을 뿐이다. 말하자면 물체 운동의 원인에 관한 문제를 젖혀 놓고 무한대에서 무한소에 이르는 모든 물체에 공통된 하나의 성질을 말했을 뿐이다. 자연 과학도 이와 마찬가지 짓을 하고 있다. 말하자면 원인에 관한 문제는 불문에 붙이고 법칙을 탐구하고 있는 것이다. 역사도 역시 똑같은 도정에 서 있다. 만일 역사의 대상이 민족과 인류의 운동의 연구이고 개인 생활의 삽화를 묘사하는 일이 아니라고 한다면 필연적으로 역사는 원인이라는 관념을 불문에 붙이고 서로 굳게 결합된 상등한 자유의 무한소의 분자에 공통한 법칙을 찾아내지 않으면 안 될 것이다.

12

　코페르니쿠스의 법칙이 발견되고 증명된 이래 움직이고 있는 것은 태양이 아니라 지구라는 하나의 사실의 승인이 고대인의 우주학을 완전히 뒤엎고 말았다. 이 법칙을 뒤엎을 수 있었다면 천체 운행에 관한 낡은 견해를 유지할 수도 있었을 것이나 이 법칙을 뒤집지 않는 한 프톨레마이오스적 세계의 연구를 계속하는 것은 불가능해진 것처럼 생각되었다. 그러나 코페르니쿠스의 법칙의 발견 뒤에도 프톨레마이오스적 세계의 연구는 여전히 오랫동안 계속되었다.

　출산 혹은 범죄의 수는 수학적인 법칙에 지배된다느니 일정한 지리학적 및 정치 경제적 조건은 정치의 형식을 결정한다느니 토지에 대한 주민의 어떤 관계를 종족의 이동을 불러일으킨다느니 하는 것을 한 사람이 창도하고 그 사실을 증명한 이래 종래의 역사의 기초가 되어 있던 근거가 본질적으로 소멸돼 버렸다.

　새 법칙을 뒤엎고 낡은 역사관을 보지할 수는 있다. 그러나 그것을 뒤집지 않는 이상 역사적인 사건을 개인의 자유 의지의 소산으로서 연구를 계속하는 것은 불가능한 것처럼 생각된다. 왜냐하면 만일 이러저러한 지리적, 인종적, 경제적 조건 때문에 어떤 정치 형식이 확립된다든가 혹은 종족의 이동이 행해진다고 한다면 정치 형식의 확정자나 종족 이동의 선동자로 생각되는 사람들의 의지는 벌써 원인으로서 검토할 수는 없기 때문이다.

　그럼에도 불구하고 구시대의 역사는 통계, 지리, 정치, 경제, 비교 언어학, 지질학 등등의 낡은 역사의 가정에 완전히 모순되는 여러 과학의 법칙과 나란히 여전히 연구가 계속되고 있다.

　자연 철학에 있어서는 신·구 양 견해 사이에 오랫동안 완강한 투쟁이 계속되고 있으며 신학은 역시 낡은 견해의 수호자가 되어 새 견해가 신의 계시(啓示)를 파괴한다고 공격했다. 그러나 진리가 승리를 거두었을 때 신학도 마찬가지로 새 기초 위에 확고한 발판을 쌓았다.

　역사에 있어서도 현재 신·구 견해 사이에 오랜 완강한 쟁투가 계속되고 있다. 그리고 여기에서도 역시 마찬가지로 신학이 낡은 견해의 수호자가 되어 새로운 견해의 계시 파괴를 비난하고 있다.

　어떤 경우에 있어서도 투쟁은 쌍방에서 열광을 불러일으키고 진리를 흐리게 하고 있다. 한쪽에서는 몇 세기에 걸쳐 건설된 것에 대한 공포와 애석의 투쟁이 일어나고 다른 쪽에서는 파괴에 대한 열광의 투쟁이 일어난다.

새로 생긴 자연 철학의 진리와 싸우는 사람들은 만일 이 진리를 승인하면 신과 우주의 창조와 눈의 아들 여호수아(구약 성경에 나오는 인물로 모세의 뒤를 이어 이스라엘 민족을 이끈 선지자—역주)의 기적에 대한 신앙이 멸망하는 것같이 생각되었다. 또 코페르니쿠스나 뉴턴의 법칙의 지지자, 이를테면 볼테르 같은 사람은 천문학의 법칙이 종교를 붕괴하는 것 같은 느낌이 들어 종교와 싸우기 위한 무기로서 인력의 법칙을 사용했던 것이다.

지금도 이와 마찬가지로 필연의 법칙만 인정한다면 영혼과 선악에 대한 관념 혹은 이 관념 위에 확립된 국가와 교회의 시설이 모두 붕괴돼 버리는 것처럼 생각되었다.

전에 볼테르가 했던 것과 마찬가지로 지금도 인정되지 않는 필연율의 옹호자는 이 필연율을 종교와 싸우는 무기로서 이용하고 있다. 그러나 실은 역사에 있어서의 필연의 법칙은 천문학에 있어서의 코페르니쿠스의 법칙과 마찬가지로 국가와 교회가 서 있는 토대를 파괴하기는커녕 오히려 확립시키고 있는 것이다.

당시의 천문학의 문제에 있어서와 같이 현금의 역사학의 문제에 있어서도 견해의 차이의 기초가 되어 있는 것은 눈에 보이는 현상의 척도가 되는 절대적인 단위를 인정하느냐 인정하지 않느냐 하는 점인 것이다. 천문학에 있어서는 이 단위는 지구 부동설이고 역사학에 있어서는 개인의 독립이자 자유이다.

천문학에 있어 지동설의 승인을 곤란하게 했던 것이 대지(大地) 부동과 천체 운행의 직감을 거부하지 않으면 안된다고 하는 점에 있었던 것과 마찬가지로 역사에 있어서도 개인이 공간과 시간과 인과율에 지배되고 있는 것을 승인하기 어렵게 느끼게 하는 것은 자기 인격의 독립에 대한 직감을 거부하지 않으면 안 된다고 하는 점이다. 그러나 천문학에 있어서 새 견해가 「그렇다, 우리는 지구의 운동을 느끼지 않는다. 그러나 가령 지구의 부동설을 승인하다면 우리는 무의미한 결론에 도달하지만 만일 우리들이 느끼지 않는 운동을 승인한다면 우리는 법칙에 도달한다.」라고 말한 것과 마찬가지로 역사에 있어서도 새 견해는 그처럼 말하고 있다. 「그렇다, 우리는 자기의 종속을 느끼지 않는다. 그러나 우리의 자유를 가정한다면 우리는 무의미한 결론에 도달하지만 만일 외계, 시간, 원인에 지배되고 있는 것으로 가정한다면 우리는 법칙에 도달한다.」

첫째의 경우에 있어서는 공간에 실재하지 않는 부동의 의식을 거부하고 우리에게 감지되지 않는 운동을 승인하지 않으면 안 된다. 둘째의 경우에 있어서도 마찬가지로 실재하지 않는 자유를 거부하고 자기에게 감지되지 않는 종속을 승인하지 않으면 안 되는 것이다.

《전쟁과 평화》에 대하여

《전쟁과 평화》가 완결된 1869년,
잡지 〈러시아의 기록〉 제 3호에 실린 글임.

가장 좋은 생활 조건 가운데서 끊임없이 비상한 다섯 해 동안의 노력으로 이루어진 작품을 출판함에 즈음하여, 서문의 형식으로 이 작품에 대한 나의 사견을 말하여 그것으로써 독자의 마음에 일어날 수 있는 의혹을 미리 막아야겠다고 생각했다. 나로서는 독자가 나의 작품 가운데서 내가 표현하려고 하지 않았던 것과 표현하지 못했던 것을 찾아내려고 하지 말고, 내가 표현하고 싶어하면서도 작품의 성질상 상세히 서술하기에 부적당하다고 생각한 그런 점에다 주의를 돌려 주었으면 한다. 시간과 재주가 처음 계획의 충분한 실행을 허용하지 않았으므로 나는 지금 이 전문 잡지의 호의를 이용하여 이러한 것에 흥미를 가질지도 모를 독자를 위해 자작(自作)에 대한 저자로서의 견해를 불충분하나마 간단히 적어 보고자 한다.

(1) 《전쟁과 평화》란 과연 무엇인가? 이것은 장편 소설도 아니며 서사시는 더욱 아니다. 역사적인 기록은 더더구나 아니다. 《전쟁과 평화》는 그것이 표현되어 있는 것과 같은 형식으로 표현되기를 희망했고, 그리고 그렇게 표현할 수 있었던 바로 그것이다. 산문적인 예술 작품의 형식 조건을 무시한 저자의 이런 성명(聲明)은, 만일 그것이 고의적인 것이거나 혹은 전례가 없는 것일 경우에는 오만한 자기 과신으로 여겨질는지도 모른다. 그러나 러시아 문학의 역사에는 푸쉬킨 시대 이래 이런 유럽적인 방식에서 벗어나는 예가 적지 않을 뿐만 아니라 오히려 반대의 예가 하나도 없을 정도이다. 고골리의 《죽은 혼》을 비롯하여 도스토예프스키의 《죽음의 집의 기록》에 이르기까지 다소나마 범작(凡作)의 정도를 벗어난 작품으로서, 장편 소설, 서사시, 또는 중편 소설의 형식에 완전히 들어맞는 그런 산문 예술 작품은 하나도 없는 것이다.

(2) 제1부가 출판되었을 때 몇몇 독자가 나에게 말한 바에 의하면 내 저작에

는 시대의 성격이 충분히 밝혀져 있지 않다는 것이었다. 이 비난에 대하여 나는 다음과 같이 반박할 수 있다. 나는 내 소설에 결핍되어 있다는 시대의 성격이란 것이 어떠한 것인지를 알고 있다. 그것은 농노제의 공포와 아내의 감금과 성장한 아들의 매질과 사르트이코바(1730~1801. 농노 139명을 학대하여 죽음에 이르게 하고 뒤에 被訴되어 한평생 수녀원에 금고당한 여지주—역주) 기질 등을 가리키는 것이지만, 나는 우리들의 상상 속에 살아 있는 이 같은 시대의 성격을 정확한 것이라고는 생각하지 않기 때문에 표현할 마음이 없었던 것이다. 서간, 일기, 전설들을 뒤져 보아도 나는 이 같은 포학의 공포를 현대 또는 다른 시대에 견주어 유달리 혹심 하다고는 생각하지 않았다. 당시에 있어서도 사람들은 역시 사랑하고 부러워하고 진리와 선행을 찾고 정욕에 빠져 있기도 했으며, 또 그 상류 사회에서는 오늘날 과 마찬가지로, 때로는 보다 더 세련되고 복잡한 지적인 정신 생활이 이루어지고 있었던 것이다. 만일 우리들의 이해 가운데에 그 시대의 압제와 폭력의 성질에 관한 고정 관념이 형성되어 있다면 그것은 전설과 수기와 이야기와 소설 가운데 서, 폭력과 압제의 두드러진 장면이 가장 많이 우리들에게 전해져 있는 것에서 비롯되는 것에 지나지 않는다. 당시의 가장 뚜렷한 성격이 폭력이었다고 결론을 짓는 것은 산 뒤에서 나무의 끝만 보고 있는 사람이 이 지방에는 나무 외에 아무 것도 없다고 결론을 짓는 것과 마찬가지로 옳지 않은 일이다. 그야 물론 상류 계 급이 다른 계급보다도 더 두드러졌다든가 당시의 인심을 지배하고 있던 철학이 라든가 교육의 특색이라든가 프랑스어를 썼던 습관 등에서 생긴 시대의 성격(어 느 시대에도 있는 성격)은 있다. 그리하여 이 성격은 나도 될 수 있는 대로 표현 하려고 애썼다.

(3) 러시아의 작품에 프랑스어를 쓰는 일. 내 작품 가운데서 러시아인뿐만 아 니라 프랑스인까지 어떤 때는 러시아어로, 어떤 때는 프랑스어로 이야기하고 있 는 것은 무엇 때문인가? 러시아어의 책 가운데서 작중 인물이 프랑스어로 이야 기하고 쓰고 하는 점을 비난하는 사람은 마치 그림을 쳐다보고 있는 동안에 현실 에 존재하지 않는 검은 얼룩(그림자)을 찾아내고 그것을 비난하는 사람과 마찬 가지이다. 그림 속의 인물에 화가가 그려 넣은 그림자가 어떤 사람의 눈에는 현 실에 없는 검은 얼룩처럼 느껴진다고 해도 그것은 결코 화가의 죄라고는 할 수 없다. 화가에게 죄가 있는 것은 이 얼룩을 그린 솜씨가 부정확하고 조잡할 때뿐 이다. 금세기 초에 대해 연구하고 일정한 사회에 속하는 러시아인과 나폴레옹과 당시의 생활에 밀접한 관계를 가지는 그 밖의 프랑스인을 묘사하고 있는 동안에 나는 본의 아니게 필요 이상으로 그 프랑스적인 사고 방식의 표현 형식에 말려들 었던 것이다. 그렇기 때문에 내가 그린 그림자가 혹은 부정확하고 조잡했을는지

도 모른다는 것은 부정하지 않지만, 나폴레옹이 때로는 러시아어, 때로는 프랑스어로 이야기를 하는 것을 몹시 우습게 느끼는 사람에게는 이것은 다만 초상을 보면서 명암(明暗)을 가진 얼굴을 보지 않고 코 밑의 검은 얼룩에만 눈길을 돌리기 때문에 그렇게 생각될 뿐이라는 것을 알아 주기 바랄 뿐이다.

(4) 작중 인물의 이름 즉 볼콘스키이, 드루베스코이, 빌리빈, 쿠라긴 등은 어느것이나 러시아 명문의 성(姓)을 생각케 한다. 비역사적인 작중 인물과 역사적인 다른 인물을 대비할 경우 나에게는 라스토프친 백작으로 하여금 브론스키이 공작이니 스트렐리스키이니 혹은 그 밖의 생각이 떠올라 만든 단성(單姓) 또는 복성(複姓)의 공작이나 백작과 이야기하게 하는 것이 어쩐지 귀에 거슬리는 것처럼 느껴졌다. 볼콘스키이니 드루베스코이니 하는 것은 볼콘스키이도 드루베스코이도 아니지만, 러시아의 귀족 사회에는 어딘가 친근함이 있으며 자연스럽게 들린다. 나는 모든 인물을 위해 베주호프니 로스토프니 하는 그리 낯설지 않게 느껴지는 이름을 생각해 내지 못했으므로 러시아인의 귀에 익은 성을 닥치는 대로 골라 그 가운데에 두서너 글자를 바꾸는 이외에는 이 곤란을 헤쳐나갈 방법이 없었다. 만일 내가 생각해 낸 이름과 실재의 이름이 비슷한 데서 누군가의 머리에 내가 그것에 의하여 너는 실재 인물을 그리려고 했다는 생각을 일으키게 했다면 나는 그것을 몹시 유감스럽게 여긴다. 그 까닭은 특히 현재 존재하고 있는 인물, 또는 과거에 존재했던 인물의 묘사를 목적으로 하는 문학 활동과 내 일과는 아무런 공통점도 가지지 않기 때문이다.

M. D. 아흐로시모바와 제니소프——이들은 예외적인 인물로 나는 그들에게 그만 깊이 생각하지도 않고 당시의 사회에 있어서 특히 전형적인 사랑스러운 두 인물에 가깝고 어울리는 이름을 붙이고 말았던 것이다. 이것은 이 두 인물의 배치에만 한한 것으로 독자도 아마 현실과 비슷한 일은 이 인물의 특이성에서 흘러나온 내 잘못이었다. 그러나 이 점에서의 내 잘못은 이 두 인물의 배치에만 한한 것으로 독자도 아마 현실과 비슷한 일은 이 인물에게 하나도 일어나고 있지 않음을 수긍하리라고 생각한다. 그 밖의 인물에 있어서는 모두 완전한 허구이며 나를 위해 명확한 원형이 된 것은 전설 가운데나 현실을 막론하고 단 하나도 없다.

(5) 내가 그린 역사적인 사건과 역사가들이 이야기하는 것과의 불일치, 이것은 우연이 아니라 피할 수 없는 일이다. 역사가와 예술가는 역사상의 어느 시기를 그릴 경우 완전히 다른 두 대상을 가진다. 만일 역사가가 역사적인 인물을 완전무결한 형태로 묘사하여 온갖 생활면에 대한 복잡한 관계까지 모조리 나타내려고 한다면 그것은 그의 잘못인 것과 마찬가지로 예술가가 역사상의 인물을 언제나 그 역사적인 의의를 가지고만 그리려 한다면 그것도 제 일에 충실한 것이라고

는 할 수 없다. 쿠투조프만 하더라도 언제나 적을 가리키면서 망원경을 들고 백마에 올라타고 있었던 것은 아니다. 라스토프친도 언제나 횃불을 들고 보로노프스키이네 집에 불을 지르고 있었던 것은 아니며(오히려 그는 한 번도 그런 짓을 한 일은 없었다), 또 황태후 마리야 페오도로브나만 하더라도 언제나 삵쾡이 가죽 망토를 걸치고 법령집(法令集)에 한 손을 짚고 서 있었던 것은 아니다. 그런데도 대중의 상상은 그들을 언제나 그처럼 그리고 있다.

역사가에게는, 무엇인가 하나의 목적을 위해 어떤 한 인물이 나타내는 협력이라는 의미로서 영웅이 존재하지만, 예술가에게는 이 인물이 생활의 온갖 면에 적응한다는 의미에서의 영웅은 존재할 수도 없고 또 존재하여서도 안 되며 인간들만이 존재하여야 한다.

역사가는 때로는 진실을 왜곡해서라도 역사적인 인물의 온갖 행동을 자신이 그 인물에 부여한 하나의 관념에 접근시키지 않으면 안 된다. 이와 반대로 예술가는 이 관념이 단일(單一)하다는 데에 자신의 과제와의 부조화를 인정하고 이름이 알려진 사람이 아닌 하나의 인간으로서 오로지 그것을 이해하고 표현하려고 애쓴다.

사건 그것의 기술에 이르러서는 양자의 차이는 한층 더 뚜렷하고 본질적이 되는 것이다.

역사가는 사건의 결과에 관심을 가지며, 예술가는 사건의 사실 그 자체에 관심을 가진다. 역사가는 전투를 기술하면서 말한다.『어느 군(軍)의 좌익은 어느 마을로 진출하여 적을 격파했으나 마침내 퇴각하지 않을 수 없었다. 그때 공격을 개시한 기병대는 적을 무찌르고……』운운. 역사가는 이렇게 말할 수밖에 없는 것이다. 그러나 예술가에게는 이러한 말은 아무런 의미도 가지지 않을 뿐만 아니라 사건 자체는 건드리지도 않는 것이다. 예술가는 자신의 경험, 서간, 수기, 혹은 담화에서 하나의 사건에 관한 자신의 관념을 추출한다. 그리하여 지극히 자주(전투를 예로 들면) 역사가가 억지로 시도하고 있는 어느 군과 어느 군과의 활동에 관한 결론은 예술가의 그것과 정반대가 되는 경우가 있다. 이러한 결론의 차이는 이 양자가 자기의 지식을 얻은 자료에 의해서도 설명된다. 역사가의 경우는(전투의 예를 계속하자) 주된 자료는 각 부대의 대장과 총사령관의 보고이다. 예술가는 그 같은 자료에서는 아무것도 얻을 수 없으며, 그러한 것들은 예술가를 위해서는 아무것도 이야기해 주지도 않고 아무것도 설명해 주지 않는다. 그뿐만 아니라, 예술가는 그러한 것들 가운데서 필연적인 허위를 찾아내고 그러한 것들에서 얼굴을 돌리려고까지 한다. 모든 싸움에 있어서 적(敵)끼리 거의 언제나 서로 전혀 상반된 전투를 기술하는 것은 말할 것도 없지만, 어느 전투의 묘사에도 필연적인 허위가 담겨 있다.

그것은 몇 베르스타나 되는 범위로 흩어져 있어 공포와 굴욕과 죽음의 영향 아래 가장 강력한 흥분을 느끼고 있는 몇 천의 사람들의 행동을 몇 마디 말로 묘사하지 않으면 안 되는 필요에서 생기는 것이다.

전투 기사는 대개 어떤 군(軍)이 어떤 지점으로 공격하러 출동했다가 그 뒤 퇴각을 명령받았다 운운하고 씌어지는 것이지만, 그것은 마치 연병장에서 한 사람의 의지에 몇 만의 사람을 따르게 하는 그 군기(軍紀)가 생사 문제가 달려 있는 곳에서도 똑같은 효력을 가지는 것으로 예상하고 있는 것과 같은 것이다. 자신이 전투에 참여한 경험이 있는 사람이면 누구나 이것이 얼마나 잘못이라는 것을 알고 있다(이 책의 제1권과 쉔그라벤 전투의 묘사 발표 뒤 나에게 이 전투 묘사에 관한 니콜라이 니콜라예비치 무라비요프 카르스키이의 말—나에게 내 신념을 뒷받침해 준 말이 전해졌다. 총사령관 니콜라이 니콜라예비치 무라비요프는 자신은 이보다 더 정확한 묘사를 읽는 적이 없다, 자신은 자기의 경험으로 전투중 총사령관의 지령이 실행 불가능한 것을 확신하고 있다, 이렇게 말해 주었던 것이다-역주). 그러나 모든 전투 보고는 이러한 가상 위에 기초를 두고 있고 전쟁 기사는 그 보고에 기초를 두고 있다. 시험삼아 전투 직후 그 다음 날, 다음 다음 날쯤이라도 좋으니 보고서가 쓰이기 전에 전(全)부대를 돌아 모든 병사, 상하급 지휘관들에게 전투 상황에 대하여 물어 보라. 그들은 자기네가 겪고 보고 듣고 한 것을 여러분에게 이야기할 것이다. 그리고 여러분의 마음에는 장대하고 한없이 복잡하게 뒤얽힌, 답답하고 막연한 인상이 형성될 것이다. 더우기 어느 누구에게서도, 총사령관에게서는 말할 것도 없이 전투 전체의 상황 따위는 알아낼 수 없을 것이다. 그러나 사흘쯤 지나면 전투 보고서의 제출이 시작되고 요설꾼들이 보지도 않았던 일을 수다스럽게 늘어놓기 시작한다. 그리고 마지막에 가서는 종합 보고가 작성되고 이 보고를 기초로 하여 군(軍)의 일반적인 의견이 이루어진다. 이 거짓된, 그러나 뚜렷한, 언제나 추종적인 의견에 자신의 의혹과 문제를 밀어붙여 버리면 누구나 마음이 가뿐하다. 한 달이나 두 달 지난 뒤 전투에 참가했던 사람에게 여러 가지로 물어보라. 그때는 이미 당신은 그의 이야기에서 이전에 있었던 것과 같은 생생한 자료는 느끼지 못할 것이다. 그는 보고서에 좇아 이야기를 진행시키기 때문이다. 보로지노 싸움에 대해서도 그 싸움에 종군했던 많은 현존하는 현명한 사람들이 나에게 그처럼 얘기해 주었다. 누구나가 똑같은 이야기를 해주었는데 그것은 모두 미하일로프스키이 다닐레프스키이의 불확실한 기술과 글린카와 그 밖의 자료를 기초로 하여 이야기했기 때문이다. 그뿐만 아니라 서로 몇 베르스타씩이나 떨어진 지점에 있었음에도 불구하고 그들의 이야기의 세부적인 것까지 그들은 완전히 똑같았던 것이다.

세바스토플리의 함락 뒤 포병 사령관 크르이쟈노프스키이가 각 포대(砲臺)에 있던 포병 장교들의 보고서를 나에게로 보내어 스무 통 이상이나 되는 그 보고서에서 하나의 보고서를 작성해 달라고 의뢰했다. 나는 지금 그 보고서들의 사본을 떠놓지 않았음을 유감스럽게 여기고 있다. 그것은 보통 전쟁 기사의 기초가 되는 소박하고 필연적인 군사 허위의 좋은 본보기였다. 당시 이 같은 보고서들을 작성했던 내 동료의 대다수는 이러한 보고서의 몇 줄을 읽으면서 옛날 그들 상관의 명령에 좇아 자기 자신도 알 리 없는 사실을 썼던 일을 생각해 내고는 쓴웃음을 참지 못했을 것이라고 나는 생각한다. 전쟁을 겪은 모든 사람들은 누구나 러시아인은 싸움터에서의 임무 수행에는 유능하지만, 이 일에 필요한 과장된 허위로써 그것을 묘사하는 능력이 모자람을 알고 있다. 우리 군대 안에서의 이 임무——보고서와 상신서 작성의——가 대부분 다른 종족 출신자에게 맡겨져 있는 것은 누구나 다 알고 있는 사실이다.

내가 이러한 것을 이야기하는 것은, 군사 역사가의 자료 구실을 하는 전투 기록에는 허위를 피할 수 없다는 것을 말하고 그런 허위의 자료에 의하여 역사적인 사건을 해석함에 있어서 예술가와 역사가와의 불일치를 자주 가져오는 것은 부득이하다는 것을 말하기 위해서이다. 그러나 역사적인 사건의 서술에 허위를 피할 수 없다는 것 이외에도, 내 연구 목표가 된 이 시대의 역사가들에게는 그 어떤 특별한 과장된 어법이 있음을 나는 보았는데(아마 사건을 일괄하여 그것을 간단히 표현하고 사건의 비극적인 흐름에 순응하려는 습관의 결과이리라) 그 때문에 허위와 왜곡이 종종 사건뿐 아니라 사건의 의의를 해석하는 데까지 옮아 있는 것이다. 이 시대의 역사적인 저술 가운데 주되는 것으로 티에르와 미하일로프스키이 다닐레프스끼이를 연구하는 동안 나는 종종 어떻게 이런 책이 인쇄되고 읽히고 했는가 하는 의혹을 가질 때가 있었다. 동일 사건을 지극히 진지하고 그럴 듯한 투로 서로 상반된 태도를 가지고 온갖 자료를 인용하면서 기술하고 있는 점은 그만두더라도, 나는 이 두 역사 가운데서 터무니 없는 묘사——이 책들이 둘 다 그 시대의 유일한 기념탑으로서 몇 백만의 독자를 가지고 있음을 생각하면 웃어야 할지 울어야 할지 모를 그런 기술을 발견하는 것이다. 유명한 역사가 티에르의 저서에서 한 가지만 예를 들어 둘까 한다. 나폴레옹이 위조 지폐를 들여온 이야기를 하는 대목에서 그는 이렇게 말하고 있다. 『그와 프랑스군에게 어울리는 자선 사업에 의하여 이 같은 방법을 쓴 것을 보상하려고 하면서 그는 화재를 당한 주민들에게 원조해 줄 것을 명령했다. 그러나 식료품은 너무 비싸고 대부분 적의를 품고 있는 다른 나라 국민에게 이 이상 더 공급을 계속하기가 불가능하다고 여겨졌으므로 나폴레옹은 그들에게 돈을 분배하는 방법을 택하고 그 때문에 그에 의하여 루블리 지폐가 지급되었던 것이다.』

이 대목은 이것만을 떼어 놓고 보면 사람을 아연 실색케 하는 부도덕이라고까지는 말할 수 없다고 해도 그 너무나도 무의미한 것에 놀라지 않을 수 없다. 그러나 저술 전체로서 보면 그것이 그렇게까지 눈에 띄지 않는 것은 아무런 직접적인 의미를 가지지 않는 과대하고 어마어마한 전체의 가락에 충분히 들어맞기 때문이다.

결국 예술가의 사명과 역사가의 과제는 전혀 다른 것이니까 내 저서에 있어서의 사건과 인물의 묘사에 역사와의 불일치가 있다는 것은 독자를 놀라게 하는 까닭이 될 수는 없는 것이다.

그러나 예술가가 잊어서는 안 될 일은, 민중 사이에 형성되어 있는 역사적인 인물과 사건에 관한 관념이 공상이 아니고 역사가들이 모을 수 있는 한의 역사적인 기록에 기초를 두고 있다는 사실이다. 그러므로 이 같은 인물과 사건들을 달리 해석하고 표현하려면 예술가도 역사가와 마찬가지로 사적 자료의 지도를 받지 않으면 안 된다. 내 소설에 있어서 역사적인 인물이 이야기하고 행동하고 하는 대목은 모두 어디나 내가 지어낸 것이 아니고 여러 종류의 자료를 이용한 것들뿐이며 나에게는 이 노작(勞作) 중 이 같은 자료들로 한 개의 도서실을 만들 만큼의 것이 있었다. 나는 그 표제를 여기에 열거할 필요를 인정하지 않지만 그러나 그것은 언제라도 인정할 수 있다.

(6) 마지막으로 나에게 있어서 가장 중요한 여섯 번째의 고찰은 내 의견에 의하면, 역사적인 사건에 있어서 이른바 위인이라는 것이 그다지 큰 의의를 가지고 있지 않다는 점에 관한 것이다.

그처럼 비극적인 시대, 그처럼 대사건으로 들어차 있는 시대, 그처럼 온갖 전설이 살아 남아 있는 우리들에게 가까운 시대, 그것을 연구하고 있는 동안 나는 하나의 뚜렷한 사실을, 현재도 진행되고 있는 역사적인 사건의 원인이 도저히 우리들의 지혜로는 이해할 수 없다는 사실에 부딪혔다. 1812년의 사건의 원인은 나폴레옹의 정복욕과 알렉산드르 황제의 굳은 애국심에 있다고 말한다는 것은(이것은 어느 누구에게나 지극히 간단한 것처럼 여겨진다) 로마 제국의 붕괴 원인이 어떤 야만인들이 자기네 민족을 서쪽으로 이끈 데 있다느니, 어느 로마 황제의 정치가 나빴기 때문이라느니, 혹은 또 파들어가던 산이 무너진 것은 마지막 인부가 삽으로 팠기 때문이라느니 하는 따위와 마찬가지로 무의미하다.

수백만의 인간이 서로 죽이고 죽고 하여 오십만의 인간의 의지를 그 원인으로 할 수는 없다. 한 인간이 혼자서 산을 파 무너뜨릴 수 없듯이 한 인간이 오십만의 인간을 죽게 할 수는 없다. 그러나 그러면 무엇이 원인인가? 어느 역사가들은 프랑스인의 정복욕과 러시아인의 애국심이 원인이었다고 말하고 있다. 또 어느 역사가들은 나폴레옹의 대군이 뿌린 민주적 요소라느니, 러시아가 유럽 동맹에 가입하지 않을 수 없었던 필연이라느니 또는 그와 비슷한 말을 하고 있다. 그러나 도대체 어째서 수백만의 인간이 서로 죽이기를 시작한 것인가, 누가 그것을 명령한 것인가! 아마 그런 짓을 했다고 해서 어느 누구도 좋아질 사람은 없을 뿐 아니라 모두 나빠질 뿐이라는 것은 어느 누구의 눈에도 빤할 것이다. 그런데 그들은 어째서 그런 짓을 했을까? 이 무의미한 사건의 원인에 대해서는 무수한 회고적인 추론을 내릴 수 있고 또 지금 그 일을 하고도 있다. 그러나 이같이 엄청난 설명의 그 모두가 하나의 목적에 합치한다는 사실은 다만 이 같은 원인이 한 없이 많다는 것과 그 가운데의 하나도 원인이라고는 부를 수 없음을 입증하는 데 불과하다.

무엇 때문에 수백만의 인간이 서로 죽이고 죽고 하였는가, 이러한 짓이 육체적으로나 정신적으로도 좋지 않은 짓이라는 것은 개벽 이래 누구 하나 모르는 사람이 없는 일인데도?

다름이 아니라 그것은 불가피하게 필요했기 때문이다. 이것을 실행하면서 사람들은 가을이 되면 꿀벌이 서로 죽이고 죽고 짐승의 수컷이 서로 멸망시키고 멸망하고 하면서 실행하는 그 맹목적이고 동물적인 법칙을 실행했기 때문이다. 이 무서운 문제에 대해서는 이 이외의 답은 생각할 수가 없다.

이 진리는 뚜렷할 뿐만 아니라 저마다에게 태어날 때부터 있는 것이니까 만일 인간에게 딴 감정과 의식이 없다면, 새삼스럽게 증명할 값어치도 없을 정도의 것이다. 그런데, 그 감정과 의식에 의하여 어떠한 행동을 할 경우에 사람은 그 온갖 순간에 자신은 자유롭다는 확신을 가지는 것이다.

일반적인 관점에서 역사를 검토할 때 우리는 사건의 진행을 지배하는 신의 법칙에 대한 의심할 나위 없을 정도의 확신을 가지게 된다. 그런데 개인적인 견지에서 볼 때 우리는 그 반대에 대한 것을 믿게 되는 것이다.

사람을 죽이는 인간도, 네만 강의 도강을 명령하는 나폴레옹도, 취직 응모의 이력서를 내고 손을 올렸다내렸다 하는 우리들도 모두 자기네의 온갖 행위가 그 바탕에 합리적인 원인과 자신들의 자유 의지를 가지며, 어떻게 행동하건 그것은 우리들의 마음대로라고 하는 확고한 신념을 지니고 있다. 그리고 이 신념은 각자에게 있어서 지극히 고유한 것, 귀중한 것이기 때문에 역사나 범죄 통계학(타인의 행동에 따르지 않는 특성을 우리들에게 설득하는)의 논증에도 불구하고 우리들은 자신들의 온갖 행위에 대하여 우리들의 자유 의지를 확대하게 되는 것이다.

이 모순은 해결할 수 없는 것처럼 여겨진다. 하나의 행위를 할 때 나는 내가 그것을 내 자유 의지로 하고 있다고 확신하고 있다. 그러나 이 행위를 인류의 전 생활에 참여하는 뜻에 있어서(역설적인 의미에 있어서) 검토할 때 나는 이 행위가 예정된 것이며 피할 수 없는 것임을 확신한다. 이 같은 오류는 어떠한 점에 포함돼 있는 것일까?

완성된 사실에 대하여 자못 자유로운 듯한 많은 추론을 회고적, 순간적으로 꾸며내는 인간의 능력에 대한 심리적 관찰은(이것에 대해서는 다른 곳에서 더 자세히 이야기할 작정이다) 어떠한 행위의 완성에 있어서 가지는 인간의 자유 의지가 잘못된 것이라는 가정을 뒷받침하고 있다. 그러나 또 같은 심리적인 관찰은, 자유 의지가 회고적이 아니고 순간적이며 확연한 것인 듯한 다른 일련의 행위가 존재함을 증명하고 있다. 유물론자들이 무엇이라고 하건 나는 분명히 어떤 행위를 하며 그 행위가 나 한 사람에게 관한 한 그것을 억제할 수도 있다. 나는 분명히 나 한 사람의 의지에 의하여 방금 손을 올렸다가 내렸다. 나는 지금 당장 이것을 쓰기를 그만둘 수도 있다. 여러분도 또한 당장 읽기를 그만둘 수도 있다. 분명히 나 자신의 의지에 의하여 모든 장애를 극복하면서 나는 지금 당장 마음 속으로 미국에 건너가고 좋아하는 수학에 관한 문제로 옮아가고 할 수도 있다. 나는 자신의 자유를 시험하기 위해 한쪽 손을 공중으로 올렸다가 힘껏 내릴 수도 있다. 나는 그것을 실행했다. 그러나 내 옆에 어린 아이가 서 있으면 나는 그 위로 팔을 세차게 올렸다가 같은 힘으로 그것을 내리려고 생각해도 실행할 수가 없다. 또 그 어린 아이에게 개가 덤벼든다면 나는 그 개에게 손을 번쩍 치켜들지 않을 수가 없다. 내가 전선에 서 있다고 하면 연대의 행동에 따르지 않을 수 없다. 나는 전투에 임하여 나의 연대와 함께 돌격하지 않을 수 없으며, 둘레의 사람들이 모두 도망칠 때 나도 달아나지 않을 수 없다. 또 피고의 변호인으로서 법정에 설 때 나는 내가 해야 할 말을 하거나 생각하기를 거부할 수는 없다. 나는 내 눈에 가해진 타격에 대하여 눈을 깜빡이지 않을 수 없다.

이리하여 행위에는 두 가지의 종류가 있다. 하나는 자기의 의지에 지배되는 것이며, 다른 하나는 지배되지 않는 것이다. 그리고 모순을 파생시키는 잘못은 다만 내가 자유 의지(내 자아, 내 존재의 최고 추상성에 관계하는 모든 행위에 정당히 따르는 것)를 그르쳐서 다른 사람과 공동으로 한 행위, 즉 타인의 자유 의지와 자신의 자유 의지와의 일치에 의하여 좌우되는 행위로 옮기는 데에서만 생기는 것이다. 자유와 종속의 영역의 경계를 결정하기는 지극히 어려운 일이지만, 이 경계의 결정이야말로 심리학의 유일한 본질적인 과제를 이루는 것이다. 그러나 우리들 최대의 자유와 최대의 종속이 나타내는 조건을 관찰할 때, 우리들은 우리들의 행동과 다른 사람들의 행동과의 결부가 보다 추상적이며, 따라서 보다 박약하면 할수록 우리들의 행동이 자유롭다는 사실을 인정하지 않을 수 없다. 이와 반대로 우리들의 행동이 다른 사람에게 결부되는 정도가 크면 클수록 그것은 더욱더 부자유스러워지는 것이다.

가장 강력하고 끊을 수 없고 무겁고 끊임없는 다른 사람들과의 결부는 이른바 타인에 대한 권력이지만 그것은 그 참다운 의미에 있어서는 다만 타인에 대한 가장 큰 종속에 지나지 않는다.

잘못되어 있는지 어쩐지는 모르지만, 그것은 어찌 됐든 나는 이 일을 계속하고 있는 동안에 이 사실에 대한 충분한 확신을 얻었으므로, 자연적인 결과로 1805년, 1807년, 특히 이 예정(숙명)된 법칙이 가장 뚜렷이 나타나 있는 1812년의 역사적인 사건을 묘사함에 있어서(1812년 전쟁에 대하여 쓰고 있는 거의 모든 문학자가 이 사건에 무엇인가 유다른 운명적인 것을 인정하고 있는 일은 주목할 만하다—역주) 나는 자신들이 사건을 지배하고 있는 것처럼 생각하면서 실은 다른 모든 사건 관여자의 어느 누구보다도 자유로운 인간적인 활동을 그것에 이바지하는 일이 적었던 사람들의 사적(事蹟)에 의미를 인정할 수는 없었다. 다만 이러한 사람들의 활동이 내게 있어 흥미가 있었던 것은, 내 확신에 의하면 역사를 지배하고 있는 예정(숙명)된 법칙과 가장 비자유적인 행위를 하고 있는 인간으로 하여금 자신의 자유를 그 자신에게 증명하기를 목적으로 한 많은 회고적인 추리를 상상 속에서 만들게 하고 있는 심리적인 법칙, 이러한 법칙의 삽화라는 의미에 지나지 않는 것이다.

레프 톨스토이

■ 감상과 해설

톨스토이의 생애와 작품

톨스토이는 드물게 보는 자전적인 작가이다. 그 작품의 대부분이 자전적 성격을 지니고 있고 예술과 생활이 밀접하게 결합되어 있다. 그리고 그의 복잡한 영혼 세계의 기조를 이루는 것은 그 드물게 보는 진지성이다. 그의 작품과 19살 때부터 시작하여 평생동안 계속 쓴 일기가 그의 모순에 찬 복잡한 생활을 말해 준다.

그리고 그의 생애를 대충 훑어볼 때 그 긴 생애가 처음부터 끝까지 얼마나 똑같았는가 하는 데에 놀라게 된다. 그것은 예술가와 구도자(求道者)의 싸움, 따지고 들면 영(靈)과 육(肉)의 싸움이라고도 할 수 있는 것으로서 몇 번 비슷한 위기가 그의 마음을 엄습하고 비슷한 싸움이 그의 마음속에서 행해졌는지 모른다.

그의 여든 두 해의 생애는 그가 지닌 다부진 생명력과 정신력, 유혹과 구도, 그리고 온갖 미덕과 악덕이 참가한 비극적이고도 영광스러운 싸움의 마당이었다.

그의 싸움은 쓰는 일이었다. 그는 자기를, 조상을, 가족을, 러시아인을, 러시아를, 러시아의 혼을, 살아가는 길을, 사회의 부정을, 그리고 인류의 고뇌를 계속해서 썼다. 그리고 작가로서, 또 구도자로서 인류의 정신에 찬란하고도 방대한 유산을 남긴 것이다.

레프 톨스토이는 1828년 8월 28일 러시아 중부의 야스나야 폴랴나에서 톨스토이 백작가의 4남으로서 태어났다. 그의 몸 안에는 풍부한 유전을 받은 대귀족의 피가 흐르고 있다.

아버지 쪽인 톨스토이 백작가와 어머니 쪽인 볼콘스키이 공작가는 모두 오랜 대귀족의 명문으로서 많은 뛰어난 인물을 배출하고 있다. 그 계도 속에는 표토르 대제의 한쪽 팔로서 활약한 초대 톨스토이 백작을 비롯하여 장군, 대신, 미술가, 시인, 나폴레옹 전쟁의 영웅들, 데카브리스트(12월 당원), 정치범 유형

수, 모험가 등 다채로운 모습을 볼 수가 있다.

톨스토이는 생후 2년만에 어머니를 여의었기 때문에 어머니에 대해서는 거의 기억하고 있지 못하고 어머니의 사랑도 모른다. 그의 어린 영혼은 야스나야 폴랴나의 저택에서 어머니를 대신한 타치아나와 알렉산드라의 두 숙모, 형들, 그리고 신앙심 깊은 하인들에 의해 키워진 것이다.

1836년, 형들의 면학을 위해 일가는 모스크바로 옮겼는데 다음해 아버지의 갑작스런 죽음과 거기에 이은 조모와 숙모의 죽음으로 완전히 고아가 된 5남매는 1841년에 고모의 출가지인 카잔의 유시코프 가에 맡겨졌다. 톨스토이가 13살 때로서 여기에서 그는 「소년 시절의 사막」이라고 일컬은 시기를 보냈다.

잇따른 육친의 죽음 때문에 그는 고독감에서 내성적인 소년이 됨과 동시에 찰나주의적인 심경에 빠지는 일도 있었고 극단에서 극단으로 시계추처럼 흔들리는 그의 영혼이 드디어 그 활동기에 접어들고 있었다. 이 무렵부터 그의 예술의 끝없는 샘이 된, 광적이라고도 할 수 있는 자기 분석의 「위험한 습관」이 시작되는 것이다.

그는 16살 때 카잔 대학의 동양어학과에 들어갔으나 원래 관제(官制)의 학문을 차근차근 공부하는 성질이 아니고 좋아하는 것에는 맹렬히 열중하지만 싫은 것은 거들떠 보지도 않는 성격이라 진급시험에 낙제하여 법과로 옮겼다. 그러나 결국 법과 2년에서 중퇴하고는 야스나야 폴랴나로 돌아왔다. 대학을 「학문의 묘지」라고 규정짓고 농업 경영에 전념하기 위해서였다. 이 시대까지의 그의 영혼의 성장과 내성은 《유년시대》, 《소년시대》, 《청년시대》에 기록되어 있다.

당시의 러시아는 농노해방 이전의 시대로서 농민들은 비참한 생활을 하고 있었다. 투르게니예프가 《사냥꾼 일기》의 첫 편을 발표한 것도 이 해이고 그 무렵의 젊은이들 양심은 농사개혁과 농민의 계몽에 돌려지고 있었다. 그러나 젊은 톨스토이는 아직도 농노제의 부정에까지는 생각이 미치지 못하고 있었고 지주 입장에서의 개혁이었기 때문에 농민들의 냉소와 시기의 벽에 부딪쳐 좌절했다. 이 무렵의 사정은 《지주의 아침》에 상세하게 그려져 있다. 처음의 의욕이 컸던 만큼 실망도 커서 그 뒤의 3년간은 청년 귀족들의 방탕한 생활에 끼어 들어 술, 도박, 집시 여인에의 도취 등 타락 생활이 계속되었다.

이것이 톨스토이를 엄습한 최초의 위기이며 이것을 구한 것은 1851년 봄의 코카사스 행이다. 코카사스의 맑은 자연은 도회의 먼지에 때묻은 톨스토이를 소생시켰다.

유년 시절부터 자기를 우주의 일부라고 느끼고 자연 산물의 하나라고 느끼며 루소를 숭배하고 있던 톨스토이에게 있어서 웅대한 산들과 숲, 그리고 계곡과 산간 농민의 간소한 생활은 크낙한 기쁨이며 감격이었다. 거룩한 자연과 원시적이고 소박한 사람들에 둘러싸여서 톨스토이의 정신은 맑아졌고 그 넘쳐나는 생명력이 창작에 주입되어 그의 천재가 비로소 꽃을 피우게 된다.

그는 포병대에 정식으로 들어가는 시험을 받기 위해 토피리시로 갔고 거기에서 《유년시대》의 집필에 착수, 1852년 6월 요양중에 이 작품을 완성하여 네크라소프가 주재하던 당시 러시아의 대표적 문예잡지 〈현대인〉에 익명으로 투고했다. 이 처녀작은 동지의 9월호에 게재되어 시정(詩情)이 풍부한 청신한 작품으로서 성공을 거두었다.

여기에서 힘을 얻은 그는 속편인 《소년시대》를 썼고 다시 《침입》, 《삼림 벌채》 등 일련의 작품에 코카사스의 웅대한 자연과 군인들의 생활을 사실적으로 서정에 넘치게 묘사했다. 그러나 코카사스물의 최고 걸작은 그의 자연과 인생과 힘에 대한 사랑의 도취와 날카로운 관찰력이 낳은 청춘의 노래 《코자크》이다.

1853년 11월 터키에 대한 선전이 포고되자 그는 열렬한 애국적 감정에 불타 크리미아군에의 배속을 지원, 1854년 11월 세바스토폴리에 도착했다. 그는 용감하게 임무를 수행했고 특히 다음해 4월부터 5월에 걸쳐서 가장 위험한 제4 능보(稜堡)에 자진하여 복무, 많은 장병들의 죽음을 목격했고 그 자신도 죽음과 직면했다.

이러한 가운데서도 그는 과거를 회상하며 《청년시대》를 써나갔다. 어디에 그런 정신의 여유가 있었는지 그저 놀라울 뿐이다.

그러나 격화하는 전황은 어쩔 수 없이 그의 관찰을 현실로 돌려 놓았다. 그는 《청년시대》의 집필을 중지하고 맑고 명철한 눈으로 죽음에 직면한 장병들의 모습이나 그 마음속에 감추어져 있는 것을 투시하고 전쟁의 진실을, 모든 감상을 버리고 직설적이고도 객관적으로 기록했다. 이것이 3부작 《세바스토폴리》이다. 이것은 1855년 〈현대인〉에 발표되어 톨스토이의 문명을 높여 주었다.

1856년 11월 그는 군무에서 물러나 문필생활에 들어갔으나 「귀족과 사관의 오만」이 남아 있었던 것과 「좋든 나쁘든 내 성격의 특징은 전염적인 외부의 영향에 항상 반대하는 것이었다」라고 자기 자신도 인정하고 있는 비타협적인 태도 때문에 문단생활에 융화할 수가 없었다.

1857년 1월, 그는 서구 문명과 과학과 이성을 기초로 한 사회생활을 자기의 눈으로 확인하기 위해 외국 여행을 떠났는데 파리에서 단두대의 공개 처형을 보고 충격을 받게 되어 법과 국가에 의문을 느꼈고 또한 스위스 뤼체른에서 떠돌이 기타 주자를 비웃는 부유한 여행자의 무리에게서 인간의 영혼을 왜곡하는 문명의 폭력을 보고 문명과 진보에 대한 불신을 더욱 깊게 했다.

그는 야스나야 폴랴나에 돌아와서는 학교를 세우고 교육활동에 열중했으나 만족도에 이르지 못하자 갖가지 정열의 유혹에 빠져서 곰사냥을 하다 하마터면 목숨을 잃을 뻔하기도 하고 사교계에 드나들기도 했다. 그런가 하면 도박에 빠지기도 하고 페테르부르그 문단의 영향을 받아 예술을 위한 예술을 주창하기도 하는 등 혼미한 생활을 보냈는데 맏형 니콜라이의 죽음이 계기가 되어 그는 다시 사회활동과 교육활동으로 돌아왔다.

그러나 자유주의 교육을 했다는 혐의로 야스나야 폴랴나가 헌병의 가택 수색을 받는 사태가 일어났고 다행히도 그는 사마라에 요양을 하러 가서 그곳에 없었으나 이야기를 듣고 격분, 진지하게 망명을 생각했을 정도였다. 이 시기의 작품으로는 《뤼체른》, 《청년시대》, 《가정의 행복》 등이 있다.

1862년 9월, 그는 모스크바의 궁정의(宮廷醫) 베르스 가의 둘째 딸 소피아와 결혼했다. 이 결혼은 병과 피로로 거의 난파지경에 있던 톨스토이의 마음과 생활에 평화와 안정을 주었다. 그는 가정이라는 성(城)을 얻어 부인의 사랑의 날개 밑에서 그에게 세계 최대의 작가라는 지위를 준 서사시적 대작 《전쟁과 평화》를 완성할 수가 있었던 것이다.

1869년, 7년에 걸쳐 「피의 한 방울 한 방울을 잉크병에 떨어뜨리는 듯」한 고투 끝에 《전쟁과 평화》를 완성하고는 거기에 대한 반동이기라도 하듯이 그를 엄습한 4년에 걸친 교육활동(《알파벳 독본》)과 기근 구제의 사회활동 뒤에 다시 창작 의욕이 왕성하게 솟구쳐 1873년 3월 19일, 드디어 《안나 카레니나》의 집필에 착수했다.

이 소설에는 도스토예프스키가 「화학적으로 분해되어가고 있다」라고 말한 1870년대의 도시와 농촌을 배경으로 세 가정생활이 그려져 있다. 정부의 고관 카레닌과 그 아내 안나, 안나의 애인 브론스키가 짜내는 피테르스부르크를 중심으로 한 상류 사회의 생활, 이와 대조적인 레빈과 키치의 연애와 결혼, 그리고 농민을 통해 레빈이 인생의 진리에 접근하기에 이르는 전원을 배경으로 한 지주의 생활, 그리고 모스크바를 무대로 하는 오블론스키와 그 아내 도리의 퇴폐적인 귀족 생활, 즉 농노제 폐지후에 있어서 귀족의 대다수가 무기력하고 구질구질하게 보내지 않으면 안 되었던 몰락의 생활, 이 세 가지 생활이다.

이 소설은 단순한 가정비극이 아니라 사회적인 넓이를 가지고 있고 인생의 흐름을 굽어본 것으로서 톨스토이의 다른 작품에 비해 극적 요소가 있고 이야기가 풍부해서 조금도 무리없이 구성되어 있다. 예술적 완성을 나타낸 소설의 본보기라고 일컬어지고 있다.

톨스토이는 《안나 카레니나》 집필중에 야스나야 폴랴나의 저택에서 세 자녀와 두 숙모를 잇따라 잃고 아내가 병상에 눕는 불행을 겪음으로써 인간의 생활을 지배하는 악의 잔인한 힘을 느끼게 되어 인생의 의의란 무엇인가, 현세의 생활에 있어서 그를 인도하는 진리란 무엇인가, 라는 문제에 부딪쳐 고뇌하게 되었다.

「내 생활은 누군가가 나를 위해서 연출하는 어리석은 희극처럼 생각되었다. ……예술은 인생의 거울이다. 인생이 이미 의미를 갖지 않을 때 거울의 유희는 이미 흥을 돋울 수가 없다」라고 하며 예술을 포기하고 철학이나 과학에서 해답을 구했으나 얻을 수가 없었다.

그는 번민 끝에 자살까지 생각했다. 구원은 민중으로부터 왔다. 그는 민중이 이성(理性)과는 관계없는 순박한 신앙에 의해 생활하고 있는 것을 보았다. 이마에 땀을 흘리며 노동을 하는 민중의 생활이 참된 생활이며 이러한 생활에서 주어지고 있는 의의가 진리라는 것을 그는 깨달았다.

그래서 민중의 신앙을 믿으려고 3년 동안 교회에 다니며 모든 의식(儀式)을 지키고 착실한 신자가 되려고 노력했으나 그의 이성은 다른 종교를 증오하고 사형과 전쟁을 공공연히 인정하는 교회와는 끝내 타협을 할 수가 없었다.

1879년, 그는 정교회(正敎會)와 깨끗이 인연을 끊고 그 뒤에는 분노와 비탄 속에서 종교서의 분석과 복음서의 연구에 몰두했다. 이리하여 그는 《요약 복음서》를 썼다.

민중의 생활을 보며 신의 존재를 깊이 느끼고 복음서를 연구한 뒤에 톨스토이가 도달하는 결론은, 참된 생활은 이성의 생활이며 이성은 신으로부터 부여받은 진리를 아는 유일한 수단이며 인간의 유일한 이성적 활동은 사랑이다, 라는 것이었다.

그래서 그는 사랑과 근로와 자기희생의 생활을 역설했다. 이것이 톨스토이주의이며 지금까지의 자기 생활을 준엄하게 비판하여 《참회》를 썼다. 또한 그는 1882년에 모스크바 민세 조사(民勢調査)에 참가하여 빈민굴의 비참한 실상을 보고 놀랐다. 그리고 이러한 부정을 낳고 그것을 허용하고 있는 국가권력과 온갖 제도에 심한 분노를 느꼈다.

그는 《그러면 우리는 무엇을 할 것인가》를 써서 빈민굴의 비참한 실상을 정확하고 극명하게 묘사하여 그 악의 원인을 찾고 타인의 노동을 착취하는 특권계급과 그것을 보호하는 국가, 그리고 그 악에 가담하고 있는 교회, 과학, 문명 등에 대해 복음서의 이름으로 싸움을 선포했다.

그리고 그 수단으로서 그는, 그 악에 가담하지 말고 금전과 토지의 소유를 포기하고 국가에 봉사하지 말 것, 그리고 사랑과 근로와 자기 희생의 생활을 할 것을 역설했다. 또한 그는 이 사상을 널리 민중 사이에 보급하기 위해 《바보 이반》, 《사랑이 있는 곳에 신이 있다》 등 22편의 뛰어난 민화를 썼다.

톨스톨이는 인간 생활의 부정을 쓰고 있으면서 그와 그 가족은 부정을 행하고 있었다. 그는 이 모순과 자기의 양심에 대한 허위를 견딜 수가 없어 몇 번이나 가출을 결심했지만 이루지 못했고 1885년에는 마침내 판권을 부인에게 양도했다.

부인은 본격적으로 출판 경영에 나섰는데 예약 광고에 의해 많은 현금이 톨스토이 가에 흘러 들어와 자녀들의 돈 씀씀이가 거칠어졌다. 그는 본의 아니게 부인의 일을 도우면서 자기의 허위에 대한 회한에 쫓겨 점점 더 고뇌의 빛을 더해갔다.

이러한 고뇌를 고백하는 데에는 예술 이외에 방법이 없었다. 그는 이 고통을 《이반 일리치의 죽음》에 썼다. 이반 일리치는 죽음의 자리에 누워서 떨어뜨린 물건이라도 찾듯이 자기 생활의 자취를 반대로 더듬어 간다. 그것은 아주 흔해빠진 보통 생활 그리고 가장 가공할 생활이었다. 그는 죽음의 무서움보다도 산다는 것의 무서움을 쓴 것이다. 다른 가정에서는 지극히 예사롭고 오히려 바람직스러운 것으로 되어 있는 일이 톨스토이 가에서는 주인에 의해 범죄라고 여겨지고 있었던 것이다. 로망 로랑은 이 작품이 러시아의 소설 중에서 프랑스의 독자를 가장 감동시킨 것 중의 하나라고 말하고 있다. 이어서 그는 성도덕의 문란을 정면으로 다룬 희곡 《어둠의 힘》과 그가 이상으로 삼는 절대적 순결을 역설한 《크로이첼 소나타》를 썼다. 이것은 연애 또는 사랑이라고 불릴 수 있는 것을 다룬 톨스토이의 작품 중에서 가장 개운치 않은 작품이다. 톨스토이는 이 작품에서 여자교육, 사랑, 결혼 등의 위선, 그리고 사회, 과학, 의사 등 악의 씨를 뿌리는 제도의 위선에 심한 저주의 말을 퍼붓는 것이다. 이것은 작품이 작자를 인도한 것으로서 이 작품을 쓰고 난 뒤 톨스토이 자신이 놀랐다는 것을 그 발문에서 쓰고 있다.

그러나 톨스토이의 예술 복귀는 오래 계속되지 않았다. 1891년부터 3년에 걸쳐서 러시아에 엄습한 맹렬한 기근이 톨스토이를 예술로부터 격리시킨 것이다. 그는 급식소를 개설하여 난민 구제에 나섰고 논문을 발표하여 널리 세상에 참상을 호소했다. 이 논문의 기조를 이룬 것은 《그러면 우리는 무엇을 할 것인가》에 서술된 사상이었다. 당국은 이 논문을 혁명에의 호소라고 보고 강력한 운동이 조직되는 것을 두려워하여 톨스토이의 신변을 감시했다. 각료회의에서 톨스토이의 해외 이주 권고안이 결의되었을 정도였다.

다시 복음서의 이름으로 된 톨스토이의 분노는 병역 의무에 대해서도 돌려져 1893년에 그는 논문 《신의 나라는 그대들 안에 있다》를 썼다. 그가 역설하는 사랑의 가르침은 점점 민중 사이에 널리 퍼졌고 그 하나의 표현인 것처럼 코카사스 북부의 두호보르 교도 사이에 병역 거부운동이 일어났다. 그들의 운명에 톨스토이는 마음 아파했으나, 1898년 그들에게 겨우 해외 이주 허가가 나왔다. 톨스토이는 그들의 이주 비용을 만들기 위해 1885년의 저작권 포기선언을 파기하고 《부활》을 완성하여 유리한 조건으로 팔 것을 결심했다.

《부활》은 《크로이첼 소나타》 전년의 예술에의 복귀 시기에 씌어졌고 두호보르 교도의 병역 거부사건이 있었던 1895년에 개작, 교도에 대한 해외 이주 허가가 나온 1898년에 다시 개작되는 등 오랜 간격을 두고 두 번이나 고쳐 쓴 끝에 완성된 것이다. 이것은 과거의 자기 작품을 부정한 그의 《예술론》의 예술적 표현으로서 자기가 원하는 새 예술의 모범을 부여하기 위해서였다. 그가 주장하는 새 예술이란 사랑에 의해 인간의 결합에 봉사하는 것과 사랑의 적이 세계와 싸우는 것을 목적으로 하고 명석·간결·단순을 형식으로 하지 않으면 안된다는 것이다.

《전쟁과 평화》와 《안나 카레니나》가 톨스토이 원숙기의 두 거봉인 것처럼 《부활》은 그의 만년을 굽어 보는 최후의 고봉이다. 이 작품은 톨스토이 사상의 가장 순수한 표현이며 로망 로랑이 말했듯이 그야말로 톨스토이의 유언이다.

톨스토이는 그뒤, 마침내 가출하여 리아잔 우랄 선의 작은 역에서 여든 두 살의 생애를 마칠 때까지 다시 10년간 거짓된 큰 우상, 즉 종교·국가·과학·예술·전쟁·자유주의·사회주의·교육·자선 등의 위선에 대해 복음서의 이름으로 분노를 퍼붓고 사랑에 의한 인간의 결합을 계속 외쳐대어 야스나야 폴랴나는 성지로서 세계의 주목을 받기에 이르렀다.

그러나 그러는 동안에도 그는 결코 예술을 포기하지 않았다. 위대한 예술가는 설사 그러기를 희망하더라도 자기의 존재 이유를 버릴 수는 없는 것이다. 그는 영혼의 휴식을 구하듯이 예술로 되돌아가서 코카사스 산마을 사람들의 찬가 《하지 무라트》나 희곡 《산 송장》 또는 동서 성현의 진리와 인생에 대한 사화집(詞華集)이라고도 할 《일일 일선(一日一善)》 등의 뛰어난 작품을 남긴 것이다.

《전쟁과 평화》에 대하여

[**집필의 동기**] 이 작품은 매우 복잡한 성립 과정을 가지고 있다. 나중에 《전쟁과 평화》가 되는 이 장편의 구상이 톨스토이의 머리에 싹튼 것은 1860년 말쯤이었던 것으로 되어 있다. 그것을 입증하고 있는 것은 1861년 3월 런던의 게르첸에서 보낸 그의 편지이다.「4개월 전부터 장편을 구상하고 있읍니다. 되돌아 온 테카브리스트가 주인공이 될 것입니다. ……내 데카브리스트는 열정가이고 신비주의자이며 기독교도인데 1856년에 처자와 함께 러시아로 돌아와 엄격하고 약간 이상주의적인 눈을 러시아에 돌리게 될 것입니다.」

이 편지에서도 볼 수 있는 것처럼 최초의 그의 구상은 현대의 러시아를 그리는데 있었다. 그리고 그는 30년의 형기를 마친 늙은 데카브리스트 부부(피예르와 나탸사)가 크리미아 전쟁 직후의 모스크바로 돌아온 데서부터 쓰기 시작했는데 처음의 3장만을 쓰고는 붓을 꺾고 차츰 무대를 과거의 시대로 옮겼다. 그러한 사정을 톨스토이는 《1805년》(《전쟁과 평화》의 제1부)의 서문 초고에서 다음과 같이 설명하고 있다.

「……아무래도 현대로부터 1825년, 즉 주인공의 방황과 불행의 시대로 옮기지 않을 수가 없어서 쓰기 시작한 것을 중지했다. 그러나 1825년에는 주인공은 이미 장년이어서 가정인이 되어 있었다. 그를 이해하기 위해 나는 그의 청년시절로 거슬러 올라가지 않으면 안 되었다. 그리고 그 청년시절이 러시아의 영광의 시대인 1812년에 해당하고 있었다. 나는 쓰기 시작한 것을 다시 포기하고 1812년부터 쓰기 시작했다. 그것은 냄새와 소리가 아직도 우리의 기억에 생생하고 그러나 지금에 와서는 조용히 생각할 수 있을 만한 시간과 거리가 있는 시대였다.」

그것은 1805년으로 옮긴 이유를「우리 나라의 패전과 치욕을 쓰지 않고 보나파르트의 프랑스와 싸운 전쟁의 승리를 쓴다는 것은 마음이 꺼림칙했다. 1812년에 관한 여러가지 저작을 읽고 부끄러움과 의심의 은밀한 불쾌감을 느끼지 않은 사람이 있을까? 만일 우리나라의 승리가 우연한 것이 아니라 그 원인이 러시아민족과 군의 본질에 있는 것이라면 그 본질은 실패와 패전 때에 한층더 명료하게 나타날 것이었다.」라고 설명하고 있다.

재삼 쓰기 시작했다가는 중지하고 과거로 거슬러 올라간 이유를, 1860년경에는 톨스토이는 역사를 움직이는 것은 민중이라는 확고한 견해를 가지고 있어서(독일의 학자 페벨의 회상이 그것을 입증) 민중과의 공고한 유대를 가지지 않은 자유주의자나 혁명가들의 혁신운동(1856년)에서도, 데카브리스트의 행동(1825년)에서도, 그 시적(詩的) 이상의 실현을 발견할 수가 없어서 1812년의 조국전쟁 시대에 필연적으로 낙착하지 않을 수 없었다는 설(에르미로프)도 있지만 집필의 동기는 전술한 톨스토이의 설명과《데카브리스트》의 서두에서부터 세바스토폴리의 패전, 즉 미력한 나폴레옹 3세에게 「얻어맞은」일과 그뒤의 「부흥」을 둘러싼 터무니없는 소동의 참원인을 강력한 나폴레옹 1세를 「때려 눕힌」영광의 시대 속에서 귀족의 정신과 민중의 힘의 결합 속에서 찾으려고 했다고 보는 것이 자연스러운 일일 것이다.

　[**성립 과정**] 1863년 2월 23일 소피아 부인이 누이동생 파치아나에 보낸 편지에 톨스토이가 드디어 이 장편에 착수했음을 알리고 있다. 그는 현대의 호메로스가 되려는 의욕을 가지고 창작에 몰두하여 1865년에《1805년》을 써냈다. 그리고 드디어 나폴레옹 전쟁 시대로 들어가 방대한 자료를 조사, 전쟁에 직접 참가한 사람들의 인상을 듣기도 하고 당시의 일을 기억하고 있는 사람들의 이야기를 듣기도 하는 등 전쟁에 대한 고찰을 더함에 따라서 차츰 역사에 대한 견해를 달리하게 되었다.

　아뭏든 1866년 5월 최초의 초고가 씌어졌고《끝이 좋으면 모두가 좋다》라는 제목이 붙여졌다. 이 초고에서는 전쟁은 배경으로 사용되고 있을 뿐, 나폴레옹도 알렉산드르 1세도 등장하지 않으며 가정생활의 이야기에 머물어서 서사시적인 장대한 규모를 가진 것은 아니었다.

　그의 생각 밑바닥에는 역사는 위인에 의해 움직여지는 것이라는 관념이 남아 있었다. 그러나 역사 자료를 상세히 조사하고 심리적 분석을 거듭하는 가운데 그의 말을 빌면 신의 의지라고 하는, 눈에 보이지 않는 어떤 힘이 크게 작용하고 있다는 것을 확신하기에 이르렀다. 아우스텔리루츠나 보로지노에 있어서의 원시적인 거대한 힘의 충돌이 결코 나폴레옹이나 총사령부에 의해 작성된 청사진처럼 움직인 것은 아니다. 작전이나 지휘 또는 명령과는 관계없이 눈에 보이지 않는 어떤 힘에 지배되어 그 자연의 흐름에 따른 것이다.

　그는 그 눈에 보이지 않는 역사를 움직이는 힘을, 무지한 사람들의 의지의 융합, 즉 무한히 작은 것의 집합이라고 생각했다. 군의 의지를 무시하고 자기 의지에 따르게 하려 한 나폴레옹이 결국은 패하고 민중의 의지를 마음의 귀로 듣고 군의 기분을 올바르게 포착하여 거기에 따른 쿠투조프가 승리를 거둔 것이다. 그리고 톨스토이는 참된 역사는 아기를 낳고 기르며 일을 하고, 괴로워하고 기뻐하며 선의와 사심(私心), 모든 미덕과 악덕을 가진 수백만 민중의 생활을 바탕으로 성립되는 것이라는 생각에 도달했다.

이러한 역사관에 서서 당연히 최초의 원고는 거의 다시 씌어지게 되었고 개인의 운명을 다른 소설에서 군, 민중, 무수한 사람들의 의지가 용해된 거대한 인간 군상의 소설로 옮겨져 갔다.「참으로 위대한 것은 간소와 선과 진실에 있다」라는 것이 작품의 중심사상이 되었다.

1867년 9월, 톨스토이는 보로지노를 방문하여 옛 전장을 실지로 답사하고 모스크바의 르미안체프 박물관에 다녀 당시의 귀중한 자료와 프리메이슨의 기록을 조사한 뒤 야스나야 폴랴나로 돌아와 드디어 이 장편의 완성에 몰두했다. 이 장편에 착수한 것은 장남 세르게이가 막 태어났을 때였지만 제작중에 큰딸 타치아나, 차남 일리아, 3남 레프가 태어나 신혼가정에서 큰 가정으로 불어나 있었다.

1869년 5월, 이 장편은 드디어 완성되었다. 평생동안 걸르지 않고 쓴 일기가 이 7년 동안 결여되어 있는 것을 보더라도 톨스토이가 이 장편에 얼마나 심혈을 기울였는가 하는 것을 엿볼 수 있다.

[**주요인물에 대하여**] 세계의 작가 중에서 인간 묘사의 무한한 넓이를 가진 것은 셰익스피어와 톨스토이라고 일컬어지고 있다. 《전쟁과 평화》에 등장하는 인물은 모두 559명인데 주요 인물은 말할 것도 없고 아주 잠깐 얼굴을 내미는 인간까지 사실적으로 정확하게, 그리고 개성적으로 무척 생생하게 그려져 있다. 육체적·정신적인 특질의 본질을 관찰하고 정확하게 포착하여 체르느이소스키가 말하는「영혼의 변증법」으로 정신의 유동을 투시, 마음과 감정의 변화를 기록하는 톨스토이의 정확성과 예술적 기교는 그야말로 유례를 볼 수가 없다.

이 작품의 큰 매력은 로스토프 백작가와 볼콘스키이 공작가라는 두 귀족 가정의 역사와 귀족 사회 생활의 모든 면을 상세하게 그렸다는 것인데 로스토프 백작가가 톨스토이의 부계인 톨스토이 백작가, 볼콘스키이 공작가가 어머니 쪽인 볼콘스키이 공작가라는 것은 일반에게 잘 알려져 있다.

로스토프 노백작은 조부, 니콜라이는 아버지를 옮긴 것이며 볼콘스키이 노공작과 딸 마리야는 어머니 쪽의 조부, 즉 외할아버지와 어머니 마리야의 모습이며 민등산은 야스나야 폴랴나이다. 나타샤는 소피아 부인과 그 누이동생 타치아나를 혼합한 것이라고 톨스토이 자신도 말하고 있다.

그러나 역사상의 실제 인물 이외의 등장 인물은 모두 원형이 있었다고는 하지만 그 경력에서 행동까지 모두 실제를 옮긴 것은 아니다. 안드레이와 피예르는 일문중에 원형은 있지만 톨스토이의 분신이다. 귀족으로서의 특권계급 의식, 날카로운 관찰과 분석의 능력, 이성과 의지의 힘, 명예심, 사무적인 실행력은 안드레이에게, 순진하고 선량한 마음, 풍부한 감수성, 자기의 내부문제에 몰두하여 인생의 영원한 진리를 탐구하고 항상 사상의 동요를 보이는 면은 피예르에게 부여하고 있다. 즉 현실파와 이상파, 톨스토이의 내부에 살고 있는 두 인간이 안드레이와 피예르로 형상화되었다고 할 수 있을 것이다.

[**평가**] 종래의 역사와 영웅을 부정하고 문학상의 법칙이나 효과를 무시한 이 작품은 당시의 사람들을 놀라게 하고 비평가들을 당혹케 했다. 투르게니예프는「이것은 소설이 아니라 코끼리이다」라고 말했고 레온체프는「삼면 육비(三面六臂 : 얼굴이 셋, 팔이 여섯 있는 불상)의 힌두교 우상이다」라고 비난했다.

페테르부르그의 사교계에서는 이것은 레프 톨스토이 백작이 지휘한 나폴레옹 전쟁이라는 말이 유행했다. 플로베르는 감탄하여 톨스토이에 비하면 다른 모든 작가는 시시한 작은 게임에 빠져 있는 어린애 같은 느낌이 든다고 찬양했지만 철학 이론을 끝없이 되풀이하는데는 손을 들었다.

그러나 투르게니예프는 나중에 평가를 달리하여「이것은 위대한 작가의 위대한 작품이며 이것이야말로——참된 러시아이다」라고 찬양했다.

그뒤 평가는 고정되어 《전쟁과 평화》는 인물들의 정신적 발달, 생활, 우정, 사랑, 가정 등 모든 개인생활의 측면이 역사적인 단면과 유기적으로 결부되어 있는, 문학 사상 유례 없는 작품이며 러시아 정신을 찬미하는 국민적 서사시이고 세계 문학사에 우뚝 솟은 거봉으로 인식되고 있다.

전쟁과 평화 Ⅲ

· 발행 1994년 6월 20일

❶ 값 12,000원

❶

■저 자 / 톨 스 토 이
■역 자 / 구 자 운
■발행자 / 남   용
■발행소 / 一信書籍公社

주소 : 121-070 마포구 용강동 494-50호
등록 : 1969. 9. 12. No. 10-70
전화 : 영업부 715-1800 · 8829, 717-4858
　　　편집부 715-6812
대체구좌 / 012245-31-2133577